KNAUR

Über die Autorin:
Sina Beerwald, 1977 in Stuttgart geboren, hat sich bislang mit sechzehn erfolgreichen Romanen, darunter historische Romane und Sylt-Erlebnisführer, einen Namen gemacht. Sie ist Preisträgerin des NordMordAward und des Samiel Award. »Die Strandvilla« war 2020 auf der Shortlist beim LovelyBooks Leserpreis. 2008 wanderte sie mit zwei Koffern und vielen Ideen im Gepäck auf die Insel Sylt aus und lebt dort seither als freie Autorin.

SINA BEERWALD

Das DÜNEN-CAFE

Roman

KNAUR

Besuchen Sie uns im Internet:
www.knaur.de

Aus Verantwortung für die Umwelt hat sich die Verlagsgruppe Droemer Knaur zu einer nachhaltigen Buchproduktion verpflichtet. Der bewusste Umgang mit unseren Ressourcen, der Schutz unseres Klimas und der Natur gehören zu unseren obersten Unternehmenszielen. Gemeinsam mit unseren Partnern und Lieferanten setzen wir uns für eine klimaneutrale Buchproduktion ein, die den Erwerb von Klimazertifikaten zur Kompensation des CO_2-Ausstoßes einschließt. Weitere Informationen finden Sie unter: www.klimaneutralerverlag.de

MIX
Papier aus verantwortungsvollen Quellen
FSC www.fsc.org
FSC® C083411

Originalausgabe März 2021
Knaur Taschenbuch
Ein Imprint der Verlagsgruppe
Droemer Knaur GmbH & Co. KG, München

Das Werk wurde vermittelt durch die
AVA international GmbH Autoren- und Verlagsagentur, München
Redaktion: Catherine Beck
Covergestaltung: ZERO Werbeagentur, München
Coverabbildung: Collage aus Bilder von Alexia Feltser / Arcangel Images, PixxWerk, München und BoundlessProductions / shutterstock.com
Satz: Daniela Schulz
Druck und Bindung: CPI books GmbH, Leck
ISBN 978-3-426-52610-1

2 4 5 3 1

Für Lauris

1. Buch

KAPITEL 1

November 1918

Es war ein milder Tag, viel zu warm für Ende November, denn die Sonne schien nach Kräften, als wollte sie die Menschen aus ihren Häusern locken und sagen: Kommt heraus, es ist vorüber.

Moiken stand auf der Promenade, hinter ihr die Strandvilla auf der hohen Düne, und sie schaute hinaus aufs Meer. Die Sonnenstrahlen wärmten ihr Gesicht, und sie roch die würzige Seeluft. Der Seewind war zwar kühl, aber in der Mittagssonne und mit dem Blick auf die Weite der Nordsee keimte ein lange nicht mehr empfundenes Gefühl in ihr auf: Sie spürte wieder leise Hoffnung.

Die schweren Tage des Winters standen ihnen zwar noch bevor, doch der Krieg – er war tatsächlich seit rund zwei Wochen beendet. Am 11. November war das Waffenstillstandsabkommen in einem Eisenbahnwaggon im Wald von Compiègne unterzeichnet worden. Noch glich Sylt einer Festung. Sehnsüchtig warteten sie alle auf die erlösende Nachricht, dass das Verlassen und Betreten der Insel wieder ungehindert erlaubt waren.

Die Nordsee glitzerte in der Sonne, als wollte sie zum Baden einladen, im leichten Wind rollten die Wellen sanft am goldgelben Strand aus. Möwen segelten auf der Suche nach Beute über das Meer dahin, manch eine fasste in Sekundenbruchteilen den Entschluss, sich in die Tiefe zu stürzen – meist erfolglos.

Ihre kleine Tochter spielte nahe der Brandung am Strand.

Viel zu nah.

»Du sollst nicht so dicht ans Wasser gehen, Frieda!«, rief Moiken in den Wind. Aus dem kleinen Sorgenkind Frieda war ein hübsches viereinhalbjähriges Mädchen geworden, immer noch ein wenig zu dünn, aber ein Sonnenschein und charakterlich das Gegenteil ihrer bereits erwachsenen Halbschwester Emma.

»Ja, Mutter! Aber sieh doch! Sieh mal, was ich gefunden habe! Der sieht so anders aus als alle anderen Steine. Da wird sich meine Elva freuen!« Frieda kam angelaufen und präsentierte ihr mit hochroten Wangen einen kleinen rotbraunen Stein, wie eine Trophäe, einen Schatz, den es zu hüten galt.

»Du hast tatsächlich einen Bernstein gefunden!«, entfuhr es Moiken. Wie oft hatte sie schon nach stürmischen Tagen vergeblich am Flutsaum danach gesucht.

»Was ist Bernstein?«, fragte ihre Tochter und zog das Näschen kraus.

»Das ist ein wertvoller Schmuckstein, der viele Millionen Jahre alt ist, also sehr, sehr alt. Wenn man ihn schleift, wird er noch schöner. Das können wir gleich zu Hause machen, vielleicht kommt dabei noch ein Einschluss zum Vorschein, ein Pflanzenteil oder ein winziges Tier zum Beispiel.«

»Au ja, das machen wir – aber ich will heute auch noch baden gehen!«

Moiken schüttelte lächelnd den Kopf. So übermütig kannte sie ihre Tochter gar nicht. Erst in den vergangenen beiden Wochen seit Kriegsende hatte Frieda die Strandvilla und ihre nähere Umgebung, insbesondere den Strand, als Spielplatz für sich entdeckt. In Zeiten des Krieges hatte Frieda am liebsten unter dem Schreibtisch selbstvergessen mit ihrer Puppe Elva gespielt und sich in der Nähe ihrer Mutter am wohlsten gefühlt.

»Mein Schatz, das Meer ist doch viel zu kalt um diese Jahreszeit, außerdem kannst du gar nicht schwimmen!«, tadelte sie ihre Tochter besorgt und strich ihr die windzerzausten blonden Haare hinter die Ohren, die sich aus den beiden langen Zöpfen gelöst hatten.

Diese enttäuschte Miene war Theodor wie aus dem Gesicht geschnitten, dachte Moiken wehmütig. Mit ihrem Vater hätte sich Frieda sicherlich gut verstanden, und sie wäre sein ganzer Stolz.

Doch er hatte sich zu Beginn des Krieges anders entschieden und seinem Leben im Meer ein Ende gesetzt.

Die genauen Umstände kannte Frieda noch nicht, doch sie wusste, dass ihr Vater in den Himmel gegangen war, als sie gerade ein paar Wochen alt gewesen war.

Wann es wohl an der Zeit war, ihr zu erklären, dass ihr Vater freiwillig aus dem Leben geschieden war? Jedenfalls musste sie ihrer Tochter deutlich die Gefahren des Meeres erklären, ohne ihr Angst zu machen. Es behagte ihr nicht, dass sich Frieda vom Meer neuerdings so angezogen fühlte.

Moiken nahm Friedas kleine, erstaunlich warme Hand in ihre, und sie gingen die Promenade entlang und weiter in Richtung des achteckigen Pavillons am Ende des hölzernen Wegs.

Mit ihrer geliebten Tochter an der Hand, das Knirschen des Sandes auf den Holzplanken unter ihren Schuhen, wehten ihre traurigen Gedanken davon.

Sie nahm einen tiefen Atemzug.

Ja, es war Zeit, nach vorn zu sehen.

Der Krieg war vorbei, das musste sie sich immer wieder sagen, weil sie es noch kaum glauben konnte.

Eine sanfte Welle des Glücks durchströmte sie und rollte auf ihren Lippen zu einem Summen aus.

Die Töne formten sich zu einer Melodie, die sie schon lange nicht mehr angestimmt hatte, ein Lied, das sie zuletzt vor Kriegsbeginn mit Sehnsucht auf das Frühjahr gesungen hatte. »Komm, lieber Mai, und mache die Bäume wieder grün …«

Nach einem Moment des Zuhörens stimmte Frieda in die Melodie mit ein – noch etwas unbeholfen, aber sie zauberte ihr ein Lächeln aufs Gesicht und sie hielt die Hand ihrer Tochter noch fester umschlossen.

Mit der ersten Strophe glitt Moikens Blick zum Pavillon am Ende der hölzernen Promenade: das Dünencafé.

Ihr Café, ihr Lebenstraum, den sie sich gegen den Willen ihres Ehemanns erfüllt hatte. Ihr hölzerner, achteckiger Pavillon, den sie in ein Kleinod verwandelt hatte. Ihre Gäste, denen sie selbst kreierte Pralinen und Törtchen zum Kaffee serviert hatte.

Ihr wahr gewordener Traum, vom Krieg zerstört.

Die Eröffnung ihres Cafés war gerade vier Wochen her gewesen, als die Nachricht wie eine Bombe in die sommerliche Strandidylle geplatzt war: Krieg! Der allgemeine Mobilmachungsbefehl. Das Seebad musste innerhalb von drei Tagen geschlossen werden, Sylt wurde zur Festung erklärt.

Offiziere und Soldaten zogen in die Strandvilla ein und bestimmten diese zu ihrem Eigentum, in dem sie hausten, als gäbe es kein Morgen mehr. Gleiches galt für ihr Dünencafé, dessen Fassade recht unbeschadet geblieben, das im Inneren jedoch verwüstet worden war. Zwar hatte man im Hotel Reichshof extra ein Soldatenheim eingerichtet, doch das war natürlich uninteressant für ausschweifende Gelage, weil es von den Befehlshabern kontrolliert wurde.

Die Beschlagnahmung der Strandvilla, Offiziere, die ihrem zweiten Ehemann Theodor von Lengenfeldt das Lebenswerk nahmen, Soldaten, die es besetzten – das war für Theodor unerträglich gewesen, und zusammen mit seiner hohen Verschuldung, die er sich selbst zuschreiben musste, hatte er keinen anderen Ausweg mehr gesehen, als für immer ins Meer hinauszugehen.

Hinterlassen hatte er ihr neben einem Abschiedsbrief und ihrer gemeinsamen Tochter Frieda ihre größte Aufgabe: die Strandvilla.

Die Höhe ihrer Schulden war bedrückend, und sie wagte nicht, sich auszurechnen, wie viele Jahre das Hotel gut ausgelastet sein müsste, bis sie abbezahlt wären. Da half auch nicht die Aussicht auf eine staatlich gewährte Unterstützung, als Kriegsentschädigung in Form eines Hypothekendarlehens. Überhaupt – wenn ihr jemand vor sechs Jahren gesagt hätte, als sie noch in vollkommen bescheidenen Verhältnissen in Keitum gelebt hatte, dass sie eines Tages Hotelbesitzerin und Inhaberin eines Strandcafés sein würde …

Immerhin, seit Kriegsende hatten sich schon erstaunlich viele Stammgäste angemeldet, angetrieben von der Erinnerung an schöne Zeiten, die man sich zurückerobern wollte.

Es versprach ein glanzvoller Sommer zu werden.

Frieda zog unsanft an Moikens Hand. »Mutter, ich will nicht mehr weitergehen. Ich möchte Elva den Stein zeigen!«, quengelte sie.

Moiken blieb ihr die Antwort schuldig. Stattdessen schweifte ihr Blick über das Meer und die Dünen. Der Wind, der von der Nordsee auf die Insel traf, frischte spürbar auf.

Noch einmal atmete sie tief durch.

»Ja, lass uns zurückgehen. Es wird jetzt doch etwas kühl.«

Die Erinnerungen an den Krieg holten sie immer wieder ein, und sie war sich nicht sicher, ob diese bis zum Beginn der Saison so weit verblasst sein würden, dass sie die sehnlich erwarteten Sommerfrischler unbeschwert begrüßen konnte.

Zwar war die Insel von Angriffen verschont geblieben, doch am 9. August 1915 – dieses Datum hatte sich in ihr Gedächtnis eingebrannt, obwohl es nebensächlich war – waren fünf englische Panzerkreuzer vor der Insel aufgetaucht. Sofort wurde Alarm gegeben. Ihre Nerven lagen blank, doch die Schiffe entfernten sich wieder.

Dann aber, mitten im Krieg, am 16. Februar 1916, geschah das Unvorhergesehene. Dieses Datum, dachte Moiken schaudernd, würde sie erst recht nie mehr vergessen, denn es war zu ihrem zweiten Geburtstag geworden.

Kein feindlicher Angriff, jedenfalls nicht direkt. Es war der Sturm, der über die Insel raste, wie sie ihn seit 1911 nicht mehr erlebt hatten. Die tosenden Nordseewellen brachen sich am Fuß der Düne, auf der die Strandvilla stand, überspülten die Promenade und reichten bis nahe an den Pavillon heran … an ihr Café, das den Soldaten als Raum für die wilden Gelage diente. Doch nun drohte der achteckige Holzbau ein Opfer der Fluten zu werden.

Umtobt vom Blanken Hans schleppte sie Sandsäcke heran und bangte um ihren Lebenstraum, doch niemand rechnete mit der Gefahr, die das Meer zudem in sich barg: Eine Seemine wurde von der Kraft der Wellen in Sichtweite auf die Strandmauer geschleudert. Das entstandene Loch war so groß, dass drei Männer bequem darin Platz fanden.

Das Dünencafé trug nur leichte Schäden durch umherfliegende Steine davon und sie keine ernsthaften Verletzungen, dafür jedoch den Schock ihres Lebens.

Bis zum Sommer hatte sie sich noch nicht von diesem Schreck erholt, als ein dumpfes Grollen am Abend des 1. Juni 1916 zwischen halb acht und halb zehn ihre Nerven erzittern ließ. Im Norden tobte vor der dänischen Küste die Skagerrakschlacht, bei der die Schlachtkreuzergeschwader der Briten und Deutschen mit rund 250 Schiffen beider Flotten aufeinandertrafen. Unfassbar, wie weit die schweren Geschütze zu hören gewesen waren.

In jener Nacht hatte sie schlecht geschlafen, denn die Gefechte, von denen sie ansonsten nur in der Zeitung gelesen hatte, waren plötzlich erschreckend nah gekommen. So nah, dass einige tote Seeleute dieser Schlacht zwei Wochen später entlang der Westküste antrieben und einer direkt vor ihrem Hotel vom Meer an den Strand geworfen wurde. Den grauenvollen Anblick des aufgetriebenen, leblosen Körpers würde sie nie mehr vergessen.

»Mutter! Lass uns nach Hause gehen«, insistierte Frieda und holte sie, die mit verhangenem Blick auf die Nordsee schaute, in die Gegenwart zurück. Erneut zog Frieda sie unsanft am Arm. »Mutter!«

»Verzeih, mein Schatz. Ich war mit meinen Gedanken weit draußen auf dem Meer«, antwortete Moiken und setzte sich erneut in Bewegung.

»Jaja, das sagst du immer. Mir ist ganz kalt, und ich habe Hunger.«

»Entschuldige, dann lass uns jetzt wirklich schnell zurückgehen.« Frieda tippelte an der Hand neben ihr her.

Ja, der Hunger. Aufgrund der Einquartierung der Soldaten hatte es im Hotel einigermaßen ausreichend Nahrungsmittel gegeben, denn für die Verpflegung eines Mannes, gleich welchen militärischen Ranges, hatte sie eine Mark zwanzig erhalten. Die Verpflegungsportion hatte nebst Brot aus 250 Gramm Fleisch und 60 Gramm Rindernierenfett zu bestehen, lieber sahen die Männer jedoch 200 Gramm Speck und 25 Gramm Butter. Kaffee war mit täglich 15 Gramm gebrannten Bohnen ein rares Gut. Heidekraut diente als Ersatz für Brennkohle, das Sylter Intelligenzblatt warb für den Konsum von Miesmuscheln, die sich im Watt sammeln ließen, Strand-Wegerich und Queller aus den Salzwiesen dienten als Gemüseersatz, außerdem trugen die eigene Stromversorgung per Windrad und der Brunnen im Hof dazu bei, dass die Lebensumstände in der Strandvilla halbwegs erträglich blieben – jedenfalls, was das Essen anbetraf.

Der Alkohol war Fluch und Segen zugleich gewesen, denn er war die Währung, in der sie während des Krieges und auch heute noch bezahlte.

Theodor hatte ihr einen Weinkeller hinterlassen, dessen Ausmaße sie sich in ihren kühnsten Träumen nicht ausgemalt hätte und den sie nach dem Tod ihres Mannes erstmals gesehen hatte.

Rund eine Viertelmillion Flaschen lagerten unter der Düne, erlesene Sorten aus aller Welt, die Theodor während der Jahrzehnte als Hotelier gesammelt hatte. Sein heiliges Reich. Was an Flaschen im offiziellen Keller lagerte, den die Bediensteten betreten durften, war nur ein Bruchteil der Schätze gewesen.

Da nutzte es auch nichts, dass Oberst von Rohde per schriftlicher Bekanntmachung auf das Strengste verboten hatte, alkoholhaltige Getränke in solchem Maße an Personen des Soldatenstands abzugeben, vom Feldwebel abwärts, dass deren dienstliche Leistungsfähigkeit beeinträchtigt würde – denn es herrschte Selbstbedienung.

Solange der Alkohol in Strömen geflossen war, waren die Soldaten bei guter Laune gewesen und hatten auch die Frauen in Ruhe gelassen.

Meist.

Doch was unter dem Deckmantel eines Symphoniekonzerts des Kommandantur-Orchesters, organisiert von Unteroffizier Donker, im Foyer der Strandvilla an einem Abend sittsam und beschaulich begonnen hatte, um die schweren Gedanken an den Ausgang des Krieges auf kraftvollen Melodien davonzuspülen, hatte in einem ausufernden Besäufnis geendet – und mehr.

Dunkle Bilder überrollten Moiken wie eine mächtige Welle, drohten sie von den Füßen zu reißen.

Ihre Schritte wurden langsamer, intuitiv hielt sie Frieda fester an der Hand, so als ob die Erinnerungen an die dunkle Zeit ihr ihre Tochter entreißen könnten.

»Aua, Mutter! Du tust mir weh!«, protestierte ihre kleine Tochter, die zum Glück nicht viel vom Krieg verstanden hatte und für die die Einquartierung der Soldaten so etwas wie ein großes Spiel gewesen war, weil sie die Männer nie betrunken erlebt hatte. Nüchtern waren sie sehr freundlich gewesen.

Erschrocken erkannte Moiken, dass sie von den düsteren Bildern aus der Vergangenheit eingeholt worden war, und lockerte ihren Griff.

Der Krieg war vorbei. Das musste sie sich immer wieder sagen.

Sie zwang sich zu einer aufrechten Haltung, brachte wieder Spannung in ihren dünnen Körper, der in einem viel zu weiten blauen Kleid mit aufgesetzten Taschen steckte, und sang erneut das Frühlingslied, dieses Mal lauter. »Wie möcht' ich doch so gerne ein Veilchen wieder seh'n! Ach, lieber Mai, wie gerne einmal spazieren geh'n! Komm, lieber Mai …«

Im Foyer der Strandvilla sah es fast schon wieder aus wie früher, eigentlich fehlten nur noch die Pflanzen. Der bodenlange Spiegel an der Wand neben der Tür zum Speisesaal war gestern ersetzt worden, und eines der Zimmermädchen war dabei, das Glas auf Hochglanz zu polieren. Auch der Marmorboden erstrahlte in Erwartung neuer Gäste, das Telefonkabinett neben dem Empfangstresen und der Aufzug aus dem Hause Flor, Theodors ganzer Stolz, funktionierten. Die Sitzmöbel im Foyer waren nicht zu retten gewesen und durch gebrauchte, aber sehr gut erhaltene, gemütliche Ohrensessel ersetzt worden.

»Leopold! Sieh mal, was ich habe!«, rief Frieda aus, als sie sich dem alten Portier hinter seinem Empfangstresen näherten.

Der treue Leopold, dachte Moiken mit einem liebevollen Lächeln.

»Willkommen zurück, gnädiges Fräulein! Gnädige Frau …«, begrüßte der Portier sie mit seinem wienerischen Charme, als seien sie die ersten Gäste, die zur Sommerfrische eintreffen würden.

»Ach Leopold, nennen Sie mich bitte nicht immer gnädige Frau.« Ein immergleicher Dialog – denn so sehr, wie er die Höflichkeit schätze, so fremd blieb ihr diese Anrede.

Seit vier Jahrzehnten war Leopold die gute Seele des Hauses, sein Alter von fast siebzig Jahren war ihm aufgrund seiner schlohweißen Haare mittlerweile anzusehen, doch sein Elan war ungebrochen.

Die Frage, wann er sich denn zur Ruhe setzen wolle, war für ihn eine persönliche Beleidigung.

Wie ein Kutscher hielt er die Zügel geschickt in der Hand, er wusste über alle Vorgänge in der Strandvilla Bescheid und behielt auch jetzt den Überblick über den Stand der Renovierungsarbeiten.

»Verzeihen Sie, gnädige Frau, aber das werde ich mir wohl nicht mehr beibringen können. Der Mensch hat eben seine Gewohnheiten. Sie gehen doch auch lieber die ausgetretene Stiege hinunter, als den Selbstfahrer zu benutzen.« Er deutete zum Aufzug hinüber, den das Militär tatsächlich als eins der wenigen Dinge schadlos hinterlassen hatte.

Gewohnheiten – mit das Wichtigste in Kriegszeiten, und niemals hätte Moiken geglaubt, dass sie sich auch an schreckliche Dinge gewöhnen könnte.

Offenkundig war er gerade dabei, einige Karten, auf denen die Eigenheiten, Vorlieben und besondere Wünsche eines jeden Gastes vermerkt waren, aus dem Karteikasten zu ziehen.

Ja, er hatte die Militärangehörigen wie Gäste behandelt und sich dabei nie anmerken lassen, wie schwer ihm das gefallen war. Mit seiner Art hatte er selbst die Cholerischen unter ihnen im Handumdrehen zur Ruhe gebracht, zudem hatte sich Leopolds Respekt den Soldaten gegenüber auf deren Benehmen übertragen und – zumindest manchmal – die Strandvilla vor manch zusätzlichem Schaden bewahrt.

Karteikarten entfernte er sonst nur, wenn es zugleich einen Kondolenzbrief zu verfassen galt. Offenkundig wollte er nun die Kriegszeit begraben und keinen dieser Herrschaften je wieder in der Strandvilla sehen.

»Was hast du denn da, gnädiges Fräulein? Oh, einen Bernstein! Das ist aber ein ganz besonderer Fund! Du bist eben ein Glückskind«, fügte er lächelnd hinzu.

»Den will ich gleich meiner Elva zeigen!«, erwiderte Frieda stolz.

»Dann sollte das gnädige Fräulein, wenn es die Frau Mutter denn gestattet, so schnell wie möglich zur Elva gehen und danach bei meiner Frau Wilma in der Küche vorbeisehen – sie hat einen kleinen Imbiss vorbereitet. Ich nehme an, das gnädige Fräulein hat Hunger«, hofierte Leopold die kleine Frieda, die sich geschmeichelt und sichtlich wie eine Prinzessin fühlte.

»Darf ich gehen, Mutter, ja? Darf ich?«, sprudelte es aus ihr heraus.

»Ja, geh nur. Aber vergiss nicht, Wilma ein Dankeschön zu …«, antwortete Moiken, doch da war ihre Tochter schon losgelaufen und verschwand über die Stufen des Foyers zu ihrem Zimmer.

Moiken sah ihr amüsiert hinterher. Frieda genoss es sichtlich, sich endlich frei im Hotel bewegen zu dürfen, und doch war sie im Kern ein ruhiges und besonnenes Wesen, bei dem man keine Dummheiten befürchten musste und das man trotz seiner jungen Jahre nicht an ein Dankeschön erinnern musste. Im Gegensatz zu ihrer großen Schwester war Frieda wirklich pflegeleicht.

Ohne ein persönliches Wort des Abschieds war Emma vor Kriegsausbruch ihrem Vater Boy nach Berlin gefolgt, während sie, Moiken, im Sommer 1914 mit ihrer kleinen Tochter Frieda, einem schwachen Säugling unter Tuberkuloseverdacht, in der Strandvilla ausharrte und dem plötzlichen Hereinbrechen des Krieges hatte zusehen müssen – zum zweiten Mal in ihrem Leben zur Witwe geworden.

Während des Krieges hatte Leopolds Frau Wilma als Küchenvorsteherin eisern über die Vorräte gewacht und als zweite gute Seele des Hauses aus dem Wenigen stets ein köstliches Essen gezaubert, doch mit Kriegsende war Wilma plötzlich erkrankt. Über zwei Wochen hinweg hatte sie unerklärliches Fieber gehabt, so als hätte sie mit letzten Kräften nur auf den Tag gewartet, an dem die Soldaten abgezogen waren.

»Geht es Wilma denn besser?«

»Ja, das Fieber ist weg, endlich! Sie hat sich erholt und ist wieder voller Tatendrang. Vom Krankheitausbrüten hatte sie die Nase voll, viel lieber brütet sie jetzt wieder über den Vorratslisten.«

Moiken lachte. »War die Post schon da?« Wie wohltuend diese Frage doch war. Sie bedeutete Alltag, Gewohnheit und vielleicht mal wieder gute Nachrichten. Vielleicht war ja endlich ein Brief aus Berlin dabei, setzte sie stumm hinzu. Dort hatten sich Boy und ihre mittlerweile zwanzigjährige Tochter ein gut gehendes Fotoatelier aufgebaut.

Boy, der Strandfotograf, der ihr einst mit sandigen Lippen den ersten Kuss geraubt, der ihr Leben nach einem Wiedersehen auf den Kopf gestellt und mit dessen Auftauchen Emma nach vierzehn Jahren ihren wahren Vater kennengelernt hatte.

»Ja, der Briefbote war hier, aber der Zeitungsjunge noch nicht. Seitdem wir unseren Matthis als Pagen eingestellt haben, haben wir zugleich einen pünktlichen und zuverlässigen Zusteller verloren.«

»Man kann eben nicht alles haben«, entgegnete Moiken belustigt, denn sie war froh um die Entscheidung, diesen fleißigen und zuverlässigen Jungen eingestellt zu haben, nachdem er die Schule beendet hatte. Im Vergleich zu einem Zeitungsjungen bot ihm die Stellung als Page ein viel besseres Auskommen, denn der dreizehnjährige Bursche war unterdessen Halbwaise geworden und musste seinem Vater helfen, die sechs jüngeren Geschwister zu versorgen.

»Wo ist Matthis?«, fragte Moiken. »Ich brauche ihn gleich noch für einen Botengang zur Druckerei.«

Leopold hob fragend die Schultern, eine hilflose Geste, die man selten an ihm bemerkte. »Bestimmt hilft er irgendwem, aber dieser Bursche ist wie ein junger Feldhase, er ist der Einzige, den ich in diesem Haus aus dem Blick verliere. Er macht wirklich zuverlässig seine Arbeit, gnädige Frau, ist aber einfach noch nicht daran gewöhnt, mir Meldung zu machen, was er gerade tut. Vielleicht hilft er in der Küche mit den schweren Töpfen, weil meine Frau sich ja noch nicht so anstrengen soll, ich gehe mal nachsehen …«

»Keine Eile«, bremste ihn Moiken. »Wenn Sie ihn wieder zu Gesicht bekommen, richten Sie ihm einfach aus, er solle sich bei mir für einen Botengang melden.«

»Sehr wohl. Dann bittschön, hier ist die Post, gnädige Frau.«

Wie immer hatte er alle Briefe ohne den Vermerk »vertraulich« bereits geöffnet und sortiert. Moiken blätterte die Seiten durch.

Erfreulicherweise gleich drei Schreiben von Stammgästen, die sich für die kommende Saison anmelden wollten, des Weiteren Geschäftsanzeigen mit den geplanten Daten der Wiedereröffnung diverser Hotels und leider auch ein offizielles Schreiben der Badeverwaltung, dass das Kurhaus zur kommenden Saison noch nicht wieder öffnen könne, die Schäden darin seien immens, und es könne aus finanziellen Gründen nicht vor Ablauf eines Jahres instandgesetzt werden. Zuletzt lagen noch zwei Einladungen zum Tee in benachbarte Hotels im Stapel.

Sie hielt sie Leopold entgegen. »Wie viele solcher Art habe ich mittlerweile bekommen? Zehn oder fünfzehn? Wenn ich die alle annehme, komme ich selbst nicht mehr mit der Renovierung voran, das könnte der Konkurrenz so passen.«

Natürlich wollte jeder vom anderen wissen, wie viel Schaden man erlitten hatte, und auf freundliche Art aushorchen, welchen Standard man seinen Gästen in der ersten Saison nach dem Krieg zu bieten beabsichtige. Hierbei war die Strandvilla als erstes Hotel am Platze das Maß der Dinge für die anderen Hoteliers, noch vor dem Nachbarhotel Miramar.

»Wollen Sie nicht vielleicht die eine oder andere Einladung annehmen?«, fragte Leopold vorsichtig.

»Wozu?«, entgegnete Moiken. »Ich werde von den Herren Hoteliers ohnehin nicht ernst genommen. Hugo Hast vom Hotel zum Deutschen Kaiser, Eduard Wulff Junior vom Grand Hotel, Georg Busse vom Miramar – als Theodor noch lebte, habe ich sie alle kennengelernt. Vordergründig sind sie freundlich zu mir, aber keiner traut mir die Leitung des Hotels zu.« Mit dem Blick senkte sie auch die Stimme. »Vielleicht behalten sie damit sogar recht, aber ich will alles dafür tun, die Strandvilla wieder zum Leben zu erwecken.«

»Ich bin zur Stelle!«, sagte Leopold, und sein Lächeln gab ihr Kraft, ihre inneren Zweifel, die sie trotz aller Zuversicht plagten, wenigstens für den Moment beiseitezuschieben.

Außerdem war da noch eine andere Sorge: »Aus Berlin war kein Brief dabei?«, fragte sie, während sie den Stapel noch einmal durchging.

»Nein, leider nicht«, bedauerte Leopold. Traurig blickte er sie mit seinen Knopfaugen an.

Moiken wusste nicht, was sie entgegnen sollte, und erst recht nicht, wohin mit ihrer Enttäuschung. Unbeholfen steckte sie die Hände in die Taschen ihres blauen Leinenkleids.

Dort fühlte sie die Reste einer ehemals sechs Punkte umfassenden Liste des Obersts und Inselkommandanten Müller, wie man sich bei Fliegerangriffen zu verhalten habe. Jahrelang hatte dieses Papier sie begleitet, genau wie die tägliche Angst vor Angriffen.

Bevor sie heute mit Frieda zum Spaziergang aufgebrochen war, hatte sie die Liste vernichtet – zerrissen und zerrupft –, bis nur noch ein Haufen Fetzen vor ihr gelegen hatte. Eigentlich wollte sie diese der Nordsee übergeben.

Sie legte die Fetzen stumm auf den Tresen, wo Leopold sie wissend einsammelte und in den Papierkorb warf.

»Wie geht es unserem Herrn Frohmann?«, fragte sie, um ein Thema aufzugreifen, mit dem sie wieder zur Sprache fand.

Wilhelm Frohmann war im Moment der einzige Gast im Haus, ein Sylter und alter Freund von Theodor, der mit einer Schussverletzung aus dem Krieg heimgekehrt war und dabei erfahren musste, dass Frau und Kind an einer Lungenentzündung verstorben waren. Da er sonst keine Verwandtschaft auf der Insel hatte, die sich um ihn kümmern könnte, hatte er bis zu seiner Genesung um Kost und Logis bei seinem Freund in der Strandvilla gebeten, denn von der Versorgung abgesehen, hielt er es nicht allein in seinem Haus aus. Leider musste Moiken ihm mitteilen, dass sein guter Freund Theodor ebenfalls verstorben war.

»Ich weiß nicht so recht. Frühstücken wollte er nichts. Er hat mir aber versprochen, von der Milchsuppe heute Mittag zu essen. Die

Hauptspeise, Brathering mit Kartoffeln, hat er abgelehnt. Er war freundlich, aber kaum zum Reden zu bewegen. Ich hab ihn wieder mit seinen Krücken im Sessel sitzend vorgefunden, den Blick aufs Meer gewandt.«

»So ist es jeden Tag«, sagte Moiken. Sie kannte den Anblick des ehemaligen Offiziers, wie er dort saß, während seine Lippen Gedichtzeilen formten, die er in einem unendlichen Fluss zu Papier brachte.

»Vielleicht hat er ja Hunger, aber kann sich die Kost zur Logis nicht auch noch leisten?«, wandte Leopold vorsichtig ein.

»Ich berechne ihm nichts, weder für Kost noch für Logis. Das bringe ich nicht übers Herz, und davon geht die Strandvilla auch nicht unter. Außerdem bin ich der festen Überzeugung, dass alles Gute irgendwann zurückkommt.« Bevor der Mann in den Krieg ziehen musste, hatte er Theaterstücke geschrieben, die es bis auf die großen Hamburger Bühnen geschafft hatten, wo er zugleich Regie geführt hatte. Kleinere Lustspiele waren auch in der Strandvilla aufgeführt worden. Damit hatte er nie viel Geld verdient, aber es hatte zum Leben gereicht.

»Das Gute kommt immer zurück«, bestätigte Leopold, und neben seinen Knopfaugen spannten sich unzählige Lachfältchen auf. »In solchen Zeiten muss man zusammenhalten.«

»Ich bin wieder da!« Friedas zartes Stimmchen wehte durchs Foyer, und sie setzte sich mit ihrer Puppe in einen der Ohrensessel am großen Fenster, wo der Blick aufs Meer reichte und die Sonne hereinschien. »Wilma hat Arme Ritter für mich gemacht, die waren richtig süß, und dazu habe ich sogar noch einen Löffel ganz, ganz süßes Apfelmus bekommen.«

Moiken lächelte. »Das war bestimmt lecker. Wenn es nach dir ginge, könntest du nur dieses mit der süßen Eiermischung überbackene Weißbrot essen.«

Frieda blieb ihr eine Antwort schuldig, denn sie hatte selbstvergessen ein Gespräch mit ihrer Puppe Elva begonnen. Offenkundig spielte ihre kleine Tochter gerade eine Prinzessin, die in der Strandvilla Urlaub zu machen wünschte, und Elva fragte eifrig nach den Vorlieben ihres hohen Gastes. Die beinhalteten eine Schaukel, viele Bonbons und eine goldene Kutsche.

Wie schön, dass Friedas Welt in Ordnung war. In Wirklichkeit würden zum Beginn der Saison zwar keine Prinzessinnen, dafür jedoch hoffentlich wieder viele zahlungskräftige Gäste einziehen.

Bis dahin stand ihnen noch jede Menge Arbeit bevor, vor allem in den Zimmern.

»Wir benötigen noch dringend neue Matratzen, die bis zum Frühjahr irgendwie beschafft werden müssen«, sagte Moiken halb zu sich und dann an Leopold gewandt. »Also, wenn Sie etwas von einem Verkauf hören oder lesen, sagen Sie mir sofort Bescheid. Es müssen gute Matratzen sein. Die Betten sollten bequem und behaglich sein, das ist das Wichtigste überhaupt, damit sich die Gäste wohlfühlen. Außerdem brauchen wir neue, saubere Läufer für die Flure, die müssen sehr dick sein, das ist unerlässlich, um Trittgeräusche zu dämpfen.«

»Ich höre mich nach Angeboten um. Ach ja, vorhin kam ein Anruf aus Hamburg. Die Lieferung der schweren, lichtundurchlässigen Vorhänge könne noch etwas dauern, sagte der Lieferant. Eine genauere Aussage konnte er nicht treffen.«

»Hauptsache, sie werden geliefert. Die brauchen wir. Es muss dunkel sein in den Zimmern. Ruhe und Erholung für die Gäste … und dann das Frühstück!«

»Dafür wird meine Wilma schon sorgen, da bin ich mir sicher.« Sein liebevoller Blick in Richtung Küche zeugte davon, wie sehr er seine Frau nach rund vierzig Jahren Ehe immer noch schätzte. Er war klein wie seine Frau Wilma, doch im Gegensatz zu ihr dünn und schmal gebaut, fast wie ein Schuljunge.

»Wenn ich Sie beide nicht hätte …«, seufzte Moiken glückselig. »Der Gast muss gut geschlafen und gefrühstückt haben, dazu eine freundliche Begrüßung und eine verbindliche Verabschiedung, das sind die bleibenden Eindrücke bei der Abreise und nach meiner Überzeugung auch die Gründe für einen erneuten Besuch.«

»Wir werden die Strandvilla wieder zum Erblühen bringen, ganz bestimmt.«

Alle zogen an einem Strang, das war ein wunderbares Gefühl … nur wenn sie von ihrem Dünencafé sprach, ging ein Aufseufzen durch die Belegschaft, vor allem durch die Reihe der männlichen Bediensteten.

Musste das auch noch sein? So fragte man sie mit hochgezogenen Augenbrauen, denn es gab doch so vieles, was man instand setzen müsse, und schließlich könne man auf der Terrasse der Strandvilla auch wunderbar sitzen.

Das stimmte natürlich, aber eben nur die Gäste der Strandvilla, eines Hotels, das ihr Erbe war und nicht ihr Lebenstraum.

Die Strandvilla war ein schweres Los in diesen Zeiten, aber sie hatte nicht zuletzt die Verantwortung für die Belegschaft und deshalb die Aufgabe, das Hotel wieder zum Erblühen zu bringen.

Ihr Herz schlug jedoch für ihr Dünencafé, für ihren Traum, für den sie schon fast alles in ihrem Leben aufgegeben hatte. Sogar ihre große Liebe Boy.

»Es gibt noch viel im Hause zu tun«, sagte Leopold, so als wäre er ihren Gedanken gefolgt.

»Ja, das fängt schon bei der Wiederbeschaffung aller Gegenstände aus Kupfer, Nickel und Messing an, die wir im Rahmen der Metallspende für die Rüstungsindustrie abgeben mussten.«

»Besser so, als für ein Jahr ins Gefängnis zu wandern oder eine Strafzahlung von zehntausend Mark riskiert zu haben. Der Krieg ist vorbei, das ist die Hauptsache. Den Wiederaufbau schaffen wir schon.«

Ja, der Krieg war vorbei.

Die Inselwache hatte den Feind nie zu Gesicht bekommen. In vier Kompanien waren die Männer über die gesamte Insel verteilt in Barackenlagern entlang der Inselbahntrasse untergebracht gewesen.

Von ihren Patrouillengängen entlang der Küste brachten die Männer keine Feindbotschaften, dafür jede Menge Strandgut und Möweneier mit.

Für den Verteidigungsfall waren von List bis nach Hörnum sechs schwere Batterien mit Kalibern bis zu 24 Zentimetern und mit einer Reichweite von fünf Kilometern aufgestellt worden. Die Artillerie bezog ihre Stellungen in List und Hörnum, um die dortigen Häfen zu schützen.

Vorbei. Der Krieg war beendet.

Plötzlich herrschte wieder Frieden – das war kaum begreifbar, und tatsächlich stand die junge Republik noch auf sehr wackligen Beinen, wie sich in Berlin zeigte.

Wenn sie an die neuesten Unruhen und Machtkämpfe dort dachte, die sich um die Grundsatzfrage entzündeten, ob ein Rätesystem wie in Russland oder ein demokratisches Parteiensystem die bessere Form für die Bildung der neuen Regierung war, überkam sie doch wieder die Angst um Emma und Boy und die Sorge, dass der Friede nur auf einem dünnen Blatt Papier existierte, das im Sturm der Auseinandersetzung zwischen radikalen Linken und Sozialdemokraten jederzeit vom Tisch geweht werden könnte.

Plötzlich vernahm Moiken ein klägliches Miauen hinterm Empfangstresen, und auch Leopold sah irritiert zu seinen Füßen, dann schmunzelte er.

Frieda hatte sich auf allen vieren herangeschlichen und streifte wie eine Katze um die Beine des alten Portiers. Es war ihr Lieblingsspiel, denn nun musste sich Leopold zu ihr bücken, ihr das Köpfchen streicheln und dabei sagen: »Armer schwarzer Kater.«

Prompt musste Leopold dabei lachen, und somit war er der Spielregel nach dran, die Katze zu sein.

»Aber Frieda, dafür ist unser Leopold doch schon zu alt!«, mischte sich Moiken ein, als Leopold tatsächlich Anstalten machte, auf alle viere zu gehen.

»Ach was, das halten meine Knochen schon noch aus! Und für so einen Spaß ist man nie zu alt. Außerdem bin ich so froh, dass wir endlich alle wieder etwas zu lachen haben. Miau! Miau!«

Versonnen und kopfschüttelnd zugleich sah Moiken dem Portier nach, wie er durchs Foyer krabbelte und ihre jauchzende Tochter um ihn herumsprang – immer auf der Hut, dass sie nicht gleich wieder die Katze sein musste.

Wie schön, dass endlich wieder Fröhlichkeit im Haus herrschte, dachte Moiken glückselig, doch prompt landeten ihre Gedanken in Berlin. Ob Emma und Boy dort auch einen Grund zum Lachen fanden? Hoffentlich ging es ihnen gut.

Bevor Emma vor Kriegsbeginn ihrem Vater nach Berlin gefolgt war, hatte sie ein sehr liebevolles Verhältnis zu ihrer Halbschwester Frieda entwickelt, die noch ein Säugling gewesen war.

Ihre große Tochter war damals im Streit nach Berlin abgereist, allerdings hatten die vergangenen Jahre dazu geführt, dass sie sich zumindest auf brieflicher Ebene wieder annäherten und regelmäßig in Kontakt standen.

Von Boy hatte sie seither keinen Brief erhalten, denn natürlich verzieh er ihr nicht, dass sie ihrer Vernunft gefolgt war, als Seefahrerwitwe den Hotelier Theodor von Lengenfeldt geheiratet und mit ihm ein Kind bekommen hatte. Doch wie hätte sie sich für ihre Liebe zu Boy entscheiden sollen, nachdem er sich plötzlich mit dieser Felice Bauer, der Verlobten von Franz Kafka, verabredet hatte? Vor ihren Augen. So sehr hatte Felice bei der ersten zufälligen Begegnung Eindruck auf Boy gemacht.

Seither waren fünf Jahre vergangen, und sie fragte sich oft, wie es ihm ging. Darüber schrieb Emma leider nie etwas. Wohl mit Absicht, weil Boy ihrem Leben fernbleiben wollte. Ob es Felice noch in seinem Leben gab? Auch darüber verlor Emma kein Wort.

Hingegen erzählte sie viel von dem fotografischen Atelier, das Boy in der Nebenstraße zur Hauptschlagader Berlins, Unter den Linden, eingerichtet hatte. Zu seinen Hauptauftraggebern gehörten große Hotels, unter anderem auch das Hotel Adlon, das gleich um die Ecke lag, wie Emma stolz berichtet hatte.

Emma war bei ihrem Vater in die Lehre gegangen, und nun, nach Kriegsende, hatte sie die Hoffnung, ihre Leidenschaft als Fotografin richtig ausleben zu können.

Hoffnung, dachte Moiken. Vor ihrem geistigen Auge erlebte sie ein freudiges Wiedersehen mit ihrer Tochter. Erleichtert fielen sie einander in die Arme, und Emma bestaunte ihre groß gewordene Halbschwester.

Boy war auf diesem inneren Bild nicht zu sehen.

Am liebsten würde sie so bald wie möglich nach Berlin reisen. Der Brief an Emma mit der Frage, wann sie dort willkommen wäre oder ob Emma lieber nach Sylt kommen wolle, war jedenfalls schon unterwegs.

Nur was, wenn die Unruhen in der Hauptstadt zunahmen oder, noch schlimmer, wenn Emma etwas zustieß – ausgerechnet jetzt, nachdem sie den Krieg unversehrt überstanden hatten? Regelmäßig überkam sie die unbändige Angst, ihre Tochter nie mehr wiederzusehen.

Anfang November begannen sich die Ereignisse zu überschlagen. So leise und plötzlich, wie der Krieg gekommen war, so laut war das Angst einflößende Getöse, unter dem er beendet worden war und das noch immer anhielt.

Ausgehend von Meutereien kriegsmüder Matrosen, die nicht zur Entscheidungsschlacht gegen England auslaufen wollten … galt doch der Krieg in ihren Augen ohnehin schon als verloren –, breiteten sich die Aufstände wie ein Lauffeuer aus, griffen auf das

Feldheer über, die Menschen gingen auf die Straßen, forderten Brot und Frieden und die Abdankung des Kaisers.

Von einem dieser gewaltigen Demonstrationszüge, die sich von den Fabriken am Stadtrand ins Herz der Hauptstadt wälzten, hatte Emma in ihrem letzten Brief ein Foto beigelegt.

Mit ihrer Kamera war Emma stets am Puls der Ereignisse, die Porträtfotografie empfand sie als langweilig, und so war ihre Tochter immer dort zu finden, wo etwas los war.

Mit angespannter Sorge hatte Moiken die Ereignisse in Berlin über die Zeitungen und vor allem durch Emmas ausführlichen Brief verfolgt. Gespannt hatte sie die turbulente Schilderung gelesen, wie der Sozialdemokrat Scheidemann von den Stufen des Reichstags die Republik ausrief, noch während der kaiserliche Reichskanzler Prinz Max von Baden dem Kaiser die Abdankung überhaupt erst nahelegte, und wie der kaiserliche Reichskanzler kurz danach selbst die Beine in die Hand genommen hatte, nachdem er schnell noch den Vorsitzenden der Sozialdemokraten, Friedrich Ebert, zum neuen Reichskanzler ernannt hatte.

In bildhaften Sätzen schilderte Emma die sich weiter überschlagenden Ereignisse an jenem Tag, und es kam Moiken vor, als würde sie mit Emma durch Berlins Straßen ziehen, hin zum Berliner Stadtschloss.

Dort rief der linksradikale Karl Liebknecht nur zwei Stunden später die freie sozialistische Republik Deutschland aus und schwor die Bevölkerung auf eine internationale Revolution ein.

Doch damit nicht genug. Emma wetterte in ihrem Brief gegen dieses spontane Handeln, denn keiner habe das Recht, eine Republik auszurufen.

Damit lag sie auf gleicher Linie mit dem neuen Reichskanzler, denn auch seiner Meinung nach müsse eine verfassungsgebende Versammlung entscheiden, was aus Deutschland werden solle – ob nun eine Republik oder was auch immer.

Just als Moiken den Brief in Händen gehalten hatte, hörte sie durch die Fenster der Strandvilla den Klang von Pauken, Fanfaren und Trompeten. In Westerland veranstalteten die Revolutionäre einen Umzug unter lautstarkem Absingen der Internationalen.

Arbeiter- und Soldatenräte wurden gegründet, und während es in Berlin seither zu heftigen Unruhen kam, war es auf der Insel verdächtig still geblieben. Überhaupt sah man kaum jemanden auf der Straße, doch vermutlich waren alle, so wie sie mit ihrer treuen Belegschaft, damit beschäftigt, die Spuren des Krieges möglichst schnell zu beseitigen, damit zum Beginn der Badesaison die ersten Gäste einziehen konnten.

Kinderlachen durchbrach ihre Gedanken, und sie beobachtete, wie Frieda mit Leopold die Rollen tauschte und sie nun wieder die Katze war.

Plötzlich hörte Moiken laute Männerstimmen vor dem Portal der Strandvilla. Was war da los?

Grölen und Rufen. Derbe Satzfetzen drangen ihr durch Mark und Bein.

Und schon flog die Tür auf. Soldaten stürmten herein. Sie hatten die Kokarde von ihren Mützen abgerissen und trugen Gewehre bei sich.

Moiken erstarrte.

Dann ging alles ganz schnell.

Binnen kürzester Zeit trieben die Eindringlinge alle Bediensteten im Foyer zusammen, während Moiken immer noch nicht wusste, wie ihr geschah.

Leopold stellte sich schützend vor Frieda und postierte sich mit ihr in der Nähe der Tür, als sie sich in Reih und Glied aufstellen mussten – vor ihnen die Revolutionäre mit entsicherten Gewehren.

Einer von ihnen, offenbar der Anführer, trat vor.

Mit seinem Körperbau hielt er jedem Sturm stand, doch die ausgemergelten Wangen verrieten die entbehrungsreichen Kriegsjahre.

Sein stechender Blick traf jeden Anwesenden.

»Wer ist der Hotelier? Vortreten!«

Moiken holte tief Luft, ihre Knie drohten nachzugeben, als sie zwei Schritte nach vorn machte.

»Hier«, stieß sie hervor. Ohne die angestaute Luft hätte ihre Stimme versagt.

Der Anführer musterte sie von Kopf bis Fuß. »Ihr Name?«

Keine Angst zeigen, redete sie sich ein. »Moiken von Lengenfeldt.«

»Aha?«

Sein Nebenmann ging einen halben Schritt vor und flüsterte dem Redeführer etwas ins Ohr.

»Soso, die Witwe also. Und wo ist der Geschäftsführer?«

»Er steht vor Ihnen.« Wie aus der Pistole geschossen hatte sie geantwortet, und sofort sah sie am Gesicht des Anführers, dass das keine gute Idee gewesen war.

Der Revolutionär hob die Augenbrauen. »Mir ist nicht nach Scherzen zumute.«

»Mir auch nicht«, entgegnete Moiken halblaut.

»Dann sind wir uns ja einig«, bemerkte der Revolutionär mit einem süffisanten Lächeln und wandte sich der versammelten Belegschaft zu. »Wir vom Arbeiter- und Soldatenrat Sylt geben bekannt, dass in der Stadt Westerland und auf der gesamten Insel die Gewalt von uns übernommen wurde, bis der Staat sich neu gebildet hat. Der Soldatenrat regelt die militärische Sache, während der Arbeiterrat auf kommunalem Gebiet tätig ist. Der Arbeiterrat wird also auch eine geregelte Wasser-, Licht- und Kohlenversorgung mit überwachen. Sollte sich gegen unsere Arbeit Widerstand zeigen, sind wir gezwungen, Störungen zu unterdrücken, die eine friedliche

Abwicklung gefährden. Ein jeder erhebe nun den rechten Arm mit der geballten Faust und rufe auf mein Kommando hin dreimal laut: Es lebe die Republik!«

Vereinzelte brüchige Stimmen folgten seinem Aufruf.

»Lauter, ich höre nichts!«, schrie der Anführer, wobei eine dicke Ader auf seiner Stirn erschien.

Noch ehe Leopold es verhindern und Moiken von ihrer Position aus irgendwie reagieren konnte, sprang Frieda auf einen der Ohrensessel, hüpfte darauf auf und ab und rief lauthals: »Es lebe die Republik! Es lebe die Republik! Es lebe die Republik!«

Als der Anführer die Hände auf dem Rücken verschränkte und langsam auf ihre Tochter zuging, blieb Moiken das Herz stehen. Wie ein Wolf, der mit geschmeidigen Bewegungen auf ein ahnungsloses Schaf zuschlich.

Frieda war mit Soldaten im Haus aufgewachsen, und Moiken hatte sich als Mutter alle Mühe gegeben, die Einquartierung des Militärs in Friedas Augen wie ein großes Spiel aussehen zu lassen. Das rächte sich nun.

Endlich konnte sich Moiken aus ihrer Erstarrung lösen.

»Lassen Sie meine Tochter in Ruhe!«, rief sie und stürzte auf den Anführer zu, der gerade bei Frieda angekommen war.

»Oh, eine bissige Stute!«, bemerkte der und wich in gespieltem Entsetzen einen Schritt zurück. Seine Männer lachten.

»In der Tat. Sie werden meiner Frieda kein Haar krümmen, ansonsten bekommen Sie es mit mir zu tun.«

»Ich wollte Ihrer Tochter nur ein Kompliment machen. Wie alt ist die Kleine? Vier, fünf? Und schon weiß sie, was sich gehört, und hat noch dazu ein hübsches Stimmchen. Sorgen Sie dafür, dass sie bei meinem nächsten Besuch die Internationale singen kann, dann bin ich auch mit Ihnen versöhnt.« Kaum hatte er ausgesprochen, wandte er sich an die Bediensteten. »Das Hotel wird nun nach Waffen und Kriegshetzern durchsucht, und Sie …«, Sein Blick traf wieder auf Moiken, »erklären feierlich, dass sich in diesem Haus keine Waffen mehr befinden und keine Offiziere oder Kapitalisten verborgen gehalten werden.«

»Ich erkläre es feierlich«, antwortete Moiken schnell und im besten Glauben an die Wahrheit, doch in der nächsten Sekunde fiel ihr siedend heiß ein, dass Theodors Freund erwähnt hatte, Offizier gewesen zu sein. Was jetzt?

»Nichts und niemand?«, entgegnete der Revolutionär skeptisch. »Sie sind sich der Tragweite Ihrer Aussage bewusst und wirklich sicher?«

Zu lange durfte sie nicht überlegen, schoss es ihr durch den Kopf. »Ja«, entgegnete sie fest.

»Das haben alle gehört.« Er blickte in die Runde, ließ sich die Bestätigung seiner Mitstreiter durch ein Nicken erteilen und fixierte Moiken mit durchdringendem Blick. »Los! Hier rüber! Sie stellen sich mit der Nasenspitze an die Marmorsäule, die Hände auf den Rücken, und rühren sich nicht vom Fleck. Sie stehen unter Bewachung! Und falls …« Er verlieh seiner Befehlsstimme einen dunklen Klang. »Falls auch nur eine Waffe oder gar ein Offizier gefunden wird, dann werden Sie an Ort und Stelle wegen Widerstands erschossen.«

KAPITEL 2

Berlin, Weihnachten 1918

»Wie lange hast du nun schon nichts mehr von deiner Mutter gehört?«

Als ihr Vater die Küche betrat, sah Emma im morgendlichen Dämmerlicht von den Fotos auf, die vor ihr auf dem kleinen wurmstichigen Tisch lagen.

Es war der einzige Tisch in der Berliner Wohnung, und der diente je nach Tageszeit als Küchenbrett, Esstisch oder Arbeitsplatz im einzigen beheizten Raum.

Das Licht der Petroleumlampe reichte nicht aus, um das Zimmer zu erhellen, doch es zeigte schonungslos die Augenringe im ausgezehrten Gesicht ihres Vaters.

Die Kriegsjahre hatten den Glanz aus seinen meerblauen Augen gewischt. Seine Fahrkarte aus dem Lazarett nach Hause war ein Granatsplitter im Unterschenkel mit nachfolgender Entzündung gewesen, die ihn zwar nicht das Leben, aber das Bein gekostet hatte.

Umständlich ließ sich Boy mit seiner Prothese auf dem Schlaflager an der gegenüberliegenden Wand nieder, eine Wand, von der der Putz so stark abbröckelte, dass sie den Namen schon fast nicht mehr verdiente.

Mit einem erschöpften Seufzer streckte er sich aus. »Gibst du mir keine Antwort?«

»Seit wann sorgst du dich um meine Mutter?«, entgegnete sie ausweichend. »Ich dachte, sie wäre dir gleichgültig?«

»Na ja, heute ist Heiligabend.«

»Heute ist der 24. Dezember, ein ganz normaler Dienstagabend.« Zumindest redete sie sich das ein, seit sie vor einer Stunde in morgendlicher Dunkelheit von ihrer stockfleckigen Matratze neben dem Herd aufgestanden war. Auch ihr Vater sah nicht danach aus, als wäre heute ein Festtag.

Er steckte in einer abgenutzten Hose, die nur durch Hosenträger an seiner Taille hielt. Der Kragen war abgewetzt, und am Ellbogen, wo sie das mausgraue Leinenhemd geflickt hatte, zeigte sich das nächste Loch. »Und wenn du es genau wissen willst – Mutter und ich haben uns gestritten.«

»Geht das wieder los?«, seufzte Boy und rieb sich die offenkundig schmerzende Schulter, denn dort verlief der Lederriemen, der die Beinprothese an ihrem Platz hielt.

»Wieder Verspannungen oder eine wunde Stelle?«, fragte Emma. »Kann ich dir irgendwie helfen? Salbe oder massieren?«

»Mir ist nicht zu helfen, aber du weichst mir aus. Ihr habt euch doch zuletzt so gut verstanden.« Falten erschienen auf seiner hohen Stirn, bis hinauf zu den Geheimratsecken, die sich seit seinem vierzigsten Geburtstag in diesem Jahr deutlich ausgebreitet hatten.

Emma hatte keine Lust, weiter über ihre Mutter zu reden. »Warst du die ganze Nacht in der Dunkelkammer?« Das Ablenkungsmanöver war offensichtlich, doch ihr Vater verstand das Signal. Überhaupt genügte oft nur ein Blick, um zu wissen, was der andere sagen wollte.

Vom Charakter her waren sie aus demselben Holz geschnitzt, doch äußerlich war sie das Ebenbild ihrer Mutter – das Kinn zu spitz, die Nase zu stupsig, die Brüste zu klein und die Hüften zu schmal. Nur mit ihren blauen Augen, umkränzt von dichten dunklen Wimpern, war sie zufrieden.

Während ihr Vater antwortete, band er sich die schulterlangen Haare zu einem neuen Zopf, da sich ein paar Strähnen gelöst hatten. »Die halbe Nacht hab ich gearbeitet. Ich konnte nicht schlafen, weil ich dir so gern einen schönen Heiligabend geboten hätte – den ersten nach dem Krieg.«

»Ach, mach dir deshalb bitte keinen Kopf. Wir haben überlebt, das ist die Hauptsache, und ab jetzt geht es aufwärts. Sind gute Fotos dabei?«

»Und ob! Du hast unfassbar tolle Aufnahmen von der Revolution gemacht. Die Soldaten, wie sie sich lachend die Kokarde von der Uniform reißen und auf den Boden werfen – perfekt eingefangen! Dann der Moment, als Arbeiter, Soldaten und Matrosen beim Generalstreik durchs Brandenburger Tor marschieren, oder das Foto in der Zimmerstraße, alles schwarz vor Menschen und mittendrin die Straßenbahn, auf deren Dach die Demonstranten stehen und die rote Fahne schwingen. Wenn man das nur in Farbe sehen könnte! Aber perfekt eingefangen, Chapeau, Madame!«

Sie lächelte und errötete, denn ihr Vater war ein Perfektionist, und bei ihm galt es schon als Lob, wenn er mal nichts zu kritisieren hatte. Aber durch diese harte Schule ging sie gern, ohnehin hätte sie als Frau bei einem anderen Fotografen nicht mal eine Lehrstelle bekommen – und sie wollte perfekt werden. Eine Fotografin, vor der die Männer den Hut ziehen würden.

»Danke.«

»Schon gut. Aus dir wird mal noch was, mein Mädchen, da glaube ich fest dran.«

»Dazu müsste ich meine Aufnahmen veröffentlichen können. Warum interessieren sich die Zeitungen generell kaum für Fotos, da würden viel mehr Leute zugreifen, wenn sie was zu sehen bekämen? Stattdessen immer nur diese langatmigen Texte.«

Ihr Vater wiegte den Kopf, dann legte er sich auf die Seite und griff gewohnheitsmäßig nach seinem Hosenbein, um die Prothese in die richtige Position zu bringen. »Die *Berliner Illustrirte Zeitung* hat das immerhin schon erkannt.«

»Aber sie veröffentlichen meine Fotos nur, wenn ich sie unter deinem Namen einreiche.«

Energisch wischte ihr Vater ein paar Krümel von der Matratze, die vom Wandputz stammten. »Die Krusten brechen auf, glaub mir, du musst dranbleiben. Material hast du jedenfalls genug. Ich komme gar nicht so schnell mit dem Entwickeln hinterher – wir haben einfach zu wenig Platz zum Aufhängen in der Dunkelkammer.«

Emma nickte. Die Dunkelkammer, das einzige weitere Zimmer der Wohnung, war wirklich klein, zudem lagerten derzeit darin wertvolle Kameras und alles, was sich sonst noch aus dem Ladengeschäft im Erdgeschoss zu stehlen gelohnt hätte.

»Bald wird es uns möglich sein, das Fotoatelier wiederzueröffnen, und dann ist es absehbar, bis wir uns einen Anbau leisten und darin die Dunkelkammer unterbringen können«, sagte sie, um ihrem Vater etwas Hoffnung zu machen, und natürlich lebte sie selbst auch von dieser Vorstellung.

»Dein Wort in Gottes Ohr. Und da heute Heiligabend ist, willst du nicht deiner Mutter schreiben und dich mit ihr versöhnen?«, setzte er hinzu und kam so auf das unerwünschte Thema zurück.

»Das sagst gerade du, der du seit Jahren kein Wort an sie gerichtet hast!«, platzte es aus ihr heraus, obwohl sie sich in die Beziehung ihrer Eltern nicht einmischen wollte. In eine Liebe, die die beiden nie leben konnten.

»Weshalb sollte ich? Sie hat sich durch die Heirat mit dem Hotelier ein zweites Mal gegen unsere Liebe entschieden. Du weißt, das hat mich tief getroffen, und zugleich musste ich es respektieren. Nun ist sie schon seit vier Jahren Witwe. Wenn sie Interesse an einem Kontakt zu mir hätte, rein freundschaftlich, hätte sie mir längst schreiben können. Aber du solltest ihr schreiben, um euren Streit beizulegen. Worum geht es da überhaupt, wenn ich fragen darf?«

»Ich habe nicht angefangen. Mitte November hatte ich ihr gleich geantwortet, dass ich mich zwar ebenfalls sehr auf ein Wiedersehen freue, im Moment aber kein Geld habe, um nach Sylt zu fahren, und sie soll es auch lieber sparen und nicht nach Berlin kommen. Wir würden uns treffen, wenn die Zeiten bald besser sind. Seitdem kein Brief von ihr, also ist sie offenkundig beleidigt, aber das kann ich auch nicht ändern.«

Boy stützte den Kopf auf den abgewinkelten Arm und sah sie aus dieser Position heraus schief an. »Aber verstehen kannst du das, oder? Es ist Kriegsende, und nach all den Jahren hätte sich deine Mutter bestimmt sehr gefreut, dich wiederzusehen und hat nicht mit so einer ablehnenden Antwort gerechnet. Oder es ist alles ein großes Missverständnis, weil ihr Brief während der Unruhen irgendwo untergegangen ist. Und nun glaubt sie, du hättest dich zurückgezogen, weil du dich von ihr bedrängt gefühlt hast.«

»Was sollte ich denn machen?«, fuhr Emma auf. »Wenn sie sieht, wie wir hier hausen, wird sie mich sofort nach Sylt mitnehmen wollen.«

»Gut möglich«, gab Boy gedankenverloren zurück, und sein Blick glitt in die Ferne. Nach Sylt, das war seinem melancholischen Ausdruck anzusehen.

Auf die Insel, auf der er aufgewachsen war und wo er schon als junger Bursche seine große Liebe gefunden hatte, ihre Mutter, auf die er tatsächlich sein halbes Leben gewartet hatte.

»Du denkst doch nicht daran, als Strandfotograf nach Sylt zurückzukehren?«, fragte sie vorsichtig.

Die Entscheidung, nach Berlin zu gehen, war ihm vor fünf Jahren nicht leichtgefallen, aber am Ende hatte es ihm ihre Mutter leicht gemacht.

Er gab keine Antwort, aber für sie war es undenkbar, nach Sylt zurückzukehren – genauso undenkbar erschien es jedoch, ohne ihn in der Hauptstadt zu bleiben. »Vater? In Berlin liegen unsere Chancen. Es herrscht doch jetzt Frieden, bald kommt der Aufschwung, wir müssen nur durchhalten.«

»Ja, wahrscheinlich hast du recht.« Boy gähnte herzhaft und sah aus, als würden ihm jeden Moment die Augen zufallen.

»Leg dich doch schlafen, dann mache ich in der Dunkelkammer weiter.« Sie begann, die auf dem Tisch ausgebreiteten Fotos in mehrere Stapel zu sortieren, um sie danach ordentlich in Kisten abzulegen.

»Schlafen?«, entgegnete Boy, als hätte sie ein Fremdwort benutzt. »Ich muss heute Vormittag noch meine Aufwartung bei Lorenz Adlon machen und ihm für die vielen Aufträge in diesem Jahr danken, bevor in seinem Hotel die weihnachtlichen Feierlichkeiten losgehen. Ohne ihn hätten wir nicht überlebt.«

»Langweilige Aufträge«, bemerkte sie und ordnete die Fotos weiter nach Themen.

»Wie bitte?«, fuhr ihr Vater auf. »Wir hatten den Chef des Großen Generalstabs vor der Linse, außerdem den Reichskanzler und als Krönung Kaiser Wilhelm. Das nennst du langweilig?«

»*Du* hast sie fotografieren dürfen, als sie zu Gesprächen im Hotel waren, *ich* war nur deine Handlangerin, weil die Herren mir keine gute Aufnahme zugetraut haben.«

Geknickt senkte er den Kopf und verlor damit zugleich seine Körperspannung. »Gegen solche Ressentiments wirst du immer wieder kämpfen müssen, Emma, das habe ich dir schon oft gesagt, und es tut mir leid, dass ich manchmal bei meinen Geschlechtsgenossen gegen Mauern renne, aber ich weiß, was meine Tochter kann. So, und nun zurück zu deiner Mutter«, bemerkte er sanft. »Wann hast du den Brief fertig? Dann kann ich ihn gleich zum Postamt mitnehmen. Ich weiß, wie ungern du am Schalter in der Schlange stehst … das ist also keine Ausrede.«

»Schreib du ihr doch, wenn es dir so verdammt wichtig ist!«, wehrte sie sich gegen seinen ungelenken Überzeugungsversuch. »Du willst doch nur, dass ich mich bei ihr melde, weil du dich nicht traust, ihr zu schreiben.«

»Das stimmt«, gab ihr Vater unumwunden zu.

»Ach. Immerhin bist du endlich mal ehrlich. Und ich bleibe dabei, meine Mutter soll sich bei mir melden! Warum muss ich den ersten Schritt machen?«

Ihr Vater seufzte. »Weil du niemals so stur werden wolltest wie sie.«

Das saß.

Emma seufzte ergeben. »Na schön, gewonnen. Aber keinen Brief, nur ein Telegramm. Das geht schneller – in jeglicher Hinsicht«, ergänzte sie trotzig wie ein kleines Kind, und daraufhin mussten sie beide lachen.

Emma nahm eine der Extra-Ausgaben des *Vorwärts*, die am Tag der Revolution alle zwei Stunden neu erschienen war, und nutzte den leeren Blattrand, um zwei kurze Zeilen zu notieren. Kostenlose Extra-Blätter waren die einzige Sache, die es derzeit im Überfluss gab, und die Vielfalt ihrer Verwendungszwecke kannte keine Grenzen.

Energisch kritzelte sie zwei Zeilen mit Weihnachtsgrüßen darauf, riss die beschriebene Ecke aus der Zeitung und stand auf, um ihrem Vater den Fetzen zu überreichen.

In diesem Moment ertönte draußen ein ohrenbetäubender Knall, wie ein Donnerschlag, dicht gefolgt von einem zweiten, dritten, vierten und fünften.

Emma erstarrte. »Was war das?«, hauchte sie.

»Panzerschüsse?«, stieß Boy hervor und rappelte sich auf. Der Blick aus dem Fenster brachte keine Klarheit, also eilte er kommentarlos aus der Wohnung, um nachzusehen.

»Panzer? Das kann doch nicht sein!«, rief Emma ihm hinterher, obwohl er es schon nicht mehr hören konnte. Reflexartig griff sie nach ihrer Kamera und rannte ihm nach.

Unten an der Ladentür holte sie ihren Vater ein, weil er stocksteif stehen geblieben war.

Erneute Schüsse. Jetzt gab es keinen Zweifel mehr. Panzer! Nicht zu sehen, aber viel zu nah! Vermutlich rollten sie Unter den Linden entlang, vielleicht in Richtung Stadtschloss, vielleicht befanden sich die Panzer auch schon auf dem Pariser Platz am Brandenburger Tor und damit nur eine Querstraße entfernt.

Mit schweißnassen Händen umklammerte Emma ihre Kamera, voller Panik starrte sie ihren Vater an.

War der Krieg etwa zurück?

Auch ihrem Vater stand die Angst ins Gesicht geschrieben. Er zitterte.

Immer mehr Menschen liefen auf der Straße zusammen, manche noch im Morgenrock, einige Frauen hatten ihre Kinder auf dem Arm, und die Männer hoben diskutierend die Hände. In der Eile hatte kaum jemand daran gedacht, einen Mantel überzuziehen.

Plötzlich hörten sie Rufe, eine Gruppe von Männern in Zivil rannte die schmale Wohnstraße entlang, ihre atemlosen Stimmen verloren sich zwischen Panzerschüssen und im Tumult jener Anwohner, die offenkundig bereits erfasst hatten, was los war.

Nun verstand auch Emma, was die Männer riefen.

»Blutige Weihnachten!«

»Das Stadtschloss! Panzerangriffe!«

»Schon über fünfzig Tote!«

»Auch Zivilisten darunter, bleibt fern!«

»Die Volksmarinedivision hält das Schloss weiterhin besetzt, trotz Ultimatum!«

»Division fordert 80 000 Mark ausstehende Löhne!«

»Der Stadtkommandant als Geisel! Das Schloss schwer beschädigt!«

»Regierungstruppen mit Karabinern und Stielhandgranaten!«

»Panzerwagen im Schlosshof!«

»1200 Mann Infanterie mit schwerer Artillerie im Anmarsch!«

Emma fühlte einen Ruck am Arm, und wenn ihr Vater sie nicht

energisch beiseitegezogen hätte, wäre sie von den Männern umgerannt worden, die sich zum Ziel gesetzt hatten, die Bevölkerung eilends zu warnen.

Endlich konnte sie sich aus ihrer Erstarrung lösen. »Ist das ein neuer Krieg?«

»Woher soll ich das wissen?«, rief ihr Vater. »Keine Ahnung, aber in der neuen Regierung ist man sich offenkundig nicht einig, und das ist eine große Gefahr, so viel ist mir … Emma, wo willst du denn hin?«

»Zum Schloss natürlich!«, gab sie über die Schulter zurück und lief los.

Ihre Angst hatte sich in den unbändigen Drang verwandelt, alles mit eigenen Augen zu sehen, das Geschehen mit der Kamera festzuhalten, damit sie begreifen konnten, was alle anderen nicht sehen wollten, die gerade in den Schutz ihrer Häuser zurückdrängten.

»Bist du wahnsinnig, Emma? Bleib stehen! Komm zurück!«

KAPITEL 3

Januar 1919

»Ist das zu fassen?«, rief Moiken und sah Leopold über den Empfangstresen hinweg an. »Das neue Jahr fängt ja gut an«, setzte sie mit einem Seufzer hinzu.

Leopold knetete seine Unterlippe mit den Zähnen, bevor er sich zu einer Antwort entschloss. »Tuans eana ned ärgern, gnädige Frau. Samma doch froh, dass ma no lebn! Dagegn is des jo goar nix, mit Verlaub.«

So gesehen war der Fehler bei der Lieferung der neuen Vorhänge, die nicht blickdicht und dunkel, sondern durchscheinend und weiß waren, natürlich eine Lappalie und eine Sache, die sich ändern ließ.

Sie wusste schon, worauf Leopold anspielte, denn damit meinte er nicht, dass sie den Krieg überlebt hatten.

Mit Schrecken dachte Moiken an den Tag zurück, als die Revolutionäre die Strandvilla gestürmt hatten, um das Haus nach Waffen und versteckt gehaltenen Widerständlern zu durchsuchen.

Wäre ihr Page Matthis nicht gewesen, stünde sie tatsächlich nicht mehr hier und könnte sich ärgern.

Der Junge war im ersten Stock gewesen und hatte die Revolutionäre gehört. Geistesgegenwärtig war er ins Zimmer des kriegsversehrten Offiziers gelaufen, hatte dessen Uniform geschnappt, sie eilends samt der übersichtliche Habe in den Koffer geworfen und den an Krücken gehenden Wilhelm Frohmann durch die Hintertreppe und den Dienstbotenausgang nach draußen gebracht.

Nachdem die Revolutionäre die Durchsuchung erfolglos beendet und die Strandvilla verlassen hatten, waren die beiden durch den

Haupteingang wieder hereinspaziert, und Matthis war als Held gefeiert worden, während die Uniform im Feuer verbrannte.

»Sie haben schon recht, Leopold, wir müssen dankbar sein, noch am Leben zu sein. Aber die Sache mit den Vorhängen ärgert mich trotzdem, weil es unnötige Scherereien mit sich bringt. In der Zeit hätte ich …« Sie brach ab.

In der Zeit hätte sie sich über die Instandsetzung ihres Dünencafés Gedanken machen können, setzte sie im Stillen hinzu, doch der ursprüngliche Plan, das Café zu Saisonbeginn wieder zu eröffnen, war weit in den Hintergrund gerückt und erschien derzeit so umsetzbar wie das Vorhaben, bei Ebbe in See zu stechen. »War die Post schon da?«, fragte sie zur Ablenkung.

»Ja. Hier sind noch einige Neujahrsglückwünsche, und auch sonst sind nur gute Nachrichten dabei.« Mit diesen Worten überreichte ihr Leopold den Stapel, und sie rang sich ein Lächeln ab, denn ihre verärgerte Stimmung hielt an, auch während sie die erfreulichen Nachrichten las.

So kannte sie sich gar nicht. Doch wahrscheinlich regte sie sich über die falschen Vorhänge so auf, weil ein enormer Druck auf ihr lastete. Erstens war da die große Aufgabe, die Strandvilla trotz finanzieller Schwierigkeiten innerhalb eines halben Jahres bis zum Beginn der neuen Saison in frischem Glanz erstrahlen zu lassen, zweitens war da die geringe Aussicht auf die Wiedereröffnung ihres Cafés, und drittens, aber nicht zuletzt, lastete die Sorge um Emma auf ihr – und der Kummer, dass ihre Tochter auf keinen ihrer Briefe reagiert hatte.

Sie sah von der Post auf, hin zu der eingerahmten Nachricht, die Leopold vor fünf Wochen aus der Sylter Zeitung ausgeschnitten und dort aufgehängt hatte, damit es jeder sehen und glauben konnte.

Bekanntmachung

Zum Betreten und Verlassen der Insel Sylt bedarf es von heute ab keiner besonderen Erlaubnis mehr.

Inselkommandantur Sylt, am 29. November 1918

Schlichte Zeilen, die ihnen allen wieder das Tor zur Welt öffneten und die Hoffnung auf Alltag und Frieden zurückgaben. Nichts hatte sie sich mehr gewünscht und darum ihre Tochter auch sofort um ein Wiedersehen gebeten.

Doch offenbar war sie damit zu voreilig gewesen, denn Emma hatte die Tür zu ihrem Leben plötzlich verschlossen und auf die zwei Briefe vor Weihnachten nicht mehr reagiert.

Daraufhin hatte sie beschlossen, die Füße still zu halten. Emma war erwachsen, das musste sich Moiken immer wieder selbst vorsagen, ihre Tochter hatte das Recht auf eigene Entscheidungen, auch darüber, wann sie ihre Mutter an ihrem Leben teilhaben lassen wollte.

Das schmerzte, und es fiel ihr schwer, das zu akzeptieren, vor allem, weil sie sich solche Sorgen machte. Die Zeitungen waren voll mit erschreckenden Nachrichten aus Berlin.

Doch sie hatte sich vorgenommen, ihrer Tochter nicht mehr zu schreiben, bis Emma sich meldete. Denn wenn ihr etwas zugestoßen wäre, würde sie schließlich Nachricht von Boy erhalten.

»Ach, hier habe ich noch was«, sagte Leopold in ihre Gedanken hinein. »Der neue Sylt-Reiseführer, frisch aus der Meyer'schen Druckerei geliefert. Carl Meyer ist persönlich hier gewesen, um ihn abzugeben, aber da waren Sie gerade mit der Reklamation der Vorhänge beschäftigt, so wollte er nicht stören.«

Carl Meyer war zu ihrem guten Freund geworden, seitdem sie die Strandvilla führte und deshalb öfter mit der Druckerei zu tun hatte. Sein Vater Julius hatte ihr vor dem Krieg als väterlicher Freund bei der Erfüllung ihres Lebenstraums zur Seite gestanden. Leider hatte Julius schon der Eröffnung des Cafés nicht beiwohnen können, weil ihn sein Rheuma ans Bett gefesselt hatte. Die Krankheit hatte ihn mittlerweile gezwungen, die Führung seiner Buchhandlung an seine jüngere Ehefrau abzugeben, und sie sorgte dafür, dass er sich im Alltag nicht übernahm.

Seither war Carl Meyer zur Stelle, wenn sie Hilfe brauchte, und nachdem er vor zwei Jahren Frau und Kind unter der Geburt verloren und sie ihm in seiner Trauer beigestanden hatte, war ihr Verhältnis noch enger geworden.

Carl hatte Frieda bereits das Alphabet beigebracht, weil sie so wissbegierig war, und ihr ein Stempelset mit Buchstaben geschenkt. Er liebte Kinder und hätte selbst gern welche. Allerdings freute er sich auch für seinen Vater, der vor einigen Jahren eine junge Frau geheiratet hatte, die zahlreiche Kinder mit in die Ehe gebracht hatte. Auch die gingen in der Druckerei ein und aus … vor allem kamen sie stets mit einem Bonbon in der Hand wieder heraus.

Frieda spielte gerade mit dem Stempelset bei Wilma in der Küche, wo natürlich auch die ein oder andere Leckerei für sie abfiel.

Interessiert schlug Moiken den Reiseführer auf und stieß dabei sogleich auf das Grußwort der Städtischen Badeverwaltung.

> Vorbei ist die schwere Zeit, in der jedem Fremden unsere herrliche Insel verschlossen blieb, vorbei die Zeit schwerster Anstrengungen und Nöte, vorbei die nervenzerrüttende Zeit und die Strapazen des Krieges.

Und so ruft die Insel, die ewig schöne Königin der Nordsee, zum Besuche ihres Seebads. Wer hat nicht schon die Lobeshymnen gelesen, die unser Sylt in Friedenszeiten geerntet hat? Wer hat sich nicht schon an den schönen Bildern erfreut, die von Westerland ihren Weg in die Welt gefunden haben? Muntere Kinder beim fröhlichen Spiel, lustige Menschen unter den wehenden Fahnen ihrer Strandburgen, übermütig Badende, die sich dem Spiel der Wellen hingeben, Bilder, die Westerlands Vorzüge im hellsten Licht erscheinen lassen.

Bilder, die von Boy stammen, ergänzte sie stumm. Ein Kloß bildete sich in ihrem Hals, und sie schluckte ihn hinunter. Ob er die Insel doch eines Tages vermissen und zurückkehren würde? Vermisste er sie? Wie wäre alles gekommen, wenn sie nicht ihrem Verstand gefolgt wäre? Wenn sie nicht Theodor aus Vernunftgründen geheiratet, sondern ihren Gefühlen nachgegeben und das Leben mit ihrer großen Liebe geteilt hätte?

Dann wäre sie jetzt nicht Besitzerin der Strandvilla und würde kein Café am Meer ihr Eigen nennen. Doch das Liebste, was neben ihrer kleinen Tochter zu ihr gehörte, war weit weg in Berlin.

In ihr war immerhin die Hoffnung, dass zumindest Emma wieder in ihre Heimat zurückkehren würde.

Schnell vertiefte sie sich wieder in den Reiseführer, um sich von den aufkeimenden Sorgen um die beiden abzulenken.

Wer jemals das Badeleben auf Sylt kennengelernt hat, wer je von Westerlands Dünen den Sonnenuntergang beobachten konnte, wer je die unvergleichliche Farbenpracht erlebt hat, der wird mit zu den vielen Tausenden zählen, die Sommer für Sommer nach Sylt fahren, um dort zu suchen und zu finden, was ihnen nottut: Erholung, Kräftigung und neue Lebensfreude. Darum auf nach Sylt, auf nach Westerland!

Die Zeilen sprachen ihr aus dem Herzen, und wieder stand ihr vor Augen, weshalb sie alle Kämpfe und Anstrengungen auf sich nahm. Da war sie wieder, die unbändige Freude auf die kommende Saison, die Hoffnung auf bessere Zeiten.

Wohlgemut blätterte sie weiter zum Anzeigenteil, wo sich auch die Werbeanzeige für die Strandvilla finden sollte. Und tatsächlich.

»Eine ganze Seite!«, rief Leopold aus, der über den Tresen einen Blick auf die Annonce warf.

»Ich habe bei Carl aber nur eine halbe Seite in Auftrag gegeben«, entgegnete sie verwundert und mit einem aufkeimenden flauen Gefühl im Magen. »Hoffentlich hat es da kein Missverständnis gegeben, denn so eine Anzeige ist ganz schön teuer, obwohl er mir schon einen Sonderpreis gemacht hat. Da bin ich ja auf die Rechnung gespannt.«

»Ich glaube, Herr Meyer wollte Ihnen eine Freude machen, drum hat er das Druckwerk auch persönlich vorbeigebracht. Und schauen S' sich nur mal die reichen Verzierungen an, bestimmt ist keine Annonce so hübsch wie diese. Sehr ansprechend!«

Damit hatte Leopold allerdings recht. Lächelnd und mit einem Anflug von Stolz betrachtete sie die Werbung näher.

Strandvilla

Kur- und Logierhaus ersten Ranges

Direkt bei den Kuranlagen am Strande gelegen
Sämtliche Zimmer mit Seeaussicht, auf das Gediegenste und Eleganteste eingerichtet, bequeme Betten, ungestörte Ruhe.
Elektrisches Licht, eigenes Bad mit fließend Kalt- und Warmwasser, Zentralheizung, auch für die Winterkur geeignet.
Anerkannt vorzügliche Verpflegung
Hoteldiener am Bahnhof

Wiedereröffnung des beliebten

Dünencafés

im Verlaufe der Saison.
Bitte beachten Sie entsprechende Plakatierung

Weitere Auskünfte erteilt Ihnen
Frau Theodor von Lengenfeldt
Reservierungen per Telegramm oder Fernruf 301

»Frau Theodor von Lengenfeldt?«, fragte sie fassungslos. »Ich glaube es ja nicht! Nein, noch mehr, die ganze Anzeige ist ein Unding! Kaum ein Wort stimmt mit meinem Entwurf überein. Nichts habe ich von gediegenster und elegantester Einrichtung geschrieben, ich weiß gar nicht, ob ich das bis Saisonbeginn versprechen kann, noch mehr steht die Eröffnung meines Cafés in den Sternen. Stattdessen kein Wort davon, dass ich die Besitzerin bin, und dieses *Frau Theodor von Lengenfeldt* setzt allem die Krone auf. Ich habe einen Namen!« Sie holte aus, um den Reiseführer in die Ecke zu pfeffern, hielt jedoch mitten in der Bewegung inne und knallte ihn stattdessen auf den Tresen. »Nein, den werde ich Carl vor die Füße werfen – und zwar gleich! Was erlaubt der sich eigentlich?«

Leopold nahm das druckfrische Werk an sich, ganz offenkundig, um sie vor einer Kurzschlusshandlung zu bewahren. »Gehen Sie in Ruhe dorthin. Das wird sich bestimmt klären.«

»Was soll sich klären?«, fuhr Moiken erneut auf. »Der Reiseführer ist gedruckt und noch dazu bestimmt schon im Umlauf. Ich kann ihn nicht dazu zwingen, die Auflage einzustampfen, aber ich werde ihm meine Meinung sagen! So geht das doch nicht, einfach meinen Entwurf ignorieren!«

»Er hat es bestimmt nur gut gemeint«, entgegnete Leopold beschwichtigend. »Sehen Sie mal hier, bei der Villa Roth steht auch Frau Carl Roth, das ist eben allgemein so üblich, wenn die Witwe das Hotel weiterführt.«

»Es interessiert mich nicht, was allgemein üblich ist! Ich halte meinen Kopf für die Strandvilla hin, also will ich wenigstens meinen Namen dort stehen sehen, vom restlichen Inhalt der Annonce ganz zu schweigen!«

»Ärgern Sie sich nicht, gnädige Frau. Die Hauptsache ist doch, dass viele Sommerfrischler die Strandvilla buchen, und das werden die Gäste auf diese Werbung hin ganz bestimmt. Und so werden alle erleben, wie eine sehr patente Frau dieses Hotel führt. Für wann hat sich eigentlich Ihr Fräulein Tochter aus Berlin zum Besuch angemeldet, wo wir gerade bei den Gästen sind?«

Mit dem netten Kompliment und einer scheinbar passenden Frage hatte Leopold sie von ihrem Zorn abzulenken versucht, doch leider hatte er zum falschen Thema gegriffen.

»Gar nicht«, entgegnete sie tonlos.

»Wie darf ich das verstehen, gnädige Frau?«

»Emma hat meinen Besuch in Berlin deutlich abgelehnt und will ihrerseits nicht nach Sylt fahren.«

»Aber gnädige Frau, ein Besuch in Berlin ist derzeit wirklich gemeingefährlich, und der Sommer auf Sylt ist noch lang, das wird schon werden.«

Sie schüttelte den Kopf. Es tat gut, mit Leopold darüber zu reden. »Emma antwortet auf keinen meiner Briefe mehr. Sie hat die Tür zu ihrem Leben zugemacht, wie schon einmal, als sie ohne Abschied nach Berlin gefahren ist. Ein Telegramm von ihr zu Weihnachten, mehr nicht, und seitdem habe ich beschlossen, ihr nicht mehr zu schreiben.«

»Oh«, machte Leopold, und nun wusste auch er nichts mehr zu entgegnen.

Moiken stand das Telegramm wieder vor Augen, denn daraufhin hatten auch ihr die Worte gefehlt.

Mir geht es gut, ich arbeite viel, gib Frieda ein Küsschen. Frohe Weihnachten allen, E.
Herzliche Grüße auch von Boy.

Was sollte man davon halten? Noch weniger jedoch hatte sie eine Erklärung für den Nachsatz. Hatte Emma das aus einer Laune heraus hinzugesetzt, oder ließ Boy wirklich Grüße ausrichten? Das hatte er noch nie getan.

Hatte er vielleicht sogar das Telegramm selbst aufgegeben und diese Worte hinzugefügt? Möglich wäre es. Emma hatte es schon auf Sylt gehasst, am Postschalter in der Schlange zu stehen, und die war in Berlin gewiss noch viel länger.

Moiken bekam Herzklopfen, und nun war sie froh, dass Leopold seine Sprache offenbar wiedergefunden hatte.

»Machen Sie sich Sorgen um Emma?«, fragte er leise.

»Und wie! Erst die Weihnachtskämpfe um das Schloss, wo die beiden ganz in der Nähe wohnen, und jetzt lese ich nur noch von Straßensperren, Barrikadenkämpfen, Soldaten an allen Kreuzungen, bewaffneten Zivilisten, Spartakisten gegen Freikorps-Soldaten, Aufruf zum Sturz der Regierung, Schüssen von Dächern, Toten unter den Zivilisten – das ist doch bald schlimmer als im Krieg! Furchtbar. Ich habe große Angst um Emma und Boy. Ich mag die Zeitung schon gar nicht mehr aufschlagen.«

»Das kann ich mir vorstellen. Aber man muss ja wissen, was in der Welt passiert. Nur leider, mit jeder Zeile bekomme auch ich mehr Angst, dass der Frieden in Deutschland nicht von Dauer ist. Warum schafft man es in Berlin nicht, eine stabile Regierung zu bilden, damit die Pariser Friedenskonferenz endlich stattfinden kann?«

»Schlimm ist das«, bestätigte sie niedergeschlagen. »Es konnte sich doch jeder denken, dass die öffentliche Bestattung der im Schloss getöteten Matrosen zu einer Massendemonstration und damit zu neuen Unruhen führt – nur die Verantwortlichen offenbar nicht.«

»Haben S' das Foto in der Zeitung gesehen? Von diesem Plakat, auf dem steht: ›Des Matrosenmordes klagen wir an: Ebert, Landsberg und Scheidemann.‹ Gruselig. Wo soll das noch hinführen?«

»Ja, das habe ich gesehen, und ich fürchte, Emma ist bei solchen Gelegenheiten mit ihrer Kamera mittendrin.« Allein beim Gedanken daran wurden ihre Knie weich.

»Dann machen Sie die heutige Zeitung besser gar nicht erst auf«, entgegnete Leopold bedeutungsschwanger.

»Warum?«, fragte sie alarmiert und spürte, wie ihre Handinnenflächen feucht wurden.

Leopold holte tief Luft. »Karl Liebknecht ist in Berlin auf der Flucht erschossen und Rosa Luxemburg vor dem Hotel Eden regelrecht gelyncht worden, heißt es. Regierungschef Noske oder sogar unser Reichspräsident selbst hätten den Mord in Auftrag gegeben, so steht es in der Presse. Das nimmt kein gutes Ende.«

Moiken hätte seine düsteren Worte zu gern mit einem beruhigenden Argument überdeckt, doch es gab keines.

Das Damoklesschwert hing für alle sichtbar über Berlin, und keiner wusste, wann es fallen würde.

Nur in einem war sie sich sicher. »Leopold, lassen Sie bitte ein Telegramm an meine Tochter aufgeben – und an Boy. Ich muss wissen, ob es beiden gut geht.«

»Sehr wohl, gnädige Frau.«

Konnte Leopold sich diese übertriebene Anrede wirklich nicht abgewöhnen? Moiken schüttelte den Kopf, doch ihn erneut darauf hinzuweisen war nicht möglich, da jemand zum Portal der Strandvilla hereinkam.

Es war unverkennbar der Sanitätsrat und Badearzt Dr. Nicolas. Wie auf seinen Hausbesuchen üblich, trug er einen blütenweißen Anzug, von der Hose über das Hemd bis zur Fliege. Das Stethoskop trug er um den Hals, und in starkem Kontrast zu seiner makellosen Kleidung führte er seinen ledernen, abgewetzten braunen Arztkoffer mit sich, der ihn vermutlich schon sein ganzes Berufsleben lang begleitete.

Doch der rund Siebzigjährige dachte gar nicht daran, seinen Koffer und noch weniger sich selbst in die Ecke zu stellen. Nur seine Praxis in der Puttkamerstraße in der Nähe des Warmbadehauses hatte er während des Krieges an einen Nachfolger übergeben, und seither waren die prophylaktischen Hausbesuche in ausgesuchten Hotels zu seiner Lieblingsbeschäftigung geworden und dienten zugleich seiner Unterhaltung.

»Alle gesund?«, fragte er im Hereinkommen und sah durch seine runde Brille munter in die Runde. Der Krieg und das Alter hatten ihm einige Kilos abgerungen, doch er war noch immer von kräftiger Statur, seine weißgrauen Haare waren akkurat zum Mittelscheitel gekämmt, und an seinem kaiserlichen Schnurrbart hielt er trotz des Endes der Monarchie in Treue fest.

»Alle gesund«, gab Moiken lächelnd zurück, während sie ihm die Hand reichte. »Auch Wilma ist dank Ihrer guten Fürsorge wieder auf den Beinen.«

»Nicht mal jemand mit einem leichten Halskratzen, ein bisschen Bauchweh, allgemeinem Unwohlsein?«, fragte er und hob ungläubig die Augenbrauen.

»Alle gesund«, bekräftigte Moiken und schmunzelte. Sie mochte die Besuche von Dr. Nicolas, die zu einem festen Ritual geworden waren. Und nicht nur das. Er war zu einem guten Freund geworden, der auch ihre Vergangenheit kannte, jene Zeit, in der sie in Keitum gelebt und sich nicht nach Westerland gewagt hatte. Er hatte nie an das Gerücht geglaubt, dass sie für den Tod ihres Bruders verantwortlich sei, und die regelrechte Hetzjagd auf sie verurteilt. Seine Besuche waren wie kleine Inseln, die ihr tagtäglich einen kleinen Ankerplatz boten, während sie sich im Meer der Aufgaben über Wasser zu halten versuchte.

»Wie langweilig.« Er machte ein enttäuschtes Gesicht.

»Wir können gern tauschen«, seufzte sie. »Langweilig ist mir nämlich nicht, und immerhin hindert Sie niemand daran, Ihre Rechnungen auf den eigenen Namen auszustellen.«

»Wie darf ich das verstehen?«, fragte Dr. Nicolas irritiert.

Sie seufzte. »Lassen Sie sich einen Tee bringen, mein lieber Dr. Nicolas, machen Sie es sich im Foyer gemütlich und lesen Sie im neuen Reiseführer. Wenn Sie bei den Annoncen angekommen sind, wird Ihnen ein Licht aufgehen.« Sie überreichte ihm das druckfrische Werk. Das war allemal klüger, als es dem Druckereibesitzer vor die Füße zu werfen, da hatte Leopold schon recht. Es genügte, Carl Meyer deutlich die Meinung zu sagen.

»Sie entschuldigen mich? Ich muss heute leider ein dringendes Gespräch außer Haus führen. Leopold, bitte denk an das Telegramm.«

Doch die Erinnerung war unnötig gewesen, Leopold hatte bereits zum Hörer gegriffen und ließ sich mit dem Postamt verbinden. Zugleich gab er dem Dienstmädchen im Foyer einen Wink, dem Herrn Sanitätsrat einen Tee zu bringen.

Verlässlichkeit – ein seltenes Gut in diesen Tagen voller Sorgen, und gleich zwei Männer, die diese Eigenschaft mit sich trugen, befanden sich gerade in der Strandvilla und gehörten zu ihren engsten Vertrauten.

Eigentlich könnte sie sich glücklich schätzen. Eigentlich.

Wenn Leben nicht auch Veränderung bedeuten würde. Doch wo blieb die Wendung zum Positiven? Von den Stürmen, die ihr das Ruder aus der Hand rissen, war sie genug gebeutelt worden. Konnte damit nicht bald Schluss sein?

Wie sehr sehnte sie sich nach ruhigem Fahrwasser, in dem sie das Steuerrad ihres Lebens endlich wieder selbst in der Hand hielt.

War das ein vermessener Wunsch?

Kurz darauf ging Moiken im milden Winterwetter an der Promenade entlang, vorbei an den Strandhallen mit den großen steinernen Arkaden, hinter denen sich beliebte Treffpunkte für die Sommerfrischler auftaten, vom Tanzsaal über die Lesehalle bis hin zum Restaurant Royal, aus dem gerade Stühle und Tische geschleppt wurden, während nebenan im Bazar für Strandartikel eifrig gehämmert und gebohrt wurde.

Normalerweise hasste sie diese nervtötenden Geräusche, doch nun klangen sie fast wie Musik in ihren Ohren, denn der Lärm zeugte vom Willen zum Aufbruch, von der großen Hoffnung auf eine erfolgreiche Saison.

Moiken nahm einen tiefen Atemzug, die salzige Meeresluft füllte ihre Lunge, ihr Brustkorb spannte sich auf, und zugleich drückte ein schweres Gefühl auf ihre Brust wegen des zu erwartenden Disputs mit Carl in der Druckerei.

Was war nur in ihn gefahren, solch eine Werbeanzeige ungefragt in die Welt zu setzen?

Ob sie den hohen Standard, den er darin versprochen hatte, bis zum Saisonbeginn überhaupt erfüllen konnte? Schon die Zweifel, ob sie überhaupt ein Mindestmaß an Komfort erreichen konnte, ließen sie nachts kaum schlafen. Ständig kreisten ihre Gedanken neben der Sorge um ihre große Tochter darum, was noch erledigt werden musste. Und jetzt auch noch diese hohen Versprechungen in der Anzeige, durch die sie sich zusätzlich unter Druck gesetzt fühlte.

Doch wenn schon, dann sollte bei all ihrem Tun *ihr* Name darunter stehen, ganz gleich, ob sie scheitern oder Erfolg haben würde. Ihr vollständiger Name und nicht der ihres verstorbenen Gatten mit der Anrede des weiblichen Geschlechts, hinter dem sie sich verstecken sollte.

Moiken nahm einen weiteren tiefen Atemzug, um ihren aufgebrachten Herzschlag zu beruhigen, und stellte sich vor, wie es im Sommer sein würde, wenn sie alles geschafft hatte.

Wenn die Strandvilla gut belegt war, die zufriedenen Gäste ihre Sommerfrische vielleicht sogar bei einer Tasse Kaffee und einem leckeren Törtchen in ihrem Dünencafé mit Meerblick genossen und dabei den Klängen der Kurkapelle aus der Musikmuschel lauschten, die eine leichte Brise zu ihnen herübertrug.

Ihr Dünencafé …

Sie drehte sich um. Am anderen Ende der Promenade lag der hölzerne Pavillon, den sie nicht mehr betreten hatte, seit sie sich vor drei Monaten ein erstes Bild vom Zustand im Inneren gemacht hatte. Und der hatte sie zum Weinen gebracht.

Die Verwüstung, der Schmutz, ein Berg an zusätzlicher Arbeit – andererseits hatte sie es schon einmal geschafft, aus dem heruntergekommenen Pavillon ein schmuckes Kleinod zu machen. Damals war sie allerdings nicht zugleich für die Strandvilla verantwortlich gewesen, die nach dem Krieg in neuem Glanz erstrahlen sollte.

Dennoch, vielleicht konnte sie es bis zur Hochsaison schaffen, ihr Dünencafé wiederzueröffnen? Vielleicht hatte Carl doch recht? Sehnsüchtig blieb ihr Blick an dem achteckigen Gebäude hängen, das sie vom ersten Tag an fasziniert hatte.

Einsam lag es vor dem ruhigen Meer und dem goldgelben Strand in der Sonne, und Moiken stellte sich vor, wie die farbenfroh gestrichenen Tische und Stühle wieder im Außenbereich standen, gedeckt mit einem bunten Sammelsurium an Tassen und Tellern.

Nur mühsam konnte sie sich abwenden, doch sie musste vor dem Hotel Miramar den Abzweig die breiten Treppen hinauf zur Friedrichstraße nehmen.

Sie nahm sich vor, auf dem Rückweg von der Druckerei noch zum Dünenpavillon zu gehen und das Innere dieses Mal gründlich in Augenschein zu nehmen, um einen Plan zu erstellen, was alles getan werden musste.

Geräusche von Renovierungsarbeiten drangen auch aus dem Hotel Miramar, und hinter den großen Fenstern im Erdgeschoss waren zahlreiche Handwerker zu erkennen.

Das Miramar, ein dreihunderttausend Mark teurer, quadratischer Bau im klassizistischen Stil, war nach dem Vorbild des Schlosses von Triest vor gut fünfzehn Jahren von Otto Busse gemäß seiner Vision eines Logierhauses direkt am Meer erbaut worden.

In Konkurrenz zur Strandvilla noch näher an die Nordsee heran. Viele hatten den Berliner für verrückt erklärt, fragten zynisch, warum er das hübsche Gebäude nicht gleich dem Meer zum Fraß vorwarf, und hätte sein Sohn Georg nicht wenige Jahre später die Promenade als schützendes Betonbollwerk dem Grand Hotel vorsetzen lassen, wäre das Haus tatsächlich längst Geschichte.

Doch so blieb Moiken die tägliche Aussicht auf die Konkurrenz mit sechzig Zimmern, und sie wusste, dass Georg Busse sie von seiner Warte aus ebenfalls ganz genau im Auge behielt und nur auf den

Moment wartete, die Strandvilla im Wettbewerb um die betuchten und berühmten Gäste endlich zu übertreffen.

»Moiken! Wie schön, dich zu sehen!«

Die Stimme gehörte Boys zwanzigjährigem Sohn Bernhard, Emmas Halbbruder. Gegenüber dem Miramar war er aus seinem fotografischen Atelier getreten, das sein Vater bis zu seinem Weggang nach Berlin als Strandfotograf geführt hatte. So groß, wie die Ähnlichkeit zwischen Emma und ihr war, so sehr glichen sich Bernhard und Boy bis aufs Haar.

»Bernhard, wie geht es dir? Wir haben uns ja seit Weihnachten nicht gesehen. Hast du den Jahreswechsel schön verbracht?«

»Ja, viel gefeiert. Zu viel.« Er lachte. »Muss man ja auch begießen, dass die schlimmen Zeiten vorbei sind. Jetzt baue ich gerade noch eine neue Kulisse in meinem Atelier, hab viel zu tun, aber bei wem ist das nicht so, kurz vor der Saison? Hast du trotzdem Zeit, mit mir einen Tee zu trinken?«

»In deinem Atelier?«, echote Moiken. Boy hatte die Geschäftsräume mit seinem Wegzug nach Berlin an seinen Bruder verpachtet, damit Bernhard seine Ausbildung als Fotograf beenden konnte, denn Bernhard wollte für keinen Preis der Welt die Insel verlassen. Warum also *sein* Atelier?

»Ja.« Er strahlte übers ganze Gesicht. »Du hast richtig gehört. Mein Onkel zieht sich wieder zurück in die Bötticherstraße und konzentriert sich weiter auf den Verleih von Handkameras und die Vermietung seiner Dunkelkammer an Amateure. Er war froh, dass ich mich schon reif genug fühle, das Atelier allein zu führen, denn für ihn ist die Arbeit als Strandfotograf nichts. Er hat das Atelier nur meinem Vater zuliebe zur Überbrückung übernommen, und nun habe ich es gepachtet. Ich kann es kaum erwarten, bis die Saison beginnt! Ich muss ja jetzt mein eigenes Geld verdienen!«, fügte er halb ernst, halb belustigt hinzu.

Da hatte er sich einiges vorgenommen, dachte Moiken mit Respekt, und sie schob ihre Zweifel beiseite, ob er sich mangels Erfahrung damit übernehmen würde. Und wenn Bernhard mit seinem Vater die neuen Pachtverhältnisse geregelt hatte, war das zumindest schon mal ein Zeichen, dass es Boy gut ging.

»Wann hattest du zuletzt Kontakt mit deinem Vater?«, fragte sie möglichst beiläufig.

Bernhard warf die Stirn in Falten. »Zu Weihnachten – weshalb? Er hat mir einen Brief geschickt und an Heiligabend noch ein Extratelegramm. Gibt es etwa Anlass zur Sorge?«

»Nein, nein«, beruhigte sie ihn schnell, obwohl das in ihren Augen nicht der Wahrheit entsprach. »Es ist nur … ich habe mich mit Emma gestritten und zu Weihnachten nur eine sehr knappe Nachricht von ihr erhalten. Und jetzt habe ich Angst um sie.« Und um deinen Vater, wollte sie hinzufügen, doch sie beließ es dabei.

»Du meinst, wegen dem, was man so aus Berlin hört? Die Straßenkämpfe? Das macht mich auch unruhig, aber den beiden wird schon nichts passieren«, sagte Bernhard in seiner ihm eigenen Unbekümmertheit.

»Du hast recht«, stimmte Moiken zu, obwohl sie nicht der Meinung war. »Ich habe vorhin ein Telegramm zu den beiden schicken lassen, wir werden sicher bald Antwort haben. Für einen Tee habe ich leider keine Zeit, ich muss eilig zur Druckerei und habe heute noch so viel zu erledigen – aber ein andermal gern.«

»Dann auf bald!«, rief er und winkte ihr fröhlich nach, während sie weiter die Friedrichstraße hinunter zum Haus Gutenberg ging, in dem sich die Druckerei befand.

Das hübsche dreigeschossige und lang gestreckte Gebäude mit dem zinnenbewehrten Dach hatte Carl 1895 erbauen lassen, um sich als damals Dreiundzwanzigjähriger seine berufliche Zukunft als Druckereibesitzer und Zeitungsverleger einzurichten, was ihm in den vergangenen zwei Jahrzehnten bis zum Krieg sehr gut gelungen war.

Im Büro sagte man ihr, man wisse nicht, wo der Geschäftsinhaber derzeit stecke, vermutlich in einem der Produktionsräume, und sie könne gern durchgehen, wenn es dringend sei, man kenne sie ja schließlich.

Mit einem verbindlichen Dank, bei dem sich Moiken schon zu einem Lächeln zwingen musste, ging sie weiter in den ersten großen Raum, in dem die Setzer sich an langen Tischen gegenüberstanden.

Die Männer sahen nur kurz auf, während sie mit präzisen und routinierten Bewegungen die Bleibuchstaben aus den Kästen fischten und in den Winkelhaken klemmten, mit geübten Blicken das spiegelverkehrte und zudem überkopfstehende Wort auf Richtigkeit prüften und mit dem vorliegenden Textauftrag verglichen.

Männer. Hier waren nur Männer beschäftigt.

Und von Carl keine Spur. Sie ärgerte sich zunehmend.

Aus dem nächsten Raum drang das Geräusch von Druckmaschinen, doch anstelle von Carl fand sie dort lediglich eine Gruppe Arbeiterinnen und Arbeiter an zwei Schnellpressen vor. Aufgrund des Geräuschpegels und der herrschenden Konzentration war ihr Eintreten noch nicht bemerkt worden.

Hier waren tatsächlich Frauen tätig. Jeweils eine Frau mit weißer Schürze über dem einfachen Leinenkleid, die Haare zum Knoten hochgesteckt, legte sorgfältig Papierbogen um Papierbogen in die Maschinen, angereicht aus einem großen schweren Stapel im Arm eines Mädchens, das hinter der Arbeiterin stand.

Neben jeder Maschine saß ein Mann und prüfte das Ergebnis Blatt für Blatt.

Moiken konnte den Blick kaum von den beiden Mädchen losreißen, deren Schürzen bis zum Knöchel reichten und fast zweimal um den Körper gewickelt waren. Vermutlich waren es die Töchter der Frauen, und mit gutem Willen waren die Kinder zehn Jahre alt.

Auch in Familienbetrieben war es nicht mehr erlaubt, Kinder unter zehn Jahren zu beschäftigen, und da waren diese Mädchen eindeutig an der Grenze. Musste das denn sein? Nun hatte sie noch ein weiteres Thema, über das sie mit Carl sprechen musste.

Energisch betrat sie den nächsten Raum, und dort fand sie ihn. Er saß allein an einem maschinellen Ungetüm, so breit wie ein Schreibtisch und größer als sie, das einen Höllenlärm verursachte, während Carl konzentriert auf die Tasten tippte.

Sie betrachtete seinen Rücken und stellte fest, dass er die gleiche Haltung wie sein Vater Julius hatte, wenn der sich in seiner Buchhandlung über die Theke beugte, um etwas im Katalog nachzusehen.

Ansonsten hatte Carl von seinem Vater zwar die Liebe zu den Buchstaben geerbt, dem Aussehen nach kam er allerdings mehr nach seiner Mutter, wie er in Erinnerung an sie mal erzählt hatte.

Auffällig waren sein breiter Mund mit den vollen Lippen und seine großen Augäpfel, die ein wenig hervorstanden und von breiten Lidern bedeckt waren. Jeder Druck auf einen Buchstaben ließ die entsprechende metallene Gussform mit einem rasselnden Geräusch aus dem großen, setzkastenartigen Magazin nach unten fallen, wo sie sich zu einer Zeile sammelten.

Carl warf einen prüfenden Blick darauf, betätigte einen Hebel und tippte weiter. Dadurch wurde die zusammengestellte Zeile eine Ebene höher gehoben, und Moiken beobachtete fasziniert, wie sich sämtliche Hebel und Räder der Maschine lautstark in Bewegung setzten und sich im Ergebnis eine aus flüssigem Metall gegossene Zeile mit einem Klacken zu den bereits fertigen reihte.

Ein langer Hebelarm griff die gerade zum Gießen benutzten Buchstabenmatrizen, legte sie in der obersten Ebene auf einer beweglichen Schiene ab, und von dort aus gelangten sie zur erneuten Verwendung, auf wundersame Weise sortiert, in die entsprechenden Buchstabenkanäle des Matrizenmagazins zurück.

»Carl!«, rief sie, so laut sie konnte.

Er zuckte zusammen und drehte sich um, dabei breitete sich ein Lächeln auf seinem Gesicht aus. »Moiken!«, rief er zurück. »Wie schön, dass du vorbeikommst. Da kann ich dir direkt mein neues Schmuckstück vorführen. Eine Linotype, Baujahr 1906. Die habe ich günstig der Witwe eines Druckereibesitzers aus Husum abgekauft, die den Betrieb ihres Mannes, der im Krieg verstorben ist, nicht weiterführen kann und will. Bei dem günstigen Angebot musste ich zuschlagen, und stell dir vor, der Werbespruch der Firma ›Fünf gegen einen‹ stimmt tatsächlich. Mit diesem Wunderwerk der Technik kann ich fünf Setzer einsparen. Und natürlich geht der Druck dadurch schneller – ich bin mit meiner Zeitung noch näher am Puls der Zeit. Fantastisch!«

Moiken verzog das Gesicht. Die Begeisterung für technische Neuerungen erinnerte sie stark an Theodor, nur mit dem Unterschied, dass ihr verstorbener Ehemann niemals daran gedacht hätte, Personal zu entlassen. Doch sie war nicht gekommen, um mit Carl über seine Geschäftspolitik zu diskutieren – jetzt noch nicht.

»Carl! Ich muss mit dir reden«, rief sie. »Der Reiseführer …«

Carl schaltete ohne Umschweife die Maschine aus.

»Ist die Anzeige für die Strandvilla nicht wunderschön geworden? Ein echter Hingucker, das war eine große Überraschung, habe ich recht?«

»Das war *allerdings* eine Überraschung«, entgegnete Moiken. In ihrem Ärger hatte sie sich so viel zurechtgelegt, was sie ihm an den Kopf werfen wollte, doch nun fehlten ihr schlicht die Worte.

»Ach, nun ahne ich, weshalb du dich nicht freuen kannst. Keine Sorge, ich werde dir nichts dafür berechnen. Sieh es als Geschenk von mir. Ganz im Sinne meines Vaters unterstütze ich dich gern.«

Sein fortdauerndes Lächeln erzeugte erneute Wut in ihr. Er hatte wirklich keine Ahnung, wie unpassend diese Werbung in ihren Augen war.

»Carl, du hast in der Anzeige meinen Namen nicht genannt«, hob sie an. »Nur dieses lächerliche *Frau* davorgesetzt.«

»Das ist richtig. Es macht einen besseren Eindruck beim Badepublikum, wenn dort der Name des Mannes steht.«

»Das ist tatsächlich dein Ernst? Der Name eines Verstorbenen? Ich bin für die Strandvilla, für das Wohl der Gäste und das meines Personals verantwortlich, ich tue alles für eine gelungene Saison nach diesen furchtbaren Kriegsjahren, ich halte meinen Kopf hin, und du meinst …«

»Nun ja, einer Frau traut man eben die komplizierte Führung eines Hotels, erst recht in solch schwierigen Zeiten, nicht zu, und das könnte einige Männer davon abhalten, in der Strandvilla zu buchen – denn wo Urlaub gemacht wird, entscheiden sie, nicht ihre Frauen. Es ist also klüger, sich anzupassen, wenn dein Hotel gut gebucht sein soll. Und die Bezeichnung *Frau* in der Namenszeile deutet ja schon an, dass die Witwe das Hotel besitzt und den Kontakt mit den Gästen unterhält, alle anderen Aufgaben jedoch einem Geschäftsführer übertragen hat.«

»Dem ist aber nicht so!«, polterte sie und ärgerte sich zugleich, dass ihr keine sachlichen Argumente auf solche herabwürdigenden Ansichten einfielen.

»In der nächsten Auflage könnten wir das korrigieren«, lenkte Carl ein, »und stattdessen schlicht M. Lengenfeldt schreiben, das sähe auch hübsch aus. Oder wir machen es so wie die Frau meines Vaters. In ihrer Anzeige steht ›Julius Meyer Nachflg.‹ Durch diese Abkürzung ist doch beiden Seiten geholfen, und es wird nicht so deutlich, dass eine Frau die Nachfolge in der Buch- und Papierwarenhandlung angetreten hat … und bevor du mich angreifst … Mathilde wollte das so.«

»Ich möchte«, sagte sie und holte dabei tief Luft, »dass Moiken von Lengenfeldt dort steht. Mein Name, schlicht und ergreifend. Alles andere lass bitte meine Sorge sein. Und warum glaubst du überhaupt, mich auf diese Weise unterstützen zu müssen? Glaubst du, ich würde so schlecht wirtschaften, dass ich mir nicht mal mehr so eine Werbeanzeige leisten kann? Wie kommst du zu der Annahme? Etwa, weil ich eine Frau bin?«, hakte sie lauernd nach. »Wenn es so schlecht um meine Finanzen bestellt wäre, würde ich wahrlich einen Fehler begehen.«

»Nein, so war das nicht gemeint! Ich …« Carl rang um Worte. »Ich meine, es ist ja kein Geheimnis geblieben, dass Theodor dir einen ziemlichen Schuldenberg hinterlassen hat, weil er nicht nur in seine Strandvilla, sondern auch ins Glücksspiel investiert hat.«

»Das ist in der Tat richtig, aber dann scheint in der Gerüchteküche noch nicht angekommen zu sein, dass ich mein Haus in Keitum, das ich über Theodor wieder geerbt habe, unterdessen verkauft und weitere Liegenschaften, die Theodor gehörten, längst an die Bank gegeben habe. Und falls man sich immer noch erzählt, ich sei Juwelier Jandt noch etwas schuldig – ich habe die von Theodor nicht bezahlten Eheringe zurückgebracht und die Verlobungsringe obendrauf.« Das war eine sehr unangenehme Sache gewesen, daran wollte sie sich gar nicht erinnern, und natürlich bereiteten ihr die Finanzen schlaflose Nächte. Aber das musste sie Carl nicht auf die Nase binden.

Es war schlicht eine Unverfrorenheit von ihm, ihr Misswirtschaft zu unterstellen.

»Du hast also wirklich geglaubt, ich könne mir diese Anzeige nicht leisten. Was denkst du eigentlich von mir? Oder noch besser: Für was hältst du mich eigentlich? Für unfähig? Dann sag mir das hier und jetzt ins Gesicht, und damit ist unsere Freundschaft dann beendet. Solche Freunde brauche ich nicht, die mir aus falsch verstandenem Pflichtgefühl helfen.«

»Jetzt unterstellst du mir etwas. Bevor du die Strandvilla nach Theodors Tod übernommen hast, kannte ich dich nur dem Namen nach, weil mein Vater immer von dir erzählt hat. Das hat sich seither geändert, und darüber bin ich sehr froh. Ich bin gern für dich da, so wie du für mich in der schweren Zeit da warst, als meine Frau und mein ungeborenes Kind verstorben sind. Das hat absolut nichts mit falschem Pflichtgefühl zu tun, nur weil mein Vater dir so viel geholfen hat. Genau genommen kann ich sehr gut verstehen, warum er dich so mag.«

Carl räusperte sich, und während Moiken noch darüber nachdachte, wie das genau zu verstehen war, sprach er weiter.

»Ich hatte dir ein Angebot für eine Werbeanzeige zukommen lassen – als meine gute Freundin und Geschäftspartnerin natürlich mit einem Nachlass von dreißig Prozent, aber die Frist vor Drucklegung ist verstrichen, ohne dass du mir einen Entwurf hast bringen lassen. Und so dachte ich, du könntest es dir nicht leisten, wohl wahr. Deshalb bist du aber nicht in meiner Achtung gesunken, derzeit mangelt es doch überall an Geld. Also wollte ich dir eine kleine Freude machen, aber die ist mir wohl gründlich misslungen – es tut mir leid.«

»O nein«, rief Moiken aus. »Jetzt wird mir alles klar. Ich wollte Matthis just an jenem Vormittag zu dir schicken, als die Revolutionäre die Strandvilla durchsucht haben. Durch den ganzen Trubel und die Aufregung dachte ich, das wäre erledigt. Große Güte! Ich bin anscheinend doch überfordert, wenn mir so etwas durch die Lappen geht. Was für eine Nachlässigkeit von mir! Und was für ein Missverständnis daraus entstanden ist! Wenn ich dadurch keine Werbung im Reiseführer gehabt hätte, nicht auszudenken! Es tut mir leid, dass ich dich so angegriffen habe. Ich bin dir sehr dankbar.« Moiken machte eine kleine Pause, dann fügte sie leise hinzu: »Dennoch hast du in der Werbeanzeige Dinge versprochen, von denen ich gar nicht weiß, ob ich sie bis Saisonbeginn wahr machen kann.«

»Aber ich weiß das. Ich weiß, es wird dir gelingen, denn ich traue dir das zu. Es liegt an der Gesellschaft, dass Frauen einfach nicht in allen Bereichen als gleichwertig akzeptiert werden.«

»Du meinst, es liegt an den Männern als Teil unserer Gesellschaft.

Warum fängst du nicht bei dir im Betrieb an? Warum arbeiten keine Frauen als Setzerinnen bei dir?«

»Weil das ein sehr verantwortungsvoller Bereich ist, Fehler wirken sich auf den gesamten Betrieb aus, da ist höchste Konzentration ...« Er verstummte.

»Und dazu sind Frauen nicht in der Lage?«, hakte sie lauernd nach.

»Nun ja ...« Carl fühlte sich sichtlich unwohl, seine Miene verschloss sich. »Es hat sich eben gezeigt, dass Frauen sehr gut an den Schnellpressen als Anlegerinnen eingesetzt werden können.«

»Und wiederum von einem Mann kontrolliert werden. Außerdem sind diese beiden Mädchen doch keine zehn Jahre alt? Und selbst wenn, sie sind doch noch viel zu jung zum Arbeiten!«

»In meinem Betrieb wird nach dem Gesetz gearbeitet. Die Mädchen sind zehn Jahre alt und dürfen als Zuträgerinnen eingesetzt werden. Willst du mir nun vorwerfen, dass ich Familien unterstütze, die das Geld dringend benötigen? Unsere Handwerksordnung sieht nun einmal vor, dass ein gelernter Buchdrucker und kein anderer die Arbeit kontrolliert.«

»Warum denkst du nicht wenigstens darüber nach, ob auch Frauen für den Beruf eines Setzers geeignet sind?«

»Moiken, ich mische mich nicht in deine Geschäftsführung ein und du dich bitte nicht in meine. Ich wollte dir lediglich eine Freude mit der Werbeanzeige machen. Wenn ich gewusst hätte, welche Diskussionen das nach sich zieht ... Ich muss jetzt weiterarbeiten, so lange Pausen kann ich mir nicht erlauben.«

»Es tut mir leid, natürlich habe ich dir nicht in deine Betriebsführung reinzureden, aber es ist doch wichtig, die Dinge mal zur Sprache zu bringen. Frauen sind keine Menschen zweiter Klasse, und es wird höchste Zeit, dass die Frauen ihre Stimme erheben und die alten Zöpfe abschneiden, nachdem der lange Bart der Monarchie endlich ab ist. Es ist Zeit für Veränderung.«

»Moiken, du klingst gerade so, als würdest du die ganze Welt verändern wollen. Da nimmst du dir tatsächlich zu viel vor.«

»Nicht die ganze Welt. Aber meine Lebenswelt. Und das fängt damit an, dass ich mir von keinem Mann den Mund verbieten lasse. Auf Wiedersehen, Carl.«

KAPITEL 4

Noch am selben Tag, im Januar 1919

Seine Seele hatte noch längst nicht verstanden, dass keine bewaffneten Truppen mehr lauerten. Er starrte in die Gegend und sah weiterhin die Kämpfe vor sich, die blutenden und sterbenden Kameraden.

Der Befehl zum Abbruch der Front war an einem frühen Morgen gegeben worden. Zum ersten Mal hatte er sich gefahrlos im Schützengraben aufgerichtet, sich ohne Deckung auf dem freien Feld umgesehen, und dennoch hatte er die Angst vor feindlichen Geschossen in sich gespürt.

Wieder stand ihm der Moment vor Augen, als ihn der Bataillonsführer am Arm herumgerissen hatte.

»Bewegung, von Baudissin! Nicht nachdenken, handeln! Wir führen das Bataillon geordnet nach Deutschland zurück. Ich brauche Sie.«

»Aber ich habe um sofortige Entlassung gebeten, der Krieg ist zu Ende, und ich bin nur Reserveoffizier.«

»Und genau deshalb übergebe ich Ihnen noch für einige Tage die Vertretung, weil ich zum Generalkommando befohlen wurde.«

Einige Tage. Diese Tage zogen sich hin und wurden für ihn zum Albtraum, fast noch schlimmer als der Krieg. Nachdem sie zurück in der alten Kieler Garnison waren, wurde er am dritten Abend, als er im Büro zur Ablenkung über Zahlen und Namenslisten brütete, von Teilen seiner eigenen Männer und mehreren Matrosen im Namen des Soldatenrates zur Herausgabe der Bataillonskasse aufgefordert. Das verweigerte er selbstredend.

Die Männer überwältigten ihn und sperrten ihn kurzerhand ins alte Arrestlokal. In der Nacht hörte er durch das vergitterte Fenster, wie sich die Männer betranken und dabei lauthals Vorschläge in die Runde riefen, wie man mit ihm verfahren solle, damit er sie nicht verpfeifen könne.

»Schlagen wir ihn doch einfach tot!«

»Lieber gleich erschießen!«

»Und besser jetzt als gleich, wer weiß, wann der Major zurückkommt!«

»Genau, dann behaupten wir einfach, Baudissin sei geflüchtet.«

Flucht. Es war, als ob ihm der Soldat das Stichwort geliefert hätte. Den Rest der Nacht ging er vor seiner Pritsche auf und ab, angetrieben von Todesangst und im frühen Morgengrauen schwankend vor Übermüdung, Hunger und Durst, taumelnd zwischen glänzenden Fluchtplänen und verstandesgemäßer Klarheit, dass es kein Entkommen gab.

Seine Rettung war der Major, der tatsächlich am frühen Morgen zurückkehrte, die Klärung der Lage forderte und ihm im Anschluss mit guten Wünschen die geforderten Entlassungspapiere in die Hand drückte.

Damit war für den Offizier die Sache erledigt, für ihn begannen die Nächte voller Albträume, wie er sie zuvor nicht gekannt hatte.

Natürlich hatte er auch im Krieg fast täglich um sein Leben gebangt, doch er war nie mit einer so direkten Todesdrohung konfrontiert gewesen.

Er hatte diese verdammten Jahre überlebt, diese wahnsinnigen Schießereien, diesen gesamten Irrsinn, der sein Dasein bestimmt hatte. Die Anspannung, unter der er täglich gelitten hatte, war von ihm abgefallen, auf dem Weg nach Kiel hatte er langsam begriffen, dass er nun wieder der Herr über sein eigenes Leben war, die Zeit wieder ihm gehörte – und plötzlich sollte er durch die Hand seiner eigenen Kameraden sterben. Das war zu viel für seine Seele gewesen.

Adam von Baudissin ging langsam, fast zögerlich die Treppen am Hotel Miramar zum Strand hinunter, so als könne das glitzernde

Meer nur eine Einbildung sein und wie eine Fata Morgana jeden Augenblick verschwinden.

Doch er war wieder auf Sylt, nach fünf langen Jahren.

Erst kürzlich hatten seine Füße noch im letzten Drecksloch an der Westfront gesteckt, und nun durfte er wieder am Meer entlangspazieren. Diese verdammten Schützengräben. Warum überhaupt diese Kämpfe? War dieser Krieg wirklich nicht vermeidbar gewesen? Musste so viel Leid über alle Menschen ausgeschüttet werden?

Vor fünf Jahren war er diese Treppe zuletzt hinuntergegangen, anschließend über die Promenade spaziert, an deren Ende er auf das hübsche Café in den Dünen und dessen sympathische Besitzerin gestoßen war.

Moiken. Ihren Namen hatte er in all den Jahren nicht vergessen. Und er konnte sich auch noch gut daran erinnern, wie er sich mit einer kleinen Zeichnung und einem aufmunternden Satz als Erster in ihrem Gästebuch verewigt hatte. Ein besonderes Gästebuch, das sie anstelle von Bildern in Form von eingerahmten Papierbögen an die Wand gehängt hatte. Diese Idee hatte ihm ausnehmend gut gefallen, und sie war so besonders wie diese Frau mit ihrem Café.

Sein Blick glitt zu dem hölzernen Pavillon, wo in jenem Sommer die bunten Stühle gestanden hatten. Wie schön wäre es, wenn er dort in Ruhe einen Kaffee trinken und sich mit ihr unterhalten könnte. Er spürte die Sehnsucht in sich, und zugleich war er erleichtert, dass das Café noch nicht geöffnet hatte, denn da war die Angst vor Menschenansammlungen, ja, sogar eine Furcht davor, mit Menschen in Kontakt zu treten.

Er fühlte eine große Unsicherheit in sich, denn er wusste, er hatte sich verändert. Er steckte in dem Körper, mit dem er in den Krieg gezogen war, doch zurück war er als Mensch mit gebrochener Seele gekommen, als ein Bündel von Ängsten.

In diesem Zustand empfand er sich als Zumutung für andere Menschen, undenkbar, von Kiel aus direkt nach Husum zu seiner

Verlobten zurückzukehren. Stattdessen war er direkt nach Sylt gefahren, ohne sich überhaupt bei ihr zu melden.

Er brauchte noch ein paar Tage, um zur Ruhe zu kommen, musste Zeit allein verbringen, damit die Panikattacken nachließen – so hoffte er jedenfalls und wünschte sich, jenen Adam von Baudissin, der vor dem Krieg ein gefragter Architekt und Wasserbauingenieur, ein in sich ruhender und glücklicher Mann gewesen war, eines Tages in sich wiederzufinden.

Er sah hinauf zur Strandvilla auf der hohen Düne. Ein wundervoller Ort zur Erholung, eine Oase der Ruhe. Ein Zimmer mit Meerblick wäre der perfekte Hort, um Kraft zu tanken. Geld genug hatte er, das war das Einzige, woran es ihm nicht mangelte.

Theodor von Lengenfeldt war mit Sicherheit auch zum Kriegsdienst eingezogen worden. Ob er überhaupt noch lebte? Und wie war es Moiken ergangen?

War man in der Strandvilla überhaupt schon wieder so weit, Gäste zu empfangen? Oder waren die einzig bewohnbaren Zimmer vielleicht schon von Stammgästen belegt?

Viele Fragen, viele Unsicherheiten, die ihn lähmten und den Gang hinauf zur Strandvilla unmöglich machten. So kam er zu dem Entschluss, sich ein Privatquartier zu suchen, in dem er keinem Menschen begegnen musste, außer den Herbergsleuten, und von wo aus er seine langen Strandspaziergänge starten konnte, auf dass sein Leben neu beginnen möge …

Er blickte den Strand entlang, der kilometerweit ausgestreckt vor ihm lag und scheinbar bis zum Horizont und tatsächlich bis zum Nordzipfel der Insel reichte.

Dabei nahm er aus dem Augenwinkel eine Bewegung am Pavillon wahr. Eine Frau schloss dort gerade die Tür auf, und er konnte sich denken, dass es die Cafébetreiberin war: Moiken.

Ob er zu ihr gehen sollte? Ob sie sich an ihn erinnerte? Welche Rolle spielte das überhaupt? Weshalb war ihm das wichtig?

Wahrscheinlich, damit er in einem Gespräch an eine schöne Zeit anknüpfen konnte, in Erinnerung an die Person, die er gewesen war.

Vielleicht sollte er sie doch wegen eines Zimmers in der Strandvilla fragen? Während er darüber nachdachte, spürte er wieder Angst in sich hochsteigen, dieses elende, scheinbar unbeherrschbare Gefühl.

Schweiß drang ihm aus allen Poren. Stocksteif blieb er stehen und hoffte, dass diese Attacke schnell vorübergehen würde.

So schmerzlich wie in diesem Moment war Moiken angesichts der blinden Zerstörungswut lange nicht mehr bewusst geworden, wie allein sie sich fühlte, obwohl sie von treuem und fleißigem Personal und einem Kreis hilfsbereiter Freunde umgeben war. Tränen liefen ihr über die Wangen, als sie sich inmitten ihres Dünencafés umsah.

Wenn jetzt jemand da wäre, der sie einfach in den Arm nehmen könnte, sie tröstete und ihr sagte, dass alles gut werden würde und alles halb so schlimm war.

Doch, es war schlimm. Was die Soldaten in vier Jahren in der Strandvilla nicht geschafft hatten, hatten sie bei ihren Gelagen im Pavillon erledigt, besonders als sich ihre Kriegslust zusammen mit ihrer Moral auf die unterste Stufe begeben hatte.

Der Geruch nach Alkohol und Exzess schien dem Holz anzuhaften, zerbrochene Stühle, die sie mühsam bunt gestrichen hatte, lagen auf dem von schweren Stiefeln geschundenen Holzboden aus alten Schiffsplanken, ein Boden, den Julius noch mühsam aufgearbeitet und poliert hatte.

Ihr Gästebuch in Form von gerahmten Papierbögen hatten sie mit Kriegsparolen, Kampfszenen und nicht zuletzt mit Zeichnungen nackter Frauen in eindeutigen Posen beschmiert.

Scherben des Kaffeegeschirrs, überall verteilt, auch auf den Tischen und der Theke, wo sonst eine Auswahl ihrer selbst gebackenen Köstlichkeiten, von den beliebten Mokkatörtchen über Marzipanschnitten bis hin zu Erdbeerküchlein, den Gästen Appetit machten.

Dort hatte auch Theodors Kaffeewecker seinen Platz gefunden, seine Erfindung, die er ihr mit seinem Abschiedsbrief vermacht hatte, bevor er ins Meer gegangen war.

Der Wecker schien unbeschadet zu sein, was einem Wunder glich. Es war eine komplizierte, aber hübsch anzusehende Vorrichtung, die pünktlich nach der Einstellung des Weckers einen frischen Kaffee brühte. Täglich hatte Theodor seine Lieblingserfindung in Gebrauch gehabt.

Sobald der handelsübliche Wecker klingelte, setzten sich Hebel und Rädchen in Bewegung, ein Streichholz entzündete sich an einem Stück Sandpapier und setzte den Spiritus in Brand. Der Kocher erhitzte das Wasser in der Kanne, und sobald es den Siedepunkt erreichte, kippte eine Feder die Kanne, und das Wasser floss durch den Filter in eine darunter bereitgestellte Tasse. Danach bewegte sich das leere Behältnis in die Ausgangsstellung zurück und löste dabei einen kurzen Klingelton aus.

Theodor hatte ihr den Kaffeewecker als schönes Accessoire für ihr Dünencafé und kleine Attraktion für ihre Gäste vermacht, und in seinem Abschiedsbrief hatte er sie um Verzeihung gebeten, dass er ihren Lebenstraum von einem eigenen Café nie unterstützt hatte, weil er nicht zu seinen Lebensvorstellungen gepasst hatte.

Zwei Zeilen aus diesem Brief hatten sich besonders in ihrem Gedächtnis eingebrannt: *Wenn jemand die Strandvilla wieder zum Leben erwecken kann, dann bist du es. Ich wünsche dir von Herzen viel Erfolg, mehr, als ich ihn je hatte.*

Damit hatte er sie vor die bislang größte Aufgabe ihres Lebens gestellt, ihr zugleich Mut gemacht und sein Vertrauen ausgesprochen, was sie nie von ihm gedacht hätte.

Dadurch hatte sie posthum mit ihrem Ehemann Frieden geschlossen, denn in der Zeit ihres Zusammenlebens hatte er nie einen Hehl daraus gemacht, dass Männer seiner Meinung nach das bessere Geschlecht waren, und sich damit genauso im Recht gefühlt wie Carl und viele andere Herren.

Energisch riss sie die beschmierten Papierbögen, die ihr Gästebuch werden sollten, aus den Rahmen, zerknüllte sie mit beiden Händen und warf sie in die Ecke.

Beim letzten Bogen hielt sie gerade noch rechtzeitig inne, denn darauf hatte sich ihr erster Gast verewigt, eine schöne Erinnerung, die sie aufbewahren wollte.

Nicht ärgern, nur wundern stand dort in roten geschwungenen Buchstaben.

Ein Lächeln bahnte sich den Weg über ihr tränenüberströmtes Gesicht.

Wenn das nur immer so einfach wäre.

Moiken wischte sich mit dem Handrücken die Tränen von den Wangen und zog ziemlich undamenhaft die Nase hoch. Nun war sie fast schon wieder froh, allein zu sein. Wenn jemand sie so aufgelöst sehen würde …

Zu dem Spruch hatte ihr erster und einziger Gast an jenem Tag, am Tag der geplatzten Eröffnungsfeier ihres Dünencafés, eine lustige Karikatur neben zwei Inseln gesetzt, die mit einer Brücke verbunden waren, darunter seinen Namen.

Adam von Baudissin. Den Namen dieses charismatischen Mannes hatte sie nicht vergessen. Was wohl aus ihm geworden war? Ob er den Krieg überlebt hatte?

Sein Lieblingsgeschirr, das er sich an diesem Tag aus dem Sammelsurium ausgesucht hatte, hatte in der Vitrine tatsächlich überlebt.

Sie erinnerte sich noch so gut an den Moment, als er die kleine Terrasse betreten und seinen Zylinder zum Gruß gehoben hatte. Trotz der sommerlichen Temperaturen hatte er nicht auf seinen schwarzen Anzug, die Glacéhandschuhe, das gestärkte Chemisettehemd und den Kummerbund mit Schmuckkette verzichtet. Wo der Zylinder gesessen hatte, standen seine dunklen, dichten Haare über den Ohren etwas vom Kopf ab, was lustig aussah, seiner Ausstrahlung jedoch keinen Abbruch tat.

Wie nervös sie ihm gegenübergestanden hatte, zunächst auch in der falschen Annahme, ihm gefiele die bunte Einrichtung ihres Cafés nicht, doch bald musste sie sich eingestehen, dass es an seinem Lächeln und dem unbestechlichen Blick seiner grünen Augen gelegen hatte, verbunden mit dem angenehm selbstsicheren Auftreten.

Er war ein durchaus interessanter Mann gewesen, der sie auf eine bestimmte Art unruhig gemacht hatte, einer von der Sorte, in den sich Frauen scharenweise verliebten.

Ihr Dünencafé hatte ihm ausnehmend gut gefallen, weil es anders war als die biederen Cafés, ein Wagnis zwar, aber genau das fand er sehr reizvoll. In jedem Winkel kam ihre Persönlichkeit zum Vorschein, und dass sie sich etwas traute, hatte ihn beeindruckt – in jeglicher Hinsicht.

Ja, damals hatte sie trotz aller Widrigkeiten rund um die Eröffnung noch voller Tatendrang gesteckt, bis zu jenem heißen und wolkenarmen Samstag im August 1914.

An diesem 1. August war ihre Caféterrasse sogar am Spätnachmittag noch gut mit Gästen gefüllt gewesen, die zufrieden und entspannt über ihre Kuchenteller und Kaffeetassen hinweg das Strandleben und das türkis glitzernde Meer beobachtet hatten.

Unvermittelt war ihr Page Matthis, damals noch Zeitungsjunge, mit den Qualitäten eines Marktschreiers über die Promenade auf das Café zugelaufen und hatte ihnen allen die unfassbare Schreckensnachricht entgegengerufen, die das Leben von Stund an verändert hatte.

»Extra-Blatt, gratis Extra-Blatt! Allgemeine Mobilmachung des Heers und der Flotte. Alle Gäste der Insel sind zur sofortigen Abreise aufgefordert. Das Seebad wird am fünften August geschlossen. Extra-Blatt, gratis Extra-Blatt!«

Der große Krieg war wie ein unerwartetes Gewitter an einem strahlenden Sommertag über sie hereingebrochen, er hatte ihrer aller Leben verändert, und nun galt es wieder nach Kräften, an die guten Zeiten anzuknüpfen.

Vielleicht hatte Carl mit seiner Prognose doch recht. Zwar hatten die Zerstörungen in ihrem Dünencafé für reichlich Tränen gesorgt, nüchtern betrachtet waren jedoch alle Schäden zu beheben – wenn Geld und Zeit dafür da wären. Wenn – ja, wenn.

Wenn die Strandvilla zum Hochsommer hin ausgebucht wäre, die Einnahmen wieder flossen und ihre Anwesenheit im Hotel nicht mehr vierundzwanzig Stunden am Tag gefordert war, dann könnte sie ihr Dünencafé wiedereröffnen.

Wenn, dachte Moiken.

Wenn das Schicksal seinen Knüppel stecken ließ.

2. Buch

KAPITEL 5

14. März 1920

»Komm, lieber Mai …« Moiken verstummte nach den ersten Tönen. Das Lied wollte ihr nicht über die Lippen kommen. Wieder neue Hoffnung schöpfen. Wie schwer ihr das mittlerweile fiel.

Die Saison 1919 war ernüchternd gewesen. Nur rund vierzehntausend Badegäste hatten den Weg nach Sylt gefunden, verteilt auf vier Monate, von Juni bis September. Das machte im Schnitt rund einhundert Gäste pro Tag auf der Insel, im Vergleich zu fast eintausend Betten, die mittlerweile in Westerland vom Grand Hotel bis zur Pension offeriert wurden. Das reichte kaum aus, um das Personal und die laufenden Kosten zu bezahlen, erst recht nicht für die Rückzahlung von Krediten. Eine Katastrophe!

Sie sah aus dem Fenster ihres Büros hinüber zum Pavillon. Wie stolz war sie im Juni vergangenen Jahres gewesen, ihr Dünencafé sogar noch vor Beginn der Hochsaison wiederzueröffnen. Wenn sie gewusst hätte, dass sich die meisten Sommerfrischler die Ausgaben für Kaffee und Kuchen am Nachmittag verkniffen, damit sie sich das Abendessen leisten konnten … obendrein noch die Männer, die lieber das Café Orth in der Friedrichstraße wählten, weil ihnen diese ungewöhnliche, von einer Frau geführte Lokalität in den Dünen suspekt war. Dann, ja, was dann? Hätte sie anders gehandelt und nicht alles darangesetzt, sowohl die Pforten zur Strandvilla auch die kleine hölzerne Tür zu ihrem Dünencafé wieder zu öffnen?

Das wird schon werden, sagte Leopold immer, die Sommerfrische muss erst wieder in Gang kommen, und das wird in diesem Sommer bestimmt der Fall sein.

Die Zuversicht ihres alten Portiers hätte sie auch gern, dachte Moiken. In manchen Momenten war sie ebenfalls voller Vertrauen auf eine bessere Zeit, ansonsten hätte sie längst aufgegeben. Doch ihre wechselnde Stimmungslage glich der von Ebbe und Flut.

Überflutet von ihren Existenzsorgen, unter Wasser gedrückt von der Überforderung, und dann dieses schreckliche Gefühl, keine Luft mehr zu bekommen.

Aufatmen war immer nur dann möglich, wenn sie aufs Meer blickte, hin zu ihrem Dünencafé und auf das, was sie mit ihren Angestellten in der Strandvilla bereits erreicht hatte – dann wusste sie wieder, warum es sich lohnte, auf bessere Zeiten zu warten und zu hoffen.

Überhaupt, das Warten. Das Schlimmste an dieser Zeit.

Im Grunde bestand ihr ganzes Leben seit einem Jahr nur aus Hoffen und Warten, auch auf die unregelmäßigen Briefe ihrer großen Tochter.

Immerhin, Emma schrieb wieder, es ging ihr so weit gut, die Aufstände waren vorbei, doch das Leben in Berlin war noch immer ein Kampf ums Überleben – das wusste sie aus der Zeitung. Emma verlor kein Wort darüber.

Stattdessen hatte ihre erwachsene Tochter deutlich zum Ausdruck gebracht, dass sie keinen Besuch von ihrer Mutter in Berlin wünschte.

Moiken konnte sich schon denken, weshalb. Die Lebensverhältnisse von Emma und Boy waren vermutlich katastrophal, weshalb ihre Tochter befürchtete, von ihrer Mutter zur Rückkehr nach Sylt gezwungen zu werden.

Damit lag Emma nicht ganz falsch. Zwingen war zwar nicht möglich, aber ganz sicher würde sie ihrer Tochter deutlich ins Gewissen reden, wenn ihr die Zustände in Berlin vor Augen kämen.

Da Emma jedoch schon beim kleinsten mütterlichen Ratschlag hinsichtlich ihrer Lebensführung rotsah, wäre es ein großer Fehler, ihr ins Gewissen zu reden. Schon früh hatte sich Emma von jeglicher Einmischung befreit, und Moiken hatte schmerzhaft lernen müssen, ihre Tochter loszulassen.

Darum kam sie schweren Herzens Emmas Wunsch nach, nicht nach Berlin zu fahren. Wie oft war sie schon die Strandstraße zum Ostbahnhof hinuntergegangen und hatte dann doch der Vernunft folgend vor dem Fahrkartenschalter wieder kehrtgemacht.

Genauso oft hatte sie überlegt, Emma Geld für den Zug zu schicken, für eine Fahrt nach Hause, damit sie ihre Tochter endlich wieder in die Arme schließen konnte.

Moiken stiegen die Tränen in die Augen. Sie biss sich auf die Lippe, blinzelte und schluckte. Es war so schwer, den Willen ihrer Tochter zu akzeptieren, doch sie verkniff sich jegliche Bemerkung in ihren Briefen, fragte auch nicht mehr nach einem Besuch auf Sylt, um zu vermeiden, dass ihre Tochter den Kontakt wieder abbrach.

Schluss jetzt mit diesen Gedanken, schalt sie sich. Es war Zeit, an die Rezeption zu gehen.

»Sehen Sie mal, der große Artikel hier«, sagte Leopold nach der üblichen Begrüßung und deutete auf die Überschrift. »Wiedereröffnung des seit sechs Jahren geschlossenen Kurhauses. Ach, und hier. Unter großem finanziellem Aufwand soll eine neue Seebadanlage gebaut werden. Das weist auf einen Aufschwung hin!«

»Ich weiß nicht …« Moiken überflog den Artikel und horchte dabei mehr auf ihren Bauch, der sich schmerzhaft zusammenzog. »Ich habe ein ungutes Gefühl. Es geht zu vielen Menschen leider immer noch wirtschaftlich schlecht. Die Arbeitslosigkeit ist hoch, viele unserer zahlungskräftigen Gäste sind pleite. Hier auf Sylt nimmt die Not immer mehr zu, statt dass das Leben leichter wird, das wissen Sie doch auch.« Sie blätterte weiter. »Sage ich es nicht? Sehen Sie mal, jetzt wird schon vor Holz- und Kohledieben gewarnt. Bei Friedrichsens wurden zwei Kaninchen aus dem Stall gestohlen, und bei Espersens waren Kartoffeldiebe auf dem Acker unterwegs. Und selbst vor dem Pfarrgarten haben die Leute keinen Respekt mehr.« Moiken hielt ihrem Portier die Sylter Zeitung hin. »Lesen Sie, so groß ist die Not schon auf unserer Insel.«

Die Holzdiebe,
die den Pfarrgarten heimsuchten, bitte
ich zu berücksichtigen, dass ich für
meinen Haushalt auch Brenn-
holz nötig habe – Im Übrigen seien
Sie hiermit gewarnt – denn alle
Schuld rächt sich auch auf Erden.
Gezeichnet Pastor Soltau.

Aufgrund des Kohlenmangels
verkehrt die Sylter Südbahn
zwischen Westerland und Hörnum
bis auf Weiteres nur noch sonnabends

Fahrten zwischen Munkmarsch und
Hoyerschleuse fallen sonntags aus.

»Wo soll das noch hinführen«, fragte Moiken, kaum dass Leopold von der Zeitung aufsah. »Doch sicher nicht in eine bessere Saison, da müsste schon ein Wunder geschehen.«

Leopold hob recht unbeeindruckt die schmalen Schultern. »Ah geh, wissen S', gnädige Frau, ich hab in meinem Leben schon so viel mitgmacht und jetzt sogar einen Krieg überlebt. Auf schlechte Zeiten folgen gute Zeiten, und ich bin der festen Überzeugung, dass wir bald wieder gute Zeiten haben werden.«

»An Ihrer Unerschütterlichkeit muss man sich wirklich ein Beispiel nehmen«, entgegnete Moiken halb kopfschüttelnd, halb ernst.

»Vieles hängt auch noch davon ab, wie die heutige Volksabstimmung ausfällt. Sind Sie da auch so zuversichtlich?«

Leopold wiegte den Kopf. »Ich glaube, dass die Sylter mit großer Mehrheit dafür sein werden, dass ihre Insel deutsch bleibt und nicht etwa Dänemark zugeschlagen wird.«

»Trotz dieser Flugblätter, die überall verteilt werden? Die Stimmungslage scheint mir nicht eindeutig zu sein.«

»Das sind nur die, die am lautesten schreien. Keine Sorge, Sylt wird weiterhin zu Deutschland gehören.«

»Doch, ich mache mir Sorgen. Verflucht sei dieser Versailler Vertrag! Wenn unser Hafenstädtchen Hoyer auf dem Festland nach der Abstimmung dänisch wird, gibt es keine andere schiffbare Route mehr für den Raddampfer von Munkmarsch auf deutsches Festland. Leopold, wie viele Gäste werden die erschwerte Anreise durch das Ausland, auch wenn es nur wenige Kilometer sind, dafür jedoch mit allen Passformalitäten, in Kauf nehmen? Kaum einer! Das bedeutet einen erneuten Einbruch der Gästezahlen und keinen Zuwachs. Bedenkt das denn keiner?«

»Bewahren Sie ruhig Blut, gnädige Frau. Das Problem der Anreise würde ja mit dem geplanten Damm aufs Festland gelöst werden.«

»Der Damm? Sie und Ihre wienerische Gelassenheit, da weiß ich manchmal nicht, ob ich heulen oder lachen soll. Der Damm wird uns seit 1913 bloß versprochen, und jetzt erst recht, damit wir für den Verbleib bei Deutschland stimmen. Aber wie soll so ein Jahrhundertbauwerk überhaupt realisiert werden? Ein zwölf Kilometer langer Damm durchs Wattenmeer? So etwas in dieser Art gibt es aus gutem Grund noch nirgendwo. Priele, Strömungen, Fluten, unberechenbares Hochwasser … Das wäre ein irrsinniges Projekt, bei dem Millionen buchstäblich in den Sand gesetzt werden – und ganz abgesehen davon, wo soll das Geld herkommen, bei den hohen Reparationszahlungen, die Deutschland zu leisten hat?«

»Das wird sich alles fügen, das werden S' schon sehen«, bemerkte Leopold und trug wie zur Untermauerung seiner Worte eine per Brief eingegangene Buchung gewissenhaft ins Reservierungsbuch ein.

Was half es, weiter zu diskutieren oder zu lamentieren?, fragte sich Moiken im Stillen. Keiner von ihnen besaß eine Glaskugel, um zu sehen, wie alles werden würde.

Eine Möglichkeit, die Zukunft mitzubestimmen, war jedenfalls der heutige Volksentscheid, und so war es nun an der Zeit, sich auf den Weg ins Wahllokal zu machen, um dort ihr Kreuz zu setzen.

Danach würde sie wie vereinbart ihre kleine Tochter bei Carl in der Druckerei abholen, wo er die wissbegierige Frieda mit ihren Stempelbuchstaben spielen und bereits ganze Sätze zusammenbauen ließ.

Es wurde höchste Zeit, dass Frieda im Sommer in die Schule kam. Sie hielt sich liebend gern bei Carl in der Druckerei auf, bettelte um jede Stunde dort, beobachtete aus dem Hintergrund das Treiben, immer darauf bedacht, nicht zu stören, und griff nach allem, was sie an Lesbarem zwischen die Finger bekam. Was bis vor einem Jahr noch ihre Puppe Elva gewesen war, waren nun die Buchstaben geworden: ihre Welt, ihre besten Freunde.

Wenn Frieda etwas zum Lesen in der Hand hielt, aus Buchstaben Worte formen durfte, war sie glücklich – und dabei war es unerheblich, ob sie die Bedeutung der Begriffe schon verstand.

Frieda war so ganz anders als ihre große Schwester, die die Schule immer gehasst hatte, sich nichts sagen lassen und dafür eigene Erfahrungen machen wollte.

Wie unterschiedlich die eigenen Kinder doch sein konnten, dachte Moiken auf dem Weg zur Druckerei – und wie ähnlich ihren Vätern.

Boy, der Lebenskünstler, der als Strandfotograf neue Wege gesucht hatte, und seine Tochter Emma, die ausgetretene Fußpfade und vorgegebene Wege hasste. Theodor, der wissbegierige, von technischen Neuerungen begeisterte Mensch, der erfolgsbedachte Hotelier, dessen Welt die Strandvilla gewesen war, und seine Tochter Frieda, die sich die Welt der Bücher erschloss und mit Vorliebe Wissen anhäufte.

Als Moiken von der Promenade in die Friedrichstraße einbog und damit das Meeresrauschen hinter sich ließ, hörte sie überraschend den Klang von Marschmusik, Fanfaren und Trompeten, und kurz darauf entdeckte sie Fahnen schwenkende Männer, Frauen und Kinder, die für eine Masse von bestimmt fünfhundert Menschen Spalier standen. Jetzt erinnerte sich Moiken wieder an die Ankündigung des Triumphmarschs in der Zeitung, mit dem die auf Sylt geborenen Abstimmungsberechtigten auf der Insel empfangen werden sollten, in der Hoffnung, dass sie das Kreuz an der richtigen Stelle setzen würden.

Menschen, die der Insel den Rücken gekehrt hatten. Menschen, die sich davor nicht mehr um ihr Schicksal gekümmert hatten und denen das Ergebnis anschließend gleichgültig war. Menschen, die lediglich ein Besuch auf ihrer Heimatinsel bei Sonnenschein gelockt hatte und nebenbei ein Kreuz setzten.

Ob das ein kluger Schachzug war?

KAPITEL 6

Juni 1920

In Süderlügum knipste der Schaffner mit einer großen Zange an jede Zugtür ein Bleisiegel, wobei er einige Witze über Gefangene machte, die Adam von Baudissin nicht lustig finden konnte.

Unfassbar, was den Sommerfrischlern zugemutet wurde, seitdem das Hafenstädtchen Hoyer nach der Abstimmung die Seiten gewechselt hatte, sodass seine zweite Fahrt nach Sylt nun plötzlich über dänisches Gebiet führte.

Als der Schaffner nun auch noch seinen Pass forderte und einbehielt, war es mit seiner Ruhe ganz vorbei.

Im Hafen Hoyerschleuse angekommen, wurden sie von dänischen Eisenbahnmitarbeitern in einer Zweierreihe aus dem Zug in die große Wartehalle geführt und dort förmlich in Ketten gelegt. Allerdings fehlte dazu nicht viel. Vor die Türen wurden die Ketten gespannt, davor ein Wachposten. Bewaffnet, mit dem Gewehr im Anschlag.

Ihm lief ein kalter Schauer den Rücken hinunter, und zugleich bekam er Schweißausbrüche, er rührte sich nicht auf seiner Sitzbank und vermied jeden Blickkontakt.

Dunkle Erinnerungen krochen in ihm hoch.

Zu gern hätte er auf die Uhr an der Wand oder an seinem Handgelenk gesehen, um festzustellen, wie lange er noch bis zur Ankunft des Raddampfers von Sylt so ausharren musste, doch nicht mal diese kleine Bewegung wagte er.

Er konnte den Anblick von Gewehren nicht mehr ertragen. Da half auch nicht, dass die Dänen in recht ordentlichem Deutsch höfliche Antworten auf so manche Fragen gaben und ihnen zur

Beschäftigung anboten, dänische Postkarten zu schreiben, die vier Mark das Stück kosten sollten.

Wie gut, dass er seiner Verlobten ihre Idee hatte ausreden können, ihn auf dieser beruflichen Reise nach Sylt zu begleiten. Nicht nur, weil diese unzumutbare Anreise durch das dänisch gewordene Gebiet einem Gefangenentransport glich, bei dem sich Edda sicher auch unwohl gefühlt hätte, sondern vor allem, weil sie die Angst in seinem Gesicht nicht sehen sollte.

Zugleich war er froh, für ein paar Tage aus Husum rauszukommen, um sich vor Ort ein Bild davon zu machen, wie seine Pläne zum Bau des Hindenburgdammes umgesetzt werden könnten.

Immerzu fragte Edda ihn, weshalb er so abwesend wirke, er sei nicht wiederzuerkennen.

Damit hatte sie den Nagel auf den Kopf getroffen. Er war nicht mehr der Mann, der er vor dem Krieg gewesen war, und diesen Menschen würde er auch nicht mehr wiederfinden, das hatte er im vergangenen Jahr nach vielen schmerzhaften Kämpfen endlich eingesehen.

Er konnte nicht zurück, er konnte nur von dort aus weitergehen, wo er gerade stand. Edda hatte große Schwierigkeiten damit, denn sie suchte immer noch den Adam in ihm, in den sie sich vor dem Krieg verliebt hatte.

Doch den konnte er ihr nicht mehr bieten, so schmerzlich das für beide Seiten war. Dennoch hielten sie an ihrem Verlöbnis fest. Noch. Sofern sie weiter in unterschiedliche Richtungen gingen und dabei an dem Verlobungspapier zogen, würde es wohl in absehbarer Zeit reißen.

Außerdem verstand sie nicht, weshalb er sich diesem in ihren Augen aussichtslosen Jahrhundertbauwerk verschrieben hatte, das weder finanziell auf sicheren Beinen stand noch seinem Ruf als Wasserbauingenieur zuträglich wäre.

Ihr wäre es lieber gewesen, wenn er in Husum eine solide Stelle als Wohnbauarchitekt ausgefüllt und ständig bei ihr und der künftigen

Familie wäre. Kinder bekommen – ihr tägliches Thema neben einem baldigen Hochzeitstermin, und von beidem fühlte er sich vollkommen überfordert.

Wollte er überhaupt Kinder in diese brüchige Welt setzen? Zu seinem eigenen Leidwesen konnte er sich darauf seit dem Krieg keine sichere Antwort mehr geben.

Aber doch, wenn er ganz ehrlich war, konnte er das.

Wenn Edda jetzt eine Festlegung von ihm verlangen würde, würde er sich gegen Kinder entscheiden. Aber vielleicht sah er die Welt in einem halben oder in einem Jahr wieder anders. Noch fühlte er sich nicht reif für eine Entscheidung, wie sein privates Leben in Zukunft aussehen sollte.

Beruflich war er sich hingegen so sicher wie noch nie. Er glaubte felsenfest an den Dammbau und den Erfolg dieses Jahrhundertbauwerks, schließlich hatten seine Pläne auch die Männer vom Wasserbauamt in Husum überzeugt.

Nicht umsonst hatte er seine Doktorarbeit zum Thema Dammbau geschrieben, die ihm schließlich beim Amt Husum die Stelle als leitender Dammbauingenieur eingebracht hatte. Hätte er den Posten in den Wind schießen sollen? Wenn es nach Edda gegangen wäre, dann schon.

Bei dem morgigen Treffen mit vier Beamten des Preußischen Wasserneubauamts aus Husum gingen die Fragen zum Dammbau bereits ins Detail, es sollte vor Ort entschieden werden, ob vom Festland her gearbeitet oder der Bau zuerst von der Insel her vorangetrieben werden sollte – oder gar von beiden Seiten zugleich? Wie und wo sollten die zahlreichen Arbeiter untergebracht werden? Woher sollten die Maschinen und das Material kommen?

Fragen, die schwierig zu beantworten waren, Entscheidungen von großer Tragweite, die ihn nicht überforderten – so stabil war er mittlerweile wieder –, für die er jedoch einen klaren Kopf brauchte.

Deshalb auch sein Entschluss, einen Tag eher anzureisen, um sich allein und ungestört ein Bild von der Lage zu machen, und nicht zuletzt, um ein wenig zur Ruhe zu kommen, bevor er die Weichen für den Dammbau stellte.

Endlich, der deutsche Raddampfer kündigte sich mit einem lang gezogenen Hupen an, und es kam Bewegung in die Reisegruppe, in deren Strom er sich, bis zuletzt auf Unauffälligkeit bedacht, einfügte.

Man händigte ihnen wieder die Pässe aus, und als er an Deck der Freya stand, atmete er erst einmal tief durch.

Er heftete den Blick auf die langsam näher kommenden Umrisse der Insel, den weithin sichtbaren Keitumer Kirchturm, atmete die salzige Seeluft tief ein, fühlte den warmen Fahrtwind, der ihn wie eine Hülle umfing, und spürte, wie die Angst von ihm abfiel.

Es würde ein, zwei Jahre dauern, bis der Damm vollendet und diese umständliche Embarquierung nach Sylt Geschichte war, aber vielleicht fand er in dieser Zeit nicht nur seinen beruflichen Erfolg, sondern auch zurück zu sich selbst und damit zu seinem privaten Glück.

KAPITEL 7

Berlin, im Juni 1920

»Um Himmels willen, Emma, was ist los mit dir?« Starr vor Schreck blieb Boy im Türrahmen stehen und wusste nicht, wie er seiner Tochter helfen sollte, die zwischen Herd und Matratzenlager stand und am ganzen Körper zuckte.

Ein Anfall, schoss es ihm durch den Kopf.

Bestimmt brach sie gleich zusammen.

Er musste sie auffangen.

»Shimmy shake!«, rief Emma unvermittelt, hielt inne und strahlte ihn an.

»Was?«, fragte er verdattert und ließ die Arme sinken.

»Du musst es auch ausprobieren, ein neuer Tanz aus Amerika, ich hab ihn gestern zum ersten Mal in der Bar gesehen. Stell dich hin, siehst du, so, die Hände locker in den Hosentaschen, und jetzt schütteln. Erst das Becken, dann die Taille, Schultern und Beine, am Schluss den ganzen Körper – mach auch mal, dieses rhythmische Zucken fühlt sich topbefreiend an!«

»Top? Was ist das denn für ein Wort? Ist das modern?«

»Top, du hast es erfasst. Und jetzt komm, mach mit!«

Kopfschüttelnd betrachtete er seine Tochter. Mit dem Kommentar »weg mit den alten Zöpfen« hatte sie sich eines Morgens vor den Spiegel gestellt und die Schere angesetzt, noch ehe er sie daran hatte hindern können.

Danach musste die Nachbarin retten, was noch zu retten war, weil für den Friseur kein Geld da gewesen war. Etwas nachgewachsen reichten ihre dunkelblonden Haare bis knapp übers Ohr und lagen in einer Welle am Hinterkopf.

Mit der neuen Frisur hatte offenbar auch ihr Wesen von einem Tag auf den anderen eine Veränderung erlebt. Willensstark und etwas vorlaut war Emma schon immer gewesen, doch seither wirkte sie wie unter Strom und war kaum mehr zu bremsen.

Zwar hatte er sich an das neue Aussehen seiner Tochter gewöhnt, und er musste zugeben, es sah sehr flott aus, und der Haarschnitt stand ihr gut – nur behagten ihm diese ganzen moderne Einflüsse überhaupt nicht … zum Beispiel dieser Tanz.

»Komm schon, das ist ganz leicht, das lernst du auch!«, forderte Emma ihn noch einmal auf.

»Bestimmt nicht. Ich will das gar nicht lernen. Entschuldige bitte, aber das sieht – ich kann mich gar nicht entscheiden, wie – erschreckend und lächerlich zugleich aus. Und für so einen Quatsch ist jetzt außerdem keine Zeit, wir müssen rechtzeitig zur Ausstellungseröffnung da sein.«

»Ach, und diese Dada-Kunst ist dagegen kein Quatsch, oder was? Hast du dir mal das Plakat angesehen?«

»Wir haben den Auftrag, die Eröffnung fotografisch zu begleiten, und wir können froh um jede Einnahme sein, da spielt unser Geschmack keine Rolle.«

Seit Anfang des Jahres hatten sie das Atelier wiedereröffnet, doch es kamen kaum Kunden. Keinem Mann stand der Sinn danach, seinen vom Krieg gezeichneten Körper auf ein Foto zu bannen, und die Frauen sparten sich den Luxus eines Familienfotos und kauften den Kindern lieber etwas zu essen.

Hochzeiten, Konfirmationen und Einschulungen, darauf beschränkten sich derzeit die Aufträge, die er sich mit vielen anderen Berliner Fotografen teilen musste.

Er wünschte sich die Zeit zurück, in der er sich als Sylter Strandfotograf vor Kunden kaum retten konnte. Aber wollte er wirklich auf die Insel zurück? Dort waren die Zustände nicht anders, wie Emma ihm aus Moikens Briefen erzählt hatte.

»Wann kommt endlich die Zeit, in der ich Fotos von dem machen kann, was mich interessiert und was sich dann auch verkauft?«, seufzte Emma. »Warum muss ich überhaupt mit? Die werden sowieso wieder nur dein Foto nehmen.«

»Die Künstlerin ist eine Frau, und sie wird von der Presse sehr geschätzt. Das könnte deine Chance sein, ein Foto von ihr unter deinem Namen in die Zeitung zu bringen.«

»Na wundervoll« Emma verzog das Gesicht. »Hannah Höch neben einem ihrer Werke, sehr spannende Aufnahme und für mich als Fotografin natürlich höchst anspruchsvoll.«

»Das Leben ist nun mal kein Wunschkonzert. Ihre Kunst ist durchaus ein Hingucker – vertauschte Männer- und Frauenkörper sieht man nicht alle Tage in der Zeitung. Auch ein Zeichen, dass die Geschlechterrollen aufbrechen. Das sollte doch gerade dir ein Foto wert sein.«

»Hast du dir ihre Werke mal genau angesehen? Es sitzen immer Männerköpfe auf Frauenkörpern. Nie ist es umgekehrt. Die Männer werden nicht aufhören, über Frauen zu dominieren, nicht mal in deren Kunst. Das sagt doch schon alles. Aber es ist ja schön, dass du meinetwegen eine Änderung im Denken der Gesellschaft herbeireden willst.«

»Ich möchte, dass du diese Chance wahrnimmst, das Foto von ihr zu machen.«

»Du hast ja recht«, seufzte seine Tochter und ging an ihm vorbei in den Flur, um sich die Schuhe anzuziehen. »Aber wenn ich schon unterwegs bin, gehe ich anschließend noch zum Regierungsviertel, mal sehen, vielleicht ist ja wieder was los, bei dem es sich lohnt, die Kamera draufzuhalten.«

Boy schauderte bei dem Gedanken an die Gefahr, in die sich Emma möglicherweise schon wieder begeben würde. Erst die Weihnachtskämpfe um das Stadtschloss, die sie mit der Kamera festgehalten hatte und wo sie nicht nur buchstäblich mit einem blauen Auge davongekommen war, und dann die Fotos von Mitte März, die Emma während des Kapp-Putsches am Wilhelmsplatz vor dem abgeriegelten Regierungsviertel aufgenommen hatte.

Als er die Aufnahmen zu Gesicht bekommen hatte, war ihm das Herz stehen geblieben. Als sie auf den Auslöser gedrückt hatte, war Emma keine zwei Meter von einem vorbeirasenden Fahrzeug entfernt gewesen, auf dessen Hecklade bestimmt zwanzig bis an die Zähne bewaffnete Putschisten mit geladenen Karabinern saßen, die schwarz-weiß-rote Fahne schwenkend und deren Zeichen, das weiße Hakenkreuz, gestochen scharf auf den Helmen sichtbar.

Für das nächste Foto hatte sich Emma direkt vor zwei Soldaten gestellt, die ein großes Transparent mit der Aufschrift »Halt, wer weitergeht, wird erschossen« als Barriere zwischen sich hielten. Allein beim Gedanken daran schauderte es ihn jetzt noch. Was da hätte passieren können, wenn sich die Soldaten provoziert gefühlt hätten …

Boy sah zu, wie seine Tochter den leichten Sommermantel überwarf, und überlegte, ob er etwas einwenden sollte.

Einhundert Stunden hatte der Putschversuch angedauert, bei dem die sozialdemokratische Regierung gestürzt werden sollte, damit die rechtsgerichtete, antirepublikanische Verschwörergruppe um Kapp, Pabst und Ludendorff anschließend die Geschäfte übernehmen konnte.

Fast fünf Tage lang war Emma auf den Beinen gewesen, hatte sich von einer Gefahr in die nächste begeben – und wofür?

»Emma, die Zeitungen wollen solche Fotos nicht«, begann er vorsichtig, »der Berliner Lokalanzeiger hat in seinem Extra-Blatt wieder nur mit langem Text berichtet, und seit Sonntag stand die Zeitungsproduktion still.«

Emma nahm ihre Handkamera, die wie ein Kleidungsstück am Garderobenhaken hing. »Siehst du, ich hatte einfach Pech. Das ganze Leben stand still. Nichts ging mehr. Keine Eisenbahn, keine

Straßenbahn, keine Busse, keine Post, nicht mal mehr die Telefonvermittlung hat gearbeitet. Wir hatten kein Gas, Wasser oder elektrisches Licht, und zumindest Wasser hätte ich zum Entwickeln der Fotos gebraucht. Wäre der Generalstreik nicht gewesen, hätten sie vielleicht eines meiner Fotos gebracht. Keiner hat sich so nah rangetraut wie ich. Und wenn ich aufhöre, ihnen Fotos zu liefern, können sie erst recht keine von mir drucken.«

»Wenn der Generalstreik nicht gewesen wäre, hätten wir jetzt eine antirepublikanische, von radikalen Rechten geführte Regierung, Kapp als Reichskanzler und Lüttwitz als Reichswehrminister.« Er griff sich seine Schiebermütze vom Haken und zog seine schlichte, grauschwarze Anzugjacke, die er für solche Anlässe wie den heutigen schonte, über Hemd und Hosenträger.

Doch ihm war sofort viel zu warm, und so schälte er sich wieder aus der Jacke und warf sie am Finger eingehängt über die linke Schulter. Die rechte musste er schonen, weil diese ihm durch das Tragen der Beinprothese zunehmend Probleme machte. Wenn es doch nur eine andere Konstruktion als diese mit dem leidigen Schultergurt gäbe … aber er war ja froh, sich damit überhaupt fortbewegen zu können und nur noch selten Albträume vom Krieg zu haben.

Der Gedanke, dass Emma etwas zustoßen könnte, war unerträglich, und doch verkniff er sich den erneuten Hinweis darauf, dass man in der sicheren Umgebung des Hotels Adlon Fotos machen konnte, die in der Zeitung erschienen, so wie jenes, das er von diesem Kapp gemacht hatte, der sich während des Putsches im Adlon eingemietet hatte.

Zudem hatte er noch ein Foto an diesen Adolf Hitler verkauft, der sich unbedingt mit Kapp hatte ablichten lassen wollen, und nachdem der Putsch schon gescheitert und Hitler wieder abgereist war, hatte der Herr darauf bestanden, dass ihm das Foto, selbstredend für eine hohe Extragebühr, eilig nach München nachgeschickt werde.

Dieser Hitler wollte die Aufnahme unbedingt haben – koste es, was es wolle. Es war also ein erfolgreicher Tag gewesen.

Verkaufte Fotos, für die er sich nicht in Gefahr begeben hatte, aber es half nichts, Emma zu belehren. Sie hatte ihren eigenen Kopf, und er wollte nicht noch Öl ins Feuer gießen, wohl aber vorsichtig an ihre Vernunft appellieren: »Ich treffe mich nachher noch mit Felice Bauer und ihrer Freundin auf einen Kaffee Unter den Linden. Möchtest du nicht mitkommen?«

Emma hob nur vage die Schultern, während sie sich ihre Kamera um den Hals hängte.

Schweigend verließen sie das Haus.

Mit seiner Prothese kam er mittlerweile recht gut voran, er merkte schon gar nicht mehr, dass er hinkte.

Doch prompt lief ihnen eine Horde Kinder über den Weg, eines fing an zu grölen, und die anderen stimmten mit ein. »Versager, Versager!« Dann rannten sie schnell in die nächste Gasse.

Dieses Schicksal teilte er mit eineinhalb Millionen Kriegsbeschädigten, wie sie im Papierdeutsch genannt wurden. Im Volksmund waren sie die Kriegskrüppel, denen man bestenfalls schiefe Blicke zuwarf, in denen die unausgesprochene Frage mitschwang, warum sie nicht bis zum Tode für ihr Land gekämpft hatten. Die Toten wurden geehrt, die Kriegskrüppel bespuckt, und mancher fragte sich, weshalb er überlebt hatte. Mit zerfetztem Gesicht, weggeschossenem Kinn und fehlendem Auge. Dagegen musste er sein amputiertes Bein schon als Gnade bezeichnen. Immerhin konnte er sich den Demonstrationen anschließen, damit sie vielleicht wenigstens kostenlose Behandlungen oder gar irgendwann eine angemessene Kriegsbeschädigtenrente erhielten.

Doch das Gehen, wie das gesamte Leben, war mühsam geworden. Das Gewicht der Holzprothese, die in einem passenden Schuh steckte, wog in jeglicher Hinsicht schwer, der Riemen, mit dem sie befestigt war, drückte auf der Schulter und scheuerte an der Hüfte.

Nicht selten lief er sich den Stumpf seines Beins im Schaft der Prothese wund, und manchmal waren die Schmerzen so heftig, dass nur noch eine Morphiumspritze half – sofern er sich die gerade leisten konnte.

Kaum bogen sie ein paar Schritte weiter auf die Straße Unter den Linden ein, war es, als ob sie in einer anderen Welt angekommen wären. Einer lauten, quirligen Welt, in der sich die modernen Geräusche überschlugen.

Am Potsdamer Platz trafen Autos, Motorräder, offene Doppeldecker, Straßenbahnen und Pferdekutschen in einer ohrenbetäubenden Orchestrierung aufeinander, angesichts derer sie im Schutz einer Litfaßsäule verharrten.

Jeder Schritt musste wohlüberlegt werden, wenn man nicht überrollt werden wollte. Fußgänger waren die Opfer im Kampf der neuen Fortbewegungsmittel gegen alte, schwerfällige Räder, die sich nicht schnell genug drehten, um ihr Vorfahrtsrecht durchzusetzen.

Nirgendwo in Berlin prallten zwei Welten so sichtbar aufeinander wie hier am Potsdamer Platz, und dabei knallte es nicht nur sprichwörtlich.

Polizisten mühten sich redlich, das Chaos in geordnete Bahnen zu lenken, und kamen dabei nicht selten selbst unter die Räder. Es musste dringend etwas her, das den Verkehr regelte, ohne dass dabei menschliches Leben in Gefahr geriet … so etwas wie ein automatischer Signalgeber, dachte Boy, während er hörte, dass seine Tochter etwas gesagt hatte.

»Ich habe dich nicht verstanden!«, rief er zurück.

»Wo triffst du dich nachher mit Felice, habe ich gefragt.«

»Gleich hier im Café Eins A«, sagte er und deutete zur Verständlichkeit auf die mannsgroßen Leuchtbuchstaben, die neben anderer Werbung für Greiling Zigaretten und Chlorodont – weiße Zähne an dem vierstöckigen Jugendstilgebäude gegenüber an der Fassade hingen.

»Was ist jetzt eigentlich mit Felice?«, hakte Emma nach, und dieses Mal tat er so, als hätte er seine Tochter nicht gehört, wobei das nicht besonders glaubwürdig war, so dicht, wie sie neben ihm stand.

»Soll ich eigentlich mal dieses Chlorodont besorgen?«, fragte er stattdessen.

Emma antwortete nicht, sondern nutzte die Chance, die Straße zu überqueren, und er eilte ihr hinterher.

Erst als sie dem ruhigen Spazierweg am Rande eines Parks zum Landwehrkanal hin folgten, wo gleich in der Nähe die Ausstellungseröffnung stattfand, nahm Emma seine Bemerkung auf. »Kauf dieses Zeug, wenn wir zu viel Geld haben und du dich für Felice hübsch machen willst.«

»Hübsch machen? Was redest du für einen Unsinn?«, gab er empört zurück.

»Nun ja, sie ist nicht mehr mit diesem merkwürdigen Schriftsteller verlobt. Vielleicht hat sie ja jetzt Interesse an dir.«

»Du meinst Franz Kafka. Und dass sie nicht mehr mit ihm verlobt ist, liegt an seiner anstrengenden Persönlichkeit, nicht an mir. Wir sind einfach nur sehr gute Freunde, seitdem wir uns auf Sylt begegnet sind und sie mir geholfen hat, in Berlin einigermaßen Fuß zu fassen. Jetzt hat sie vielleicht einen Fotoauftrag für mich. Das wollte sie mit mir besprechen.«

»Soso«, sagte Emma und schwieg dann.

Das war ihm ganz recht so. Außerdem war es wohl doch besser, wenn Emma nicht mit zum Kaffeetrinken kam. Was seine Beziehung zu Felice Bauer anging, hatte er seiner Tochter die Wahrheit gesagt, doch Emma wusste noch nicht, dass er sich schon länger für Milena, die Freundin von Felice, interessierte, jedoch wie immer nicht den ersten Schritt wagte.

So hatte er sich gedacht, ein unverbindliches Kennenlernen zwischen seiner Tochter und Milena könnte ihn vielleicht ermutigen, wenn Emma die Frau ebenfalls sympathisch fand.

Doch so, wie Emma auf ihren eigenen Lebensweg pochte, so war er bei der Wahl einer neuen Frau schließlich nicht ihrer Zustimmung unterworfen. Wahrscheinlich würde sich Emma ohnehin mit jeder neuen Frau an seiner Seite schwertun.

Seine Gedanken wanderten nach Sylt und damit zu Moiken.

Gab es die große Liebe wirklich nur einmal, oder hing er noch so an Moiken, weil diese Liebe nur in einer einzigen Nacht, aber nie in einem gemeinsamen Leben ihre Erfüllung gefunden hatte? Ging sie ihm nicht aus dem Kopf, weil er sich immer Fragen stellte, die mit ›was wäre gewesen, wenn …‹ begannen? Jedenfalls machte er sich oft Vorwürfe, dass er nicht deutlicher um ihre Liebe gekämpft hatte, als der Hotelier um sie geworben hatte. Aber musste man um Liebe wirklich kämpfen?

Er wusste keine Antwort darauf. Nur, dass er Moiken gern einmal wiedersehen oder wenigstens ein paar persönliche Zeilen von ihr lesen würde.

Seitdem er Weihnachten seinen Gruß unter das Telegramm gesetzt hatte, dachte er darüber nach, ihr einen Brief zu schreiben. Doch er traute sich nicht, den Kontakt aufzunehmen, den ersten Schritt zu machen.

Wie immer.

Er konnte einfach nicht aus seiner Haut. In seiner Liebe zu ihr war er immer einen Schritt zu langsam gewesen.

Mittlerweile hatte er nicht mal mehr zwei gesunde Beine, und wenn er ganz ehrlich war, vermied er die Kontaktaufnahme auch aus Angst vor ihrer Reaktion.

Die Berliner Frauen hatten sich an Versehrte und Krüppel gewöhnt, und auch ihn lernten sie nicht anders kennen, doch vor Moiken schämte er sich.

Er konzentrierte sich wieder auf seine Umgebung, um sich von den Gedanken an Moiken abzulenken und sich all die Gründe vor Augen zu führen, aus denen er nach Berlin gezogen war.

Diese Stadt der Gegensätze – laut und leise, arm und reich, Tradition und Moderne –, und vor allem eine Stadt voller Chancen.

So viele, dass er Angst hatte, sich im Meer der Möglichkeiten zu verlieren. Sylt war ihm am Ende zu eintönig gewesen, und obwohl er seine Insel liebte, er wollte etwas anderes kennenlernen.

Am liebsten wäre er mit Moiken und Emma – mit seiner Familie – hierhergezogen, doch es sollte nicht sein. Schon wieder Moiken …

»Sieh mal, Emma«, sagte er zur eigenen Ablenkung und deutete auf das Plakat an einer Litfaßsäule. »Im September wird der UFA-Palast am Zoologischen Garten endlich eröffnet. 1740 Sitzplätze … das ist ja schier unglaublich.«

»Top!«, sagte Emma. »Nur werden wir uns keine Karte leisten können. Seit Februar läuft Dr. Caligari im kleinen Marmorhaus Filmtheater, und wir haben seither nicht hingehen können.«

»Ach, ob der Film überhaupt so gut ist mit diesen grotesk verzerrten Kulissen, diesem übertriebenen Spiel mit Licht und Schatten …«

»Gerade das ist doch das Faszinierende daran, aber für die neue Zeit scheinst du wirklich keinen Sinn zu haben.« Emma verstummte einige Atemzüge lang. »Gespenstisch …«, fügte sie nach kurzem Nachdenken hinzu.

»Ja, das scheint der Film wirklich zu sein, das glaube ich auch.«

»Nein, nicht nur der Film. Das Leben überhaupt.«

»Wie meinst du das?«, fragte er und sah seine Tochter von der Seite an, die bis auf die kurzen Haare so sehr ihrer Mutter glich. Nicht schon wieder an Moiken denken, mahnte er sich selbst, was war denn heute nur los mit ihm?

Emma blieb abrupt stehen. »Du versuchst die gute alte Zeit heraufzubeschwören, eine Wirklichkeit, die es nicht mehr gibt – das ist gespenstisch. Seltsam, dieses Festhalten an gewohnten Dingen, aber die gute alte Welt wird nicht wiederkehren. Sieh dich doch nur um, wie viele Menschen in Aufbruchstimmung sind.« Sie machte eine ausladende Bewegung mit beiden Armen. »Das Leben pulsiert, es ist der Puls der neuen Zeit. Die jungen Männer und Frauen in meinem Alter wollen alle ihr Leben selbst in die Hand nehmen, etwas daraus machen, Traditionen den Rücken kehren, um eine neue Welt zu erschaffen, die nicht nach althergebrachten Gesetzen funktioniert.«

Er hob die Hände zu einer hilflosen Geste. »Aber seit Kriegsende gibt es keine Richtung, keine Orientierung. Mag sein, dass da Licht am Horizont ist. Aber ich sehe die Abenddämmerung, kein Morgenlicht. Keinen Neuanfang.«

Emma setzte sich wieder in Bewegung. »Du bist manchmal genauso negativ wie meine Mutter. Ihr hättet wirklich gut zusammengepasst.«

Boy schluckte und verkniff sich eine Erwiderung auf diese spitze Bemerkung.

Emma beschleunigte ihren Schritt, und er hatte Mühe, mit ihrem Tempo mitzuhalten. Genau das war auch im übertragenen Sinne sein Problem.

»Merkst du es nicht selbst, Emma? Dieser Rausch, diese Geschwindigkeit, mit der sich seit Kriegsende alles ändern soll, ist zu schnell«, rief er ihr zu. »Kein Mensch kommt hinterher. Diese vielen Lebenskonzepte, Veränderungen, diese Unsicherheit. Keiner weiß doch, was kommen wird. Und immer wieder wird behauptet, wir Menschen hätten uns durch den Krieg verändert. Auf den ersten Blick mag das richtig sein. Aber genauer betrachtet sind aus fleißigen Bürgern Mörder, Diebe oder Gewaltverbrecher geworden. Damit müssen diese Menschen weiterleben, und dabei hilft es nichts, so zu tun, als ob nichts gewesen wäre. Die Vergangenheit wird uns einholen und die Welt erneut zusammenbrechen.«

Emma wurde langsamer. »Ach Vater, du siehst das alles viel zu theatralisch. Die Seelen der Menschen werden sich erholen, und wegen ein paar Unruhen bricht die junge Republik nicht zusammen. Im

Gegenteil, wir werden wachsen und ganz zuvorderst unsere Stadt als Groß-Berlin. Überleg mal, wir sind nun die drittgrößte Metropole in Europa, ist das nicht top?«

Kopfschüttelnd holte er Emma auf der Landwehrbrücke wieder ein. »Eine Metropole voller kranker Seelen. Ich weiß, wovon ich rede. Ich war im Krieg. Durch meine Hand ist zwar kein anderer Mensch gestorben, und doch fühle ich mich für das viele Leid verantwortlich. Meine Verletzung ist so gesehen verheilt, aber …«

Sein Blick glitt zu einem Kriegsversehrten hin, einem von vielen, die als Bettler auf der Straße lebten. Dieser saß inmitten der Brücke auf dem Boden und streckte seinen Hut aus. In seinem Gesicht lagen anstelle seiner Augen zwei vernarbte Höhlen.

Der Mann murmelte unablässig etwas vor sich hin, und als sie auf seiner Höhe ankamen, waren seine Worte zu verstehen. »Es rumort in der Tiefe, der Boden schwankt leise. Da kriecht etwas heran, das uns alle vernichtet. Uns, mit unserem alten Leben, und unsere alte Welt. Es rumort in der Tiefe …«

»Der ist verrückt geworden«, konstatierte Emma, nachdem sie an ihm vorbeigegangen waren.

Wie gern, dachte Boy, hätte er diesem Mann Geld in den Hut gelegt, doch er hatte keines eingesteckt, weil keines mehr da war. Traurig sah er seine Tochter an. »Nur wer gesunden Menschenverstand besitzt, kann wahnsinnig werden. Und er, er lebt in einer anderen Welt, weil er die Realität nicht mehr ertragen kann.«

Nachdenklich hielt er inne, während Emma schon weiterging, darum konnte sie auch seinen Nachsatz nicht hören. »Oder er hat schlichtweg recht mit seiner Prophezeiung.«

Sylt, im Juni 1920

»Großvater ist da!«, rief Frieda ins Café hinein, wo Moiken bereits das Mokkatörtchen auf einen Teller legte. Da keiner ihrer echten Großväter mehr lebte, hatte Frieda den alten Buchhändler dazu ernannt, seit sie das Wort aussprechen konnte.

Nach Julius Meyer konnte man die Uhr stellen, also wäre diese Information gar nicht notwendig gewesen. Mit eiserner Disziplin unternahm Julius jeden Tag seinen Spaziergang, um seine vom Rheuma geplagten Gelenke beweglich zu halten.

Auf zwei Stöcke gestützt, schlurfte er von seinem Haus an der Ecke Neue Straße die Friedrichstraße hinauf, warf bei seinem Sohn einen Blick in die Druckerei, nahm den Strandübergang am Hotel Miramar und ging die Promenade entlang. Um Punkt halb vier setzte er sich auf seinen Stammplatz in der Sonne direkt an der Holzwand des Pavillons.

Wie durch ein Wunder hatte das kleine Tischchen, das seine Namensplakette trug und das sie Julius zuliebe nicht bunt, sondern holzbraun gestrichen hatte, die rohen Soldatenhände überlebt, ebenso wie der orangefarbene Stuhl, der ein liebevoller Kompromiss war, damit er sich nicht auf einen knallroten, blauen oder gelben Stuhl setzen musste.

»Schön, dich zu sehen«, sagte sie zu Julius, der zu den Menschen gehörte, die offenbar nicht älter wurden. Nun war er schon achtundsiebzig, aber sein beinahe faltenfreies Gesicht ließ ihn wesentlich jünger wirken. Dafür hatte er bereits schlohweiße Haare gehabt, als sie noch ein Kind gewesen war.

»Wie geht es dir?«, fragte sie.

»Wenn ich sitze, dann geht's«, erwiderte er schmunzelnd. »Und wenn ich in deinem Dünencafé sitzen kann, geht es mir immer gut.« Er lehnte sich zurück und strich sich über den weißen Spitzbart. Aber seine Hände verrieten die Schmerzen, die ihm sein

Rheuma verursachte. Seine Fingergelenke waren geschwollen, manche Finger deformiert, sodass er seiner Arbeit als Buchhändler nicht mehr nachgehen konnte und den Laden an seine deutlich jüngere Frau übergeben hatte, mit der er in zweiter Ehe verheiratet war.

Ohne seine moralische Unterstützung und tatkräftige Hilfe wäre vor dem Krieg aus dem Pavillon niemals ein Café geworden.

»Du hast mir damals geholfen, meinen Traum wahr zu machen. Und nach dem Krieg hätte ich nie geglaubt, dass ich das Dünencafé so schnell wieder herrichten kann.«

»Da hab ich ja noch mal Glück gehabt«, erwiderte er verschmitzt. »Und dein Kuchen ist trotz aller Schmerzen jeden Tag mein Ansporn, mich in Bewegung zu setzen. Oh, heute serviert mir ja meine liebe Frieda das Schokotörtchen. Das machst du aber ganz hervorragend!«

Mit glühend roten Wangen stellte Frieda den schlichten weißen Teller mit dem Schokotörtchen vor ihm ab. »Guten Appetit, Opa Julius.«

»Den habe ich. Und wie war es heute in der Schule?«

»So langweilig, wirklich unglaublich laaaangweiiilig.« Frieda gähnte herzhaft zur Unterstützung ihrer Aussage.

»Aber warum denn?« Er schob seine runde Brille in die für ihn typische Position mitten auf die Stirn, hob seine buschigen weißen Augenbrauen und sah sie aufmerksam an.

»Wir müssen immer in der Fibel lesen.« Frieda schob ihre Unterlippe ein Stück nach vorn.

»Aber seit wann liest du nicht mehr gern? Da stehen doch spannende Geschichten drin?« Nun legte Julius seine Kuchengabel beiseite.

»Nein, die sind langweilig. Außerdem müssen wir Satz für Satz lesen. Alle sechsunddreißig Kinder, der Reihe nach. Wenn ich dran bin, verpasse ich meistens meinen Einsatz, stammle Unsinn, und die Frau Lehrerin glaubt, ich könne nicht lesen. Zur Strafe muss ich dann ›Ich lerne lesen‹ fünfzig Mal schreiben … und dabei bricht mein Griffel ständig ab. Das macht alles überhaupt keinen Spaß.«

»Das glaube ich dir aufs Wort. Vielleicht sollte ich mal ein Wörtchen mit deiner Frau Lehrerin reden.«

»Das würdest du tun, Opa? Aber meine Mutter war auch schon mit mir bei der Frau Lehrerin, um ihr zu beweisen, dass ich sehr gut lesen kann, aber ich durfte ihr nicht eine Zeile vorlesen.«

Moiken seufzte. »Das stimmt. Sie blieb einfach bei ihrer Meinung und fragte mich, ob ich ihr als Mutter erklären wolle, was Frieda schulisch zuwege bringe, das könne sie als Lehrerin ja wohl besser beurteilen.«

»Nun, dann wollen wir doch mal sehen, ob sie auf einen alten Buchhändler mehr hört.«

»Das glaube ich leider nicht«, sagte Frieda und senkte den Kopf.

»Weißt du, Frieda, es gibt Dinge, die muss man hinnehmen, weil sie nicht zu ändern sind, und es gibt Dinge, die man ändern kann. Aber versuchen muss man es, und ich habe es noch nicht versucht.«

»Danke, Großvater!«, sagte Frieda und drückte Julius einen Kuss auf die Wange.

Mit einem dankbaren Lächeln wandte sich Moiken von Julius ab und den betagten Westerländer Damen zu, die wie immer ihr sonntägliches Kaffeekränzchen bei ihr abgehalten hatten und bezahlen wollten.

»Vielen Dank, dass Sie mich in meinem Dünencafé beehrt haben, bis nächste Woche wieder«, sagte Moiken und legte ihnen die Rechnung hin.

Beide Damen waren stets in Schwarz gekleidet und stachen so zwischen der bunten Einrichtung besonders hervor, aber sie liebten ihr unkonventionelles Café.

»Immer wieder gern. Es ist so schön bei Ihnen, erst recht, wenn man bei diesem Wetter so wunderbar ruhig mit Blick aufs Meer sitzen kann«, gab Marie Köhler zurück, die trotz ihres hohen Alters immer noch ihr kleines Ladengeschäft für ›Conserven, Südfrüchte und Schokoladen‹ führte, in dem Moiken ihre Zutaten kaufte.

Ihr war die kinderlose, ihr Leben lang unverheiratet gebliebene Frau, die von allen nur Modje genannt wurde und allen männlichen Unkenrufen zum Trotz seit Jahrzehnten allein als Frau erfolgreich ihr Geschäft führte, natürlich schon immer sympathisch gewesen – auch wenn sie zugeben musste, die »Großmutter«, wie alle Kinder, seinerzeit gehänselt zu haben. Immer dann, wenn die Modje mit ihrem Kinderwagen die Waren ausfuhr, hatten sie den Spottvers »Die Modje hat'n Fehler, an de Lung, an de Tung, an de Leber!« gesungen und auch mal hinterrücks eine Rahmstange stibitzt, wenn die Modje sich mit ihrer Kundschaft mal wieder in sozialpolitische Diskussionen verstrickt hatte.

Doch das war alles längst verziehen und vergessen.

Die Kinder von heute hatten sich leider nicht verändert, nur für Frieda würde sie die Hand ins Feuer legen, dass sie die Modje respektierte, schließlich bekam ihre Tochter bei jedem Botengang eine kleine Süßigkeit geschenkt.

Frieda spielte unterdessen mit den Muscheln auf der Terrasse, die sie vorhin am Strand gesammelt hatte, damit ihr Großvater in Ruhe essen konnte.

»Bunt und doch gemütlich«, bestätigte die Schwester der Modje, die auf ihrem gelben Stuhl vor ihrem blau-weißen Teller nebst weißer Goldrandtasse saß und sich augenscheinlich gar nicht erheben wollte.

Das Geschirr hatte sie sich aus dem Sammelsurium im Vitrinenschrank ausgesucht, ganz so, wie es ihre Stammgäste liebten – und wie die neuen Gäste es nach der ersten Irritation über diese neuartige Idee lieben lernten –, sich nämlich nicht nur den Kuchen, sondern auch das Geschirr dazu auswählen zu dürfen.

»Auf Wiedersehen, bis nächste Woche«, sagte die Modje und erhob sich erstaunlich mühelos. »Halten Sie durch. Sie werden schon sehen, das wird alles wieder. Auf Wiedersehen, Julius, bis nächsten Sonntag.«

Moiken lächelte und winkte den beiden betagten Damen nach, die eingehakt nebeneinander über die Promenade am Meer entlang zurück zur Strandstraße spazierten.

Woher nahmen die alten Leute ihre Zuversicht? Von der Modje war sie wie von Julius von Anfang an darin bestärkt worden, aus dem Pavillon ein Dünencafé zu machen und es als Frau allein zu führen. Aber da hatte niemand mit einem Krieg gerechnet, und jetzt war alles noch schwieriger als zuvor.

Gäste gab es leider auch in dieser Saison noch immer zu wenige, erst recht in ihrem Café, und für die Stammgäste allein lohnte es sich leider nicht, jeden Nachmittag drei Stunden geöffnet zu haben, während sie kaum Geld einnahm und die Arbeit in der Strandvilla liegen blieb.

Vielleicht müsste sie sich auf die Öffnung am Wochenende beschränken, aber das wäre auch nicht der richtige Weg.

»Hier sind aber noch viele Tische frei, da kann ich mir ja das schönste Plätzchen aussuchen.« Mit diesen Worten betrat eine etwa sechzigjährige, recht korpulente Frau die Terrasse.

Obwohl Moiken die ältere Dame schon länger nicht mehr gesehen hatte, erkannte sie die Hebamme Alwine sofort wieder, die ihr gemeinsam mit ihrem Ehemann Lorenz das kleine Keitumer Häuschen im Takerwai abgekauft hatte.

Von diesem Geld hatte Moiken einen ansehnlichen Teil von Theodors Schulden beglichen, und heute kam es ihr so vor, als wäre es in einem anderen Leben gewesen, dass sie dort die Jahre als Ehefrau des Seefahrers Peter Jacobsen verbracht und ihre Tochter Emma großgezogen hatte.

»Bitte, suchen Sie sich einen Platz aus«, sagte Moiken und gab sich unbekümmert darüber, dass so viele Stühle unbesetzt waren. »Wenn Sie einen Kuchen zum Kaffee wünschen, im Pavillon finden Sie eine große Auswahl.«

»Oh, einen Kuchen nicht unbedingt. Aber haben Sie vielleicht auch Kekse? Die liebe ich zum Kaffee.«

»Selbstverständlich habe ich Friesenkekse, die sind allerdings als einziges Produkt in diesem Café nicht selbst hergestellt, denn keiner kann so unvergleichlich gute Friesenkekse backen wie Wiedermanns Wiener Café in der Strandstraße.«

»Hm«, machte Alwine und schirmte ihre Augen gegen die Sonne ab. Im hellen Licht schimmerten ihre grauen Strähnen fast weißlich. »Es ehrt Sie ja, dass Sie diese Kekse zukaufen und nicht nachahmen, aber nun habe ich es endlich wie versprochen nach Jahren geschafft, Sie in Ihrem Café zu besuchen – dann esse ich doch nicht die Kekse von der Konkurrenz!«, fügte sie resolut hinzu.

»Also einen Kaffee?«

»Hm, etwas Süßes würde ich schon gern essen. Was ist denn Ihre Spezialität?«

Eine gute Frage, dachte Moiken beschämt. Stets wurde sie für alle ihre selbst gebackenen Köstlichkeiten gelobt, aber eine richtige Spezialität, wegen der die Leute ins Café strömten, hatte sie nicht vorzuweisen.

»Meine Passionsfruchttörtchen werden sehr geschätzt, und stets gefragt sind natürlich meine Schokoküchlein«, antwortete sie und ärgerte sich darüber, dass sie so verlegen klang.

»Dann bleibe ich doch bei den Keksen«, entschied sich Alwine, und Moiken gab sich Mühe, nicht betrübt zu wirken.

Nach einem kurzen Nicken ging sie in den Pavillon, um der Hebamme den Wunsch zu erfüllen.

Nachdenklich legte Moiken die gewünschten Kekse auf einen Teller, bereitete den Kaffee zu und ging damit zurück auf die Terrasse.

Die Hebamme nahm keine Notiz von ihr, während sie Kaffee und Kekse servierte, so hingerissen war sie vom Blick auf die Nordsee, da sie sonst nur das ruhige Wattenmeer in Keitum vor der Haustür hatte.

Moiken wandte sich von Alwine ab und beobachtete stattdessen Frieda, die auf der Terrasse unentwegt neue Muster mit ihren Muscheln legte. Dabei versank auch sie in Gedanken.

Eine Spezialität – das könnte die Lösung sein, um mehr Gäste ins Café zu locken. Diese Überlegung ließ Moiken keine Ruhe mehr. Neu und reizvoll müsste sie sein …

Das Meer begleitete mit seinem sanften Rauschen ihr Nachdenken, es schimmerte heute wieder in allen erdenklichen Blautönen, leuchtend und kräftig, ein Anblick, nach dem man süchtig werden konnte. Dazu der goldgelbe Strand und die Stühle ihres Cafés als bunte Farbtupfer – was für eine schöne Kombination.

Da überkam Moiken eine Idee. Kleine Törtchen aus Biskuit und Schokocreme, garniert mit kandierten Früchten, gekühlt oder vielleicht sogar halbgefroren serviert. Wozu verfügte die Strandvilla als eines der wenigen Hotels über einen Eiskeller?

Von dort wäre es nicht weit bis zum Pavillon. Der kurze Transportweg über die Promenade, die bunte Köstlichkeit dabei unter einer gläsernen Haube präsentiert, wäre die beste Werbung – und was für eine Besonderheit, dem Gast kleine Eistörtchen zu servieren. Eistörtchen, ja! So etwas gab es in keinem anderen Café. Sie fühlte sich wie elektrisiert. Das war die Idee! Am liebsten hätte sie es laut ausgerufen.

»Frieda, ich habe eine tolle Idee.« Sie kniete sich zu ihrer Tochter. »Kuchen aus Eis mit kandierten Früchten, das probiere ich gleich aus, wenn wir in der Strandvilla zurück sind, und du darfst als Erste davon kosten und mir sagen, ob es schmeckt. Frieda, hörst du mir zu?«

Frieda hatte offenkundig nichts von den Worten ihrer Mutter mitbekommen. Mal wieder.

Seit Ostern, seitdem Frieda in die Schule ging, war sie noch stiller geworden. Ständig schien sie in Gedanken weit weg, und wenn man sie danach fragte, war Frieda ganz überrascht, denn sie bemerkte ihre Tagträume natürlich nicht.

Sie lebte gern in ihrer eigenen Welt, sprach nur mit Menschen, die ihr vertraut waren, und hatte in den ersten Wochen große Probleme gehabt, sich in die Klasse einzufügen.

Außerdem hatte sie solche Angst vor ihrer Lehrerin gehabt, dass sie am ersten richtigen Schultag einen unbeobachteten Moment in der Pause genutzt hatte, um nach Hause zu laufen. Dort hatte sie ihrer Mutter kurzerhand mitgeteilt, dass ihr die Schule nicht gefiel, deshalb wolle sie in Zukunft lieber wieder bei Carl in der Druckerei sitzen und dort etwas lernen.

Als Moiken ihr hatte erklären müssen, dass es ein Reichsschulgesetz gab, das für alle Kinder galt, war der Schock für Frieda groß gewesen. Leider war diese Lehrerin wirklich stur wie ein Felsblock und ein fieser Drache noch dazu. Jeden Morgen litt sie heimlich mit Frieda mit, wenn sie das Mädchen zur Schule schicken musste.

Mit dem Stillsitzen hatte Frieda kein Problem, doch nach der Schule überkam sie ein seither ungekannter Bewegungsdrang, und sie eroberte sich ihre ersten eigenen Wege.

Nicht nur von der Strandvilla zur Schule – sie besuchte ihren Opa in der Buchhandlung, riss sich bei Leopold um jeden kleinen Botengang in die Stadt, besonders gern natürlich zur Druckerei, wo sie immer ein bisschen länger blieb, und anschließend spielte sie in der Nähe des Dünencafés, das zwischen vierzehn und siebzehn Uhr geöffnet war, und pendelte zwischen Strand und Pavillon.

Moiken hatte sich geschworen, es dieses Mal anders zu machen als bei ihrer großen Tochter, die sie immerzu behüten und beschützen wollte und damit von eigenen Wegen abgehalten hatte.

Es fiel ihr nicht immer leicht, Frieda durch die Stadt ziehen zu lassen – andererseits wusste jeder Westerländer, wohin das Mädchen gehörte, und sie musste lernen, darauf zu vertrauen, dass Frieda nichts passierte.

»So, dann will ich jetzt mal mit Friedas Lehrerin reden«, sagte Julius in ihre Gedanken hinein, »das liegt ja zum Glück auf dem Weg. Der Kuchen war ganz hervorragend und der Kaffee wie immer sehr gut. Was bin ich dir für das Gedeck schuldig?«

»Du bist mir überhaupt nichts schuldig, das geht aufs Haus«, protestierte Moiken, obwohl sie natürlich auf die Einnahmen angewiesen war. Aber darauf kam es nun wirklich nicht an.

Julius klemmte einen Schein unter seinen Kuchenteller. »Dann steck es in die Sparschatulle meiner kleinen Frieda. Und gib ihr einen Kuss von ihrem Opa, ich will sie jetzt nicht stören, sie spielt gerade so schön.«

Julius schlurfte über die Promenade davon, und bald darauf bat auch Alwine um die Rechnung.

Nachdem Moiken mit ihrer Tochter allein im Café zurückgeblieben war, sagte Frieda unvermittelt, als sei sie eben aufgewacht: »Sieh mal, was ich mit den Muscheln gemacht habe.« Sie deutete vor sich auf den Boden.

»Ein schönes Muster!«, bestätigte Moiken anerkennend. »Hast du Hunger, kleine Robbe? Es ist noch ganz viel Kuchen übrig, und gleich will ich etwas Neues ausprobieren. Kuchen aus Eis. Heute kommen wahrscheinlich sowieso keine Gäste mehr.«

»Au ja! Aber erst gleich. Ich bin hier noch nicht fertig. Außerdem ist das kein Muster, sondern ein Wort – lies doch mal.«

Moiken ging ein paar Schritte, um eine andere Perspektive einzunehmen. »Glügg«, las sie laut vor. Sie lächelte. »Das ist aber schön, nur schreibt man das anders.«

»Nein, das ist richtig so«, beharrte Frieda, und Moiken beließ es mit einem Schulterzucken dabei. So wichtig war das nicht, dachte sie, und ihre reflexartige Bemerkung hätte sie sich genauso gut verkneifen können. Viel schöner war doch, dass Frieda an das Glück dachte und es hier buchstäblich auf die Terrasse legte.

»Haben Sie schon geschlossen, oder dürfte ich mich bei Ihnen durch eine Tasse Kaffee erfrischen?«

Diese Stimme. Moiken hätte sie aus Tausenden herausgehört.

Adam von Baudissin. Seinerzeit der erste Gast ihres Dünencafés.

Da stand er nun etwas verunsichert und verloren auf der Terrasse. Wie damals im feinen Zwirn, nur trug er dieses Mal keine weißen Handschuhe, und sein Anzug hatte einen modernen Schnitt.

»Herr von Baudissin!«, rief sie aus.

»Sie erinnern sich an mich?«, fragte er bass erstaunt und wirkte nun noch verunsicherter.

»Aber natürlich«, entgegnete sie nicht minder nervös.

Er ging auf sie zu und reichte ihr mit einer leichten Verbeugung die Hand.

Schon bei seinem ersten Besuch hatte seine Anwesenheit sie so durcheinandergebracht. Gut aussehende, charmante und eloquente Herren begegneten ihr jeden Tag in der Strandvilla, doch keiner machte sie so nervös wie dieser Adam von Baudissin.

»Möchten Sie auch einen Kuchen zum Kaffee? Es ist noch eine schöne Auswahl da.«

»Darauf hätte ich großen Appetit!«

Er folgte ihr in den Pavillon, und Moiken atmete tief durch, als sie ihm für einen Moment den Rücken zukehrte. Wirklich ruhiger wurde sie dadurch nicht.

»Oh, die kleinen Erdbeertörtchen mit Schokosplittern sehen aber lecker aus, und die Biskuitrolle erst. Und hier, sind das gefüllte Schokopralinen?«

»Ja, mit Himbeerkonfitüre, Weinbrand und Kaffeelikör. Was darf ich Ihnen servieren?«

»Alles, bitte.«

»Sie meinen alle drei Pralinensorten?«

»Nein, ich meinte alles, was ich genannt habe. In der Reihenfolge«, setzte er grinsend hinzu und klopfte sich dabei auf den flachen Bauch. »Keine Angst, ich kann gut was vertragen, habe viel abgenommen im Krieg, und die Seeluft macht doppelt hungrig.« Als er den Krieg erwähnte, lief ein Schatten über sein Gesicht, und ein kurzes Zusammenpressen seiner Lippen verriet, dass er das Wort eigentlich gar nicht hatte aussprechen wollen. Schnell fasste er sich wieder und sah zur Vitrine. »Darf man sich das Kaffeegeschirr immer noch selbst aussuchen?«

»Möchten Sie wieder das Set mit dem blauen Wellenrand?«

»Daran erinnern Sie sich noch?«

»Ich habe ein gutes Gedächtnis«, sagte Moiken, und es klang nach einer Ausrede, obwohl es gar keine sein sollte. »Ihr Geschirr hat überlebt. Setzen Sie sich doch in die Sonne, während ich den Kaffee frisch aufbrühe.«

Sie machte sich daran, die Bohnen zu mahlen, und erhitzte das Wasser, doch Adam von Baudissin ignorierte ihre Aufforderung und sah sich stattdessen im Pavillon um.

»Es sieht hier drin ein klein wenig anders aus, als ich es in Erinnerung habe.«

»Nun ja, die Soldaten waren …« Sie suchte nach der richtigen Formulierung. »Jedenfalls hatte ich einiges zu tun. Die Wände sind neu gestrichen, vieles habe ich ersetzt, und leider mussten auch meine Gästebuch-Bilderrahmen daran glauben.«

»Dreckschweine«, entfuhr es Adam von Baudissin. »Wäre ich unter ihnen gewesen, wäre das nicht passiert.«

»Das ehrt Sie«, bemerkte Moiken und brühte den Kaffee auf.

»Dieses interessante technische Gebilde stand damals noch nicht auf der Theke, daran könnte ich mich erinnern«, lenkte er das Gespräch weg vom Krieg.

»Das ist ein Kaffeewecker. Mein Mann hat ihn mir vermacht.«

»Vermacht? Theodor von Lengenfeldt lebt nicht mehr?«

»Nein«, entgegnete sie knapp, um deutlich zu machen, dass sie darüber nicht sprechen wollte.

»Mein herzliches Beileid. Dann führen Sie jetzt also die Strandvilla?« Seine Frage war eine Feststellung ohne Verwunderung.

»Ja, ich versuche es zumindest«, gab sie ehrlich zu, obwohl er ein Fremder war, den sie erst ein Mal gesehen hatte. Doch er war ihr auf so erstaunliche Weise vertraut. »Die erste Saison nach dem Krieg war katastrophal, diesen Sommer läuft es etwas besser, rund die Hälfte der Zimmer ist belegt, aber das reicht noch nicht – und mein Dünencafé … Sie sehen ja selbst. Aber mir ist vorhin noch eine Idee gekommen, was ich meinen Gästen hier anbieten könnte, das es sonst noch nirgends gibt. Auch Sie dürfen gespannt sein.«

»Sie lassen sich nicht unterkriegen und sind kreativ – das gefällt mir.«

»Mir bleibt nichts anderes übrig«, bemerkte Moiken und ergänzte nicht, wie müde sie sich seit Jahren fühlte. Müde vom Kämpfen, zermürbt von den Sorgen, erschöpft von der ständigen Suche nach Lösungen. »Es muss ja weitergehen«, fügte sie leise hinzu.

Als der Kaffee servierfertig war, bat sie Adam von Baudissin erneut, auf der Terrasse Platz zu nehmen.

»Da hängt ja mein Gästebucheintrag!«, rief er überrascht aus, und nun war es ihr fast peinlich, dass sie den vom Boden geretteten Fetzen eingerahmt und neben die Tür gehängt hatte.

»Ja, er ist etwas in Mitleidenschaft gezogen worden, aber das Motiv mit der Brücke und der Spruch dazu haben mir so gut gefallen, darum habe ich es aufgehängt.«

»Das freut mich sehr«, entgegnete er lächelnd. Draußen wählte er den blauen Tisch mit einem roten und gelben Stuhl in der Nähe von Frieda, die noch immer versonnen mit ihren Muscheln spielte. »Ihre Tochter, nehme ich an?«

»Ja, sie ist jetzt sechs Jahre alt. Ihren Vater hat sie nie kennengelernt. Er starb, als sie sechs Wochen alt war.«

»Sie haben doch noch eine größere Tochter, die ich damals im Café gesehen habe, oder entsinne ich mich falsch?«

»Emma ist mittlerweile erwachsen und lebt in Berlin.« Mehr wollte sie dazu nicht sagen, überhaupt wollte sie gar nicht so viel von sich erzählen, deshalb fragte sie: »Und was führt Sie nach Sylt? Wie lange dürfen Sie die Sommerfrische hier genießen?«

»Ich bin beruflich hier. Planung eines Großprojekts.«

»Sie sind Architekt, wenn ich mich recht erinnere. Doch nicht etwa ein Hotel? Wir brauchen Gäste – nicht noch mehr Betten.«

»Nein, ich sorge dafür, dass die Gäste kommen, indem sie komfortabel anreisen können. Ich habe die Leitung des Dammbauprojekts übernommen.«

»Ach! Da haben Sie sich aber etwas vorgenommen«, entfuhr es Moiken. Auf sein verdutztes Gesicht hin setzte sie hinzu: »So ein Damm zum Festland wäre ja wundervoll, aber wie soll so ein Bauwerk mitten durchs Wattenmeer gelingen? Von den Kosten mal ganz abgesehen.«

»Die Mittel für den Dammbau wurden schon 1913 vom Landtag bewilligt, dann kam der Krieg dazwischen, aber nun soll es an die konkrete Umsetzung gehen. Im Frühjahr habe ich meine Doktorarbeit fertiggestellt. ›Untersuchungen über den Einfluss des geplanten Dammbaus zwischen dem Festlande und der Insel Sylt auf die Wasserverhältnisse am Damm und der angrenzenden Festlandsküste.‹« Er lächelte angesichts ihres Stirnrunzelns. »Ich habe mich jedenfalls eingehend mit dem Thema beschäftigt und bin nun der leitende Wasserbauingenieur.«

»Dann erklären Sie mir – wie soll der Bau vonstattengehen? Der Damm kann ja nicht auf dem Trockenen gebaut werden, durch die Gezeiten wird die Baustelle doch zweimal am Tag unter Wasser gesetzt. Bestimmt zwei Meter hoch, bei einer Sturmflut auch mal vier Meter. Und dann gibt es starke Strömungen und Priele, in denen immer Wasser steht und die irgendwie überquert werden müssen. Selbst wenn man das schafft, wie wollen Sie verhindern, dass die Flut das aufgeschüttete Material wieder mit sich reißt?«

»Der Problematik bin ich mir bewusst, und ich habe eine Lösung ersonnen. Erstens nutzen wir die Wasserscheide, wo das Watt höher liegt, und nehmen diese Linie zum Festland. Dadurch wird der Damm einen leichten Bogen machen, die Strecke wird länger, aber wir sind auf der sicheren Seite. Über zwölf Kilometer hinweg wird eine lange Kette von Pfählen im Abständen von ein bis zwei Metern in den Wattboden getrieben, dazwischen werden Buschwände von Hand befestigt, und dann spülen wir Wattboden durch Rohre mit über einem halben Meter Durchmesser in diesen Dammkörper ein, bis wir ein Niveau von einem halben bis einem Meter über dem gewöhnlichen Hochwasser erreicht haben. Uns stehen Eimerbagger und Schutensauger zur Verfügung, die 1400 Kubikmeter Boden in der Stunde bewegen können. Danach wird Trockenboden aufgeschüttet. So wird der Damm schnell wachsen können.«

»Sie klingen sehr zuversichtlich.«

»Warum auch nicht?«, gab Adam von Baudissin lächelnd zurück. »Zwar fließen bei jeder Tide 28 Millionen Kubikmeter Wasser von Süden nach Norden und greifen das Bauwerk an, Stürme können uns zum Verhängnis werden, und wir rechnen mit einer Bauzeit von zwei Jahren, aber ich glaube an dieses Projekt – nein, noch viel mehr, ich bin davon überzeugt. Sonst wäre ich nicht der leitende Wasserbauingenieur.«

»Sie werden es mit vielen Gegnern zu tun bekommen. Es gibt viele Sylter, die keine Nabelschnur zum Festland wollen. Sie fürchten Konkurrenz durch billigere Händler, eine Überflutung der Insel durch Sommerfrischler und ganz wörtlich genommen auch eine Überschwemmung der Insel, wenn das Wasser durch den Damm aufgestaut wird und nicht mehr ungehindert fließen kann.«

»Mit solchen Stimmen muss ich rechnen, und was sich davon bewahrheiten wird, werden wir sehen und dann Lösungen finden. In meinen Augen bringt uns der Damm nur Vorteile. Und über die damit verbundenen Widrigkeiten werde ich mich nicht ärgern und über die Gegner nur wundern.« Er lächelte. »Die Skizze zu meinem Gästebucheintrag ist übrigens keine Brücke zwischen zwei Inseln …«

»Sondern der Damm – natürlich!«, fiel Moiken ihm ins Wort. »Jetzt sehe ich das auch. Ich wünsche Ihnen jedenfalls, dass das Bauwerk gelingt – und nicht zuletzt wünsche ich mir, dass mehr Gäste kommen.«

»Dafür werde ich sorgen, und im Kleinen werde ich gern den Anfang machen und mich in meinen Pausen bei Ihnen mit Kaffee und Kuchen stärken.« Er hielt kurz inne. »Wenn es möglich wäre, würde ich zudem gern für meine kommenden Ortstermine ein Zimmer in der Strandvilla buchen. Wenn die Arbeiten richtig in Gang kommen, ist geplant, dass ich bei den rund eintausendfünfhundert Arbeitern in Wohnbaracken nahe der Baustelle hause, denn es soll Tag und Nacht gearbeitet werden, aber bis dahin möchte ich mir ein wenig Komfort gönnen.«

»Ich … ja … natürlich, sehr gern.« Vor Überraschung wusste sie nicht, was sie sagen sollte, aber sie freute sich auf diese feste zusätzliche Einnahme – und auf die Gelegenheit, diesen interessanten Mann näher kennenzulernen und aus erster Hand vom Dammbau zu erfahren.

Unterdessen hatte sich Frieda vom Boden erhoben, stellte sich überraschend forsch an die Seite des Gastes und sprach ihn auch noch an, was sie sonst nie bei einem Fremden tat. »Sehen Sie mal, was ich geschrieben habe. Meine Mama sagt, das ist falsch, aber mir ist das egal. Mit runden Buchstaben sieht es viel schöner aus, das passt viel besser zu dem Wort.«

»Ich bin glügglich«, las Adam von Baudissin laut vor. »Du bist ein kluges Mädchen«, stellte er fest und lächelte Frieda dabei an. »Ich finde auch, dass es schön aussieht. Und vielleicht ist es gar nicht so wichtig, wie man das Wort richtig schreibt. Viel wichtiger ist doch, dass man richtig glücklich ist, nicht wahr?«

3. Buch

KAPITEL 8

Berlin, im August 1923

»Oh! Gee, Oh! Gosh, Oh! Golly I'm in Love«, sang Boy auf dem Heimweg von der Bar, denn die beschwingte Melodie wollte ihm nicht mehr aus dem Kopf gehen und trug ihn mit kleinen hinkenden, hüpfenden Schritten, die Daumen in die Hosenträger eingehängt, durchs nächtliche Berlin nach Hause.

Durch eine Stadt, die niemals schlief.

Zumindest galt das bis zum Abzweig in die Wohnstraße, wo sein fotografisches Atelier lag. Hier war es ruhig wie in einer anderen Welt, auch Laufkundschaft gab es keine, doch ein Atelier in erster Reihe würde er sich wohl noch lange nicht leisten können.

Immerhin waren die vergangenen drei Jahre geschäftlich gesehen nicht schlecht gelaufen – nicht berauschend, aber eben auch nicht schlecht.

Was sich hingegen mit den Preissteigerungen seit Juni anbahnte, war beängstigend und für ihn Anlass genug gewesen, heute wiederum bei einem feuchtfröhlichen Abend mit Anita seine Sorgen zu ertränken – oder hatte sie Marita geheißen?

Jedenfalls war sie ein bezauberndes Geschöpf mit blauen Augen und roten Lippen gewesen, ihre Haarfarbe hatte er schon wieder vergessen, nicht jedoch den Kuss, der nach so viel mehr geschmeckt hatte. Nach so vielem, worauf er all die vergangenen Jahre verzichtet hatte.

Nicht, weil es keine Frauen gab, die ihn interessierten, so wie die Freundin von Felice Bauer zum Beispiel. Das Problem war, dass Moiken nicht aus seinem Herz weichen wollte, so sehr er sich das mittlerweile auch wünschte.

Es war, als ob sie sich jeder anderen Frau in den Weg stellen würde – oder stand er sich einfach nur selbst im Weg? Vielleicht war dieser Kuss endlich der Startschuss für seine Befreiung gewesen, für das Loslösen von einer romantischen Vorstellung, das Begraben einer Liebe, die nie existieren durfte und doch ewig lebendig schien.

»Oh! Gee, Oh! Gosh, Oh! Golly I'm in Love …« Er hatte Schwierigkeiten mit der englischen Aussprache, doch das war ihm gleichgültig, ebenso, ob ihn jemand hörte oder wie grotesk seine hüpfenden Bewegungen aussahen.

Wie spät mochte es sein? Vier Uhr vielleicht? Einerlei, die Leute in den Häusern, von denen sein Gesang und das Geräusch seiner fröhlichen Schritte widerhallten, schliefen tief und fest, und selbst wenn sich jemand gestört fühlen sollte, kümmerte ihn das gerade nicht.

Nachdem er den Schein der Straßenlaterne hinter sich gelassen hatte, wies ihm das Mondlicht den Weg zum Atelier.

Da die Fenster im Obergeschoss dunkel waren, saß Emma also nicht wach am Küchentisch, was ihn beruhigte, denn so angetrunken musste sie ihren Vater nicht unbedingt erleben. Zudem sollte sie sich gesund schlafen, denn seit gestern plagte sie sich mit einer Sommererkältung, von der sie sich ziemlich geschwächt fühlte.

Sie hatte ein oder zwei starke Grogs trinken und dann früh zu Bett gehen wollen – dieser Plan schien aufgegangen zu sein.

Als die Schaufensterscheibe seines Ateliers in sein Blickfeld kam, blieb er stocksteif stehen. Hatte ihm das Mondlicht einen Streich gespielt, oder war da ein Loch in der Scheibe?

Tatsächlich. Ein Schauer überlief ihn.

Von einer Sekunde zur nächsten fühlte er sich nüchtern.

Mit zitternden Fingern zog er den Schlüssel aus der Hosentasche und verschaffte sich Zutritt zum Laden.

Konnte das wahr sein? Alles weg. Alles, was nicht niet- und nagelfest war und sich zu Geld machen ließ, hatten Diebe mitgenommen. Es mussten mehrere gewesen sein. Einer allein konnte unmöglich alle Handkameras aus dem Verkaufsraum geschleppt haben – in einem Koffer vielleicht, aber nicht zusammen mit den Stativen.

Waren die Diebe auch oben in der Wohnung gewesen und hatten dort weiter nach Wertgegenständen gesucht?

Emma! Hoffentlich hatten sie ihr nichts angetan!

Von furchtbaren Bildern angetrieben hastete er, so schnell ihm das mit seiner Prothese möglich war, die Treppe hinauf und drehte sofort das Licht in der Küche an.

Sein Blick irrte umher. Verdammt, wo war seine Tochter?

»Emma!«

Er horchte. Nichts rührte sich.

Gerade als er in der Dunkelkammer nachsehen wollte, entdeckte er Emma zu seiner großen Erleichterung kaum sichtbar unter mehreren Filzdecken vergraben auf der Matratze neben dem Herd, wo sie seelenruhig schlief.

»Emma, wach auf! Im Atelier wurde eingebrochen!«

Als sie nicht reagierte, kniete er sich zu ihr, rüttelte sie, doch sie gab nur unduldsame Laute von sich. Dann bekam sie einen Hustenanfall im Halbschlaf, rasselnde und pfeifende Atemgeräusche, die ihn erschrocken innehalten ließen.

Prüfend fühlte er ihre Temperatur und zog die Hand sofort wieder zurück, als hätte er sich verbrannt. »Große Güte, Emma, du bist ja ganz heiß. Wach auf!«

»Einen Arzt …«, flüsterte sie, ohne dabei die Augen zu öffnen.

»Einen Arzt? Wo soll ich denn mitten in der Nacht einen Arzt herbekommen?«

Emma war sichtlich krank, aber war es wirklich so schlimm, dass sofort ein Arzt vonnöten war? »Weißt du, was das kostet, ihn aus dem Bett zu klingeln?«, fragte er um ihre Einsicht bittend, »können wir vielleicht bis morgen früh warten?«

»Einen …«, hob Emma an, doch weiter kam sie nicht. Ein erneuter Hustenanfall schüttelte sie, keuchend rang sie nach Luft. Ihr

Brustkorb hob und senkte sich in einer Geschwindigkeit, wie er es noch nie gesehen hatte.

Einem Impuls folgend riss er das Fenster auf, dort verharrte er für ein paar Sekunden, beobachtete seine Tochter, und danach gab es für ihn keinen Zweifel mehr, dass er schnell handeln musste.

Sie hatte Blut gespuckt.

KAPITEL 9

Sylt, im August 1923

Moiken wandte sich dem Ehepaar zu, das ihr Dünencafé gestern für sich entdeckt hatte und heute gleich wiedergekommen war – wegen ihrer Eis-Spezialität. Die Schoko-Düne. Eine Kuppel aus aprikotiertem Biskuit, die die halbgefrorene Schokoladencreme mit kandierten Früchten unter sich verbarg, was bei den Gästen mit dem ersten Löffelstich begeisterte Verzückung hervorrief.

Zwar zählte dieses Ehepaar nicht zu den angenehmsten Gästen, denn die leicht nörgelige Laune des Herrn war ganz offensichtliches Anzeichen eines Inselkollers, doch Moiken war dankbar für jeden Gast, der sich angesichts der steigenden Inflation überhaupt noch auf Sylt aufhielt.

Es schien ihr fast so, als laste ein Fluch auf ihrem Tun.

Sie befand sich nun in der vierten Saison nach dem Krieg. Mühevoll kämpfte sie um jeden Gast, es kamen allerdings gerade so viele, dass sie bislang nicht aufgeben musste, doch mit jedem Tag verlor das Geld mehr an Wert.

»Möchte der Herr bezahlen?«, fragte sie freundlich, nachdem der Ehemann ihr ein Zeichen gegeben hatte.

»Nein, im Gegenteil, meine Frau möchte hier noch ein wenig die Aussicht aufs Meer genießen. Außerdem gefällt ihr die Kaffeehausmusik aus dem Grammofon gut, das passt so schön zur Stimmung.«

»So darf ich Ihnen noch zwei Kaffee bringen?«

»Nein, danke, ich habe Ihnen gewinkt, weil ich gern die Zeitung hätte. Mir ist das zu langweilig, immerzu aufs Meer zu starren. Bringen Sie mir bitte die Sylter Zeitung, die haben Sie doch bestimmt als Leseexemplar da, kaufen möchte ich dieses Blatt nicht.«

Moiken holte unbemerkt Luft. Dieses Ehepaar saß seit eineinhalb Stunden auf der Terrasse und hatte nur jeweils ein Gedeck gehabt. Nicht ärgern, nur wundern – an dieses Motto versuchte sie sich in solchen Fällen immer zu halten. Zudem hatten sich diese Gäste seit elf Tagen in der Strandvilla eingemietet und wollten weitere zehn Tage bleiben, aber in dieser Sekunde riss ihr der Geduldsfaden, denn das war einfach nur unverschämt.

»Das Leseexemplar finden Sie ein paar Meter weiter in der Lesehalle«, gab sie Auskunft, obwohl die Zeitung natürlich am Haken im Café hing, »von dort hat man auch eine schöne Aussicht aufs Meer, allerdings ohne Bewirtung. Aber das dürfte Ihnen ja nichts ausmachen. Bei mir können Sie das Blatt nur käuflich erwerben.« Die Imitation seiner Tonlage bei ›das Blatt‹ hatte sie genau getroffen. Wenn er erfuhr, dass die Sylter Zeitung aufgrund der Inflation mittlerweile 1000 Mark kostete, würde er bestimmt vom Glauben abfallen.

Auch sie hatte es mittlerweile aufgegeben, eine Speisekarte mit festen Preisen auszulegen, die sie täglich ändern müsste. Dieser verlorene Krieg zwang die Wirtschaft in die Knie. Die verdammt hohen Summen für die Reparationsleistungen, die im Versailler Vertrag mit den Siegermächten festgeschrieben worden waren, die Kriegsanleihen, die von der Bevölkerung zurückgefordert wurden – Geld, das der einfache Mann dem Staat zur Kriegsunterstützung geliehen hatte –, brachten den Staat dazu, immer mehr Geld zu drucken, für das es keinen materiellen Gegenwert mehr gab.

Ein Ei kostete mittlerweile 800 Mark, ein Liter Milch 1440 Mark und ein Kilo Kartoffeln 5000 Mark.

Doch der Mann fragte nicht mal, was die Zeitung kostete.

»Vielen Dank für Ihren freundlichen Hinweis mit der Lesehalle, aber dort liegen keine Zeitungen mehr aus, weil alle geklaut wurden. Nur die Fleischerzeitung ist noch zu haben. Und hier ist es mit dem Service offenkundig auch vorbei. Dann möchte ich jetzt gern die Rechnung.«

»Zwei Eis-Dünen und zwei Kaffee, das macht 46 000 Mark, bitte«, entgegnete Moiken, bemüht, ihre Höflichkeit zu wahren. »Wie möchten Sie bezahlen? Mit Notgeldscheinen oder in Dollarmünzen?« Letztere wären ihr natürlich am liebsten gewesen, weil diese am nächsten Tag wenigstens noch was wert waren.

Der Mann machte ein fassungsloses Gesicht. »Ein Mittagessen hat Anfang Juli 45 000 Mark gekostet!«

Moiken hob hilflos die Schultern. »Jetzt kostet es 450 000 Mark. Ich muss meine Preise jeden Tag mit dem Multiplikationsfaktor ausrechnen, den die Bank vorgibt.«

»Die Bank, die Bank!«, rief der Gast aus und sprang auf. Offenbar hatte sie einen wunden Punkt getroffen. »Mein Geld ist noch nicht angekommen, sagte die Bank heute Vormittag, und auf Schecks könne man nichts auszahlen. Ist das nicht unfassbar? Angeblich hatte ihnen die Reichsbank statt fünfzig Millionen nur zwanzig Millionen bereitgestellt, und auf Effekten leihen sie nichts. Sie wechseln nur Devisen, und dabei ist man umdrängt von zahlreichen anderen Kunden, die nach dem langsam reisenden Geld fragen, von früh bis spät. Man braucht hier Geld und bekommt keines mehr. Wissen Sie was, ich bin es nicht gewohnt, um Geld zu betteln und mir die Kosten für jeden Kaffee ausrechnen zu müssen – oder am besten gleich mit dem Geldkoffer in der Hand ins Restaurant zu gehen. Das ist doch eine Zumutung und kein Urlaub mehr. Wir reisen ab!« Mit diesem Entschluss stand er auf, auch seine Frau erhob sich pflichtschuldig von ihrem Stuhl, denn mit der Entscheidung ihres Mannes war sie sichtlich nicht einverstanden. Allerdings brachte sie keinen Einwand vor.

»Was bin ich Ihnen für die bisher in der Strandvilla verbrachten Tage schuldig?«, fragte der Mann, der erleichtert schien, die Abreise beschlossen zu haben.

Es war ein Kreuz, immer trug sie das Risiko, wenn die Sommerfrischler nicht so lange blieben, wie sie gebucht hatten, dachte

Moiken resigniert. Das war nicht fair und müsste endlich eine allgemeine Änderung erfahren, doch alles Lamentieren half nun nichts.

Letztlich hatte sie sich diese Situation wohl selbst zuzuschreiben. Hätte sie ihm einfach die Zeitung als Leseexemplar ausgehändigt, säße er jetzt zufrieden vor seiner leeren Kaffeetasse, während seine Frau den Blick aufs Meer genossen hätte, und die beiden hätten fröhlich weiter den Tisch belegt, ohne etwas zu verzehren.

»Das wäre der Grundpreis von 14 Mark pro Tag mal den Multiplikator 15 000, das sind bei elf Tagen Aufenthalt also …«, sie bemühte Stift und Zettel, »2 310 000 Mark.«

»2 310 000?«, echote der Mann. »Das werde ich Ihnen wohl schuldig bleiben müssen. Vorübergehend. Sie haben ja meine Adresse«, schob er hinterher und seine Gattin zugleich aus dem Café.

Moiken blieb sprachlos zurück.

Nichts hatte sie in der Hand. Gar nichts. Nicht das Geld und noch nicht mal eine Möglichkeit, ihn auf die Zahlung festzunageln. Was sollte sie mit der Adresse? In ein paar Wochen lachte sich der Gast, der ihr soeben den Rücken gekehrt hatte, ins Fäustchen, wenn er ihr dann doch großzügigerweise das Geld für den Aufenthalt überwies und sie davon wahrscheinlich noch ein Pfund Kaffee kaufen konnte.

Um solche Fälle zu vermeiden, wäre es eigentlich sinnvoll, von den Gästen bei Urlaubsantritt die Gesamtzahlung zu fordern, doch was half ihr das, wenn das Geld angesichts der Inflation so schnell nur noch ein Bruchteil wert war?

Es war wohl doch an der Zeit, aufzugeben.

»Hallo, Moiken«, hörte sie eine Stimme hinter sich, während sie abräumte. Das war Boy.

Ein heißkalter Schauer durchlief sie vor Aufregung. Das konnte nicht sein. Er war doch in Berlin?

Sie fuhr herum.

Es war tatsächlich nicht Boy – da stand sein Sohn Bernhard.

Wie lächerlich von ihr, zu glauben, Boy würde nach so vielen Jahren plötzlich aus dem Nichts wieder vor ihr stehen. Der Wunsch als Vater des Gedankens. Ihre Enttäuschung ließ sie sich nicht anmerken, während sie Bernhard freudig begrüßte.

»Wie schön, dich zu sehen. Hast du dein Atelier heute früher geschlossen?«

»Ja, leider. Keine Kundschaft heute – nicht einer, die Friedrichstraße ist wie leer gefegt, nichts los auf unserer Hauptflaniermeile, kannst du dir das vorstellen?«

»Das Wetter ist zu schön, erst mit den Wolken ziehen die Gäste vom Strand zurück in die Läden. Alte Weisheit.«

»Schön wäre es, aber es liegt nicht wie sonst am Wetter, das weißt du so gut wie ich. Ich habe ein Anliegen, das ich gern mit dir besprechen möchte. Hast du vielleicht kurz Zeit für mich?«, fragte er etwas verlegen.

»Aber natürlich, es kommt höchstwahrscheinlich sowieso keiner mehr, ich könnte genauso gut schließen für heute.« Oder für immer, setzte sie im Stillen hinzu, und der Gedanke versetzte ihr einen Stich.

»Möchtest du einen Kaffee?« Während sie ihn das fragte, musste sie unweigerlich wieder an Boy denken, denn Bernhard sah seinem Vater in jungen Jahren so verflucht ähnlich. Doch nicht nur im Gesicht und wegen der blonden Haare, die zum Zopf gebunden waren. Es lag auch an seiner stets leicht gebückten Körperhaltung, als würde er an einer Stativkamera durch einen Sucher blicken, und an seinen langen Armen, von denen er ohne Fotoapparat nicht wusste, wohin damit.

»Was kostet denn der Kaffee heute? Ich weiß nicht, ob ich mir den leisten kann.«

»Du bist natürlich eingeladen!«, rief sie und forderte ihn auf, ihr in den Pavillon zu folgen, während sie den Kaffee zubereitete.

»Ich … also …« Bernhard stand an der Theke, suchte nach den richtigen Worten und zupfte an seinem Hemdsärmel herum, als könnten sie dort herausfallen. »Es ist so … also, das Atelier … es läuft überhaupt nicht gut. Schon länger nicht. Die meisten Sommerfrischler bewahren sich ihre Erinnerungen lieber im Kopf, aber diese Saison ist es besonders schlimm, seit das Geld immer weniger wert wird. Selbst wenn ich mal einen Kunden habe – wenn ich nicht gleich anschließend loslaufe und das Geld ausgebe, kann ich mir am nächsten Tag nicht mal mehr ein Ei davon kaufen. Wenn ich mehr Kunden hätte, würde es ja vielleicht gehen, aber so …« Er holte tief Luft. »Kurzum, ich brauche Geld. Hast du vielleicht Arbeit für mich – in der Strandvilla oder in deinem Café?«

Im ersten Moment hatte sie Sorge gehabt, er würde sie um einen Kredit bitten, aber auch Arbeit hatte sie keine für ihn. Er jedoch verstand ihr Zögern falsch.

»Ich bin handwerklich geschickt, ich kann auch Botengänge übernehmen oder den Wareneinkauf regeln, die Sachen schleppen, ich bin mir für keine Arbeit zu schade.« In seinem Blick erkannte sie echte Verzweiflung, und das machte es ihr noch schwerer, ihm eine Absage zu erteilen.

»Das ehrt dich, Bernhard, aber ich kann dich leider nicht beschäftigen. Ich bin froh, dass ich meine Hotelangestellten derzeit noch bezahlen kann.«

Seine Verzweiflung wandelte sich in einen trotzigen Blick. »Es ist wegen meiner Mutter, dass du mich nicht einstellen willst.«

»Unsinn!«, entgegnete sie energisch. »Was zwischen Henriette und mir vorgefallen ist, hat mit dir überhaupt nichts zu tun. Ich würde dich liebend gern beschäftigen, aber ich bin selbst kurz davor, aufzugeben. Die Gäste reisen ab, das Geld hingegen muss in Schrankkoffern auf die Insel gekarrt werden – wo soll das noch hinführen?« Sie schenkte ihm den frisch aufgebrühten Kaffee ein. »Hier, trink den erst mal.«

»Ich könnte jetzt besser einen Schnaps gebrauchen. Was soll ich bloß tun, Moiken? Überall werden Leute entlassen, und wenn selbst du keine Arbeit für mich hast …«

»Es tut mir wahnsinnig leid, ich würde dir so gern helfen. Aber einen Schnaps habe ich wenigstens für dich.« Sie stellte das kleine Glas vor ihn und schenkte ihm randvoll von der guten Haselnuss ein. »Zum Wohl«, sagte sie. Keine echte Hilfe, aber immerhin etwas, das sie im Moment für ihn tun konnte. Da kam ihr noch ein Gedanke. »Frag doch mal deinen Vater, ob er nicht für eine Weile auf die Pacht verzichten kann.«

»Zum Wohl«, entgegnete Bernhard, setzte das Schnapsglas an und legte den Kopf mit einer schwungvollen Bewegung in den Nacken. »Mein Vater kommt mir bereits entgegen, und er hat mir sogar vorgeschlagen, mir das Haus zu überschreiben, damit ich es zur Not verkaufen kann, aber das wäre doch dumm, wenn ich mir nächste Woche von der Summe vermutlich nur noch ein Brot leisten kann. Und genau das ist der Punkt, ich muss tägliche Einnahmen haben, um mir überhaupt etwas zu essen kaufen zu können. Was mache ich nur, was mache ich nur …«, murmelte er vor sich hin, und Moiken schenkte ihm noch einen Schnaps ein.

»Ist schon geschlossen, oder bekomme ich noch einen Kaffee? Oh, störe ich?« Adam von Baudissin hatte den Dünenpavillon betreten, und sein Lächeln genügte, um ihr ebenfalls eines ins Gesicht zu zaubern.

»Nein, nein!«, entgegnete Moiken schnell und gab noch eine Portion Bohnen in die Kaffeemühle.

Nun kannte sie Adam schon seit drei Jahren, mittlerweile waren sie zum Du übergegangen, in vielen Gesprächen waren sie sich vertrauter geworden, und trotzdem wurde sie noch jedes Mal nervös, wenn sie ihn sah.

Wobei Nervosität das falsche Wort war – es war ein angenehmes Kribbeln, das sie in seiner Gegenwart befiel.

»Das freut mich, dein Kaffee wird mich retten. Ich habe die halbe Nacht über Lohnlisten und den Baufortschrittsplänen, Wetterkarten und meinen daraus resultierenden Berechnungen der

Strömungsverhältnisse gebrütet. Anschließend habe ich im Watt gestanden, mich vom Arbeitsfortschritt überzeugt, und jetzt musste ich da mal raus und dachte mir, bei dir könnte ich eine erholsame Kaffeepause auf der Terrasse verbringen, bevor ich wieder zur Baustelle fahre. Ich hab ein Bündel Geldscheine in der Hosentasche, ich hoffe, das reicht zum Bezahlen.«

»Bestimmt.« Zugleich kam ihr eine Möglichkeit in den Sinn, wie sie Bernhard helfen könnte.

Adam war ihr noch nie etwas schuldig geblieben. In den vergangenen drei Jahren war er mehrfach auf Sylt gewesen und hatte sich jedes Mal in der Strandvilla eingemietet. Die Planungen hatten sich länger hingezogen als gedacht, auch sah es zwischendurch so aus, als würde das Reich bei der Finanzierung des Dammbaus doch einen Rückzieher machen, aber seit dem Frühjahr waren die Arbeiten richtig in Gang gekommen, und seit Anfang des Monats hatte sich Adam sein Büro in einer Baracke am östlichen Zipfel ganz in der Nähe der Baustelle eingerichtet, auf der Tag und Nacht gearbeitet wurde. Daher rührte auch ihre Idee, wie sie Bernhard helfen könnte.

»Ich habe die Herren einander noch gar nicht vorgestellt. Bernhard, das ist Adam von Baudissin, er ist Wasserbauingenieur und leitet den Dammbau. Adam, das ist Bernhard Lassen, er führt das fotografische Atelier in der Strandstraße.«

»Angenehm«, sagten die Herren im Chor und gaben sich die Hand.

»Von Ihrem fotografischen Atelier habe ich schon viel Gutes gehört, schön, dass wir uns einmal persönlich kennenlernen.«

»Die Freude liegt ganz auf meiner Seite – wann trifft man schon einmal den Meister des Dammbaus persönlich?«

Bei Bernhard schien der Groschen noch nicht gefallen zu sein, dass ein möglicher Arbeitgeber vor ihm stand, also half Moiken nach.

»Bernhard sucht Arbeit, es ist gerade auch für Fotografen eine schwierige Zeit.«

Doch Adam verstand nicht gleich. »Einen Fotografen kann ich auf der Baustelle nicht gebrauchen und schon gar nicht bezahlen, tut mir leid. Ich brauche Arbeiter, die zupacken können.«

Jetzt ging Bernhard ein Licht auf. »Das kann ich!«, warf er eifrig ein. »Ich bin zu allem bereit. Ich bin es gewohnt, körperlich zu arbeiten, allein meine schwere Fotoausrüstung, die ich normalerweise tagtäglich über den Strand schleppe. Außerdem bin ich jung und gesund.«

»Na, wenn das so ist«, sagte Adam, und nun wirkte er interessiert. »Du kannst gern bei mir anfangen. Aber ich muss dich warnen. Es sind schwierige Zeiten. Was die Arbeiter unter der Woche verdient haben, ist bei der Auszahlung schon kaum mehr etwas wert. Aber es ist Geld. Du weißt es selbst, die Arbeitsnot ist groß in Deutschland, und tatsächlich kommen die Menschen vom Festland und stehen jeden Tag zu Hunderten vor meiner Baracke. Und genau so viele geben nach ein paar Tagen auf, weil sie die schwere körperliche Arbeit nicht durchstehen. Hast du noch Geld, um dir wasserdichtes Schuhwerk zu kaufen? Dann solltest du das tun. Viele sind barfuß unterwegs, weil sie sich Watstiefel nicht leisten können oder wollen, aber durch die vielen Stunden im kalten Wasser werden sie krank oder reißen sich die Füße an Muscheln blutig, bekommen Entzündungen und können nicht mehr arbeiten.«

»Ich besitze wasserdichtes Schuhwerk, es ist für manch gute Fotoaufnahmen unerlässlich.«

»Das ist gut. Du wirst auf einer Strohmatratze in einer Baracke mit elf anderen Arbeitern schlafen. Du musst dir deine eigenen Bettwaren mitbringen. Selbst die Kissen für die Arbeiter, bezahlt aus staatlichen Geldern, wurden leider abgelehnt. Das sind Zeiten! Was ein Kissen jetzt kostet, davon hätte ich früher die ganze Baracke kaufen können.«

»Ich weiß, wie die Zeiten sind«, entgegnete Bernhard leise, und dann wurde seine Stimme wieder kräftiger. »Sie werden sehen, auf mich können Sie sich verlassen.«

»Gut, wann kannst du anfangen?«

»Sofort!«, rief Bernhard aus.

»Das freut mich. Nach meinem Kaffee wollte ich ja wieder auf die Baustelle. Um sechs Uhr beginnt die Nachtschicht, zwölf Stunden. Davor gebe ich dir noch eine kurze Einweisung, und du unterschreibst deinen Vertrag. Einverstanden?«

»Einverstanden!«, sagte Bernhard. Der Arbeitseifer glühte in seinen Augen, und er warf Moiken einen dankbaren Blick zu.

Hoffentlich überschätzte er sich nicht, dachte sie beklommen, aber zugleich war sie froh, ihm zu einer Arbeit verholfen zu haben, und das auch noch so schnell.

»Möchtest du mitkommen, Moiken?«, fragte Adam. »Es ist gerade ziemlich interessant, man kann regelrecht zusehen, wie der Damm wächst.«

Sie war sofort begeistert von seinem Vorschlag, denn es würde ihr sicherlich guttun, mal etwas anderes zu sehen – weg von den trüben Gedanken. Einen Einwand hatte sie jedoch: »Ich muss um sechs Uhr wieder zurück sein, dann kommt Frieda von Carl nach Hause, sie hat mal wieder den Nachmittag bei ihm in der Druckerei verbracht, und dann gibt es Abendessen. Das schaffe ich nur mit dem Automobil. Möchtet ihr mitfahren, oder nehmt ihr die Pferde?«

Die beiden Herren sahen sich an. Beide waren sie um eine Antwort verlegen und vertrauten offenbar darauf, dass der jeweils andere die passenden Worte finden würde.

Da ahnte sie bereits, worauf es hinauslaufen würde. Vergangenes Jahr hatte sie die Fahrlizenz erworben, was schon nicht einfach gewesen war, weil es in ihrem Leben weder einen Ehemann noch einen Vater mehr gab, die ihr die erforderliche Erlaubnis hätten unterschreiben können. Ohne die hätte sie eigentlich keine

Fahrstunden nehmen dürfen, doch schließlich waren Carls guter Leumund und vielleicht auch die Angst vor der Presse überzeugend genug gewesen.

Seither durfte sie endlich Theodors Automobil nutzen, um besondere Gäste in Hörnum oder Munkmarsch persönlich bei der Ankunft abzuholen, damit diese nicht die überfüllte Inselbahn nutzen mussten, genau wie Theodor das seinerzeit als Service angeboten hatte.

Doch schnell hatte sie die bittere Erfahrung machen müssen, dass es selbst den höhergestellten Herren allemal lieber war, sich in die Inselbahn zu quetschen, als es sich neben einer Frau am Steuer bequem zu machen.

Seither nutzte sie das Automobil nur noch für private Zwecke und fuhr dabei sicher durch alle Straßen. Nur die Blicke, die ihr dabei zugeworfen wurden, hatten sich nicht verändert, auch nicht die der Herren vor ihr.

»Ich denke, wir nehmen besser die Pferde«, sagte Adam nun endlich und fügte schnell hinzu: »Wir müssen ja beide morgen früh irgendwie wieder von der Baustelle wegkommen. Bernhard muss bestimmt auch noch ein paar Habseligkeiten zusammenpacken und morgen ein paar letzte Dinge in seinem Laden regeln, nicht wahr?«

»Schon gut«, warf Moiken ein und entband Bernhard damit von der falsch verstandenen Pflicht, ihr weitere Ausreden aufzuzählen. »Wir sehen uns dann gleich in Morsum.«

Als Moiken auf der Rückseite der Strandvilla zu der kleinen Scheune ging, in der Theodors geliebtes Automobil stand, sah sie aus dem Augenwinkel eine Frau mit flammend roten Haaren auf sie zusteuern, mit der sie eine Begegnung in den vergangenen Jahren erfolgreich vermieden hatte.

Henriette Grondziel, die Frau, die ihr Feindschaft geschworen hatte.

Einst ihre beste Freundin, aber das war lange her. Sehr lange. Wie in einem anderen Leben. In den vergangenen Jahren waren sie einander aus dem Weg gegangen, aber diese Form des Umgangs schien Henriette nun aus irgendwelchen Gründen ändern zu wollen.

Moiken öffnete die hölzernen Flügeltüren und überlegte, ob es ihr wohl gelänge loszufahren, noch bevor Henriette sie erreicht hatte.

Doch Theodors weinrotes Elektro-Automobil mit den Weißbandrädern war in die Jahre gekommen, auch die rohe Behandlung durch die Soldaten hatte Spuren hinterlassen, und das Gefährt hatte seine Mucken.

Es war zu spät – Henriette musste sich ziemlich beeilt haben, denn schon hörte Moiken ihre nahe Stimme.

»Ich suche meinen Sohn.«

Keinen Gruß, keine persönliche Anrede. Moiken hielt ihr den Rücken zugewandt. Und überhaupt, seit wann scherte sich Henriette um Bernhard, den sie als Kind zu seinem Vater abgeschoben hatte? Ihr Sohn, der für sie nichts weiter war als das Produkt einer Liaison mit Boy, die Henriette nur eingegangen war, um ihr eins auszuwischen.

Seitdem Henriette damals verstanden hatte, dass ihre beste Freundin Moiken keineswegs in sie verliebt und eben nicht den Frauen, sondern Boy zugetan war, hatte Henriette ihr ewige Feindschaft geschworen.

»An seinem Laden war ein Zettel, dass mein Sohn im Dünencafé zu finden sei«, präzisierte Henriette. »Nun wollte ich ihn fragen, seit wann er lieber in deinem Café rumlungert, als seiner Arbeit nachzugehen, aber dort war niemand mehr.«

Nun drehte sich Moiken doch um, um ihrer Feindin in die graugrünen Augen zu blicken, die von dunklen Sommersprossen umrahmt waren.

Über die Jahre hatte sich Henriette wenig verändert. Ihre flammend roten Haare hatte sie bereits kurz getragen, bevor dies in Mode gekommen war. Zöpfe und Haarnadeln hatte Henriette schon immer gehasst, genau wie alle anderen weiblichen Attitüden.

»Bernhard ist unterwegs nach Morsum. Ich habe ihm Arbeit beschafft.«

»Du? Arbeit?«

»Ja, ich, weil er mich darum gebeten hat. Dein Möwen-Bazar läuft vielleicht noch halbwegs gut, aber deinem Sohn fehlt die Kundschaft. Ich habe ihn an Adam von Baudissin vermittelt, der ihm Arbeit beim Dammbau gibt.«

»Ach. Adam von Baudissin. Dieser charismatische Wasserbauingenieur. Hast du dich schon an ihn rangemacht? Ist er der Nächste auf deiner Männerliste? Es heißt, er wohnt in der Strandvilla ...«

»Er *hat* bei mir gewohnt, außerdem ...« Kaum hatte sie dazu angesetzt, verging Moiken die Lust auf eine Rechtfertigung. Bei ihrem letzten Zusammentreffen vor dem Krieg hatte Henriette ihr geschworen, ihre Existenz ein zweites Mal zu zerstören, weil Moiken sie im berüchtigten Männernachtlokal Baumannshöhle als Frau hatte auffliegen lassen. Das war nicht nett gewesen, aber konsequent, denn Henriette hatte sich nicht an die Vereinbarung gehalten, Theodor aus der Sache mit den Aktfotos rauszuhalten.

»Was ist, fehlen dir die Worte?«, feixte Henriette, und in ihren Augen funkelte es.

Moiken versuchte, ruhig zu bleiben. »Ach, was rede ich lange, du weißt doch ohnehin alles besser und stehst längst mit dem Blasebalg am Feuer in der Gerüchteküche. Wenn du jetzt bitte beiseitegehen würdest, ich fahre auch nach Morsum. Soll ich deinem Sohn etwas ausrichten oder ...« Moiken hielt inne. Es musste ja schon einen tieferen Grund geben, weshalb Henriette ihn suchte. War es eigentlich nicht möglich, diese ewige Feindschaft eines Tages beiseitezulegen und wenigstens höflich miteinander umzugehen?

Aber dazu müsste eine von ihnen den Anfang machen.

Vielleicht war das ein solcher Moment, vielleicht die richtige Gelegenheit, diesen ständig brodelnden Vulkan Henriette zum Erlöschen zu bringen. Ständig mit der Gefahr eines Ausbruchs zu leben, war doch kein Zustand für den Rest ihres Lebens, dachte Moiken, und deshalb entschloss sie sich, einen Schritt auf Henriette zuzugehen.

»Oder ist es dringend, soll ich dich nach Morsum mitnehmen?« Schon in dem Moment, als sie ihre Frage aussprach, wusste Moiken angesichts von Henriettes Miene, dass es ein Fehler gewesen war.

»Und wenn es um mein Leben ginge, du glaubst doch nicht, dass ich zu dir ins Auto steige. Ich stehe dir viel lieber im Weg – für den Rest deines Lebens. Ich warte nur noch auf den richtigen Augenblick, um dir den Knüppel zwischen die Beine zu werfen. Aber ich stehe bereit.«

KAPITEL 10

Morsum, August 1923

Als Adam gemeinsam mit seinem neuen Arbeiter Bernhard die Dammbaustelle zu Pferde erreichte, hatte er erwartet, dass Moiken bereits angekommen wäre, doch von ihrem Automobil war weit und breit nichts zu sehen.

Dafür warteten zwei grobschlächtige Männer vor der Baracke, in der sein Büro untergebracht war.

Wenn er Glück hatte, waren das zwei Arbeitssuchende mit unfreundlichen Gesichtern. Wenn er Pech hatte, waren deren finstere Mienen von Bedeutung, und es erwartete ihn Ärger.

Mit zur Schau gestellter Ruhe sattelte er sein Pferd ab und wies Bernhard an, dasselbe zu tun. Als sie die Tiere auf die Koppel neben der Baracke entließen, spürte er die Blicke der Männer im Rücken. Sein Magen zog sich schmerzhaft zusammen.

Das musste nichts zu bedeuten haben, beruhigte er sich. Auf sein Bauchgefühl war seit Kriegstagen kein Verlass mehr, Misstrauen und Vorsicht hatten es durchlöchert wie Schüsse.

»Wollt ihr auch Arbeit?«, fragte er leichthin und warf den Sattel auf den Sattelbock vor der Baracke.

Als er vor die kleinen, aber sehr stämmigen Männer trat, deren gebeugte Körperhaltung ihn nicht zuletzt wegen ihrer langen Arme und der prankenartigen Hände an angriffslustige Affen erinnerte, verzichtete er auf eine Begrüßung.

»Ganz im Gegenteil«, sagte der eine, dessen blonde Haare einen deutlichen Rotstich aufwiesen. »Mein Bruder und ich wollen mehr Geld für unser Land, wenn wir es schon hergeben sollen.«

Nun wusste er wenigstens, wie der Hase lief, und das erleichterte ihn, obwohl es die Sachlage nicht einfacher machte, dachte Adam. Da standen also zwei Morsumer Bauern vor ihm, durch deren Land die Schienen über Keitum bis zum Westerländer Bahnhof führen sollten, und sie wollten für ihre Opfergabe besser entschädigt werden.

»Deutlich mehr Geld«, verlieh der andere der Forderung seines Bruders Nachdruck. Seine rotbraunen Haare verstärkten zusammen mit der Körperhaltung und der großen Mundpartie Adams Eindruck, es mit zwei feindseligen Orang-Utans zu tun zu haben, die ihr Revier mit Zähnen und Klauen verteidigen würden. »Ansonsten geben wir unser Land nicht her. Schließlich wollen wir diesen Damm nicht, wir wollen das Neue nicht. Uns genügt, was wir haben.«

»So ist es«, pflichtete ihm sein Bruder bei und holte die Pfeife aus seiner Tasche. »Wer bequem sitzt, sollte keinen anderen Stuhl wollen.«

Das eingeritzte Symbol auf der Pfeife ließ für Adam einen weiteren Rückschluss zu, mit wem er es zu tun hatte.

»Du bist einer der Morsumer Eisbootfahrer?«, fragte er.

»Richtig erkannt«, erwiderte der Angesprochene und zündete sich seine Pfeife an.

»Dann müsstest du doch ein glühender Verfechter des Dammbaus sein. Wie viele von euch haben schon ihr Leben gelassen, weil sie auf dem Wattenmeer erfroren sind?«

»Weniger, als du hören willst. Diese Mörderarbeit beim Dammbau wird mehr Opfer fordern, das sage ich dir. Es stimmt, ich setze jeden Winter mein Leben aufs Spiel, um dringend benötigte Medikamente oder die Post auf die Insel zu holen. Bei Wind und Wetter heißt es rein in unser einfaches Boot, rudern bis zur nächsten Eisscholle, rauf aufs Hindernis, Boot schieben, und weiter geht's im Eiswasser, zwölf Kilometer bis zum Festland und wieder zurück. Aber ich weiß, für wen ich das tue. Wir Insulaner sitzen nämlich alle in einem Boot.«

»So ist es«, pflichtete ihm sein etwas kleinerer Bruder bei. »Wir Sylter halten zusammen und unterstützen uns, ganz gleich, ob das für einen von uns gefahrvoll ist. Die Hauptsache ist, wir bleiben unter uns.«

Adam hatte sich vorgenommen, sich nicht provozieren zu lassen, doch auf den letzten Satz musste er herausfordernd reagieren. »Wovor habt ihr Angst?«

»Das fragst du … nicht ernsthaft?« Die beiden Männer teilten nicht nur ihre Meinung, sondern in diesem Fall sogar die Frage.

»Doch, ich will es von euch hören.«

»Schon klar, du denkst, wir wären bloß einfältige Bauern«, begann der jüngere Bruder, »Bauern, die sich gegen das Neue sperren. Du unterschätzt uns, das kann ich dir sagen. Das sollte dir Angst machen. Wir wissen genau, was passieren wird, wenn der Damm steht.«

»So ist es. Händler und Hausierer werden wie die Schmeißfliegen über uns herfallen«, ergänzte sein Bruder mit gesteigerter Wut. »Es werden reiche Leute über den Damm fahren, die ihr Auskommen auf dem Festland haben, Häuser einfach zum Zeitvertreib kaufen und nur während der Sommerfrische bewohnen.«

»Und darum werden wir unser Land nicht zu einem Spottpreis abgeben!«

Adam bemühte sich nach Kräften, ruhig zu bleiben. »Das Land hat euch einen sehr fairen Preis geboten. Ich rate euch dringend, dem Angebot zuzustimmen. Andernfalls könntet ihr nach geltendem Recht enteignet werden.«

»Das soll nur einer versuchen – uns Syltern unser Land wegzunehmen. Der lernt uns kennen! Dann werden wir den Dammbau verhindern, so wahr wir hier stehen.«

Adam gab sich unbeeindruckt, wobei er sich nicht ausmalen wollte, wozu die Inselbevölkerung in der Lage wäre, wenn sie sich hinter diesen Männern zusammenschloss und alle ihre Fackeln an diesen Meinungsbrandstiftern entzündeten.

»Es ist kein Dagegen möglich«, antwortete er betont ruhig. »Deutschland hat den Dammbau beschlossen.« Sein Argument, das so gewichtig klingen sollte, brachte die Männer zum Lachen, und er fühlte sich zum ersten Mal in diesem Gespräch in die Enge getrieben, außerdem wurde es ihm zunehmend unangenehmer, dass Bernhard dabei zuhörte. »Ich sage es noch einmal: Es ist kein Dagegen möglich. Der Damm wird die Nabelschnur, die die Insel am Leben erhält. Die Fracht wird günstiger für die Waren, die vom Festland benötigt werden. Denkt allein nur an Holz und Kohlen …«

»Nabelschnur, dass ich nicht lache«, röhrte der Ältere. »Für diesen seidenen Faden werden Millionen in den Sand gesetzt. Ich bin Bauer und Seefahrer, ich kann den Himmel und die See lesen wie ein offenes Buch – du studierter Dr. Naseweis kennst das Meer doch nur aus Büchern, und vom Wetter hast du keine Ahnung. Warte nur ab, bis der erste Sturm kommt. Dann hat sich das mit dem Dammbau nämlich ganz schnell erledigt, und darum werden wir unser Land jetzt nicht verscherbeln, auf dass wir es nie zurückbekommen.«

»Glaubt mir, ich weiß, was ich tue. Und das ist das richtige Stichwort. Es wird Zeit, dass ich an meine Arbeit komme. Ich stelle jeden Tag genaue Berechnungen über Windrichtungen und Strömungsverhältnisse an. Vergangenen Monat hatten wir bald jeden Tag schlechtes Wetter – Sturm von allen Seiten. So, und nun entschuldigen mich die Herren bitte.« Er musste diese Unterhaltung schnellstmöglich beenden, denn er hörte den Wagen von Moiken herannahen.

»Das, mein lieber Baumeister, was du Sturm nennst, ist für Sylter Verhältnisse ein laues Lüftchen. Sturm haben wir erst, wenn die Schafe auf dem Deich keine Locken mehr haben, und das willst du nicht erleben, glaub mir. Aber der nächste Sturm wird kommen, so sicher wie das Amen in der Kirche.«

»Der *Damm* wird kommen, so sicher wie das Amen in der Kirche«, entgegnete er mit deutlicher Ungeduld in der Stimme. »Ich rate euch ein letztes Mal, verkauft eure Ländereien zu diesem wirklich guten Preis. Ihr tut gerade so, als müsstet ihr dem Teufel die Hand reichen, ihm sogar den roten Teppich ausrollen, ihn einladen, auf die Insel zu kommen!«

»Ihn einladen? Er ist doch schon hier. Er steht vor uns. Der Dammbau ist das Werk des Teufels.«

»Wenn die Herren mich nun entschuldigen«, sagte er und kehrte ihnen abrupt den Rücken zu. Das musste er sich nicht länger gefallen lassen.

»Was sehen denn meine entzündeten Äuglein da«, hörte er den Älteren hinter sich sagen. »Das ist doch die Lengenfeldt in dem weinroten Automobil. Da kommt die Frau, die den Abgesandten des Teufels beherbergt – und ihn sogar in ihr Bett lässt.«

Die Männer hatten über sie gesprochen, das war ihr klar, aber sie wollte den Stuss gar nicht hören und war froh, dass sich die Gruppe bei ihrem Eintreffen auflöste.

»Entschuldigt bitte«, sagte sie an Adam und Bernhard gewandt. »Es hat ein wenig länger gedauert, aber nicht, weil ich nicht Auto fahren kann«, setzte sie spitz hinzu. »Ich bin schon so lange nicht mehr nach Morsum gefahren und musste mir alles Neue im langsamen Vorbeifahren ansehen. Da hat sich so unglaublich viel getan. Zwischen Tinnum und Keitum ist ja ein richtiges Loch in der Erde, ich konnte es gar nicht glauben und erst recht nicht die vielen Arbeiter zählen, die Material ausheben und in bereitstehende Loren umladen. Nur, warum fuhr ein Zug damit auf so einem schmalen Baugleis nach Westerland und nicht in die Gegenrichtung zur Dammbaustelle?«

Adam schien ein wenig neben sich zu stehen. Er sah den beiden Männern hinterher, mit denen er wohl eben noch gesprochen hatte, doch dann fasste er sich offenbar und erklärte: »Es muss ein neuer Bahnhof gebaut werden, denn die Lage unseres bestehenden Ostbahnhofs ist ungünstig für den künftig zu erwartenden Zugverkehr. Da braucht es zahlreiche Rangiergleise und viel Platz zur Abfertigung der Reisenden. In Morsum und Keitum wird es zusätzlich kleinere Bahnhöfe geben. So, aber nun erst einmal hinein in die gute Stube.«

Tatsächlich sah es in der Baracke fast aus wie in einer Kapitänskajüte. Ein großer Schreibtisch mit vielen Papieren darauf, davor ein gepolsterter Lederstuhl, im Raum verteilt einige Kerzen, ein Besprechungstisch mit vier Stühlen, ein Waschtisch in der Ecke und eine Pritsche, die mit einem bequemen Lager nichts gemein hatte.

An den Wänden ringsum hingen kompliziert aussehende Planzeichnungen, die Moiken interessiert betrachtete, während Bernhard von Adam einen vorgefertigten Vertrag ausgehändigt bekam, den er sich am Tisch durchlesen und dann unterschreiben sollte.

Moiken erkannte den Querschnitt des Damms, Zahlenmarkierungen, eine Linie mit der Beschriftung »größte Sturmfluthöhe 4,50 Meter über N.N.«, über die das Bauwerk deutlich hinausragen sollte.

Adam, der ihrem Blick gefolgt war, schien es zu gefallen, dass sie sich näher mit den Plänen beschäftigte.

»Sieh mal, hier kann man es gut erkennen. Der Damm soll 50 Meter Breite im Fuß haben und immerhin noch elf Meter in der Dammkrone, also an der Stelle, wo die Schienen verlegt werden. Der Damm wird somit jeder Sturmflut standhalten.«

»Aber was ist, wenn ein Sturm kommt, bevor er fertig ist?«, wandte sie ein.

»Was soll dann sein? Im vergangenen Monat hatten wir doch schon genügend Stürme?«, fragte Adam, und noch nie hatte sie so viel Unsicherheit in seiner Stimme wahrgenommen.

Nun horchte auch Bernhard auf, der gerade seine Unterschrift unter den Vertrag gesetzt hatte. »Sturm? Vielleicht auf Ihrer Skala, mit Verlaub, Herr von Baudissin, aber das war nicht das, was wir Sylter Sturm nennen.«

»Richtige Sommerstürme sind eher selten«, setzte Moiken an, um Adam zu beruhigen, der ein besorgtes Gesicht machte.

»Aber es gibt sie«, verdeutlichte Bernhard, dem die Warnung wichtiger war.

Adam entfuhr ein tiefer Seufzer. »Was soll ich machen? Es sind und bleiben Schritte ins Ungewisse. So wie in der Zeit, als ich an der Front stand. Ich wusste nie, ob ich in der nächsten Stunde noch lebe. Der Krieg, in dem ich nun stecke, ist ein friedlicher, aber das Meer ist ein unberechenbarer Feind. Man weiß nicht mal, wann und wie er angreift. Ich kann die Gefahren nur erahnen und muss mich ihnen nach bestem Wissen und Gewissen stellen. Der Spülbetrieb hat begonnen, die schweren Geräte stehen im Watt, und ich will mir ehrlich gesagt nicht ausmalen, was bei einer schweren Sturmflut passiert. Nicht nur mit dem Damm, sondern auch mit dem schwimmenden Gerät.«

»Das wird höchstwahrscheinlich aus der Verankerung gerissen und landet irgendwo auf einer Sandbank oder wird mit der Strömung an die nächstbeste Küste getrieben«, sagte Bernhard unverblümt.

»Wollen wir es nicht hoffen …«, entgegnete Adam, »es ist so schon eine diffizile Angelegenheit.« Er deutete auf eine Zeichnung, die mit »Längen- und Höhenplan des Damms mit Gefälle vom Festland nach Sylt« überschrieben war.

Darauf erkannte auch Moiken sehr gut die zu bewältigenden Priele unter den entsprechenden Beschriftungen: Westerley, Altes Sylter Ley, Holländer Loch und Osterley – Priele, die allen Insulanern bekannt waren, denn selbst bei Ebbe führten diese Priele Wasser wie ein reißender Fluss.

»Die Flut setzt die Baustelle zwei Mal täglich vollkommen unter Wasser«, hob Adam erneut an, »wir verlieren täglich die Hälfte des eingespülten Materials, gefühlt sind das drei Schritte vor und zwei zurück. Ich möchte, dass du das weißt, Bernhard. Denn das schlägt sich derzeit sehr auf die Laune der Arbeiter nieder, ist aber unter diesen Bedingungen normal und im Zeit- und Kostenplan einkalkuliert. Es darf nur nicht zu einem größeren Verlust, etwa durch eine Sturmflut, kommen. Andererseits haben unsere schwimmenden Gerätschaften einen Tiefgang von bis zu zwei Meter vierzig, und für sie mussten ausreichend tiefe Liegestellen ausgegraben werden, die täglich wieder voller Sand laufen. Es ist und bleibt jedenfalls eine harte Sisyphosarbeit, aber am Ende werden wir den Berg bezwingen und das unmöglich Geglaubte geschafft haben. Bevor wir uns jetzt gleich die Baustelle vor Ort ansehen – hier kannst du deinen Arbeitsplatz erkennen, Bernhard.« Er deutete auf die Karte, die sie sich zuerst angesehen hatte. »Der Kleidamm, das ist sozusagen die Wirbelsäule des Damms, muss auf beiden Seiten befestigt werden. Deine Aufgabe ist es, Holzpfähle in einem Abstand von einem Meter in einer Zweierreihe mit Handzugrammen einzuschlagen, die Pfähle dürfen nur noch 80 bis 150 Zentimeter aus dem Wattboden ragen, wie viel genau, das sagt dir dann der Vorarbeiter. So arbeiten wir uns vom Festland und von der Insel über zwölf Kilometer hinweg aufeinander zu. Zugleich werden Buschdämme von Hand zwischen die Pfeiler eingeflochten. Das ist eine sehr mühsame Arbeit, aber nur so können wir den eingespülten Wattboden so gut es geht festhalten und einem Angriff des Meeres …« Adam unterbrach sich selbst, denn es hatte an der Tür geklopft. »Herein?«

Ein Mann mit runder Brille, grauem Schnauzbart und hochroten Wangen trat ein. »Bitte entschuldigen Sie, wenn ich störe, Herr von Baudissin, aber es ist dringend. Ich komme gerade aus Westerland. Die Bank kann das Geld nicht mehr liefern, das morgen für den Lohntag gebraucht wird.«

Wie elektrisiert hielt Adam inne. Er brauchte einen Moment, bis er die Nachricht verdaut hatte, dann jedoch gab es für ihn nur eine Lösung: »Ich muss sofort mit ein paar Männern aufs Festland und die benötigten Papiermassen an Millionen- und Milliardenscheinen in Koffern holen. Sonst kommt es zum Streik. Mach das Boot klar, Peter, noch herrscht Flut. Nur, wen nehme ich noch als Hilfe mit, der mir nicht mit dem Geld abhaut? Extralohn müsste ich für diese verantwortungsvolle Aufgabe auf jeden Fall zahlen«, fügte er halblaut hinzu, während er offenbar infrage kommende Personen, die möglichst schnell greifbar waren, gedanklich durchging.

»Mir könnten Sie zum Beispiel vertrauen«, sagte Bernhard.

Adam wiegte nachdenklich den Kopf.

Das brachte Moiken dazu, Bernhards Worte zu bekräftigen, damit ihm der Zusatzlohn für diese Aufgabe nicht entging.

»Du kannst ihm wirklich vertrauen. Du weißt, Bernhard ist mein Stiefsohn. Für ihn lege ich meine Hand ins Feuer.«

An diesem Nachmittag kehrte Moiken um kurz nach fünf in die Strandvilla zurück und hoffte inständig, dass Adam das Geld rechtzeitig beschaffen würde und beim Geldtransport alles gut ging.

Wie sollte das nur alles werden, wenn die Inflation weiter so beängstigend schnell voranschritt? Musste Adam bald den Frachtraum eines Schiffs mit Scheinen beladen, um seine Arbeiter bezahlen zu können?

»Mutter!«, rief ihr die glockenhelle Kinderstimme durch das Foyer entgegen, und einen schmerzhaften Moment lang glaubte sie, Emma hätte sie gerufen. Selbst wenn sich ihre Töchter weder äußerlich noch charakterlich glichen, so wurden ihre Stimmen immer ähnlicher, je älter Frieda wurde, die nun schon in die dritte Klasse ging.

Offenkundig hatte sie gerade etwas geschrieben oder gemalt, denn der niedrige Tisch vor dem Ohrensessel war übersät mit Papieren, Stiften, Pinseln und Farben.

Auf dem Weg zu ihrer Tochter grüßte sie zur Rezeption hinüber, wo Leopold die Nachmittagspost sortierte, die heute offenbar etwas später gekommen sein musste.

»Sieh mal, was ich gemacht habe.« Gespannt hielt ihr Frieda ein paar zusammengeheftete Seiten entgegen. »Eine eigene Café-Zeitung mit Neuigkeiten von der Insel.«

Pferd entlaufen, Schiff gestrandet, Schmuckdieb in der Strandvilla las Moiken unter dem selbst gemalten Titelbild, das ihr Café am Meer und den Strand zeigte.

»Das ist ja eine tolle Idee!«, sagte sie ehrlich beeindruckt und gab ihrer Tochter einen Kuss auf die Stirn.

»Ja, und es sind richtig spannende Geschichten dabei! Die musst du gleich lesen.«

Interessiert blätterte Moiken die Seiten durch. Da hatte sich Frieda richtig viel Mühe gegeben. »Das glaube ich. Aber jetzt ist Zeit fürs Abendessen. Danach setzen wir uns bei einer Limonade gemütlich zusammen und lesen die Zeitung, was hältst du davon?«, entgegnete sie liebevoll.

»O ja, das machen mir! Aber musst du nicht noch ins Büro und wieder irgendwelche Listen schreiben?«

Damit meinte Frieda die Buchhaltung, die Moiken genauso wenig aus der Hand gab wie Theodor damals. Sie hatte sich anhand seiner Bücher alles selbst beigebracht und bei Zusammenhängen, die sie nicht verstanden hatte, Carl um Erklärung gebeten.

»Das habe ich alles schon erledigt, jetzt ist Zeit für uns beide.« In Wahrheit musste sie noch die Abrechnung des heutigen Tages machen sowie die Wareneinkäufe ins Buch übertragen, aber heute war Frieda dran. Wenn sie die Arbeit gleich morgen früh erledigte, reichte das auch noch. Angesichts der länger werdenden Zahlenkolonnen war es ohnehin besser, frisch konzentriert zu sein, denn schon die kleinste Unachtsamkeit zog einen Rattenschwanz an Fehlern nach sich.

»Und mein Titelbild, wie findest du das?«, fragte Frieda, die zu Recht sehr stolz auf ihr Werk war und dies nun auch von ihrer Mutter hören wollte. Da war auch wirklich ein großes Lob angebracht.

»Sehr, sehr schön, die Farben sind toll, und so viele Details! Du hast sogar Schaumkrönchen aufs Meer gemalt, Möwen am Himmel, auch die Strandkörbe sind dir sehr gut gelungen, und die bunten Tische vor meinem Café kann man sehr gut erkennen!« Kaum hatte sie es ausgesprochen, stutzte sie. »Nur warum sitzen dort keine Sommerfrischler? Überhaupt hast du keinen einzigen Menschen gemalt, fällt mir da so auf – dabei kannst du die doch so gut zeichnen.«

»Na ja, es sind ja bald keine Gäste mehr da? Weil immer mehr Nullen auf dem Geld stehen und die Leute damit nicht rechnen können, deshalb reisen sie ab. Leider liest dann auch keiner mehr meine Zeitung.«

Es war berührend, wie viel Frieda mit ihren neun Jahren schon von den wirtschaftlichen Zusammenhängen verstand und die Nachteile aus rein kindlicher Perspektive betrachtete. »Mach dir darüber keine Sorgen, meine Große, es werden sicherlich ganz viele Gäste deine Zeitung lesen – ich lege sie gleich morgen im Café aus, ja?«

»Das würdest du tun?« Ein Strahlen lief über Friedas Gesicht.

»Ja, natürlich. Du hast doch gesagt, es ist eine Café-Zeitung?«, fragte Moiken in gespieltem Erstaunen. »Also gehört sie auch dorthin.«

»Du bist die Beste, danke!«, rief Frieda und umarmte ihre Mutter.

Moiken konnte nicht glauben, wie groß ihre Tochter schon geworden war. Es war doch erst gestern gewesen, dass sie um das Leben dieses zarten Säuglings gebangt hatte, um ein kleines Mädchen, das unter Tuberkuloseverdacht stand und nicht trinken wollte.

Jetzt war Frieda ein kleiner Nimmersatt und dennoch gertenschlank. Essen – das war nach diesem langen Tag nun dringend notwendig.

»Einen Moment bitte noch, gnädige Frau«, rief Leopold ihr hinterher, und sie drehte sich nach ihrem Portier um.

Was war denn mit ihm los? Er sah nicht gut aus. Nicht nur, dass das stetige Lächeln aus seinem Gesicht verschwunden war, er war auch ungewöhnlich bleich.

»Sind Sie unpässlich? Brauchen Sie einen Arzt?«

»Nein, einen Schnaps. Hier, ein Schreiben der Städtischen Badeverwaltung für Sie.«

»Was wollen die denn von mir?«, fragte Moiken verärgert und zugleich mit einem flauen Gefühl im Magen. »Ich habe mich doch an alle Regeln und Auflagen gehalten.«

»Lesen Sie selbst«, sagte Leopold und reichte ihr das bedruckte Papier. »Man bittet um dringende Kenntnisnahme und Beachtung«, fügte er noch hinzu.

Nachrichten der Städtischen Badeverwaltung No. 6/1923

Bekanntmachung

Wegen der allgemeinen ungünstigen wirtschaftlichen Verhältnisse sind wir leider gezwungen, die diesjährige Badesaison zu schließen. Das Warmbadehaus, sämtliche Kureinrichtungen und die Badekarren stehen ab sofort nicht mehr zur Verfügung. Den noch anwesenden Kurgästen steht es frei, die Strandpromenade zu nutzen, auch die Lesehalle bleibt geöffnet, wobei die Versorgung mit Zeitschriften nicht mehr gewährleistet werden kann. Das Baden im Meer erfolgt auf eigene Gefahr, die Badeverwaltung übernimmt keinerlei Verantwortung. Da auch keine Kurtaxe erhoben wird, besteht ab sofort keinerlei Vertragsverhältnis mehr zwischen den Kurgästen und der Badeverwaltung.

Ratlos sah Moiken ihren Portier an. »Und was bedeutet das jetzt genau? Die Gäste können bleiben, aber das Seebad ist geschlossen? Sie dürfen die Lesehalle nutzen, in der es keine Zeitungen mehr gibt?«

»Und sie können im Meer baden, in das sie sich ohne Badekarre und Badewärter nicht trauen«, fügte Leopold mit dünner Stimme an. »Das bedeutet, die Saison ist de facto mit einem Federstrich beendet worden. Wir können die Strandvilla schließen«, fügte Leopold hinzu, und dann schossen ihm die Tränen in die Augen.

Moiken klopfte das Herz vor Aufregung, und noch ehe sie antworten konnte, betrat der Badearzt Dr. Nicolas die Strandvilla, wie immer auf seinen Hausbesuchen im blütenweißen Anzug, das Stethoskop um den Hals und den abgewetzten braunen Arztkoffer in der Hand, mit dem er verwachsen zu sein schien.

Jedenfalls sah man ihn in der Öffentlichkeit stets damit herumlaufen, schließlich müsse man jederzeit für einen Notfall gewappnet sein, so seine Meinung.

Seitdem er seine Praxis an einen jüngeren Nachfolger übergeben hatte, machte er bei seinen Spaziergängen den Eindruck, als sei er geradezu auf der Suche nach solchen Notfällen.

»Alle gesund?«, fragte er wieder anstelle einer Begrüßung und sah die Anwesenden über seine runde Brille hinweg an.

»Alle gesund«, gab Moiken routiniert zurück. In Gedanken war sie ganz woanders.

»So gesund sieht unser Leopold aber nicht aus«, bemerkte Dr. Nicolas und klemmte sich im Näherkommen das Stethoskop in die Ohren.

»Mir geht es gut«, wehrte Leopold ab, »mich machen nur die Sorgen krank.«

»Ich sage doch, Sie sind krank«, bestätigte Dr. Nicolas, der nur die Hälfte gehört hatte, und eine gewisse Freude, endlich einen Patienten gefunden zu haben, war ihm nicht abzusprechen. »Oh, oh, das ist aber ein bedenkliches Herzrasen«, warf er in den Raum, kaum dass er das Stethoskop angesetzt hatte.

»Ich bin gesund!«, sagte Leopold energisch, entzog sich dem Stethoskop und knöpfte das Hemd wieder zu. »Diese Nachricht macht mich krank!«

Mit Nachdruck legte er dem ehemaligen Badearzt die Neuigkeiten der Badeverwaltung hin, die Dr. Nicolas mit zunehmender Bestürzung las. »Möchte wissen, wovon ich in Zukunft leben soll«, murmelte er.

»Das fragen wir uns alle«, gab Moiken niedergeschlagen zurück.

»Im Krieg hatte ich wenigstens noch Patienten«, bemerkte Dr. Nicolas, und seiner Stimme war nicht anzuhören, ob es sarkastisch oder ernst gemeint war. »Mal sehen, vielleicht habe ich auf dem Heimweg im letzten Hotel noch Glück und einer von den wenigen verbliebenen Gästen fühlt sich vielleicht durch den Ostwind unpässlich. Auf Wiedersehen.«

»Auf Wiedersehen«, rief sie Dr. Nicolas hinterher, war dabei aber auf Leopold konzentriert. Der Telefonapparat hatte geklingelt, und sie hatte mit halbem Ohr etwas mit Berlin aus der Leitung gehört.

»Für Sie, gnädige Frau, ein Privatgespräch aus Berlin«, sagte Leopold und reichte ihr den Hörer.

»Moiken, bist du am Apparat? Moiken? Hier ist Boy.«

Boy? Sie hatte das Gefühl, sich setzen zu müssen. Da jedoch kein Stuhl in erreichbarer Nähe war, hielt sie sich am Empfangstresen fest. Reichte es denn nicht für heute?

Wie lange hatte sie seine Stimme nicht gehört? Fast zehn Jahre, stellte sie erschrocken fest.

Worüber man eben so nachdachte, wenn man eine Ahnung verdrängen wollte. Es konnte nicht viele Gründe geben, weshalb er irgendwo einen Telefonapparat aufgesucht hatte. Panik sickerte in heißen Tropfen durch ihren Körper.

»Moiken, hörst du mich? Verdammt, ich komme mit so einem Apparat nicht klar! Herr Adlon, könnten Sie mir bitte mal helfen?«

Erst jetzt wurde ihr bewusst, dass sie noch nichts entgegnet hatte. Ihr Atem flatterte, als sie sagte: »Doch, doch, ich höre dich. Die Verbindung steht. Ist etwas mit …?«

Boy nahm ihr das Wort aus dem Mund. Sein Atem ging stoßweise, als er die Nachricht überbrachte, die ihre Paniktropfen zu einem Wasserfall werden ließ.

»Emma … es geht ihr nicht gut. Gar nicht gut, sagt der Arzt. Du musst nach Berlin kommen. Sofort.«

KAPITEL 11

Berlin, August 1923

»Nächster Halt: Berlin!«

Auf den Ruf des Schaffners hin schreckte Moiken auf. Sie war tatsächlich eingeschlafen, und nun, da sie wieder wach war, fand sie sich zurück in einem Albtraum, der seit gestern andauerte.

Es gab nur zwei Verbindungen am Tag von Sylt nach Berlin, und da sich die Abfahrten am Gezeitenkalender orientierten, war das Nachmittagsschiff gestern natürlich schon abgefahren gewesen.

So hatte sie nach einer schlaflosen Nacht morgens um halb fünf die schlaftrunkene Frieda in die Obhut von Wilma gegeben, sich in die erste Inselbahn nach Munkmarsch gesetzt, hatte dort den Raddampfer bestiegen, der aufgrund der Flutzeit an diesem Morgen zum Glück schon sehr früh fuhr, und war um zehn vor sieben in Hoyerschleuse gewesen. Zwanzig Minuten später setzte sich der Zug von dort aus in Bewegung, der ab Hamburg als Schnellzug verkehrte, und nun war sie um Punkt vier Uhr am Nachmittag endlich in Berlin angekommen.

Fast vierundzwanzig Stunden nach Boys Anruf. Moiken mochte sich nicht ausmalen, was in dieser Zeit alles geschehen sein könnte.

Würde sie Emma überhaupt zu Hause antreffen, oder rang sie in einem Krankenhaus um ihr Leben? Lebte sie überhaupt noch? Fort mit diesem furchtbaren Gedanken, befahl sich Moiken selbst.

Sie griff nach ihrem handlichen Reisekoffer, in den sie wahllos ein paar Kleidungsstücke geworfen hatte, und reihte sich in die Schlange der ausstiegswilligen Fahrgäste ein.

Der Zug war noch nicht ganz zum Stehen gekommen, da sprangen schon die Türen von selbst auf.

Im engen Strom der Reisenden ließ sie sich über den Bahnsteig treiben, hinaus aus dem Bahnhofsgebäude, und dort endete der Fluss der Reisenden, die sich auffächerten und wie Rinnsale in alle Richtungen davonstrebten.

Moiken blieb verloren stehen.

Wie groß, war das Erste, was ihr in den Sinn kam. Wie laut, wie stinkend, wie beängstigend.

Von einer Großstadt hatte sie ein gewisses Bild vor Augen gehabt, nach dem, was man so von den Sommerfrischlern hörte, doch diese Dimensionen und der Trubel übertrafen ihre kühnsten Vorstellungen.

Offene Doppeldeckerbusse, Straßenbahnen, Pferdefuhrwerke und Fahrradfahrer zogen in einem dichten Durcheinander vor dem Bahnhof vorbei, dazwischen ein Pferdegespann, das einen bereiften Wagen der Meierei Bolle zog. Zu erkennen war es an den fünf Buchstaben des Firmennamens, die zu einem Strichmännchen zusammengesetzt worden waren, das eine stilisierte Glocke schwang.

Vom hinteren Bock sprangen zwei Lieferanten mit je sechs Milchkannen in einer Trägervorrichtung ab und steuerten im Laufschritt auf das große Café neben dem Bahnhof zu. Das Gespann fuhr währenddessen weiter. Vor der nächsten Querstraße holten die Lieferanten es wieder ein, sprangen auf den Bock auf und füllten während der Fahrt die Milchkannen für den nächsten Kunden.

Moiken sah sich im Kreis der Passanten um, wen sie nach der Behrenstraße fragen könnte. Wie weit war es dorthin? Benötigte sie eine Droschke oder könnte sie die Straßenbahn nehmen? Wäre sie zu Fuß vielleicht sogar schneller?

Plötzlich spürte sie eine Kinderhand in ihrer und sah erschrocken an ihre Seite. Dort stand ein vielleicht fünfjähriger Junge mit dreckverschmiertem Mund, der sie mit großen blauen Augen ansah, während ihm der eitrige Rotz aus beiden Nasenlöchern lief.

Mitleidig wandte sie sich dem Kind zu und versuchte zugleich, ihre Hand aus seiner zu lösen.

Der Junge griff noch fester zu und blickte sie fordernd an, so als müsste sie wissen, was er von ihr wollte. War der arme Kleine etwa taubstumm?

»Suchst du deine Mutter?«, fragte sie und wurde zunehmend nervös. Das hatte ihr gerade noch gefehlt.

Sie sah sich nach einer Frau um, die ihrerseits den Anschein erweckte, ein Kind zu suchen. Doch dieses Gewusel an Menschen war nicht zu überblicken.

Ratlos wandte sie sich wieder dem Jungen zu, der nun energisch seine andere Hand zu einer kleinen Schale formte.

Nun ahnte sie, dass sie ein Bettelkind vor sich hatte, und zugleich erkannte sie das Prinzip, als in ihrer Nähe ein Mann den Bahnhof verließ, der nicht auf sein Umfeld geachtet hatte.

Prompt nahm ihn ein kleines Mädchen an die Hand, das einen Puppenwagen mit sich schob. Reflexartig griff der Mann in seine Hosentasche und zog eine Münze hervor. Ganz offenkundig war ihm das Prinzip vertraut. Und tatsächlich, das Mädchen ließ ihn sofort los, nahm die Münze entgegen und warf sie in den Puppenwagen.

Eine Frau, die ein paar Meter entfernt von einem weiteren kleinen Jungen an die Hand genommen worden war, hatte etwas mehr Mühe, eine Münze aus ihrer Handtasche zu kramen, und so ging der Junge einige Schritte mit und ließ erst los, als er das Geld bekam, das er eilends zum Kinderwagen brachte und hineinwarf.

Eine Kinderbande, ging es Moiken durch den Kopf, denn jetzt entdeckte sie noch drei von ihnen, die alle ungefähr gleich alt und über den Bahnhofsvorplatz verstreut waren.

Kinder, die so bettelarm waren, dass sie barfuß und in zerrissener Kleidung umherliefen und vielleicht nicht mal mehr Eltern hatten, die ihnen Schuhe kaufen konnten.

Womöglich bekamen die Kleinen nicht mal eine warme Mahlzeit am Tag, überlegte Moiken, und gaben das Geld an Erwachsene ab, die ihnen zwar ein Obdach boten, aber davon Alkohol und Zigaretten kauften.

»Hast du Hunger?«, fragte sie den Jungen, der sofort nickte und gar nicht mehr damit aufhörte.

Sie kniete sich vor ihren Koffer und und holte den gesamten leckeren Proviant heraus, den Wilma ihr am Morgen zugesteckt hatte und von dem sie keinen Bissen angerührt hatte.

Wie auf Zuruf war sie plötzlich von sechs Kindern umringt, die nach dem griffen, was sie verteilte. Butterstullen, Äpfel, Kuchen und eine Flasche Wasser.

Tränen standen Moiken in den Augen, als sie den Koffer schloss und sich von den überglücklichen Kindern abwandte, die selig mit Kauen beschäftigt waren.

Eine Frau im Seidenkleid, deren knielanger Rock im Sommerwind flatterte, strebte auf den Bahnhof zu und damit genau ins Moikens Richtung.

Lachend hielt die Dame ihren Hut fest, der in einem schmalen, eleganten Aufschlag ihr Gesicht umrahmte, und hakte sich bei ihrem Begleiter ein.

Dagegen fühlte sich Moiken in ihrem Reisekleid mit langem Rock und Rüschenbluse wie von einem fernen Planeten kommend, und genau so wurde sie von dem Paar auch angesehen, als sie die beiden mit klopfendem Herzen ansprach.

»Entschuldigen Sie bitte, können Sie mir sagen, wie ich schnellstmöglich zur Behrenstraße komme?«

»Aber natürlich, die ist leicht zu finden und keine zwanzig Minuten zu Fuß von hier«, gab die Frau erstaunlich freundlich zurück und lieferte ihr sogleich die Wegbeschreibung, ohne Rücksicht darauf, dass ihr Begleiter sich als Mann in der Pflicht sah, eine Antwort zu geben, und schon den Mund geöffnet hatte. »Sie folgen der

Straße in diese Richtung bis zur Spree, dort biegen Sie nach links, gehen immer weiter am Fluss entlang, beim Schiffbauerdamm über die Marschallbrücke und weiter geradeaus, dann sind Sie schon Unter den Linden und sehen das Brandenburger Tor und das Hotel Adlon. Die dahinter liegende Querstraße ist die Behrenstraße.«

Puh, da musste sie sich einiges merken. Moiken wiederholte die Beschreibung, und als die Dame nickte, bedankte sie sich hastig für die Auskunft, lief mit ihrem kleinen Reisekoffer so schnell sie konnte den angegebenen Weg entlang und sagte sich die Beschreibung dabei immerzu vor.

Hoffentlich fand sie das Haus schnell – nicht auszudenken, wenn sie sich verlief.

Von ihrer Umgebung nahm Moiken kaum etwas wahr, hoffte nur, endlich den Schiffbauerdamm zu erreichen, und behielt die näher kommende Brücke eisern im Blick.

Auf der nicht enden wollenden Wegstrecke entlang der Spree verloren sich ihre Gedanken hin zu Emma. Neun lange Jahre … erst der Krieg, dann der Unwille ihrer Tochter, und was, wenn sie Emma nun nicht mehr lebend wiedersah?

Was Boy wohl sagen würde, wenn er ihr die Tür aufmachte? Wie würde die erste Begegnung mit ihm nach dieser langen Zeit sein? Ob sie ihn in dieser Situation umarmen durfte, oder sollte sie ihm lieber förmlich die Hand reichen?

Mit solchen unwichtigen Fragen lenkte sie sich von der Möglichkeit ab, dass niemand zu Hause war oder Boy ihr anstelle einer Begrüßung mitteilen würde, dass Emma gestorben war.

Was dann?

Hinter der Marschallbrücke schüttete ein Mann einen Eimer mit einer undefinierbaren Flüssigkeit in den Rinnstein und warf ihr einen kritischen Blick zu, wie sie abgekämpft und vermutlich mit hochrotem Gesicht an ihm vorbeihastete.

Er verscheuchte eine hungrig maunzende schwarze Katze an

seiner Seite, die Moiken prompt zwischen die Beine und anschließend mit herzzerreißenden Klagelauten über die Straße lief.

Von links.

Ausgerechnet.

Endlich sah sie das Brandenburger Tor, das sie sich niemals so groß vorgestellt hatte, Gleiches galt auch für das Hotel Adlon, dessen große Buchstaben ihr von einem nicht enden wollenden Gebäude entgegensahen. Das Adlon, gleich hatte sie es geschafft. Jetzt konnte nicht mehr viel schiefgehen.

Und tatsächlich, nur wenige Minuten später stand sie mit brennenden Füßen vor dem richtigen Haus, in dem sie hoffentlich ihre Tochter lebend antreffen würde.

Sie bemerkte gerade noch das Loch in der Schaufensterscheibe, als ihr auch schon die Tür geöffnet wurde.

»Oh«, war alles, was sie hervorbrachte. Mit allem hatte sie gerechnet, nur nicht damit, dass Felice Bauer vor ihr stehen würde.

Jene Frau, die Boy auf Sylt kennengelernt hatte, als diese für ihren Verlobten Franz Kafka, der in Prag auf sie wartete, ein Urlaubsfoto von sich hatte machen lassen wollen.

»Emma?«, brachte Moiken an dem Kloß in ihrem Hals vorbei hervor.

»Kommen Sie«, entgegnete Felice ebenso knapp.

War das der Anfang einer Hiobsbotschaft – Boy im Krankenhaus bei Emma oder Boy in seiner Trauer nicht in der Lage, die Tür zu öffnen, oder Boy an Emmas Sterbebett?

Ihr fehlte die Stimme, um zu fragen, und so folgte sie Felice die Treppe hinauf.

Jener Frau, von der Boy vom ersten Moment an hingerissen gewesen war und die ihr nun, in einem modernen Kleid in Seidenstrümpfen ihre Waden zur Schau stellend, vorausging. Eine Frau, die mit ihrem leichten Silberblick und auffallend länglichem Gesicht ihrer Ansicht nach nicht einmal sonderlich hübsch war.

Vor ihren Augen hatte sich Boy damals mit Felice verabredet und viele Nachmittage während ihres Urlaubs auf Sylt mit ihr im Café verbracht, obwohl er bis zuletzt behauptete, sie sei eine gute Freundin, die ihm lediglich bei seiner Übersiedelung nach Berlin behilflich sei.

Wie recht sie mit ihrer Eifersucht gehabt hatte, zeigte sich ja nun. Und dennoch war die Erkenntnis wie ein Messerstich, diese Frau tatsächlich an Boys Seite zu wissen.

Zudem – wäre diese Frau damals nicht gewesen, hätte Boy es vielleicht nie gewagt, seine Pläne in die Tat umzusetzen, und Emma wäre nicht von seiner Faszination für diese Großstadt angesteckt worden und auf Sylt geblieben.

Als sie die Wohnung betraten, hielt Felice im Flur inne und deutete auf eine Tür. »Emma schläft wahrscheinlich, sie ist noch sehr schwach, aber ich glaube, sie ist über den Berg. Nur Boy hat es jetzt auch erwischt. Zwar nicht ganz so schlimm wie Emma, aber er ist bettlägerig. Gehen Sie nur rein. Ich mache so lange ein paar Besorgungen, mal sehen, was ich von meinem heutigen Lohn bekomme.«

Moiken nickte. Über den Berg. Über den Berg. Über den Berg. Diese Worte tanzten ihr durch den Kopf, am liebsten wäre sie dazu gehüpft, doch ihre Angst erinnerte sie an das, was Felice außerdem gesagt hatte: ›Noch sehr schwach. Ich glaube, sie ist über den Berg.‹ Glauben bedeutete nicht wissen – nur Hoffnung.

Behutsam klopfte Moiken an die zugewiesene Tür und betrat zögernd das Zimmer.

Emma lag auf einer Matratze neben dem Herd, Boy auf einem Lager an der gegenüberliegenden Wand, an der sich noch ein paar klägliche Putzreste hielten.

Ohne weiter auf Boy zu achten, sogar ohne ihn zu grüßen, lief sie sofort zu ihrer schlafenden Tochter, kniete sich an deren Lager nieder und streichelte ihr über die rote Wange.

Was für ein Gefühl.

Moiken schossen die Tränen in die Augen.

Endlich, endlich durfte sie ihre Tochter wieder berühren – und sie lebte. Gott sei Dank, sie atmete, sie lebte.

Fieber hatte Emma ganz offenbar noch, und sie schlief tief und fest. Zärtlich streichelte sie ihrer Tochter über den Kopf. Das hätte sie viel öfter tun sollen, als Emma noch ein Kind gewesen war, stattdessen war ihre Beziehung immer von Distanz geprägt gewesen, in jeglicher Hinsicht, was Moiken mehr denn je schmerzte.

Diese Zeit würde nicht wiederkommen, doch Emma lebte, und das war nun die Chance, einige Dinge zu ändern und die Beziehung zu ihrer Tochter zu verbessern.

Äußerlich hatte sich Emma sehr verändert. Erschreckend verändert, und das offenkundig nicht erst seit ihrer Krankheit. Ihre Haare waren kurz geschnitten, die Wangenknochen standen hervor, und ihre Schultern waren knochig, das war sogar unter dem Leinenhemd zu erkennen.

Kein Wunder, dass sie in dieser feuchten Wohnung krank geworden war, und in ihrem ausgezehrten Körper hatte die Krankheit leichtes Spiel.

Angesichts dieser Wohnung bestätigte sich Moikens Vermutung, weshalb sich Emma gegen einen Besuch ausgesprochen hatte. Wie konnte es Boy nur verantworten, mit seiner Tochter in solchen Zuständen zu leben?

Boy.

Ihr Blick ging zu ihm hin.

Er wollte sich aufsetzen, was einen Hustenanfall provozierte, und seine Kraft reichte nur bis zum Aufstützen auf einen Ellenbogen.

Boy. War er das wirklich? Er hatte tiefe Augenringe und eingefallene Wangen, darüber konnte auch sein Bart nicht hinwegtäuschen, den er sich hatte wachsen lassen.

Je länger sie ihm allerdings in seine meerblauen Augen sah, desto mehr erkannte sie den Mann, in den sie sich als junge Frau verliebt hatte.

»Du bist gekommen«, sagte er mit seiner tiefen Stimme. »Schön«, fügte er hinzu, dann musste er neu Luft holen. »Schön, dass du da bist.« Ein weiterer Hustenanfall schüttelte ihn.

»Wie kannst du es verantworten, mit Emma in solchen Zuständen zu hausen?«, fragte sie erbittert. In ihrem Vorwurf entluden sich zugleich alle Sorgen, die sie sich in den vergangenen vierundzwanzig Stunden gemacht hatte. Es waren die ersten Worte, die sie nach so vielen Jahren an ihn richtete, und sie hätte es sich anders gewünscht.

»Hast du uns in einem Palast erwartet?«, entgegnete er mühsam. »Uns geht's im Vergleich noch gut hier. Bis auf die Tatsache, dass im Atelier eingebrochen wurde.« Sein Blick bedeutete ihr, dass jetzt nicht der richtige Moment für Vorwürfe war, und sie verstand.

Diese vertrauten Augen im Gesicht eines ihr fremd gewordenen Mannes. Oder war das nur seine äußere Hülle, die ihr fremd war?

»Große Güte, auch noch ein Einbruch. Und wie geht es dir?«, fragte sie, obwohl sein sichtbarer Zustand eigentlich schon alles sagte. Aber es waren die einzigen Worte, die ihr über die Lippen kamen, ohne ihm ihre Unsicherheit zu zeigen.

»Es geht. Nicht so schlecht wie Emma. Wir dachten, sie stirbt. Der Arzt war hier und hat uns keine große Hoffnung gemacht. Konnte dich noch anrufen, bevor es mich selbst von einer Stunde auf die nächste umgehauen hat. Felice hat sich um uns gekümmert, ich war zu nichts mehr in der Lage.« Wieder musste er Luft holen, das Sprechen strengte ihn sichtlich an. »Aber die Medizin scheint Emma zu helfen. Und zum Glück ist unsere Tochter ein so starkes Mädchen mit einem kräftigen Willen.« Ein Lächeln huschte über sein Gesicht, doch dann wurde er wieder ernst und hustete. »Ich weiß nur noch nicht, wie ich die Arztrechnung bezahlen soll.«

Das lass meine Sorge sein, wollte sie entgegnen, doch sein Hustenanfall hielt sie von der Antwort ab, und danach sprach er selbst weiter: »Die ganze Fotoausrüstung ist gestohlen worden, nichts ist mehr da, womit ich im Atelier arbeiten könnte, nur Emma hat noch ihre Handkamera. Ich weiß nicht, wie es weitergehen soll. Wenn Felice nicht wäre …«

Beim letzten Satz fühlte Moiken einen Stich.

»Felice, Durst«, hörte sie unvermittelt Emmas schwache Stimme.

Sofort beugte sich Moiken zu ihr. »Emma, ich bin hier. Ich bin es, deine Mutter.«

Emma machte die Augen auf und starrte sie mit fiebrigem Blick an.

»Warte, ich bringe dir was zu trinken.« Sie erhob sich und schenkte auf Boys Fingerzeig hin Wasser aus einer Karaffe in das bereitstehende Glas.

Sie hob es ihrer Tochter an die Lippen und stützte sie im Nacken, damit sie trinken konnte.

Ihre Tochter halten zu dürfen – wie dankbar Moiken dafür war. Am liebsten wollte sie Emma gar nicht mehr loslassen, doch sie hatte nach zwei winzigen Schlucken genug getrunken und sank erschöpft ins Kissen zurück.

Dabei wurde sie von Emma angesehen wie ein fremdes Wesen, und bestimmt fragte sich ihre Tochter, ob sie in einem Fiebertraum steckte.

»Ja, ich bin hier, deine Mutter …«, bestätigte sie mit einem Lächeln.

»Fotos … nackt …«

Moiken zog die Stirn kraus. »Was? Wovon redest du?«

Offenbar fantasierte Emma wirklich. Moiken beschloss, nicht weiter nachzuhaken und ihrer verwirrten Tochter einfach nur über den Kopf zu streicheln, doch die beharrte darauf, verstanden zu werden.

»Mutter? Die Fotos …«

Hilfe suchend sah Moiken zu Boy hinüber. »Weißt du, was sie meint?«

Er nickte langsam. »Ich soll dich an ihrer Stelle um Verzeihung bitten, falls sie es nicht mehr selbst hätte tun können. Es geht um die Aktfotos, die ich damals von dir gemacht habe.«

Die Aktfotos. Bei der Erinnerung atmete Moiken tief durch. Es war ihr verzweifelter Versuch gewesen, Boy und Emma mit allen Mitteln dazu zu bewegen, auf Sylt zu bleiben – dafür hatte sie sich sogar nackt vor Boys Kamera gestellt, damit er genug Geld verdiente – Bilder, die am Ende alles zerstört hatten.

»Was hat Emma damit zu tun? Du hast die Fotos zum Verkauf an Henriette weitergegeben, und Henriette hat ihren Schwur gebrochen und die pikanten Fotos Theodor zugespielt. Daraufhin habe ich Henriette mit ihrem Doppelleben auffliegen lassen, und sie hat mir Rache geschworen. Aber das ist doch alles Vergangenheit und mein verzweifelter Versuch gewesen, euch auf Sylt zu halten«, wiegelte sie ab, denn das Thema war ihr sehr unangenehm. Außerdem ging es doch nur darum, dass Emma wieder gesund wurde.

»Ich war es. Die Fotos. Mutter? Ich war es.«

Moiken starrte ihre Tochter mit offenem Mund an, als ihr die Zusammenhänge klar wurden. »Nicht Henriette? Du hast Theodor die Fotos zugespielt?«

»Verzeih mir.«

Wenn sie ihrer Tochter doch nur in die Augen sehen könnte. Warum hatte Emma das getan?

»Emma wollte, dass Theodor dich aus der Strandvilla wirft«, ergänzte Boy mühsam, »dass du deinen Traum vom Café aufgeben musst und mit uns nach Berlin kommst.« Er hustete wieder. »Damit wir eine Familie werden.«

Das gab ihr einen erneuten Stich. Sie hatte damals ihren Lebenstraum von ihrem Café verfolgt und nicht an die Liebe geglaubt, weil sie es nicht besser gewusst hatte.

Als Kind hatte man ihr beigebracht, dass Liebe auf falsche Wege führte und eine Beziehung, die auf dem Verstand gegründet war, der richtige Kurs im Leben war. Heute wusste sie, dass die große Liebe alles überdauern konnte, doch jeder hatte seine Lebensweichen gestellt – auch Boy mit Felice.

»O Emma … das ist doch alles längst Vergangenheit. Natürlich verzeihe ich dir. Vergiss das alles, es ist nicht wichtig, die Hauptsache ist, dass du wieder gesund wirst. Du musst raus aus diesem Loch, raus aus dieser feuchten Wohnung. Nur am Meer kannst du wieder ganz gesund werden. Sobald du reisefähig bist, nehme ich dich mit nach Sylt.«

Emma öffnete die Augen, sie blinzelte, und ihr fiebriger Blick schien für einen Moment klarer zu werden. Es war ein Moment, in den Emma all ihre Entschlossenheit legte. »Nein.«

»Wie, nein?« Moiken legte ihre Hand auf die ihrer Tochter. »Sei doch bitte vernünftig.«

Emma bot all ihre Kraft für ein energisches Kopfschütteln auf. »Niemals.«

KAPITEL 12

Sylt, am 30. August 1923

Bei diesem Nein und Niemals blieb es, auch noch drei Tage später, als Emmas Fieber dank der Medizin deutlich gesunken war.

Traurig, enttäuscht und wütend stieg Moiken in den Zug und nach einer langen Fahrt in Hoyerschleuse aus, um unter Bewachung durch dänische Grenzbeamte auf das Schiff nach Sylt zu warten.

Unterwegs hatte sie viel Gelegenheit zum Nachdenken gehabt und dennoch kein Verständnis für die Entscheidung ihrer Tochter aufgebracht.

Sie wollte Emma doch nur helfen, und auf Sylt würde es ihr viel besser gehen. Ein Zimmer mit Meerblick, ein Badezimmer mit fließend warmem Wasser, Wilmas hervorragende Küche und die salzige Meeresluft wären genau das Richtige für sie. Doch Vernunft war noch nie Emmas Maßstab bei Entscheidungen gewesen.

Andererseits musste Moiken sich fragen, ob es damals richtig gewesen war, die Vernunft walten zu lassen und sich nicht für die Liebe zu Emmas Vater entschieden zu haben.

Aber so traf im Leben jeder seine Entscheidungen – und der andere musste damit leben. Irgendwie. Ob gut oder schlecht.

Boy hatte das Geld abgelehnt, das sie ihm bei ihrer Abreise für die Arztrechnung hatte geben wollen. Viel wäre es auch nicht gewesen, aber es hätte wohl gereicht.

Doch Boy hatte mit Verweis auf die Hilfe von Felice abgelehnt. Sie hatte ihm über Beziehungen so bald wie möglich einen privaten Kredit, auch für eine neue Grundausstattung des Ateliers, in Aussicht gestellt.

Felice – wieder dieser Stich.

Boy hatte noch zu einer Erklärung in Bezug auf sein Verhältnis zu Felice angesetzt, doch das hatte sie nicht hören wollen und ihn mit dem Hinweis unterbrochen, dass sie schnell zum Bahnhof müsse, um ihren Zug noch zu erreichen.

Leben und leben lassen – eine der schwersten Übungen.

In zwei Stunden würde sie zurück auf der Insel sein. Ohne Emma. Und mit den Gedanken in Berlin.

Der Abschied war furchtbar gewesen, weil Emma eine Umarmung abgelehnt hatte und sogar unter den Tränen ihrer Mutter wortkarg geblieben war, da es in ihren Augen ein großer Fehler war, wenn eine Mutter das Beste für ihre Tochter wollte.

Umgekehrt hatte sie sich recht kühl von Boy verabschiedet, obwohl er die Arme ausgebreitet hatte. Und sie war froh gewesen, dass sie während der drei Tage Felice nicht mehr begegnet war.

Immer wenn Moiken am frühen Nachmittag ihr einfaches Quartier bei einer alten Frau ein paar Straßen weiter verlassen hatte, um einen Krankenbesuch und zugleich neue Überredungsversuche bei Emma zu machen, spekulierte sie darauf, dass Felice von ihrem täglichen Lohn sofort einkaufen gegangen war.

Immerhin dieser Plan war aufgegangen.

Endlich legte der Raddampfer im Hafen an, und sie durfte mit den anderen Reisenden unter der Bewachung der Dänen aus dem Wartesaal zum Schiff gehen.

Kapitän Christiansen, von allen nur kurz »Käpt'n Corl« genannt, stand seit über zwanzig Jahren in Diensten der Sylter Dampfschifffahrtsgesellschaft und jetzt am Ruder des Raddampfers Freya. Jeder kannte dieses Original mit dem lustig eingedrehten Schnurrbart: ein Seemann, der nie um einen Spruch verlegen war, wenn die Passagiere das Schiff betraten.

Heute war seine Miene ungewohnt ernst, aber das passte zu Moikens Stimmung.

Er kündigte an, dass die Fahrt heute deutlich länger dauern würde, vermutlich vier statt zwei Stunden.

Ein Sylter Hotelier, den sie flüchtig kannte und der gerade vor ihr das Schiff betreten hatte, fragte entnervt, aus welchem Grund die Fahrt heute doppelt so lang dauere.

Käpt'n Corl hob die weißen Augenbrauen und strich sich über den gezwirbelten Bart, als müsse er überlegen. »Es liegt wohl daran, dass die Erde rund ist. Von Sylt nach Hoyer geht es bergab – umgekehrt geht es bergauf.«

Der Passagier gab ein Schnauben von sich und suchte sich einen Platz. Als Moiken an Käpt'n Corl vorbeiging und ihn freundlich grüßte, sagte er: »Es könnte auch am kräftigen Wind aus Südost liegen. Hohes Morgenrot bringt niedrige Segel«, fügte er mit ernster Miene hinzu. »Man gut, dass wir mit Dampf fahren und nur Sonnensegel an Deck haben.« Seinen Humor hatte Käpt'n Corl also doch noch nicht verloren – oder war das schon Sarkasmus?

Moiken ließ sich trotz der Wetterankündigung auf einer Holzbank unter einem der Sonnensegel an Deck nieder, denn der frische Wind würde ihr guttun und ihre schweren Gedanken hoffentlich vertreiben.

Leichter Regen setzte ein und verwischte die klaren Konturen der näher kommenden Insel, zahlreiche Passagiere flüchteten unter Deck, doch Moiken ließ sich von dem Wetter nicht stören. Was kümmerten sie diese paar Tropfen, wenn ihre Seele weinte und sie an den inneren Tränen zu ersticken drohte. Schon die ganze Fahrt über kämpfte sie gegen die Traurigkeit und gegen die Enttäuschung an, allein auf die Insel zurückkehren zu müssen.

Der zunehmend auffrischende Wind war für Ende August ziemlich kalt und wurde mit jeder Böe stärker – oder bildete sie sich das nur ein? Ein Gefühl sagte ihr plötzlich, dass irgendetwas nicht stimmte.

Sie waren gerade auf Höhe der Sandbank Jordsand, die nördlich von ihnen lag, als ein Donnergrollen über das Schiff hinwegrollte und der Wind mit einer orkanartigen Böe nach Südwest umsprang.

Das Sonnensegel zerriss wie Papier. Schützend legte Moiken ihre Hände über den Kopf und sprang auf.

Doch das Schiff geriet ins Schlingern, Moiken taumelte, die Wellen nahmen gewaltig zu, und es spritzte Wasser an Deck.

Wo kam denn dieses Unwetter von einer Sekunde auf die nächste her?

Der Hotelier, der sich ebenfalls noch draußen aufgehalten hatte, rief außer sich: »So was habe ich in fünfzig Jahren noch nicht erlebt!«

Ein Donnergrollen zog über seine Wohnbaracke hinweg und weckte Adam. Der Wind rüttelte an den Wänden und drohte die Fenster einzudrücken. Erschrocken rappelte er sich auf. Wo kam denn dieses Unwetter her?

In seinen Berechnungen hatte nichts darauf hingedeutet.

Er sah auf die Uhr. Eilig schlüpfte er in seine Kleidung, seine Tür musste er regelrecht aufstemmen, und als er zur Baustelle lief, zerrte und drückte der Wind von allen Seiten an ihm und drohte ihn von den Füßen zu reißen.

War das der Sturm, vor dem die Sylter ihn gewarnt hatten?

Regen machte ihm die Sicht schwer, innerhalb kürzester Zeit war er bis auf die Haut durchnässt, da nicht mal sein Regenmantel solchen Güssen standhielt.

Er fröstelte, während er den Damm betrat, doch es war auch die Angst vor dem, was er zu sehen bekommen würde. Die Sicht reichte kaum eine Armlänge weit. Entschlossen tastete er sich über die rutschigen Bohlen des Gleisbetts vorwärts.

Das aufgepeitschte Wattenmeer spritzte ihm auf die Füße, aber mit jedem Schritt wuchs seine Hoffnung, dass der Damm halten und höchstens kleinere Schäden davontragen würde.

Unvermittelt hörte er ein Geräusch, das ähnlich einem Donnergrollen klang.

Er blieb stehen, versuchte, es zu orten und zu begreifen.

Da erspähte er durch die Regenwand eine Arbeiterkolonne, die ihm mit einer Reihe von niedrigen Förderwagen entgegenkam. Diese sogenannten Hunde waren nicht leer wie sonst, wenn sie vom Dammende zurückkamen, sondern vollgepackt mit Gerätschaften.

»Wir retten, was noch zu retten ist«, keuchte der Mann an vorderster Stelle kaum verständlich.

»Wie sieht es am Dammkopf aus?« Der Wind riss ihm die Worte aus dem Mund.

Sein Gegenüber hob hilflos die Arme und duckte sich vor dem Wetter. Er hatte Mühe, auf der Stelle stehen zu bleiben, und suchte mit Ausfallschritten sein Gleichgewicht. Es blieb die Frage, ob der Arbeiter ihn nicht verstanden hatte oder ob er ratlos über die Situation am Dammkopf war.

Also nickte Adam und ließ die Männer vorbeiziehen. Ihn schauderte vor jedem Schritt, vor der nächsten Erkenntnis, doch je weiter er vorankam, desto mehr Arbeiter fand er trotz der widrigen Bedingungen noch am Werk.

Unermüdlich befestigten sie den Damm mit Sandsäcken, Pfählen, Buschwerk und allem, was ihnen zur Sicherung dienlich erschien. Sie hielten die Köpfe gesenkt, tief zwischen die Schultern gezogen, und bemerkten ihn nicht.

Erstaunlicherweise bot sich ihm am Dammkopf nicht das erwartete Durcheinander, sondern der Anblick von drei Arbeiterkolonnen, die unter diesen widrigen Bedingungen scheinbar ohne Aufregung ihr Werk taten, als stünden sie bei Windstille im Sonnenschein.

Es waren nicht die Arbeiter vom Festland, es waren seine Sylter Männer, die hier, ohne mit der Wimper zu zucken, an vorderster Front standen und hart kämpften.

Ja, es war eine Front.

Der Krieg war ausgebrochen.

Käpt'n Corl forderte alle Passagiere nachdrücklich auf, Plätze unter Deck einzunehmen und sitzen zu bleiben. Wer Spucktüten benötige, solle sich beim Schiffspersonal melden.

Übel war Moiken noch nicht, doch sie hatte ein flaues Gefühl im Magen, als der Kapitän ankündigte, dass die hölzerne Landungsbrücke in Munkmarsch vermutlich überspült sein würde.

Er behielt recht, wie sich leider herausstellte. Das Schiff arbeitete schwer an der Brücke gegen die Sturmflut, Taue wurden ausgeworfen, doch der Anlegepfahl hielt dem Druck des Schiffs nicht stand, brach und stürzte auf Deck.

Panik brach aus, Männer und Frauen schrien, Kinder weinten, und doch blieben alle wie gelähmt auf ihren Plätzen sitzen, nachdem sie der Kapitän mit einem Wort der Durchsage dazu verdonnert hatte.

Das Schiff drohte sich auf der überspülten Brücke festzufahren und zum Spielball der Flut zu werden. Eine eilige Peilung ergab, dass die Brücke fünf Fuß unter Wasser stand. Die Freya hatte einen Tiefgang von vier Fuß.

Also hieß es vom Kapitän, Taue los und Maschine volle Kraft voraus, um die Brücke zu nehmen.

War das Schiff noch manövrierfähig? Würde es dem Ruder gehorchen?

Als der Vorarbeiter ihn sah, kam er zu ihm hinauf auf den Damm. »Herr von Baudissin«, schrie er ihm durch den Wind entgegen. »Wir verlegen noch zwanzig Loren Trockenklei, sichern die Aufschüttung provisorisch mit Buschdämmen. Zu mehr ist keine Zeit.«

»Und wenn es nicht hält?«, rief er zurück.

»Dann ist es Futter für die gefräßige Flut, und wir schützen dadurch den Dammkopf. Vielleicht«, fügte der Mann hinzu, und während er dieses *Vielleicht* aussprach, zeigte sich in seinem Gesicht das gesamte Ausmaß der Hoffnungslosigkeit, die er gut zu verbergen versucht hatte.

Wortlos stieg Adam selbst ins Spülfeld hinunter, um sich ein Bild von der Lage zu machen. Das Wasser quatschte unter seinen Stiefeln, und jetzt bemerkte er, wie undicht sie geworden waren. Er könnte sich genauso gut mit nackten Füßen ins Watt stellen.

Den Wasserstand hätte er sich am Dammkopf höher vorgestellt, das Maß beruhigte ihn, ebenso die emsige Arbeit der Sylter. Einer, der die Ramme nachstellte, um die Pfähle noch tiefer in den Sandboden zu treiben, rief den am Buschwerk knienden Arbeitern zu: »Schneller, schneller damit! Mir nach!«

Adam zog seine Taschenuhr hervor und legte eine Hand schützend über das Gehäuse, ehe er sie aufklappte. Ein kurzer Blick genügte ihm, und die Betriebsamkeit sprach Bände über das, was die Sylter mit dem nächsten Gezeitenwechsel erwarteten.

»Nicht schneller«, rief da plötzlich einer der Arbeiter am Buschwerk, der keinen Meter von ihm entfernt stand. »Das wäre jetzt ein großer Fehler. Wenn die Flut herbeieilt, muss man langsam machen!« Mit konzentrierter Ruhe und zugleich behände flocht der Mann den Draht mit äußerster Sorgfalt um das Buschwerk.

Trotz des gesenkten Kopfs erkannte Adam, wen er vor sich hatte. Es war Bernhard Lassen, der mit ihm das Geld in Koffern aus Hamburg geholt hatte, und er war mal wieder froh darum, diesen Mann auf die Baustelle geholt zu haben.

»Wir arbeiten über die Schicht hinweg«, rief ihm der Vorarbeiter zu. »Solange wir noch können.«

Zwei Stunden später waren die Loren leer, zugleich begann das Wasser zu steigen, und Adam kletterte mit den Arbeitern kraftlos auf den Dammkopf zurück. Auch er hatte mit Hand angelegt und geholfen, wo er konnte.

Nun stieg die Flut unaufhaltsam, eine Weiterarbeit war unmöglich.

Ihnen blieb allein die Hoffnung, dass die Sicherungsarbeiten genügten, um den Damm zu halten. Er hatte noch längst nicht die Höhe erreicht, die vorgesehen war, und keiner wusste, wie hoch das Wasser am Ende steigen würde.

Die Verteidigungslinie war aufgebaut, es blieb die Frage, ob sie dem Angriff standhielt.

»Kommen Sie, Herr von Baudissin!«, hörte er die Stimme des Vorarbeiters. »Der Bauzug steht unter Dampf.«

»Fahren Sie ruhig los«, gab er besonnen zurück.

»Wie?«, fragte der Mann irritiert. »Sie müssen doch mitkommen.«

»Ich bleibe und warte die Flut ab.«

»Aber …«, begann sein Gegenüber.

»Fahren Sie los! Ihre Männer warten. Bringen Sie die Arbeiter ins Trockene, und sorgen Sie für eine kräftige Mahlzeit.«

»Aber …« Mit Blick auf das Kabbelwasser versuchte der Vorarbeiter noch einmal, seine Zweifel zu Gehör zu bringen. »Wenn der Damm überspült wird …«

»Keine Sorge, ich gehe rechtzeitig zu Fuß zurück.«

Als die Freya von der Gefahr an der Brücke befreit auf die offene See zusteuerte, riesige Dampfwolken hinter sich herziehend, war der Jubel an Bord groß.

Doch wohin jetzt, stellte sich schnell die bange Frage – für den Kapitän, denn als Passagiere hatten sie ohnehin längst jede Orientierung verloren. In welcher Richtung befand sich der Damm? Könnte er ihnen noch Schutz bieten, oder hatte die Flut ihn längst mit sich gerissen?

Wo Adam jetzt wohl war? Wartete er im Schutz seiner Baracke auf das Ende des Unwetters? Das wäre vernünftig, viel eher jedoch vermutete sie ihn auf dem Damm, wo er zu retten versuchte, was noch zu retten war.

Hoffentlich schwebte er nicht auch in Gefahr.

Sturmumtost trieben sie auf dem Wattenmeer umher, das keiner je so wütend erlebt hatte, und zwischen den aufgeregten Männern, die es alle augenscheinlich besser wussten als der Kapitän, wurden die ersten Stimmen laut, dass man diese Fahrt nicht überleben würde.

Was würde dann aus Frieda werden, dachte Moiken voller Panik. Das durfte nicht das Ende sein!

Sie schickte ein Stoßgebet zum Himmel.

Nun war er allein auf dem Damm. Allein mit den Naturgewalten. Die Angst vor dem, was kommen mochte, drückte ihn nieder wie eine schwere Last auf seinen Schultern.

Er sank auf die Knie. Seinen durchnässten Körper spürte er kaum mehr, wohl aber den Wind, der mit unablässiger Kraft rüttelte, so als wollte er ihn vom Damm zerren.

Er könnte auch freiwillig ins Wasser gehen, er könnte sogar schlicht hier sitzen bleiben, bis die Flut käme und ihn mit sich nähme. Was wollte er noch auf der Welt, wenn die Flut den Damm zerstört hatte?

Den Arbeitern erklären, dass ihre monatelange Arbeit dahin war? Den Dammbaugegnern die Hand schütteln, ihnen sagen, dass sie recht gehabt hatten? Dem Reichsbauamt vorrechnen, wie viele Millionen er nicht nur buchstäblich in den Sand gesetzt hatte?

Adam umklammerte die Taschenuhr, ohne darauf zu sehen. Das Warten machte ihn krank, und er wollte nicht wissen, wie lange er noch aushalten musste.

Es war schrecklicher, als er geglaubt hatte, so allein im Sturm auszuharren, und er sehnte sich nach einem Menschen neben sich. Kaum hatte sich dieser Wunsch in ihm breitgemacht, dachte er an Moiken.

Vor seinem geistigen Auge saß er mit ihr auf der Terrasse ihres Cafés und sah aufs ruhige Meer.

Ihm erschien dieses Bild wie aus einer anderen Welt. Beruhigend und beängstigend zugleich. Ob er das noch einmal erleben würde?

Ja, er wollte am Leben bleiben, aber er konnte hier auch nicht weichen.

Die Verantwortung hielt ihn fest, obwohl er nichts tun konnte. Er war der Bauherr dieses Werks, er war der Kapitän, der Letzte, der das sinkende Schiff verließ.

Er schaute zurück in Richtung Festland, wo die Arbeiter längst im Schutz ihrer Baracken saßen. Dahinter zeichnete sich durch die Regenwand ein gelber Himmel ab, fast so, als würde die Sonne auf die tief hängenden Wolken im Westen scheinen.

Einen hoffnungsvollen Moment lang glaubte er, dass dort das Ende des Unwetters zu erkennen war, doch nur wenige Minuten später wusste er, dass der Wettergott gewillt war, alle Register zu ziehen, um ihn von seiner Macht zu überzeugen.

Ein Hagelschauer, wie er ihn sonst nur vom Festland kannte, prasselte auf ihn nieder. Er duckte sich wie einst im Schützengraben unter den scharfen Geschossen. Die Wellen züngelten nach ihm … auf dem viel zu niedrigen Damm.

Manche beteten, andere starrten auf ihre Füße, und wieder anderen liefen Tränen über die Wangen. Keiner diskutierte mehr, die Stimmen auf dem Schiff waren längst verstummt.

Als sie nach unfassbar langen vier Stunden weit nördlich des Munkmarscher Hafens auf Höhe von List endlich die Sandbank Jordsand erreichten, ihren Rettungsanker in dem Teufelsgewässer, das sonst so harmlos wirkte, machte einzig die müde Bemerkung von Käpt'n Corl die Runde: »Wenn du nicht beten kannst, dann fahr zur See. Dort lernst du es.«

Von der Sandbank war für ihr ungeübtes Auge nichts zu sehen, doch der Kapitän versuchte, ihnen allen mit seinem Plan Mut zu machen: Er wollte im Schutz der Sandbank vor Anker gehen, um dort das Ende der Sturmflut abzuwarten.

Sollte das Schlimmste überstanden sein? Als der Anker geworfen wurde, ging ein erstes Aufatmen durch die Reihen der Passagiere.

Der Hagelschauer war vorüber, und er erhob sich, wie damals aus dem Schützengraben, als der Krieg vorbei war.

Hatte der Damm tatsächlich der Sturmflut getrotzt? Noch stand das Wasser hoch, doch die Buschdämme bildeten ein zähes Geflecht, und was die Flut an der Außenseite mitgerissen hatte, konnten sein Bagger Loki und seine treuen Spülhelfer in recht kurzer Zeit wieder ersetzen.

Unbändige Freude überkam ihn, und er lachte lauthals in den Wind. Er hatte sich den Naturgewalten widersetzt, jetzt konnte ihn keiner mehr aufhalten.

Kaum hatte er das zu Ende gedacht, nahm der Wind plötzlich wieder an Fahrt auf. Wobei das gar kein Ausdruck war. Das war eine Urgewalt, und hätte er sich nicht bäuchlings hingeworfen, wäre er vom Damm gefegt worden.

Was war denn jetzt los? Binnen Minuten war ihm klar: Das, was selbst die Sylter bislang für einen Sturm gehalten hatten, war nur ein lauer Vorbote dessen gewesen, was er nun erlebte.

Die erste Welle traf mit voller Wucht den Deich, lief auf seinen Füßen aus, die zweite überrannte die erste, ein Krachen und Brausen erfüllte die Luft, er duckte sich inmitten schäumender Wirbel, und dann rollte eine Brandungswelle auf ihn zu, auf ganzer Länge des Deichs, wie er sie noch nie gesehen hatte, nicht mal am Westerländer Strand.

In diesem Moment hörte er Rufe hinter sich.

Seine Männer kamen zurück. Tatsächlich!

Zu Fuß, bewaffnet mit Stangen und Bootshaken.

Weil ihm vor Erschöpfung langsam die Sinne schwanden, fühlte er sich zunächst bedroht, doch dann wurde ihm mit den ersten vorbeitreibenden Pfählen klar, was die Männer im Sinn hatten.

Sie gingen auf die Knie, um besseren Halt zu haben, und mit ihren Stangen und Haken stießen sie weg, was die Flut gegen den Damm werfen wollte, so verhinderten sie, dass tiefe Wunden in das Bauwerk gerissen wurden.

Wenn durch das gerissene Geflecht Wasser eindringen und den Damm von innen heraus aushöhlen würde … nicht auszudenken.

Zuerst waren es nur Ballen von Seetang, in Netzen verfangenes Treibgut, Bretter und Pfähle, die die Männer wegstießen, doch plötzlich folgte ein losgerissenes Boot, dann ein Baumstamm samt kräftigem Wurzelballen und schließlich ein totes Rind.

Und dort hinten? Zeichnete sich da ein Schiff am Horizont ab? War das ein gekentertes Schiff, das auf sie zutrieb?

Wie auf ein unsichtbares Kommando hin hielten die Männer inne, und bald war klar, dass es eine der schwimmenden Wohnschuten vom Dammbau war, die sich vom Anker gerissen hatte und der das Dach fehlte.

»Keines der schweren Geräte liegt mehr am Platz, selbst der schwimmende Bagger hat sich von der Kette gerissen«, brüllte ihm einer der verzweifelten Männer von Deck entgegen. »Helft uns an Land!«

Um die Männer zu retten, versuchten seine Arbeiter auf dem Deich, die Schute mit Stangen und Haken zu sichern und zugleich davon abzuhalten, gegen den Damm zu krachen.

Die Erleichterung an Bord der Freya war nur von kurzer Dauer. Das Schiff riss sich los und wurde erneut zum Spielball der Wellen.

Schlimmer als je zuvor.

Moiken schrie, denn die Freya schlingerte so stark, dass nun auch unter den wenigen Passagieren, die bislang verhältnismäßig ruhig geblieben waren, Panik ausbrach.

Viele sprangen von ihren Plätzen, und die Mannschaft hatte alle Hände voll zu tun, die Fahrgäste zu beruhigen.

Ein Auflaufen auf die Sandbank musste unter allen Umständen verhindert werden, und so steuerte Käpt'n Corl erneut auf die offene See hinaus.

»Wir versuchen zu kreuzen«, gab er knapp bekannt, und Moiken erkannte am Klang seiner Stimme, dass es das letzte Mittel seiner Wahl war. »Und zwar so lange, bis der Wind irgendwann abflaut.«

Es dauerte bis zwei Uhr morgens.

Der Kapitän verordnete sich selbst und seiner völlig erschöpften Mannschaft eine kurze Ruhepause, ehe er sich wieder ans Steuerrad begab und sie nach einer achtzehnstündigen Odyssee bei ruhigem Wetter und mit ablaufendem Wasser morgens um sechs Uhr den Munkmarscher Hafen erreichten.

Endlich! Moiken konnte es noch kaum glauben, als sie das Schiff verlassen durfte. Erschöpft ließ sie den Albtraum hinter sich.

Nie wieder wollte sie ein Schiff besteigen.

Wie gut, dass der Damm gebaut wurde.

Der Damm! Ob er der Sturmflut standgehalten hatte?

Adam stand wie gelähmt auf der Deichkuppe und sah zu, wie seine Männer mit der Wohnschute kämpften, während sie die Besatzung retteten.

Da sackte sein rechter Fuß unvermittelt ab. Zuerst glaubte er, seine Beine wollten ihn vor Erschöpfung nicht mehr tragen, doch es war der Damm, der unter ihm nachgab.

»Dammbruch!«, schrie da auch schon ein Mann neben ihm, und der Ruf setzte sich wie ein Lauffeuer durch die Reihen fort.

Dammbruch, wiederholte Adam stumm, während auch in seinem Inneren alles zusammenbrach. Das Wasser hatte den Damm unterspült und von innen aufgeweicht, heimtückisch wie ein Feind, der aus dem Hinterhalt angriff.

Der Krieg war verloren. Sein Kampf zu Ende.

Er war zu keinem klaren Gedanken mehr fähig. Ihm wurde schwindlig, er wusste nicht, wie ihm geschah, er merkte nur, wie ihm die Sinne schwanden, dann brach er zusammen.

War das eine Ohnmacht oder der gnädige Tod?

Sein letzter Gedanke galt Moiken, und er verspürte den unbändigen Wunsch, sie zu sehen.

KAPITEL 13

Sylt, am Morgen des 31. August 1923

Er konnte nicht sagen, wie er vom Damm in seine Baracke gekommen war, vermutlich hatten seine Männer ihn hierhergeschleppt. Die Nacht hatte er jedenfalls auf seiner Pritsche in einem tiefen Schlaf voll wirrer Träume verbracht, unterbrochen vom Sturm, der ihn mehrmals wach gerüttelt hatte.

Als er am späten Mittag hochgeschreckt war, weil ein Seeungeheuer nach seinen Beinen geschnappt und ihn vom Damm ins Meer gezerrt hatte, war er schnell aufgestanden, hatte sein schweißnasses Betthemd abgelegt und sich mit kaltem Wasser abgewaschen.

Dabei hatte er wahrgenommen, dass sich dieser verfluchte Wind endlich gelegt hatte, und sich sofort auf den Weg gemacht, um das Ausmaß der Schäden zu begutachten.

Allein. Er wollte allein sein, keinen der Dammbau-Männer um sich haben, schweigend wollte er das Ausmaß der Zerstörung begutachten, für das es keine Worte gab.

Nur Moiken an seiner Seite wäre ihm ein Trost gewesen. Sie würde mit ihm schweigen und ihm durch ihre Anwesenheit Halt geben, das hatte er im Gefühl. Auch von ihr hatte er geträumt, nicht zum ersten Mal, seit sie sich kennengelernt hatten, zum ersten Mal jedoch hatten sie sich in den Armen gelegen. Aber Moiken war weit weg in Berlin.

Als wollte das Wetter ihn verspotten, schien die Sonne vom strahlend blauen Himmel, und der Wasserpegel war auf ein Niveau gesunken, als wäre nie etwas gewesen.

Von dem, was ihn vor Ort erwartete, hatte er sich natürlich eine Vorstellung gemacht, aber seine Hoffnung hatte solche schlimmen

Bilder verhindert, mit denen er nun konfrontiert war und die ihm die Tränen in die Augen trieben.

Ein Gewirr aus Pfählen, Balken, Seetang und Heu, das war alles, was auf den ersten Blick vom Damm noch übrig war. Das Gleis der Lorenbahn war zwar als solches noch zu erkennen, doch es war verschoben, und an den Stellen, wo der Damm darunter fehlte, hing es sogar in der Luft wie eine Brücke.

Das Gemisch aus eingespültem Klei und Sand zwischen den Buschwänden hatte der Flut nicht standgehalten. Die Spülleitungen waren in ihrer ganzen Länge von über einem Kilometer geknickt und gebrochen, selbst die Trosse und Ankerketten der Spül- und Transportschuten waren gerissen. Das teure Gerät war fort, noch schlimmer der schwimmende Bagger – irgendwo nach Norden abgetrieben. Sogar die Ramme, mit der sie die Pfähle in den Wattboden getrieben hatten, war vom Sturm wie eine abschließende Geste des Triumphs kopfüber auf die Überreste des Damms geworfen worden.

Immerhin, ein Spülrohr war von Süden gegen den Damm geknallt und somit als eines der wenigen Materialgüter gerettet, dachte Adam erbittert.

So stand er vor den Überresten seines Lebenswerks und wollte seinen Tränen freien Lauf lassen, er hätte sich nicht dafür geschämt, schließlich war er allein, aber er konnte nicht.

Der Schock hielt die Trauer in seinem Körper gefangen, fest umschlungen, wie ein eisernes Band um seine Lunge, das ihm die Luft abschnürte.

»Adam?« Eine vertraute Stimme hinter ihm, aber er konnte kaum glauben, dass es wirklich Moiken war, und drehte sich überrascht um.

»Was machst du denn hier?« Es klang wie ein Vorwurf, wobei das nicht in seiner Absicht gelegen hatte. Ganz im Gegenteil.

»Entschuldige, du willst wahrscheinlich lieber allein sein.« Ihr Blick glitt über die Zerstörung, die auch sie kaum fassen konnte.

»Nein, nein, so habe ich das nicht gemeint«, korrigierte er schnell. »Ganz und gar nicht. Ich bin nur so überrascht.«

»Ich war ein paar Tage in Berlin ...«

»Ich weiß, Leopold hat mir gesagt, dass Emmas Vater dich angerufen hat.« Er vermied es, den Namen jenes Mannes auszusprechen, mit dem Moiken ihre große Tochter bekommen hatte, als könne er ihn damit auf Distanz halten.

Denn obwohl er weit weg in Berlin lebte, tauchte der Name Boy doch recht häufig in Moikens Erzählungen auf. Allerdings hatte er bislang noch nicht durchschaut, in was für einem Verhältnis die beiden zueinander standen, denn so begeistert, wie Moiken von ihm sprach, könnte man glauben, sie wären ein Liebespaar.

»Eine schwere Lungenentzündung ... wir hatten Angst, Emma könnte sterben.«

»Große Güte, wie geht es deiner Tochter jetzt?«

»Sie ist über den Berg. Aber noch lange nicht gesund, trotzdem wollte sie nicht zur Genesung nach Sylt mitkommen. Ich war bei dem Unwetter bis zum frühen Morgen auf See mit der Freya, es war eine schreckliche Überfahrt, das kannst du dir vorstellen, und sie steckt mir noch immer in den Knochen, aber ich musste hierherfahren, um zu sehen, ob ...«

»Ja, so sieht es hier aus«, unterbrach er sie. Er versuchte sich an einem sachlichen Ton, damit die Trauer ihn nicht am Sprechen hinderte. Denn mit ihr wollte er über das Unfassbare reden: »Die Arbeiten am Damm müssen eingestellt werden. Die schwimmenden Geräte wurden aus ihrer Verankerung gerissen, die Spülleitungen zerstört und nach Norden abgetrieben, wenn ich Glück habe, werden die Schuten und vielleicht sogar der schwimmende Bagger auf dänischem Gebiet angespült. Wobei ich noch gar nicht weiß, ob das ein Glück wäre, weil ich dann erst mit Dänemark Verhandlungen führen müsste, um die Wasserfahrzeuge überhaupt bergen zu dürfen. Und der Damm ...« Seine Stimme brach. Er musste sich räuspern und setzte an anderer Stelle erneut an. »Die Aufräumarbeiten werden sich vermutlich bis in den September oder sogar Oktober hinziehen.«

»Und dann fängst du von Neuem an«, sagte Moiken sanft. Vor allem sprach sie es mit einer Selbstverständlichkeit aus, die ihm klarmachte, wie wenig sie die Situation in ihrer Konsequenz überblickte, aber das war ihr ja auch nicht zu verdenken.

»Nein, so einfach ist das nicht. Bis Oktober sollte der Damm nach meinen ursprünglichen Plänen so weit sein, dass ihm eine Wintersturmflut nichts mehr anhaben kann, aber das können wir nun vergessen. Es wäre sinnlos, von Neuem anzufangen. Für dieses Jahr ist der Dammbau beendet. Vielleicht sogar für immer.« Er schlug den Blick nieder, denn nun schossen ihm doch wieder Tränen in die Augen.

»Wie kannst du so reden?«, hörte er Moiken fragen.

Er blinzelte und machte eine ausladende Geste über die gesamte Verheerung. »Warum wohl? Die Dammbaugegner werden triumphieren, sie werden alle Fehler aufzählen, die gemacht wurden, die Gelder berechnen, die ins Meer gespült wurden …«

»Besser, es ist jetzt geschehen und nicht erst, wenn Millionen in das Bauwerk gesteckt wurden«, entgegnete Moiken lapidar, aber es stimmte, auch wenn es seltsam klang. »Und du hast mich vorhin unterbrochen. Ich bin nicht gekommen, um die Schäden zu sehen, sondern dich. Ich wollte wissen, wie es dir geht und ob ich etwas für dich tun kann.«

Er stutzte, zugleich wurde ihm warm ums Herz, und ihre Worte machten ihn verlegen. Diese wunderbare Frau hatte sich seinetwegen auf den Weg nach Morsum gemacht? Er wusste nicht, was er entgegnen sollte, schweigend genoss er ihre Zugewandtheit.

Er ahnte, dass es die letzten Minuten der Ruhe waren. Vor seiner Baracke würden sicherlich bald zahlreiche Vertreter der Presse eintreffen, um sich auf ihn zu stürzen wie die Sturmflut auf den Damm, dazu das Blitzlichtgewitter der Kameras und das stürmische Triumphgebrüll der Dammbaugegner.

»Und kann ich etwas für dich tun?«, hakte Moiken nach.

Traurig schüttelte er den Kopf. »Im Moment nichts.«

»Soll ich gehen?«, fragte sie aufmerksam und keineswegs beleidigt.

»Nein, nein, es ist schön, dass du da bist«, versicherte er schnell. Vergangene Nacht hatte er in den Armen dieser Frau gelegen, das war schon ein seltsames Gefühl, denn es war ihm in ihrer Gegenwart peinlich, als hätte er sich einen Schritt zu weit nach vorn gewagt. »Ich war in Gedanken bei der Presse und den Dammbaugegnern, wie sie sich auf mich stürzen werden und wie deren Geschrei am Ende dafür sorgen wird, dass keine Gelder mehr für den Weiterbau bereitgestellt werden.«

Moiken sah ihm fest in die Augen. Dieser Blick. Was diese Frau in ihm auslösen konnte, war unglaublich – unglaublich schön.

»Für wen baust du den Damm?«, fragte sie eindringlich.

Irritiert musterte er sie. Worauf wollte sie hinaus? »Ich baue ihn für die Menschen, die ihn nutzen sollen. Das *war* zumindest mein Ziel.«

Sie lächelte. »Du baust diesen Damm auch für dich. Du hast ihn dir zur Aufgabe gemacht.«

»Eine Aufgabe, die, wenn nicht an den menschlichen Gegnern, dann an den Naturgewalten scheitern wird. Moiken, es rührt mich, dass du mich aufmuntern möchtest, aber du musst dich doch nur umsehen. Meine Pläne waren verkehrt, das muss ich mir eingestehen, und ein Damm durch das Wattenmeer ist doch ein Ding der Unmöglichkeit.«

»Es ist kein Ding der Unmöglichkeit, es ist ein Jahrhundertbauwerk. Du hast nach einer Methode gebaut, die hier im Watt vor Sylt versagt hat. Insofern hatten die Dammbaugegner recht. Aber du kannst ihnen immer noch das Gegenteil beweisen, wenn du deine Lehren aus dem Unglück ziehst.«

»Die Lehre wird sein, dass ich den Naturgewalten nichts entgegenzusetzen habe. Sieh dir das doch an! Selbst schweres Gerät hat die Sturmflut als Spielball benutzt.« Er wies auf die Ramme, die für ihn wie ein makabres Siegessymbol des Sturms kopfüber in den Dammresten lag.

»Diese Sommersturmflut ist ein Jahrhundertereignis gewesen, mit dem keiner gerechnet hat. Deshalb darfst du dir keine Vorwürfe machen. Wäre der Damm fertig gewesen und nicht gerade mitten im Bau, ich bin mir sicher, er hätte der Flut standgehalten. Und ja, ich habe auf dem Weg zu dir sehr genau hingesehen, und mir ist dabei etwas aufgefallen …« Bedeutungsschwanger hob Moiken die Augenbrauen.

»Außer Zerstörung habe ich nichts gesehen«, entgegnete er leicht vorwurfsvoll, weil er nicht erkannte, worauf sie hinauswollte.

»Du hast doch sicherlich das Spülrohr bemerkt, das angeschwemmt wurde …«

»Ja, habe ich. Das allein hilft mir aber nicht beim Weiterbau.« Er konnte und wollte den Zynismus in seiner Stimme nicht verbergen.

Davon ließ sich Moiken jedoch nicht beeindrucken. »Aber die Erkenntnis hilft dir. Denn das Rohr hat den Damm unbeabsichtigt geschützt, ebenso haben diejenigen Stellen kaum gelitten, an denen der untere Teil der Böschung bereits gepflastert war – jedenfalls nicht mehr, als jeder andere Deich unter dieser Sturmflut in Mitleidenschaft gezogen worden wäre.«

»Das stimmt«, murmelte er gedankenverloren. Er hatte tatsächlich nur Augen für die Schäden gehabt, und es erschien ihm, als hätte Moiken ihm gerade ein Geschenk gemacht, indem sie seinen Blick geöffnet hatte.

Ein Geschenk, das ihn beflügelte, seinen Herzschlag beschleunigte, doch schon nach wenigen Sekunden versetzte ihm die Realität einen Dämpfer. »Sicherlich könnte ich über eine Veränderung der

Bauelemente nachdenken«, bestätigte er halbherzig, »aber es ist ja nicht meine Entscheidung, ob der Damm weitergebaut wird.«

Unduldsam zog Moiken die Augenbrauen zusammen. »Du willst den Damm, also glaub an dich. Es scheitert nur, wer nicht an sich glaubt.«

Er stieß einen frustrierten Seufzer aus. »Du hast gut reden. Wenn es so einfach wäre.«

»Es ist so einfach.«

Diese Frau war tatsächlich unerschütterlich. Oder unglaublich naiv. Aber Letzteres wollte er nicht über Moiken denken, denn sie hatte sich viel in ihrem Leben aufgebaut, ebenfalls scheinbar Unmögliches geleistet, und dafür hatte sie seinen größten Respekt.

Doch dieser Dammbau, diese Mammutaufgabe, war mit nichts zu vergleichen, wofür irgendein Mensch die Maßstäbe besäße. Er hatte geglaubt, mit seinen Plänen in der Hand könne er gegen die Naturgewalten gewinnen. Doch nun hatte er nichts mehr in der Hand.

»Manchmal nimmt sich der Mensch auch zu viel vor«, entgegnete er bitter.

Moiken nickte stumm. »Das stimmt …«

Eine Weile schwiegen sie, standen nebeneinander und blickten beide über das in der Sonne glitzernde Wattenmeer, das ruhig dalag, als wäre nie etwas gewesen. Kaum zu glauben, wie das Meer diesen Schaden hatte anrichten können.

Auf einmal spürte er Moikens Hand in seiner. Überrascht sah er sie an, doch sie hielt das Gesicht weiter dem Meer zugewandt. Er wagte nicht, sich zu rühren, um den Moment nicht zu zerstören.

Es war so besonders, so anders, so voller Magie.

Es war nur ihre Hand in seiner, und doch war es in diesem Moment alles, was er brauchte. Als ob sie ihm Kraft und Zuversicht übertragen könnte.

Lange standen sie so da, Hand in Hand, es erschien ihm wie eine Ewigkeit, und wenn der Wind nicht gewesen wäre, der seinen

Körper umstrich, hätte er geschworen, die Welt würde in der geräuschlosen Einsamkeit des Watts stillstehen.

Tatsächlich war wahrscheinlich kaum eine Minute vergangen, bis Moiken wieder das Wort ergriff.

»Wenn jemand das Bauwerk verhindern kann, dann nur du selbst, indem du nicht mehr daran glaubst.«

»Es ist schwer, noch daran zu glauben, erst recht an mich selbst«, sagte er leise, während der Wind stärker an seiner Kleidung zupfte, so als wolle er ihn erneut provozieren.

Die Böen waren nichts weiter als das leise Nachspiel eines Orchesters nach dem Fortissimo, eine Windstärke, die er sonst nicht einmal bemerkt hätte, so sehr gewöhnte man sich auf der Insel an die stetig wehende frische Brise. Doch nachdem er diesen Sturm durchlebt hatte, war es, als würde ihn der Wind augenblicklich krank machen.

Dieses stetige Zupfen, die sanften Schübe gegen seinen Körper waren so unerträglich, dass er sich verkrampfte.

Er fröstelte trotz Sonnenscheins, dann keimte Wut in ihm hoch. Alles, was an Trauer und Verzweiflung in ihm steckte, brach sich plötzlich Bahn, und während Moiken mit dem Daumen beruhigend über seinen Handrücken strich, schrie er dem Wind entgegen: »Du hast genug angerichtet. Aber glaub nicht, dass ich vor dir kapitulieren werde. Du hast den Damm zerstört, aber ich stehe noch hier. Hörst du? Ich! Ich stehe hier! Mich kriegst du so leicht nicht klein. Du willst mich provozieren? Ich bin bereit! Du hast recht, wir sind noch nicht fertig miteinander. Ein Punkt geht an dich. Aber am Ende werden wir sehen, wer von uns beiden gewinnt!«

Nach diesem Ausbruch musste er tief Luft holen, und er wandte seinen Blick zu Moiken hin, die ihm ein Lächeln schenkte. Eine Strähne hatte sich aus ihrem Haarknoten gelöst, die sie keck aus dem Gesicht pustete.

»Jetzt bist du auf dem richtigen Weg.«

Noch einmal holte er tief Luft. »Dafür hast du mir wieder die Kraft gegeben. Und ich verspreche dir, du wirst die Erste sein, die mit mir über den Damm zum Festland hinübergeht. Darf ich …?« Er konnte nicht widerstehen und näherte sich mit einer langsamen Handbewegung ihrem Gesicht, um die Strähne einzufangen, die sich der Wind erneut gegriffen hatte, um mit ihr zu spielen.

Moiken hielt still, als er ihr das Haar hinters Ohr strich. Sanft und vorsichtig führte er die Bewegung an ihrem Hals hinunter zu Ende.

Sie lachte auf. »Das kitzelt!«

»Das auch?«, fragte er und näherte sich ihrem Mund, der ihn wie magisch anzog. Kurz bevor er ihre Lippen berührte, hielt er inne, doch sie wich nicht zurück, also wagte er sich näher und näher, bis er ihre warmen, weichen Lippen spürte.

Sein Traum von vergangener Nacht wurde wahr. Er hielt tatsächlich diese wundervolle Frau in den Armen und küsste sie. Wenn ihm das jemand noch gestern erzählt hätte …

Etwas Neues begann mitten in diesem Feld der Zerstörung. Aus den Trümmern erwuchs ein zartes Pflänzchen, nachdem Moiken den Anfang gemacht und seine Hand genommen hatte.

Wenn das nicht so gewesen wäre, hätte er sich wohl noch lange nicht getraut, ihr Avancen zu machen, denn sie erschien ihm immer so unnahbar und nicht bereit, ihr Herz neu zu vergeben.

Kaum hatte er das gedacht, zuckte Moiken zurück, als hätte er laut gesprochen.

Sie kniff die Lippen zusammen, als könne sie den Kuss dadurch ungeschehen machen und das schöne Gefühl wegdrücken. »Das hätte ich nicht tun sollen«, sagte sie und schüttelte den Kopf.

»Aber warum denn nicht?«, entgegnete er bestürzt. »Was ist falsch daran, wenn sich zwei ungebundene Menschen zueinander hingezogen fühlen und sich das mit einem Kuss eingestehen?« Ungebunden, dachte er, kaum dass er es ausgesprochen hatte. Ja, so fühlte er sich längst, obwohl seine Verlobung auf dem Papier noch

Bestand hatte. Nun wurde es dringend Zeit, Ordnung in seine Verhältnisse zu bringen, damit er tatsächlich ungebunden war. Doch das war es anscheinend gar nicht, was Moiken beschäftigte.

»Ich bin nicht …«, begann sie, dann wandte sie sich abrupt ab und lief weg.

4. Buch

KAPITEL 14

Sylt, am 20. Dezember 1923

»Muss ich nach Weihnachten gleich wieder in die Schule?«, fragte Frieda, als sie vier Tage vor Heiligabend nach dem Mittagessen in gemütlicher Runde bei Tee und Kakao mit Julius vor dem Kaminfeuer im Foyer der Strandvilla saßen und die letzten Details für das Fest besprachen.

Von einem Familienfest konnte nicht die Rede sein, da ihre große Tochter Emma nicht mit dabei war, dachte Moiken betrübt.

»Nein, natürlich nicht«, entgegnete sie gedankenverloren. Weihnachten. Da gab es noch so viel zu planen. Am Abend wollten sie im kleinen Kreis feiern, am Nachmittag jedoch sollte es ein Fest für alle Bediensteten geben. Da musste sie noch entscheiden, welche Kuchen gebacken werden sollten, damit Wilma eine Liste aller benötigten Zutaten erstellen konnte.

Wer hätte gedacht, dass es ein Fest werden würde, zu dem sie nicht in Billionen rechnen musste?

Zu Emmas Geburtstag, am 15. November, hatte die neu gegründete Deutsche Rentenbank damit begonnen, die Rentenmark als neues Zahlungsmittel in Umlauf zu geben, nachdem, wer noch konnte, für ein Ei zuletzt 320 Milliarden Mark bezahlt hatte.

Es war wie ein Wunder, der Kurs der neuen Währung war seit gut vier Wochen stabil geblieben, für eine Billion Papiermark erhielt man eine Rentenmark, und ein Dollar entsprach 4,20 Rentenmark.

Auf einen Schlag waren zwölf Nullen gestrichen worden. Mit einem Federstrich war die Zeit vorbei, in der das Geld nichts mehr wert gewesen war, vorbei die wirtschaftliche Not – so hofften es zumindest alle.

Nur das Aussehen der neuen Scheine war gewöhnungsbedürftig, da auf jedem der gleiche ausführliche Text zu lesen war, der sich über die gesamte Banknote erstreckte, nämlich, dass jeder Besitzer von Rentenmark das Recht habe, auf Verlangen das neue Geld in verzinsliche Rentenbankbriefe einzutauschen.

Die stabile Währung lockte wenigstens auch wieder ein paar Gäste in die Strandvilla, die sich zur Winterkur in die behaglich warmen Zimmer eingemietet hatten.

Zum Glück fühlten sich die fünf Gästeehepaare wohl, denn eine vorzeitige Abreise wäre derzeit gar nicht möglich, da das Wattenmeer vereist war und deshalb keine Schiffe zum Festland verkehrten.

»Zum Glück keine Schule!«, entgegnete Frieda mit einem Seufzer.

»Nun sag bloß, deine Frau Lehrerin hat meine Predigt wieder vergessen«, sagte Julius und beugte sich entrüstet in seinem Ohrensessel nach vorn, so weit ihm das sein Rheuma erlaubte.

Vor drei Jahren hatte er sich für seine Wahl-Enkelin Frieda eingesetzt, damit sie nicht mehr zu Unrecht Strafarbeiten schreiben musste.

»Nein, das nicht, Großvater Julius, mittlerweile hat sie eingesehen, dass ich lesen kann, sehr gut sogar für eine Neunjährige, sagt sie, aber das ist der Grund, warum sie mich überhaupt nicht mehr drannimmt. Ich darf kein Wort mehr vorlesen, weil die anderen Kinder üben sollen.« Energisch warf sich Frieda ihre geflochtenen blonden Zöpfe über die Schultern. »Auch in den anderen Fächern nimmt sie mich nicht dran. Sie fragt immer diejenigen, die nicht den Finger heben, und dann schimpft sie, weil die keine Antwort geben können.«

»Warum hast du mir das nicht viel eher gesagt?«, fragte Julius und zog die buschigen weißen Augenbrauen hoch.

»Weil ich nicht glaube, dass sich daran etwas ändern lässt«, sagte Frieda und senkte den Kopf.

»Dann ist ja wirklich gut, dass in zwei Tagen Weihnachten ist«, sagte Julius und nahm einen Schluck von seinem Salbeitee mit Honig, »so habe ich Zeit, mir etwas zu überlegen.«

Es war wunderbar, über wie viel Tatendrang Julius noch verfügte, nur sein Körper ließ ihn zunehmend im Stich. Für den kurzen Weg von seinem Haus bis zur Strandvilla benötigte er mittlerweile einen Rollstuhl, doch Frieda wurde nicht müde, ihren geliebten Großvater jeden Tag abzuholen und ihn in die Strandvilla zu schieben, damit er sich in den Ohrensessel am großen Kaminfeuer setzen konnte, denn die Wärme machte seine Schmerzen erträglicher.

Hoffentlich war es nicht das letzte Weihnachten, das er mit seiner Frau und seinem Sohn Carl in der Strandvilla feierte.

»Falls wir zu viel Kuchen eingeplant haben, bin ich gern bereit, die Reste nach dem Abendessen zu vernaschen«, sagte Julius grinsend. »Das bringt mich darauf, dass ich jetzt große Lust auf ein Mokkatörtchen zum Nachtisch hätte.«

»Was für ein Zufall, dass ich heute Vormittag welche gebacken habe«, entgegnete Moiken lächelnd. »Entschuldige, ich war so vertieft in die Frage, wie viel Kuchen wir für das Fest brauchen, dass ich dir nichts zum Tee angeboten habe. Frieda, würdest du …«

»Bin schon unterwegs in die Küche!«, rief Frieda und lief los.

»Du hast wirklich ein liebes Mädchen«, sagte Julius und schaute ihr versonnen hinterher.

»Ja, manchmal ist mir das schon unheimlich«, entgegnete Moiken und nahm nun ihrerseits einen Schluck von ihrem Kaffee, den sie mit Zichorienwurzel streckte, um die teuren Bohnen für die Gäste zu sparen. Immerhin erlaubten ihr die derzeitigen Einnahmen, auf den gruseligen Muckefuck zu verzichten, der nur mit Fantasie nach Kaffee schmeckte und zudem kein Koffein enthielt, das ihr Körper dringend benötigte.

»Mit Emma hatte ich ständig Reibereien, aber ich glaube, das dicke Ende mit Frieda kommt auch noch, wenn sie älter wird«, fügte sie halb scherzend hinzu.

»Genieß es, solange es so ist. Wie viele Gäste sind wir dann also im kleinen Kreis? Außer meiner Familie noch Leopold und Wilma sowie Adam von Baudissin, oder fährt er nach Husum zu seiner Verlobten?«

»Nein, er bleibt diesen Winter zum ersten Mal auf Sylt. Er ist nicht mehr verlobt.«

»Ach?« Vor Erstaunen vergaß Julius zu trinken und ließ seine Tasse vor den Lippen schweben.

»Das Verlöbnis wurde im gegenseitigen Einvernehmen im Sommer gelöst.«

»Davon hast du nie gesprochen.«

»Warum sollte ich? Ist das so wichtig?«, entgegnete sie stirnrunzelnd.

»Nein, natürlich nicht. Ich dachte nur …« Julius hob die Tasse wieder an die Lippen und führte den Satz nicht zu Ende.

Das kam Moiken entgegen, denn sie wollte gar nicht wissen, was er dachte, weil sie es ohnehin ahnte. Bestimmt unterstellte er ihr eine Affäre mit Adam, die sie auf legale Beine zu stellen gedachte. Aber mit der Affäre hatte er weit gefehlt. Nun gut, vielleicht nicht ganz so weit.

Diesen Kuss hatte es gegeben, aber mehr auch nicht. Wenn es nach Adam ginge, wohl schon, insofern hatte Julius natürlich den richtigen Verdacht, aber sie konnte und wollte sich einfach nicht auf eine neue Beziehung einlassen.

Es war wie verhext. Als ob Boy neben ihr stünde und sie sanft, aber bestimmt von weiteren Schritten abhielte.

»Jedenfalls wollte Adam gern Weihnachten mit uns in der Strandvilla verbringen. Warum auch nicht, er ist Dauergast, der mir über den Winter Geld einbringt, und als guter Freund gehört er ja schon zum engen Kreis«, erklärte sie, um Julius von weiteren Nachfragen abzuhalten. »Ich bezweifle nur, dass er hinter seinem Schreibtisch überhaupt vorkommt.«

»Sitzt er immer noch an dieser Darstellung für das Reichsverkehrsministerium, damit ihm der Weiterbau des Damms genehmigt wird? Bis wann muss das fertig sein?«

»Einunddreißigster Dezember.«

»Oha.« Julius strich sich durch seinen Spitzbart. »Da ist er in der Tat wohl ziemlich beschäftigt. Hoffentlich hat er sich trotzdem über seine Kontakte um die Karpfenbestellung gekümmert, damit der gute Fisch rechtzeitig aus Husum kommt.«

»Er wird es schon nicht vergessen haben.«

»Ich werde doch hoffentlich am Weihnachtsabend nicht nur Kuchen essen müssen?«, entgegnete Julius mit gespielter Bestürzung.

Moiken lachte auf. »Vielleicht kann ich ihn später noch mal darauf ansprechen. Als ich Adam heute Vormittag nach dem Stand der Dinge gefragt habe, habe ich keine Antwort bekommen, er war zu beschäftigt. Mal sehen, ob ich ihn heute noch sprechen kann. Ansonsten lege ich ihm vielleicht besser eine Notiz hin. Er hat gerade kaum Zeit, er arbeitet praktisch Tag und Nacht«, fügte sie bedauernd hinzu.

Julius schob seine Lesebrille mit den runden Gläsern auf die Stirn, wie es seine Gewohnheit war. Nicht etwa auf den Kopf, sondern tatsächlich nur bis knapp über seine buschigen Augenbrauen, wo das Gestell erstaunlicherweise Halt fand, sogar, als er die Stirn runzelte.

»Das klingt fast so, als würdest du dir mehr Zeit mit ihm wünschen.«

»Ja, nein – ach, das ist alles nicht so einfach.«

»Magst du Adam?«, fragte Julius auf seine direkte Art, und der Blick in seine wasserblauen Augen ließ nur die Wahrheit zu.

Moiken seufzte. Man konnte Julius nichts vormachen. »Ja, ich mag ihn schon sehr, wenn ich ehrlich bin. Aber es ist schwierig.«

»Was ist schwierig?«, fragte Julius sanft.

»Ach, ich weiß auch nicht. Wahrscheinlich ist mein Herz nicht bereit für einen neuen Mann in meinem Leben. Wir führen sehr gute Gespräche, er ist charmant und zuverlässig, vom ersten Tag an hat er mich fasziniert, und ich glaube, er hat wohl auch Interesse an mir, aber abgesehen von all dem ist er schon mit der Dammbaustelle verheiratet.«

»Es wird nicht ewig dauern, bis der Damm fertig ist – wenn der Weiterbau überhaupt genehmigt wird.«

Moiken seufzte. »Ich weiß. Im Moment ist es auch deshalb schwierig, weil er für meine Sorgen kein offenes Ohr hat.«

»Sorgen?« Nun setzte Julius seine Brille wieder auf die Nase, als könne er ihren Kummer dadurch besser erkennen. »Was ist denn los?«

»Emma schreibt mir nicht mehr«, sagte sie rundheraus und schlug dabei den Blick nieder. »Seit sechs Wochen nicht. Du weißt ja, ich bin im Sommer ohne sie aus Berlin zurückgekehrt. Als es ihr wieder etwas besser ging, hat sie sich entschuldigt und geschrieben, dass es ihr leidtäte, wie sie mich am Krankenbett abgekanzelt habe, und dass ich schon recht gehabt hätte, dass sie auf Sylt schneller gesund geworden wäre und sie hätte mit mir kommen sollen. In ihrem letzten Brief schrieb sie, dass sie über eine Kur auf Sylt nachdenke, weil ihre Lunge ziemlich angegriffen sei. Ich war natürlich vor Freude ganz aus dem Häuschen, habe ihr sofort geantwortet, dass ich ihr ein Zimmer herrichten lasse und sie umgehend anreisen kann.«

»Davon hast du mir gar nichts erzählt?« Seine buschigen weißen Augenbrauen kletterten in ungeahnte Höhen.

»Man soll erst gackern, wenn das Ei gelegt ist. Ich wollte es nicht herumerzählen, falls meine Tochter es sich doch wieder anders überlegt. Und siehe da, ich hatte recht. Zu ihrem Geburtstag, am 15. November, habe ich ihr noch ein Telegramm geschickt, aber auch darauf keine Antwort. Wahrscheinlich war mein Überschwang wieder zu viel für sie …«

»Ein bisschen merkwürdig ist das schon …«, entgegnete Julius und nahm nachdenklich einen Schluck von seinem Tee.

Moiken seufzte erneut. »Bevor ich Adam heute Morgen nach dem Karpfen gefragt habe, habe ich ihm von meinem Kummer mit Emma erzählt, weil das einfach mal rausmusste. Er hat nur halb von seiner Arbeit aufgesehen und gemeint, ich würde mir zu viele Sorgen machen und ich solle meiner Tochter endlich ihren Lebensweg lassen. Aber sie wollte doch nach Sylt kommen!«

»Hier ist dein Kuchen, Großvater«, rief Frieda, während sie den Teller durchs Foyer balancierte und dabei vorsichtige Schritte machte, als ginge sie über ein Hochseil, um den Teller nur ja sicher an den Tisch zu bringen, was ihr schließlich auch gelang.

Während Julius sein Mokkatörtchen freudig entgegennahm, ging die Tür auf, ein Bote kam herein, und kurz darauf rief Leopold vom Empfangstresen her, dass ein Eiltelegramm angekommen sei.

Moiken erhob sich und ging zu ihm.

Der nimmermüde Leopold stand trotz seines Alters immer noch täglich an der Rezeption, auch jetzt im Winter, um Gästefragen zu beantworten, die Post zu sortieren und die Kartei zu pflegen – mit einem freien Tag konnte man ihn quälen, er brauchte die Arbeit wie die Luft zum Atmen.

Als die Badesaison im Sommer aufgrund der Inflation geschlossen worden war, hatte Moiken geglaubt, es wäre auch das Ende für Leopold, der die Schließung kaum verkraftete, weil er sich große Sorgen um den Fortbestand der Strandvilla machte, in der er praktisch sein ganzes Leben als Portier verbracht hatte.

Das Telegramm kam wahrscheinlich aus Husum wegen des Karpfens, wann er wo abzuholen sei – also hatte sich Adam noch darum gekümmert, und der Karpfen konnte lange genug in der Badewanne schwimmen, damit er durch das klare Wasser seinen modrigen Teichgeschmack verlor.

»Hat der Karpfen geschrieben?«, fragte sie munter, doch an Leopolds Gesichtsausdruck erkannte sie, dass ihm nicht nach Scherzen zumute war. Wortlos reichte er ihr das Telegramm.

Hol mich nach Sylt zurück. Umgehend. Bitte. Emma.

»Große Güte!«, entfuhr es ihr. »Was ist denn da los?« Mehrere Möglichkeiten gingen ihr durch den Sinn, doch am Ende spielte das keine Rolle. Ihre Entscheidung war gefallen, und sie wandte sich zu Julius um. »Ich muss sofort nach Berlin. Emma ist in Not.«

»Was ist denn passiert?«, entgegnete er bestürzt.

»Das weiß ich eben nicht!«, rief sie außer sich. Die Angst ließ ihren Atem flattern, als sei sie bereits mit dem Koffer losgerannt. »Sie schreibt nur, ich soll sie nach Sylt holen. Umgehend!«

Nun machte sich auch Julius sichtlich Sorgen. »Ja, aber wie willst du nach Berlin gelangen? Das Wattenmeer ist zugefroren.«

»Heute ist doch Dienstag, richtig?«, mischte sich Leopold in ruhigem Ton ein, so als wüsste er, dass das Eis morgen schmelzen würde.

»Ja, aber was hilft mir das?«, rief Moiken unwirsch. So sprach sie normalerweise nie mit ihrem Portier, aber sie wusste in diesem Moment einfach nicht, wohin mit sich.

Leopold blieb ungerührt. »In einer der letzten Zeitungsausgaben haben unsere wackeren Morsumer Eisboot-Männer für heute eine Fahrt zum Festland angekündigt, damit sich melden kann, wer Medikamente oder dergleichen benötigt oder falls noch vor Weihnachten ein Paket mitgenommen werden soll.«

»Die schickt ja der Himmel!«, rief Julius. »Es ist nur ein kleines Ruderboot, das sie in einfache Traggurte eingespannt wie Pferde über die Eisfläche ziehen und mit dem sie rudernd die Wasserstellen überqueren. Mit einem Passagier ist das sehr mühsam, aber dein Anliegen ist ein Notfall, sie werden dich bestimmt mitnehmen.«

»Wann ist die Abfahrt?«, fragte Moiken, jeder Muskel in ihrem Körper spannte sich an.

»Moment, da muss ich in der Zeitung nachsehen«, sagte Leopold, der nun zügig durch die Seiten blätterte, dabei jedoch seine Seelenruhe beibehielt, um ja nichts zu übersehen.

»Ich kümmere mich tagsüber um Frieda«, sagte Julius, noch ehe Moiken ihn fragen konnte. »Ich habe genug Zeit.«

»Wird dir das nicht zu viel?«, zweifelte sie.

»Wo denkst du hin? Ich hab einen Stall voller Kinder gehabt, ich bin froh, wenn wieder etwas Leben um mich herum ist. Frieda und ich werden schon zurechtkommen.«

»Und nachts passt Wilma auf Frieda auf«, sagte Leopold und blätterte weiter in der Zeitung.

Moiken wandte sich an ihre Tochter, die dem Tumult ruhig zusah. »Was meinst du, Frieda? Ist das in Ordnung, bis ich wieder da bin?«

»Mutter, ich bin doch kein Kleinkind mehr. Ich bin neun Jahre alt. Auf mich muss man eigentlich gar nicht mehr aufpassen. Mach dir um mich keine Sorgen, fahr nach Berlin und bring meine große Schwester mit.«

»Das stimmt, du bist schon ein großes Mädchen«, sagte Julius. »Und ich kenne da einen Laden, in dem es tolle Bücher gibt«, fügte er lächelnd hinzu. Dort dürfen sogar schon neunjährige Mädchen eine Ausleihkarte haben.«

»Ehrlich?« Friedas Augen leuchteten.

»Wenn ich es doch sage …«, gab er schmunzelnd zurück. »Meine Frau hört zwar selten auf mich, aber in diesem Fall bestimmt.«

»Und welches Buch darf ich lesen?« Man sah Frieda an, dass sie am liebsten gleich loslaufen würde.

»Das bestimme nicht ich. Du suchst dir eines aus. Du darfst stöbern, so lange du möchtest. Am Ende ist es ohnehin so, dass die guten Geschichten dich finden.«

»Die Geschichten finden mich?«, echote Frieda.

»Lass dich überraschen. Das ist eine spannende Sache, die auch ein Erwachsener nicht erklären kann. Es ist ein Zauber, der bei allen Menschen funktioniert, die Bücher lieben.«

»Ich habe die Annonce gefunden«, rief Leopold. »Das Boot legt um zwei Uhr in Morsum ab.«

Beim Blick auf die Uhr über dem Eingangsportal gab es für Moiken kein Halten mehr. »Nur noch eine halbe Stunde«, rief sie aus.

»Mit Verlaub, gnädige Frau«, bremste Leopold, »das ist selbst mit dem Automobil zu knapp.«

»Wenn ich schnell fahre, könnte ich es schaffen. Ich muss es schaffen!«

»Wenn man der Presse doch das Maul verbieten könnte!« Wutentbrannt warf Adam die Zeitung in den Papierkorb, wo diese in bester Gesellschaft mit den anderen Schlagzeilen lag, die auf den diversen Blättern nur wenig variierten.

›Dammbau gescheitert‹ war dabei noch die harmloseste Variante. »Versagen auf ganzer Linie«, »Millionen im Watt versenkt« oder gleich ein persönlicher Angriff: »Baudissin schaufelt Millionengrab. Wie soll es weitergehen?« Die Zeitungen ließen einfach nicht locker. Fast vier Monate war die verheerende Sturmflut nun her, doch seitdem der Inflation mit der Währungsreform ein Ende gesetzt worden war, war er wieder Diskussionsthema Nummer eins.

Ja, er, Adam von Baudissin, als persönlich Verantwortlicher für die Naturgewalt, er musste seinen Kopf hinhalten für eine Zerstörungswut, mit der selbst der größte Dammbaugegner nicht gerechnet hatte.

Er wurde persönlich für das Scheitern des Jahrhundertbauwerks verantwortlich gemacht. Deshalb würde er jedoch nicht freiwillig seinen Hut nehmen. Jetzt erst recht nicht.

Ohne Moiken hätte er allerdings nicht die Kraft dazu. An ihrer Stärke nahm er sich ein Beispiel. Wenn sie nicht wäre, hätte er vermutlich aufgegeben. Sich und sein Leben. Sein Lebenswerk.

Nur leider verstand sie manchmal nicht, wie sehr ihn dieser Dammbau vereinnahmte. Sie schimpfte, weil er gedanklich abwesend war und dass er ihr überhaupt nicht zuhörte.

Da musste er ihr leider recht geben, und das bedauerte er auch sehr, andererseits versuchte er ihr wieder und wieder zu erklären, dass es ein Jahrhundertbauwerk war, das seine volle Aufmerksamkeit forderte und das sie doch auch unterstützte.

Anders als seine Verlobte, die nach der Zerstörung des Bauwerks geglaubt hatte, der Dammbau hätte sich nun erledigt und er würde sich nun endlich als solider, Häuser bauender Architekt in Husum niederlassen und sie heiraten. Bei der Gelegenheit hatte sie ihm auch gesagt, dass sie nun schon viel zu lange auf ihn gewartet habe, und die Krönung war ihre Bemerkung, dass sie ohnehin nie an dieses wahnwitzige Projekt geglaubt habe. Einen zwölf Kilometer langen Damm mitten durchs Wattenmeer – was für ein Irrsinn das doch gewesen sei.

Das hatte ihn tief getroffen, und er hatte ihr erklärt, dass eine Heirat mit ihr Irrsinn sei, denn er würde nicht eher ruhen, bis der Damm Realität geworden wäre. Deshalb wolle er das Verlöbnis lösen und nach Sylt in die Strandvilla ziehen, bis es mit dem Dammbau weiterginge.

Von seinem Gehalt als verantwortlicher Ingenieur, das er sich in Gold und Dollar hatte auszahlen lassen, war genug für einen Winteraufenthalt im Hotel vorhanden.

Wortlos hatte er alle seine Sachen gepackt, die Kisten für den Transport vorbereitet und einen Kurierdienst angewiesen, diese in die Strandvilla zu überstellen.

Daraufhin war Edda nicht mehr zu halten gewesen, denn sie unterstellte ihm ein Verhältnis mit Moiken, von der er ihr als Besitzerin der Strandvilla und des Dünencafés schon öfters begeistert erzählt hatte.

In ihren Augen zu begeistert.

Und damit hatte sie wohl recht.

Nicht, was ein Verhältnis mit Moiken anbelangte, davon konnte nach dem einen Kuss auf dem Damm, nach dem Moiken sofort einen Rückzieher gemacht hatte, keine Rede sein. Recht hatte Edda jedoch mit seiner Begeisterung für Moiken.

Vom ersten Augenblick an hatte ihn diese wundervolle Frau in ihren Bann gezogen. Ganz anders als seine Verlobte. Doch nun, da er wieder ungebunden war, wagte er es dennoch nicht, Moiken deutlichere Avancen zu machen. Er wollte sie nicht bedrängen, denn er hatte verstanden, dass sie zwar nicht verlobt war, sich jedoch nicht ungebunden fühlte, weil es diesen Boy in ihrem Herzen gab. Das hatte sie ihm gestanden, aber auch, dass sie durchaus Gefühle für ihn hegte.

Keine einfache Lage, dachte er innerlich seufzend, die viel Zeit und Geduld erforderte, wenn er ihr Herz erobern wollte.

Schneeflocken tanzten vor dem Fenster seines schönen Zimmers mit Meerblick, in dem er als Dauergast lebte. Nur eine Tür weiter befanden sich Moikens Büro und ihre privaten Räume.

Weihnachten verbrachte er im engsten Kreis mit ihr, darauf freute er sich. Er hoffte nur, dass er den Brief an das Reichsverkehrsministerium bis dahin fertig und abgeschickt hatte.

Auch aus diesem Grund war nicht der richtige Zeitpunkt für weitere Avancen, denn genau genommen war er schon verheiratet, zumindest momentan: mit dem Dammbau.

Er seufzte.

Wenigstens die Frage »Wie soll es weitergehen?« in der Schlagzeile dieses Schmierblatts war in jeglicher Hinsicht berechtigt.

Er las den Entwurf seines Briefs an das Reichsverkehrsministerium, das eine Darstellung von ihm verlangte, wie die veränderten Baumaßnahmen aussehen sollten, noch einmal durch.

Das Schreiben sollte auch eine Aufstellung der daraus resultierenden Kosten und der bisherigen Ausgaben enthalten, nebst einem Zeitplan mit Fertigstellungsdatum, sofern es mit dem Dammbau im Frühjahr weitergehen sollte.

Seine Darstellung musste dem Reichsverkehrsministerium bis Ende des Jahres vorliegen und überdies reichlich überzeugend sein, denn auf dieser Grundlage sollte die Entscheidung über sein Lebenswerk gefällt werden.

Deshalb war dieser Brief von äußerster Wichtigkeit, das Zünglein an der Waage in der Frage, ob das Jahrhundertbauwerk weitergebaut werden durfte.

Moiken musste verstehen, dass dieses Projekt ihn vollkommen vereinnahmte, aber wenn der Damm erst vollendet war, hatte er alle Zeit der Welt für sie.

Erst heute Morgen hatten sie wieder eine kleine Auseinandersetzung gehabt, weil sie sich solche Sorgen um Emma machte. Darauf hatte er recht ärgerlich reagiert, was ihm im Nachhinein leidtat. Aber Himmel noch mal, Emma war eine erwachsene Frau, die noch dazu in der Obhut ihres Vaters in Berlin lebte, und wenn die Briefe in letzter Zeit wieder ausblieben, dann hatte das keinen tieferen Grund, außer dass Emma ihr eigenes Leben führte, in dem ihre Mutter nicht ständig eine Rolle spielte, was Moiken einfach nicht akzeptieren wollte.

Genauso wenig, wie sie verstand, dass er mit dem Kopf gerade nur beim Dammbau war.

In der vergangenen Woche hatte er kaum Schlaf gefunden, über den Zeilen gebrütet, jedes Wort gedreht und gewendet, verschiedene

Fassungen entworfen, verändert und gekürzt, schließlich jede emotionale Äußerung gestrichen und alle unterwürfig-bittenden Formulierungen getilgt.

Angekommen war er nun bei einer nüchternen Beschreibung der Sachlage und der konkreten Nennung aller Zahlen und Fakten … um etwas anderes ging es den Herren im Reichsverkehrsministerium ohnehin nicht.

Deren Herzblut steckte nicht in diesem Bauwerk. Details wollten sie zwar vorliegen haben, aber keinen würde der beiliegende Stapel an Zeichnungen, Tabellen, Listen und Rechnungsbelegen wirklich interessieren.

Im Gegensatz zur Höhe der Kosten, auf die der genaue Blick fallen würde. Eine schwindelerregende Zahl, die er ihnen mitteilen musste, da gab es keine Alternative, errechnet vor vier Wochen zum Abschluss der Aufräumarbeiten, die mit dem Höhepunkt der Inflation zusammengefallen waren.

> Wie erbeten, gebe ich dem Reichsministerium mit diesem Schreiben Folgendes betreffs des Dammbaus Sylt zur Kenntnis: Am 14. November 1923 wurden die seit August nach der Sturmflut andauernden Aufräumarbeiten am Damm eingestellt. Eine Weiterarbeit war vor allem wegen der Inflation, aber auch wegen der Witterung nicht mehr möglich. Bis zu diesem Datum wurden genau 19.948 418 897 677 047,49 Papiermark ausgegeben. Am darauffolgenden Tag, mit Inkrafttreten der Währungsreform, entsprach dies 2.226 870,33 Rentenmark.

Immerhin sah diese Zahl im Millionenbereich nicht mehr so erschreckend aus, dachte Adam. Es war jedoch trotzdem viel Geld und erst ein Zehntel der gesamten Baukosten.

Nach meiner Ihnen bereits vorliegenden Berechnung werden sich die Gesamtbaukosten auf 25.000 000,00 Rentenmark inklusive aller Bahnhofsanlagen, Tunnel und Festlandsstreckenbauten belaufen, davon betragen die Kosten für den Dammbau rund 19.000 000,00 Mark. Ins Verhältnis gesetzt ergibt dies im Schnitt Baukosten von 1700 Mark pro Meter, vergleichbar mit den derzeitigen Kosten für einen zweigleisigen Tunnel.

Das hörte sich doch schon besser an. Nun musste er den Herren nur noch die baulichen Vorgehensveränderungen erklären, die er als Lehre aus der unerwartet hohen Sturmflut gezogen hatte. Wobei … *nur noch* war stark untertrieben, es war der Kern dessen, woran er die vergangenen vier Monate gearbeitet hatte.

Die Krone des Damms soll bei 6,80 Meter über NN liegen, also 2,30 Meter über der größten Sturmfluthöhe. Auf Buschwände wird künftig verzichtet, stattdessen mit Spundwänden gearbeitet.
Der Kern des in der Sohle etwa 50 Meter und in der Krone 11 Meter breiten Dammes soll im unteren Teil aus aufgespültem, im oberen aus trockenen, vom Festland eingebrachten Kleischüttungen oder von der Insel herbeibefördertem Sandboden bestehen.
Dies erfordert nach meinen Berechnungen eine Bodenmassenbewegung von insgesamt 3,2 Millionen Kubikmetern. Die Dammsohle soll sogleich mit 30 Zentimeter langen Basaltsteinen und Granitbrocken von rund 70 Kilogramm das Stück gegen den Wellenschlag gesichert werden.

Adam hielt inne. 70 Kilogramm schwere Granitbrocken. Ein Gewicht, das die Arbeiter tragen mussten, denn es gab keine Maschine, die die Granitbrocken präzise genug an der Dammsohle verlegen konnten.

Er wusste, was er seinen Arbeitern damit zumutete, aber seinen Berechnungen nach gab es keine andere Wahl, wenn man der Gewalt des Meeres Herr werden wollte. Nur an den kritischen Stellen sollte der Basalt dem Granit aufgrund seiner sechseckigen Form vorgezogen werden, da der Basalt in Reihe und Fläche dicht schloss, ohne dass er aufwendig behauen werden musste.

> Basaltsäulen werden circa 50 000 Tonnen benötigt, Unterbettungsmaterial etwa 45 000 Tonnen. Des Weiteren soll der Damm zur Sicherheit gegen die Naturgewalt des Meeres gepflastert und im Kronenbereich mit Grassoden belegt werden. Insgesamt zu befördernder Materialbedarf (Basaltsäulen, Kies, Pfähle, Spundwände) rund 320 000 Tonnen, zu pflastern ist eine Fläche von aufgerundet 200 000 Quadratmetern.
>
> Für die über den bisherigen Entwurf hinausgehenden Sicherungsmaßnahmen sind zusätzlich 1.800 000,00 Millionen Rentenmark erforderlich. Insgesamt erwarte ich einen Mehrbedarf von 2.400 000,00 Millionen Rentenmark im Vergleich zum ersten Antrag, die in der oben genannten Summe bereits eingerechnet sind.
>
> Die Bauarbeiten könnten bei Bereitstellung der zusätzlich genannten Geldmittel nach meiner Planung bis Juni 1927 abgeschlossen werden.

Nein, dieser letzte Satz war nicht gut. Nicht mit diesem Konjunktiv. Er selbst durfte keinen Zweifel zum Ausdruck bringen. Am Gelingen des Bauwerks gab es keinen Zweifel, was die Herren nach der Sommersturmflut natürlich anders sahen.

Er zögerte, seine Unterschrift unter den Brief zu setzen. Vielleicht war der gesamte Text nicht gut genug, sollte er ihn besser noch einmal umschreiben?

Er war sich so unsicher. Doch dieses Gefühl würde nicht vergehen, ganz gleich, wie viele Entwürfe er noch schrieb, so viel war ihm auch klar.

Da konnte ihm nur Moiken helfen, er brauchte ihren Rat, und wenn sie die Zeilen für gut befand, würde er den Brief abschicken.

Eigentlich war diese unwirkliche Landschaft aus schneebedeckten Eisschollen wunderschön, dachte Moiken, als sie das Ende des kurzen Dammrestes erreichte, der ihr bislang als Pfad gedient hatte und der der Sommersturmflut nicht zum Opfer gefallen war.

Das Eis glitzerte in der Sonne, eine unendlich weite Fläche, die sie überqueren musste. Zum Glück wärmten die Strahlen wunderbar, in ihrer Pelzjacke war es ihr fast zu warm, aber unter diesen Bedingungen würde sie es zum Festland schaffen oder vielleicht sogar die Eisboot-Männer einholen, die sie knapp verpasst hatte.

Dort waren die Sohlenabdrücke von den Morsumer Männern, dazwischen die Kielspur ihres Eisboots als lange Linie, an der sie sich orientieren konnte.

Nur fragte sie sich schon die ganze Zeit, warum sie die Männer auf dem Eis noch nicht erspäht hatte. Das beunruhigte sie ein wenig, doch die Höhe der Eisschollen konnte trügen, was so flach aussah, musste man regelrecht überklettern, und die Männer konnten sich durchaus auf einem für sie nicht einsehbaren Abschnitt befinden.

In jungen Jahren hatte sie das Wattenmeer im Winter schon einmal überquert, zusammen mit ihren Freunden, aus Abenteuerlust und jugendlichem Leichtsinn heraus. Auch Boy war dabei gewesen. Und Henriette.

Es war eine Zeit gewesen, in der Grenzen dazu da gewesen waren, sich über sie hinwegzusetzen. Zwar waren sie und ihre Freunde halb erfroren in Rodenäs am Rickelsbüller Koog angelangt, doch mit ein, zwei heißen Grogs in der Gastwirtschaft – in Boys Fall waren es drei Gläser gewesen – war die Wärme schnell in ihre Körper zurückgekehrt.

Alkohol und noch dazu am helllichten Tag – wie erwachsen sie sich gefühlt hatten.

Den Gastwirt hatte nur die Bezahlung interessiert, nicht jedoch, wie alt sie gewesen waren. Natürlich ahnte der Mann, dass sie von Sylt hergekommen waren, das wurde aus der Unterhaltung deutlich, denn unerschrockene Eisfeldwanderer bekäme er immer wieder zu Gesicht, auch Erwachsene, die aus einem Notfall heraus diesen gefährlichen Weg auf sich nahmen, und ohne die würde er nur das halbe Geschäft machen.

Danach sparte er nicht mit schaurigen Geschichten über jene, die fast ihr Leben gelassen hätten, weil sie im Eis eingebrochen waren oder sich ohne Kompass im plötzlich aufziehenden Nebel verlaufen hatten. Die, die im Eis geblieben waren, hätten ihm ihre Geschichten ja nicht mehr erzählen können, hatte er als makabren Scherz angefügt.

Als sie sich nun wieder daran erinnerte, wurde ihr flau im Magen.

Auch damals, auf dem Rückweg, war die Stimmung deshalb ziemlich gedrückt gewesen, doch keiner hatte seine Angst zugeben wollen. Bis heute war diese waghalsige Unternehmung ein Geheimnis zwischen ihnen geblieben, denn es war ja zum Glück alles gut ausgegangen.

Nur Boy hatte von seinem Vater eine Tracht Prügel kassiert, weil er angetrunken nach Hause gekommen war und seine Mutter ihn den ganzen Tag gesucht hatte. Da waren Henriette und sie als Freundinnen geschickter gewesen, denn sie hatten sich vor den Eltern gegenseitig ein Alibi verschafft.

Zum Glück hatte Boys Vater ihm die Geschichte von der angespülten Rumflasche geglaubt, denn das kam gar nicht so selten vor am Weststrand, wo die Nordsee noch in Bewegung war.

Rum könnte ihr jetzt auch nicht schaden, dachte Moiken, jedoch mehr zur Beruhigung denn wegen der Kälte.

Beim Gedanken an Flüssigkeit in ihrer Kehle bemerkte sie, welchen Durst sie hatte. Nichts hatte sie mitgenommen, keinen Koffer, aber leider auch keinen Proviant, da sie die Strandvilla vollkommen überstürzt verlassen hatte, was sie nun bereute.

Aber sie war so von dem Gedanken getrieben gewesen, die Eisboot-Männer noch zu erreichen, dass sie jede vernünftige Überlegung ausgeblendet hatte.

Sie bückte sich, hob ein Stückchen Eis auf und steckte es in den Mund. Schnell löste es sich auf, doch es war so salzig, dass sie das Wasser wieder ausspuckte.

Der Durst blieb. Als einziger Begleiter.

Immer wieder dachte sie an Emmas Telegramm, und das trieb sie an. Vor allem waren es die Bilder vor ihrem geistigen Auge, weshalb ihre Tochter diesen Hilferuf gesendet haben könnte. Ein Weiterdenken verbot sie sich.

Moiken richtete den Blick in die Ferne. Damals waren ihr die zwölf Kilometer nicht so weit und beschwerlich vorgekommen. Da hatte sie wohl doch die Jahre unterschätzt, die seither vergangen waren, und mit jedem weiteren Schritt wurde ihr schmerzhaft bewusst, dass auch ihre Knochen nicht mehr die jüngsten waren.

Zudem hatten sie seinerzeit eine ebene Eisfläche vor sich gehabt, in diesem Winter war sie zerklüftet und aufgeworfen, als wäre ein Riese darübergetrampelt.

Je weiter sie ging, desto höher wurden die Eisschollen. Wie eingefallene Kartenhäuser lagen sie vor ihr, und zeitweise verlor sie den Horizont aus dem Blick. Dort, wo sie das Festland als dunklen

Strich über dem Eis ausmachen konnte, war ihr Ziel, das einfach nicht näher rücken wollte.

Wieder eine aufgeworfene Eisscholle, die sie erklimmen musste. Aber vielleicht würde sie ja dahinter die Eisbootfahrer sehen und könnte sich bemerkbar machen.

Nachdem sie dieses Hindernis überwunden hatte, stand sie plötzlich vor einer Wasserfläche, die sie weiträumig umgehen musste.

Die Eisboot-Männer hatten hier den direkten Weg nehmen können, »alle Mann rein ins Boot«, bis der Priel überquert war, auf dem sich aufgrund der Strömung höchstens eine dünne Eisschicht bildete. Von den Männern erspähte sie jedoch immer noch keinen.

Vorsichtig tastete sich Moiken voran, ob das Eis unter ihr hielt, denn der Umweg sollte nicht zu groß werden, und doch war es eine weite Strecke, die sie zusätzlich gehen musste, bis sie auf der anderen Seite des Priels angelangt war, wo die Männer ihr Boot wieder auf das Eis gezogen haben mussten.

Doch Moiken fand ihre Spur nicht wieder. Nichts. Kein Abdruck einer Fußsohle, keine Bootsspur. Wie war das möglich? Mit jedem Schritt hatte sie damit gerechnet, im Eis einzubrechen, aber nicht damit, dem Eisboot nicht mehr folgen zu können.

Verzweifelt ging sie hin und her und suchte die glitzernde weiße Fläche ab.

Ihr Durst wurde quälender. Die Zunge klebte trocken am Gaumen. Schwer atmend blieb sie stehen und kratzte eine Schicht Schnee von der Eisscholle und nahm diesen in den Mund. Wenigstens etwas Flüssigkeit, die nicht salzig schmeckte.

Sie sammelte Kraft und atmete dafür tief ein, die Luft schien kälter geworden zu sein. Zu lange durfte sie nicht stehen bleiben und Zeit verlieren.

Vielleicht entdeckte sie die Männer hinter der nächsten hohen Eisscholle, die sie nun zu erklimmen versuchte, immerhin noch die niedrigste in ihrer Nähe. Sie suchte Halt, ihre Füße rutschten mehrfach ab, doch dann konnte sie sich mit den Fingern an der oberen Kante festklammern und nach mehreren Versuchen hochziehen, als sie endlich unterstützenden Halt mit den Füßen fand. Atemlos setzte sie sich rittlings auf die Scholle und hielt Ausschau.

Weit und breit keine Eisboot-Männer. Langsam sickerte eine Erkenntnis in ihr durch, eine Möglichkeit, die sie bislang verdrängt hatte, weil nicht sein konnte, was nicht sein durfte.

Womöglich war sie einer alten Spur gefolgt, die sich nur auf dem ersten Streckenabschnitt gehalten hatte? Vielleicht waren die Männer entgegen der Ankündigung gar nicht aufgebrochen?

Dafür könnte es jedoch bekanntlich nur einen Grund geben: das Wetter. Aber bei diesem strahlenden Sonnenschein war doch weder an einen Schneesturm noch an plötzlich aufkommenden Nebel zu denken?

Es blieb ein Rätsel, mit dem sie sich nicht länger aufhalten konnte. Es half ja nichts. Sie musste das Festland erreichen, nun eben ohne die Eisboot-Männer, und sie wusste, dass es möglich war.

Also von der Eisscholle runterspringen und weiter. Darin fühlte sie sich mittlerweile recht geübt und landete immer sicher auf den Beinen.

Doch dieses Mal hatte sie zu viel Höhe gewagt oder zu dünnes Eis erwischt.

Sie brach ein, bis zum Knie. Reflexartig ließ sie sich nach vorn fallen und zog sich so aus dem Wasser.

Nicht schlimm, redete sie sich ein, während Panik in ihr hochkroch. Jetzt waren eben die Schuhe und die wollenen Strümpfe auch nass – ihre gefütterten Lederhandschuhe waren schließlich längst nicht mehr trocken und die Finger trotzdem noch nicht erfroren.

Noch nicht.

Weiter, einfach weiter, trieb sie sich selbst an. Stehen bleiben war keine Alternative.

Umkehren auch nicht, dafür war sie schon zu weit gekommen.

»Hier ist Post für Sie, Herr von Baudissin«, rief ihm Leopold entgegen, kaum dass er die Türen des Aufzugs geöffnet und das Foyer betreten hatte. Bestimmt eine Karte vom Husumer Neubauamt mit Weihnachtsgrüßen und guten Wünschen für das neue Jahr, dachte Adam, und da fiel ihm siedend heiß ein, dass er vergessen hatte, sich um den Karpfen zu kümmern.

Nun war es doch gut, dass er Moiken nicht in ihrem Büro angetroffen hatte, denn sie hätte ihn bestimmt darauf angesprochen, und so konnte er sein Versehen hoffentlich noch rechtzeitig kaschieren.

In seinem Kopf war gerade leider wirklich kein Platz für andere Themen, und selbst wenn er diesen Brief samt Unterlagen abgeschickt hatte, wurde er keine Ruhe haben, bis der Bescheid vom Reichsverkehrsministerium mit der Genehmigung zum Weiterbau eingetroffen war.

Als er die Türen des Aufzugs schloss, dachte er daran, dass es sich mit dem Selbstfahrer so verhielt wie mit den Plänen für den Dammbau. Die Menschen hatten Angst vor dieser Neuerung und glaubten nicht daran, dass es technisch überhaupt machbar wäre.

Der Rückhalt der Bevölkerung könnte jedoch bei der Klärung der Finanzierungsfrage beim Dammbau das Zünglein an der Waage sein, da es sich schließlich um Reichsgelder handelte.

Während seine Schritte durch das Foyer hallten, erinnerte er sich daran, was ihm sein Großvater von der New Yorker Weltausstellung erzählt hatte, die dieser als junger Bursche besucht und wo er den Erfinder Otis kennengelernt hatte, der ihn zu seiner spektakulären Präsentation eingeladen hatte.

Diese Präsentation hatte Otis aus der Verzweiflung heraus geplant, weil keiner an die Sicherheit seines selbstfahrenden Käfigs glauben und erst recht keiner seinen Aufzug kaufen wollte.

Nachdem Otis mit seiner Erfindung in die Höhe gefahren war, durchtrennte er kurzerhand den Seilzug. Zum großen Erstaunen des erschrockenen Publikums stürzte der Aufzug nicht ab, sondern bremste selbstständig, da er eine Sägezahnratsche als Fangvorrichtung besaß.

Wie lange war das jetzt her? Rund siebzig Jahre? Und trotzdem herrschte noch immer Angst in den Köpfen der Menschen vor diesem fahrenden Käfig, der sicherer war als jedes Automobil.

Und überhaupt, das Automobil. Warum musste Berta Benz erst hundert Kilometer von Mannheim nach Pforzheim fahren, um den Menschen zu beweisen, dass ein pferdeloser Wagen kein Teufelswerk war?

Und jetzt er mit seinem Damm. Wie sollte er dem Reichsverkehrsministerium deutlich machen, dass diese Sommersturmflut ein Jahrhundertereignis gewesen war, das ausgerechnet in die Bauzeit des Dammes gefallen war? Dass er jedoch selbstverständlich seine Lehren daraus gezogen hatte und der Bau keineswegs gescheitert war, wie es viele Zeitungen in die Welt posaunten und die Dammbaugegner mit stolzgeschwellter Brust behaupteten und dabei verkündeten, dass sie ja schon immer recht gehabt hätten.

Wann würden auch die Sylter begreifen, dass diese Nabelschnur zum Festland lebenswichtig war?

Gedankenverloren begrüßte er Leopold und nahm den Brief entgegen.

»Vom Reichsverkehrsministerium«, murmelte er verwundert, als er den Absender sah. »Was wollen die denn von mir?«, fügte er etwas deutlicher hinzu und schaute Leopold an, als könne dieser ihm die Frage beantworten. »Ach, ich ahne es schon …«, setzte er sein Selbstgespräch fort. »Wahrscheinlich noch mehr Unterlagen. Das sähe den

Herren ähnlich. Vier Tage vor Weihnachten – elf Tage vor Ende der Frist – noch Forderungen nach irgendwelchen aufwendigen Erklärungen und Dokumenten stellen, die ich schnell zusammenschustern muss und die sie selbstredend bemängeln, um die Entscheidung zum Weiterbau noch mehr hinauszuzögern. Wetten wir?«

Gespannt und mit einem Anflug von Verärgerung öffnete er das Kuvert und zog den Brief heraus.

»Sehr verehrter Herr von Baudissin …«, murmelte er erneut vor sich hin, »bitten um Kenntnisnahme … Entscheidung gefallen, ohne Prüfung Ihrer Unterlagen, aufgrund der finanziellen Lage … Dammbau nicht weiterführen … ab sofort sind alle Arbeiten einzustellen … Das Projekt Dammbau wird für beendet erklärt. Mit freundlichen Grüßen …«

Ihm blieb die Luft weg. Er las die Zeilen noch einmal. Und wieder. Und noch mal. Dann ließ er den Arm sinken, als halte er anstelle des Briefs ein Stück Blei in der Hand.

Das war doch ein schlechter Scherz. Vor Ablauf der Frist. Ohne seine Vorschläge geprüft zu haben. Vier Monate Arbeit vergebens. Nein, alle Arbeit umsonst.

Seine Lebensaufgabe mit ein paar Worten weggewischt, gestrichen mit einer schlichten Mitteilung. Wenn das Papier nicht Stempel und Unterschrift tragen würde, könnte er es nicht glauben.

»Sie sehen nicht gut aus«, bemerkte Leopold. »Müssen Sie so viele Unterlagen zusätzlich einreichen?«

»Ich muss gar nichts mehr«, gab er zurück und sah mit leerem Blick zu Boden.

»Wie darf ich das verstehen?«, hörte er den Portier fragen.

»Es ist … es sind … ab sofort sind alle Arbeiten einzustellen.« Als er die Nachricht aussprach, wie sie im Brief gestanden hatte, begriff er langsam, dass sie real war.

So als hätte er den Schneeregen erst durchs Fenster gesehen und jetzt spürte er die eisigen Schauer auf seiner Haut.

»Um Gott's Wün, des derf do ned woar sein! Wia gibts denn des! Mia brauchn den Damm jo!« Leopold war kaum zu bremsen.

Er hob schicksalsergeben die Schultern. »Die Kosten sind dem Reichsverkehrsministerium zu hoch, sie haben Angst, ihren Hut nehmen zu müssen, wenn noch mehr Reichsmittel im Watt versenkt werden. Sie glauben nicht mehr an …« Er spürte, wie sich ein Kloß in seiner Kehle bildete. »Das Projekt Dammbau ist beendet«, presste er hervor, und dann schossen ihm die Tränen in die Augen. Die Wahrheit traf ihn mit voller Wucht.

»Und das vier Tage vor Weihnachten«, bemerkte Leopold kopfschüttelnd, als ob das Datum eine Rolle spielen würde.

Wobei, dachte Adam, es steckte sicherlich Kalkül dahinter, wann der Brief abgeschickt worden war, denn die Entscheidung war sicherlich schon viel früher gefallen – doch bis ins neue Jahr hinein würde natürlich keiner der Herren im Ministerium zu sprechen sein.

»Wo ist Moiken?«, fragte er schwach. »Ich muss ihr den Brief zeigen.«

Leopold machte ein erstauntes Gesicht. »Hat sie Ihnen nicht Bescheid gesagt?«

»Nein, wahrscheinlich wollte sie mich nicht stören.«

»Wohl eher hatte sie es sehr eilig, Herr von Baudissin«, hob Leopold eindringlich an. »Es kam ein Eiltelegramm von Emma, und die gnädige Frau ist umgehend nach Berlin aufgebrochen.«

»Dann hat sie mir wohlweislich nichts gesagt«, entgegnete er säuerlich, »weil ich der Meinung bin, dass sie sich zu viele Sorgen um ihre Tochter macht, und ich gegen eine Fahrt unter diesen winterlichen Bedingungen gewesen …« Er unterbrach sich selbst. »Augenblick mal, wie will Moiken denn überhaupt übers Eis gelangen?«

»Mit den Eisboot-Männern, sie versucht das Boot gerade noch zu erreichen. Um halb zwei ist sie mit dem Automobil nach Morsum aufgebrochen.«

Adam runzelte die Stirn. »Das Eisboot verkehrt heute nicht. Als ich gestern bei den Männern war, um ein wichtiges Paket mit Unterlagen nach Husum mitzugeben, haben sie mir gesagt, sie fahren heute nicht, weil die Temperatur deutlich fallen und deshalb Nebel aufkommen soll. Das wäre zu gefährlich.«

»Dann hoffe ich«, sagte Leopold, »die gnädige Frau kehrt jeden Moment zurück, nachdem sie festgestellt hat, dass das Boot nicht fährt.«

Der Portier sprach aus, was Adam in diesem Moment dachte. Doch im Gegensatz zu Leopold glaubte er nicht, dass Moiken unverrichteter Dinge in die Strandvilla zurückkehren würde.

Wenn es um ihre Tochter Emma ging, war Moiken nicht zu halten, dessen war er sich sicher. Für Emma ging Moiken durchs Feuer – oder in diesem Fall durch die Eiswüste.

Er fasste einen Plan. »Rufen Sie den Pastor von Morsum an, der hat ja sicherlich Telefon.«

Leopold wurde kreidebleich. »Meinen Sie, das ist schon notwendig? Außerdem war die gnädige Frau schon so lange nicht mehr in der Kirche, ich weiß nicht, ob …«

»Herrgott noch mal – nicht für Moiken!« Fast hätte er über die Begriffsstutzigkeit des Portiers lachen müssen. »Der Morsumer Pastor soll die Eisbootmänner verständigen«, fügte er erklärend hinzu und versuchte, halbwegs ruhig zu bleiben, damit Leopold seine Anweisungen verstand. »Sie sollen zur Ablegestelle kommen. Bis dahin bin ich mit dem Pferd auch dort. Was ein Glück, dass ich auch bei Schnee den kürzesten und sichersten Pfad kenne.«

Leopold griff zum Hörer. »Jetzt bereue ich, dass ich in letzter Zeit so selten in der Kirche war. Hoffentlich geht das alles gut aus.«

»Ein Gebet kann nie schaden. Wirklich helfen kann uns aber nur das Eisboot. Wenn Moiken losmarschiert ist, dann haben wir nur mit dem Boot und der Kraft mehrerer Männer eine Chance, Moiken noch rechtzeitig einzuholen, bevor Nebel aufkommt und wir sie nicht mehr finden.«

Wo kamen denn die Wolken her?

Moiken wandte den Blick prüfend zum Himmel. In ihrer Konzentration auf die Eisdecke hatte sie gar nicht bemerkt, dass eine weißgraue Wolkenwand aufgezogen war, hinter der sich die Sonne nun versteckte.

Die Eiswüste, die sie zu Anfang noch bewundert hatte, verlor von einer Sekunde zur nächsten ihren glitzernden Reiz und verwandelte sich in eine weiße, furchterregende Unendlichkeit.

Ihr Mantel war längst steif gefroren, er hing als Ballast auf ihren Schultern, den sie am liebsten abgeworfen hätte. Doch es schien von Minute zu Minute kälter zu werden, ja, sogar mit jedem Schritt.

Ihre Füße spürte sie längst nicht mehr, sie setzte sie mechanisch auf und hoffte, nicht umzuknicken oder auszurutschen. Ob ihre Zehen bereits erfroren waren?

Der Weg schien kein Ende zu nehmen, aber sie musste ihn zu Ende gehen. Ganz gleich, wohin er führte – möglicherweise auch in den Tod.

Sie hatte keine andere Wahl, und wenn sie stehen blieb, einfach nicht mehr weiterging, war ihr Schicksal besiegelt.

Tränen rannen ihr vor Erschöpfung aus den Augenwinkeln und froren auf den Wangen fest. Ihre Lippen waren aufgeplatzt, und sie schmeckte Blut, als sie mit der Zunge darüberfuhr.

Während sie sich voranschleppte, zog mit einem Mal ihr Leben an ihr vorbei. Wie eine Fata Morgana sah sie Bilder aus glücklichen Zeiten vor sich, als ihre Eltern noch lebten und sie recht unbeschwert mit ihrem Bruder in der Damenbadstraße in Westerland aufgewachsen war.

Der Strand war ihr Spielplatz gewesen, die Straßen führten zu immer neuen Abenteuern, und in den Hinterhöfen suchten sie die besten Plätze zum Verstecken. Sie wussten, wo die besten Kirschbäume standen, wie man der Modje hinterrücks die Süßigkeiten klaute und in welchen Läden man Bonbons geschenkt bekam, so wie bei Julius Meyer in seiner Buchhandlung, und von welchen Geschäften man sich als Kind besser fernhielt.

Dann begann die große Liebe zu Boy. Sie sah sich mit ihm am Strand sitzen, sie fühlte seine Nähe und spürte seinen Kuss auf ihren Lippen.

Langsam verschwammen die Konturen dieses Bilds, es verblasste, und stattdessen erschien ihr Henriettes sommersprossiges Gesicht vor Augen, mit ausdrucksloser Miene, denn es war der Moment, als sie ihrer besten Freundin aufgeregt von ihrem ersten Kuss erzählte und ihr gestand, dass sie sich in Boy verliebt habe. Es war der Moment, in dem ihre Feindschaft begonnen hatte.

Als hätte dieser Kuss zugleich das Ende ihrer unbeschwerten Jugendzeit und den Beginn des Erwachsenseins besiegelt, war sie plötzlich mit dem Ernst des Lebens konfrontiert gewesen.

Ihre Mutter, in der Küche, wütend den Kohlkopf schneidend, weil sie die Liebe ihrer Tochter zu einem Tagelöhner und dahergelaufenen Strandfotografen nicht akzeptieren wollte, ihr Vater, der danebensaß und wie so oft kein Wort sagte.

Das Bild verschwand, aber sie war immer noch in ihrem Elternhaus, gerade achtzehn Jahre alt geworden, sie sah die seelenlosen Körper auf dem Sterbebett, zuerst den ihrer Mutter, die an einer Lungenentzündung verstorben war, und nur wenig später folgte ihr Vater an der gleichen Krankheit. Wieder ein verhüllter Spiegel, die Zeit mit einem Toten im Haus, allein mit tausend Gedanken, hilflos vor dem Leben stehend, ohne Eltern, orientierungslos, nicht wissend, in welche Richtung sie gehen sollte.

Erschrocken blieb Moiken stehen. Durch die vielen Bilder vor ihrem geistigen Auge hatte sie sich nicht mehr auf die dunkle Linie am Horizont konzentriert, die das Festland markierte. Erleichtert stellte sie jedoch fest, dass sie immer noch auf dem direkten Weg war.

Aus der Linie war sogar ein breiteres Band mit deutlich erkennbaren Erhebungen geworden. Die Erkenntnis, ihrem Ziel nun endlich näher zu kommen, beflügelte sie.

Es war eine gute Methode, in Gedanken in der Vergangenheit zu sein, das lenkte sie von den Schmerzen und der Anstrengung ab, also flüchtete sie wieder aus der Realität und ließ neue Bilder auferstehen, auch wenn diese nicht schön waren.

Denn in der irrigen Hoffnung, es könnte nicht noch schlimmer kommen, verfiel ihr Bruder dem Alkohol und dem Glücksspiel. Volltrunken polterte er nachts durchs Haus, und sie lag zitternd in ihrem Bett.

Nein, sie musste an etwas Schöneres denken, so funktionierte das nicht, dachte Moiken, als sie die Strapazen des Marschs wieder wahrnahm.

Jene Februarnacht erschien vor ihrem geistigen Auge, in der sie sich zu Boy flüchtete, die Nacht, in der sie seinen Körper zum ersten und letzten Mal spürte, seine warme, weiche Haut, die Nacht, in der Emma gezeugt worden war.

Es war aber auch die Nacht gewesen, in der ihr Bruder die Treppe hinunterstürzte, und Henriette sorgte dafür, dass sie als Mörderin angesehen wurde, schließlich sei der Bruder drauf und dran gewesen, das Elternhaus zu verspielen.

Die regelrechte Flucht zu Peter, der als Steuermann zur See fuhr und ihr einen Heiratsantrag gemacht hatte. Sie sah sich mit ihren wenigen Habseligkeiten und dem damals noch jungen Adriano vor den Karren gespannt nach Keitum fahren.

Mit im Gepäck auch Emma in ihrem Bauch, was sie noch nicht ahnte. Sie fuhr zu einem Mann, den sie bis zu seinem Tod, den er auf See gefunden hatte, sehr geschätzt, aber leider nie geliebt hatte.

Sie blinzelte, das Bild erneuerte sich, und nun stand sie im Takerwai im Kapitänshaus, nur einen Steinwurf von ihrem eigenen kleinen Häuschen entfernt, ihrer verhassten Schwiegermutter gegenüber.

Ein Schatten fiel auf Bertas breites Gesicht, das durch die streng nach hinten gebundenen Haare besonders unförmig wirkte. Auf ihrer faltigen Oberlippe hatten sich Stoppeln zu einem Bart versammelt, der bei diesen Lichtverhältnissen deutlich hervortrat, als Berta ihr sagte …

Nein, an diesen Moment wollte sie nicht erinnert werden. Lieber dachte sie an den Tag, als sie Theodor zum ersten Mal begegnet war, wie er sie als Konditorin eingestellt und wie er sie in die Küche der Strandvilla geführt hatte.

Ihr Arbeitsplatz mit Meerblick, der Moment, in dem sie den Pavillon am Ende der Promenade erspäht und gewusst hatte, dass sie darin ein Café eröffnen wollte. Ein verträumtes Lächeln stahl sich auf ihre Lippen.

Vor Schmerz zuckte sie zusammen, das Lächeln fiel ihr aus dem Gesicht, und sie schmeckte Blut, weil ihre Lippe weiter aufgeplatzt war.

Die Zeit mit Theodor war nie einfach gewesen, mit Stolz dachte sie an die am Ende doch gelungene Eröffnung ihres Dünencafés, die erste Begegnung mit Adam von Baudissin, und nun sah sie sich wieder mit Theodors Abschiedsbrief in der Hand am Fenster stehen, die zarte, kranke Frieda auf dem Arm, wie sie in die Dunkelheit hinausschaute, der Kriegszeit entgegen.

Die Bilder verschwanden, übrig blieb der Blick auf eine weiße Leinwand, wie bei einem Film, der zu Ende war.

Zurück in der Gegenwart fühlte sie ihre Erschöpfung, ihre Muskeln wollten ihr kaum mehr gehorchen, es war, als ob sie aus einem

Fiebertraum erwacht wäre und nach langer Krankheit die ersten Schritte zu gehen versuchte.

Moiken atmete tief durch – was sie sofort bereute, denn die Kälte breitete sich mit tausend Nadelstichen in ihrer Lunge aus.

Bevor sie die nächste Eisscholle überkletterte, musste sie sich ein wenig ausruhen, denn sie wusste nicht, woher sie die Kraft noch nehmen sollte.

So blieb sie stehen und schaute um sich. Wo war denn das Festland, das sie eben noch gesehen hatte? Große Güte, Nebel war aufgezogen!

Wie konnte der so schnell entstehen? Wahrscheinlich verursacht durch den Temperatursturz, den sie nicht richtig als solchen eingeordnet hatte. Es lag also nicht daran, dass sie nass geworden und schon so lange unterwegs war, es war tatsächlich mit einem Schlag kälter geworden. Nun hatte sie es also nicht nur mit der Kälte, sondern auch noch mit Nebel zu tun.

Weitergehen, schneller, rauf auf die Eisscholle, mit aller Kraft, die sie tatsächlich irgendwo herholte. Sie musste das Festland erreichen, bevor der Nebel sie einhüllte und eine Orientierung unmöglich machte.

Flinker als sonst erreichte sie die hochstehende Kante des Eisblocks und ließ sich auf der anderen Seite vorsichtig hinuntergleiten. Doch leider nicht vorsichtig genug.

Es krachte und knackste, das Eis barst unter ihren Füßen wie ein trockenes Stück Holz, und sie fiel bis zur Hüfte ins Wasser.

Ihr blieb die Luft weg. Mit den Unterarmen versuchte sie am Eisrand Halt zu finden, vergeblich, jedes Stück, auf das sie ihre Hoffnung legte, brach weg.

In Panik strampelte sie mit den Beinen, ruderte mit den Armen, schluckte eisiges Wasser, hustete, würgte, und sie schrie. Sie schrie aus Leibeskräften, obwohl niemand sie hören konnte.

Davon war sie binnen kürzester Zeit so erschöpft, dass sie aufhörte, mit den Beinen zu schlagen, sie wehrte sich nicht mehr, das kalte Wasser spürte sie nicht mehr, im Gegenteil, es umfing sie wie ein Kokon, und sie fühlte sich geborgen.

Und nun?

Nichts mehr.

Sie hätte nicht gedacht, dass es so leicht wäre. Aber sie hatte einfach keine Kraft mehr. Erschöpft legte sie den Kopf auf dem Eisrand ab und ergab sich ihrem Schicksal. Seltsamerweise fühlte sich das tröstlich an. Nicht mehr kämpfen zu müssen, erleichterte sie.

Doch in dem Moment, als sie aufgab, entzündete sich ein Lebensfunke in ihr. Es war wie ein Stromschlag. Er brachte sie so weit zu Bewusstsein, dass sie eine letzte Chance bemerkte. Der Bereich, auf den sie ihren Kopf abgelegt hatte, war stabil.

Würde ihre Kraft reichen, sich aus dem Wasserloch zu ziehen?

Sie versuchte es, wieder und wieder. Es musste ihr gelingen. Doch ihre Muskeln waren wie gelähmt von der Kälte, zu nichts zu gebrauchen, und ihr Körper hing schwer in der Tiefe.

Diese verdammte Tiefe. Andernfalls hätte sie eine Chance gehabt, wenn der Wattboden an dieser Stelle höher liegen würde.

Dann war das also doch ihr unabwendbares Ende.

Ihr letzter Hoffnungsfunke erlosch, doch mit der Gewissheit keimte unerwartet verzweifelte Wut in ihr auf.

Mit den Unterarmen und der letzten Kraft, die sie noch irgendwo aus ihrem Körper holte, schlug sie auf die Eisdecke ein. Wieder und wieder. Ein sinnloses Vergeuden, rational nicht zu erklären – vielleicht tat sie es, damit die Wut aus ihr wich und sie in Frieden sterben konnte.

Mit jedem Schlag ging sie einen Schritt weiter, weiter dem Tod entgegen, jeder Schlag war wie ein Hieb auf das Schicksal, das ihr alles nahm. Ihre Töchter, die Strandvilla, das Dünencafé, die Liebe und, ganz einfach, das Leben.

Sie stolperte gegen etwas unter Wasser. Es tat nicht weh, weil sie keinen Schmerz mehr empfand, und sie versuchte, darüberzusteigen, was schwierig war, denn sie konnte ihre Bewegungen kaum steuern. Aber es gab noch einen Grund, weshalb es ihr nicht auf Anhieb gelang.

Das Hindernis war etwa kniehoch, viel höher, als sie es eingeschätzt hatte. Es war ein großer Steinbrocken, einer der Findlinge, die zuhauf aus dem Watt geholt wurden, um in Ermangelung von Holz einen Friesenwall als Zaun um ein Haus zu bauen.

Wenn sie sich auf diesen Findling stellte … das könnte ihre Rettung sein.

Sie schaffte es … hielt die Balance, sie ließ sich bäuchlings auf die Eisfläche gleiten, brachte ihre Beine an die Wasseroberfläche, sie befahl sich, eine Schwimmbewegung zu machen, die ihr Körper irgendwie umsetzte, es genügte, um wie eine Robbe an Land zu rutschen.

Gerettet, dachte sie und blieb liegen.

Es war plötzlich so warm. So unglaublich warm. Fast heiß. Zu heiß.

Woher kam dieses Gefühl? Es war, als ob sie verbrennen würde, und sie hatte das Bedürfnis, sich die Kleidung vom Leib zu reißen.

Aber dafür fehlte ihr die Kraft.

KAPITEL 15

Berlin, am 22. Dezember 1923

Es klirrte.

Boy schrak von der Betrachtung der Fotos auf, die das Hotel Adlon von innen und außen zeigten. Endlich hatte er einen gut bezahlten Auftrag für einen neuen Werbeprospekt von Louis Adlon erhalten, der das Hotel vor zwei Jahren von seinem Vater übernommen und seither einige Veränderungen vorgenommen hatte.

»Verdammt«, schrie Emma halb weinerlich.

Hilflos stand sie vor den Scherben ihrer Lieblingstasse, die ihr am Spülstein aus der Hand gefallen war.

»Meine Güte, hast du mich erschreckt. Du bist überhaupt so fahrig heute. Was ist denn nur los mit dir?« Schon den ganzen Vormittag konnte er sich kaum konzentrieren, weil seine Tochter wie ein aufgescheuchtes Huhn durch die Gegend lief.

»Nichts!«, gab Emma zornig zurück.

Er legte die Fotos beiseite, die sie in ihrem neumodischen Jargon als ›langweiligster Auftrag ever, absolut boring‹ kommentiert hatte, und zog die Augenbrauen hoch. »Ich glaube dir kein Wort!«

»Na schön, wenn du es genau wissen willst …«, sagte Emma, während sie die Scherben aufsammelte, und schwieg dann doch.

»Ja, ich würde es gern genau wissen.«

»Meine Mutter reagiert nicht auf mein Telegramm.«

»Was für ein Telegramm?« Fragend schaute er seiner Tochter auf den gebeugten Rücken.

»Verdammt, jetzt habe ich mich auch noch geschnitten!« Hektisch drehte sich Emma auf der Suche nach einem Tuch um die eigene Achse.

Schnell sprang er auf und reichte ihr eines. »Im Küchenschrank, linke Schublade, wie immer«, seufzte er. Er konnte sich nicht erinnern, wann er Emma zuletzt so nervös erlebt hatte. »Ist es schlimm? Zeig mal her.«

»Nein, zum Glück nicht tief. Blutet nur ein bisschen.« Zum Beweis streckte sie ihm den Zeigefinger hin.

»Zum Glück, aber wirklich! Gut – also, von welchem Telegramm sprichst du?«

»Ich war vorgestern auf der Post und habe ihr ein Telegramm geschrieben.«

Kopfschüttelnd wandte er den Blick zur Decke. »Das habe ich verstanden – und dass deine Mutter nicht antwortet. Aber worum geht es?«

Emma hob das Stofftaschentuch von ihrem Finger und prüfte die Schnittwunde von allen Seiten.

»Emma?« Da stimmte doch etwas nicht. Er versuchte ihr in die Augen zu sehen, doch sie wich seinem Blick aus. So langsam wurde es ihm zu bunt. »Nun rück schon mit der Sprache raus!«

Eigentlich hatte er erwartet, noch länger nachbohren zu müssen oder gar auf Granit zu beißen, doch plötzlich bekam er Antwort. Eine Antwort, auf die er nicht gefasst war.

»Nun gut, du willst es genau wissen. Also, ich habe ihr wörtlich geschrieben: Hol mich nach Sylt zurück. Umgehend. Bitte. Emma.«

»Was …? Das …?« Ihm blieb für einen Moment die Sprache weg. »Bist du von allen guten Geistern verlassen? Was soll das? Das hört sich ja wie ein Notfall an.«

»Genau so sollte es auch klingen.« Sorgfältig wickelte Emma sich das Taschentuch um den Finger. »Nur warum antwortet sie mir nicht? Das macht mir Sorgen.«

»Ganz abgesehen davon, dass in eurer Kommunikation ohnehin der Wurm drin ist, hat deine Mutter bestimmt alles stehen und liegen lassen nach so einer Nachricht. Das hätte ich auch getan.

Aber warum tust du so, als gäbe es einen Notfall, das begreife ich nicht.«

»Weil es einer *ist*!« Energisch sammelte Emma die verbliebenen Scherben ein.

»Das erklär mir bitte.«

Emma erhob sich aus der Hocke und sah ihn herausfordernd an. »Wir hatten eine Abmachung. Ich muss dringend meine Lunge kurieren, das sehe ich ja nun ein, und von einer Kur in meiner Heimat habt ihr beide mich mittlerweile überzeugt. Aber ich habe gesagt, ich fahre nur, wenn du mich nach Sylt begleitest und ein paar Tage bleibst. Du musst dich endlich mit meiner Mutter aussprechen, das ist doch so kein Zustand mehr.«

Getroffen wandte er sich ab und hatte nun seinerseits nichts Wichtigeres zu tun, als weiter die Fotos vom Hotel Adlon zu prüfen. Wie oft hatte er an diesem Tisch gesessen, einen Brief an Moiken begonnen und wieder verworfen, weil er nicht die richtigen Worte fand – gab es überhaupt die richtigen Worte für das, weshalb sie nicht zueinanderfanden?

»Das stimmt so nicht«, setzte er zu einer halbherzigen Verteidigung an, »außerdem ist das noch lange kein Grund, deiner Mutter solche Telegramme zu schicken.«

Emma zog sich den Stuhl heran und setzte sich entschlossen zu ihm an den Tisch. »Kein Grund? Du hast reihenweise Frauenbekanntschaften, brichst jeder das Herz, weil du zu keiner Beziehung fähig bist. Du liebst meine Mutter, schon dein ganzes Leben lang, du bist nur ein halber Mensch ohne sie und hoffst auf den Tag, an dem ihr vielleicht wieder zueinanderfindet. Aber so wird das nichts!«

Innerlich wich er zurück, er fühlte sich bedrängt von ihren Worten, war verärgert über ihren Plan, und am meisten hatte er Angst davor, dass Moiken jede Minute vor der Tür stehen könnte. »Stimmt«, entgegnete er schroff. »Ich bin nur noch ein halber

Mensch. Ich bin ein Krüppel, ich bin nicht mehr der Boy, den sie mal geliebt hat!« Bei den letzten Worten kippte seine Stimme, doch seine Tochter fühlte sich dadurch nur bestätigt.

»Du bist einfach feige. Meine Mutter hat sich damals sicherlich nicht in dein Bein verliebt …«

»Das verstehst du nicht!«, rief er brüsk, sammelte die Fotos mit energischen Handbewegungen zu einem Stapel zusammen und legte sie zurück in den Karteikasten, ohne eine Auswahl getroffen zu haben.

»Doch, ich habe verstanden, dass du kneifen willst – darum habe ich das Telegramm geschickt. Wenn der Prophet nicht zum Berg kommt, dann muss der Berg eben zum Propheten kommen.«

»Lass diese dummen Sprüche, Emma. Es ist ja nett von dir, dass du mich wieder mit deiner Mutter zusammenbringen willst, aber das ist nun wirklich unsere Sache, nicht deine.« Er erhob sich, humpelte zum Fenster, schaute hinaus und ging dann nervös in dem kleinen Zimmer hin und her. »Überhaupt, wenn du das Telegramm vorgestern losgeschickt hast und deine Mutter sofort aufgebrochen ist, hätte sie gestern oder, falls es bei den winterlichen Verhältnissen auf der Strecke mit dem Zug Probleme gab, spätestens heute Vormittag ankommen müssen.«

»Deshalb bin ich ja so nervös. Ich hoffe, sie steht jeden Moment vor der Tür.«

»Vielleicht aber ist das Wattenmeer zugefroren, und sie kommt gar nicht los …« Er unterbrach sich selbst. »Aber dann hätte sie ja ein Telegramm geschickt. Meine Güte, Emma, was hast du dir nur dabei gedacht?«

»Das kann ich dir sagen, sogar ganz genau«, entgegnete seine Tochter trotzig. »Meine Mutter soll mich abholen, ich werde euch den Abend allein lassen und die Nacht bei meiner Freundin Hanne verbringen. Und am nächsten Morgen werden wir ja sehen, ob du nicht wenigstens für ein paar Tage mit nach Sylt kommst. Ihr verbringt Weihnachten zusammen. Wir alle miteinander. Das wäre zumindest ein Anfang.«

Was für eine schöne Vorstellung, dachte Boy versonnen, Weihnachten mit Moiken. Doch mit einem Kopfschütteln vertrieb er diesen Anflug von Sentimentalität. »Ein Anfang wäre, wenn du nicht immer nach deinem Willen handeln würdest.«

Emma verschränkte die Arme vor der Brust. »Ich handle in deinem Sinne, und manche Menschen muss man einfach zu ihrem Glück zwingen.«

Ohne Erwiderung wandte er sich erneut dem Fenster zu, schaute traurig hinaus auf die schneebedeckte Straße und schüttelte nach einer Weile den Kopf. »Da irrst du dich. Man kann niemanden zu seinem Glück zwingen. Das ist noch nie gut ausgegangen.«

KAPITEL 16

Berlin, am 26. Dezember 1923

Es klingelte.

Seit Tagen wartete Emma auf diesen Moment, wie oft hatte sie sich ausgemalt, dass sie dann aufspringen und der Stuhl umfallen würde, weil sie nicht schnell genug bei der Tür sein könnte.

Nun jedoch blieb sie wie gelähmt sitzen. Was, wenn dort unten jemand stand, der ihr eine schreckliche Nachricht überbrachte? Das Warten in den vergangenen sechs Tagen war unerträglich geworden, und sie wünschte sich so sehr Gewissheit, doch die Hoffnung auf eine erlösende Nachricht war gleichsam mit der verrinnenden Zeit fast verschwunden.

Ihr Vater erhob sich wortlos, und sie war ihm dankbar, dass er ihr den Gang zur Tür abnahm. Sie horchte dem Klang seiner unregelmäßigen Schritte nach, während er die Treppe hinunterging.

Ihre Schuldgefühle waren so groß, dass sie keinen Sinn mehr in ihrem Leben sehen würde, falls ihre Mutter ihretwegen den Tod gefunden hatte.

Emma stützte das Gesicht in die Hände. Sie hatte es doch nur gut gemeint, sie hatte ja nicht ahnen können, dass das Wattenmeer zugefroren war und ihre Mutter sich dennoch auf den Weg gemacht hatte, wie sie nach einem Anruf in der Strandvilla erfahren hatte. Mehr wusste Leopold auch nicht, auch er war in großer Sorge, und zudem war er sehr kurz angebunden, als er hörte, dass es ihr in Berlin gut ging.

Wenn sie nicht so auf ihren Plan fixiert gewesen wäre, dachte Emma, ein Treffen zwischen ihren Eltern zu arrangieren, hätte sie in Betracht ziehen sollen, dass das Wattenmeer vereist war, und sich nicht nur ausmalen sollen, was ihrem Zweck diente, nämlich, wie ihre Mutter reagierte, wenn sie ein solches Telegramm erhielt.

Bitte, flehte sie innerlich, lass meine Mutter vor der Haustür stehen.

Hoffentlich waren die Tage des bangen Wartens endlich vorbei.

Heiligabend hatten sie schweigend verbracht, keiner hatte etwas gegessen, und seit fast einer Woche hatte sie kaum mehr ein Auge zugetan. In ihren Träumen suchte sie ihre Mutter in der Weite des Eises, rief und schrie nach ihr, bis ihr Vater sie rüttelte und sie erwachte.

Aber was war das schon gegen das, was ihre Mutter durchmachen musste – was wahrscheinlich zu ihrem Tod geführt hatte?

Nun hielt sie es doch nicht mehr auf ihrem Stuhl aus, ging zur Wohnungstür, stellte sich oben an den Treppenabsatz und horchte.

Durch diesen Abstand hatte sie das Gefühl, eine schlechte Nachricht zunächst auf Distanz halten zu können, so absurd das auch war – aber rational konnte sie ohnehin nicht mehr denken.

»Entschuldigt, ich bin ein bisschen spät dran, dieser Schneesturm!«, hörte sie eine weibliche Stimme sagen.

Es war die Stimme von Felice.

Vor Enttäuschung sackte Emma innerlich zusammen.

Das war kein guter Moment für einen Besuch von Felice, dachte sie, doch da fiel ihr ein, dass heute der zweite Weihnachtsfeiertag sein musste und Felice zu Kaffee und Kuchen kam – auf eine Einladung hin, an die vor lauter Sorgen keiner mehr gedacht hatte, und nun hatte Felice sich bei diesem Wetter durch halb Berlin zu ihnen gekämpft.

»Komm doch herein«, hörte sie ihren Vater freundlich sagen, und als Felice mit kälteroten Wangen und einer verzierten Lebkuchenschatulle im Arm oben ankam, grüßte Emma sie ebenfalls freundlich, während ihr Vater dem unerwarteten Besuch den schneeflockenbedeckten Hut und Mantel abnahm.

Mit einem hilflosen Blick bedeutete Emma ihrem Vater, dass sie sich von Felice ebenfalls überrumpelt fühlte. Aber vielleicht kam sie doch nicht ganz ungelegen, dachte Emma im nächsten Moment, denn sie war über die Jahre eine gute Freundin und Ratgeberin geworden – und ein wenig Mutterersatz.

Bestimmt würde es helfen, mit Felice zu reden, überlegte Emma weiter, während sie den beiden durch den Flur in die Küche folgte, wo Felice die Lebkuchenschatulle auf den Tisch stellte und ihr Vater einen Topf Wasser aufsetzte.

»Stimmt irgendetwas nicht?«, fragte Felice, denn es war kein Wort gefallen, seitdem sie die Wohnung betreten hatte. Kein munteres Geplapper, das wie sonst schon im Flur begann.

Kein Wunder, dass Felice verunsichert war. Verlegen strich sie sich über ihre schwarzen Haare bis zu dem schneefeuchten strengen Knoten im Nacken, dessen Sitz sie prüfte. »Ich habe das Gefühl, ich komme ungelegen. Aber wir waren doch für heute um diese Uhrzeit verabredet?«

»Alles in Ordnung«, entgegnete Emma schnell. »Setz dich doch. Du bist immer willkommen.« Sie bot ihr den Stuhl an der Stirnseite an, der für Gäste reserviert war, da dieser im Vergleich zu den anderen Sitzmöbeln noch nicht wackelte.

»Das kommt mir nicht so vor«, entgegnete Felice.

»Ehrlich gesagt …« Emma zog sich nun auch ihren Stuhl heran und setzte sich mit gewohnter Vorsicht, »wir haben deinen Besuch vergessen, weil wir seit Tagen in großer Sorge um meine Mutter sind.«

»Oh, ist sie krank? Was hat sie denn?« Felice zog die Brauen zusammen, dadurch wirkten die Augen in ihrem länglichen Gesicht noch schmaler.

»Nein, es ist anders …« Emma wandte den Blick zum Fenster, wo sie eine Kerze aufs Fensterbrett gestellt hatte, deren Flamme im Luftzug des undichten Rahmens wild flackerte.

Unaufhörlich fiel der Schnee in dicken Flocken auf die gegenüberliegenden Dächer, während die Schornsteine schwer atmend weiße Wolken in den Himmel stießen.

Da die Flamme zu erlöschen drohte, stand Emma auf und stellte den Kerzenständer auf den Tisch. Um etwas Zeit zu gewinnen, holte sie noch Teller und Tassen aus der Anrichte, und als sie zurück am Tisch war, konnte sie Felice nicht ansehen, deshalb starrte sie in die Kerzenflamme, während sie aussprach, was geschehen war. »Von meiner Mutter fehlt jede Spur. Seit sechs Tagen.«

»Wie bitte?«, entgegnete Felice und schaute von einem zum anderen. »Aber … was ist passiert? Was wisst ihr?«

»Das ist eine längere Geschichte«, setzte Boy an, während er das Wasser im Topf beobachtete und ihnen den Rücken zugewandt hielt, »die man jetzt nicht erzählen muss. Tatsache ist, dass Moiken zu uns nach Berlin fahren wollte, und dafür ist sie zu Fuß über das vereiste Wattenmeer zum Festland gegangen, wo sie nie beim Bahnhof zur Weiterfahrt angekommen ist.«

»Ich hab vom Hotel Adlon aus in der Strandvilla angerufen«, ergänzte Emma und wandte den Blick nicht von der Flamme, »weil ich meine Mutter schon vor Weihnachten erwartet habe. Zuerst hatte ich noch die Hoffnung, dass sie sich gar nicht auf den Weg gemacht hat, aber Leopold hat mich eines Besseren belehrt. Ein paar Männer sind los, um meine Mutter zu suchen – seither keine Nachricht mehr von Sylt. Seit sechs Tagen nicht.«

»Große Güte, große Güte …«, murmelte Felice. »Aber vergesst nicht, keine Nachrichten sind gute Nachrichten. Das bedeutet Hoffnung … nicht wahr, Boy?«, setzte sie hinzu, doch er gab sich damit beschäftigt, die Kaffeepulverlöffel zu zählen, die er in den Porzellanfilter kippte, und blieb eine Antwort schuldig.

Das sagte alles. Natürlich verstand auch Felice.

»Entschuldigung, ich wollte keine falschen Hoffnungen schüren«, sagte sie leise.

Emma nickte und suchte nun doch Felices Blick. »Du musst dich nicht entschuldigen. Es ist schwer, die richtigen Worte zu finden. Das gelingt meinem Vater und mir auch nicht – wir haben überhaupt keine Worte mehr.«

Wie zur Bestätigung trat Stille ein – einzig durchbrochen vom zischenden Geräusch des kochenden Wassers, das Boy nun vorsichtig, Schwall für Schwall, in den Filter goss, und vom stetigen Tropfen des Kaffees in die schlichte weiße Kanne, die schon zahlreiche Sprünge aufwies.

Das Schweigen hielt an, bis Boy die Tassen zum Tisch brachte und den Kaffee einschenkte.

Felice öffnete die Schatulle, und der Duft von frischen Lebkuchen erfüllte den Raum.

»Greift zu, habe ich selbst gebacken«, sagte Felice und deutete auf ihre Lebkuchen, die wirklich lecker aussahen, doch Emma verspürte keinen Hunger. Schon lange nicht mehr. Ihr Inneres war zerfressen von Schuldgefühlen, die wie unbezähmbare Tiere mit Reißzähnen erbarmungslos über ihren Körper herfielen.

Boy hatte mit dem Rücken zum Fenster Platz genommen, er nahm sich einen Lebkuchen und biss herzhaft hinein, während Emma nur aus Höflichkeit an ihrem herumknabberte. Eine Maus hätte sicherlich mehr abgebissen.

Das beobachtete natürlich auch Felice: »Du musst etwas essen, um bei Kräften zu bleiben. Ich weiß, das sagt sich immer so leicht, aber du darfst dich bei aller Sorge jetzt nicht vergessen.«

Das sagte sich wirklich leicht, dachte Emma weiter schweigend. Vor allem ahnte Felice nicht, dass sie ohnehin keinen Grund mehr sah, Nahrung zu sich zu nehmen, sollte die Nachricht vom Tod ihrer Mutter eintreffen.

Also umschiffte Emma das Thema Essen, indem sie den Faden an anderer Stelle wieder aufnahm: »Ich denke, es traut sich nur keiner, vom Tod meiner Mutter auszugehen, solange ihre Leiche nicht gefunden wird.«

Mutters Leiche, dachte Emma, das wirkte so befremdlich, und doch lag die Möglichkeit so verflucht nah. Und wenn ihre Mutter den Tod gefunden hatte, war es ihre verdammte Schuld.

»Suchen werden sie jetzt nicht mehr nach ihr«, bemerkte Boy und legte seinen Lebkuchen zurück auf den Teller. »Wozu sollten andere ihr Leben riskieren, um eine Tote im Eis zu finden?«

Sie sah ihren Vater überrascht an. So klar, wie er die Wahrheit ausgesprochen hatte, so sehr wollte sie protestieren.

Doch ihre Zunge war wie gelähmt, als sie sich bewusst machte, wie recht er damit hatte und wie gering die Chance tatsächlich war, ihre Mutter überhaupt noch einmal zu sehen, auch nicht als Leiche – und dass sie sich nicht von ihr verabschieden könnte.

Es klingelte erneut.

Ihr Vater verharrte, Emma wollte aufstehen, doch ihre Knie waren so weich, dass sie wieder zurück auf den Stuhl sackte. Sie spürte Felices Hand auf ihrer Schulter.

»Bleib sitzen, Emma. Das ist der Bote aus dem KaDeWe, der mein Weihnachtsgeschenk für euch bringt. Ich konnte ja nicht ahnen, dass das jetzt überhaupt nicht in die Stimmung passt.«

Als Felice aus der Küche ging, wusste Emma nicht, ob sie erleichtert oder enttäuscht sein sollte, und Boy murmelte etwas von unnötigen Ausgaben – aber so war Felice eben. Immer zur Stelle, wenn jemand Hilfe brauchte, und großzügig bei ihren Geschenken, die sie gern machte und für die sie keine Gegenleistung erwartete.

Felice war es gewesen, die ihm nach dem Einbruch im Atelier eine neue Grundausstattung finanziert und die Rückzahlung des Privatkredits vertraglich auf »wann möglich« festgelegt hatte.

Felice war ungebunden, verdiente mittlerweile sehr gutes Geld bei Star Record, wo sie über die Jahre von der Stenotypistin zur rechten Hand des Inhabers Ernst Hesse aufgestiegen war, und Boy konnte nur schlecht damit umgehen, dass er mit seinem fotografischen Atelier gerade so über die Runden kam.

Ebenso glaubte er, Felice habe ihm aus Mitleid geholfen, weil er zum Krüppel geworden war und er deshalb nie mehr richtig auf die Beine kommen würde – im wahrsten Sinne des Wortes.

Andererseits war er ihr dankbar, das wusste Emma, weil er ohne Felice seine geliebte Arbeit als selbstständiger Fotograf hätte aufgeben müssen.

Felice erschien wieder in der Tür. »Es war doch nicht der Bote, den ich erwartet habe«, sagte sie. »Aber ich denke, ich kann euch dafür ein viel besseres Geschenk machen«, setzte sie lächelnd hinzu und trat beiseite.

Emma glaubte ihren Augen nicht zu trauen. Da stand ihre Mutter, augenscheinlich unversehrt und gesund.

Das war kein Geschenk, das war ein Wunder! Da war sie, etwas bleich zwar, aber leibhaftig und lebendig. Nun gab es für Emma kein Halten mehr.

Sie sprang auf, rempelte dabei tatsächlich den Stuhl um und flog ihrer Mutter in die Arme.

Das war unglaublich, wie knapp war sie davor gewesen, die Hoffnung aufzugeben, und nun … sie lebte!

»Du bist da, Gott sei Dank!«, flüsterte sie ihrer Mutter ins Ohr.

Überrumpelt von der stürmischen Begrüßung ließ Moiken sich von ihrer Tochter umarmen, doch dann legte sie die Hände auf Emmas Schultern, schob sie einen Schritt von sich und musterte sie überrascht.

Ihrer Tochter ging es gut? Auch auf den zweiten Blick schien alles in Ordnung zu sein.

Mehr als in Ordnung. Offenkundig war alles bestens.

Ihr entglitten die Gesichtszüge, als sie über die Kaffeetafel schaute, an der Boy und Felice saßen. Das konnte doch nicht wahr sein?

Alles hatte sie nach diesem Telegramm erwartet, aber nicht diesen Anblick.

Dafür hatte sie ihr Leben aufs Spiel gesetzt?

Moiken atmete tief durch. »Ja, ich bin hier. Gott sei Dank. Und ich denke, Emma, du musst mir einiges erklären. Du sitzt hier vollkommen unversehrt bei Kaffee und Lebkuchen?« Ihre Stimme wurde lauter: »Du fällst mir quietschfidel in die Arme – nach so einem Telegramm? Bist du von allen guten Geistern verlassen?«

»Das würde mich auch interessieren«, sagte Adam und trat aus dem Hintergrund an ihre Seite. Sie hatte ihn zunächst gebeten, im Flur zu warten, aber nach ihren Worten hielt ihn dort verständlicherweise nichts mehr.

»Wer sind Sie?«, fragte Emma perplex.

»Mein Lebensretter«, entgegnete sie an Adams Stelle, da er viel zu bescheiden wäre, um das auszusprechen.

Mit den Eisboot-Männern hatte er sie gerade noch rechtzeitig erreicht. Er hatte noch gesehen, wie sie sich selbst aus dem Wasserloch aufs Eis gezogen hatte, aber seine Rufe hatte sie nicht mehr wahrgenommen. Auch hatte sie keine Erinnerung daran, wie sie im Boot zum Festland gebracht worden war – erst im Krankenhaus war sie in einem großen Saal wach geworden, und da sie zunächst nur einen weißen Vorhang gesehen hatte, hatte sie geglaubt, immer noch auf dem Eis zu liegen. Doch dann hatte sie Adams Stimme gehört und seine Hand gespürt.

»Die Ärzte sagen«, ergänzte Adam, »es grenze an ein Wunder, dass Ihre Mutter überlebt hat. Und entgegen dem Anraten der Ärzte musste sich Ihre Mutter gleich in den nächsten Zug nach Berlin setzen, kaum dass sie wieder auf den Beinen stehen konnte«, fügte Adam an, »also habe ich sie wenigstens begleitet, was für mich selbstverständlich war. Adam von Baudissin übrigens mein Name.«

»Dann bin ich Ihnen zu großem Dank verpflichtet, dass Sie meiner Mutter das Leben gerettet haben, Herr von Baudissin«, sagte Emma förmlich und streckte ihm die Hand entgegen.

Ja, dachte Emma unbehaglich, diesem Mann würde sie also auf ewig dankbar sein müssen. Sicherlich, unendlich dankbar war sie, aber dieser Adam von Baudissin war ihr zutiefst unsympathisch.

Diese Abneigung kam aus einem Bauchgefühl heraus, denn sie wusste ja kaum etwas über ihn. Der Name war nur hin und wieder in den Briefen ihrer Mutter aufgetaucht, wenn sie vom Dammbau berichtete.

Die Animositäten schienen jedoch auf Gegenseitigkeit zu beruhen, und er gab sich nicht einmal besondere Mühe, sie zu verbergen.

»Sie müssen mir nicht danken«, entgegnete er kühl. »Das war selbstverständlich. Allerdings haben auch die Männer und ich unsere Leben dafür riskiert. Und wenn ich jetzt sehe, wie Sie hier …«, setzte er ebenfalls zu einem Vorwurf an, dem Emma sofort zu begegnen versuchte.

»Das Kaffeetrinken war nicht geplant. Doch, es war geplant, aber wir hatten es vergessen. Also, wir wollten uns eigentlich gar nicht treffen …« Emma merkte selbst, dass sie sich um Kopf und Kragen redete, und dieser Adam sah sie fast schon belustigt an, also musste sie zum Angriff übergehen. »Warum hat mir niemand Bescheid gegeben, dass meine Mutter lebt? Warum haben *Sie* mir nicht Bescheid gesagt?« Scharf sah sie den Mann an der Seite ihrer Mutter an, von dem sie aus unerklärlichen Gründen das Gefühl hatte, dass er mehr war als nur ihr Lebensretter.

»Emma, das geht jetzt zu weit. Du hast nun wirklich nicht das Recht, einem von uns beiden Vorwürfe zu machen. Vielmehr hast du meine Frage noch nicht beantwortet. Wie kommst du dazu, mir so ein Telegramm zu schicken?«

Emmas Blick irrte zu ihrem Vater, dann zu Felice und blieb schließlich auf Adam haften. Sie fühlte sich sichtlich in die Enge getrieben. »Können wir das bitte unter vier Augen klären?«

»Und wo?«, gab Moiken entnervt zurück. Ihr Geduldsfaden war nicht so lang wie der Umweg, der sich um die Antwort erstreckte. »Soll ich mich dafür vielleicht draußen in den Schneesturm stellen?«

»Wir können stattdessen rausgehen«, bot Boy an, der bislang wie festgenagelt auf seinem Stuhl gesessen hatte und sich nun eilig erhob.

»Nein, Boy, das ist nicht …« Vor Überraschung vergaß sie, ihren Satz zu vollenden. Oder war es Entsetzen? Boy trug eine Prothese!

»Kleines Kriegsandenken«, gab er sich lapidar, und da bemerkte sie erst, wie lange sie auf das Bein gestarrt hatte, wo sich die Hose so verfangen hatte, dass man es sehen konnte.

»Oh, entschuldige, ich … seit wann … ach ja, der Krieg, aber bei meinem letzten Besuch …«

»Lag ich krank unter meiner Decke«, vollendete Boy ihre wirren Sätze. Er gab sich abgeklärt, aber es war ihm anzusehen, wie sehr es in ihm arbeitete.

Ihr war es peinlich, dass sie ihn so angestarrt hatte, er war ja nicht der erste Kriegsversehrte, der ihr vor Augen kam, aber damit hatte sie nicht gerechnet.

Es war so verwirrend, das äußerliche Bild von ihrem Boy in Einklang mit dem Mann zu bringen, wie er nun vor ihr stand. Ihr Boy?, fragte sie sich im nächsten Atemzug. Nein, das war er schon lange nicht mehr. Das musste sie sich endlich abgewöhnen. Endlich und endgültig.

Er war der Mann von Felice. Auch wenn die beiden keine Ringe trugen, so lebten sie doch zusammen, daran gab es nach diesem neuerlichen Aufeinandertreffen keinen Zweifel mehr.

»Also, dann gehen wir mal für einen Moment raus«, sagte Boy, wobei er das Gehen besonders betonte, doch sie blieb ihm im Weg stehen.

»Bitte, das ist nicht notwendig«, setzte sie an.

»Doch, ich denke schon, dass ein klärendes Gespräch zwischen Mutter und Tochter notwendig ist, wie es zu diesem Telegramm kam«, widersprach Boy und fügte sogleich hinzu: »Wir könnten Herrn von Baudissin ein wenig die Stadt zeigen, der Schneefall lässt gerade nach.«

»Das ist ein guter Vorschlag«, bekräftigte Emma, und ein dankbares Lächeln huschte über ihr Gesicht. »Wo Herr von Baudissin schon mal hier ist, sollte er doch auch etwas von Berlin sehen.«

Vielleicht war es Emmas Lächeln gewesen, das für Moiken nicht zur Situation passte, ihre Stimme, die nicht echt klang, oder es lag daran, dass Boy sich ihrer Bitte widersetzte – jedenfalls riss ihr Geduldsfaden.

»Ich habe gesagt, das ist nicht notwendig! Ich möchte eine Erklärung von dir haben, Emma, und zwar sofort! Vor allen Anwesenden. Das ist ja wohl das Mindeste. Ich wäre fast gestorben! Du hättest deine Halbschwester zum Waisenkind gemacht!«

»Das tut mir unendlich leid, es tut mir so wahnsinnig leid, und alles, was du durchmachen musstest«, sagte Emma, »das werde ich mir niemals verzeihen können.« Ihre Stimme klang erstickt, als sie weitersprach: »Aber wenn du eine ehrliche Antwort von mir haben möchtest, warum ich das Telegramm geschrieben habe, dann muss ich dir das unter vier Augen erklären. Glaub mir, es ist besser so.«

»Genau, und deshalb machen Felice und ich jetzt mit Herrn von Baudissin einen schönen kleinen Stadtrundgang«, bekräftigte Boy.

Als er ›Felice und ich‹ sagte, fühlte es sich für Moiken an, als hätte er ihr mit einem Messer zwischen die Rippen gestochen.

Sie holte tief Luft, denn nun war es endgültig genug. Sie hatte doch nicht diese Tortur auf sich genommen und ihr Leben riskiert, um Emma vollkommen unversehrt beim Kaffeekränzchen vorzufinden, mit Antworten hingehalten zu werden und obendrein noch das traute Glück von Boy und Felice betrachten zu müssen.

»Wenn ihr schon über mich hinweg entscheidet, denkt vielleicht einer von euch daran, mal meinen Verlobten zu fragen, ob er überhaupt spazieren gehen möchte?«

Das saß.

Während Felice sich natürlich zu freuen schien, schaute Boy drein, als hätte sie ihm gerade eine Ohrfeige verpasst. Emma wirkte wie versteinert.

Zwar verstand Adam nicht, was sie bezweckte, aber er begriff, dass er mitspielen musste, und schien es gern zu tun. »Vielen Dank für das freundliche Angebot, aber ein Stadtrundgang ist nicht notwendig. Ich kenne Berlin, noch dazu bei schönerem Wetter. Aber ich denke, meine Verlobte sollte sich nun dringend ausruhen. Ich habe für uns im Hotel Adlon reserviert.«

»Aber Mutter …«, setzte Emma an.

»Ich habe dir nichts mehr zu sagen, Emma«, erklärte sie erschöpft. Sie war es leid, auf ihre Tochter zuzugehen, die fast der Auslöser für eine Familientragödie gewesen wäre. »Morgen Vormittag fliegen wir zurück nach Sylt«, ergänzte sie müde, und mit der Information sollte Emma tun, was sie wollte.

»Fliegen?«, fragte Emma prompt, auch Boy und Felice blickten erstaunt drein.

»Glaubst du, ich nehme die Tortur übers Wattenmeer noch einmal auf mich?«, giftete sie ihre Tochter an. »Adam hat durch den Krieg gute Kontakte, und so hat sich ein Fluglehrer aus Berlin bereit erklärt, uns gegen Aufenthalt in der Strandvilla morgen nach Hause zu fliegen. Das hat Adam alles schon organisiert.«

»Aber ist das nicht zu gefährlich?«, hakte Emma sorgenvoll nach. »Du steigst doch nicht mal in einen Selbstfahrer ein. Seit wann vertraust du der Technik?«

»Willst du mir jetzt auch noch vorschreiben, wie ich zurück nach Sylt komme? Außerdem hat mir Adam versichert, dass es sich um einen sehr guten Flugkapitän handelt, der im Besitz einer technisch einwandfreien Maschine ist. Und tatsächlich stürzt eher ein Selbstfahrer als ein Flugzeug ab. Zudem habe ich bei diesem Plan ursprünglich auch an dich gedacht, um dich angesichts des *Notfalls* umgehend nach Sylt holen zu können, ganz wie mein Fräulein Tochter es gewünscht hat.«

Emma senkte den Blick.

Im Grunde hätte Moiken nur zu gern gewusst, was in ihrer Tochter vorging. Es war klar, sie vertraute Adam nicht. Doch das spielte jetzt keine Rolle.

Es wurde Zeit, dass Emma begriff, dass ihr Handeln Konsequenzen hatte und sie kein Spielball mehr war, den man ständig ins Aus schoss, zum Beispiel, wenn ihrer Tochter der Kontakt gerade nicht passte, und erst recht kein Spielball, den man übers Eis jagte.

Welche Mutter wäre nicht bereit, sich für ihr Kind in Gefahr zu begeben, wenn es sein musste – aber das hätte nicht sein müssen. Ganz und gar nicht.

Ein Glück nur, dass man Frieda und allen Gästen der Strandvilla gesagt hatte, sie wäre mit Adam in Berlin eingeschneit worden, weshalb das gemeinsame Weihnachtsfest leider ausfallen müsse.

Darüber war Frieda zwar sehr traurig gewesen, aber nicht auszudenken, welche Sorgen auf ihrer Kinderseele gelastet hätten, wenn Leopold nicht geistesgegenwärtig diese Notlüge verbreitet hätte, und wie furchtbar, wenn man sie am Ende doch zum Waisenkind hätte erklären müssen.

»Also Emma, hast du mir jetzt noch etwas zu sagen oder nicht?«, fragte sie herausfordernd. »Ich bin wirklich erschöpft.«

Emma hob den Blick. Tränen glänzten in ihren Augen. »Ich … kann ich … darf ich … vielleicht trotzdem mit nach Sylt kommen … zur Winterkur, so wie wir es geplant hatten, oder willst du …«

Die Tränen ihrer Tochter rührten sie ein wenig, aber die Zweifel blieben. War es wirklich gut, wenn Emma mit nach Sylt kam?

Doch ganz gleich, was geschehen war, Emma war und blieb ihre Tochter, und genau das war der Grund, einen Weg zueinander zu suchen. Auch wenn sich Emma in diesem Fall als Erste auf den Weg machen und auf ihre Mutter zugehen musste. Genau das hatte sie gerade getan, und nun durfte sie nicht die Tür zumachen.

»Adam, sagst du bitte dem Piloten Bescheid, dass wir definitiv zu dritt sein werden.«

»Ich hoffe, er kann für das zusätzliche Gewicht genug Benzin beschaffen«, gab er sich weiter zögerlich.

»Wir hatten bereits mit ihm über die Möglichkeit gesprochen. Es wird doch keine Probleme geben?«, fragte sie und ließ die Doppeldeutigkeit so im Raum stehen.

Sobald Adam ihre Tochter besser kennenlernte, würden sich diese anfänglichen Animositäten sicherlich legen.

»Nein, selbstverständlich nicht«, gab er nun zu. »Ich werde Wilfried kontaktieren, damit er Bescheid weiß.«

Das wäre also geregelt, dachte Moiken, und nun war es an ihrer Tochter, den Schritt auch wirklich zu gehen. »Also Emma, ich denke, mit nach Sylt zu kommen, ist das Mindeste, was du jetzt tun kannst.«

Ein Strahlen lief über Emmas Gesicht. »Ich darf also für ein paar Wochen in die Strandvilla ziehen? Du bist mir nicht böse?«

»Doch, ich bin dir böse. Wobei das gar nicht der richtige Ausdruck ist. Und noch etwas, Emma, und ich versuche es milde auszudrücken: Umsonst das Leben riskiert zu haben, ist ein ziemlich mieses Gefühl. Wir werden sehen, wohin die Tage uns führen.« Sie machte eine Atempause und ließ danach ihr Herz sprechen: »Aber du bist meine Tochter. Und darauf kommt es an.«

KAPITEL 17

Berlin, am 27. Dezember 1923

Nun, die Herrschaften«, sagte der Flugkapitän, »mein Name ist Wilfried Kölner, und ich begleite Sie jetzt zu Ihrem Flugapparat.«

Er ging ihnen über das schneebedeckte Tempelhofer Feld zum Flugzeug voraus, in einer an den Oberschenkeln weit ausladenden beigebraunen Hose, blank polierten Stiefeln, Hemd und Weste. Einen Mantel oder ein Jackett schien er trotz der kalten Temperaturen für überflüssig zu halten, doch immerhin schien die Sonne, und die Schneekristalle glitzerten unter ihren Füßen, so als gingen sie über ein Feld voller Diamanten.

Emma war jetzt schon nervös, sodass ihr die Beine zitterten, und sie fragte sich, wie das erst werden sollte, wenn sie in das Flugzeug einsteigen musste.

»Darf ich vorstellen?«, fragte Wilfried Kölner, als sie angekommen waren, »das ist der Doppeldecker, der uns nach Sylt bringen wird, eine Fokker F.V. Und das ist mein Co-Pilot mit dem sprechenden Namen Alexander Adler, noch jung, aber ein sehr guter Mann. Auf der Strecke nach Sylt ist es aufgrund der sich manchmal unerwartet verschlechternden Wetterbedingungen ratsam, einen guten Co-Piloten dabeizuhaben.« Er klopfte seinem Co-Piloten auf die Schulter, der einfache Schnürschuhe, eine dunkel karierte Hose und ein hellblaues Hemd mit ölfleckiger beigefarbener Weste trug und mit einem Klemmbrett unterm Arm auf sie wartete.

»Ist unser Baby abflugbereit?«, fragte Wilfried Kölner.

»Jawohl, gerade alles überprüft, Wetteraussichten sind auch gut, die Startbahn ist frisch geräumt.«

»Dann kann es ja losgehen!«, rief Wilfried Kölner und verpasste seinem jungen Co-Piloten breit grinsend eine Abreibung am Hinterkopf, sodass der seine Schiebermütze zurechtrücken musste.

»Das ist aber ein großes Flugzeug«, staunte ihr Vater, der trotz seiner Beinprothese ihren Koffer trug und es sich auch nicht nehmen lassen wollte, seine Tochter bis zum Einstieg zu begleiten. Auch Felice war mitgekommen, um ihnen nachzuwinken, was ihrer Mutter sichtlich nicht passte, wie Emma mit versteckter Freude bemerkte.

Mit Felice vermied Moiken jeden Blickkontakt, während sie sehr wohl Augen für Boy hatte, jedenfalls mehr als für den Flugapparat.

Nun wandte sich Adam an Wilfried Kölner: »Hast du nicht von einem viersitzigen Kleinflugzeug gesprochen?«

Ihr Pilot lachte auf. »Dieses Schätzchen hier ist ein Achtsitzer und viel besser. Richtig komfortabel für Passagiere! Ich habe sie gestern aus den Niederlanden zum Testen bekommen, ob wir sie kaufen und nächstes Jahr in unseren neuen Linienbetrieb aufnehmen wollen. Also kann sie noch ein paar Flugstunden gebrauchen.« Fast zärtlich strich er über den hölzernen Rumpf.

»Beeindruckende Maschine«, sagte Adam anerkennend.

»Allerdings. Zum Antrieb dient ein 360 PS starker Rolls-Royce-Motor, der im Rumpfvorderteil auf einer Stahlrohr-Konstruktion gelagert ist. Und diese Konstruktion ist neu an dieser Maschine. Ja, der Nichtkenner glaubt, einen gewöhnlichen Holzrumpf vor sich zu haben, aber tatsächlich ist es eine neuartige Kombination aus Stahlrohr und Holz, bei der die Diagonalkräfte durch eine doppelseitige Sperrholzverkleidung des gesamten Rohrsystems aufgenommen werden. Schau hier, Adam, deshalb kann auch auf die übliche Stoffbespannung verzichtet werden, da die Sperrholzbeplankung zugleich als Rumpfverkleidung dient. Diese Anordnung ermöglicht es auch, eine große und geräumige Kabine für acht Personen zu schaffen, ohne hindernde Zwischenwände und Verstrebungen.« Er warf einen entschuldigenden Blick in die Runde und machte eine einladende Geste. »Aber bitte, nun habe ich Herrn von Baudissin zuliebe genügend fachliche Ergüsse von mir gegeben, steigen Sie nur ein und sehen Sie es sich selbst an.«

»Wir machen also einen Erprobungsflug?«, fragte Moiken, und ihr skeptischer Blick auf den Doppeldecker verriet, dass sie von all den technischen Details zumindest so viel verstanden hatte.

Emma hatte das auch fragen wollen, doch ihr mulmiges Gefühl sammelte sich in ihrem Hals zu einem Knoten, an dem sie kein Wort vorbeibrachte, und plötzlich war ihr überhaupt nicht mehr danach zumute, dieses Flugzeug zu besteigen.

»Nein, die Maschine hat selbstverständlich schon einige Flugstunden hinter sich und wurde natürlich durch die niederländische Luftfahrtbehörde ausgiebig getestet, keine Angst. Aber nun kommt ein Flug mit Passagieren genau richtig, bevor wir die Entscheidung treffen, sie in die Flotte aufzunehmen. Vor ein paar Wochen haben wir erfolgreich den Linienverkehr gestartet.«

Letzteres musste er ihr nicht erzählen, dachte Emma, denn natürlich war sie am achten Oktober unter den Hunderten von Zuschauern gewesen, die den Start der beiden Linienflug-Maschinen vom Tempelhofer Feld nach München und Danzig und damit den Beginn des regelmäßigen Linienverkehrs bejubelt hatten.

Das Tempelhofer Feld lag südlich des Zentrums, praktisch immer noch mitten in Berlin, und war schnell erreichbar, selbst zu Fuß benötigte man nur eine Stunde, was viele Schaulustige angelockt hatte.

Das historische Ereignis hatte sie natürlich mit der Kamera festgehalten, seit seiner Eröffnung vor rund fünfzehn Jahren war das Tempelhofer Feld nur für Demonstrationsflüge und zu Übungszwecken genutzt worden, und das sollte sich nun ändern.

In die *Berliner Illustrirte Zeitung* war jedoch selbstredend das Foto eines männlichen Kollegen gelangt, obwohl er eine deutlich ungünstigere Position und damit eine schlechtere Sicht auf das Geschehen gehabt hatte.

Zwischenzeitlich hatte man ihr in der Redaktion auf Nachfrage versichert, dass es nicht an der Qualität ihrer Fotos liege, ganz im Gegenteil, und man hatte ihr durch die Blume zu verstehen gegeben, dass ihr Herr Vater doch die Fotos einreichen könne.

Hoch erhobenen Hauptes war sie aus den Räumen stolziert, und zum Glück hatte sie erst auf der Straße laut geflucht, dass diese vertrockneten Sesselfurzer ja wohl nicht mehr alle Latten am Zaun hätten. Unter *ihren* Fotos sollte *ihr* Name stehen – das konnte ja wohl nicht zu viel verlangt sein, aber offenkundig war genau das der Fall.

Die allseitige Stille verriet, dass die Worte des Flugkapitäns nicht wirklich überzeugend gewirkt hatten, nur Adam lächelte dem Mann zu, dem er offenkundig genauso vertraute wie der Technik.

»Ich glaube, die Damen zögern noch, weil du nicht erwähnt hast, ob das Flugzeug auch vollgetankt ist«, hob er scherzhaft an, ganz offenkundig, um die angespannte Stimmung etwas aufzulockern.

»Oh, wie gut, dass du mich daran erinnerst!«, entgegnete Wilfried Kölner mit einem Augenzwinkern. »Meine Damen, ich kann Sie beruhigen, wir haben genug Treibstoff an Bord, die Benzinzufuhr erfolgt ebenfalls neuartig und der Sicherheit dienend aus zwei Fallbenzinbehältern, die unabhängig voneinander im oberen Flügel eingebaut sind und je zweihundertfünfundsiebzig Liter Inhalt fassen können. Die Motoranlage ist außerdem vom Rumpf durch eine Feuerwand aus verzinntem Stahlblech gesichert.«

Wilfried Kölners Worte sollten sicherlich der Beruhigung dienen, doch das genaue Gegenteil war der Fall, was ihr Pilot jedoch entweder nicht länger bemerkte oder einfach ignorierte.

»Komm, Adam, steig mal voran ins Flugzeug, ich muss dir noch was zeigen«, sagte er. »Der Stirnkühler sitzt nämlich vor dem Motor und ist mit besonderen Abdeckklappen ausgerüstet, die eine Regulierung der Kühlwassertemperatur vom Führersitz aus ermöglichen.

Ich zeige dir mal den Führerstand. Meine Damen, wenn Sie uns bitte unauffällig folgen möchten? Alexander wird Ihnen beim Einsteigen behilflich sein. Und Sie beide …«, damit wandte er sich an Boy und Felice, »dürfen sich selbstverständlich auch gern in der Kabine umsehen – man betritt ja nicht alle Tage ein Flugzeug.«

Allerdings nicht, dachte Emma. Jetzt gab es kein Zurück mehr … wenn sie jetzt kneifen würde, wäre das für ihre Mutter unverzeihlich. Moiken schien entschlossen, sich nicht von ihrer Angst leiten zu lassen, vor allem jedoch war es Adams Hand, die er ihr aus dem Flugzeug entgegenstreckte, und so ließ sie sich von ihm und dem Co-Piloten in die Kabine helfen.

Mit weichen Knien betrat Emma nach ihr das Flugzeug, in dem sie erstaunlicherweise stehen konnte. Vor sich hatte sie zwei Reihen mit fest verankerten Korbstühlen, die eine Armlänge voneinander entfernt waren.

Korbstühle, dachte Emma verwundert. Über die Sitze im Flugzeug hatte sie sich zwar keine Gedanken gemacht, aber Korbstühle hatte sie nicht erwartet.

Mit ihren breiten Armlehnen und tiefen Sitzmulden wirkten sie fast wie bequeme Sessel, dennoch hatte sie nicht das Bedürfnis, sich darauf niederzulassen. Ganz im Gegensatz zu ihrem Vater und Felice, die ihr ins Flugzeug nachgefolgt waren, sich begeistert umsahen und sofort zum Probesitzen Platz nahmen.

Bei dem Anblick wäre Emma fast die Bemerkung herausgerutscht, dass die beiden ja mitfliegen könnten, aber das wäre natürlich ein Fehler gewesen, denn ihre Mutter fühlte sich sichtlich unwohl. Sie stand im wahrsten Sinne des Wortes zwischen den Stühlen, auf engem Raum zwischen Boy und Adam.

Adam hielt sich mit dem Piloten im Führerstand auf, der durch eine Tür von der Kabine getrennt war, in der es ein Sprechfenster gab. Adam hatte sich auf Geheiß seines Freunds auf dem rechten Sitz hinterm Steuer niedergelassen, vor ihm einige Messinstrumente, die er interessiert begutachtete. Nun drehte er sich strahlend zu ihnen um. »Jetzt weiß ich, was aus einem arbeitslosen Dammbauingenieur wird.«

»Arbeitslos?«, echote Emma, allerdings hatte Adam sich schon wieder nach vorn gedreht, um den weiteren Erklärungen des Piloten zu folgen.

Deshalb erhielt sie Antwort von ihrer Mutter: »Adam hat vier Tage vor Weihnachten den Brief vom Reichsverkehrsministerium erhalten, dass der Damm nicht weitergebaut werden darf.« Sie senkte ihre Stimme, obwohl die Männer im Führerstand auf die Technik konzentriert waren und dem Gespräch in der Kabine gar nicht folgten. »Er gibt sich gelassen, aber das hat ihn tief getroffen. Wenn ich ihn darauf anspreche, lacht er nur und sagt, das sei nicht so schlimm, die Hauptsache sei, dass wir lebend aus dem Eis gekommen sind. Aber ich glaube ihm kein Wort. Ich glaube sogar, dass es ihm nichts ausgemacht hätte, dort draußen zu …« Sie brach ab, weil die Männer nun doch in die Kabine zurückkehrten. Emma wusste, was ihre Mutter hatte sagen wollen. Adam hätte es nichts ausgemacht, sein Leben draußen auf dem Eis zu verlieren, vielleicht hatte er es sogar ins Kalkül gezogen.

»Meine Damen, machen Sie es sich bequem. »Sobald mein Co-Pilot das Verladen des Gepäcks beendet hat, kann es losgehen.«

Emma konnte durch die großen Fenster beobachten, wie der Co-Pilot durch eine Luke am Rumpf, etwa dort, wo der Führerstand war, ihren Koffer von außen ins Flugzeug schob.

»Kleinere Utensilien können Sie im Netz seitlich von Ihren Sitzen verstauen und Ihre Mäntel hier im hinteren Kabinenbereich aufhängen. Ja, Sie benötigen Ihre Mäntel nicht mehr, da staunen Sie, meine Damen, aber dieses Flugzeug lässt sich beheizen. Durch ein Rohrsystem werden die Auspuffgase des Motors zu beiden Seiten des Rumpfs entlanggeführt, deren Wärme in die Kabine abgegeben wird. Und hier noch eine absolute Besonderheit, falls Sie während des Flugs ein dringendes Bedürfnis verspüren.« Mit sichtlichem Stolz öffnete er eine Tür am Ende der Kabine. »Eine geräumige Toilette mit eleganter Wascheinrichtung und fließendem Wasser.«

»Das ist ja ein Luxus wie in der Strandvilla«, bemerkte Adam scherzhaft, und Moiken lachte nervös, während Emma einen stummen Dank für diese Einrichtung zum Himmel schickte, denn in ihrem Gedärm rumorte es, seitdem sie die Kabine bestiegen hatte.

»Ich sehe, auch den beiden Herrschaften gefällt es bei uns«, sagte er zu Boy und Felice, die noch auf ihren Stühlen saßen, so als würden sie auf den Abflug warten. »Fliegen Sie gern mit, Platz ist genug, und der Tank reicht auch mit dem zusätzlichen Gewicht. Kein Problem!«

»Nein, nein«, sagte Boy und sah aus, als ob man ihn unsanft aus einem Traum gerissen hätte. So schnell es ihm seine Beinprothese erlaubte, erhob er sich von seinem Platz, und Felice tat es ihm gleich.

Wilfried Kölner machte ein erstauntes Gesicht. »Fliegen ist ein einmaliges Erlebnis, das sollten Sie nicht verpassen«, insistierte der Pilot, und Emma hätte ihn dafür umarmen können.

Das war die Chance! Wenn ihr Vater nun mit nach Sylt käme, hätten ihre Eltern Zeit, miteinander zu reden, und näherten sich vielleicht wieder an. Solange ihre Mutter diesen Mann, diesen Adam von Baudissin, noch nicht geheiratet hatte, durfte sie die Hoffnung nicht aufgeben, dass ihre Eltern doch noch zu einem gemeinsamen Leben fanden.

Allerdings, dachte Emma, würde sie einen Teufel tun und noch einmal versuchen, die Fäden zu ziehen. Diese Lektion hatte sie sehr schmerzlich gelernt.

Zu ihrer großen Freude schien ihr Vater tatsächlich nachzudenken. »Mein Sohn Bernhard hat mich zwar im Sommer in Berlin besucht, um ein paar geschäftliche Dinge zu regeln, aber ich war schon sehr lange nicht mehr auf Sylt.«

Auch Felice schien an dem Vorschlag großen Gefallen zu finden. »Ich habe Urlaub bis zweiten Januar …«, setzte sie an.

»Das trifft sich wunderbar!«, entgegnete Wilfried Kölner. »Bis dahin dauert mein vereinbarter Aufenthalt in der Strandvilla, und dann könnte ich Sie beide mit zurück nach Berlin nehmen.«

»Das ist ein sehr freundliches Angebot, aber das soll ja nicht kostenlos sein, und ich fürchte, den Flug kann ich mir nicht leisten«, bemerkte Boy mit Bedauern in der Stimme.

Dieses leidige Geld! Warum musste ihr Vater das Thema ansprechen? Vor Wut hätte Emma am liebsten auf dem Kabinenboden aufgestampft. Sie waren so dicht dran gewesen!

»Unsinn«, lachte der Pilot, »wir reden doch nicht vom Geld. Dieses Goldstück hier braucht Flugstunden.«

Was für ein Wechselbad der Gefühle, dachte Emma, vor Glück hätte sie schreien können. Das Schicksal fügte die Dinge wie von selbst zusammen, noch dazu an einem Ort, den Emma sich im Traum nicht ausgemalt hätte.

»Ja, dann«, sagte Boy unternehmungslustig, doch am Ende schlich sich noch ein Fragezeichen in seine Stimme, als sein Blick auf Moiken fiel.

Niemand hatte unterdessen auf sie geachtet.

Ihre Mutter hatte sich eine Zeitung gegriffen, die zur Unterhaltung bereitlag, und fächelte sich damit Luft zu, obwohl die Kabinentür offen war.

»Musst du nicht über Silvester arbeiten, Boy?«, fragte Moiken, und ihre Stimme klang dabei merkwürdig hoch.

»Ich habe keinen festen Auftrag im Adlon. Ich kann genauso gut wie früher die Gäste in der Strandvilla fotografieren, wenn du mir das gestattest, denn die Einnahmen brauche ich auf jeden Fall.«

Moiken fächelte sich weiter Luft zu. »Wir haben nur wenige Winterkurgäste. Und du willst doch deinem Sohn nicht die Arbeit wegnehmen? Nachdem der Dammbau zum Erliegen gekommen ist, muss Bernhard wieder mit seinem Atelier Geld verdienen.«

Das Argument war für alle Anwesenden einleuchtend, doch nicht jeder verstand die gesamte Tragweite der Aussage. Emma schon: Ihre Mutter hatte sich entschieden, Boy nicht in ihrer Nähe haben zu wollen, um die Beziehung zu Adam nicht zu gefährden.

»Oh ja, das stimmt … natürlich … richtig …«, stotterte Boy, »in der Tat, das habe ich gar nicht bedacht in meinem Überschwang.«

Auch Felice begriff, dass sie nicht in der Strandvilla erwünscht war, denn wenn Blicke töten könnten, wäre sie in diesem Moment vor Moiken umgefallen. »Und ich habe ganz vergessen, dass mein Vorgesetzter eventuell früher aus dem Urlaub kommen wollte, dann muss ich parat stehen«, bemerkte Felice mit gehetzter Stimme.

Emma verspürte Wut auf ihre Mutter, allerdings hatte diese vor ihrem Verlobten wohl kaum anders reagieren können, und die Eifersucht auf Felice war der Hoffnungsschimmer, an den sie sich klammerte.

»Dann wollen wir mal Platz machen«, sagte Boy und ließ seine Worte in aller Doppeldeutigkeit stehen.

»Wie bedauerlich«, sagte der Pilot. »Sie verpassen wirklich ein außergewöhnliches Erlebnis. Aber lassen Sie sich nicht zu Ihrem Glück zwingen.«

»In der Tat«, entgegnete Boy für seine Verhältnisse ungewohnt scharf. »Das ist noch nie gut ausgegangen. Also dann … wollen wir uns mal verabschieden.«

Ihr Vater kam auf sie zu und nahm sie fest in den Arm. »Es hat nicht sollen sein«, flüsterte er ihr ins Ohr, und etwas lauter sagte er. »Pass gut auf dich auf in der kommenden Zeit, erhol dich gut, werd ganz gesund, und ich besuche dich mal, versprochen. Grüß meinen Sohn von mir und alle, die mich noch kennen.«

»Das mache ich, Vater«, versprach sie ihrerseits und drückte ihn noch einmal fest.

»Und schick ein Telegramm, wenn du gut auf der Insel gelandet bist«, fügte er hinzu.

»Versprochen«, entgegnete sie und löste sich von ihm, um Felice zu umarmen.

Währenddessen ging ihr Vater auf ihre Mutter zu. »Komm gut ins neue Jahr, und danke für alles.« Er wagte es nicht, sie vor den Augen ihres Verlobten zu umarmen, und so reichte er ihr recht ungelenk die Hand.

»Dir auch alles Gute«, entgegnete sie, und es klang nach Abschied, doch zu Emmas Erleichterung setzte sie hinzu: »Fürs neue Jahr. Wenn du mit Emma sprechen willst, ruf vom Adlon aus an. Außerhalb der Saison ist unsere Leitung meistens frei, besonders morgens zwischen acht und zehn Uhr, wenn alle anderen beim Frühstück sitzen.«

War das jetzt ein versteckter Hinweis gewesen, dachte Emma, oder bildete sie sich das nur ein?

Ihr Vater ließ sich nicht anmerken, ob er sich über diese Bemerkung freute, nickte schlicht und reichte Adam von Baudissin die Hand. »Alles Gute auch für Sie.«

»Vielen Dank«, entgegnete dieser reserviert, sparte sogar an einer höflichen Floskel für sein Gegenüber und setzte sich in die vordere Reihe auf den rechten Passagiersitz, um eine gute Sicht auf den Piloten im Führerstand zu haben.

Ihre Mutter nahm auf der linken Seite Platz, schlug sofort die Zeitung auf, und so setzte Emma sich auf den Korbstuhl hinter sie und tat es ihr gleich, denn das war eine gute Möglichkeit, nicht nach draußen sehen zu müssen.

Als der Co-Pilot zustieg und die Tür zur Kabine ins Schloss fiel, begann ihr Herz wie auf Knopfdruck zu rasen.

Nachdem auch Alexander Adler seinen Platz eingenommen hatte, konnte es losgehen.

Das Motorengeräusch übertrug sich beim Start dröhnend in die Kabine, doch nicht nur das – die Außenwände begannen zu vibrieren, was noch mehr Lärm verursachte, und das Beben übertrug sich auf ihren Körper.

Ihr Darm zog sich schmerzhaft zusammen, und Emma drehte sich um, um die Anzahl der notwendigen Schritte bis zum Toilettenraum abzuschätzen.

»Bitte bleiben Sie während des Startvorgangs alle auf ihren Plätzen sitzen«, mahnte Wilfried Kölner.

Emma atmete tief durch, so gut es eben möglich war, und versuchte sich zu entspannen, was ihr jedoch nur leidlich gelang.

Noch ein letzter Blick auf ihren Vater und Felice, die winkend am Rand der Startbahn standen, und dann rollte das Flugzeug auch schon los.

Es nahm erstaunlich schnell an Geschwindigkeit zu, Emma erinnerte sich an das erste und einzige Mal, als sie als junges Mädchen mit Theodors Automobil von Keitum nach Westerland gefahren und ihr so schlecht geworden war, dass sie kein zweites Mal einsteigen wollte.

Prompt wurde ihr neben den Schmerzen im Darm nun auch flau im Magen, und sie konzentrierte sich auf die Zeitung, was jedoch ein Fehler war, denn schon auf der dritten Seite las sie die Schlagzeile:

Berliner Stadtverordneter bei Flugzeugabsturz
über der Hasenheide ums Leben gekommen.
Kurz nach dem Abheben der Maschine vom
Tempelhofer Feld …

Emma warf die Zeitung von sich, als hätte sie Feuer gefangen. Sie wollte aufspringen und den Waschraum aufsuchen, doch in diesem Moment wurde sie in ihren Korbstuhl gedrückt, sodass das Geflecht bedrohlich knirschte.

Eine unbeschreibliche Kraft wirkte auf ihren Körper, so als würde ein unsichtbarer Mensch auf ihr sitzen. Die Wände vibrierten, alles schien zu wackeln, und obwohl sie in den Stuhl gepresst wurde, klammerte sie sich an den Armlehnen fest, als könne sie ansonsten herausfallen.

Auch ihre Mutter hatte die Zeitung beiseitegelegt, um sich festzuhalten, während Adam sich begeistert Richtung Fenster lehnte.

»Sieh doch nur, da ist die Spree und dort der Reichstag und da … Moiken? Moiken! Mach die Augen auf, das musst du dir ansehen! Warum hast du denn die Augen zu? Moiken? Du bist doch nicht ohnmächtig?«

Bitte lass mich auch ohnmächtig werden, dachte Emma, das wäre jetzt ein gnädiger Zustand. Trotz ihrer Panik fiel ihr jedoch sehr wohl auf, dass Adam sie nicht angesprochen hatte, er sich auch nicht zu ihr umdrehte, so als wäre sie gar nicht anwesend.

»Ich mache jetzt nicht die Augen auf«, kam es als Stöhnen von Moiken.

»Aber das ist wirklich wundervoll, und wir sind auch gar nicht so hoch, wie du glaubst. Du musst nach draußen sehen, sonst wird deine Angst nur schlimmer.«

Vielleicht hatte dieser Adam sogar recht damit, dachte Emma. Auf dem Schiff wurde die Übelkeit auch besser, wenn man den Horizont anvisierte, also könnte auch die Angst weniger werden, wenn man nach unten sah.

Während sie noch darüber nachdachte, ließ der Druck auf ihren Körper nach, und das war eine solche Wohltat, eine Erleichterung, dass sie tief durchatmete. Das tat gut!

Kaum zu Ende gedacht, sackte der Flugapparat unter ihr weg, ruckartig wurde sie mitsamt ihrem Stuhl von einer unsichtbaren Kraft nach unten gezogen. Es fühlte sich an, als würde sie mit einem Aufzug abstürzen, und kam so plötzlich, dass sie glaubte, ihr Herz hinge außerhalb ihres Körpers, nämlich dort, wo sie eben noch gesessen hatte.

»Wir stürzen ab!«, schrie sie. »Wir stürzen ab! Mutter!« Das war es also, was das Schicksal plante. Nicht das gemeinsame Leben ihrer Eltern, endlich vereint als Familie, sondern der gemeinsame Tod von Mutter und Tochter.

»Nein!«, schrie nun auch Moiken. »Niiicht!«

»Hör auf, deine Mutter verrückt zu machen«, hörte sie Adam schimpfen, und als sie die Augen öffnete, hatte er sich umgewandt und funkelte sie an. »Du hast genug angerichtet«, fauchte er und übertönte das Dröhnen des Motors und das Klappern der Wände.

Er lehnte sich zu Moiken hinüber, griff nach ihrer Hand und redete beruhigend auf sie ein. »Alles ist gut, keine Sorge, wir stürzen nicht ab. Alles ist gut. Das ist normal. Wir haben jetzt unsere Reiseflughöhe erreicht. Lass dich von deiner Tochter nicht schon wieder in Panik versetzen.«

Bislang war ihr dieser Mann nur unsympathisch gewesen, aber in diesem Moment begann Emma ihn zu hassen. Dafür, wie er ihre Mutter anfasste, und nicht zuletzt für den Seitenhieb, mit dem er auf das Telegramm anspielte und wie er mit ihr gesprochen hatte.

Woher sollte sie wissen, dass dieses Absacken normal war? Hier drin war alles fremd, jedes Geräusch und jede Bewegung des Flugzeugs.

Immerhin drängte die Wut ihre Angst etwas in den Hintergrund, und sie beschloss, sich vor ihm nicht noch einmal zu blamieren.

Es musste doch möglich sein, so wie er angstfrei nach unten zu sehen. Sie musste tatsächlich versuchen, sich weniger von ihrer Panik leiten zu lassen, damit hatte dieser Adam immerhin recht.

Als erste Maßnahme hob Emma die heruntergefallene Zeitung zwischen ihren Füßen auf, faltete sie zusammen, legte sie in ihren

Schoß und bemühte sich um Haltung. Alle Bewegungen führte sie mit Bedacht aus, und tatsächlich ging ihr Atem bald ruhiger und regelmäßiger.

Jetzt der zweite Schritt: aus dem Fenster sehen, zum Horizont.

Das war gar nicht so schlimm wie gedacht. Es kribbelte in ihr, aber das war im Gegensatz zur Panik erträglich.

Sie flogen knapp unterhalb der Wolken, sie glitten dahin, das Flugzeug erschien ihr gar nicht so schnell wie gedacht, auch der Blick zum Horizont war spannend, dorthin, wo die schneebedeckte Landschaft den winterblauen Himmel berührte.

Wären der laute Motor und die Vibrationen nicht gewesen, hätte man tatsächlich von einem ruhigen Flug sprechen können, aber selbst an die Geräuschkulisse gewöhnte sich Emma so langsam, und erstmals bemerkte sie die angenehme Wärme im Flugzeug.

Sie begann sich fast schon wohlzufühlen, ihr Herz meldete zwar noch leicht klopfenden Widerspruch an, aber das würde sie auch noch in den Griff bekommen.

Ein kleines Hochgefühl stieg in ihr auf, während sie die weißen Wolken betrachtete, ihr Blick vom Horizont langsam nach unten wanderte und keine erneute Panik in ihr hochstieg.

Diesem Adam würde sie es schon zeigen.

Sie lehnte sich zur Fensterscheibe, um noch besser sehen zu können. Puh, von wegen, sie flogen nicht hoch. Das war ganz schön hoch. Viel zu hoch.

Mit tiefem Durchatmen versuchte sie, die aufkeimende Panik zu unterdrücken. Ruhig bleiben, ganz ruhig. Das sah doch eigentlich ganz spannend aus, die Burg unter ihr wirkte aus dieser Perspektive wie eine Sandburg, die schneebedeckten Häuser, deren Dächer rund um die Kamine farbig herausstachen, waren nichts anderes als verstreut rumliegende Muscheln, der Wald war der Seetang. Daran war nichts Erschreckendes, es war nur eine andere Perspektive, redete sie sich gut zu, und es funktionierte.

Jetzt konnte sie die Aussicht sogar halbwegs genießen. Jedoch nur bis zu dem Moment, als sie wieder in ihren Sitz gedrückt wurde, dieses Mal allerdings seitlich.

Was war denn nun los?

Sie versuchte, Ruhe zu bewahren, das war sicherlich auch normal, doch das Flugzeug neigte sich mehr und mehr zur Seite, selbst Adam sagte jetzt kein Wort mehr.

Ihr Herz schlug wieder wie wild, ihr Atem war nicht mehr kontrollierbar, und ihr Magen krampfte sich zusammen.

Reflexartig griff sie nach der Stuhllehne ihrer Mutter, weil sie das Gefühl hatte, gleich aus ihrem Sitz durch das Fenster nach draußen zu fallen, so sehr neigte sich das Flugzeug.

Gerade als sie es nicht mehr aushielt, sie sich schreiend Luft verschaffen wollte, da schwenkte die Maschine in ihre waagrechte Position zurück.

»Das war eine Kurve!«, rief Adam begeistert. »Das hat selbst mir die Sprache verschlagen.«

Große Güte, dachte Emma, wie sollte sie diesen Flug überleben? Sie hätte alles dafür gegeben, wenn dieser Albtraum sofort ein Ende haben könnte. Aber es war ja nur eine Kurve gewesen. Nur eine Kurve.

Das sagte sie sich stetig zur Beruhigung vor, doch ihre Nerven lagen blank, und das Dauerfeuer war nicht zu stoppen. Ihr Magen schickte heiße Wellen durch ihren Körper.

»Nun sind wir auf sicherem Kurs, wenn die Herrschaften sich bewegen oder den Waschraum aufsuchen möchten, dürfen Sie das jetzt tun«, gab Wilfried Kölner gut gelaunt durch das Sprechfenster bekannt.

Als wäre das ein Kommando gewesen, reagierte ihr Körper. Emma hielt sich die Hand vor den Mund, stolperte in den hinteren Bereich der Kabine und erreichte gerade noch rechtzeitig die Toilette.

Als sie sich erleichtert hatte, dafür jedoch mit Kreislaufproblemen zu ihrem Platz zurückwankte, grinste ihr der Pilot entgegen.

»Ich glaube, die Dame benötigt einen Schnaps. Adam, greif doch bitte mal in die Tasche unter deinem Sitz und gib eine Runde aus.«

Adam tat, wie ihm geheißen, und förderte eine Flasche und zahlreiche Gläser zutage.

Obwohl Emma sich nicht erinnern konnte, wann sie zuletzt etwas Hochprozentiges getrunken hatte, erschien ihr das jetzt als die beste Idee, um Magen und Kreislauf in Ordnung zu bringen.

Auch ihre Mutter war nicht abgeneigt und ließ sich ebenfalls ein bis zum Rand gefülltes Schnapsglas reichen. Mit Selbstverständlichkeit griffen auch Wilfried Kölner und sein Co-Pilot zu. Nur dieser Adam selbst lehnte dankend ab und verteilte lediglich die Gläser.

Emma nippte vorsichtig an dem Allheilmittel, die Flüssigkeit hinterließ eine brennende Spur in ihrer Kehle, die vom Erbrechen wund war, und erst nach zwei weiteren Ansätzen hatte sie das ganze Glas geleert.

Daraufhin fühlte sie sich schon etwas entspannter und leicht benebelt. Das war eine gute Methode, dachte Emma, um ihre Angst zu mildern, deshalb nahm sie auch an der zweiten Runde teil, nur ihre Mutter gab ihr Glas dankend zurück.

»Auf einen ruhigen Flug!«, sagte der Pilot und hob erneut sein Glas.

Inzwischen fiel es Emma schwer, einen klaren Gedanken zu fassen, vor allem schien ihr Gehirn sich zu weigern, auch nur den Hauch einer Sorge zuzulassen, die mit dem Trinkverhalten der Männer zusammenhing.

Bestimmt ging alles gut, die Männer wussten, was sie taten, und würden sie sicher auf die Insel bringen. Daran hatte Emma plötzlich keinen Zweifel mehr. Sie lehnte sich bequem in ihrem Korbstuhl zurück, spürte der wohligen Wärme nach, die sich in ihrem Körper ausbreitete und dabei alle schlechten Gefühle aufsog.

Vielleicht war dieser Adam von Baudissin gar nicht so übel, wie sie glaubte, nur weil sie das Verhältnis zwischen ihm und ihrer Mutter nicht akzeptieren wollte.

Optisch passten sie zueinander, vielleicht auch vom Charakter her – der Wasserbauingenieur und die Hotelerbin, die zugleich ein Café führte. Beide waren ehrgeizig und wussten, was sie im Leben wollten.

Emma schloss die Augen, weil sie langsam müde wurde.

Ihr Vater hatte recht gehabt – andere Menschen zu ihrem Glück zu zwingen, ging niemals gut, und in diesem Fall hätte es sogar zu einer großen Tragödie geführt, der sie um Haaresbreite entkommen waren.

Der Lebensretter heiratet die Frau, die er gerettet hat – wie romantisch, aber ob das wirklich Liebe zwischen den beiden war? Daran zweifelte sie.

Wahrscheinlicher war wohl eine Partnerschaft, in der beide voneinander profitierten. Ihre Mutter stünde nicht mehr allein da, wäre nicht mehr für alles allein verantwortlich und bekäme den Rücken gestärkt.

Für diesen Adam von Baudissin wäre ihre Mutter eine gute Partie, denn es gab die Strandvilla als ordentliche Mitgift, noch dazu war ihre Mutter eine hübsche Frau, mit der er sich schmücken konnte. Das waren sicherlich Voraussetzungen für viele Ehen, die vielleicht auch glücklich waren, aber diese unglaublich tiefe Verbindung, diese magische Zusammengehörigkeit, diese einmalige Liebe, die gab es nur zwischen ihrem Vater und ihrer Mutter, da war sie sich sicher.

Ein Bild blieb vor ihrem geistigen Auge haften: Darauf sah sie ihren Vater und ihre Mutter Hand in Hand am Strand entlanggehen. Es war ein Wunschbild, das trotz aller Vernunft nicht verschwinden wollte.

Dieser Adam von Baudissin … ein Lebensretter, ja … aber kein Mann für ihre Mutter … nein … Ihre trägen Gedanken mündeten in einem Gähnen.

Schlafen wollte sie eigentlich nicht, um das Geschehen auf dem Flug zumindest dem Gefühl nach im Griff zu behalten, aber ein bisschen schlummern könnte ja nicht schaden. Dann würde die Zeit sicher im Handumdrehen vergehen.

»Rechter Hand sehen Sie jetzt die Insel!«

Vom Ausruf des Co-Piloten geweckt, schlug Emma die Augen auf und musste sich erst mal orientieren. Sie war tatsächlich tief und fest eingeschlafen und rieb sich ihren schmerzenden Nacken. Dabei besann sie sich auf das, was der Co-Pilot gesagt hatte, und schaute aus dem gegenüberliegenden Fenster.

Sylt. Ihre Insel. Ihre Heimat. Die wunderschöne lang gestreckte Insel mitten im Meer. Der Strand wirkte wie ein goldgelber Saum an einem grünen Kleid mit schwarzen Punkten, über dem ein Schleier aus Schnee lag. Was für eine Perspektive!

Ein Glücksgefühl durchströmte Emma. Erst jetzt wurde ihr klar, wie sehr ihr die Insel gefehlt hatte – wie sehr sie sich darauf konzentriert hatte, ihre Heimat nicht zu vermissen.

Aber das hatte sein müssen, weil sie sonst nie ihren eigenen Weg gefunden hätte, sondern nur den, den ihre Mutter ihr allzu gern hatte vorgeben wollen.

Jetzt war die richtige Zeit, um die Insel zu besuchen, das Alte mit neuen Augen zu betrachten, zu sehen, was sich verändert hatte, und dabei wieder vollkommen gesund zu werden.

Vor allem freute sie sich unendlich auf ein Wiedersehen mit ihrer kleinen Halbschwester.

Wobei – klein war sie mit ihren neun Jahren bestimmt nicht mehr. Große Güte, es war so viel Zeit vergangen, zuletzt hatte sie Frieda als Baby im Arm gehalten.

Viel zu viel Zeit war vergangen, lange Jahre, in denen sie die Insel gemieden hatte, um sich nicht mit ihrer Mutter auseinandersetzen zu müssen und damit mit sich selbst.

Ihren Halbbruder Bernhard hatte sie ja unterdessen in Berlin gesehen, doch umso mehr freute sie sich darauf, auf der Insel wieder mehr Kontakt zu ihm zu haben.

Bestimmt könnte sie Bernhard in seinem fotografischen Atelier ein wenig behilflich sein und von ihren Erfahrungen aus Berlin profitieren, vor allem, was Werbung betraf.

Die Zeiten, in denen die Kundschaft von selbst ins Atelier fand, angelockt von der technischen Möglichkeit, das Leben als sichtbare Erinnerung festzuhalten, waren vorbei.

»Dort unten!«, rief ihre Mutter plötzlich. »Ist das nicht die Strandvilla? Ja, das ist sie!«

Das Gebäude auf der Düne, mit der Terrasse im ersten Stock und dem Windrad als eigenem Generator, war unverkennbar, davor die Promenade mit der Musikmuschel.

Selbst ihre Mutter war nun fasziniert, von oben sah alles so spannend aus, auch Emma hätte ihre Heimat gern noch länger aus dieser Perspektive betrachtet. Plötzlich verging ihr die Zeit viel zu schnell.

Doch bis zur Landung blieben nur noch wenige Minuten, und Emma versuchte, so viele Eindrücke wie möglich aufzusaugen.

Schnell wechselte sie auf den Sitz hinter Adam, um besser sehen zu können. Ihre Angst war wie weggeblasen, dazu hatten neben dem Schnaps der tiefe Schlaf und der ruhige Flug beigetragen, kein schlechtes Wetter, keine Turbulenzen, keine unvorhergesehenen Vorkommnisse mehr seit dem Kurvenflug über Berlin, und nun musste sie innerlich sogar über sich selbst schmunzeln, weil sie geglaubt hatte, dabei abzustürzen.

Sie flogen parallel zur Küste, und ihr Blick reichte von den beiden Leuchttürmen im Norden der Insel über die Wanderdünen bis zum Hörnumer Leuchtturm im Süden.

»Es muss doch möglich sein«, murmelte Adam im Sitz vor ihr. »Das ist doch nur ein Katzensprung bis zum Festland. Verdammt …« Er verstummte, doch Emma wusste, dass es ihm um den Dammbau ging, und sie erkannte an seinem Gesichtsausdruck, dass er verzweifelt war, wie ein Kapitän, der mit seinem Schiff bei einsetzender Ebbe auf eine Sandbank aufgelaufen war.

»Adam, du musst an dich glauben«, sagte ihre Mutter vom Nebensitz, »die Regierung hat den Damm doch vertraglich zugesichert, das darfst du nicht vergessen – da ist das letzte Wort noch nicht gesprochen. So einfach, wie es sich die Herrschaften gemacht haben, können sie den Dammbau nicht vom Tisch wischen.«

»Das Projekt ist nicht untergegangen, es liegt nur wie ein Schiff auf einer Sandbank«, bemerkte Emma, weil sie etwas Nettes sagen wollte. »So sicher, wie das Schiff mit der Flut freikommt, so sicher wird der Damm gebaut werden.«

Adam drehte sich ruckartig zu ihr um und funkelte sie an. »Ich will nichts von einer Flut hören!«, zischte er. »Überhaupt solltest du dir in Zukunft jedes Wort mir gegenüber gut überlegen. Was du mit diesem Telegramm angerichtet hast, ist unverzeihlich. Für deine Mutter und mich.«

Emma stockte der Atem. Er hatte nicht über den Kopf ihrer Mutter hinweg zu entscheiden, was diese als unverzeihlich empfand oder nicht.

Von seinen Worten hatte ihre Mutter nichts gehört, oder sie war bemüht, sie zu ignorieren, denn nun rief sie: »Seht mal, mein Dünencafé! Wie schön das aussieht. Der Pavillon, so klein und einsam am Ende der Promenade und doch so präsent.«

Auch Emma war von dem Ausblick fasziniert, es war kaum in Worte zu fassen. Allerdings wollte sie Adam gegenüber noch loswerden, dass er sich nicht einmischen solle und ihre Mutter selbst entscheiden könne, ob sie verzeihen wollte. Doch gerade, als sie den Mund aufmachen wollte, setzte Unruhe im Führerstand ein.

Wilfried Kölner und sein Co-Pilot berieten sich und klopften hektisch auf eine Anzeigetafel.

»Was ist los?«, fragte Adam, um Sachlichkeit bemüht, und zugleich bemerkte Emma, wie ruhig es in der Maschine geworden war. Zu ruhig. Der Lärm war verschwunden, auch die Wände vibrierten nicht mehr – weil der Propeller sich nicht mehr drehte.

»Nur ein kleines Problem mit dem Motor«, entgegnete Wilfried schnell über die Schulter.

»Klein?«, schrie Emma. Die Panik war mit voller Wucht zurück, schlimmer als je zuvor. Sie sanken mit einer unglaublichen Geschwindigkeit, unfassbar schnell nahmen die Häuser an Größe zu. Wo war der Flugplatz, war er schon in Sicht? Er lag im Herzen der Insel, zwischen Westerland und Keitum, hoffentlich erreichten sie die Landebahn noch rechtzeitig. Hoffentlich war es dem Piloten irgendwie möglich, das Flugzeug zu steuern.

Sie krallte sich in ihren Sitz, und am liebsten hätte sie ihre Augen geschlossen, doch das war nicht möglich. Vor Entsetzen waren ihre Lider wie erstarrt, schmerzhaft weit auseinandergerissen, und gehorchten ihrem Willen nicht mehr.

Sehenden Auges in den Tod.

»Wir stürzen ab!«, schrie ihre Mutter das Unvermeidliche heraus.

»Ruhig, du musst ruhig bleiben«, sagte Adam und legte seine Hand wieder auf die ihrer Mutter. »Dein Geschrei hilft den Männern jetzt nicht.«

Am liebsten hätte Emma Adam angeschrien, doch ihre Kehle war wie zugeschnürt. Nicht nur die Worte fehlten ihr, sie war zu keiner Bewegung mehr fähig, während sie den Erdboden unaufhaltsam näher kommen sah.

Auch ihre Mutter brachte keinen Ton mehr heraus und weinte stumme Tränen. Einzig ihre Schultern bebten.

Emma konnte nicht länger hinsehen, sie zwinkerte, ihre Lider ließen sich wieder bewegen, und sie kniff die Augen fest zusammen.

Wenn sie schon sterben musste, dann wollte sie an etwas Schönes denken, mit einer wunderbaren Erinnerung aus dem Leben scheiden, um mit einem Lächeln ins Jenseits überzugehen.

Wenigstens das.

Nur das.

Die Insel, die Strandvilla, das Dünencafé, das Meer, der Strand, dort saß sie mit ihrem Vater und ihrer Mutter, mit Bernhard und der kleinen Frieda in einer lauen Sommernacht ums Feuer, und sie erzählten sich lustige Geschichten und sangen Lieder.

Ein letzter, friedvoller Gedanke.

Unvermittelt spürte sie ein Vibrieren, das durch ihren Körper ging. So fühlte sich also ein Absturz an. Fast interessiert nahm Emma diesen Umstand wahr, als ob es nichts Wichtigeres gäbe.

Plötzlich durchzuckte sie ein Gedanke. Natürlich, sie hatte etwas Wichtiges vergessen. Sie hatte es versäumt, sich von ihrer Mutter zu verabschieden.

Sie riss die Augen auf und sah, dass sich der Propeller wieder drehte.

Sie konnte es kaum glauben, und bis sie es richtig begriffen hatte, dass der Pilot das Problem wie durch ein Wunder irgendwie behoben hatte, setzten sie mit einem unsanften Ruck auf der Landebahn auf. Sie waren gelandet, tatsächlich!

Dennoch jubelte keiner von ihnen, zu tief saß der Schock.

»Nie wieder …«, hörte sie ihre Mutter murmeln, »nie wieder.«

KAPITEL 18

Sylt, am 27. Dezember 1923

Auf wackligen Beinen stieg Emma aus dem Flugapparat.

»Herzlich willkommen auf der Insel!«, hörte sie jemanden rufen, dessen Stimme wie die ihres Vaters klang.

Da stand ihr Halbbruder Bernhard zur Begrüßung in der Winterkälte, strahlte sie an und hielt seinen Rappen am Zügel, aus dessen Nüstern kleine Dampfwolken austraten.

Neben ihm ein etwa halb so großes Mädchen mit Zöpfen in einem dicken Wollmantel, das ihrem Isländerpony verlegen die Stehmähne kraulte.

Das musste Frieda sein.

War sie wirklich schon so groß? Kaum zu fassen.

Das Mädchen ließ ihr Pferd stehen und rannte zu seiner Mutter. »Endlich bist du wieder da! Weihnachten war so traurig ohne dich! Aber schau mal, das Pony hab ich von Großvater Julius geschenkt bekommen.«

Von Frieda hatte man offenbar geschickt ferngehalten, dass ihre Mutter in Todesgefahr geschwebt hatte, und von dem Zwischenfall während des Flugs konnte sie zum Glück nichts ahnen. Für sie war ihre Mutter einfach wieder aus Berlin zurück, wenn auch etwas verspätet.

Moiken nickte abwesend, sie war noch recht bleich im Gesicht. Sie kniete sich zu Frieda und schloss sie fest in die Arme, bis es ihrer Tochter zu lange dauerte und sie sich von ihrer Mutter löste. »Das Pony heißt Strandkorb, das finde ich lustig, und man sitzt tatsächlich wahnsinnig bequem auf ihm.«

»Alle Isländer sind angenehm zu reiten«, erklärte Moiken, sichtlich noch immer nicht ganz bei sich. »Aber wie kommst du nur auf die Idee, auf einem fremden Pferd eine so lange Strecke übers freie Feld zu reiten, noch dazu, wenn Schnee liegt?«, fügte sie hinzu.

Das war wieder typisch ihre Mutter, dachte Emma. Kaum hatte sie wieder festen Boden unter den Füßen, hielt sie ihr Kind strenger am Zügel als jedes Pferd. Anstatt einfach die Wiedersehensfreude zu genießen, war sie aus Angst um Frieda gleich mit einem Tadel zur Stelle.

»Entschuldigung, Mutter, ich wusste nicht, dass ich das nicht darf. Bernhard hatte die Idee, damit wir euch begrüßen können und ihr wiederum Platz im Automobil habt, mit dem ihr abgeholt werdet. Außerdem liegt gar nicht so viel Schnee.«

»Meine Güte, was bin ich froh, euch alle zu sehen!«, rief Bernhard, um die Situation zu entspannen.

Und tatsächlich lächelte Moiken wieder, als er sie mit einer Umarmung begrüßte.

»Ja, ich kann es noch gar nicht glauben, dass ich wieder hier bin.« Ihre Mutter sah sich um, als sei sie auf einem fernen Planeten gelandet.

Tatsächlich bot die karge Gegend um das Flugfeld keine Orientierung, ob sie sich tatsächlich auf Sylt befanden, nichts als schneebedeckte Dünen um sie herum. Erst als Emma sich umdrehte, entdeckte sie den Turm der Keitumer Kirche.

Dann hörte sie die Inselbahn, ein vertrauter Klang aus der Ferne, kurz darauf schnaufte die rasende Emma, wie sie im Volksmund liebevoll genannt wurde, riesige Dampfwolken ausstoßend, auf ihrem Weg nach Westerland am Rand des Flugfelds vorbei, in einem Tempo, bei dem man gut zu Fuß mithalten könnte.

Als Kind hatte Emma lange geglaubt, man habe die Bahn nach ihr benannt – ein Zug, der den eigenen Namen trug, das war schon etwas Besonderes gewesen, und es hatte sie darüber hinweggetröstet, dass sie sich eine Fahrt damit kaum leisten konnten und ihre Mutter lange keinen Fuß aus Keitum heraus setzen wollte.

Versonnen sah Emma der Inselbahn nach, die kaum von Einheimischen, sondern hauptsächlich von Sommerfrischlern benutzt wurde. Und doch gehörte die Inselbahn zu Sylt wie die Leuchttürme, die Dünen, der Strand und das Meer.

Die Kindheitserinnerungen brachten ihre Heimatgefühle zurück, und sie erinnerte sich an den Tag, an dem sie den Hörnumer Leuchtturm bestiegen hatte, gemeinsam mit dem Leuchtturmwärter, jedoch ohne ihre Mutter, die vor der Höhe Angst gehabt hatte.

Auch sie hatte weiche Knie bekommen, aber der Ausblick hatte sie für alles entschädigt und mit dem Gefühl belohnt, zum ersten Mal Abstand von ihrer Mutter gewonnen zu haben, nicht nur räumlich. Sie hatte das Gefühl von Freiheit gewonnen, den Sieg errungen, sich endlich gegen ihre Mutter durchgesetzt zu haben, nach deren Willen sie am Boden hätte bleiben müssen.

Von diesem Tag an waren ihr ihre Freiheit und eigene Entscheidungen wichtiger gewesen als alles andere, und sie hatte gegen ihre Mutter rebelliert, die sie in einen Kokon einhüllen und am liebsten nie loslassen wollte.

Wie zum Beweis sagte ihre Mutter zu Bernhard: »Aber ihr hättet doch wirklich nicht extra zum Flugfeld reiten müssen, sondern in der Strandvilla auf uns warten können.«

Offenkundig hatte sich ihre Mutter unterdessen etwas erholt, denn sie war schon wieder in der Lage, anderen Vorschriften zu machen.«

»Strandkorb ist wirklich ein tolles und sehr zuverlässiges Pferd«, fügte Bernhard an. »Keine Sorge, Moiken, und deine Tochter ist mit ihren neun Jahren schon sattelfest, glaub mir.«

Da Bernhard ebenfalls nicht auf eine Diskussion aus war, sondern zur Begrüßung gekommen war, gab er Adam von Baudissin mit einer leichten Verbeugung die Hand.

Dabei wurde seine Miene jedoch so ernst, als ob er kondolieren wolle, was seine Worte unterstrichen. »Es tut mir sehr leid, ich habe gelesen, was passiert ist. Die Zeitungen sind voll davon. Unfassbar, dass der Dammbau eingestellt wurde. Aber da wird das letzte Wort noch nicht gesprochen sein.«

»Hoffen wir es«, entgegnete Adam und verzog das Gesicht zu einem Lächeln. Dann wandte er sich ab und ging voraus zum Automobil, das neben einer kleinen Wartehalle parkte, dem einzigen Gebäude auf dem großen Feld zwischen Lornsenhain und Friedrichshain.

Endlich kam ihr Halbbruder auf sie zu und breitete die Arme aus. »Emma, wie schön, dass du da bist!«

»Ich freue mich auch sehr«, sagte sie erleichtert. »Besonders darüber, wieder festen Boden unter den Füßen zu haben.« Die Erleichterung darüber verdrängte den Schock so langsam.

»Hattet ihr einen angenehmen Flug?«, fragte Bernhard. »Die Landung sah ja ziemlich spektakulär aus.«

»Alles in Ordnung«, versicherte Moiken schnell, drückte Frieda an sich und warf einen verschwörerischen Blick in die Runde. Wilfried Kölner und sein Co-Pilot hatten sich sogleich auf ihren Flugapparat konzentriert, um sich den technischen Fehler zu erklären, also waren auch die Herren nicht zur Stelle, um Frieda versehentlich Angst einzujagen.

Das war auch richtig so, und trotzdem hätte Emma gern von ihren Erlebnissen erzählt. Es hatte ja auch schöne Momente während des Flugs gegeben, und im Gegensatz zu ihrer Mutter würde sie niemals nie sagen, wenn es um die Frage ging, eines Tages wieder zu fliegen. Denn das hatte schon seinen Reiz, vor allem wollte sie die Insel gern noch einmal von oben sehen.

Sicher war es jedoch klüger, erst in Abwesenheit ihrer Mutter von den Abenteuern auf dem Flug zu erzählen, und so lenkte Emma das Gespräch in eine andere Richtung.

»Woher wusstet ihr denn, wann wir ankommen?«, fragte sie Bernhard. Nebenbei beobachtete sie ihre kleine Schwester, die ihr kaum ähnlich sah, und doch war sie ihr nicht fremd. Im Gegenteil, es war, als gäbe es ein unsichtbares Band zwischen ihnen.

»Mein Vater hat aus dem Adlon in der Strandvilla angerufen«, sagte Bernhard, »um Bescheid zu geben, wann ihr abgeflogen seid, und Matthis hat mich informiert.« Er deutete auf den jungen Mann, der in Uniform neben dem Hotel-Automobil stand und den Verschlag aufhielt.

Mit gerunzelter Stirn musterte Emma die Gesichtszüge des jungen Mannes.

Matthis … das war doch Matthis, der Zeitungsjunge?

»Ja, du hast einiges verpasst«, sagte ihre Mutter, als hätte sie ihre Gedanken erraten. »Matthis hat vor vielen Jahren als Page bei uns angefangen. In diesem Jahr ist er achtzehn geworden, hat längst weiterreichende Aufgaben im Hotel übernommen, unter anderem habe ich ihn zum Chauffeur ernannt, nachdem er seine Fahrlizenz mit Bravour bestanden hat.«

»Und du bist meine große Stiefschwester?« Mit kraus gezogenem Näschen wurde sie jetzt von Frieda gemustert – von ihrer kleinen Schwester, die schon so unfassbar groß geworden war und deren Scheu nach den ersten Minuten des Beschnupperns ganz offenbar in Neugierde umgeschlagen hatte.

Emma beugte sich zu ihr, aber sie wusste nicht so recht, wie sie ihre Schwester begrüßen sollte. Die Hand geben wäre merkwürdig … in den Arm nehmen aber noch zu viel. Also war Reden wohl das Beste. »Ja, ich habe dich zuletzt gesehen, als du noch ein Säugling warst. Ich habe dich viel auf dem Arm gehalten und gefüttert.«

»Mutter hat mir erzählt, dass du dich um mich gekümmert hast, als sie zu schwach war. Und du wohnst in Berlin? Wie ist es in der großen Stadt? Hast du dort keine Angst? Geht's dir gut? Meine Mutter hatte Sorge um dich. Warum hast du uns so lange nicht besucht? Und wie lange bleibst du?«

»Frieda!«, fuhr Moiken dazwischen. »Nun lass deine Schwester erst mal ankommen.«

Schon wieder diese leidige Angewohnheit ihrer Mutter, für andere sprechen zu müssen, dachte Emma entnervt. Allerdings war es tatsächlich besser, mit der Beantwortung mancher Fragen noch zu warten, und es war nun wirklich der falsche Zeitpunkt, mit ihrer Mutter zu diskutieren.

Also kniete sie sich zu ihrer fast sechzehn Jahre jüngeren Schwester hinunter, um mit ihr auf Augenhöhe zu sein. »Wir fahren jetzt schnell in die Strandvilla, und dann werde ich dir am Kamin in Ruhe deine Fragen beantworten. Außerdem bleibe ich ein paar Wochen …« Vielleicht, wollte Emma mit einem Seitenblick auf Adam hinzusetzen, der an ihr vorbei zum Automobil ging.

»Oh, wie schön, dass du so lange bleibst!«, rief Frieda. »Dann können wir uns zusammen das Schaufliegen ansehen.«

»Schaufliegen?«, entgegnete Emma ratlos.

»Das Plakat!«, sagte Frieda und deutete aufgeregt zu dem überdachten Wartebereich, wo man es aufgehängt hatte.

SCHAUFLIEGEN

Vorankündigung für die kommende Badesaison 1924
Das spektakuläre und neuartige Vergnügen für unsere Gäste
Jeden Sonntag um 14 Uhr bei geeignetem Wetter
Zum Zeichen werden in Westerland eine halbe Stunde vor
Beginn des Fliegens zwölf Kanonenschüsse abgefeuert.
Während des Schaufliegens
wird die Kurkapelle auf dem Flugplatz
konzertieren.
Die Besichtigung des Flugapparats ist gegen eine besondere
Gebühr von 50 Pf. ab 3 Uhr nachmittags gestattet.
Eintrittskarten: Logenplätze 1 Mark, Stehplätze 50 Pf.

Für das leibliche Wohl und Erfrischungen
(Siechen-Bier, Selter, Soda) auf dem Flugplatz
trägt das Hotel Victoria Sorge.

RUNDFLÜGE

Obwohl die Flugtechnik in den letzten Jahren
gewaltige Fortschritte gemacht hat, ist es nicht möglich,
bei jedem Wind und Wetter zu fliegen.
Bei Interesse wird um rechtzeitige Vorsprache gebeten,
der eine kurzfristige Vereinbarung folgt.

Die Badedirektion

Das klang sehr verlockend, aber ob sie bis zur kommenden Saison noch auf Sylt war? Für Frieda schienen ein paar Wochen jedenfalls ein dehnbarer Begriff zu sein, und wer wusste schon, was die kommende Zeit für Entscheidungen brachte? Vielleicht gefiel es ihr ja wieder auf Sylt?

In ihre Gedanken mischte sich noch eine andere Überlegung. Das Hotel Victoria …

Dieses Stichwort war bei Emma neben den spannenden Informationen hängen geblieben, und sie fragte sich, warum man ihrer Mutter nicht die Sorge um das leibliche Wohl der Zuschauer übertragen hatte – mit all ihren Köstlichkeiten aus dem Dünencafé wäre sie doch geradezu prädestiniert dafür.

Sie beschloss, ihre Mutter danach zu fragen, hauptsächlich, um damit von einer konkreten Antwort abzulenken, ob sie sich das Schaufliegen mit ihrer kleinen Schwester ansehen würde.

Ihre Mutter hatte eine schnelle Antwort: »Weil man mich erst gar nicht gefragt hat. Ich wusste davon bislang nichts, aber die Herren der Badedirektion geben sich ohnehin große Mühe, mich und mein

Tun zu ignorieren. Aber sei's drum, auf einen Flugplatz bringen mich ohnehin keine zehn Pferde mehr.«

»Aber Mutter, warum denn nicht?«, rief Frieda enttäuscht und entsetzt zugleich.

»Ich habe meine Gründe!«, entgegnete Moiken kurz angebunden.

»Das ist aber sehr schade«, murmelte Frieda und schlug die Augen nieder, sodass es Emma ganz leid ums Herz wurde.

Zugleich verspürte sie tiefen Groll gegen ihre Mutter, weil sie früher von ihr genauso behandelt worden war.

Es war ein Kreuz, denn es war einfach nicht möglich, ohne Streit mit ihr zu leben. Eigentlich hatte sie sich nach den Geschehnissen der vergangenen Tage geschworen, ihrer Mutter sanfter und nachsichtiger gegenüberzutreten, sich auch nicht mehr von ihr provozieren zu lassen, um ein schönes Miteinander zu ermöglichen.

Es war ihr eine Lehre gewesen, als sie ihre Mutter verloren geglaubt hatte und alles dafür geben wollte, sie in ihrem Leben zu behalten.

Dieser Wunsch war ihr vom Schicksal erfüllt worden, nach diesem Flug sogar zum zweiten Mal, doch der innerliche Groll zeigte ihr, wie schwierig ein gutes Verhältnis zu ihr sein würde.

Der Wille eines Kindes zählte bei ihr nicht. Mütterliche Entscheidungen waren unumstößlich, Erklärungen überflüssig, Diskussionen unerwünscht.

Nun, da hatte Frieda noch einiges zu lernen, dachte Emma, aber jetzt war sie ja zur Stelle, um ihrer kleinen Schwester den Widerspruch beizubringen. Bei diesem Gedanken freute sie sich diebisch, denn ein wenig Gegenwind konnte ihrer Mutter durchaus nicht schaden.

»Weißt du was, Frieda, wenn du dich so sehr dafür interessierst, dann gehen wir zusammen zur Flugschau«, beschloss sie kurzerhand und ihrer Mutter zum Trotz. Und sie setzte noch eins obendrauf. »Den Flugapparat besichtigen wir natürlich auch von innen, das ist nämlich sehr spannend, und weißt du, was du unbedingt sehen musst? Die Insel von oben. Ich werde uns zu einem Rundflug anmelden.«

»Wie schön!«, jubelte Frieda, doch sofort besann sie sich. »Aber nur, wenn das nicht zu teuer ist, und vor allem nur, wenn unsere Mutter das erlaubt.«

»Nicht notwendig«, entgegnete Moiken scharf. »Das hat sich erledigt, denn deine große Schwester wird ohnehin nicht bis zur nächsten Saison bleiben.«

Emma stutzte. Nun gut, sie hatte ihre Mutter provoziert, aber wie sollte sie das nun verstehen? War das eine Ausladung, kaum dass sie einen Fuß auf die Insel gesetzt hatte? Noch dazu die Art, wie ihre Mutter über sie hinweg sprach, brachte Emma in Rage.

»Sagt wer?«, hakte sie scharf ein. »Habe ich jemals genau gesagt, wann ich wieder abreise? Wolltest du nicht immer, dass ich nach Sylt zurückkehre?«

Irritiert blickte ihre Mutter auf sie, als sei sie eben aufgewacht. »Warum bist du immer gleich so aufbrausend, Emma? Du hast bisher nur von einer Winterkur gesprochen. Deshalb dachte ich …«

»Du dachtest! Das ist ja das Problem! Du fragst mich nie, was ich will. Und bei Frieda machst du es schon genauso. Immer entscheidest du über andere hinweg.«

Bernhard sah betreten zur Seite, während Frieda den Streit mit offenem Mund und sichtlichem Interesse verfolgte.

»Nun mal ganz langsam mit den jungen Pferden«, entgegnete ihre Mutter beherrscht. »Das ist eine Sache, die wir unter uns klären und nicht jetzt. Meine Güte, kaum sind wir angekommen, gibt es schon Streit. Nur so viel, damit dir eines klar ist, Emma: Ich habe dich nicht eingeladen, um mir Ärger ins Haus zu holen, sondern damit du gesund wirst und wir endlich ein stabiles Verhältnis zueinander entwickeln. Zweitens, du bist nicht hier, um dich in Friedas Erziehung einzumischen. Wir verstehen uns sehr gut, und im Gegensatz zu dir kann sie Regeln und Grenzen akzeptieren. Und drittens …« Moiken machte eine Atempause und holte tief Luft. »Untersteh dich, deine Schwester in Gefahr zu bringen. Der Flugplatz ist für Frieda tabu!«

»Jawohl, Herr General!« Emma schlug die Hacken zusammen und salutierte.

Frieda kicherte verhalten und hielt sich die Hand vor den Mund.

Bernhard prustete vor Lachen los.

Moiken wandte sich abrupt ab und ging wortlos voran zum Automobil, wo Adam schon ungeduldig wartete.

Das konnte ja heiter werden, dachte Emma. Heiter natürlich in doppelter Hinsicht. Adams grimmiger Blick vom Beifahrersitz sprach Bände, ebenso wie der wütende Gesichtsausdruck ihrer Mutter von der Rückbank aus.

»Möchtest du vielleicht mein Pferd reiten?«, fragte Frieda unvermittelt und hielt ihr die Zügel hin. »Strandkorb kann auch Erwachsene tragen, und ich glaube, unsere Mutter hat gerade ziemlich schlechte Laune. Da ist es wohl besser, wenn ich mit ihr zurückfahre.«

Emma stutzte, weil sie mit einem solchen Angebot nicht gerechnet hatte, und vor allem nicht damit, dass ihre kleine Schwester wie eine Erwachsene mitdachte. »Du bist ein Schatz und schon ein sehr vernünftiges Mädchen. Aber du tust das bitte nicht, weil du nicht mit deinem Pony übers Feld reiten sollst, sondern weil ich Automobilfahren hasse, und noch schlimmer ist es neben einer wütenden Mutter. Du tust mir also gerade einen großen Gefallen.«

»Euch beiden«, sagte Frieda, und ihr Lächeln wurde traurig. »Ich hasse nämlich Streit, weißt du?«

Geknickt betrachtete Emma ihre kleine Schwester. »Es tut mir leid, dass du mich so kennengelernt hast. Unsere Mutter bringt mich leider immer wieder zur Weißglut. Mir fehlt es einfach an Gelassenheit, manche Dinge hinzunehmen, wie sie sind.«

»Und ich habe nicht den Mut, manche Sachen zu ändern«, sagte Frieda und schlug die Augen nieder.

»Dann ergänzen wir uns ja vielleicht ganz gut«, fügte Emma mit einem leisen Lächeln an und streichelte ihrer Schwester über den Kopf. »Und jetzt lauf zu unserer Mutter, sie wartet schon.«

»Ich glaube nicht, dass wir uns ergänzen«, sagte Frieda und hob dabei skeptisch den Blick. »Ich weiß nämlich nicht, welche Dinge sich ändern lassen und welche nicht. Das hat mir Großvater Julius schon versucht beizubringen. Aber vielleicht lerne ich das ja eines Tages noch – und du auch. Dann ergänzen wir uns. Bis gleich in der Strandvilla!«

5. Buch

KAPITEL 19

Sylt, im Mai 1924

Komm, lieber Mai, und mache die Bäume wieder grün, und lass mir an dem Bache die kleinen Veilchen blüh'n. Wie möcht ich doch so gerne ein Veilchen wieder seh'n ...«

Endlich gingen ihr diese Liedzeilen wieder leicht von den Lippen. Nicht nur die Veilchen blühten im Vorgarten der Strandvilla, auch die Gäste kamen in Scharen und brachten Geld mit auf die Insel, das seit der Währungsreform wieder lockerer saß. Viele gönnten sich einen zusätzlichen Genuss, und so war auch das Dünencafé jeden Tag voll besetzt.

Sechs Jahre nach Kriegsende schien der Aufschwung endlich da zu sein. So ganz glauben konnte sie das noch nicht, zu sehr hatte sie in den vergangenen Jahren um Einnahmen gekämpft, die ihr nun in die Kassen gespült wurden, als kämen sie mit der Flut.

Hoffentlich war es nicht wie bei den Gezeiten, dass schon kurz darauf wieder Ebbe herrschte – hoffentlich blieb ihnen das Wunder der Rentenmark erhalten.

Schon um vier Uhr heute Morgen hatte sie in der Küche gestanden, um genügend Törtchen, Kuchen und Pralinen für ihr Dünencafé herzustellen. Zwischendurch, um halb sieben, hatte sie Frieda geweckt, mit ihr gefrühstückt und sie zur Schule geschickt, um zehn Uhr hatte sie sich nahtlos an die Buchhaltung gesetzt, und jetzt blieb ihr noch eine Stunde, in der sie sich wie immer an der Rezeption aufhielt, um die Gäste zu begrüßen, für deren Wünsche direkt ansprechbar zu sein und sich von Leopold aufs Laufende bringen zu lassen.

Das Verhältnis zu Emma war schwierig geblieben, das hatte auch die Zeit während ihrer Winterkur nicht geändert. Es hatte zwar wenig Streit, aber auch keine Annäherung gegeben, weil sie sich aus dem Weg gingen. Auch hatte es bislang noch kein Gespräch darüber gegeben, wie lange Emma noch bleiben wollte.

Der Morgen hatte ruhig begonnen, obwohl die Zimmer alle belegt waren, aber die Ruhe war nicht zuletzt in der Installation der neuen Lichtzeichenanlage begründet, damit keine lauten Klingelzeichen mehr bei Leopold aufliefen und durchs Foyer schallten.

Zugleich hatte er einen niedrigeren Empfangstresen bekommen, hinter dem er sitzen konnte, und von dem im Holz eingelassenen neuartigen Pult las er das entsprechende Leuchtzeichen unter der Zimmernummer ab und schickte den Pagen los.

Bei seiner Arbeit sitzen zu dürfen, tat Leopold sichtlich gut. Vorigen Monat hatte er seinen achtundsiebzigsten Geburtstag gefeiert, doch er dachte gar nicht daran, sich zur Ruhe zu setzen. Dementsprechend hatte er sich zunächst auch gegen den niedrigen Empfangstresen gewehrt, schließlich habe sie mit der Lichtzeichenanlage schon viel Geld ausgegeben.

Letztlich war ihm die gut gefüllte Buchungsliste dann Beruhigung genug gewesen, und er konnte diese Arbeitserleichterung in Form eines Sitzplatzes mit gutem Gewissen annehmen.

Dennoch sprang er auf, sobald sich ein Gast der Rezeption näherte, um diesen nach alter Manier im Stehen zu bedienen, und so stand er auch jetzt eilends auf, als er sie von der Treppe her kommen hörte.

»Guten Tag, gnädige Frau, wie geht es Ihnen?«

»Guten Tag, Leopold«, entgegnete sie lächelnd. »Gut geht's mir. Nur werde ich den Tag nicht mehr erleben, an dem Sie mich nicht gnädige Frau nennen. Ich hoffe nur, Ihnen geht es auch gut?« Forschend betrachtete sie ihn, weil er heute, wie so häufig in letzter Zeit, recht bleich wirkte.

Zu den Lachfältchen waren einige Falten hinzugekommen, seine Hände zitterten neuerdings, und überhaupt erschien es ihr, als wäre der augenscheinlich nie älter werdende Leopold in den vergangenen Monaten plötzlich um Jahre gealtert.

»Mir geht es sehr gut, vielen Dank, gnädige Frau.« Natürlich, etwas anderes bekam man von ihm nie zur Antwort, genauso, wie er sich das ›Gnädige Frau‹ nicht abgewöhnte.

»Gibt es Neuigkeiten?« Damit meinte sie sowohl die Nachrichten aus der Zeitung, für deren tägliches Studium ihr momentan die Zeit fehlte, als auch die Geschehnisse im Hotel.

»Zimmer sieben war mit den Kissen nicht zufrieden, aber da habe ich schon Abhilfe schaffen lassen – anstelle der weichen Daunen nun welche mit Schafwollfüllung. Zimmer zehn habe ich für die morgige Abreise eine Kiste Austern in List bestellt, Zimmer vier ist ausreiten, Zimmer zwei und drei promenieren durch die Stadt, Zimmer vierzehn ist im Café Orth, Zimmer zwölf macht einen Ausflug zur Seehundsjagd, alle anderen halten sich in der Strandvilla auf. Zimmer neun hat Mittagsruhe angekündigt und möchte nicht gestört werden. In den Zeitungen ist es ebenfalls ruhig, interessant ist heute nur das Ergebnis der Reichstagswahl. Die extremen Rechten haben hohe Stimmgewinne zu verzeichnen, was mit deutlichen Verlusten bei den gemäßigten bürgerlichen Parteien einhergeht. Insgesamt schlug sich ein Viertel der Wähler auf die Seite der republikfeindlichen Parteien.«

»Das klingt aber nicht gut«, konstatierte Moiken. Sorgenvoll runzelte sie die Stirn und ließ sich die Zeitung reichen, um sich von den genauen Zahlen ein Bild zu machen.

Leopold hob die Schultern und machte eine ratlose Geste. »Im Grunde darf es einen nicht wundern. Die Rechten sind mit radikalen Parolen in den Wahlkampf gezogen, auf die die Leute reagieren. Vielen geht es seit Kriegsende immer noch nicht wieder gut, zu viel Armut, zu viele finanzielle Verluste auch in der mittleren Bürgerschicht. Hätte die Wahl vergangenen Sommer oder Herbst stattgefunden, zur Zeit der Inflation, hätten sie wohl noch mehr Zulauf erfahren. Trösten wir uns damit und mit der Tatsache, dass der Hitler-Putsch gescheitert ist, dieser Tunichtgut jetzt im Gefängnis sitzt und diese NSDAP mit ihren gefährlichen Bestrebungen verboten wurde.«

Moiken legte die Zeitung beiseite, denn die Zahlen flößten ihr einen gehörigen Schrecken ein. »Ich fürchte, wenn unser Land in den kommenden Jahren nicht endlich zu einer wirtschaftlichen Stabilität zurückfindet, wird die Menge der Unzufriedenen noch größer werden, und das führt zu nichts Gutem. Auch dieser Hitler wird sich nicht mundtot machen lassen. Emma hat ihn persönlich in Berlin angetroffen, und was sie mir von ihm erzählt hat, klingt nicht so, als wäre er ein Mann, der sich von seinem Weg abbringen lässt. Der wird auch dafür sorgen, dass das Partei-Verbot aufgehoben wird. Man sieht ja, wie viele Anhänger es auf der rechten Seite gibt.«

»Des wird scho wieder wern, wern S' scho no segn.« Wie immer, wenn Leopold seine Gefühle sprechen ließ, wechselte er in den Wiener Schmäh.

Ja, dachte Moiken, sie machte sich immer und um alles Sorgen und manchmal auch zu viele davon – aber war das ein Wunder bei den vielen Aufgaben, die sie zu bewältigen hatte?

Ihr Sonnenscheinkind Frieda war tatsächlich die Einzige, um die sie sich nie Sorgen machen musste und die ihr praktisch keinen Kummer bereitete – im Gegensatz zu ihrer großen Schwester.

»Wissen Sie, wo Emma ist? Ist sie heute schon aus dem Haus gegangen?«

»Ja, aber sie hat wie immer nicht gesagt, wohin sie geht. Ich nehme aber an, Sie finden sie im fotografischen Atelier von Herrn Lassen.«

»Gut möglich«, entgegnete Moiken gedankenverloren. Über nahezu jeden Schritt ihrer Gäste wusste sie Bescheid, während die Wege ihrer Tochter im Dunkeln blieben. Wenn sie sich bei den Mahlzeiten trafen, tauschten sie nur Belanglosigkeiten aus und waren beiderseits um freundliche Worte bemüht.

Ehrlicherweise suchte Moiken auch nicht das tiefergehende Gespräch mit ihrer Tochter, denn ganz gleich, welche Erklärung Emma für ihr merkwürdiges Telegramm aus Berlin gehabt hatte, es blieb eine Tatsache, dass sie, Moiken, sich umsonst in Lebensgefahr begeben hatte – und das wirkte schlimmer nach, als sie angenommen hatte.

In ihren Albträumen fiel sie in eiskalte Wasserlöcher oder stürzte mit dem Flugzeug ab, und immer wachte sie schreiend auf. Tagsüber versuchte sie zu vergessen, was gewesen war, um pflichtbewusst ihrer Arbeit nachzugehen, bis sie nachts wieder vom Schrecken eingeholt wurde.

Dennoch, und das war wohl nur mit ihrem Mutterherz zu erklären, war sie froh darüber, ihre Tochter in ihrer Nähe zu haben und nicht mehr im fernen Berlin zu wissen.

Emmas Husten war unter dem Einfluss der heilenden Inselluft praktisch verschwunden – erwartungsgemäß. Erstaunlich war, dass Emma sich in ihrer Heimat wohler zu fühlen schien als gedacht, denn bislang hatte Emma noch kein Wort über ihre Abreise verlauten lassen, obwohl es schon Anfang Mai war.

Doch das Einzelzimmer im Wohnbereich der Strandvilla war ohnehin für private Gäste vorgesehen, also konnte Emma bleiben, solange sie wollte. Daran würde sie ihre Tochter nicht hindern, und dann würde man sehen, wie sich alles entwickelte – die Zeit war jedenfalls schon immer das beste Heilmittel gewesen.

Aber ob man sich darauf wirklich verlassen konnte? Oft genug bezweifelte sie es. Adam hingegen schien darauf zu hoffen, zumindest was ihr Verhältnis zu ihm betraf. Er hatte sie bis heute nicht darauf angesprochen, weshalb sie ihn als ihren Verlobten ausgegeben hatte, weil er sich das mit Sicherheit denken konnte, und er war einfühlsam genug, nicht nachzuhaken.

Andererseits war er seit Monaten am meisten mit sich selbst beschäftigt, seitdem der Weiterbau des Damms untersagt worden war, und seit ein paar Wochen war sein Zustand ganz schlimm geworden.

Wenn sie nur wüsste, was sie tun könnte, denn er verweigerte jedes Gespräch. Später würde sie ihn in seinem Zimmer aufsuchen und es erneut probieren, nun musste sie sich erst ihrer Pflicht widmen.

»Sagen Sie, Leopold, wo steckt unser Page? Er muss für mich noch zur Druckerei laufen und den Entwurf der neuen Speisekarte hinbringen, ich habe über den Winter ein paar neue Törtchen für mein Dünencafé ausprobiert, die ich zur Saison gern mit ins Programm aufnehmen möchte. Ach ja, und war die Modje mit ihren Waren schon da? Ich habe heute Nacht so viele Törtchen gebacken, dass ich für morgen dringend Warennachschub brauche.«

»Nein, sie kommt aber bestimmt gleich. Und Matthis macht einen Botengang zu Zimmer acht.«

»Ach, Sie wissen tatsächlich, wo er sich gerade aufhält?«, fragte sie und lachte dabei.

»Ja, die Zeiten ändern sich«, grinste Leopold. »Unser Page ist kein junger Feldhase mehr. Soll ich ihm die Unterlagen für die Druckerei aushändigen?«

»Nein, dazu muss ich ihm noch ein paar Dinge erklären, die er an Carl weitergeben muss. Aber Matthis ist ja sicher gleich zur Stelle.«

»Bestimmt. Er ist schon vor fünf Minuten los und bringt nur drei Eilbriefe auf Zimmer acht zu Herrn Baron von Laufenberg. Ach, unser Matthis ist wirklich ein flinker und fleißiger Bursche. Der kann mir eines Tages mal das Wasser reichen.«

»Das wird nie jemand können. Als Portier sind Sie unersetzlich, Leopold.«

Ihr Portier machte ein ernstes Gesicht. »Jeder Mensch ist ersetzbar. Und der Bursche ist auf jeden Fall schon flinker als ich, und Automobil fahren kann er auch. Das ist viel wert.« Er lächelte, doch zugleich flog ein Schatten über sein Gesicht, so schnell, wie eine

Wolke vor die Sonne zog. »Wenn es Ihre Zeit demnächst erlaubt, würde ich gern über etwas Wichtiges mit Ihnen sprechen, gnädige Frau.«

Moiken wurde nervös, was sie sich jedoch nicht anmerken ließ. »Für Sie habe ich immer Zeit, und im Moment tue ich nichts weiter, als auf unseren Pagen zu warten. Also, wo drückt der Schuh?«

»Es ist so …«, begann Leopold und druckste sichtlich herum. »Also, ich wollte sagen, ich muss Ihnen berichten, also ich habe mir erlaubt, unseren Pagen an der Rezeption etwas einzulernen. Weil, es ist so, ich werde nicht jünger, und vor allem meine Frau, es ist wegen meiner Frau. Wilma fällt die Küchenarbeit zunehmend schwer. Sehr schwer. Sie will es nur nicht zugeben.«

»Da schenken Sie sich gegenseitig nichts«, bemerkte Moiken liebevoll, dann ging sie auf sein eigentliches Anliegen ein. »Ich verstehe Sie richtig? Sie beide würden sich also gern zur wohlverdienten Ruhe setzen? Ist es das?« Das auszusprechen war schmerzlich, und vor allem kam es so plötzlich, obwohl sie längst darauf gewartet hatte.

Leopold nickte. »Meiner Frau zuliebe. Ich weiß noch gar nicht, was ich mit der Ruhe anfangen soll, aber das wird mir meine Wilma schon beibringen. Sie hat ja recht, jünger werden wir nicht, wer weiß, wie viele Tage uns noch miteinander vergönnt sind. Das Problem ist nur, und da drückt der Schuh, ich weiß nicht, wo wir hingehen sollen, die Strandvilla ist doch unser Zuhause.«

Das stimmte, seit vierzig Jahren lebten Wilma und Leopold unter diesem Dach, im wahrsten Sinne des Wortes, denn dort verfügten sie über zwei Zimmer mit eigenem Bad, ein Luxus, den Theodor ihnen schon zu ihrem fünfundzwanzigjährigen Dienstjubiläum zugedacht hatte.

»Hm …«, machte Moiken und tat, als müsse sie nachdenken, dabei hatte sie längst ihre Entscheidung getroffen. »Den Selbstfahrer hat Theodor ja bis ins Dachgeschoss bauen lassen, und Sie beide fahren gern damit – wie wäre es also, wenn Sie einfach in der Strandvilla wohnen bleiben?«

Leopold machte ein erstauntes Gesicht und schüttelte den Kopf. »Das ist ein sehr freundliches Angebot von Ihnen, gnädige Frau, aber wir haben leider nicht genug auf der hohen Kante, um uns die Wohnung lange leisten zu können, wenn wir beide nicht mehr arbeiten. Vielleicht sollte ich doch noch länger an der Rezeption …«

»Sie können gern stundenweise aushelfen, Leopold, denn so leicht werde ich nicht auf Sie verzichten können, aber nicht des Verdiensts wegen. Sie sollen Ihren Ruhestand genießen, und dazu gehört für Sie beide aufgrund Ihrer jahrzehntelangen Treue zum Haus selbstverständlich freie Kost und Logis in der Strandvilla auf Lebenszeit.«

»Das … also, ich … ich weiß gar nicht, was ich sagen soll …« Leopold wischte sich Tränen aus seinen Knopfaugen. »Ich …«

»Schon gut, es kommt von Herzen. Ach, da ist ja endlich unser Matthis!« Genau richtig, um Leopold aus seiner Verlegenheit zu befreien.

»Wo hast du denn so lange gesteckt?«, fragte sie ihren Pagen. »Du solltest doch nur drei Briefe auf Zimmer acht bringen.«

Matthis senkte schuldbewusst den Kopf. »Verzeihung, Frau von Lengenfeldt. Ja, es waren nur drei Briefe – aber ich hab erst das eine Kuvert ausgehändigt, dann bin ich den Flur zurück, hab gewartet, bin auf der Stelle gerannt, bis mir warm wurde, bin dann außer Atem mit dem zweiten Umschlag vor seiner Tür aufgetaucht … und alles wieder von vorne beim dritten Brief. Deshalb hat es leider etwas länger gedauert.«

Moiken wusste nicht, ob sie lachen oder ernst bleiben sollte. »Und warum hast du das gemacht?«

Matthis druckste herum. »Es ist so, der Herr Baron ist sehr knausrig mit dem Trinkgeld, und so musste er mir für jeden Brief welches geben. Schlussendlich habe ich das Trinkgeld bekommen, das man normalerweise für einen Brief erhält.«

»Und wer hat dir das beigebracht?«, fragte Leopold und streckte grinsend die Hand aus.

Schuldbewusst legte Matthis die Münze hinein.

»Ach was, schon gut, mein Kleiner. Das war doch nur ein Scherz.« Leopold gab Matthis das Geld zurück. »San S' dem Buam do bittschön ned bös, gnädige Frau, er hot's hoit von mia glernt.«

»Wenn das so ist«, sagte Moiken und lächelte nun auch. »Alles richtig gemacht, Matthis. Nur merk dir bitte für immer und alle Zeiten: Der Gast ist König im Hause, und so muss er behandelt werden.«

Matthis verbeugte sich. »Sehr wohl, Frau von Lengenfeldt.«

»Das war noch nicht alles«, hob sie an, »du musst dir noch etwas merken. Unbedingt. Denn das ist noch viel wichtiger: Der Gast ist König, aber wer dem Gast dient, hat mehr Respekt verdient als der Kaiser.«

Matthis stutzte. »Das klingt gut. Aber wir haben doch gar keinen Kaiser mehr.«

Alle lachten.

Als Moiken wieder ernst sein konnte, fügte sie hinzu: »Alte Schule. Da darf man ruhig mal diesen Vergleich bemühen. Die Regeln im Hotel werden sich auch in hundert Jahren nicht ändern. Apropos alte Schule – ich habe gehört, Leopold hat dich an der Rezeption eingelernt?«

»Hätte er das nicht tun dürfen? Bitte verzeihen Sie, aber mich hat das alles so sehr interessiert.«

Forschend musterte sie ihren Pagen. Als Zeitungsjungen hatte sie ihn kennengelernt, als Page hatte er sich verdient gemacht, als Chauffeur war er seit einem Jahr bei den Gästen sehr gefragt, und nun? Er war bei allen im Hause beliebt, er war außerordentlich fleißig und für seine Zuverlässigkeit und Pünktlichkeit bekannt.

Nach eigenem Bekunden fühlte er sich sehr wohl im Hotel, wie in einer großen Familie. Als Halbwaise hatte er es nie leicht gehabt, vergangenes Jahr hatte er auch noch seinen Vater verloren, und mit seinen neunzehn Jahren wäre er alt genug für eine neue verantwortungsvolle Aufgabe.

»Möchtest du vielleicht eines Tages die Nachfolge von Leopold antreten?«, fragte sie rundheraus, bewusst hatte sie die Frage mit dieser vagen Zeitangabe formuliert.

»Oh, das wäre ja …« Vor Überraschung suchte Matthis nach Worten und bekam rote Wangen. »Das wäre mir eine große Ehre, gnädige Frau.«

»Wie schön! Nur lass dir bitte nicht *alles* von Leopold beibringen«, scherzte Moiken, dann wandte sie sich an Leopold. »Ich nehme an, Sie sind auch damit einverstanden?«

»Einen besseren Nachfolger als Matthis kann ich mir nicht vorstellen.«

»Damit wäre das besiegelt.« Sie reichte Matthis feierlich die Hand. »Sagen wir zum ersten August? Dann hast du jetzt noch acht Wochen Zeit, dich an Leopolds Seite auf deine Aufgabe vorzubereiten.«

Matthis wusste offensichtlich nicht, wie ihm geschah. »Aber Sie sagten doch ›eines Tages‹?«

»Ist der erste August nicht eines Tages?«, gab sie lächelnd zurück. »Wenn ich dich anders gefragt hätte, hättest du aus Angst vor der frühen Verantwortung wahrscheinlich abgelehnt. Aber in acht Wochen lernst du noch viel, und in deine Aufgaben wächst du hinein, da bin ich mir sicher. Außerdem ist Leopold bei Fragen nicht aus der Welt, nur in seinem wohlverdienten Ruhestand, den er gern mit Wilma antreten möchte.«

»Ja, wenn das so ist …« Matthis straffte seine Haltung. »Dann bin ich bereit und gebe alles dafür, mit der Zeit ein würdiger Nachfolger zu werden. Und in den kommenden acht Wochen will ich in jeder freien Minute alles lernen, was zu lernen ist.«

»Das ist gut«, sagte Leopold, und damit bückte er sich, um einen Stapel gebundener Werke auf den Tresen zu hieven. »Dann wäre das mal der Anfang. Darin stehen die wichtigsten Regeln und Aufgaben eines Portiers.«

Matthis machte große Augen. »So viel?«

»Wie gesagt, das ist nur der Anfang.«

Matthis atmete tief durch. »In Ordnung. Ich habe ja gesagt, ich bin bereit. Ich werde alles lernen, was da drinsteht.«

Nun lachte Leopold. »Du hast den Test bestanden.« Er klopfte Matthis auf die Schulter und deutete danach auf den Stapel. »Das sind die Fernsprechverzeichnisse aller großen deutschen Städte. Wirst du oft brauchen. Alles andere bringe ich dir in den kommenden acht Wochen bei, keine Sorge, mein Junge.«

Matthis nickte sichtlich erleichtert, und Moiken war überzeugt, die richtige Wahl getroffen zu haben.

»Und ich«, hob sie an, »habe so lange Zeit, eine neue Küchenvorsteherin zu ernennen sowie mir einen neuen Pagen und Chauffeur zu suchen. Ah, vielleicht kommt da ja schon jemand Passendes zur Tür herein!«, bemerkte sie amüsiert, als das Portal aufschwang.

Kein neuer Page, keine neue Küchenvorsteherin, herein kam die Modje, die mit ihrem Kinderwagen nur schwer durch den Lieferanteneingang passte und deshalb immer den Vordereingang über die seitliche Schräge wählte, die ansonsten dem Koffertransport diente.

Der hellbeige Kinderwagen war so voll beladen, dass man glaubte, die dünnen Reifen müssten sich biegen – wer sich tatsächlich bog, das waren die Sommerfrischler auf der Straße, und zwar vor Lachen über die kuriose Auslieferungsmethode der kinderlosen Großmutter.

Traurig nur, weil niemand begriff, dass ihr Laden für Südfrüchte, Obst, Konserven und Schokoladen in der oberen Strandstraße ihr Kind war, das sie allein großgezogen hatte, und sich überdies kein

Ehemann gefunden hatte, der dieser selbstständigen Frau das Wasser reichen konnte.

»Entschuldigen Sie, dass ich heute etwas später dran bin«, sagte die kleine, wie immer in Schwarz gekleidete Frau.

»Das macht doch nichts«, wollte Moiken entgegnen, aber da redete die Modje schon weiter.

»Heute verabschiede ich mich von jedem meiner Kunden. Da braucht es ja doch ein paar mehr Worte.« Ihre streng nach hinten gebundenen Haare ließen ihr Gesicht noch ernster wirken.

»Verabschieden? Aber warum das denn?«, fragte Moiken entsetzt.

»Nun, ich muss einsehen, dass ich alt geworden bin, meine Beine tragen mich zwar noch, aber ich habe keine Kraft mehr, gegen die Beliebtheit der großen Warenhäuser zu kämpfen. Zudem komme ich gegen die Preise von H.B. Jensen nicht an. Ich schließe mein Geschäft zum Ende des Monats. In meine Räume wird ein Souvenirhändler einziehen.«

»Das ist aber sehr bedauerlich«, entgegnete Moiken betrübt, noch mehr, weil es ein weiterer Abschied war, der sich ihr ankündigte. Das war etwas viel in der kurzen Zeit.

»Es ist der Lauf der Dinge. Das Geschäft mit dem Nippeskram läuft sehr gut, aber das ist nicht meine Welt. Außerdem bin ich wirklich alt und will noch ein paar schöne Tage erleben – auch bei Ihnen im Dünencafé mit meiner Schwester. Ich hätte nur noch ein kleines Anliegen, wobei es für mich von großer Bedeutung ist.«

»Nur heraus mit der Sprache«, forderte Moiken sie freundlich auf, während sie die Nachricht über die Geschäftsaufgabe der Modje zu verdauen versuchte.

»Dort drüben«, sie deutete im Foyer auf eine Ecke, wo Friedas Puppenwagen seinen Platz als Dekoration gefunden hatte. »Ob da mein Kinderwagen nach Geschäftsaufgabe vielleicht dazu passt?«

Eigentlich nicht, dachte Moiken, dafür war er zu groß, und der Gedanke gefiel ihr nicht, aber das wollte sie nicht gleich laut aussprechen, um die Modje nicht vor den Kopf zu stoßen. »Warum wollen Sie Ihren Kinderwagen denn nicht behalten? Das ist doch so ein schönes Stück, und er begleitet Sie schon ein Leben lang.«

»Das ist genau der Grund. Über fünfzig Jahre habe ich ihn durch die Straßen geschoben, ohne das Kind darin, weil es nicht leben durfte. Hermann wäre heute vierundfünfzig Jahre alt – den Kinderwagen hatte ich damals schon gekauft.« Es fiel ihr sichtlich schwer weiterzusprechen, ihr Blick glitt in die Ferne. »Mein Kind habe ich tot zur Welt gebracht. Mein Mann folgte ihm drei Monate später nach, weil er sich das nicht verzeihen konnte. Als Arzt wusste er, welches Mittel er nehmen musste, um aus der Welt zu scheiden, aber er hatte keines gehabt, das unserem Sohn geholfen hätte.«

»Wie tragisch!«, rief Moiken aus. Zwar hatte sie nie über die Modje und ihren Kinderwagen gelacht, aber auch nie nach den Hintergründen gefragt, sondern es als Kuriosität abgetan. »Das wusste ich nicht.«

»So geht es vielen. Wer weiß schon noch, was vor fünfzig Jahren war. Und so, wie ich meinen Laden abschließen werde, möchte ich auch damit abschließen, die alte Jungfer mit dem Kinderwagen zu sein. Ich hatte mich selbst so sehr daran gewöhnt, dass ich nicht mehr aus dieser Rolle herauskam. Dafür ist es jetzt an der Zeit, und deshalb suche ich nach einem würdigen Platz für meinen Kinderwagen. Und da dachte ich, diese Ecke ist wie geschaffen dafür.«

Friedas Kinderwagen stand dort nur, weil ihre Tochter ihn ausgerechnet zuletzt dort geparkt hatte, bevor sie das Interesse daran verloren hatte, damit zu spielen.

Zugleich hatte sie es als Mutter nicht übers Herz gebracht, ihn zu verschenken oder in den Keller zu räumen. Also war er unbeabsichtigt zur Dekoration geworden, aber der Vorschlag der Modje war eigentlich gar nicht so schlecht.

Die Strandvilla als kinderfreundliches Hotel zu präsentieren war sogar eine sehr gute Idee, die sie längst hätte umsetzen sollen. Es wäre doch ein Leichtes, einige Zimmer dahingehend auszurüsten, und im Kinderwagen könnte sie entsprechendes Informationsmaterial für den Urlaub mit Kindern auslegen. Die Kinder von heute waren schließlich die Gäste von morgen.

»Das ist ein sehr guter Vorschlag«, sagte sie deshalb und erntete ein dankbares Lächeln von der Modje.

»Wie schön, dass der Kinderwagen in der Strandvilla einen Platz findet und wir uns auf das ein oder andere Stück Kuchen im Dünencafé sehen. Jetzt kann ich Sie ja häufiger beehren, nicht nur am Sonntag.«

»Das wäre wunderbar!«, sagte Moiken, »es ist nur so unvorstellbar, dass es Ihren Laden bald nicht mehr geben wird. Dann muss ich meine Waren zukünftig auch bei H.B. Jensen bestellen.«

»Wenn sich eine Tür schließt, geht eine neue auf, so sagt man doch«, gab die Modje erstaunlich ungerührt zurück, sodass Moiken davon ausging, dass die alte Frau ihre echten Gefühle verbarg. »Das Leben geht weiter, auch für mich. Bis es eines Tages zu Ende ist. Es hat also alles irgendwann ein Ende. Warum also daran verzweifeln?« Die Modje besann sich nun augenscheinlich auf ihre Aufgabe und hatte es plötzlich ziemlich eilig, den Kinderwagen weiter zum Küchentrakt zu schieben. An ihrer erstickten Stimme erkannte Moiken, dass der Modje der Abschied keinesfalls so leichtfiel, wie sie vorgab. »Ich bringe die Waren an ihren Platz.«

»Danke!«, rief sie der Modje nach, und kaum, dass sie ihrem Blickfeld entschwunden war, seufzte sie: »So habe ich mir das mit den neuen Zeiten nicht vorgestellt. Das ist gerade ein bisschen viel auf einmal. Zu viel Abschied.«

»Wir sind ja nicht aus der Welt …«, tröstete Leopold. »Und wir Alten können ganz schön nerven.«

»Ach, das ist doch Unsinn! Als ob ich jemals von Ihnen oder Wilma genervt gewesen wäre.«

»Warten Sie's nur ab. Das kommt noch. Das machen wir Alten irgendwann, damit der Abschied von uns leichter fällt, wenn wir eines Tages wirklich gehen müssen.«

Moiken blieb ihm eine Antwort schuldig, denn die Tür schwang erneut auf, und Dr. Nicolas kam herein.

»Sagen Sie jetzt nicht, dass Sie sich auch zur Ruhe setzen wollen?«, entfuhr es ihr.

»Ich?« Er drehte sich um, so als könne sie jemanden hinter ihm gemeint haben. »Sehe ich so aus?«

Äußerlich nicht, dachte Moiken, denn da wirkte er wie ein Sechzigjähriger in seinem blütenweißen Anzug. Das genaue Alter von Dr. Nicolas kannte sie nicht, da er sie jedoch schon als Kind behandelt hatte, müsste er jetzt in der Tat schon auf die achtzig zugehen, was man nicht für möglich hielt. Er selbst wohl auch nicht, darum dachte er noch immer nicht daran, seinen abgewetzten braunen Arztkoffer und damit sich selbst außer Dienst zu stellen.

Er zog seine Brille mit den kleinen runden Gläsern aus dem Revers und setzte sie auf. »Solange ich noch einen Kranken auf dieser Insel finde, habe ich eine Aufgabe. Nun also, jemand krank?«

»Alle gesund«, gab Moiken auf seine standardmäßige Frage zurück, und ihr tat der Arzt ein bisschen leid. »Falls Sie Emmas Lunge abhorchen möchten, ich weiß nicht, wo meine Tochter gerade steckt. Vielleicht bei Bernhard im Atelier. Aber sie hustet kaum noch.«

Dr. Nicolas seufzte. »Ich habe Ihr Fräulein Tochter seit drei Wochen nicht mehr unters Stethoskop bekommen. Das sind Zeiten«, seufzte er, »in denen die Ärzte ihren Kranken hinterherlaufen müssen. Nur so flink bin ich leider nicht mehr.«

»Sie haben doch dafür gesorgt, dass Emma wieder so schnell laufen kann«, entgegnete Moiken schmunzelnd, allerdings wurde sie sogleich wieder ernst und trat einen Schritt näher an Dr. Nicolas heran, um vertraulich mit ihm zu sprechen.

Ihr lag etwas auf dem Herzen, und wenn er nun schon da war … sie wusste nur nicht recht, wie sie anfangen sollte. Ohnehin war es besser, sich vorsichtig an das Thema heranzutasten, denn sie war sich nicht sicher, ob er überhaupt der richtige Ansprechpartner war, trotzdem er Arzt war.

»Kennen Sie eigentlich das neue Buch von Sigmund Freud? Ist das eine empfehlenswerte Lektüre, auch für den Laien?«

Dr. Nicolas runzelte die Stirn und rückte seine Brille auf der Nase zurecht. »Verwechseln Sie mich gerade mit Julius? Ich bin Arzt und kein Buchhändler.«

»Das weiß ich … ich wollte nur fragen, ob Sie das Buch, in dem er ein Modell der Psyche entwirft, eventuell gelesen haben?«

»Nein, Bücher erzählen über die Theorie, ich kenne die Praxis, also, worum geht es Ihnen?«

»Es ist so …« Ihr fehlten die Worte. Es ging um Adam, dachte sie, er verweigerte seit Ende des Jahres, seit der Rückkehr auf die Insel, jegliche Hilfe, erst recht wollte er keinen Arzt sehen. Er wollte niemanden sehen.

Seit fünf Monaten saß er in seinem Zimmer, und seit ein paar Wochen war es ganz schlimm geworden. Die Vorhänge zum Meer waren Tag und Nacht zugezogen. Er aß wenig, und ein Gespräch mit ihm war nicht möglich, weil keine Antworten folgten. Nicht so wie vor Weihnachten, als er über dem Brief an das Reichsverkehrsministerium gebrütet hatte. Jetzt war es anders – schlimmer.

Wenn sie ihn fragte, ob sie ihm etwas Gutes tun könnte, vielleicht auch mal ein kleiner Spaziergang, oder wenn sie ihm sagte, dass sie seine Besuche im Dünencafé vermisste, oder fragte, ob sie ihm seinen geliebten Kaffee und ein Mokkatörtchen aufs Zimmer bringen sollte, erntete sie stets ein Schulterzucken, und das allein schien ihn enorme Kraft zu kosten.

Ihm war alles gleichgültig geworden. So gleichgültig, dass es sie körperlich schmerzte.

An jenen seltenen Tagen, an denen er wenigstens den Weg aus dem Bett fand, saß er an seinem leeren Schreibtisch, und es schien ihm nichts auszumachen. Er saß dort und tat nichts. Über Stunden hinweg. Es war, als ob er aus einer leeren Hülle bestünde.

In ihrer Not hatte sie sogar schon den Morsumer Pastor angerufen, der zugleich als Dammbaupastor auch für die Seelsorge der Männer auf der Baustelle zuständig gewesen war und von dem sie wusste, dass Adam ihn sehr schätzte.

Auch diesen Besuch hatte Adam abgelehnt.

»Es ist – was?«, fragte Dr. Nicolas, und erst jetzt fiel ihr auf, dass sie in ihren Gedanken hängen geblieben war.

Doch sie musste ihm die Antwort vorerst schuldig bleiben, denn die Modje kehrte mit dem Kinderwagen zurück und schob ihn mit einer vorsichtigen, fast zärtlichen Bewegung an den vereinbarten Platz im Foyer. »Ich freue mich, dass er in der Strandvilla zu neuen Ehren kommt«, betonte sie und grüßte Dr. Nicolas.

»Bin ich da etwa über gewisse Umstände nicht im Bilde?«, fragte er prompt und warf einen prüfenden Blick auf Moikens Bauch.

»Dafür bin ich mit meinen sechsundvierzig Jahren schon zu alt«, entgegnete sie lachend. »Nein, das gute Stück soll als Dekoration zu Ehren kommen«, konkretisierte sie und wollte noch ein paar herzliche Worte an die Modje richten, doch die konnte nicht schnell genug nach draußen gelangen.

»Was ist denn mit unserer Modje los?«, wunderte sich Dr. Nicolas. »Ist sie jetzt auch schon auf der Flucht vor mir?«

»Nein, bestimmt nicht«, beruhigte sie den Arzt. »Sie leidet unter Abschiedsschmerz, sie schließt ihren Laden zum Ende des Monats.«

»Oh, dann verstehe ich«, sagte Dr. Nicolas, und sie fragte sich, ob er von der Totgeburt wusste, aber sie sprach es nicht an.

»Nun also, worüber wollten Sie mit mir sprechen?«, hakte er stattdessen nach.

Über Adam, formulierte sie im Stillen, vielleicht war es auch nichts Schlimmes, er sagte immer, sie würde übertreiben und er brauche nichts weiter als ein wenig Ruhe. Aber sie empfand seinen Zustand als beängstigend und machte sich Sorgen um ihn – in seinen Augen jedoch zu viele Sorgen. Aber sie konnte das doch nicht länger mit ansehen, mittlerweile hatte sie richtig Angst um ihn. Also musste sie heraus mit der Sprache.

»Es geht um Herrn von Baudissin. Es geht ihm nicht gut, gar nicht gut. Also, nicht körperlich. Es ist … anders.«

Dr. Nicolas musterte sie eingehend, so als sei sie die Patientin. »Sagt er das, oder glauben Sie das?«

Verdammt, dachte Moiken, und sie hätte sich selbst ohrfeigen können. Besser, sie hätte den Arzt doch nicht angesprochen und auf Adam gehört, dass er einfach nur seine Ruhe brauchte.

»Ich glaube das nur«, gab sie zerknirscht zu. »Herr von Baudissin sagt, ich würde mir zu viele Sorgen um ihn machen. Aber …«, setzte sie zu ihrer Verteidigung an, »er sitzt seit fünf Monaten auf seinem Zimmer, will keinen sehen, mit niemandem sprechen und isst kaum.«

»Das wollte ich nur hören. Wer eine kranke Seele hat, reagiert genau so und verweigert oft jede Hilfe, denn derjenige merkt selbst meistens nicht, wie krank er ist. Es ist gut, dass Sie mir Bescheid gegeben haben. Ich werde gleich zu ihm gehen.«

»Warten sie!« Ein schlechtes Gewissen überfiel sie, weil sie gegen Adams Willen handelte. »Ich glaube, er wird Sie nicht reinlassen. Er hat ausdrücklich gesagt, dass er keinen Arzt braucht.«

»Gnädige Frau, das ist mein täglich Brot«, erwiderte Dr. Nicolas lächelnd. »Den Tag, an dem alle meine Patienten freiwillig zu mir kommen, werde ich nicht mehr erleben. Mit Ihrem Mann werde ich schon zurechtkommen, da machen Sie sich keine Sorgen. Sie haben richtig gehandelt.«

»Er ist nicht mein Mann«, korrigierte sie reflexartig.

»Verzeihung, ich meinte, Ihr Verlobter.«

Auch das nicht, wollte Moiken entgegnen, doch sie schwieg, so wie sie allen, auch Emma, gegenüber schwieg und nicht aufklärte, dass es in Berlin nur ein spontaner Entschluss gewesen war, Adam als ihren Verlobten vorzustellen, um vor Boy und Felice das Gesicht zu wahren.

In absehbarer Zeit, wenn es Adam wieder besser ging, würde sie sich ohnehin mit ihm verloben, schließlich gab Boy ihr keinen Anlass, an der Richtigkeit dieser Entscheidung zu zweifeln.

Kein Wunder, er war ja mit seiner Felice glücklich, bis heute hatte er sich nicht direkt gemeldet, sondern immer nur bei seiner Tochter. Dabei hatte sie seine Zeichen beim Abschied so verstanden, dass er das Gespräch mit ihr suchte, sie hatte gehofft, er würde ihren Hinweis aufgreifen, wann sie ungestört telefonieren konnten, aber da hatte sie sich gründlich getäuscht.

»Es war richtig, dass Sie mich informiert haben. Warten Sie bitte hier auf mich«, sagte Dr. Nicolas, wohl im Glauben, dass sie sich darüber noch Gedanken machte. Er verabschiedete sich nach einer leichten Verbeugung ins obere Stockwerk, wobei auch er, trotz seines Alters, die Treppe nahm.

Sorgenvoll sah sie ihm hinterher und hoffte, dass Adam ihn einlassen würde.

Viel Hoffnung hatte sie nicht, in jeglicher Hinsicht.

Es blieb ihr keine Zeit mehr, in Gedanken noch länger bei Adam zu sein, denn der Selbstfahrer kündigte mit ratternden Geräuschen seine Ankunft im Foyer an.

Heraus spazierte Zimmer sieben, Herr und Frau von der Aue, zum ersten Mal Gäste in der Strandvilla. Stadtfein herausgeputzt steuerten sie direkt die Rezeption an.

»Herr und Frau von der Aue, ich bin erfreut, Sie zu sehen. Sind Sie denn mit den neuen Kissen zufrieden, die Ihnen aufs Zimmer gebracht wurden?«, fragte Moiken umgehend.

»Ich bin erstaunt«, entgegnete Herr von der Aue.

»Über die Kissen?«, gab Moiken in gleichem Ton zurück. »Nun, das ist Schafwolle, die Daunenkissen waren Ihnen ja zu weich.«

»Ich meine nicht die Kissen – in der Tat, mich verwundert, dass Sie über die Vorgänge in Ihrem Hotel so gut informiert sind.«

Moiken lächelte. »Nun, das liegt an meinem geschätzten Portier Leopold, er hält die Zügel in der Hand.«

»Da hörst du es, Hedda«, sagte er an seine Frau gewandt, dann lachte er. »Meine Frau hat nämlich geglaubt, dass Sie, liebe Frau von Lengenfeldt, die Zügel in der Hand halten, aber ich habe ihr gleich gesagt, dass das nicht sein kann. Eine Frau leitet nicht die Geschicke eines solch großen Hotels, damit wäre sie vollkommen überfordert, und wie man hört, hatte ich recht. Sagen Sie, Herr Leopold, wo kann man in Westerland gutes Schuhwerk kaufen, meine Frau benötigt ein solides Paar, solche unbefestigten Straßen sind in Berlin längst passé.«

Seine antiquierten Ansichten noch viel mehr, dachte Moiken, inklusive seiner unausgesprochenen Meinung, nur Leopold könne ihm Auskunft erteilen. »In der Strandstraße, gegenüber dem Café Wiedermann, bei Geikens Modehaus«, hob sie mit ausgesuchter Freundlichkeit an. »Es ist das größte Spezialgeschäft am Platze, stets mit allen Neuheiten aus Berlin, Paris, London und Wien versorgt. Sehr zu empfehlen.«

»Ah ja«, entgegnete Herr von der Aue leicht pikiert, doch nachdem Leopold nichts weiter ergänzte, sagte er: »Nun gut, vielleicht finden wir dort ja Schuhe für dich, die mir gefallen, nicht wahr, Hedda?«

Seine Frau lächelte ihn an, wirkte dabei aber alles andere als glücklich.

Hatte er wirklich gesagt, ›Schuhe für dich, die mir gefallen‹? Moiken hoffte, sich verhört zu haben, wusste es jedoch besser.

»Dann viel Erfolg«, presste sie hervor. »Und Ihnen beiden noch einen schönen Nachmittag.«

Nachdem die Gäste gegangen waren, durchsuchte Leopold die Gästekartei und murmelte dabei: »Von der Aue, von der Aue, von der Aue …« Er zog die entsprechende Karte heraus und hielt sie Matthis hin. »Zweite Lektion: das Gedächtnis der Strandvilla. Hier habe ich bereits vermerkt, dass die Herrschaften bei ihrem nächsten Aufenthalt Schafwollkissen wünschen. Außerdem steht hier: Kaffee um 6.35 Uhr aufs Zimmer, Goldrandtassen, Handtücher aus Leinen, keine Baumwolle, Fenster stets geschlossen halten. Wir ergänzen nun …« Er zückte einen Stift und notierte. »Herausragend.«

»Ich nehme an, das ist ganz in Ihrem Sinne, gnädige Frau?«

Moiken nickte und bemühte sich, trotz ihres Ärgers nicht zu lachen.

»Weshalb herausragend?«, fragte Matthis.

»Das ist ein verschlüsseltes Kennwort. Es steht für herausragend schlechtes Benehmen. Solche Gäste nehme ich ein zweites Mal nur in wirtschaftlich schwierigen Zeiten an. Solange wir sie uns aussuchen können, sind für solche Gäste die Zimmer der Strandvilla grundsätzlich belegt.«

»Ach, so läuft das«, schmunzelte Matthis.

Leopold zuckte mit den Schultern und grinste wie ein junger Lausbub. »Das ist der Grund, weshalb wir in der Strandvilla fast nur nette und angenehme Gäste haben. Die anderen kommen nur einmal, und dann darf sich die Konkurrenz mit ihnen herumärgern.« Jetzt lachte er. »Denk daran, du bist der Kaiser, und der lässt sich nicht auf der Nase herumtanzen.«

»In ganz schlimmen Fällen«, ergänzte Moiken zur Erklärung für Matthis, »verständigst du mich, und ich händige den betreffenden Herrschaften das Kursbuch der Bahn aus. Eine unmissverständliche Aufforderung, sich um eine vorzeitige Abreise zu kümmern.«

»Sehr resolut«, bemerkte Matthis anerkennend.

Wenn das nur immer so leicht wäre, dachte Moiken resigniert. Im Krieg hatten viele Frauen die Aufgaben von Männern übernommen, während diese beim Militär gedient hatten, und unter Beweis gestellt, dass sie ein vollwertiger Ersatz waren und manchmal sogar die Geschicke besser in der Hand hielten als zuvor ihre Männer.

Das passte der Männerwelt natürlich nicht. Schnell war nach dem Krieg wieder alles beim Alten gewesen, denn die Frauen, die über Jahre auf sich allein gestellt waren, überließen ihren Männern zugleich wieder bereitwillig die Führung.

Doch immerhin, seit sechs Jahren gab es das Frauenwahlrecht. Die Röcke wurden kürzer, das Leben bunter, und manche Frauen wollten sich nicht unterbuttern lassen. Die hatten es besonders schwer.

Moiken horchte auf, als zwei fröhliche Stimmen vor dem Portal ertönten, die eine heller als die andere, und beide hätte sie aus Tausenden herausgehört.

Ihre beiden Töchter kamen in munterem Laufschritt herein, Frieda hatte ihre Schulmappe unter den Arm geklemmt und winkte fröhlich. »Ich habe heute ein ›Sehr gut‹ bekommen«, rief sie zur Begrüßung. »Die Frau Lehrerin hat meinen Aufsatz sehr gelobt und vor der ganzen Klasse vorgelesen.«

»Das ist die schönste Nachricht des Tages!«, rief Moiken und umarmte ihre Frieda.

Ihre große Tochter blieb wie immer auf Distanz, und sie nickten sich zur Begrüßung lediglich zu.

Offenkundig war Emma beim Friseur gewesen, denn ihre Haare waren noch kürzer als sonst, mit gutem Willen noch streichholzlang. Zugegeben, das stand ihr ziemlich gut, aber ansprechen wollte Moiken es nicht, viel lieber widmete sie sich Frieda. »Um was geht es denn in deiner Geschichte?«

»Sie heißt ›Mein erster Flug‹, und meine Frau Lehrerin sagt, ich hätte die Gabe, sehr spannend zu schreiben, und es klänge fast so, als sei ich schon einmal geflogen. Aber ich habe nur das verwendet, was Emma mir erzählt hat. Möchtest du die Geschichte gleich lesen?«

Moiken warf ihrer großen Tochter einen strafenden Blick zu. Es war abgemacht gewesen, mit Frieda nicht über den Flug zu sprechen, genauso wenig wie über Flugzeuge selbst.

Im kommenden Monat fand die Flugschau statt, und sollte sich Emma bis dahin noch auf der Insel befinden, würde sie Frieda besonders im Blick behalten.

»Heute Abend wahrscheinlich«, entgegnete sie Frieda knapp. »Ich bin praktisch schon auf dem Weg ins Dünencafé.«

»Dann würde ich sie gern heute Nachmittag lesen, sobald ich frei habe«, mischte sich Matthis unvermittelt ein. »Ich habe bei diesem strengen Drachen nie ein ›Sehr gut‹ bekommen, nicht mal ein ›Gut‹. Gibst du mir dein Heft?«

»Du interessierst dich für meinen Aufsatz?« Frieda bekam hochrote Wangen und reichte es ihm.

»Warum nicht, schließlich ist er von dir, und es ist ein spannendes Thema.«

Wenn Friedas Wangen Feuer fangen könnten, dann müssten sie jetzt brennen. Seit wann reagierte ihre Tochter denn so verlegen, fragte sich Moiken, und was war das für ein Blick, den ihre Tochter Matthis zuwarf? Frieda schwärmte doch nicht etwa für den deutlich älteren Pagen?

»Mir fällt gerade ein, dass ich heute Abend doch keine Zeit habe, also nehme ich den Aufsatz jetzt mit«, bemerkte sie, um Beiläufigkeit bemüht. »Bestimmt finde ich zwischendurch ein paar ruhige Minuten, um ihn zu lesen.«

Frieda wirkte tatsächlich enttäuscht, reichte ihr jedoch sofort das Heft. Sehr schön, damit war der nähere Kontakt zu Matthis unterbunden, dachte Moiken erleichtert, und bei nächster Gelegenheit würde sie ein grundsätzliches Wort mit ihm sprechen, was irgendwelche Liebschaften im Hotel anbelangte.

»Ich habe Frieda von der Schule abgeholt, und wir wollten gleich zum Lawn-Tennis-Turnier«, ließ sich nun Emma vernehmen.

»Ja, und Emma wollte mir bei der Gelegenheit zeigen, wie man mit der Kamera umgeht.«

»Nein«, sagte Moiken reflexartig.

»Nein? Aber was ist denn dagegen einzuwenden?«, fragte Frieda erstaunt.

Hörte sie da etwa zum ersten Mal so etwas wie einen Widerspruch von ihrer Tochter?

»Das frage ich mich auch«, bemerkte Emma. »Wir gehen zu Fuß nur ein paar Straßen weiter, Tennis ist harmlos, und gegen die Fotografie hast du noch nie etwas einzuwenden gehabt.«

»Zur Belohnung von meiner Frau Lehrerin muss ich heute auch keine Hausaufgaben machen«, setzte Frieda hinzu und sah sie bittend, ja fast flehend an.

Moiken seufzte innerlich. Lange Jahre hatte sie es bedauert, dass die Geschwister keinen Kontakt zueinander hatten, und nun wurde er ihr zu eng, denn Frieda sollte sich nicht zu viel von Emma abschauen, vor allem nicht von deren Verhalten.

Aber wenn sie bei ihrem Nein blieb, würde sie sich bei Frieda unbeliebt machen, und das war der falsche Weg. Also blieb ihr nur eine Entscheidung. »Nun, wenn dem so ist, Frieda, dass du keine Hausaufgaben hast, dann lauf! Aber unmittelbar nach dem Turnier kommst du ins Dünencafé, hast du gehört?«

»Natürlich, Mutter!«, rief Frieda und gab ihr einen Kuss. »Vielen Dank für deine Erlaubnis, und ich hoffe, meine Geschichte gefällt dir.«

»Ja«, gab sie vage zurück, aber das hörte Frieda schon nicht mehr, denn sie lief ihrer großen Schwester voraus nach draußen.

»Emma, warte bitte! Dr. Nicolas ist gerade im Haus, er möchte gern noch deine Lunge abhorchen. Er hat mir gesagt, dass er dich schon seit drei Wochen nicht mehr untersucht hat.«

»Dann kommt es auf einen weiteren Tag auch nicht an!«, rief Emma über die Schulter zurück. »Ich habe jetzt keine Zeit, das weißt du doch.«

Resigniert blieb Moiken zurück, und prompt kam Dr. Nicolas in diesem Moment die Treppe herunter. »Habe ich da gerade Ihr Fräulein Tochter durch die Tür entwischen sehen, oder habe ich schon Halluzinationen?«, fragte er.

»Sie hatte es eilig«, antwortete Moiken ehrlich, »und wollte nicht auf eine Untersuchung warten.«

»Es ist doch ein Kreuz mit den Patienten«, seufzte Dr. Nicolas.

»Hat Herr von Baudissin auch nicht mit sich reden lassen?«, fragte sie ahnungsvoll. Wobei Adam den Arzt offenkundig in sein Zimmer gelassen hatte, so lange, wie er weg gewesen war.

Dr. Nicolas nahm sie beiseite und sagte dann leise: »Ich muss Ihnen leider bestätigen, dass Herr von Baudissin sehr krank ist. Er hat eine schwere seelische Verstimmung, bei der Johanniskraut leider nur bedingt helfen wird. Achten Sie darauf, dass er den Teeaufguss trotzdem dreimal täglich trinkt, den ich ihm verordnet habe. Außerdem sollten Sie regelmäßig nach ihm sehen, ihn aber nicht durch Sprechen überfordern. Zeigen Sie ihm einfach nur, dass Sie da sind, und – ich will ganz ehrlich sein –, es ist nicht auszuschließen, dass er sich etwas antut. Darauf müssen Sie leider gefasst sein. Wir könnten ihn natürlich unter Vorspiegelung falscher Tatsachen in eine Anstalt für Geisteskranke aufs Festland bringen lassen, aber dort wird man ihn festbinden …«

»Nein«, schloss Moiken kategorisch aus. »Das kommt nicht infrage! Daran würde er vollends zerbrechen, wenn man ihn fesselt. Ich werde mich um ihn kümmern.«

»Wirklich helfen kann ihm wohl nur eines: Wenn der Dammbau wieder aufgenommen wird. Aber ob das jemals der Fall sein wird … und wenn, dann noch rechtzeitig für ihn?«

KAPITEL 20

Sylt, noch im Mai 1924

Moiken räumte die Silbertabletts von den beiden mehrstöckigen Servierwagen, die zwei Bedienstete aus der Küche der Strandvilla gebracht hatten, und stellte die Kuchen, Törtchen und Pralinen zu einem bunten Ensemble in die Auslage, die die Gäste Tag für Tag bestaunten. Seit dieser Saison war zum Feierabend kein Krümel mehr davon übrig.

Ein sanfter Wind trug frische Meeresluft herein, die ihre Müdigkeit vertrieb und ihre Laune verbesserte.

So wie der Tag begonnen hatte, konnte er ja nur noch besser werden, dachte Moiken seufzend. Wann hatte sie eigentlich in diesem Jahr mal einen freien Tag gehabt? Gar nicht, musste sie erschöpft feststellen. Die wenigen freien Stunden, in denen sie wirklich einmal Zeit für sich gehabt hatte, waren nicht der Rede wert.

Vielleicht sollte sie doch darüber nachdenken, zur Unterstützung eine Servierkraft einzustellen, die vielleicht sogar stundenweise allein im Dünencafé arbeiten könnte? Die Saison lief sehr gut an, eine Angestellte könnte sie sich leisten …

Gedankenverloren rückte sie unter den Klängen der Kaffeehausmelodien aus dem Grammofon die Mandeltorte, die Zitronenrolle und die Passionsfruchttörtchen in der Auslage zurecht. Letztere hatte Theodor so geliebt, und als exotischer Gaumengenuss waren sie immer schnell ausverkauft.

Der Renner war jedoch unverändert ihre Schoko-Düne, die als halbgefrorene Köstlichkeit auf Bestellung aus dem Eiskeller der Strandvilla gebracht wurde. Genau genommen pendelte eines der

Küchenmädchen nur noch zwischen Dünenpavillon und Strandvilla hin und her.

Das Musikstück war schon wieder zu Ende, und Moiken dachte, wie schön es doch wäre, wenn es endlich ein Abspielgerät gäbe, bei dem die Musik so lange lief, wie man wollte. Das würde sie sofort kaufen.

In ihre Überlegungen hinein erklangen Schritte auf der Terrasse.

Die Gäste konnten es auch heute kaum abwarten, bis endlich geöffnet wurde. In diesem Jahr feierte ihr Dünencafé bereits zehnjähriges Jubiläum. Kaum zu glauben, dachte Moiken, und in der Erinnerung kehrte sie zurück an den Tag der Eröffnung, an dem kein einziger Gast da gewesen war, und daran, wie schwierig die Zeiten zwischendurch gewesen waren.

»Ich öffne in zehn Minuten, bitte nehmen Sie gern schon auf der Terrasse Platz«, rief sie freundlich hinaus.

»Ich möchte mich nicht setzen, ich möchte mit dir reden, und darum bin ich extra ein bisschen früher gekommen.«

Moiken horchte nach der weiblichen Stimme, dem kratzigen, etwas tiefen Klang, der ihr wohlbekannt war, auch wenn sie ihn schon länger nicht mehr gehört hatte – zum Glück.

Henriette. Ausgerechnet Henriette erschien in der Tür.

Ihre Erzfeindin, der sie zuletzt im August vergangenen Jahres vor dem Hotel begegnet war, als sie mit dem Automobil nach Morsum fahren wollte, weil sie Bernhard Arbeit beim Dammbau beschafft hatte.

Letzteres hatte Henriette bei der Gelegenheit erfahren, aber ein Dankeschön hatte sie nie dafür gehört, ganz im Gegenteil. »Was führt dich zu mir?«, fragte Moiken ihre ehemals beste Freundin mit dem kurzen, flammend roten Haar, die ihr ewige Feindschaft geschworen hatte.

»Können wir unseren Zwist nicht vielleicht begraben?«, entgegnete Henriette rundheraus, sodass Moiken vor Überraschung der Mund offen stehen blieb.

»Wie bitte?«, fragte sie, als hätte sie nicht richtig verstanden, aber sie verstand die Welt wirklich nicht mehr. »Als wir uns das letzte Mal begegnet sind, hast du mir geschworen, mir den Rest meines Lebens im Weg zu stehen – und das alles nur, weil *du* nicht glücklich bist mit deinem Leben. Deshalb darf ich es auch nicht sein.«

Henriette hob die Schultern. Sie war im Türrahmen stehen geblieben, ihre Silhouette zeichnete sich dunkel gegen den strahlend blauen Himmel ab. »Ganz schön kindisch und dumm von mir, ich weiß. Und weil damit endlich Schluss sein soll, bin ich gekommen, damit wir unsere Feindschaft begraben.«

»Kindisch und dumm?«, hakte Moiken nach und verschränkte die Arme vor der Brust. Auf Henriettes Anliegen ging sie erst gar nicht ein. »Das ist wohl ein bisschen wenig für das, was du mir angetan hast. Alles hat einmal damit angefangen, dass ich deine Liebe nicht erwidert habe – weil ich sie nicht erwidern konnte. Du hast mehr für mich empfunden, als das zwischen besten Freundinnen so üblich ist, und dir eingebildet, dass es bei mir auch so ist. Die Wahrheit hat dich tief getroffen, das kann ich verstehen, aber nicht, warum ich dir bis heute ein Dorn im Auge geblieben bin. Und noch weniger begreife ich, was dieses plötzliche Friedensangebot soll.«

»Ich bin hier, um dich in aller Form um Verzeihung zu bitten.«

Moiken runzelte die Stirn. Forschend sah sie ihrer Feindin in die graugrünen Augen, die von dunklen Sommersprossen umrahmt waren. »Ein ziemlich plötzlicher Sinneswandel von dir, Henriette, dem ich wirklich nicht folgen kann. Erinnerst du dich, als ich dir vergangenen Sommer angeboten habe, dich im Automobil nach Morsum mitzunehmen? Da bin ich einen großen Schritt auf dich zugegangen, und was hast du getan? Du hast mir geschworen, mir bei passender Gelegenheit den nächsten Knüppel zwischen die Beine zu werfen. Und nun kommst du hier hereinspaziert und erwartest, dass ich dir mal eben etwas verzeihe, was mein ganzes Leben verändert hat? Deinetwegen bin ich damals nach Keitum geflohen, wo ich die Frau eines Seefahrers wurde, den ich zwar geehrt, aber nie geliebt habe. Im Gegensatz zu Boy, mit dem ich vielleicht heute ein glückliches Leben führen könnte, wenn alles anders gekommen wäre. Stattdessen hast du dich aus Rache an ihn rangemacht und ein Kind mit ihm gezeugt, das dir bis heute gleichgültig ist.«

»Das stimmt nicht, ich liebe meinen Sohn!«, fuhr Henriette auf.

»Dann hast du eine merkwürdige Art, das zu zeigen. Bernhard ist bei Boy aufgewachsen, du hast dich nie um deinen Sohn gekümmert und warst dir immer selbst die Nächste.«

»Das ist wahr«, gab Henriette traurig und erstaunlich unumwunden zu. »Das war ein großer Fehler, denn durch meine Liebe zu Frauen, durch meine Andersartigkeit, war ich zu sehr mit mir selbst beschäftigt, ich musste erst meinen Platz im Leben finden.«

»Dass ich meinen Platz finde, hast du mir nie gegönnt. Ach Henriette, es gäbe so vieles, was ich dir verzeihen müsste. Auch Dinge, die in deinen Augen vielleicht nur fiese Kleinigkeiten sind, aber du hast mich damit tief getroffen. Du hast zum Beispiel dafür gesorgt, dass keine Gäste zur Einweihung meines Dünencafés kamen …«

»Das ist jetzt zehn Jahre her«, setzte Henriette an.

»Und deshalb ist es nicht mehr so schlimm, und ich soll dir verzeihen?«

»Zumindest ist viel Zeit vergangen, sodass es dir vielleicht möglich ist. Ich hoffe es sehr.« Henriettes flehender Blick machte deutlich, wie wichtig es ihr war, aber Moiken kam das einfach zu plötzlich.

»Warum sollte ich?«, entgegnete sie provozierend.

»Weil ich das Kriegsbeil gern begraben möchte. Ist es nicht besser, in Frieden miteinander zu leben und eines Tages womöglich sogar wieder in Freundschaft?«

Moiken hielt inne. Das war einerseits ein verlockendes Argument, damit nicht mehr dieses Damoklesschwert, auf dem *Henriette* eingraviert war, immerzu über ihr schwebte. Andererseits fiel es ihr sehr schwer zu verzeihen, und zudem traute sie Henriette nicht über den Weg.

»Freundschaft?«, fragte Moiken und schüttelte den Kopf. »In Frieden leben? Weißt du überhaupt, wie das geht? Du sagst das so leicht dahin.«

»Nein, leicht dahingesagt klingt es vielleicht in deinen Ohren, aber dem ist nicht so. Ich bitte dich um Verzeihung, weil ich mich an die schönen Zeiten unserer Freundschaft erinnere, an unseren Zusammenhalt …«

Ja, dachte Moiken verbittert, das waren sie gewesen, unzertrennliche Freundinnen, immer füreinander da. Aber das war Vergangenheit. Schöne Erinnerungen, die von dunklen Schatten überdeckt waren.

»Das ist lange her«, seufzte sie. In diesem Moment schlugen die Glocken der St. Nicolaikirche zur vollen Stunde, und sie kam in Bedrängnis, weil sie ihre letzten Vorbereitungen noch nicht getroffen hatte.

»Ich hoffe, dass du mir eines Tages verzeihen kannst«, sagte Henriette, und es klang sehr ehrlich.

Eines Tages verzeihen können, dachte Moiken und schluckte schwer, wobei sie einen bitteren Geschmack auf der Zunge bemerkte. Selbst bei ihrer eigenen Tochter gelang ihr das nicht. Das funktionierte einfach nicht von heute auf morgen.

Zu verzeihen, das war kein Beschluss, den man fassen konnte. Oder doch? Sagte man einfach: »Ich verzeihe dir«, und alles war vergessen? In Henriettes Augen wohl schon.

»Ich muss jetzt arbeiten«, wich sie ihrer ehemaligen Freundin aus und ließ sie stehen, um die erste Portion Kaffee frisch zu mahlen. Energisch drehte sie an der Kurbel der Mühle.

Unvermittelt streckten zwei Damen die Köpfe herein, und Moiken erkannte in der einen Frau die junge Elin Christiansen, die Inhaberin des Kaffeegartens in Keitum, und in der anderen die etwa sechzigjährige Alwine, die Hebamme, die ihr kleines Keitumer Häuschen gekauft hatte und schon mal allein zu Gast im Dünencafé gewesen war.

»Machen Sie heute nicht auf?«, fragte die blonde Elin Christiansen und sah sich mit ihren hübschen blauen Augen aufmerksam um.

»Wir wollten uns gern setzen«, ergänzte Alwine außer Atem, denn ihre korpulente Figur hatte ihr auf dem langen Marsch über die Promenade sichtlich zu schaffen gemacht. »Die Stühle sind aber noch gegen die Tische gelehnt …«

Moiken seufzte innerlich auf. Zur Krönung des Tages kam also auch noch eine Cafébetreiberin ins Haus, wenn sie es am wenigsten gebrauchen konnte. Aber Gäste waren Gäste.

Sie setzte ein Lächeln auf. »Wie schön, dass Sie den weiten Weg aus Keitum auf sich genommen haben, um mich in meinem Café zu beehren. Ich richte Ihnen sofort einen Platz her.« Sie eilte an den Damen vorbei auf die Terrasse hinaus, ließ Henriette dabei links liegen und stellte ihnen auf Wunsch einen blauen und einen roten Stuhl an den Tisch, der in vorderster Reihe zum Meer hin stand.

»Alwine hat mir berichtet, dass es bei Ihnen eine sehr leckere Spezialität geben soll«, bemerkte Elin Christiansen, kaum dass sie Platz genommen hatte.

Daher wehte also der Wind, dachte Moiken. »Die Schoko-Düne meinen Sie?« Ihre Erfindung hatte sich also offenkundig bis in den Kaffeegarten am Keitumer Watt herumgesprochen.

»Ja, die hätten wir gern zweimal«, sagte Elin Christiansen mit einem verbindlichen Lächeln.

»Sehr wohl, kommt sofort!«, entgegnete Moiken und gab mit schlechtem Bauchgefühl die Bestellung der Eistorte an die Strandvilla durch, indem sie einen farbigen Wimpel an der Wäscheleine aufhängte, die man mit dem Fernglas von der Küche der Strandvilla aus sehen könnte. Rot bedeutete eine Portion, blau zwei, grün drei und gelb gleich vier Schoko-Dünen an einem Tisch.

Vielleicht sollte sie mit den Damen ganz offen reden, dass sie eine Nachahmung nicht dulden würde? Aber noch war es reine Unterstellung, dass Elin auch in ihrem Café eine Eistorte anbieten wollte – vielleicht war sie gar nicht auf Konkurrenz aus.

Unentschlossen drehte sich Moiken um und sah sich plötzlich von einer Schar Gäste umgeben.

»Gibt es heute Herrentorte bei Ihnen?«

»Ich hätte gern ein schattiges Plätzchen.«

»Zwei Kaffee und zwei Obstkuchen auf den silbernen Tellern, wie immer, bitte. Ach nein, doch lieber ein Passionsfruchttörtchen und einmal die Schoko-Düne …«

»Wo finde ich denn die Zeitung von heute?«

»Haben Sie auch Kakao?«

»Jetzt haben wir uns entschieden, wir hätten gern eine Schoko-Düne und anstelle des Passionsfruchttörtchens ein Stück Rührkuchen, beides auf den silbernen Tellern. Ach nein, lieber doch für mich eine Zimtschnecke, die ist nicht so mächtig wie die Schoko-Düne.«

Was war denn heute los, dachte Moiken verzweifelt. Als habe die Kirchturmglocke das Startzeichen zu einem Rennen gegeben, waren alle Tische innerhalb kürzester Zeit besetzt, und alle bestellten gleichzeitig, ohne dass sie auch nur einen ihrer Gäste überhaupt angesprochen hätte.

Eine Unsitte, die man den Sommerfrischlern nicht abgewöhnen konnte. Jeder wollte der Erste sein, und keiner wollte warten, obwohl sie alle genügend Zeit hatten.

»Fräulein, wir möchten auch gern bedient werden, wir warten schon länger als diese Herrschaften.«

Moiken fühlte sich wie ein Pfeifkessel, den man auf den Herd gestellt hatte. In ihr begann es zu brodeln. Und dann auch noch diese Anrede: Fräulein!

»Ich bin schon da!«, hörte sie Henriette hinter sich und stellte fest, dass diese kurzerhand in den Pavillon gegangen sein musste, eine

Schürze umgebunden hatte und die Zeitung für den einen Gast gleich mitgebracht hatte. »So, die Herrschaften, nun mal alle schön der Reihe nach«, rief sie resolut und ging mit Stift und Notizzettel die Tische durch und nahm freundlich alle Bestellungen auf.

»Was machst du da?«, zischte sie Henriette zu, als die an ihr vorbeikam.

»Macht man das nicht so als Freundin?«, entgegnete sie und schrieb noch etwas auf.

»Ich habe nicht gesagt, dass du wieder …«, setzte Moiken an, aber da drückte Henriette ihr einfach den Zettel mit den Bestellungen in die Hand. Ganz unten stand: *Ich will es dir beweisen. Vertrau mir.*

Als Moiken wieder aufsah, ging Henriette in Richtung Pavillon. Moiken folgte ihr nach, und da war Henriette schon dabei, die erste Bestellung auf die gewünschten Teller zu legen. Dabei agierte sie so flink und routiniert, als ob sie schon lange im Dünencafé arbeiten würde.

Staunend ließ sie Henriette gewähren und bereitete den Kaffee zu. Danach legte sie die nächsten Kuchenstücke auf, die Henriette hinausbrachte.

Alles lief wie am Schnürchen, zwischendurch kontrollierte sie den Zettel mit den Bestellungen, und dabei fiel ihr Blick immer wieder auf die letzte Zeile. *Ich will es dir beweisen. Vertrau mir.*

Zeit, um darüber nachzudenken, blieb keine.

Der Andrang an diesem Tag wäre allein kaum zu bewältigen gewesen, das musste sich Moiken im Verlauf des Nachmittags eingestehen.

Kaum wurde ein Tisch frei, war er auch schon mit den nächsten Gästen besetzt. Es blieb keine Minute, um durchzuatmen.

Erst als es fünf Uhr läutete, leerte sich die Terrasse so langsam. Die Zeiger mussten gerast sein, sie hatte doch eben erst ihr Café geöffnet. Doch wenn sie die leere Kuchentheke betrachtete, wusste sie, was sie in den vergangenen Stunden geleistet hatte.

Fünf Uhr? Vor Schreck hielt sie mitten auf der Terrasse inne, in beiden Händen Tassen und Teller, die sie gerade abräumen wollte.

Wenn es schon so spät war, hätte Frieda doch längst auftauchen müssen?

Nicht in Sorge verfallen, mahnte Moiken sich selbst. Bestimmt war Emma mit Frieda hernach ins Atelier gegangen, um die Fotos zu entwickeln. Aber dann hätte Frieda wenigstens Bescheid geben können. Früher hätte sie das getan, aber seitdem ihre große Schwester da war …

»Hallo, Mutter!«, hörte sie Frieda rufen, als sie den Gedanken noch nicht zu Ende gebracht hatte.

Doch Frieda war kaum wiederzuerkennen.

»Was hast du mit deinen Haaren gemacht?«, rief Moiken entsetzt. Die Zöpfe waren ab, ihre Haare endeten in einer leichten Welle kurz vor den Schultern.

»Abgeschnitten«, erklärte sie überflüssigerweise und mit einem stolzen Lächeln.

»Du hättest mich um Erlaubnis fragen müssen!«, entgegnete Moiken barsch.

»Aber warum denn?«, fragte Frieda verunsichert. »Es sind doch meine Haare, und mit denen kann ich machen, was ich will.«

»Ach, hat dir das deine große Schwester beigebracht?« Sie warf einen säuerlichen Blick auf Emma, die wohlweislich im Hintergrund geblieben war.

»Nein, aber sie ist mit mir zum Friseur gegangen, weil ich mich allein nicht zu Herrn Griepke getraut hätte. Das ist so gruselig mit dem Schild am Eingang, auf dem er neben seinen Haarschnitten für Operationen an Hühneraugen und eingewachsenen Zehennägeln wirbt. Aber meine Haare hat er schön geschnitten, das fühlt sich viel leichter an!«

»Und wer hat das bezahlt?« Wieder fiel ihr Blick auf Emma.

»Ich selbst! Das habe ich mir von meinem Trinkgeld für die Botengänge zusammengespart. Onkel Carl hat mir noch eine Mark dazugegeben und Großvater Julius gleich zwei für meinen ersten Friseurbesuch.«

»Dann hast du das also schon länger geplant? Alle wussten davon, nur ich nicht? Warum hast du mich nicht gefragt?«

»Weil du Nein gesagt hättest.«

Moiken fühlte sich wie von einem Pfeil getroffen und schwieg. Es war das erste Mal, dass sie von Frieda hintergangen worden war, damit diese ihren Willen bekam.

»Findest du es denn gar nicht schön?«, setzte Frieda erneut an.

»Doch«, bemerkte sie zähneknirschend. Zugegebenermaßen war es tatsächlich ein flotter Schnitt, der ein hübsches junges Mädchen aus ihr machte.

Doch genau damit hatte sie ihre Schwierigkeiten. Wo war das kleine Mädchen mit den langen Zöpfen so plötzlich hin, ihre kleine Frieda? Das ging ihr alles viel zu schnell. Überhaupt brachte dieser Tag so viele Veränderungen mit sich, dass sie gar nicht mehr hinterherkam.

Doch wenn sie geglaubt hatte, dass das nun der Höhepunkt gewesen war, so hatte sie sich getäuscht. Das wurde ihr in dem Moment klar, als sie Adam herbeieilen sah. Es musste einen sehr triftigen Grund haben, weshalb er sein Zimmer verlassen hatte und sogar im Laufschritt auf das Dünencafé zukam.

Ihr wurde flau im Magen. Er wedelte mit einem Papier, blieb immer wieder stehen, um Luft zu holen.

»Der Damm, der Damm!«, rief er ihr entgegen, als er endlich in Rufnähe kam. Schließlich blieb er vollkommen außer Atem vor ihr stehen. »Der Damm!«, japste er, und nun wurden auch die Gäste um sie herum aufmerksam.

»Was ist damit?«, fragte sie.

Er wedelte mit dem Schriftstück vor ihrer Nase herum, sodass sie erst recht nichts erkennen konnte.

Nun strahlte Adam übers ganze Gesicht. Wie sehr hatte sie den Tag herbeigesehnt, an dem er wieder lachte, und plötzlich war es so weit.

»Die Freigabe!«, rief er. »Hier, schwarz auf weiß.«

Aufgeregt klopfte er auf das Papier und holte mehrmals tief Luft. »Es war richtig, dass ich den Herren meine veränderten Pläne trotzdem geschickt habe. Das hat sie überzeugt. Vollumfänglich, steht hier sogar! Vollumfänglich! Ich habe nicht mehr daran geglaubt, nach fünf Monaten noch Antwort zu bekommen. Jetzt stehen die Gelder bereit. Der Damm darf weitergebaut werden. Ab sofort!«

»Was für eine Jahrhundertnachricht!«, rief Moiken in das aufgeregte Murmeln der Gäste hinein, die natürlich mitgehört hatten. Die Modje hatte recht gehabt, wenn sich eine Tür schloss, ging eine andere auf – und was für eine!

»Das muss gefeiert werden, heute Abend im Trocadero!«, rief Adam, der wie ausgewechselt war.

Unterdessen war auch Emma näher gekommen.

»Die Einladung gilt selbstverständlich auch für dich«, betonte Adam ihrer großen Tochter gegenüber. Diese Geste erstaunte Moiken, denn die beiden waren sich leider nach wie vor nicht grün. Aber wie schön, dass Adam daran etwas ändern wollte.

»Danke«, entgegnete Emma knapp. »Der Damm wird also weitergebaut? Dann …«, sie unterbrach sich, um kurz nachzudenken, »bleibe ich noch länger auf der Insel. Das will ich fotografisch begleiten.«

Moiken schwieg. All die Jahre hatte sie sich nichts sehnlicher gewünscht, als dass ihre große Tochter auf die Insel zurückkehrte … und jetzt?

Jetzt hatte Emma eine Tür geöffnet, und nun lag es an ihnen beiden, ob diese offen blieb oder ob sie sich mit einem großen Knall für immer schloss.

Beide hatten sie die Türklinke in der Hand.

Moiken drehte sich vor dem Spiegel im Schlafzimmer hin und her. Zu ihrer Überraschung hatte Adam ihr zur Feier des Tages kurzerhand ein Kleid gekauft, das sie im edlen Nachtlokal anziehen sollte.

Es war unterdessen schon neun Uhr abends geworden, und er konnte es kaum abwarten, mit ihr ins Trocadero zu gehen, ausgiebig zu tanzen, zu lachen und zu feiern. Sie hörte ihn nebenan im Büro auf und ab gehen, weil er ungeduldig auf eine Rückmeldung von ihr wartete, ob ihr das Kleid passte.

Es war aus schwarzem Chiffon, der ihren schlanken Körper sanft umspielte. Elegant und aufreizend zugleich, mit schwarz funkelnden Perlenstickereien an den Schultern, die strahlenförmig vom gewagten Halsausschnitt über die Brust verliefen und sich im Bereich der Taille zu einem breiten Gürtel auffächerten.

Sie erkannte sich selbst kaum wieder.

Der Hingucker war die aufwendig gestickte Gürtelschnalle in Blütenform, die mittig ein großer schwarzer Stein zierte.

Vermutlich war es wie geschaffen für einen Abend im Trocadero, das vor vier Jahren von den Haggenmillers in der Strandstraße eröffnet worden war und innerhalb kürzester Zeit zum angesehenen Nachtlokal avancierte, das in einem Atemzug mit dem Lido von Paris und der Ciro-Bar in Berlin genannt wurde.

Wie man sich dort kleidete, konnte Moiken jedoch nur aus den Erzählungen ihrer Gäste erahnen. Sie selbst war seit Jahren nicht mehr ausgegangen. Wenn sie genau überlegte, war sie zuletzt mit Theodor im Restaurant Seestern gewesen.

Das war schon so lange her … als wäre es in einem anderen Leben gewesen.

Entsprechend stieg ihre Nervosität, je länger sie sich im Spiegel betrachtete.

»Passt es dir?«, rief Adam vom Büro aus herüber.

»Ich weiß nicht«, rief sie zurück. Tatsächlich passte es wie angegossen, aber sie fühlte sich so nackt damit – so gänzlich ohne

Korsett. Zwar war sie schon vor einigen Jahren von dem starren Korsett auf die neuen Reformkorsetts umgestiegen, die aus dehnbaren Gummifäden hergestellt waren, doch zu diesem Kleid gehörte lediglich ein schwarzer Büstenhalter aus Seide.

Diese Freiheit war zwar verlockend angenehm, doch ohne das Korsett fühlte sie sich so schutzlos.

Unsicher strich sie mit überkreuzten Händen ihre nackten Arme hinauf, bis zu der Stelle, wo der Stoff in einer fließenden Welle knapp ihre Schultern bedeckte.

Den Büstenhalter füllten ihre kleinen Brüste kaum aus, und sie hoffte, dass nicht Adam dieses intime Kleidungsstück ausgesucht hatte, sondern die Verkäuferin es diskret ausgewählt und mit eingepackt hatte, denn es wäre ihr unangenehm, wenn Adam wüsste, was sie darunter trug.

»Wie, du weißt es nicht? Hast du dich nach dieser Ewigkeit immer noch nicht umgezogen?«, tönte es belustigt aus dem Büro.

Ihn so reden zu hören, wirkte nach den langen Monaten seiner Schweigsamkeit wie Seelenbalsam. Seit er die Nachricht über die Wiederaufnahme des Dammbaus vor drei Stunden erhalten hatte, war er nicht wiederzuerkennen. Oder besser gesagt: Der Adam, den sie kannte, war wieder zurück.

»Doch!«, rief sie. »Aber es ist ein bisschen kurz, es reicht mir gerade so übers Knie.«

Adam lachte. »Das trägt man heute so! Komm, zeig dich, ich bin mir sicher, es steht dir.«

Moiken atmete tief durch, betrachtete sich ein letztes Mal kritisch im Spiegel, dann ging sie zögerlich hinüber ins Büro.

Dort saß Adam im Besuchersessel, von dem aus man aufs Meer sehen konnte. Er sprang auf, als sie den Raum betrat.

Er hatte sich seinerseits bereits in Schale geworfen und trug einen neuen Anzug, der hervorragend zu seinen dunklen Haaren passte. Ein einreihiges edelgraues Sakko, mit leichten schwarzen Streifen und Billetttasche, darunter eine etwas hellere, silbrige Weste, ein weißes Hemd mit silbern-weiß gestreifter Krawatte und eine moderne Hose, die keinen Saumumschlag hatte. Den passenden Hut hatte er auf der breiten Sessellehne abgelegt.

»Die siehst umwerfend aus!«, rief er und ließ sich mit Schwung zurück in den Sessel fallen.

Ihr gefiel die lustige Art, mit der er ihr das Kompliment machte, und es half ihr ein wenig über ihre Unsicherheit hinweg. »Ich mag deinen Humor«, bemerkte sie lächelnd.

»Hoffentlich nicht nur den. Und das Kompliment war ernst gemeint. Du siehst fantastisch aus, du wirst die schönste Frau im Trocadero sein. Ich habe das Kleid im Schaufenster gesehen und wusste sofort, das ist deins.«

»Vielen Dank für das Kleid«, sagte sie, um seiner Anspielung zu entgehen, »es gefällt mir sehr gut, aber an den Stil muss ich mich erst gewöhnen.«

Adam wiegte den Kopf. »So ganz perfekt ist es tatsächlich noch nicht«, bemerkte er.

»Nein?«, gab sie voller Unsicherheit zurück. »Meinst du, es steht mir doch nicht? Vielleicht sähe ich mit kurzen Haaren und einer Wasserwelle tatsächlich besser darin aus als mit meiner Hochsteckfrisur«, gab sie seinen Zweifeln recht, »aber ich möchte mich nicht der Mode wegen von meinen langen Haaren trennen.«

»Das sollst du auch gar nicht. Du gefällst mir, wie du bist. Sehr sogar«, fügte er versonnen hinzu. »Und es fehlt auch nur ein kleines Detail, damit es perfekt ist.« Bedeutungsschwanger zog er eine flache Schachtel hervor, die gerade so unter seinen Hut gepasst hatte.

»Für dich.«

Zögernd öffnete Moiken das Geschenk und zog eine lange, mehrreihige, schwarz funkelnde Kette hervor, an deren Ende sich als Anhänger ein ovaler Stein und schwarze Fransen befanden.

»Warte, ich hänge sie dir um.«

Obwohl ihr das natürlich selbst gelungen wäre, ließ er es sich nicht nehmen, ihr die Kette mit einer langsamen Bewegung umzuhängen. Seine Finger glitten dabei an ihrem Hals entlang, und es durchfuhr sie ein wohliger Schauer.

Doch gleich darauf war sie zurück in der Realität. »Die Kette ist wunderschön, aber dass du dich für mich in solche Unkosten stürzt …«, bemerkte sie unangenehm berührt. »Das wäre nun wirklich nicht nötig gewesen.«

»Keine Sorge, so teuer war das Schmuckstück nicht«, grinste Adam und trat einen Schritt zurück. »Ich weiß, dass du keine Frau bist, die man mit teuren Geschenken beeindrucken kann. Außerdem ist es mir viel mehr wert, dir etwas zu schenken, worüber du dich freust.«

»Das tue ich«, sagte sie lächelnd.

»Dein Lächeln ist das größte Glück für mich, weißt du das?«, fragte er und streckte die Hand nach ihrer aus. Dabei sah er sie noch einmal bewundernd von oben bis unten an. »Und jetzt gehen wir feiern! Bevor ich es mir anders überlege und dich ins Schlafzimmer ziehe«, setzte er frech hinzu, und doch wusste Moiken, dass er ihre Grenzen respektierte. Seit dem Kuss auf dem Damm hatte er ihr keinerlei Avancen mehr gemacht.

Doch wo waren eigentlich ihre Grenzen?

»Oh, seht mal, Valeska Gert tritt heute im Trocadero auf, das ist ja top!«, rief Emma.

»Wer ist denn Valeska Gert?«, fragte Moiken verwundert.

»O Mutter, du lebst wirklich hinter dem Mond. Du kennst sie nicht? Sie ist eine berühmte Tänzerin und Pantomimin. Ich habe sie in Berlin schon in einer Bar auf der Bühne gesehen. Sie ist grandios!«

»Also, ich weiß nicht, ob man diese exzentrische Dame unbedingt kennen muss«, bemerkte Adam. »Ich habe diese Valeska Gert mal in Hamburg erlebt, ziemlich skurril, ihre Darbietung, und nicht gerade männerfreundlich, sagen wir es mal so. Aber das soll uns ja nicht vom Feiern abhalten.«

Das Nachtlokal bestand aus zwei großen, dunkelrot gestrichenen und elegant eingerichteten Räumen, die ineinander übergingen. In deren Mitte, unter dem steinernen Bogen, war eine mit rotem Stoff bezogene Bühne aufgebaut, auf der ein kleines Orchester spielte, das unter dem Kronleuchter für die passende Atmosphäre sorgte.

Ein Blick über die Gäste, die an runden, mit edlen weißen Tüchern bedeckten Tischen zumeist vor Champagnergläsern saßen, beruhigte Moiken insofern, als dass sie mit ihrer schicken Kleidung nicht fehl am Platze war.

Emma hatte sich für ihr lachsfarbenes Hosenkleid mit bunten, selbst aufgenähten Perlenstickereien entschieden, das sie aus Berlin mitgebracht und schon zu Silvester getragen hatte und in dem sie auf ihre Weise auffiel.

Ohne Umschweife strebte Emma an den Musikern vorbei zur Tanzfläche hin, die sich in dem hinteren, etwas größeren Raum befand.

»Entschuldige die Unhöflichkeit meiner Tochter«, bat Moiken zerknirscht, doch Adam kommentierte das lediglich mit einem Achselzucken und bat den Kellner, sie zu einem freien Tisch zu bringen, und kaum waren sie dort angelangt, bestellte Adam gleich eine ganze Flasche Champagner.

»So haben wir schon mehr Zeit für uns beide«, bemerkte er lächelnd. »Und ich kann anfangen, mein Glück zu begreifen«, setzte er hinzu und hob sein Glas. »Auf dich, auf uns und auf den Dammbau – und überhaupt, auf das Leben!«

Glücklich stieß Moiken mit ihm an, allerdings nippte sie lediglich an ihrem Champagner, weil sie wusste, wie schnell sie auf Alkohol reagierte.

»Und auf einen schönen Abend«, fügte sie hinzu.

»Ja, den werden wir genießen. Denn ab morgen werde ich nicht mehr viel Zeit haben. Ich habe in den vergangenen vier Stunden schon damit anfangen, die Weichen zu stellen, damit die Baustelle schnellstmöglich wieder eingerichtet ist. Bevor ich dein Kleid gekauft habe, war ich noch bei Carl in der Druckerei, und schon morgen erscheint eine Anzeige in sämtlichen Zeitungen, dass Arbeiter gesucht werden. Mit Bernhard habe ich auf dem Rückweg auch gleich gesprochen. Er war nicht überrascht, die Nachricht hatte sich bereits in Windeseile verbreitet, und Emma war auch schon bei ihm gewesen, um ihm zu sagen, dass sie die Arbeiten am Dammbau fotografisch dokumentieren will. Bernhard hält das übrigens für eine überflüssige Idee, genau wie ich auch.«

Er sah sie an, als erwarte er eine Erwiderung von ihr, doch was sollte sie dazu sagen? Wenn ihre Tochter sich etwas in den Kopf gesetzt hatte, war ihre Meinung dazu ohnehin überflüssig.

»Wird Bernhard wieder mitarbeiten?«, fragte sie stattdessen.

»Ja, zum Glück! Er hat mir für vier Tage in der Woche als Arbeiter zugesagt, in denen Emma das Atelier übernimmt. Ich habe ihm einen Extralohn versprochen, denn ich brauche gute Männer – und er gehört zu den Besten. Er hat Verstand und Muskelkraft, diese Kombination kommt selten vor.«

Moiken konnte nichts entgegnen, da der Programmpunkt des Abends angekündigt wurde, wofür das kleine Orchester die Bühne räumte, was zugleich das Zeichen für die Tanzpaare war, zu ihren Tischen zurückzukehren. Einige blieben jedoch direkt vor der Bühne stehen, so auch Emma.

»Meine Damen und Herren, sehen Sie jetzt die Künstlerin, die eigens aus Berlin zu uns gekommen ist … Valeska Gert!«, kündigte der junge Nachtlokalbesitzer Maximilian Haggenmiller mit allgäuerischem Akzent an und verriet damit zugleich seine Herkunft.

Emma jubelte, wie so manche Damen. Andere klatschten verhalten, besonders die Männer.

Eine schwarzhaarige kleine Frau in einem sackartigen roten Kleid betrat die Bühne. Dort, wo sich ihre Brüste abzeichneten, waren zwei schwarze Stoffkreise aufgenäht. Ihre Lippen waren knallrot geschminkt, die Augenbrauen tiefschwarz nachgezogen, und ihre kurzen Haare standen in alle Richtungen ab.

Gespannte Ruhe kehrte im Saal ein, unterbrochen von vereinzeltem Husten und dem Rücken von Stühlen.

Unbeweglich verharrte die Künstlerin auf der Bühne, mit weit aufgerissenen Augen starrte sie auf einen Punkt an der Decke, dass manche ebenfalls den Kopf hoben, aber außer dem Kronleuchter nichts entdeckten.

Flüsternd tauschte sich ein Ehepaar am Nebentisch darüber aus, warum die Darbietung nicht beginne, und als auch diese beiden ratlos verstummten, herrschte gespannte Stille. Man hätte die berühmte Stecknadel zu Boden fallen hören können.

In diesem Moment setzte Musik ein, denn das Orchester hatte sich zwar von der Bühne zurückgezogen, allerdings im dunklen Hintergrund wieder aufgebaut.

Mit dem ersten Ton der Geige geriet Bewegung in Valeska Gert, und zwar so plötzlich, als sei sie mit einem Messer angestochen worden. Sie stieß einen grunzenden Schrei aus, verzog das Gesicht zu einer Fratze, ging in die Hocke und sprang wieder auf, riss die Arme auseinander wie ein Monster, gab wieder einen schaurigen Ton von sich, und mit den schneller werdenden Takten geriet sie zunehmend in tänzerische Ekstase.

Sie schlenkerte mit Armen und Beinen, als sei sie eine Gliederpuppe, mit den flachen Händen schlug sie auf die runden Stoffkreise, unter denen sich ihre Brüste befanden, und gab schaurige Töne von sich.

Moiken blieb nichts anderes übrig, als gebannt hinzusehen, weil diese Frau so anders war.

So unverschämt anders.

Das war das Faszinierende an ihr, denn gepaart mit ihrem Selbstbewusstsein, schien sie sich nicht an den gespaltenen Reaktionen im Publikum zu stören, auf Buhrufe reagierte sie mit einem löwenartigen Gebrüll, und am Ende hatte sie auch Moiken in ihren Bann gezogen, obwohl ihr die Darbietung überhaupt nicht gefallen hatte.

Als der Applaus verklungen war und sich die Künstlerin mit einem letzten wilden Schrei von ihrem Publikum verabschiedete, nahm das Orchester wieder die Bühne ein, und es war, als seien sie zurück in einer anderen Welt, in die sich Moiken erst wieder einfinden musste.

Der Auftritt hatte auch das Publikum gespalten. Einer fragte, was sie den Haggenmillers wohl bezahlt habe, um hier auftreten zu dürfen, ein anderer meinte, sie verbringe jedes Jahr ihre Sommerfrische auf Sylt und verfüge deshalb wohl über gute Kontakte, erst ein Dritter fand, dass diese Darbietung erfrischend anders gewesen sei und bestimmt viel junges Publikum angelockt habe.

Unvermittelt erhob sich Adam und bot ihr galant den Arm. »Wollen wir tanzen?«, fragte er mit einer leichten Verbeugung.

»Tanzen«, echote Moiken, obwohl sie deshalb gekommen waren, doch jetzt stiegen Erinnerungen in ihr hoch.

Es war ihr erster Abend in der Strandvilla gewesen, als Theodor sie auf dem großen Neujahrsfest zum Tanz gebeten hatte. Auch ihm hatte sie ihre Bedenken mitgeteilt, weil es ihr an Begabung und Können mangelte. Prompt war die erste nähere Begegnung ihr Fuß auf seinem gewesen.

Seither war über ein Jahrzehnt vergangen, sie hatte keinen Schritt mehr auf ein Tanzparkett gesetzt und unterdessen drei Zehen an jedem Fuß eingebüßt. Adam wusste bislang als Einziger von diesem furchtbaren Preis, den sie für den Weg über das Eis bezahlt hatte.

»Keine Angst, ich will nicht diese Künstlerin nachahmen«, sagte Adam und brachte sie damit zum Lachen. Das mochte sie so sehr an ihm, dass er sie in bangen Momenten mit den richtigen Worten aufheiterte und ihre Bedenken fast vergessen machte.

»Ich muss dich aber warnen, ich kann nicht gut tanzen«, wandte sie ein.

»Dann haben wir etwas gemeinsam«, schmunzelte er.

Gerade als sie sich erheben wollte, endete die Musik mit einem Paukenschlag.

»Oh, schon wieder Pause für die Musiker«, sagte Moiken mit gespieltem Bedauern. »Das gibt mir noch ein bisschen Karenzzeit.«

Wieder tönte Maximilian Haggenmillers Stimme durchs Mikrofon. »Die Flasche Sekt gewinnt das Paar auf dem Feld Nummer acht! Und weiter geht es … Musik bitte!«

Es genügte ein fragender Blick von Adam, und Moiken erhob sich nun doch neugierig von ihrem Platz, um mit ihm in den anderen Raum zu gehen.

Schnell erkannten sie das Spielprinzip. Die Tanzfläche war in nummerierte Quadrate aufgeteilt, und wenn die Musik stoppte, zog der Nachtclubbesitzer eine Nummer aus einem Hut. Jenes Paar, das auf dem entsprechenden Feld stehen geblieben war, hatte eine Flasche Sekt gewonnen.

»Da machen wir mit!«, sagte Adam und musste sie nicht weiter überzeugen. Viel zu lange hatte sie sich kein Vergnügen mehr gegönnt.

Haggenmiller begrüßte alle neu hinzugekommenen Paare auf der Tanzfläche zur nächsten Spielrunde und behielt das Geschehen von der Treppe aus im Blick, die am Ende des Saals hinauf zu einer Empore mit einer Bar führte, wo sich die jüngeren Leute auf Sitzhockern und auch im Stehen aufhielten.

Unter ihnen entdeckte Moiken ihre große Tochter, aber nicht etwa in Gesellschaft eines Herrn, sondern mit einer etwas burschikos aussehenden jungen Frau ins Gespräch vertieft. Damit die beiden einander hörten, hatten sie die Köpfe eng zusammengesteckt.

Bei diesem Anblick kam Moiken ein Gedanke, den sie bislang schlicht für abwegig gehalten und deshalb auch nicht zugelassen hatte. War das der Grund, weshalb Emma trotz ihren mittlerweile sechsundzwanzig Jahre noch nie von einer Männerbekanntschaft erzählt hatte und warum man sie während ihrer Winterkur mit Ausnahme von Bernhard immer nur in weiblicher Begleitung gesehen hatte?

»Was ist?«, fragte Adam in ihre Gedanken hinein und nahm ihre Hand, um sie in Tanzhaltung zu führen. »Wollen wir auf dem Parkett Wurzeln schlagen, bis die Musik zu Ende ist?«

Prompt setzte das Orchester aus, und Haggenmiller griff erneut in seinen Hut. »Es ist die Nummer sechs, das Paar auf Nummer sechs hat gewonnen.«

Adam und Moiken schauten zeitgleich zu Boden, sodass sie fast mit den Köpfen zusammengestoßen wären.

»Schade«, sagte Adam. »Das wäre ja ein Ding gewesen! Keinen Schritt getanzt und doch eine Sektflasche gewonnen.«

»Ich muss mich korrigieren«, rief Haggenmiller unvermittelt. »Es ist die Nummer neun, die Nummer neun hat gewonnen!«

»Das sind wir!«, rief Adam. »Siehst du, so geht's auch!«, lachte er und gab ihr im Überschwang einen Kuss.

Moiken wusste nicht, wie ihr geschah. Für den Bruchteil einer Sekunde flammte ein Bild in ihr auf. Sie stand mit Adam auf dem zerstörten Damm und kniff die Lippen zusammen, um seinen Kuss ungeschehen zu machen.

Jetzt ließ sie ihn gewähren.

»Ah, das hübsche Paar auf dem Eckfeld«, rief Haggenmiller, und einen Atemzug später setzte er freudig überrascht hinzu: »Ach, das ist ja Adam von Baudissin. Meine Damen und Herren, merken Sie sich diesen Namen, er wird in die Geschichte eingehen, vor Ihnen steht der Mann, der die Nabelschnur zum Festland bauen wird … unser Dammbaumeister! Ich habe immer an ihn geglaubt! Und wer es noch nicht weiß – der Damm darf weitergebaut werden. Seit heute ist es offiziell, und morgen wird es in allen Zeitungen stehen.«

Mit einem verschmitzten Lächeln fügte er hinzu: »Und von einer Hochzeit können wir wohl auch bald lesen, die Spatzen pfeifen es ja schon von den Dächern, doch soeben konnte ich mich mit eigenen Augen vom privaten Glück der beiden überzeugen. Die Frau an seiner Seite muss ich wohl niemandem vorstellen, denn wer kennt sie nicht aus ihrem Dünencafé?«

Er machte eine bedeutungsvolle Pause, in der Moiken sich am liebsten verkrochen hätte, weil sie nicht im Mittelpunkt stehen wollte. »Frau von Lengenfeldt – meine Glückwünsche, in doppelter Hinsicht. Glück im Spiel und in der Liebe, wen wundert das bei so einer Frau! Was für eine Ehre, dass Sie unser Lokal einmal selbst besuchen. In Ihrem Kleid bieten Sie einen bezaubernden Anblick, wie konnte ich Sie nur übersehen? Einen Applaus bitte, meine Herrschaften, für dieses wundervolle Paar und die glücklichen Sieger.« Er eilte die Treppe hinunter, um ihr den Gewinn zu überreichen.

Dabei wurde Moikens Blick auf Emma frei, die unbeweglich auf der Empore stand.

Sie war die Einzige, die nicht applaudierte.

6. Buch

KAPITEL 21

Sylt, am 26. April 1925

Nachdenklich ging Emma durch das fotografische Atelier in die angrenzende Küche zu Bernhard, in der Hand die beiden Fotos von der Dammbaustelle, die sie aus der Serie ausgewählt hatte, weil sie ihr besonders gelungen erschienen. Jedoch konnte sie sich nicht entscheiden, welches von beiden sie für die Zeitung nehmen sollte.

»Sieh mal, Bernhard, das Foto hier ist gestochen scharf geworden, wie findest du das Motiv?« Sie hielt ihm das erste Bild ihrer Auswahl hin, das sie vom Wasser aus aufgenommen hatte und das eine Gruppe von Arbeitern zeigte, die siebzig Kilogramm schwere Granitblöcke schleppten.

»Ganz gut«, nuschelte Bernhard, der sich gerade einen Löffel voll Labskaus in den Mund geschoben hatte. Das Foto hatte er nur beiläufig betrachtet, nun widmete er sich wieder seinem dampfenden Teller, der gefüllt war mit einer breiigen Pampe aus Kartoffeln, gepökeltem Rindfleisch, Rote Bete, Gurke und Matjes, garniert mit Zwiebeln und drei Spiegeleiern.

Sein Leibgericht, seit er auf der Dammbaustelle arbeitete, und ein Essen, das ihm nach einer Schicht wieder zu Kräften verhalf, wie er sagte.

Ihr gruselte es vor dieser Mischung, und sie konnte nicht verstehen, wie man diese für sich genommen leckeren Bestandteile miteinander vermanschen und das auch noch als Köstlichkeit bezeichnen konnte.

»Du hast das Foto ja gar nicht richtig angesehen«, beschwerte sie sich.

»Doch, habe ich«, murmelte er und schaufelte weiter Labskaus in sich hinein, als hätte er drei Tage nichts gegessen.

Sie hingegen hatte sich mit dem Rest Kartoffelsuppe begnügt, auf die sie den salzig-würzigen Queller gegeben hatte, den sie gestern frisch in den Morsumer Salzwiesen gepflückt hatte.

»Gefällt dir das hier besser?« Sie zeigte das zweite Foto ihrer Auswahl, auf dem zwei Männer wie in einem Trümmerfeld inmitten von Granitblöcken hockten.

Bernhard warf wiederum nur einen kurzen Blick darauf. »Auch gelungen.«

»Du schaust überhaupt nicht richtig hin!«, warf sie ihm erneut vor.

Bernhard seufzte. »Emma, ich bin komplett erschöpft, es war ein langer Tag. Was willst du denn überhaupt mit den Fotos? Meinst du, es interessiert später irgendjemanden, wie der Damm gebaut wurde? Hauptsache, er steht am Ende, nur das wird den Leuten wichtig sein.« Er aß zwei Löffel voll, bevor er weitersprach. »Außerdem hat Adam das Fotografieren untersagt – warum musst du dich grundsätzlich über Regeln hinwegsetzen?«

»Das tue ich nicht grundsätzlich!«, brauste sie auf. »Aber in diesem Fall ganz bewusst. Warum hat Adam wohl das Verbot verhängt? Weil er etwas zu verbergen hat – nämlich die unmenschlichen Arbeitsbedingungen auf der Baustelle. Ja, ich mache die Fotos zur Dokumentation, aber nicht für die Nachwelt, sondern aktuell für die Presse, um diese Zustände anzuprangern.«

Bernhard seufzte und legte seinen Löffel geräuschvoll an den Tellerrand. »Emma, du tust mir damit keinen Gefallen. Ich bin froh, dass ich diese Arbeit auf der Baustelle habe.«

»Was hat das mit dir zu tun, wenn ich diesem Adam von Baudissin mal kräftig ans Bein pinkeln will, weil er seine Arbeiter so schuften lässt. Du hast gerade selbst gesagt, dass du total kaputt bist.«

Bernhard seufzte erneut. »Meine Güte, das ist ja nach zwölf Stunden auch normal.«

»Aber es ist nicht normal«, sie legte das Foto demonstrativ vor Bernhards Teller, »dass diese Arbeiter hier stundenlang siebzig Kilogramm schwere Steine schleppen. Schau doch in die Gesichter der beiden Männer, wie erschöpft sie sind!«

Bernhard nahm seinen Löffel wieder auf und sagte: »Also, ich weiß nicht, was du hast. Die beiden machen eine Pause. Gut, der eine lächelt nicht und wirkt etwas müde, aber das ist ja kein Wunder, und nicht alle mögen es, fotografiert zu werden. Sein Kumpel sieht doch ganz fit aus, hockt selbstbewusst da, Ellenbogen auf den Knien, Hände entspannt gefaltet. Ich weiß nicht, was du hast.«

»Das ist eine Farce! Schau ihm in die Augen, dann siehst du alles, was du sehen musst.«

Bernhard seufzte tief. »Ich fürchte, wir sehen nicht dasselbe. Die Fotos eignen sich wohl kaum für die Presse, wenn du damit angebliche Missstände beweisen willst.«

»Carl ist bereit, sie zu veröffentlichen. Das wäre mein erstes Foto in der Zeitung – unter meinem Namen, stell dir das mal vor. Endlich!«

»Emma …« Bernhards Stimme erhielt einen mahnenden Unterton. »Mach keinen Fehler, nur weil es dein größter Wunsch ist, ein Foto unter deinem Namen veröffentlicht zu sehen.«

»Es wäre ein Fehler, wenn ich, so wie du, meine Augen vor diesen unmenschlichen Zuständen verschließen würde!«

»Emma, hör jetzt auf damit, du verrennst dich da in etwas. Geh nicht mit solchen Gerüchten über angeblich schlimme Zustände auf der Baustelle an die Presse. Damit schadest du am Ende nicht nur deinem eigenen Ruf, sondern auch mir, weil Adam genau weiß, dass du die Fotos in meinem Atelier entwickelst. Und nicht zuletzt: Du handelst gegen deine Mutter – schließlich ist sie mit Adam von Baudissin verlobt.«

»Pah!«, machte sie. »Verlobt. Dass ich nicht gleich lache! Das ist tatsächlich ein Gerücht, und alle glauben es. Meine Mutter hat

Adam doch nur als ihren Verlobten vorgestellt, weil sie unserem Vater in Berlin eins auswischen wollte. Sie denkt immer noch, dass er mit Felice verbandelt ist, und lässt sich nicht davon abbringen.«

»Es soll kein echtes Verlöbnis geben?« Bernhard ließ den Löffel langsam sinken.

Sie hob die Augenbrauen. »Hast du nicht bemerkt, dass meine Mutter keinen Ring trägt?«

»Ehrlich gesagt, nein. Dafür habe ich sie seither zu selten gesehen, und wenn, dann würde ich nicht darauf achten oder vermuten, dass sie ihn bei der Arbeit ablegt, weil er unpraktisch und zu wertvoll ist. Immerhin erinnere ich mich, dass sie den Verlobungsring von Theodor damals verloren hat. Aber noch mal: Das Verlöbnis ist nur eine Farce? Das hat dir deine Mutter gesagt?«

»Nein«, gab sie zähneknirschend zu. »Aber es ist doch offensichtlich. Kein Ring, keine Bekanntgabe des Hochzeitsdatums, und keiner der beiden spricht mehr darüber.«

Bernhard schüttelte den Kopf und aß den Rest auf. »Oh, Emma«, sagte er mit halb vollem Mund und schluckte. »Das muss doch überhaupt nichts heißen. Die beiden haben genug um die Ohren, und sie sind jetzt etwa ein Jahr verlobt. Ich vermute mal, die Hochzeit findet im Herbst oder Winter statt. Bis dahin ist noch lange Zeit, sie anzukündigen, und so wie ich deine Mutter kenne, wird sie ohnehin nicht groß feiern wollen. Jetzt warte einfach mal ab.«

»Abwarten, wenn ich das schon höre! Du bist wie dein Vater, der kommt auch nicht in die Puschen. Seit ich aus Berlin weg bin, liege ich ihm in den Ohren, dass er nach Sylt kommen und meiner Mutter persönlich erklären soll, dass er mit Felice kein Verhältnis hat und nie hatte, weil sie mir nicht glaubt. Stattdessen versteift er sich darauf, dass meine Mutter verlobt ist, er ihre Entscheidung respektiert und er deshalb der Insel fernbleibt. Er schreibt mir, dass ich mich nicht länger einmischen soll. Aber er liebt sie von ganzem Herzen, er hat nie eine andere Frau geliebt, und wenn du mich fragst, hat er furchtbare Angst vor Zurückweisung, nicht zuletzt wegen seines Holzbeins.«

»Das wiederum kann ich mir gut vorstellen. Und unser Vater hat recht. Du solltest aufhören, dich in die Beziehung der beiden einzumischen. Wenn die beiden zueinanderfinden wollen, dann wird es auch geschehen.«

»Gut gesprochen, weiser Häuptling«, frotzelte sie. »Wie gut die beiden darin sind, den Weg zueinanderzufinden, haben sie ihr Leben lang unter Beweis gestellt. Das sind die lebenden Königskinder.«

»Dann ist das so, und auch du wirst das nicht ändern, Emma. Aber sag mal, wann hat deine Mutter Geburtstag?«

»Am vierten Dezember, warum?«

»Ach so. Na, dann kann ich mir da jetzt einen anderen Reim drauf machen.«

»Worauf? Bernhard – du sprichst in Rätseln.«

Er kratzte die Reste aus seinem Teller und gähnte anschließend herzhaft. »Es ist auch ein Rätsel, oder besser gesagt, eine geheime Überraschung. Nun ja, morgen kenne ich die Auflösung, dann weißt du auch Bescheid. Ich bin hundemüde, ich lege mich jetzt schlafen. Und gib mir die Fotos, bevor du irgendeinen Blödsinn damit anstellst.« Fordernd streckte er die Hand nach dem zweiten Foto aus und nahm das erste vom Tisch.

»Wer bin ich denn, dass ich sie dir aushändige? Ich lasse mich nicht mundtot machen!«

»Du gibst mir die Fotos, weil du mein Schwesterherz bist, das mir keine Schwierigkeiten macht, und eine Tochter, die an ihre Mutter denkt, nachdem diese fast ihr Leben für sie geopfert hätte.«

»Na schön«, gab sie klein bei und reichte ihrem Halbbruder die Fotos.

»Das ging ja schnell. Mein Schwesterherz neigt tatsächlich zur Vernunft. Ich bin ganz erstaunt und freue mich über diesen neuen

Wesenszug«, bemerkte er lächelnd. »Wunderbar, so muss ich nicht länger diskutieren und komme schneller in mein Bett, vielen Dank.«

Emma nickte und schwieg.

Sie wäre nicht für ihren Sturkopf bekannt, wenn sie es damit gut sein lassen würde. Das war nur für den Moment der Fall, damit Bernhard seinen Frieden hatte. Sollte er die Fotos doch haben. Die waren ihr ohnehin nicht perfekt genug gewesen.

Und wenn es ihm so wichtig war, dass die Abzüge nicht in seinem Atelier gemacht wurden, könnte sie die neuen Fotos auch bei seinem Onkel in der Böttcherstraße entwickeln. Das war ohnehin der bessere Plan, denn auch er war gegen den Dammbau.

Einzig Bernhards Hinweis auf ihre Mutter verursachte ihr Bauchschmerzen. Aber sollte sie ihr zuliebe wirklich darauf verzichten, die Missstände auf der Baustelle anzuprangern? Katastrophale Arbeitsbedingungen, die keiner der Befürworter sehen und keiner der Arbeiter zugeben wollte, weil sie von Lohn und Brot abhängig waren?

»Ich nehme auf dem Weg ins Schlafzimmer auch die Negative mit«, sagte Bernhard. »Sicher ist sicher. Ich kenne dich. Wenn du dir einmal was in den Kopf gesetzt hast … Versprich mir, nicht noch mal auf der Dammbaustelle …«

Weiter kam er nicht, da das Glöckchen an der Ladentür seltene Kundschaft ankündigte.

In Westerland wimmelte es zwar von Sommerfrischlern, doch diese ließen sich in dieser Saison in zwei Kategorien einteilen: Jene, die sich keine Extras leisten konnten, weil sie all ihr Erspartes schon nahezu für Fahrt, Kost und Logis aufgebraucht hatten, und jene, die so betucht waren, dass sie eine eigene Handkamera von Leica besaßen und ihre Fotos erst zu Hause beim Atelier ihres Vertrauens entwickeln ließen.

»Ich geh schon«, sagte sie. »Leg du dich hin.«

Bernhard folgte ihrer Aufforderung widerspruchslos und verzog sich schnell.

Seit Saisonbeginn hielt sie das Atelier an vier Tagen in der Woche für ein paar Stunden offen, immer dann, wenn die Gäste gern flanierten. Was in dieser Zeit an Aufträgen kam, erledigte entweder Bernhard in seiner wenigen freien Zeit, oder sie bekam von ihm einen Anteil für die Erledigung, der ihr genügte.

Vielleicht war ja heute ein Glückstag, und es kam mal wieder ein lohnenswerter Auftrag rein. Für Bernhard wünschte sie sich das so sehr, dass wieder Schwung in sein Geschäft kam, damit diese Maloche auf der Baustelle aufhörte.

Als sie den Verkaufsraum betrat, traute sie ihren Augen nicht und glaubte in der ersten Sekunde an einen Doppelgänger. Das war doch nicht möglich?

Da stand tatsächlich ihr Vater mit einem kleinen Koffer in der Hand vor ihr.

Vor Überraschung brachte sie keinen Ton heraus.

»Ja, ich bin's«, sagte Boy und brachte ein müdes Grinsen zustande. Er war von der langen Reise sichtlich abgekämpft.

»Ich freu mich so, ich freu mich so!«, jubelte sie und fiel ihrem Vater um den Hals. »Was für eine Überraschung. Endlich machst du diesen wichtigen Schritt!«

Sanft befreite er sich aus ihrer stürmischen Umarmung. »In erster Linie bin ich gekommen, um meinen Sohn und meine Tochter zu besuchen und mir mal wieder die frische Meeresbrise um die Nase wehen zu lassen«, bremste er sie. »Wo steckt Bernhard?«

»Der hat sich gerade hingelegt, ist müde von der Schicht. Komm, ich wollte den Laden ohnehin gleich schließen, dann gehen wir rüber in die Strandvilla und essen etwas. Du bist bestimmt hungrig, und Bernhard hat gerade alles aufgegessen. Aber das ist gut, so triffst du gleich meine Mutter.«

»Emma …«, bremste Boy sie. »Ich habe eine lange Reise hinter mir und bin ziemlich erschöpft. Und wenn, dann möchte ich deiner Mutter ausgeruht und vor allem frisch gewaschen vor Augen treten.

Gegessen habe ich auf der Fahrt auch genug. Eigentlich wollte ich erst mal nur meine Kinder sehen, aber da Bernhard auch müde ist, habe ich nichts dagegen, mich ins Gästezimmer zurückzuziehen, um mich von dieser Tortur zu erholen, die sich gemeinhin Anreise nennt. Ich bleibe ein paar Tage, wenn das in Ordnung ist, dann haben auch wir beide genügend Zeit miteinander. Ich hoffe, es ist ein Schlafplatz für mich frei.«

»Natürlich, das Gästezimmer im Atelier steht bereit, das hast du ja selbst eingerichtet, überhaupt haben wir immer ein Bett für dich, aber wenn du dein Kommen angekündigt hättest, wäre es auch frisch bezogen. Aber das mache ich jetzt schnell.«

Ihr Vater wiegte den Kopf. »Ich habe es wohlweislich als Überraschung geplant, damit ich in Ruhe ankommen kann und du nicht gleich ein Treffen zwischen deiner Mutter und mir arrangierst.« Nun lächelte er und streichelte ihr über die Wange. »Aber ich danke dir für deine Hartnäckigkeit in den letzten Wochen. Du hast schon recht. Ich sollte mit Moiken reden. Aber morgen ist auch noch ein Tag.«

Sie drückte die Hand ihres Vaters. »Ich bin so glücklich, dass du hier bist, und hoffe so sehr, dass ihr ein gutes Gespräch miteinander führt. Außerdem verspreche ich dir, dass ich die Füße stillhalte und mich nicht einmische.«

»Ach, mein Kind«, seufzte er. »Ich weiß ja, wie gern du deine Eltern als Paar sehen möchtest, aber ich bin auf Abschied eingestellt, denn deine Mutter hat ihren Weg gewählt, und das ist auch richtig so. Wir werden in diesem Leben nicht mehr zueinanderfinden, so traurig das ist. Aber es ist unser Schicksal.«

Emma schwieg. Es war besser, jetzt nichts zu sagen. Stattdessen legte sie all ihre Hoffnung auf den morgigen Tag, sie hoffte auf Amors Pfeil, auf die Wendung des Schicksals, auf einen guten Ausgang des Märchens von den Königskindern, vielleicht auch auf ein Wunder.

Jedenfalls war tatsächlich noch nicht aller Tage Abend.

Im Gegenteil.

Vielleicht hatte ihr Vater gerade einen Schritt in ein neues Leben gemacht, das ihn zurück zu seinen Wurzeln führte.

Hoffentlich.

KAPITEL 22

Sylt, am nächsten Morgen, 27. April 1925

»Guten Morgen, gnädige Frau!«, rief Matthis von der Rezeption her und sprang dabei von seinem Stuhl auf, wie es ihr altgedienter Portier immer getan hatte.

»Meinen herzlichen Glückwunsch zum Geburtstag, lieber Matthis, und ich wünsche Ihnen auch einen schönen guten Morgen«, gab Moiken zurück.

»Oh, vielen Dank. Es ehrt mich, dass Sie an meinen Geburtstag gedacht haben, gnädige Frau.«

»Selbstverständlich. Nur haben Sie wohl vergessen, dass Sie sich nicht alles von Leopold abschauen sollten«, rügte Moiken ihn scherzhaft.

»Oh, ich sitze selten!«, rechtfertigte sich Matthis schnell, »allerdings ist um diese Uhrzeit noch kaum ein Gast unterwegs. Es ist ja erst sieben Uhr.«

Moiken lächelte. »Ich meine nicht das Sitzen während der Arbeit, das dürfen auch Sie mit Ihren jungen Knochen, solange keine Gäste in Sicht sind. Es ging mir um die Anrede mit ›Gnädige Frau‹.« Hingegen hatte sie sich schnell an das Siezen ihres neuen Portiers in Verbindung mit seinem Vornamen gewöhnt, so wie sie es auch bei Leopold zu tun gepflegt hatte.

»Oh, entschuldigen Sie bitte, gnädige Frau!«, rief Matthis prompt.

Aus ihrem Lächeln wurde ein lautes Lachen. »Ich sehe schon, auch bei Ihnen ist Hopfen und Malz verloren, ganz wie bei unserem Leopold.«

Matthis machte ein betroffenes Gesicht, doch sie konnte ihn

beruhigen: »Sie haben sich in diesem ersten Jahr als ein würdiger Nachfolger für unseren Leopold gezeigt, genauso tadellos und eifrig, ich bin sehr zufrieden mit Ihnen, Matthis.«

Er verbeugte sich. »Vielen Dank, gnädige Frau, ich fühle mich geehrt. Ich gebe immer mein Bestes und tue alles dafür, dass Leopold mit seiner Wilma den wohlverdienten Ruhestand genießen kann, weil er die Rezeption in guten Händen weiß.« Er hielt einen Moment inne. »Was führt Sie überhaupt zu einer solch ungewohnten Stunde zu mir? Ist etwas vorgefallen?«

»Nein, nein«, beruhigte Moiken ihn schnell. »Behalten Sie nur bitte im Blick, dass die geänderte Speisekarte heute Vormittag ins Haus kommt. Die brauchen wir zum Mittag. Leider hat unsere neue Küchenvorsteherin fälschlicherweise den Plan von vergangener Woche erneut in die Druckerei gegeben.«

»Nicht ihr erster Fehler«, bemerkte Matthis leise.

»Ich weiß«, seufzte Moiken. »Mit Leopolds Nachfolger hatte ich deutlich mehr Glück. Wie macht sich der neue Page?«

»Der verursacht mir graue Haare!«, rief Matthis spontan aus. »Keine Ahnung, wo er sich schon wieder im Hause herumtreibt.«

»Nun, das sind ja beste Voraussetzungen«, lachte Moiken. »Jetzt wissen Sie, wie es Leopold immer ergangen ist. Aber wir sehen ja, was daraus geworden ist – ein hervorragender Portier.«

Matthis lächelte. »Nun ist es aber bitte genug des Lobes. Soll ich Ihnen einen Kaffee bringen lassen?«

»Nein, vielen Dank. Ich bin gleich in Morsum mit Adam zur Besichtigung der Dammbaustelle verabredet. Er möchte unbedingt, dass ich mir den enormen Baufortschritt im vergangenen Jahr mit eigenen Augen ansehe, und nimmt sich Zeit für eine ausführliche Begehung. Ich habe gerade mit Frieda gefrühstückt, und jetzt warte ich nur noch, bis sie sich die Zähne geputzt hat. Sobald sie sich zur Schule verabschiedet hat, fahre ich in den Inselosten.«

Wie gerufen setzte sich der Selbstfahrer in Bewegung, und kurz darauf stieg die Elfjährige mit ihrer Schulmappe aus.

Voller Stolz sah Moiken ihrer Tochter entgegen, die mit jedem Tag älter und reifer zu werden schien. Da Frieda niemals wieder Zöpfe tragen wollte, hatte Moiken sich an die schulterlangen Haare gewöhnen müssen.

Doch immerhin war ihr braves Mädchen nicht bei der Flugschau gewesen und hatte erst recht keinen Rundflug unternommen, um nicht gegen den erklärten Willen ihrer Mutter zu handeln. Stattdessen hatte Frieda den betreffenden Nachmittag im Dünencafé und in Sichtweite am Strand verbracht, während Emma schon aus Protest zum Flugplatz gefahren war.

Das wiederum war Moiken gleichgültig gewesen, sollte Emma ruhig tun und lassen, was sie wollte, denn seither begleitete sie das gute Gefühl, dass der Einfluss der großen Schwester auf Frieda doch nicht so weitreichend war wie befürchtet.

»Fertig für die Schule«, sagte Frieda in gelangweiltem Ton, als sie näher kam, doch als sie Matthis erblickte, ging ein Strahlen über ihr Gesicht. »Guten Morgen, Matthis! Fragst du mich heute Nachmittag die großen Städte und ihre Einwohnerzahl ab, wenn du Zeit hast?«

Er nickte. »Bestimmt habe ich zwischendurch Zeit, bei dem schönen Frühlingswetter sind die Gäste zufrieden und halten sich lieber draußen auf. Nur bei Regen haben sie Langeweile, und dann fallen ihnen plötzlich Beschwerden ein, mit denen sie an die Rezeption kommen.«

Frieda lachte, und dabei schlich ein verträumter Ausdruck in ihre Augen, der von mehr als nur von Bewunderung zeugte.

»Du solltest Matthis nicht über Gebühr beanspruchen«, wandte Moiken ein.

»Keine Sorge«, entgegnete Matthis, »ich tue das gern und auch nur, solange mein Pausenschildchen aufgestellt ist. Vielen Dank übrigens für dein kleines Geschenk, Frieda, das ich heute mit so lieben Zeilen verbunden an meinem Platz vorgefunden habe.«

»Was für ein Geschenk?«, hakte Moiken verdutzt ein.

Friedas Wangen glühten unterdessen wie die Sonne im schönsten Abendrot. Es war ihr sichtlich unangenehm, in Gegenwart ihrer Mutter darauf angesprochen worden zu sein.

»Ich habe Matthis meinen Bernstein geschenkt und ein kleines Gedicht dazu geschrieben«, begann sie verlegen und fand dann zu ihrem Selbstbewusstsein zurück. »Erinnerst du dich, den kleinen Stein habe ich nach Kriegsende am Strand gefunden, als ich noch ganz klein war.«

»Selbstverständlich erinnere ich mich«, entgegnete Moiken. Sie wusste nicht so recht, was sie sonst dazu sagen sollte. Es war ja von Frieda lieb gemeint, aber … »Der Bernstein hat dir doch so gut gefallen, wir haben ihn so schön geschliffen.«

»Genau – und deshalb habe ich ihn Matthis nun als Glücksbringer für seine neue Arbeitsstelle geschenkt. Heute Nachmittag komme ich zu dir ins Café, Mutter, und dann musst du mir alles von der Dammbaustelle erzählen, ja?«

Frieda wollte eindeutig vom Thema ablenken, doch da Moiken in Gegenwart von Matthis auch davon wegwollte, ging sie darauf ein. Sie würde Frieda in einem passenden Moment unter vier Augen erklären, dass sie bald vom Mädchen zur Frau wurde und dies künftig einen zurückhaltenden Umgang mit den Männern mit sich brachte, wenn man sich einen tadellosen Ruf erhalten wollte.

»Ich habe heute frei, Henriette arbeitet«, teilte sie ihrer Tochter mit. »Wir können uns heute Nachmittag in aller Ruhe unterhalten.«

»Das ist wunderbar!«, freute sich Frieda.

Ja, dachte Moiken, auch sie war sehr dankbar über diese freien Stunden, die ihr Henriette an zwei Nachmittagen in der Woche ermöglichte. Wider Erwarten verlief die Zusammenarbeit sehr gut, und Henriette schien wirklich an einer guten Beziehung interessiert zu sein, die eines Tages vielleicht ein Wiederaufleben der alten Freundschaft ermöglichte.

Doch Moiken blieb vorsichtig, zu tief saßen ihr Misstrauen und die Verletzungen.

»Natürlich werde ich dir alles von der Dammbaustelle erzählen«, versprach sie ihrer Tochter. »Und nun mach dich auf den Weg. Ich wünsche dir einen schönen Vormittag in der Schule, lern schön brav.«

»Ach, ich weiß schon alles, was die Frau Lehrerin uns gerade beibringt. Deshalb hab ich als Sonderaufgabe bekommen, die großen Städte aller Länder mit ihrer Einwohnerzahl bis Ende der Woche zu lernen, aber das kann ich auch schon rückwärts.«

»Da bin ich ja gespannt!«, warf Matthis ein.

»Ich werde es dir beweisen«, rief Frieda, und in ihren Augen blitzte es herausfordernd auf. »Bis später!«

Nachdenklich schaute Moiken ihrer Tochter hinterher, wie sie die Strandvilla mit einem Winken verließ. »Ist Ihnen eigentlich schon aufgefallen …«, sagte sie an Matthis gewandt, »dass meine Tochter für Sie schwärmt?« Sie sah ihm direkt in die Augen.

Er zeigte ein überraschtes Gesicht. »Frieda schwärmt doch nicht für mich. Ich bin wie ein großer Bruder für sie.«

»Den Eindruck habe ich nicht«, entgegnete Moiken, doch sie kam nicht weiter, da sie von Leopold unterbrochen wurde, der mit seiner Wilma aus dem Selbstfahrer ausstieg.

»Jessas«, rief er, kaum dass er ihrer ansichtig wurde, »was mochen S' denn zua der unchristlichen Zeit an da Rezeption? Gibt's a Problem?«

»Nein, nein«, beruhigte Moiken ihren alten Portier. »Alles in bester Ordnung. Ich wurde heute von Adam zu einer Besichtigung der Dammbaustelle eingeladen und wollte mich gerade auf den Weg machen. Und weshalb sind Sie beide schon so früh auf den Beinen?«

»Wer rastet, rostet«, erklärte Wilma mit einem Lächeln. Ihre ehemalige Küchenvorsteherin, die ebenso klein wie ihr Mann war, aber über den doppelten Umfang verfügte, wirkte voller Tatendrang und sah sehr erholt aus. Es war die richtige Entscheidung gewesen, die beiden nach einem schönen Fest für alle Angestellten vergangenen August in den wohlverdienten Ruhestand zu schicken, auch wenn die neue Küchenvorsteherin die Abläufe nicht annähernd so gut im Griff hatte wie Wilma. »Wir wollen die ruhige Morgenstunde bis zum Sonnenaufgang für einen Spaziergang auf der Promenade nutzen«, erklärte sie.

»Später muss man ja Angst haben, über den Haufen gerannt zu werden, so viele Gäste, wie derzeit da sind«, ergänzte Leopold und bot seiner Frau den Arm.

»Allerdings«, bestätigte Moiken. »Dann nutzen Sie mal die Gunst …«

Sie wurde von Carl unterbrochen, der zum Portal hereinkam. »Frisch aus der Druckerei!«, rief er. Mit der einen Hand schwenkte er eine Mappe, im anderen Arm trug er einen Stapel Zeitungen. »Meine Boten sind gerade alle unterwegs, so dachte ich mir, ich bringe die korrigierte Speisekarte persönlich vorbei, damit sie für die Gäste auf jeden Fall zum Mittag verfügbar ist.« Mit seinem Elan konnte er nicht über die Müdigkeit hinwegtäuschen, die sich in seinem Gesicht zeigte. Aber vielleicht täuschte dieser Eindruck auch wegen der breiten Lider über seinen großen Augen.

»Das ist aber sehr freundlich von dir«, bedankte sie sich.

»Keine Ursache. Und die druckfrische Zeitung habe ich auch dabei. Das wird euch interessieren.« Er legte den Stapel mit dem offenen Titelblatt auf den Tresen. »Paul von Hindenburg ist im zweiten Wahlgang als Nachfolger von Friedrich Ebert vom Volk zum Reichspräsidenten gewählt worden.«

»Der olle Soldat?«, entfuhr es Matthis. »Das ist ja ein Ding!«

»Aber bittscheeen!«, tönte Leopold. »Was soll das denn heißen? Oller Soldat? Wenn der Hindenburg oll ist, was bin ich dann?«

»Natürlich ein Jungspund!«, lachte Matthis. »Aber im Ernst, der Hindenburg ist doch alt!«

»Siebenundsiebzig Jahre«, sagte Carl mit Blick auf den Zeitungsartikel.

»Also ich bin von der Wahl auch überrascht«, gab Moiken zu. »Ich habe nicht damit gerechnet, dass sich das Volk für diesen alten Armeeführer entscheidet. Karl Jarres hatte doch im ersten Wahlgang mit der relativen Mehrheit die Nase eigentlich vorn?«

»Eigentlich«, betonte Carl. »Der Duisburger Oberbürgermeister hat aber im zweiten Wahlgang zugunsten unseres ehemaligen Generalfeldmarschalls verzichtet.« Auch er klang nicht begeistert.

»Ob das so eine gute Idee war?«, zweifelte Moiken. »Ich meine, im Hinblick auf den Friedensvertrag.«

»Soweit ich die Nachrichtenlage überblicke …«, begann Carl, »reagieren die Länder zum Glück recht entspannt. »Im Daily Chronicle steht, dass man Deutschland an seinen Taten messen müsse, nicht an seinen Wahlen. Die Times kommentiert sogar ziemlich euphorisch, in dem Sinne, dass es das Beste für Deutschland und alle Länder sei, wenn an der Spitze unseres Staates ein Mann von solcher Ehre und Tatkraft stünde.«

»Ehre? Also ich weiß nicht«, wandte Leopold ein. »Der hat sich doch im Krieg als Generalfeldmarschall aufgeführt wie ein Militärdiktator. Mir steht er außerdem zu weit rechts, auch wenn er sich parteilos gibt.«

»Das stimmt schon«, gab Carl zu. »In Frankreich sieht man das ähnlich kritisch. In der *Le Temps* ist man der Meinung, man könne an dieser Wahl erkennen, dass Deutschland sich seine Niederlage immer noch nicht eingestehen will, wenn sie diesen Armeeführer wählen.«

»Jedenfalls hat das Volk mit diesem alten Soldaten einen typischen Repräsentanten der alten Garde gewählt«, seufzte Moiken. »Nach der ersten Überraschung wundert mich das im Grunde nicht.«

»Mich auch nicht«, seufzte Leopold, und seine Frau stimmte ihm mit einem Nicken zu. »Wir machen uns zu unserem Spaziergang auf.«

»Ändern lässt sich das sowieso nicht mehr«, fügte Matthis an, »ich werde unseren Gästen gleich mal die druckfrischen Neuigkeiten vor die Zimmertür legen.«

»Apropos Überraschung«, sagte Carl, nachdem Leopold und Wilma die Strandvilla verlassen hatten und Matthis im Selbstfahrer auf dem Weg nach oben war. »Weshalb bist du überhaupt um diese Uhrzeit an der Rezeption anzutreffen?«

Moiken lachte. »Du bist nun schon der Dritte, der mich das fragt. Ich bin heute Morgen zu einer Besichtigung der Dammbaustelle eingeladen.«

»Ach, das überrascht mich tatsächlich …«, bemerkte Carl und zog die Augenbrauen hoch.

»Weshalb?«, entgegnete Moiken gleichfalls verwundert.

»Nun ja, das müsste doch längst bis zu dir vorgedrungen sein, dass auf der Baustelle unter unmenschlichen Bedingungen gearbeitet wird.«

»Sagt wer?«, entgegnete Moiken scharf, denn natürlich waren ihr diese Gerüchte auch schon zu Ohren gekommen – und auf Köche, die in der Gerüchteküche arbeiteten, war sie nicht gut zu sprechen.

»Sagt man«, entgegnete Carl knapp.

»Aha«, gab Moiken einsilbig zurück.

Das war für Carl offenkundig das Signal, zu einer Bekräftigung anzuheben: »Manchen Arbeitern wurde ein Zusatzlohn von drei Reichsmark pro Tag als Familientrennungsentschädigung versprochen, aber das Geld wurde bis heute nicht ausbezahlt.«

»Also, mit unmenschlich hat das ja wohl noch lange nichts zu tun. Und von dieser Lohnunstimmigkeit hat dir ein Betroffener höchstpersönlich berichtet?«, hakte Moiken nach und warf Carl dabei einen herausfordernden Blick zu.

»Ja!«, bestätigte er im Brustton der Überzeugung.

Moiken wollte das nicht so recht glauben, doch es war sinnlos, weiter nachzubohren. »Ich werde mir gleich von den angeblichen Zuständen ein eigenes Bild machen und Adam wegen der Lohnsache fragen, das wird sich bestimmt klären.«

»Glaubst du, dass dein Adam von Baudissin dir die Wahrheit sagen wird? Und was meinst du wohl, weshalb er dich zu dieser frühen Stunde nach Morsum bestellt hat?«

»Weil er sonst keine Zeit hat«, erwiderte Moiken leicht genervt, doch es schwang auch etwas Unsicherheit in ihrer Antwort mit.

Carl verzog den Mund. »Ich glaube es nicht, bist du wirklich so naiv? Um diese Uhrzeit ist Schichtwechsel, und die Arbeiter sind zu Beginn der zwölf Stunden noch bei Kräften. Übrigens war bei ihrer Einstellung von Acht-Stunden-Schichten die Rede.«

»Wenn du das alles so genau weißt, warum sprichst du dann nicht mit Adam?« Damit hoffte Moiken, dieses unliebsame Gespräch zu ihrem Vorteil zu beenden.

Carl zuckte mit den Schultern. »Ich habe es versucht, aber er ist für mich nicht zu sprechen. Nun ja, am Ende wird die Wahrheit ohnehin herauskommen. Das Murren der Arbeiter wird lauter werden, die kritischen Stimmen werden sich häufen und die Dammbaugegner sich formieren. Dein Adam von Baudissin wird sich auf kräftigen Gegenwind einstellen müssen, und die Stimme der Presse wird laut genug sein, dass er sie nicht überhören kann.«

»Soll das eine Drohung sein? Immerhin sitzt du an der Druckmaschine, und es scheint mir, als gehörst auch du zum Lager der Gegner?«

»Das ist richtig«, gab Carl unumwunden zu. »Ich stand diesem Projekt schon immer skeptisch gegenüber und war ehrlich gesagt nicht traurig, als die Sturmflut es zerstört und das Reichsverkehrsministerium den Weiterbau untersagt hat. Und wenn ich jetzt von den menschenverachtenden Zuständen auf der Dammbaustelle höre ...«

»Fängst du noch mal damit an? Du spuckst ganz schön große Töne. Wie wäre es denn, wenn du dich einmal persönlich von der Lage überzeugst und gleich mit mir nach Morsum fährst? Ich bin mir sicher, Adam wird nichts dagegen haben. Ganz im Gegenteil. Er hasst Gerüchte ebenso sehr wie ich.«

»Soll ich dafür meine Maschinen ausstellen? Ich habe jede Menge Aufträge und schon viel zu viel Zeit hier vertan.«

»Ach ja richtig, die Maschinen. Wie viele Setzer hast du seither entlassen und durch Maschinen ersetzt? Und ausgerechnet du echauffierst dich über vermeintlich schlechte Arbeitsbedingungen, und selbst stellst du Kinder an die Druckpresse?«

»Sie sind alt genug!«, rechtfertigte sich Carl. »Außerdem brauchen die Familien das Geld, das habe ich dir schon mal erklärt.«

»Demnach müssten auch Kinder auf der Baustelle als Zuträger arbeiten, aber das ist nicht der Fall. Also kehr erst mal vor deiner eigenen Haustür, und dann überzeuge dich vor Ort von den Tatsachen, ehe du weiter Gerüchte streust.«

»Das werde ich tun, sobald es mir meine Zeit erlaubt. Aber mir werden wohl die Fotos genügen, die Emma mir zum Beweis bringen wollte, um einen entsprechenden Artikel der Dammbaugegner in der Zeitung zu illustrieren.«

Moiken verschlug es die Sprache. Unfassbar, was ihre Tochter da plante. Da war heute aber noch ein deutliches Wort fällig!

Noch immer fand sie keine Worte, und deshalb fuhr Carl, auf seinem Oberwasser schwimmend, fort: »Es sind ja nicht nur die Arbeitsbedingungen. Selbst wenn die verbessert werden, verschlingt dieses Bauwerk Abermillionen, die ein hoch verschuldeter Staat aufbringt, nur damit die Insel bequemer zu erreichen ist. Und was haben wir ansonsten davon?«

»Was wir davon haben?«, entgegnete Moiken fassungslos. Dazu hatte sie einiges zu sagen. »Es werden mehr Sommerfrischler kommen, davon lebt die Insel. Nicht zuletzt verkaufst auch du mehr

Drucksachen und Zeitungen, wenn Gäste da sind und die Hotels aufblühen. Zudem müssen die Eisbootmänner nicht mehr ihr Leben riskieren, wenn das Wattenmeer zugefroren ist, um das Notwendigste heranzuschaffen.«

Carl verzog das Gesicht. »Letzteres stimmt wohl, aber hast du auch mal an diejenigen gedacht, die vom Kapitän bis hin zum Schiffszimmermann von der Schifffahrt leben? Alle, die im Munkmarscher Hafen und in Hoyerschleuse arbeiten, verlieren ihre Existenz. Auch jene, die sich ihr Brot mit Frachttransport oder Vergnügungsfahrten nach Amrum und Föhr und zu den Halligen verdienen, werden ruiniert sein, denn der Weg von Munkmarsch dorthin ist bald durch den Damm versperrt. Die Häfen werden sterben und damit auch alle Betriebe, die sich dort angesiedelt haben. Und wenn du mir mit dem Argument kommst, dass sie dann eben umziehen müssen, so kann ich dir prophezeien, dass sie für ihre Häuser in Munkmarsch kein Geld bekommen, weil keiner mehr dort wohnen will. Ist es das wirklich wert?«

Moiken zögerte nicht mit der Antwort. »Ich denke ja. Das ist der Lauf der Zeit und der Preis des Fortschritts. Es ist ja nicht nur der Dammbau. Die Welt dreht sich weiter, die Industrialisierung schreitet voran, es wird viele Menschen geben, die ihren alten Beruf aufgeben müssen, aber sie werden neue Arbeit finden.«

»Du hast leicht reden, du profitierst ja auch vom Dammbau. Aber denk mal darüber nach, wie viele Schiffer ihre Arbeit mit Herzblut ausüben, und dann stell dir mal vor, wie es dir erginge, wenn man dir das Dünencafé wegnehmen würde.«

»Ist es nicht unglaublich, wie weit wir in einem Jahr vorangekommen sind?« Adam streckte die Arme aus und machte eine präsentierende Geste, so als wollte er Moiken ein Geschenk zu Füßen legen.

Tatsächlich baute er den Damm auch für sie, jeden Tag nahm er sie in Gedanken mit auf die Baustelle und tröstete sich damit, dass die vielen Stunden, die er nicht in ihrer wohltuenden Gesellschaft, sondern zwischen Schaufel und Gleisbett verbrachte, irgendwann ein Ende haben würden.

Die heutige Besichtigung der Dammbaustelle war jedoch nur ein Vorwand, denn auf halber Strecke wartete ein Geschenk auf Moiken.

Seine Nervosität kannte keine Grenzen, weil er nicht wusste, wie sie darauf reagieren würde. Obwohl sie nur ein schlichtes, weinrotes Kleid aus robustem Stoff mit einem hellgrauen Tuch um die Schultern trug, sah sie umwerfend aus, und die Männer aus den Arbeitstrupps mühten sich, ihr Tun bei diesem Anblick nicht zu unterbrechen.

Es erfüllte ihn mit Stolz, sich mit einer so hübschen Frau vor seinen Arbeitern zu präsentieren, die von dem unverhofften Anblick sichtlich überrascht und angetan waren.

Moiken schirmte ihre Augen mit der Hand gegen die Sonne ab, die sich als glutroter Ball aus dem Wattenmeer erhoben hatte und mit jeder Minute an goldgelber Strahlkraft gewann.

Die Blicke der Männer schien sie entweder nicht zu bemerken oder ignorieren zu wollen – jedenfalls gab sie sich unbefangen, als wären sie allein.

»Das ist wirklich unglaublich«, bestätigte sie beeindruckt. »Vor allem hatte ich keine Vorstellung davon, wie viele Männer hier beschäftigt sind.«

»Es sind rund eintausendfünfhundert Arbeiter insgesamt, verteilt auf zwei Schichten. Die Tagschicht hat gerade ihre Arbeit aufgenommen.«

»Hm«, machte Moiken, und für den Bruchteil einer Sekunde erschien es ihm so, als liefe ein Schatten über ihr Gesicht. Dass er mit seiner Beobachtung richtiggelegen hatte, zeigte sich an ihrer nächsten Bemerkung: »Hattest du nicht ursprünglich drei Arbeitsgruppen in Acht-Stunden-Schichten geplant?«

Weshalb wirkte sie plötzlich so befangen? Das war keine gute Voraussetzung für die Besichtigung, deren eigentlicher Sinn und Zweck die Überraschung war.

Der heutige Tag war perfekt, endlich passte alles zusammen. Der Wind wehte nur schwach, die Sonne schien, das schöne Morgenlicht beleuchtete seinen Damm, so sollte es sein, und das alles fiel mit dem Zeitpunkt der Flut zusammen, denn die brauchte er, um Moiken im Ruderboot zur zwei Kilometer entfernten Spitze des Dammkopfs zu bringen. Dort wartete Bernhard, der mit seinem Arbeitstrupp mittlerweile eingeweiht war.

Zum Glück hatte sie sich nicht weiter über diese frühe Stunde gewundert. Dafür verlief das Gespräch jetzt nicht so, wie er es sich erhofft hatte. Dieser neue kritische Unterton in ihrer Stimme gefiel ihm nicht.

Woher auch immer ihre Zweifel rührten, er musste sie schnellstmöglich entkräften, und das sollte eigentlich kein Problem sein, denn er hatte sich nichts vorzuwerfen.

»Richtig, so war mein Plan gewesen. Aber die Männer haben den Wunsch an mich herangetragen, in Zwölf-Stunden-Schichten zu arbeiten, solange die Temperaturen noch moderat sind, denn der Schichtwechsel bringt viel Unruhe herein, und es geht dabei viel Zeit verloren.«

»Zwölf Stunden am Stück diese schwere körperliche Arbeit verrichten«, bemerkte Moiken nachdenklich und beobachtete genau, wie eine Gruppe die vom Schiff abgeladenen Granitblöcke per Hand von diesem Steinhaufen einige Meter weiter zu ihrem Platz am Dammfuß schleppte. »Wie viel wiegen denn diese Steinblöcke? Das muss doch sehr anstrengend und kaum über Stunden durchzuhalten sein«, fügte sie hörbar entsetzt hinzu.

Es wäre angesichts ihrer Stimmungslage wohl kaum zuträglich, ihr das Gewicht von siebzig Kilogramm zu nennen, dennoch wollte er so nah wie möglich an der Wahrheit bleiben. »Die Arbeit ist schwer, daran besteht kein Zweifel, und das möchte ich auch nicht schönreden. Allerdings weiß jeder, der hier anfängt, worauf er sich einlässt, und ich achte zusammen mit meinen Vorarbeitern genau darauf, wer sich seinen Kräften nach wo einsetzen lässt. Es gibt auch Bereiche, wo mehr Geschick als Muskelkraft gefragt ist.«

»Aber zwölf Stunden Steine schleppen, das ist doch unmenschlich.«

Er stutzte und zog die Augenbrauen hoch. Unmenschlich? Seit wann benutzte sie solche Wörter, die sonst nur Dammbaugegner in den Mund nahmen und nicht zu dem Bild passten, das sich ihr darbot?

»Die Männer sind wahre Arbeitstiere, und wie du siehst, gehen sie mit den Steinen umher, als trügen sie ihrer Frau das Einkaufstäschchen. Es ist schwere Arbeit, ja, das kann ich nur bestätigen. Aber es sind doch keine unmenschlichen Bedingungen, wie kommst du auf so etwas?«

Moiken entgegnete nichts, doch ihre angespannte Miene lockerte sich etwas unter seinen Worten, und so beschloss er, noch ein Argument zur Bekräftigung nachzureichen.

»Die Männer wollen auch deshalb zwölf Stunden arbeiten, weil sie dadurch mehr Geld verdienen. Es gibt sehr guten Lohn, und das spricht sich herum. Ich könnte ohne Probleme auch drei Acht-Stunden-Schichten füllen, täglich muss ich Arbeitswillige abweisen, die aus dem ganzen Land hierherpilgern, als gäbe es Gold zu schürfen.«

»Es heißt, du hast den Männern auch eine Familientrennungsentschädigung von täglich drei Reichsmark versprochen, aber nie bezahlt?«

»Ah, daher weht der Wind!« Nun war er fast schon erleichtert, obwohl zugleich Ärger in ihm hochstieg. »Mit welchem Dammbaugegner hast du dich unterhalten? Das ist ein böses Gerücht, das jemand in die Welt gesetzt hat. Familientrennungsentschädigung, wenn ich das schon wieder höre! Davon habe ich nie gesprochen, und schon gar nicht ist in irgendeinem Vertrag davon die Rede. Also, von wem hast du das?«

Moiken senkte den Blick, und sie fühlte sich sichtlich ertappt. »Von Carl«, gab sie leise zu.

»Carl von der Druckerei?«, hakte er überrascht nach, und sie nickte.

Nun verschlug es ihm die Sprache. Er hatte damit gerechnet, den Namen von einem der Rädelsführer zu hören, die auch nicht davor zurückschreckten, Dammbaugegner mit falschen Behauptungen in ihr Lager zu locken – dass Carl auch zu ihnen gehörte, war ihm neu und gefiel ihm ganz und gar nicht.

Die Druckpresse konnte wie Zunder eingesetzt werden, und Carl hatte die Hand an dem gefährlichen Material. Um die vereinzelten Stimmen der Dammbaugegner hatte er sich bislang kaum geschert – was kümmerte es die Eiche, wenn sich eine Sau daran scheuerte –, doch keinesfalls durfte sich diese Horde in der Presse zusammenrotten, denn schlechte Presse wäre sein Untergang.

Gegen den erklärten Willen einer Bürgermehrheit würde das Reichsverkehrsministerium angesichts der Wirtschaftslage die Weiterfinanzierung des Jahrhundertbauwerks erneut stoppen.

»Danke für deine Ehrlichkeit, Moiken. Es ist gut, seine Feinde zu kennen. Und du kannst dich bei dieser Besichtigung nun ausführlich von den wahren Begebenheiten überzeugen und auch jederzeit mit den Männern sprechen.«

»Das ist sehr nett, Adam, aber ich vertraue dir. Wobei ich zugeben muss, dass Carl mich schon verunsichert hat. Aber wenn ich schon hier bin, würde ich gern Bernhard besuchen und sehen, wo er eingesetzt ist.«

Erleichterung machte sich in ihm breit. Jetzt lief alles wieder in die richtige Richtung, nicht nur buchstäblich, denn genau dorthin wollte er schließlich mit ihr. »Diesen Wunsch erfülle ich dir gern. Bernhard arbeitet an vorderster Front an der Spundwand, er ist mein bester Mann, und darum habe ich ihn als Vorarbeiter an der Achillesferse des Damms eingesetzt. Um ihn zu sehen, müssten wir allerdings gut zwei Kilometer über das Baugleis gehen.« Er gab sich zweifelnd. »Aber wir könnten ihn besuchen, indem wir das Ruderboot nehmen. Dann fahren wir einmal an der gesamten Baustelle entlang.« Er tat so, als fiele ihm der Plan gerade erst ein.

»Oh, das klingt spannend!«, rief Moiken, und so bestiegen sie das Boot, das nur wenige Schritte entfernt bereitlag.

Ein Glück, dass er mit seinen zitternden Händen die Ruder umgreifen konnte, so war es ihm möglich, seine Nervosität zu verbergen. Er konnte sich nicht erinnern, wann er in seinem Leben einmal so aufgeregt gewesen war, obwohl es schon viele Anlässe gegeben hatte.

Doch dieser bevorstehende Moment stellte alles in den Schatten.

Es war ihm deshalb ganz recht, dass Moiken wie gebannt auf die Löschbrücke vor der Morsumer Nösse schaute, die durchaus ein beeindruckendes Bauwerk war.

Eine der leichteren O&K-Loks rangierte gerade mit einigen Loren, und an der Löschbrücke hatten acht Schiffe festgemacht. In sichtbarer Nähe füllte ein Eimerkettenbagger mit enormer Geräuschkulisse eine Schute mit grobem Korn vom Wattboden, das sich hervorragend als Grundsubstanz zum Aufschütten der Böschung eignete.

Der Lärm entband ihn zum Glück davon, etwas sagen zu müssen, denn in seinem Kopf waren nur Sätze, die er sich für den großen Moment zurechtgelegt hatte.

»Du bist so still«, bemerkte Moiken, kaum dass sie die Geräuschkulisse hinter sich gelassen hatten. »Alles in Ordnung mit dir?« Sie forschte in seinem Gesicht.

Dieser Blick aus ihren blauen Augen, umsäumt von dichten Wimpern, ließ sein Herz schneller schlagen. Es war Liebe auf den ersten Blick gewesen, als er ihr noch vor dem Krieg begegnet war. Eine Liebe, die nicht sein durfte, weil er damals noch verlobt gewesen war. Eine Liebe, die der Krieg verhindert hatte. So viele Jahre waren seither ins Land gegangen.

Viel zu viele. Aus seiner Sicht. Ihr musste er Zeit lassen, weil er nach dem Kuss auf dem Damm genau verstanden hatte, dass ihr Herz noch an einem anderen hing.

Er kannte die ganze Geschichte dieser unmöglichen Liebe zwischen Moiken und Boy, sie hatte ihm ganz offen davon erzählt, ihn ins Vertrauen gezogen, so als erhoffte sie sich von ihm, er möge sie von den Gefühlen für Boy befreien. Doch das musste ihr schon selbst gelingen.

Was hatte er sich gefreut, als sie ihn, Adam, vor Boy als ihren Verlobten vorgestellt hatte. Leider war ihm schnell klar geworden, dass sie damit nur vor Boy und Felice ihr Gesicht wahren wollte, und er hätte auch deshalb auf sie böse sein können, weil sie das Thema nie mehr erwähnt hatte.

Doch die Tatsache, dass sie eine Verlobung mit ihm überhaupt in Erwägung gezogen hatte, hatte ihn geduldig warten lassen. Darüber waren die Jahre vergangen. Jahre in einem unangenehmen Schwebezustand, den er nun auflösen wollte, weil er sich endlich klare Verhältnisse wünschte.

»Adam?«, hakte sie nach und riss ihn aus seinen Gedanken.

»Ja, natürlich, alles in Ordnung«, entgegnete er hastig und zwang seinen Atem zur Ruhe. Er musste sich etwas einfallen lassen, womit er sie unterhalten konnte. Verzweifelt grub er in seinem Gedächtnis nach einem Thema, das sie interessieren könnte, ihm wollte jedoch partout nichts einfallen.

Moiken runzelte die Stirn, doch im nächsten Moment erkannte er, dass ihre Verwunderung nicht ihm galt. Ihr Blick war auf ein weiteres Ruderboot gefallen, das sich unweit von ihnen an der Stelle aufhielt, wo ein weiterer Arbeitstrupp Granitsteine schleppte.

»Sehe ich verkehrt?«, fragte Moiken. »Auf dem Boot, das ist doch Emma mit ihrer Kamera?«

»Das siehst du richtig«, bestätigte er, und dabei wallte Zorn in ihm auf, der sich schnell steigerte. Es fühlte sich an, als hätte jemand glühende Kohlen über ihm ausgeschüttet.

Er sprang auf, sodass ihr Boot ins Wanken geriet, formte die Hände zu einem Trichter und schrie: »Scher dich weg, aber ein bisschen plötzlich! Das ist jetzt schon die zweite Warnung. Wag es nicht noch einmal, hier aufzutauchen und Fotos zu machen, sonst muss ich noch deutlicher werden.«

Emma ließ die Kamera sinken, sie musste ihn gehört haben, aber sie rührte sich nicht von der Stelle.

Auch Moiken saß wie versteinert da, die Hände nach dem Bootsrand ausgestreckt, wo sie sich mit erschrockenem Gesichtsausdruck festklammerte.

Ob es an dem wankenden Boot lag oder daran, wie er die Stimme gegen ihre Tochter erhoben hatte, vermochte er nicht zu beurteilen. Auf Letzteres konnte er jedoch keine Rücksicht nehmen.

War das zu fassen? Nicht genug, dass er sein Leben riskiert hatte, um ihre Mutter aus dem Eis zu retten, jetzt tauchte diese freche Göre tatsächlich erneut auf, und dann auch noch im unpassendsten Augenblick. Unmöglich, Emma gewähren zu lassen, nur um die gute Stimmung nicht zu zerstören.

Erst vor ein paar Tagen hatte er Emma mit deutlichen Worten der Dammbaustelle verwiesen und ihr das Fotografieren untersagt. Zu dem Zeitpunkt hatte er sie lediglich als lästige Fliege empfunden, die er verscheuchen wollte, aber jetzt war sie ihm ein Dorn im Auge, denn nach seinem neuesten Wissen traute er ihr ohne Weiteres zu, dass sie die Fotos an Carl weitergab, um diese für eine Verleumdungskampagne in der Presse zu nutzen.

»Hörst du nicht? Hau ab, sonst komme ich rüber und versenke deine Kamera im Meer!«

Zu seiner eigenen Verwunderung wirkte die Drohung, denn Emma griff zum Ruder, um das Ufer anzusteuern. Doch aller Erfahrung nach würde die Wirkung seiner Worte nur von kurzer Dauer sein.

Resigniert und nun doch mit schlechtem Gewissen, wandte er sich Moiken zu, die sofort reagierte.

»Deine Worte an meine Tochter waren richtig, auch wenn sie mir wehtun. Aber anders versteht sie ihre Grenzen nicht, und du bist als Bauleiter im Recht.«

»Deine Sichtweise erleichtert mich«, sagte er und seufzte dabei tief.

Nach einem Moment der Stille fragte Moiken: »Warum erzählst du mir nichts zur Baustelle?«

Für diesen Themenwechsel hätte er sie umarmen können. Mit einem Auge behielt er Emma im Blick, ob sie tatsächlich auf dem Rückzug war, und währenddessen erklärte er Moiken, was im Vorbeirudern zu sehen war. »Also, von hier aus kannst du zum Beispiel sehr gut erkennen, dass wir auf der Südseite des Damms, wo die Flut besonders angreift, anstelle der Buschwände vier bis sechs Meter lange hölzerne Spundbohlen in den Wattboden getrieben haben, die selbst bei Hochwasser noch einen halben Meter aus dem Meer ragen. Zusätzlich wird die so entstandene Spundwand mit Granitsteinen gesichert. Selbst das Osterley haben wir auf diese Weise bezwungen.«

»Osterley?« Moiken runzelte die Stirn und dachte sichtlich über diesen Begriff nach. »Jetzt fällt es mir wieder ein. Du meinst dieses tiefer liegende Wattgebiet, das selbst bei Ebbe nicht trockenfällt und durch das der Damm führen muss?«

»Genau das.« Das Gespräch war irgendwie angestrengt, dachte Adam, aber so kamen sie sicher schneller über den Vorfall mit

Emma hinweg. »Wir haben das Osterley mit zwölf Meter tief liegenden stählernen Spundwänden bezwungen und Unmengen von Granit darin versenkt.«

Moiken ließ den Blick schweifen. »Es sind so unglaublich viele Arbeiter hier, ich kann das immer noch nicht glauben.«

»Die Tageshöchstleistung dieser Truppe dort drüben sind vierzig Meter eingerammte und verzimmerte Spundwände – so kann es weitergehen«, fügte er mit Stolz hinzu. »Solange der Wasserstand es möglich macht, wird gearbeitet. Auch die Eimerkettenbagger laufen fast Tag und Nacht durch. Unter guten Bedingungen bringen wir 22 000 Kubikmeter Boden täglich in den Damm ein.«

»Ehrlich gesagt kann ich mir unter der Zahl nichts vorstellen, aber sie klingt beeindruckend«, sagte Moiken. Auch sie sah sich noch mal nach ihrer Tochter um, die nun fast das Ufer erreicht hatte. Darüber schien sie sichtlich erleichtert, denn ihre Miene entspannte sich.

»Ja, diese Zahlen kann wohl nur jemand einschätzen, der täglich mit solchen Mengen zu tun hat«, bemerkte er lächelnd. »Viel wichtiger ist mein Ziel, in den kommenden sechs Monaten die restlichen acht Kilometer herzustellen und den Damm noch vor dem Winter zu schließen. Das wäre ein großer Meilenstein, wenn sich die Spundwände von beiden Seiten im Watt treffen und ein durchgängiges Baugleis verlegt werden kann. Dann gingen die Arbeiten bis zur endgültigen Fertigstellung noch schneller voran.«

»In einem halben Jahr schon soll der Damm so weit gewachsen sein, dass sich die Arbeiter erstmals in der Mitte treffen?« Moiken machte ein erstauntes Gesicht, das ihre schönen Augen noch deutlicher zur Geltung brachte. »Ich habe von deinen Berechnungen keine Ahnung, aber ist das nicht ein sehr ehrgeiziger Plan?«

»In der Tat«, gab er zu, »im Moment liegen wir allerdings gut in der Zeit. Wir haben genug Erfahrung gesammelt, und ich habe viele Arbeitskräfte. Der Damm soll bis dahin nicht nur geschlossen, sondern auf der gesamten Länge immerhin schon bis auf zwei Meter über dem normalen Hochwasser aufgespült, zusätzlich mit Ton verfüllt und mit Basaltsäulenpflaster abgedeckt sein. Das kannst du hier schon sehr gut erkennen. Die gesamte Fertigstellung wird wohl bis Mitte 1927 dauern. Und gleich sind wir mitten im Wattenmeer bei Bernhard angekommen.«

Bei Bernhard, seinem Komplizen. Ob alles nach Plan verlaufen würde? Seine Unruhe stieg unkontrollierbar an wie eine Springflut.

Gleich war es so weit. Sein Blick galt den wenigen Metern, die es noch bis zur Dammspitze waren und wo Bernhard mit seinen sechs Männern auf einer drei mal drei Meter großen, an Seilen aufgehängten Arbeitsplattform stand.

Alle taten wie vereinbart so, als würden sie die Ankunft des Ruderboots nicht bemerken.

Die Männer gaben sich damit beschäftigt, Pfahlketten in den wasserüberspülten Wattboden zu treiben, um darauf mit ihrer Plattform praktisch wie auf Schienen der eigentlichen Spundwand vorauszuwandern.

»Adam? Was ist los mit dir? Du wirkst unruhig und so merkwürdig abwesend. Hat dir der Zwischenfall mit Emma so zugesetzt? Sollen wir die Besichtigung lieber abbrechen?«

»Keinesfalls!«, rief er so übertrieben, dass es bei Moiken hochgezogene Augenbrauen provozierte.

»Nein«, setzte er etwas sanfter hinzu, und dann redete er einfach weiter über die Baustelle, weil er darin Sicherheit gefunden hatte und Emma nicht zum Thema werden sollte. Sie war ihm ein Dorn im Auge, doch sie war leider Moikens Tochter, was die Sache schwieriger machte.

»Allein für den Materialtransport sind dreißig Segelschiffe, zwanzig Schuten und drei Schlepper unterwegs«, hob er an. »Die Schuten fassen rund 300 Kubikmeter, und das Entleeren über das Spülrohr dauert je nach Korngröße des Materials zehn bis dreißig Minuten.

Dieser Baufortschritt wird uns sicher über den Winter bringen, und wenn alles weiter nach meinem Plan verläuft, steht einer Eröffnung in zwei Jahren nichts im Wege.«

»Das wünsche ich dir und uns allen von Herzen.«

Ein Lächeln breitete sich auf seinem Gesicht aus. Eine bessere Überleitung hätte sie nicht schaffen können, dachte er überglücklich, während er das Boot festmachte.

»Bernhard, wir sind da!«, rief er zu ihm hinauf. Dabei schlug sein Herz so schnell, dass auch seine Stimme holperte und ihm fast versagte.

Doch Bernhard hatte ihn zum Glück gehört. Auf den vereinbarten Ruf hin ging er mit seinen Männern zu einer bereitstehenden Kiste.

Jetzt war der Moment gekommen. Noch einmal atmete er tief durch und ging vor Moiken in die Knie, was sie prompt missdeutete.

»Adam, alles in Ordnung?« Sie versuchte, ihm erschrocken aufzuhelfen.

»Es ist alles gut«, sagte er und hielt ihre Hand fest. Nun waren sie auf Augenhöhe.

Ihre Hand in seiner Hand.

»Sogar sehr gut, seitdem ich dich kenne.« Damals, nach der Sturmnacht, hatte sie ihre Hand in seine geschoben. Es war ein unglaublicher Moment gewesen. Schon da hatte er gewusst, Moiken war die Frau seines Lebens. Sie verkörperte alles, wonach er sich sehnte. Er schaute hinauf zu den Männern, und Moiken folgte seinem Blick.

»Aber was …?«, fragte sie. Zu ihrem großen Erstaunen hatten die Arbeiter auf der Plattform Aufstellung genommen, jeder mit einem Arm voller roter Rosen, die säuberlichst von allen Dornen befreit waren.

»Ohne dich«, setzte er an, »hätte ich den Glauben an mich und an dieses Bauwerk verloren. Du hast mir die Kraft gegeben, diese schlimme Zeit durchzustehen.« Er nahm ihre Hand, weil sie immer noch nach oben starrte. Jetzt hatte er ihre Aufmerksamkeit wieder, das Boot schwankte unter ihnen, aber das war nichts gegen die Stürme, die sie beide schon mitgemacht hatten.

»Adam, was machst du?«

Konnte sie sich das nicht denken, oder wollte sie es nicht wahrhaben? Fast hätte er sich davon beirren lassen, doch er konnte und wollte keinen Rückzieher machen und nahm all seinen Mut zusammen. »Moiken, du hast mir über eine schwere Zeit hinweggeholfen, hast immer an mich geglaubt, nur deinetwegen bin ich noch am Leben, und so knie ich hier vor dir, weil ich mir mein Leben ohne dich nicht mehr vorstellen kann. Und darum frage ich dich hier und jetzt vor diesen Zeugen, ob du meine Frau werden möchtest.«

Moiken zögerte, und es war ihm, als ob sein Herz stehen bleiben würde.

Er glaubte schon, dass sie ihm ein schlichtes Nein entgegenwerfen würde, doch dann sagte sie leise: »Du hast auch mein Leben gerettet.« Und noch leiser fügte sie hinzu. »Das Schicksal hat uns zusammengeführt, sonst wären wir beide nicht mehr auf dieser Erde. Das ist ein Zeichen, und darum möchte ich mit dir bis ans Ende meiner Tage zusammenbleiben.«

»Du möchtest also wirklich meine Frau werden?« Er konnte sein Glück kaum fassen. Warum hatte er sie nicht schon viel eher gefragt, dachte er erleichtert.

»Ja, ich will«, bekräftigte Moiken, doch sie hielt den Blick dabei gesenkt. Bestimmt war es nur ihre Verlegenheit, beruhigte er sich, außerdem hatte er keine Zeit, darüber enttäuscht zu sein, denn jetzt regnete es rote Rosen.

Noch immer auf Knien, überwand er die letzte Distanz zu Moiken, zog sie in seine Arme und küsste sie.

Als sie seinen Kuss erwiderte, gab es mit Sicherheit keinen glücklicheren Mann auf dieser Welt als ihn.

KAPITEL 23

Sylt, noch am selben Tag, 27. April 1925

Wenn er sich doch nur endlich ein Herz fassen könnte, dachte Boy, und sah aus sicherer Distanz vom Strand hinüber zum Dünencafé. Es war mittlerweile später Mittag, die Tür des Dünencafés stand offen, und Moiken war bestimmt mit Vorbereitungen beschäftigt.

Am Vormittag war er nach einer Tasse Kaffee ans Meer gegangen, um den Kopf freizubekommen. In der Nacht hatte er kein Auge zugetan, deshalb hatte er sich beim Aufstehen noch erschöpfter gefühlt als gestern nach der Reise.

Seinen Sohn hatte er nur kurz gesehen, da Bernhard schon früh wieder seine Schicht beim Dammbau antreten musste, er war ziemlich wortkarg gewesen, was er jedoch nicht persönlich genommen hatte. Emma hatte ihm den Kaffee gekocht, sich dabei jedoch ebenfalls ungewöhnlich still verhalten.

So viele Erinnerungen an seine Jugendzeit auf Sylt waren vor sein geistiges Auge gepurzelt, während er in einem Strandkorb gesessen und den Wellen zugesehen hatte, die allerlei Treibgut auf den Sand geworfen hatten.

Wie Treibgut erschienen ihm auch seine Erinnerungen, durcheinander, sprunghaft, es waren so viele Bilder, dass er über sein Gedächtnis staunte, denn er hatte sie längst verloren geglaubt.

Verloren – so wie seine große Liebe, die er in den frühen Morgenstunden, als er endlich für eine Weile eingeschlafen war, im Traum geküsst hatte, so wie damals am Strand, als sie noch so jung gewesen waren.

Nach diesem ersten Kuss hatte er Moiken versprochen, sie eines Tages zu heiraten.

Er hörte den Schreien der Möwen zu, die ihn an diesem milden Aprilmorgen begrüßten. Es war ungewohnt windstill, die Luft frühlingswarm, so als hätte er das Wetter aus Berlin mitgebracht, wo der Winter sich schon seit ein paar Wochen verzogen hatte.

Das mit der Heirat hatte er sehr ernst gemeint, doch dann hatte das Schicksal seinen Lauf genommen, nachdem Moikens Mutter sich vehement gegen die Beziehung ihrer Tochter zu einem Tagelöhner ausgesprochen und Moiken sich für den Verstand und gegen die Liebe entschieden hatte.

Seither zerstörte das Schicksal jede Brücke, die mal Moiken, mal er über den Lebensfluss zu bauen versuchten.

Oder war gar nicht das Schicksal schuld, und er nahm das als billige Ausrede für sein eigenes Versagen? Er hatte Moikens letzten Versuch, eine Brücke zu schlagen, indem sie ihn zu einem Telefonat eingeladen hatte, zu lange nicht erkannt – nein, ehrlicherweise hatte er es nicht wahrhaben wollen, selbst als Emma ihm ins Gewissen redete, er solle sich doch mit ihrer Mutter in Verbindung setzen. Denn tief im Inneren hoffte er zwar noch immer auf sein Lebensglück, im Grunde glaubte er jedoch schon längst nicht mehr daran.

Nun war er hier, auf seiner Heimatinsel, inmitten von schönen Erinnerungen, die ihn davon abhielten, der Realität ins Auge zu blicken.

Moiken war verlobt. Punkt. Wer war er, dass er daran rüttelte?

Bevor er ans Meer gegangen war, hatte Emma ihm einen Zettel zugesteckt, den er jetzt wieder aus seiner Hosentasche holte.

»Ich wünsche dir den Mut, Dinge zu ändern, die zu ändern sind. Und die Gelassenheit, Dinge zu akzeptieren, die nicht zu ändern sind. Und die Gabe, das eine vom anderen zu unterscheiden.«

Wenn eines im Leben wirklich sicher war, dann die Tatsache, dass er diese Gabe nicht besaß.

Im Strandkorb waren die Stunden verflogen, und jetzt wäre wohl eine ideale Gelegenheit, um Moiken allein anzutreffen.

Zweifelnd behielt er den hölzernen Pavillon im Blick. Er müsste sie ja nicht lange unterbrechen, ihr nur seine Anwesenheit auf der Insel kundtun und ein ungestörtes Treffen mit ihr vereinbaren, wenn auch sie das wollte.

Emma hatte ihm in mehreren Briefen geschrieben, sie glaube, ihre Mutter habe die Verlobung nur vorgegeben, weil diese annahm, er hätte mit Felice eine Beziehung. Mit Felice, was für ein Unsinn! Aber dieser Gedanke hatte in Moiken offenbar so tiefe Wurzeln geschlagen wie Dünengras, das nur schwer auszureißen war.

Schließlich war er aufgrund der Hartnäckigkeit seiner Tochter nach Sylt aufgebrochen, damit Moiken die tatsächlichen Gegebenheiten verstand – und er von Moiken direkt erfuhr, wie es um das wahre Verhältnis zu Adam bestellt war.

Große Hoffnungen machte er sich nicht, denn vermutlich war es Emmas Wunschvorstellung, dass es kein Verlöbnis mit diesem Adam von Baudissin gab. Aber was, wenn Emma mit ihrer Vermutung richtiglag?

Andererseits, dieser Mann war zugegebenermaßen eine charismatische Erscheinung, und er konnte sich gut vorstellen, wie beeindruckt Moiken davon war, außerdem wäre es nicht das erste Mal, dass sie sich vom Verstand her für einen erfolgreichen Mann entschied.

Wenn diesem Adam von Baudissin dieses Jahrhundertbauwerk gelingen würde, wäre er ein gemachter Mann und damit eine sehr gute Partie.

Ihm war dieser Adam mehr als unsympathisch, aber das mochte an der Eifersucht liegen. Gegen ihn kam er als einfacher Fotograf, der mehr schlecht als recht sein Auskommen fand, nicht an. Erst recht nicht mit einer Beinprothese.

Er behielt die offene Tür des Pavillons im Blick. Verdammt, warum war die Liebe so kompliziert? Wann waren sie falsch abgebogen? Es war schon viel zu lange her, und seither waren sie immer weiter in unterschiedliche Richtungen gegangen statt aufeinander zu.

Schon damals hätte er mehr um sie kämpfen müssen, dann hätte Moiken vielleicht nicht wie von ihrer Mutter gewünscht den wohlhabenden Keitumer Seefahrer geheiratet, und alles wäre vielleicht anders gekommen. Vielleicht, vielleicht, vielleicht.

Ihm blieb nur das Hier und Jetzt. Er machte ein paar Schritte über den leicht ansteigenden Strand auf die Promenade zu.

Was hatte er zu verlieren?

Viel, lautete seine stumme Antwort. Sehr viel. Den Traum von einem gemeinsamen Leben.

Ein Wunschtraum, wenn er ehrlich war, dem er nachhing, seitdem er Moiken kannte. Ziemlich verrückt. Wie oft hatte er sich deshalb schon über sich selbst geärgert, sich als naiv und dumm bezeichnet, weil er Moiken nicht aus dem Kopf bekam, obwohl sie sich schon so oft gegen ihn entschieden hatte – aber diese Zurückweisungen hatten seine Gefühle für Moiken herzlich wenig beeindruckt.

Es war zum Verrücktwerden.

Er ging zögerlicher und blieb schließlich wieder stehen, keuchend, als müsste er einen Berg erklimmen. Ja, genau so fühlte er sich. Und was würde ihn dort oben erwarten?

Er malte sich die unterschiedlichsten Szenarien aus. Rannte sie ihm vor Freude in die Arme? Schickte sie ihn weg? Würden sie einen Draht zueinander finden oder in Streit geraten?

Er zog alle Möglichkeiten in Betracht, doch mit einer Sache rechnete er ganz und gar nicht, als er über den Strand zum Pavillon humpelte und dort an die halb offene Tür klopfte.

Eine Frau mit flammend roten Haaren trat ins Sonnenlicht, eine

Frau, mit der er eine Begegnung unter allen Umständen hatte vermeiden wollen. Eine Frau, mit der ihn heute nichts mehr verbinden würde, wenn sie nicht die Mutter seines Sohnes wäre.

»Henriette, du hier?« Sein Erstaunen kannte keine Grenzen. Wenn man ein Sinnbild für Feindschaft suchte, musste man doch nur Moiken und Henriette nebeneinanderstellen – und nun stand sie mit weißer Schürze vor ihm?

»Ich arbeite hier, wie du siehst«, entgegnete sie schnippisch. »Die Frage ist vielmehr, was du auf der Insel machst?«

»Ich besuche meinen Sohn, wenn du gestattest«, gab er in einem ähnlichen Ton zurück.

»Weshalb? Er ist weder krank noch ist sonst etwas Schlimmes vorgefallen. Allerdings reißt sich Bernhard ein Bein beim Dammbau aus, um sein täglich Brot zu verdienen. Es wäre schlauer gewesen, du hättest ihm das Geld geschickt, anstatt es für deine Lustreise auszugeben.«

»Lustreise?«, echote er und machte dabei einen Schritt rückwärts.

»Na, du willst doch Moiken sehen, sonst stündest du nicht hier. Es geht dir nicht um deinen Sohn, der schuftet zwölf Stunden täglich auf der Baustelle, danach isst er und fällt ins Bett.«

»Du bist erstaunlich gut über deinen Sohn informiert, für den du dich dein Leben lang nicht interessiert hast. Ich habe ihn großgezogen und bislang alle Kosten dafür getragen, schon vergessen? Selbst die Pacht für das Atelier erlasse ich ihm. So, und jetzt erklär mir, wie es dazu kommt, dass du hier arbeitest.«

Henriette zuckte mit den Schultern und machte ein Gesicht, als müsse das auf der Hand liegen. »Auch ich muss Geld verdienen. Mein Möwenbazar läuft längst nicht mehr so gut wie früher, ich habe nur noch vormittags geöffnet. Die Leute sparen.«

Er seufzte. »Du weißt genau, wie ich das meine. Moiken würde es doch im Traum nicht einfallen, ausgerechnet dir Arbeit zu geben …

es sei denn, sie hat einen Albtraum. Also, womit hast du sie unter Druck gesetzt?«

»Spar dir deine Frechheit.«

»Das ist die Wahrheit – auch wenn sie dir unbequem ist. Ich kenne dich. Dir geht es doch nur gut, wenn du Moiken das Leben schwer machen kannst. Sie ist deine große Liebe, von der du nie akzeptieren konntest, dass du sie nicht ausleben kannst, weil Moiken nicht an Frauen interessiert ist. So ist es doch. Also, was führst du im Schilde?« Er gab seiner Stimme einen drohenden Unterton und fixierte Henriette mit seinem Blick.

»Nichts«, gab sie lapidar zurück.

»Natürlich!«, erwiderte er, und seine Stimme schnellte dabei in die Höhe. »Und selbstverständlich glaube ich dir das auch noch. Henriette, du bist wie Zundermaterial. Auf den ersten Blick harmlos, aber wehe, wenn du Feuer fängst. Also, noch einmal in aller Deutlichkeit meine Frage: Was planst du, damit Moiken bald ihr Dünencafé schließen muss? Mir würde da einiges einfallen, was zu einem hintertriebenen Weib wie dir passen würde, um Moikens Ruf zu ruinieren: Schimmeligen Kuchen verkaufen, den Gästen Glaubersalz in den Kaffee mischen, oder willst du gleich Tabula rasa machen und den Dünenpavillon anzünden?«

Henriette verschränkte die Arme vor der Brust und schwieg eisern. Da lag Hass in ihrem Blick, der ihn aufforderte, umgehend zu verschwinden.

Davon ließ er sich jedoch nicht beeindrucken und sagte ruhig: »Gut, wenn du schweigst, dann frage ich Moiken direkt, was da los ist. Wo finde ich sie?«

Auch Henriette gab sich wieder gelassen. »Vermutlich in der Strandvilla, es sei denn, sie ist noch nicht von der Besichtigung der Dammbaustelle zurück. Sie hat heute Nachmittag frei. Vielleicht macht sie sich auch einen schönen Tag mit ihrem Verlobten.«

»Ich werde es herausfinden«, sagte er entschieden, ließ den Satz in seiner Doppeldeutigkeit stehen und wandte sich grußlos zum Gehen. Kaum hatte er die Terrasse verlassen, hörte er noch einmal ihre Stimme.

»Übrigens!«, rief sie ihm hinterher. »Ich habe Moiken um Verzeihung gebeten. Deshalb hat sie mich eingestellt, wenn du es genau wissen willst.«

»Du hast …?« Ungläubig drehte er sich zu ihr um. Ihm blieb für einen Moment die Stimme weg, doch dann verflog seine Überraschung, und es blieb der Unglaube. »Niemals! Niemals würdest du einen Menschen um Verzeihung bitten. Vordergründig vielleicht, damit es deinem Plan hilft. Aber niemals würdest du über deinen eigenen Schatten springen und auch nur einen Fehler in deinem Leben einsehen. Du bist und bleibst eine Hexe.« Er schüttelte den Kopf. »Dir darf man nicht über den Weg trauen, das muss Moiken doch auch klar sein.«

»Überleg dir gut, was du zu ihr sagen willst. Wehe dir, sie entlässt mich deinetwegen.«

»Ich werde mit ihr reden. Jetzt sofort.«

»Dann verschwinde«, zischte Henriette. »Jetzt sofort.«

»Sehr gern«, sagte er und machte auf dem Absatz kehrt. Ein Gutes hatte das Zusammentreffen mit Henriette wenigstens gehabt: Sein Zaudern vor einer Begegnung mit Moiken war seiner Entschlossenheit gewichen, sie vor einem großen Fehler zu warnen.

»Du willst doch diesen Mann nicht tatsächlich heiraten?«, fragte Emma entsetzt.

Es gab Moiken einen Stich, dass ihre Tochter so über Adam redete, aber im Grunde hatte sie keine andere Reaktion erwartet.

Gleich nach ihrer Rückkehr aus Morsum hatte sie Emma auf eine Tasse Tee in ihr Büro gebeten, damit sie wenigstens als Erste von der geplanten Hochzeit erfuhr. Erstaunlich schnell war Emma zugegen gewesen, obwohl sie auch damit rechnen musste, wegen der erneuten Fotos auf der Dammbaustelle von ihrer Mutter ins Gebet genommen zu werden.

So weit war sie jedoch im Gespräch noch nicht, provozieren lassen würde sie sich von ihrer Tochter erst recht nicht, also entgegnete sie ruhig und sachlich: »Die Hochzeit findet unmittelbar nach Saisonende am ersten Oktober im kleinen Kreis statt. Anschließend wird mit den engsten Freunden im Dünencafé gefeiert. Danach planen wir eine einwöchige Hochzeitsreise nach England. Das durfte ich mir wünschen.«

»Wie schön.« Emma lächelte gequält. »Der erste Oktober also. Hoffentlich kommt da noch was dazwischen. Eine Sturmflut vielleicht. Ansonsten kann ich mir an dem Tag ja schon mal was Besseres vornehmen.«

Spitze Bemerkungen war sie von ihrer Tochter gewöhnt, dachte Moiken, aber in Anbetracht dieser Unverfrorenheit war sie kurz davor, aus der Haut zu fahren.

Im Sinne eines vernünftigen Gesprächs mahnte sie sich jedoch zur Ruhe und tröstete sich damit, dass die Hochzeit erst in fünf Monaten stattfand und Emma sich bis dahin noch mit dem Gedanken anfreunden konnte.

Hingegen würde Frieda die Nachricht mit Sicherheit deutlich freudiger aufnehmen. Gleich nach der Schule sollte sie es erfahren, denn ihre kleine Tochter wünschte sich längst einen Stiefvater.

Friedas Schicksal, ohne ihren Vater aufwachsen zu müssen, teilte sie seit dem Krieg zwar mit vielen Kindern, für sie war das normal, doch als sie in die Schule gekommen war, hatte Frieda zum ersten Mal die traurige Frage gestellt, weshalb sie als Einzige keinen Stiefvater hatte.

Moiken atmete tief durch, suchte in ihrem Sessel eine bequemere Position und nahm eine ihrer großen Tochter zugewandte Körperhaltung ein.

»Ich weiß, Emma, ihr mögt euch nicht, aber es ist mein Leben und meine Entscheidung. Du bist erwachsen, und es wäre schön, wenn du dich wenigstens ein bisschen für mich freuen könntest. Aber das ist wahrscheinlich zu viel verlangt.«

»In der Tat«, sagte Emma und kam aus dem Kopfschütteln nicht mehr heraus. »Ich war der festen Überzeugung, dass du diese Verlobung nur vorgeschoben hast, als du Felice in unserer Berliner Wohnung angetroffen hast.«

Moiken dachte darüber nach, wie ehrlich sie zu Emma sein sollte. »Ja und nein«, gab sie zu.

»Was soll das heißen?«

Moiken atmete tief durch. »Einerseits stimmt es, denn ich habe das in dem Moment tatsächlich nur gesagt, weil es mir wehgetan hat, Boy und Felice zusammen zu sehen. Andererseits hatte mir Adam bereits seine Gefühle gestanden, und nachdem er mein Lebensretter geworden war, wusste ich, dass ich tatsächlich mein Leben in Zukunft mit ihm teilen will. Es war gut, dass er heute Morgen diesen wichtigen Schritt gemacht hat.«

Mit hochgezogenen Augenbrauen fragte Emma: »Weil du ihn sonst nicht gegangen wärst?«

»Unsinn«, entgegnete sie entschieden und nahm einen Schluck von ihrem viel zu heißen Schwarztee, an dem sie sich prompt verbrannte, »weil sich das für eine Frau nicht gehört, den Heiratsantrag zu machen. Weißt du, Adam hat ein gutes Gespür für mich. Seitdem wir aus Berlin zurück waren, hat er mich nicht darauf angesprochen, weshalb ich ihn als meinen Verlobten vorgestellt habe. Er konnte sich das denken und hat geduldig abgewartet, bis ich tatsächlich so weit war. Zudem war er über den Winter in einer denkbar schlechten Verfassung, und jetzt war der richtige Zeitpunkt gekommen.«

»Es war so knapp«, murmelte Emma.

»Was war knapp?« Sie runzelte die Stirn.

»Ach nichts«, sagte Emma und seufzte schwer.

»Emma, nun zieh bitte nicht so ein Gesicht, als hätte ich dir das Datum für eine Beerdigung genannt. Ich bin froh, künftig einen Partner an meiner Seite zu haben, der die Verantwortung für die Strandvilla mit mir teilt.«

»Verantwortung teilen?« Emma sah ruckartig auf, und ehe sie blinzelte, glaubte Moiken, Tränen in ihren Augen schimmern zu sehen. »Mutter, wie stellst du dir das vor? Er ist für den Dammbau verantwortlich und hat damit genug um die Ohren.«

»Ich meine das in finanzieller Hinsicht. Er bringt einen Großteil seines Vermögens aus dem Verdienst als verantwortlicher Leiter des Jahrhundertbauwerks in die Strandvilla ein. Damit ist das Hotel schuldenfrei und …«

Emma machte große Augen. »Das tut er einfach so?«

»Nein, natürlich nicht einfach so.« Fast hätte Moiken über die scheinbare Naivität ihrer Tochter gelacht. »Selbstverständlich gehört ihm nach unserer Hochzeit die Hälfte der Strandvilla. So ist das nun mal in einer Ehe, erst recht, wenn einer viel Vermögen einbringt.«

»Das fasse ich jetzt nicht«, sagte Emma und stellte ihre Tasse ruckartig auf den Unterteller zurück, ohne vom Tee getrunken zu haben. »Bist du verrückt geworden? Du musst die alleinige Herrin der Strandvilla bleiben. So machst du dich abhängig von ihm!«

»Ich bin und bleibe die Herrin der Strandvilla. In das tägliche Geschäft will sich Adam nicht einmischen. Er sagt, er sei Architekt und Wasserbauingenieur, er verstehe etwas von Zahlen, aber nicht vom Umgang mit Gästen. Das wäre nicht seine Sache.«

»Na dann«, sagte Emma und kam aus dem Kopfschütteln nicht mehr heraus. »Du bist tatsächlich verrückt geworden.«

Moiken bemühte sich um äußerliche Gelassenheit, während es in ihr brodelte. »Im Gegenteil, mein Kind. Ich weiß gar nicht, weshalb ich mich vor dir rechtfertige, aber eines möchte ich dir noch sagen: Ich habe mein Leben noch nie so klar vor mir gesehen. Und dabei geht es nicht nur um mich, sondern um die Zukunft der Strandvilla, denn diese ist mit der Heirat gesichert und damit die Existenz von zahlreichen Angestellten, für die ich verantwortlich bin. Die Zeit der Sorgen ist vorbei.«

»Bis zum Tag der Scheidung …«

»Emma, wie kannst du nur so reden!«, fuhr Moiken entgegen ihrem Vorsatz auf. Vorbei war es mit ihrer zur Schau gestellten Gelassenheit.

Daran erfreute sich Emma sichtlich, wie ein verräterisches Zucken ihres Mundwinkels bewies. »Ich finde das nicht abwegig.«

»Ich habe mich noch nie scheiden lassen!« Es fehlte nicht viel, und sie hätte ihre Tochter angeschrien.

»Ja, weil deine beiden Ehemänner vorher gestorben sind.«

»Emma, es reicht! Endgültig!«

»Ich sage nur meine Meinung«, gab Emma zurück und griff bedächtig nach ihrer Tasse. »Das wird ja wohl erlaubt sein. Ich will dich nur vor einem großen Fehler bewahren und dich glücklich sehen.«

»Ich habe in Adam mein Glück gefunden«, entgegnete sie kurz angebunden.

»Ach, das fällt dir aber früh ein. Ihr kennt euch jetzt wie lange? Zehn Jahre?«

»Elf. Vor elf Jahren ist er der erste Gast in meinem Dünencafé gewesen, und ich war von der ersten Minute an von ihm fasziniert, wenn du es genau wissen willst. Der Krieg hat unser näheres Kennenlernen verhindert, es gingen einige Jahre ins Land …«

»Genau. Einige Jahre. Seit fünf Jahren hat er sich in der Strandvilla eingenistet.«

»Hör auf, so zu reden.« Ihre Stimme bekam einen drohenden Unterton. »Er wohnt in seinem Zimmer und zahlt die Miete. Wir haben uns langsam angenähert, und das war richtig so, denn ich habe diese Zeit gebraucht.«

»Ach, weshalb denn?«, fragte Emma herausfordernd.

»Weil …«, gab sie reflexartig zurück, doch dann brach sie ab. Erstens wollte sie sich nicht länger rechtfertigen, und zweitens gab es dafür keine Worte, aber ein Gefühl, das fest in ihrem Herzen verankert war und nicht weichen wollte. Und das wusste Emma so gut wie sie.

»Lassen wir das, Emma. Ich bin dir keine weiteren Erklärungen schuldig.«

»Aber ich dir. Eine Erklärung und eine Bitte um Verzeihung. Dieses Telegramm … ich habe es geschickt, damit du nach Berlin kommst, um … weil ich wollte, dass ihr beide, meine Eltern, endlich zueinanderfindet. Es tut mir unendlich leid, welche Folgen das hatte. Ich hätte nicht mehr leben wollen, wenn du auf dem Eis gestorben wärst. Ich hoffe, du kannst mir verzeihen.«

Moiken schwieg. Die Erinnerung an die Stunden auf dem Eis, daran, wie knapp sie dem Tod entronnen war, ließen die Worte in ihr erfrieren.

»Bitte, Mutter! Ich habe das alles doch niemals gewollt. Ich wollte, dass du mit meinem Vater glücklich wirst, ihr gehört doch zusammen.«

Moiken musste tief durchatmen. »Jetzt sage ich dir mal, was *ich* will, nein, was ich von dir erwarte: Du mischst dich nicht mehr in mein Leben ein – wenn du Adam nicht magst, so ist das bedauerlich, aber du wirfst ihm keinen Knüppel zwischen die Beine, indem du mit deinen unsäglichen Fotos vom Dammbau gefährliche Gerüchte in die Welt setzt – hast du mich verstanden? Adam hat dich wiederholt gewarnt, also halte dich jetzt an sein Verbot.«

Emma senkte den Blick und erwiderte nichts. An ihrer Miene war nicht abzulesen, ob die Drohung Wirkung auf sie gehabt hatte.

Das Klingeln des Haustelefons hinderte sie an der Fortführung des Gesprächs. Ausgerechnet jetzt meldete sich die Rezeption.

»Ja, Matthis, was gibt's?«, meldete sie sich mit leichter Ungeduld.

»Es wartet Besuch für Sie im Foyer«, kam aus dem Hörer.

Moiken warf einen schnellen Blick in ihren Kalender. »Ich bin aber mit niemandem verabredet?«

»Doch, jetzt schon«, mischte sich Emma ein, »und ich weiß auch, mit wem«, fügte sie geheimnisvoll hinzu und war damit schon fast zur Tür raus. »Das wurde aber auch höchste Zeit!«

»Boy!«

Da stand er. Mitten im Foyer der Strandvilla, als sie die Treppe hinunterging.

Ihr Herz klopfte, als sie auf ihre große Liebe zuging. Dagegen kam sie mit ihrem Verstand nicht an. Am liebsten wäre sie ihm in die Arme gelaufen, wie damals am Strand, als sie noch jung und unbeschwert gewesen waren.

Doch diese Zeiten waren vorbei.

Endlich war er da. So lange herbeigesehnt. So unerwartet. So plötzlich. Ausgerechnet jetzt. Zu spät.

Sie gingen langsam aufeinander zu, so als könne bei jedem Schritt etwas Unvorhergesehenes passieren. Als sie voreinanderstanden, schien jede Form der Begrüßung falsch zu sein.

Förmlich und etwas ungelenk reichte Boy ihr die Hand. »Hallo, Moiken.«

Boy wusste offensichtlich nicht, wohin mit sich, und sah sich im Foyer um, als müsse er sich von ihrem Anblick ablenken. »Schön hast du es hier, beeindruckend. Ich war lange nicht mehr hier drin.«

Allerdings, dachte Moiken. Um genau zu sein, hatte er nur ein einziges Mal die Strandvilla betreten, und das war über zehn Jahre her, als Theodor ihn zusammen mit Bernhard zu Kaffee und Kuchen eingeladen hatte. Sie konnte sich selbst nur noch schemenhaft an diesen Nachmittag nach Weihnachten erinnern, denn sie hatte vieles verdrängt, weil sie sich so unwohl zwischen den beiden Männern gefühlt hatte.

Zerrissen zwischen Liebe und Verstand.

Damals hatte Theodor sich redlich bemüht, seinem Kontrahenten den Wind aus den Segeln zu nehmen, indem er Boy seine Freundschaft angeboten hatte, was die Männer per Handschlag besiegelt hatten, und Theodor hatte Boy zur Bekräftigung zur Hochzeitsfeier eingeladen.

Das war für Boy zu viel des Guten gewesen und der Anlass, noch vor Silvester seine Zelte auf der Insel abzubrechen und ohne Abschied nach Berlin zu ziehen.

Als sie sich diese Umstände erneut vor Augen führte, sich daran erinnerte, wie sich gefühlt hatte zwischen Liebe und Verstand, wie schmerzhaft der fehlende Abschied von Boy gewesen war, da wusste sie, dass sie es diesmal anders machen wollte.

»Was führt dich zu mir?«, fragte sie und bedeutete ihm, ihr zu den Ohrensesseln zu folgen, die vor den hohen Fenstern mit Meerblick standen, damit sie sich möglichst weit weg von der Rezeption diskret unterhalten konnten.

»Ein Besuch in der alten Heimat«, sagte Boy leichthin und betrachtete das Meer. »Mal bei meinem Sohn vorbeischauen, im Atelier nach dem Rechten sehen, meine Tochter besuchen, um mich vom Erfolg ihrer Winterkur zu überzeugen, mal raus aus der Metropole, die Inselruhe und das Meer genießen, solche Dinge eben«, sagte er und unterstrich seine Aufzählung mit einem Schulterzucken, um den Gründen seines Besuchs einen gewöhnlichen, erwartungsgemäßen Anstrich zu geben – und ganz offenkundig, um den wahren Anlass zu übertünchen.

Boy konnte ihr nichts vormachen.

»Und die Wahrheit ist?«, fragte sie leise und hob die Augenbrauen.

Er seufzte. »Du kennst mich einfach zu gut. Ich bin eigentlich nur auf die Insel gekommen, um mit dir zu sprechen.«

»Ich dachte, du rufst mich vielleicht einmal an …«, sagte sie und bot ihm einen Platz im Sessel an. »Es ist ziemlich viel Zeit vergangen, seitdem wir uns in Berlin verabschiedet haben. Wertvolle Zeit.« Sie setzte sich und betrachtete die Schaumkronen auf dem scheinbar unendlich weiten Meer.

Boy ließ sich ihr gegenüber nieder. »Ich weiß. Aber für das, worum es mir geht, reicht ein kurzes Gespräch in der Fernsprechkabine des Adlons nicht aus. Ich muss dir außerdem in die Augen sehen können. Es stimmt, ich habe lange gezögert, aber das hat seinen Grund.«

»Ist der Grund deine Felice?«, fragte sie geradeheraus.

»Sie ist nicht *meine* Felice.«

»Nein?«, fragte sie zurück.

»Nein«, bekräftigte er und sah ihr dabei fest in die Augen. »Du warst von der ersten Minute an auf sie eifersüchtig, aber sie ist und bleibt nicht mehr als eine gute Freundin für mich. Das willst du mir nur nicht glauben.«

In der Tat, dachte Moiken, denn zum Narren halten lassen wollte sie sich nicht. »Weshalb sollte ich etwas anderes denken? Felice wohnt bei dir.«

»Wie kommst du denn auf die Idee?« Sein irritierter Gesichtsausdruck wirkte echt.

»Nun ja«, begann sie und war froh, an ihm vorbei aufs Meer schauen zu können. »Sie war immer in deiner Wohnung, wenn ich zu Besuch kam.«

»Ach Moiken, das erste Mal war Emma schwer krank, und mich hatte es auch niedergestreckt, weißt du nicht mehr? Also hat sich Felice um uns gekümmert. Und im Dezember hatten wir sie zum Weihnachtsbesuch eingeladen und das in der Sorge um deinen Verbleib komplett vergessen – aber Felice hatte sich zu unserer Verabredung im Schneesturm durch halb Berlin gekämpft, da wollte ich sie nicht abweisen. Wir saßen nicht entspannt beim Kaffeekränzchen, so wie es auf dich den Eindruck gemacht hat.«

Sie kaute auf ihrer Unterlippe herum, als könne sie die Neuigkeit so besser verdauen. »Ich hätte Emma glauben sollen …«, sagte sie nach einer Weile.

»Hätte das etwas geändert?«, fragte Boy, und sie wusste natürlich, was er damit meinte.

»Ich weiß es nicht«, entgegnete sie ehrlich. »Ich weiß nur, dass ich dir nie bei einer neuen Liebe im Wege stehen wollte. Da habe ich mich lieber zurückgezogen.«

»Siehst du, genauso erging es mir. Ich möchte dir und Adam nicht im Weg stehen. Ihr seid doch verlobt, oder?«

»Seit heute Morgen.«

»Seit heute Morgen?«, echote Boy und sah sie fassungslos an.

»Ja, erst seit ein paar Stunden. Ich habe Adam in Berlin als meinen Verlobten vorgestellt, weil ich so eifersüchtig auf Felice war.«

»Das gibt's ja nicht. Ich hätte Emma glauben sollen …«, sagte Boy und schüttelte den Kopf.

»Hätte das etwas geändert?«, fragte sie.

»Ich weiß es nicht«, entgegnete er ehrlich. »Ich weiß nur, dass ich dir nicht im Weg stehen werde. Wann findet die Hochzeit statt?«

»Am ersten Oktober. Emma hat es gerade als Erste erfahren. Sie war bei mir im Büro, als mir dein Besuch angekündigt wurde.«

»Ich habe sie noch gesehen. Sie ist im Foyer an mir vorbeigegangen. Wortlos. Und jetzt verstehe ich auch ihren traurigen Blick.«

»Ja, unsere Tochter hätte es gern gesehen, wenn aus uns ein Paar geworden wäre, das hat sie mir vorhin deutlich zum Ausdruck gebracht.«

»Es war richtig, dass du dich für Adam entschieden hast«, sagte Boy, »auch wenn mich das schmerzt, aber wir müssen uns eingestehen, dass wir einfach nicht zueinanderfinden, ganz gleich, wie es um unsere Gefühle bestellt ist. Und dieses Eingeständnis ist der Grund, weshalb ich hier bin. Ich bin gekommen, um Abschied zu nehmen – von dir und damit von meinem Lebenstraum.«

Der letzte Satz traf sie bis ins Mark. Sie konnte nichts erwidern.

»Ach Moiken, du hast stets nach der Vernunft gehandelt, nun muss ich es auch lernen. Weißt du, vielleicht hatte deine Mutter gar nicht so unrecht mit dem, was sie da als Lebensphilosophie in dich eingepflanzt hat. Schau dich um, wo du heute stehst. Du bist immer der Vernunft gefolgt, und sie hat dich an diesen schönen Ort geführt, du bist Besitzerin der Strandvilla, hast dir mit deinem Dünencafé deinen Lebenstraum erfüllt, dir geht es gut, und du hast zwei gesunde Kinder. Das ist mehr, als man erwarten darf.«

Nur die wahre Liebe, die durfte sie nicht leben, wollte Moiken entgegnen, doch sie schwieg. Das war vernünftiger.

»Abschied nehmen ist nicht gerade meine leichteste Übung«, sagte sie dafür leise.

»Meine auch nicht«, entgegnete Boy, »wohl deshalb konnte ich mich nie von dem Traum lösen, mein Leben mit dir zu verbringen. Mit der Realität hatte das längst nichts mehr zu tun.«

Sie nickte und suchte vergeblich nach Worten.

»Ich habe lange über diesen Schritt nachgedacht, Moiken, und bin zu dem Schluss gekommen, wenn wir einmal richtig Abschied nehmen, von uns und besonders von der Vorstellung, dass wir eines Tages doch zueinanderfinden werden, wird es uns beiden am Ende besser gehen. Meinst du nicht auch?«

»Der Gedanke schmerzt, aber ich kann mir vorstellen, dass es der richtige Weg ist.«

»Mir tut es auch weh, sehr sogar, darum habe ich es so lange hinausgezögert, aber ich bin mir sicher, wenn wir den Kontakt zueinander abbrechen, wenn wir uns nie wiedersehen, dann werden wir am Ende beide glücklicher sein.«

Moiken durchfuhr ein erneuter Stich. In dieser Konsequenz hatte sie den Abschied nicht gesehen. »Das wird schwer werden …«, begann sie. »Diese Endgültigkeit.«

»Der Anfang wird schwer werden, aber dann werden wir beide erkennen, dass wir auf dem richtigen Weg sind, und der Schmerz wird nachlassen. Aber das wird uns nur gelingen, wenn wir unsere Leben vollständig voneinander trennen.«

»Wir haben immerhin noch eine gemeinsame Tochter«, wandte sie ein.

»Emma wird das Boot sein, das zwischen uns über den Fluss pendelt, aber wir werden auf beiden Uferseiten getrennte Wege gehen. Bis ans Lebensende. Wenn ich irgendwann wieder auf die Insel zurückkehre, dann nur in einem Sarg. Ich möchte in meiner Heimat begraben werden, das ist mein Wunsch. Und wenn ich einen Wunsch ans Leben richten darf, dann möchte ich, dass wir am Ende unserer Tage beide zurückblicken und sagen können, dass wir glücklich geworden sind.«

»Und jetzt?«, fragte sie mit kehliger Stimme. »Was machen wir jetzt?«

»Abschied nehmen«, sagte Boy leise.

»Danke«, sagte Boy neben ihr im Automobil, als sie am Ende der holprigen Strandstraße auf Höhe des Hotels Stadt Hamburg an der Kreuzung hielten und auf freie Einfahrt in die Maybachstraße warteten.

»Wofür?«, gab sie irritiert zurück.

»Dafür, dass du uns Zeit miteinander schenkst. So kann ich mir meine Heimat noch einmal ansehen, bevor ich morgen nach Berlin aufbreche.

Moiken nickte und spürte einen Kloß im Hals. »Ja, das haben wir so entschieden, und du musst mir bestimmt nicht danken. Auch ich brauche diese Fahrt, um Abschied zu nehmen – von dir. Und von uns. Endgültig.«

Boy setzte zu einer Erwiderung an, doch die Stimme versagte ihm, und er musste sich räuspern. »Ja, das haben wir so entschieden.«

Sie lächelte tapfer und wandte das Gesicht von ihm ab, vorgeblich, um sich darauf zu konzentrieren, nach links in die Maybachstraße abzubiegen.

Sie setzten ihre Fahrt in Richtung Wenningstedt fort, mussten jedoch kurz darauf wieder an der Kreuzung Herrenbadstraße anhalten, um einem Ehepaar den Vortritt zu lassen, das den Einkaufstaschen nach zu urteilen von der Hauptflaniermeile zurück in eines der hübschen Logierhäuser wollte, die sich entlang der Herrenbadstraße aufreihten.

»Wo fahren wir eigentlich hin?«, fragte Boy, als die Kreuzung wieder frei war und sie an die holprigen Straßenverhältnisse angepasst Gas geben konnte.

»Keine Ahnung. Immer der Nase nach.« Sie bemühte sich um ein Lächeln, denn sie wollte während dieser letzten Stunden mit Boy eigentlich nicht traurig sein, das hatte sie sich fest vorgenommen. »Für eine kleine Inselrundfahrt werden die Batterien des Automobils wohl reichen«, setzte sie hinzu.

»Ansonsten schieben wir eben – körperliche Ertüchtigung soll gesund sein.«

Boy grinste, und sie fühlte sich schlagartig wohler. Auch er schien beschlossen zu haben, diese letzten gemeinsamen Stunden auszukosten und mit glücklichen Momenten zu füllen.

»Ich kann ja froh sein, dass du als Mann überhaupt zu mir ins Auto steigst, da habe ich schon ganz andere Erfahrungen gemacht.«

Er lachte. »In Berlin sieht man das häufiger. Und ich gehe mal davon aus, dass du deine Fahrlizenz nicht in der Lotterie gewonnen hast. Bei uns setzen sich übrigens auch mehr und mehr die Tankstellen durch und verdrängen die Elektromobile.« Er war offenkundig daran interessiert, Themen aufzugreifen, die zu einem Ausflug gehörten, der keinen traurigen Hintergrund hatte.

Dankbar ging sie auf diese Gesprächseröffnung ein. »Theodor hat nicht daran geglaubt, dass sich Benzinfahrzeuge eines Tages gegen die Elektroautomobile durchsetzen werden, weil es viel zu aufwendig sei, ein flächendeckendes Tankstellennetz zu errichten.«

»Tja, so kann man sich täuschen, wenn man über die Zukunft spekuliert.«

Die Zukunft, dachte Moiken, und vor Schmerz wusste sie nicht, was sie entgegnen sollte.

Ein Leben lang hatte sie Entscheidungen aus Vernunft getroffen, und ein Abschied von Boy war vernünftig und richtig, damit dieses ewige Hin und Her ein Ende hatte, unter dem sie beide litten. Ihr Verstand wusste, dass es besser für sie beide war, doch ihr Herz rebellierte.

Stille breitete sich zwischen ihnen aus.

»Wollen wir vielleicht auf einen Kaffee in den Friesenhof?«, fragte sie, als sie sich über den schnurgeraden Wenningstedter Weg dem nächsten Ort näherten. »Sie haben eine nette kleine Gaststube, oder, wenn es uns draußen warm genug ist, setzen wir uns dort in den Kaffeegarten hinterm Haus.«

»Ich weiß nicht …«, zeigte sich Boy unentschlossen, und dabei veränderte sich seine Miene. Es schien ihr, als hätte sie ihm ein Stichwort geliefert, denn er war sichtlich mit trüben Gedanken beschäftigt. Oder bildete sie sich das nur ein?

Sie musste sich auf die Straße konzentrieren, die zwar so breit war, dass drei Kutschen oder Automobile bequem aneinander vorbeikämen, doch der Untergrund erinnerte mehr an ein trockenes Flussbett.

Der Weg führte an vereinzelten reetgedeckten Gehöften vorbei, die wie vom Himmel gefallen in der Dünenlandschaft verstreut lagen. In weiter Entfernung, dort wo die Straße scheinbar ein Ende nahm, reckte sich der älteste Leuchtturm der Insel aus schmutzig gelben Bornholmer Klinkern in die Höhe und kündigte bereits den übernächsten Ort Kampen an.

»Der könnte auch mal einen Anstrich gebrauchen«, sagte Boy, der ebenfalls den Blick auf den markanten Wegweiser gerichtet hatte.

»Hm«, machte Moiken, denn sie dachte darüber nach, weshalb er ihr eine Antwort schuldig blieb. Was war gegen eine Kaffeepause einzuwenden? Oder wollte er lieber in einem Restaurant einkehren – vielleicht hatte er heute noch nicht viel gegessen?

»Wir könnten auch in Kampen in den Gasthof Rothes Kliff gehen, dort kann man hervorragend speisen«, schlug sie deshalb vor.

»Wie du meinst«, entgegnete er, und es klang überhaupt nicht begeistert. Siedend heiß sickerte ihr ins Bewusstsein, dass er vielleicht knapp bei Kasse war und sich ein Auswärtsessen nicht leisten konnte, erst recht, wenn er sich als Mann in der Pflicht fühlte, sie einzuladen.

»Ich bezahle«, stellte sie klar. »Es ist zwar auf Sylt noch nicht wie im modernen Berlin, man bekommt als Frau schon mal einen schrägen Blick vom Kellner, wenn man das eigene Portemonnaie zückt. Aber du bist es doch von deiner Felice gewöhnt, dass sie ihr eigenes Geld verdient.«

»Sie ist nicht *meine* Felice«, korrigierte Boy prompt.

Ja, dachte Moiken, was wäre gewesen, wenn sie das eher verstanden hätte? Die Frage war müßig.

Sie schwiegen, und erst als sie Wenningstedt erreichten, wo große Reetdachhäuser neben kleinen Pensionen dicht aufgereiht an der Straße standen und mit gepflegten Vorgärten um Gäste warben, sagte sie: »Hinter der Kurve liegt der Friesenhof. Soll ich dort anhalten?«

»Nein, fahr bitte weiter, wenn das für dich in Ordnung ist.«

»Selbstverständlich.«

Es war doch nicht so leicht wie erhofft, eine zwanglose Unterhaltung zu führen. Zu viele unausgesprochene Dinge standen zwischen ihnen, die sie in diesen Stunden wie Klippen zu umschiffen versuchten, und zugleich wussten sie beide um die drohende Gefahr, an einer davon zu zerschellen.

»Spätestens in List brauche ich einen Kaffee«, hob sie an. »Im Gasthof zum Königshafen zum Beispiel, da kann man nett sitzen.« Um sich weiter unbeschwert zu geben, setzte sie grinsend hinzu: »Seitdem ich das Dünencafé betreibe, bin ich süchtig nach Kaffee.«

Sie rechnete mit einem Auflachen von Boy oder einer heiteren Bemerkung dazu, doch es kam keine Reaktion.

Als sie ihm den Kopf zuwandte, bemerkte sie seinen nachdenklichen, fast sorgenvollen Gesichtsausdruck.

Wahrscheinlich sah auch er gerade diese Klippen vor sich, und vielleicht, dachte Moiken, haderte auch er mit der gemeinsam getroffenen Entscheidung.

»Ist es der Abschied?«, fragte sie behutsam.

»Ja«, gab er unumwunden zurück. »Er macht mir das Herz schwer, aber da ist noch etwas, das mich bedrückt und worüber ich mit dir reden möchte, bevor ich die Insel für immer verlasse.«

Angespannt hielt sie das Lenkrad fest, als sie am Friesenhof und im Anschluss an dem dreistöckigen Postgebäude vorbeisteuerte, das mit seiner prächtigen Fassade so ehrwürdig wirkte wie das beste Hotel am Platze.

»Ich höre dir zu«, sagte sie, doch es war ihr nicht möglich, ihn dabei anzusehen, denn die Tür zu ihrem Herzen war noch nicht fest genug verschlossen, und sie hatte Angst, dass er beim Blick in ihre Augen etwas sehen würde, was die getroffene Entscheidung ins Wanken bringen könnte.

»Ich habe Henriette in deinem Dünencafé angetroffen«, begann er.

Er sprach über Henriette? Sie musste sich einen Moment sammeln, denn sie war tatsächlich enttäuscht, dass ihm nichts anderes auf dem Herzen lag.

»Ja, sie arbeitet seit einem Jahr für mich. Ich ahne, wie du darüber denkst, aber ich finde, jeder Mensch hat eine zweite Chance verdient, und sie hat mich um Verzeihung gebeten«, gab sie kurz und bündig Auskunft, denn das Thema wollte sie nicht weiter vertiefen.

»Und darauf fällst du rein? Moiken!«, brach es aus ihm heraus, und sie musste ihn nicht ansehen, um seinen entsetzten Gesichtsausdruck vor Augen zu haben.

Sie seufzte, da ihr nichts weiter übrig blieb, als zu einer weiteren Erklärung anzuheben, um ihn zu beruhigen. »Zunächst war ich auch argwöhnisch, aber mittlerweile traue ich Henriette über den Weg. Sie hat sich in dem ganzen Jahr nichts zuschulden kommen lassen. Ich denke, sie hat sich geändert.«

»Moiken, Henriette ändert sich nie!« Boy war wie ausgewechselt, wann hatte sie ihn überhaupt zuletzt so aufgeregt erlebt?

Sie versuchte, beruhigend auf ihn einzuwirken, und sagte sanft: »Ich halte das schon für möglich.«

»Nein, sie wartet doch nur, bis sie dein volles Vertrauen hat, und dann schlägt sie in einem unerwarteten Moment zu und zerstört deine Existenz. Moiken! Bitte hör auf meine Warnung und sei nicht so blauäugig. Das geht nicht gut aus.«

»Seit wann kannst du hellsehen?« So langsam wurde sie doch ungehalten, und zum ersten Mal sah sie einen konkreten Vorteil, endgültig getrennte Wege zu gehen. »Boy, es ehrt dich, dass du mich vor Henriette warnen möchtest, aber ich kenne sie so gut und so lange wie du. Und wenn ich mich entscheide, ihrem Wunsch nach Verzeihung nachzugeben, und ich ihr vertraue, dann ist das meine Sache.« Sie wandte sich ihm zu, um mit einem entschiedenen Blick ihren Standpunkt zu bekräftigen.

Boy verzog das Gesicht. »Ja, das stimmt, es ist deine Sache. Leider auch, wenn es am Ende schiefgeht. Ich wollte dich nur warnen.«

»Verdammt!«, rief sie, nachdem sie versehentlich durch ein Schlagloch gefahren war. »Sobald der Damm eröffnet wird, werden dringend ordentliche Straßen gebaut werden müssen«, setzte sie erbost hinzu.

Tatsächlich sprang Boy auf dieses neue Thema an, was sie nicht erwartet hätte. »Wie sollen denn Automobile über Schienen auf die Insel fahren?«

»Auf einem Autozug. Es sollen Fachwagen gebaut werden, auf die man im Bahnhof über eine Rampe auffährt.«

»Das klingt ja abenteuerlich. Das wird wohl kaum in Anspruch genommen werden.«

Hatte er mit dem Themenwechsel tatsächlich seine Grenzen akzeptiert? »Wenn ich mich unter meinen Gästen so umhöre, wollen alle künftig mit ihrem Automobil auf die Insel. Die haben die Unabhängigkeit zu schätzen gelernt.«

»Aber so eine Überfahrt wird sicherlich sehr teuer sein.«

»Wer ein Automobil besitzt, dem ist der Preis gleichgültig.« Sie wich dem nächsten Schlagloch aus, als sie sich kurz vor dem Ortseingang von Kampen befanden.

»Auch wieder wahr«, merkte Boy an. »Wenn ich allerdings an den Verkehr in Berlin denke, dann werden die Insulaner ganz schön fluchen – und was ist mit den Lohnkutschern? Die werden sich auf ihrem Platz zwischen H.B. Jensen und dem Hotel zum Deutschen Kaiser mitsamt ihren Pferden die Beine in den Bauch stehen und wahrscheinlich irgendwann ganz aus dem Straßenbild verschwinden.«

Höchstwahrscheinlich, dachte Moiken, denn mit dem Damm würden sich die Zeiten auf der Insel ändern, so viel stand fest. Doch nun wusste auch sie nichts mehr zu sagen.

Schweigend fuhren sie durch Kampen, ein verschlafenes Künstlerdorf, das zwar mit der höchsten Erhebung der Insel, einer Düne von immerhin zweiundfünfzig Metern Höhe mit herrlicher Aussicht, aufwartete und einen Steinwurf davon mit einem großen, lang gestreckten Hotelgebäude auf dem Kliff – der Hotelier jedoch wartete vergeblich auf seinen Erfolg, da er bekanntermaßen mehr dem Alkohol als seinen Gästen zusprach.

Da lief es im Haus Kliffende schon besser, eine Pension, die nun in Sicht kam und die ebenfalls in unmittelbarer Nähe zum Meer lag, sich im Unterschied zum Kurhaus-Hotel jedoch in einem Dünental vor dem stürmischen Westwind duckte.

Die aus Stuttgart stammende Wirtin Clara Tiedemann hatte das hübsche Reetdachhaus erst vor vier oder fünf Jahren erbauen lassen. Bislang hatte sich leider noch keine Gelegenheit ergeben, Frau Tiedemann kennenzulernen, dachte Moiken in Gedanken versunken und beschloss, bei nächster Gelegenheit eine Einladung zum Nachmittagskaffee zu schicken, denn sie war schon neugierig auf diese Dame, die als resolut und trotzdem freundlich bekannt war und wie ein Magnet auf Künstler und Schriftsteller wirkte.

Letzteres hatte sie von Julius erfahren, denn der hatte Thomas Mann in seiner Buchhandlung zu Gast gehabt, als vergangenes Jahr dessen großer Erfolgsroman ›Der Zauberberg‹ erschienen war und der berühmte Schriftsteller wie gewohnt zu einem mehrwöchigen Aufenthalt auf Sylt weilte.

»Hier irgendwo in Kampen«, sagte Boy so unvermittelt, dass sie erschrak, »soll doch auch dieses Haus stehen, auf dessen uneinsehbarer Dachterrasse eine Badewanne steht, wo die Gäste nackt baden können. Oder ist das nur ein Gerücht?«

Da sie den Eindruck hatte, dass er das Thema Henriette tatsächlich hinter sich gelassen hatte, war sie bereit, auf seine Frage einzugehen, denn das war eine brisante und spannende Geschichte. »Das mit der Badewanne stimmt. Das weiß ich aus erster Hand. Ferdinand Avenarius war vor ein oder zwei Jahren mal mit einem der Kunstwart-Stipendiaten, die er regelmäßig in seinem Haus aufnimmt, bei mir im Dünencafé zu Gast und hat mit mir darüber geplaudert, als nicht viel los war. Er ist ein Anhänger der Freikörperkultur und plant, diese auch am Weststrand an bestimmten Abschnitten salonfähig zu machen, zusammen mit seinem Mitstreiter, dem Arzt Knud Ahlborn, der vor ein paar Jahren das Freideutsche Lager im Klappholttal und das Jugendferienlager Puan Klent gegründet hat.«

»Da hat er sich aber was vorgenommen«, stellte Boy fest und schüttelte den Kopf. »Es ist doch gerade mal zwanzig Jahre her, dass zusätzlich zum streng getrennten Damen- und Herrenbad das Familienbad an einem Strandabschnitt eingeführt wurde …«

»Und entgegen allen Protesten und Unkenrufen vollzieht sich das Baden dort seither in tadelloser Ordnung. So wird das auch mit der Freikörperkultur sein. Das größte Problem dabei werden nicht die nackten Leiber sein, sondern die Menschen, die Angst vor Veränderung haben.«

»Haben wir das nicht alle? Davon kannst auch du dich nicht freisprechen.«

Damit hatte er natürlich recht, und sie blieb ihm eine Antwort schuldig. Wobei sie wesentlich besser mit Veränderungen in ihrem beruflichen Umfeld als im privaten Bereich zurechtkam.

Aber das musste sie ihm nicht erklären, dachte sie, während sie an der Kampener Vogelkoje vorbeifuhren, in der seit drei Jahren keine Wildenten mehr mit fragwürdigen Methoden zu Tausenden gefangen wurden, um gebraten auf Tellern zu landen. Mit der Schließung der Vogelkoje war eine Tradition zu Ende gegangen, die einhundertfünfzig Jahre lang gewährt hatte und über die künftig an gleicher Stelle ein Museum informieren sollte.

Das Leben war Veränderung, und dem konnte sich keiner entziehen. Im Großen wie im Kleinen nicht. Gleichgültig, ob man selbst den Ball anstieß oder als Spielball übers Feld des Lebens gewirbelt wurde.

Vor ihnen tat sich ein weiter Ausblick über die wunderschöne Blidselbucht bis zum Hafen von List auf, den man in der Ferne an dem großen Hangar erkennen konnte, einer Halle für die Wasserflugzeuge, die während des Krieges dort errichtet worden war.

Da sich die Inselbahn mit einem durchdringenden Pfeifsignal ankündigte, musste sie auf der schnurgeraden Strecke anhalten, um dem Käseschieber, der hier die Straße queren wollte, die Vorfahrt zu gewähren, ehe sie weiter in Richtung List fahren konnte.

»So langsam tut mir doch der Hintern weh«, stellte Boy fest und verzog schmerzhaft das Gesicht.

»Hältst du die zehn Minuten noch durch?«, fragte sie zurück.

»Wenn genug Schafsköttel auf dem Weg liegen, wird die Fahrbahn vielleicht weicher, dann passt das«, scherzte Boy, denn im nördlichsten Ort der Insel gab es mehr Schafe als Einwohner. »Einen Abschiedsblick auf die Wanderdünen will ich mir jedenfalls nicht entgehen lassen, die müssten wir ja gleich erreicht haben.«

Da war es wieder, das Wort Abschied, das ihr einen Stich verpasste. Wenn sie ihn angesehen hätte, wären ihr bestimmt die Tränen in die Augen gestiegen.

Zum Glück konnte sie sich abwenden, um während der Fahrt einen Blick auf das einmalige Wanderdünengebiet zu werfen, das sich wie eine bergige Wüste kilometerweit bis zum Meer erstreckte und seit vergangenem Jahr unter Naturschutz stand.

Dafür hatten die alten Sylter nur einen Fingerzeig gegen die Stirn übrig, da sie seit alters her durch die Dünen streiften, um Möwennester aufzustöbern. Die Eier waren nahrhaft und ließen sich als Delikatesse gut an die vielen Sommerfrischler verkaufen, denen Hühnereier zu profan waren.

Zu Zeiten ihrer Großmutter war die Insel noch ein einziger Sandhaufen gewesen, erst seit die Dünenhalmpflanzer auf Knien Quadratmeter für Quadratmeter über die sandigen Hügel und Täler gerobbt waren, mussten die Insulaner nicht mehr nach jedem Sturm ihre Haustüren freischaufeln.

»Ist das nicht wunderschön?«, fragte Boy und bekam leuchtende Augen beim Anblick der Wanderdünen.

»Das finde ich auch. Aber erklär das mal einem alten Sylter, die verstehen bis heute nicht, warum das etwas Besonderes sein soll. Sie schütteln den Kopf über die Sommerfrischler, die in Scharen zu diesem Sandhaufen pilgern, als täte sich hier Mekka auf.«

»Ein Mekka, das man seit zwei Jahren wegen Naturschutz nicht mehr betreten darf«, lachte Boy und fügte hinzu: »Wie wäre es, wenn wir am Königshafen eine Rast machen?«

Sofort hatte Moiken die wunderschöne Bucht vor Augen, die jedoch entgegen ihrem klangvollen Namen keinen Hafen besaß und auch nur einmal den dänischen König im 17. Jahrhundert bei einer Seeschlacht zu Gesicht bekommen hatte, doch dieser ernannte den ruhmreichen Ort zum Königshafen.

»Das ist eine schöne Idee«, gab sie zurück, »aber wenn wir schon so weit gekommen sind, könnten wir doch noch ein kleines Stückchen weiter, bis zum nördlichsten Zipfel auf dem Ellenbogen.«

»Unbedingt!«, rief Boy aus. »Ob du's glaubst oder nicht, aber ich war noch nie auf diesem Inselzipfel. Auch jetzt habe ich so weit nicht gedacht, im wahrsten Sinne des Wortes, obwohl es doch nahe liegt.«

»Wir müssten aber die rund zwei Kilometer zu Fuß gehen, da führt nur ein Kutschenpfad zum Haus des Leuchtturmwärters, und von dort müssten wir am Strand weiter bis zur Nordspitze.«

»Mit dir würde ich bis ans Ende der …« Boy brach ab. »Verzeih mir, das hätte ich nicht sagen sollen. Das war ein Fehler.«

Nein, dachte Moiken, das war kein Fehler gewesen. Er hatte sein Herz sprechen lassen. Sie musste sich räuspern, ehe sie etwas sagen konnte. »Haben wir mit unserer Entscheidung einen Fehler gemacht?«, fragte sie geradeheraus und hegte die leise Hoffnung, dass er es bejahen und sie doch nicht endgültig voneinander Abschied nehmen würden.

»Nein«, sagte Boy, und er gab seiner Stimme einen kräftigen Klang. »Wir müssen uns loslassen. Es ist nur der Abschied, der schmerzt, glaub mir. Mit der Zeit werden wir merken, dass es für uns beide das Beste war, um frei voneinander leben zu können. Das Miteinander gelingt uns nicht, das haben wir in den vielen vergangenen Jahren eindrucksvoll bewiesen.« Es sollte humorvoll klingen, er lächelte dabei, doch seine Stimme kippte. »Wir können nicht miteinander bis ans Ende der Welt gehen, mit meinem Holzbein klappt das ohnehin nicht mehr.«

Als sie den Ellenbogen erreicht hatten und aus dem Automobil ausgestiegen waren, zögerte Boy. »Darf ich mir was wünschen?«, fragte er leise.

»Natürlich …«, gab sie ebenso leise zurück.

»Ich würde jetzt gern deine Hand nehmen und mit dir bis zum nördlichsten Punkt der Insel spazieren. Dort lassen wir uns los, und auf dem Rückweg gewöhnen wir uns an den Gedanken, für immer getrennte Wege zu gehen. Was sagst du dazu?«

Als Antwort reichte Moiken ihm unter Tränen die Hand, dem Mann, den sie wie keinen anderen geliebt hatte. Geliebt? Nein, das war die falsche Zeitform. Den sie wie keinen anderen liebte.

Hand in Hand gingen sie ihrem Ziel entgegen. Schweigend, zuerst auf dem Kutschenpfad bis zum östlichen der beiden Leuchttürme, und dort wechselten sie, nur beobachtet von einigen Schafen, an den einsamen Strand.

Die Sonne schien, es war ungewöhnlich warm für Ende April, und das kristallklare Wasser verlockte zum Baden. Das Meer wirkte ruhig, so harmlos – doch jedes Inselkind hörte schon in der Schule von den tückischen Unterströmungen, die hier herrschten, und bekam das vom Lehrer durch eindrucksvolle Schauergeschichten von Ertrunkenen untermalt, die man nie mehr vergaß.

Dennoch, es gab kein schöneres Gefühl, als barfuß am Flutsaum entlangzugehen, und dafür war das Wasser bestimmt schon warm genug.

»Wollen wir uns die Schuhe …« Sie hielt inne. »Verdammt, jetzt habe ich nicht nachgedacht, bevor ich den Mund aufgemacht habe.«

Sie hatte nicht nur Boys Prothese vergessen, mit der er schlecht barfuß durch den Sand gehen konnte, sondern auch ihre eigenen fehlenden Zehen außer Acht gelassen.

»Nicht schlimm, aber ich muss gestehen«, schnaufte Boy, und erst jetzt bemerkte sie, wie anstrengend der bisherige Weg für ihn gewesen sein musste, »ich habe mich ein bisschen übernommen bei der Vorstellung, so weit mit dir zu gehen. Moiken, aus mir ist ein verdammter Krüppel geworden, der es nicht mal mehr mit dir bis zur Nordspitze schafft, vom Ende der Welt ganz zu schweigen.«

Er ließ ihre Hand los und setzte sich sichtlich erschöpft in den Sand, was ihm mit seiner Holzprothese einige Umstände bereitete.

»Entschuldige, Boy, es war überhaupt ein dummer Vorschlag von mir, diese Wanderung zu unternehmen. Ich hätte das bedenken sollen.« Sie setzte sich neben ihn und vergrub ihre Hände im warmen Sand. Sie vermisste das Gefühl, wie ihre Hand noch in seiner gelegen hatte.

So saßen sie unterhalb des westlichen Leuchtturms, hörten den Wellen zu, wie sie sanft ausrollten, und beobachteten eine Gruppe von Schafen, die sich neugierig näherte, ob es bei ihnen vielleicht etwas Essbares gäbe, das nahrhafter war als das Heidekraut, das sich hier und da in den Dünentälern angesiedelt hatte.

»Ach Moiken«, seufzte Boy und schaute aufs Meer hinaus, wo sich am nahen Horizont die dänische Nachbarinsel Rømø abzeichnete. »Du weißt ja nicht, wie es ist, ein Krüppel zu sein.«

»Erahnen kann ich es.« Es kostete sie ein paar Sekunden Bedenkzeit, doch dann knüpfte sie entschlossen ihre Schnürsenkel auf, zog ihre Schuhe und Strümpfe aus. Boy sollte die Wahrheit sehen.

»Dir fehlen ja Zehen!«, entfuhr es ihm.

»So ist es«, gab Moiken zurück und vergrub ihre Füße im Sand, weil sie den Anblick selbst kaum ertragen konnte. »Die Kleineren sind nicht mehr zu retten gewesen, aber immerhin, ich lebe noch.«

Boy sah auf die Stelle, wo ihre Füße im Sand verschwanden. »Vor mir musst du dich nicht schämen. Und du hast recht, das Wichtigste ist, dass wir noch leben. Aber du glaubst gar nicht, wie ich mich geschämt habe, dir als Krüppel vor Augen zu treten, als du mit Adam in Berlin angekommen bist.« Nachdenklich ließ er Sand durch seine Finger rinnen.

Sie nickte. »Ich muss zugeben, ich war im ersten Moment sehr erschrocken, aber wie du eben feststellen konntest, kann ich es gut vergessen.«

»Ich wünschte, andere Frauen könnten das auch. Aber die sehen in mir immer nur den Kriegsversehrten, der nicht mal Mitleid verdient hat, weil er sich ins Lazarett gelegt hat, statt Deutschland zum Sieg zu verhelfen. So denken sie alle, und so einen peinlichen Waschlappen will keine Frau an ihrer Seite.«

»Dann sind es die Falschen. Du wirst bestimmt eine Frau finden, die dich sieht und nicht dein Holzbein, weil ihr diese Äußerlichkeiten nicht wichtig sind.«

»Du hast gut reden, und du hast Glück, denn du hast in Adam einen Mann gefunden, der nicht im Krieg verletzt wurde.«

»Das stimmt nicht. Seine Seele hat gelitten, aber das sieht keiner. Dafür machen ihm meine fehlenden Zehen nichts aus. Als ich meine Bedenken vorgebracht habe, war seine Antwort, dass er sich schließlich nicht in meine Zehen, sondern in mich verliebt habe.«

Boy schaute auf seine Faust, durch die der Sand rieselte. »Liebst du ihn eigentlich auch?«

Diese direkte Frage war spürbar unangenehm, und sie hatte gehofft, dass Boy sie nie stellen würde. Aber er schien seinen Grund dafür zu haben. Würde ihre Antwort etwas an seiner Entscheidung ändern? »Warum willst du das wissen?«, entgegnete sie ausweichend.

Langsam und mit einer auffordernden Geste streckte er seine sandige Hand nach ihr aus. »Weil ich möchte, dass du mit Adam glücklich wirst. Wenn ich die Gewissheit hätte, dass du daran glaubst, würde mir der Abschied leichter fallen.«

Sie legte ihre Hand in seine, und es war ein so vertrautes Gefühl, von dem sie wusste, dass sie es zum letzten Mal spüren würde, um anschließend der Vernunft zu folgen. Jetzt war der Moment gekommen, in dem sie loslassen musste.

»Ja, ich glaube daran, dass ich mit Adam ein glückliches Leben führen werde«, sagte sie mit fester Stimme.

»Dann ist es gut«, sagte Boy leise.

Sie lächelte, und dabei schossen ihr die Tränen in die Augen.

7. Buch

KAPITEL 24

Sylt, im August 1925

»Du bist so oft traurig in den letzten Monaten …«, setzte Adam behutsam an, während sie vom Hotel Reichshof, wo er sie unter den hölzernen Arkaden an diesem hochsommerlichen Augustabend zum Essen eingeladen hatte, über die nächtliche Promenade zurück zur Strandvilla gingen. »Ich weiß, die Dammbaustelle nimmt mich fast rund um die Uhr in Anspruch, und ich habe wenig Zeit für dich, aber das wird ein Ende haben, das weißt du, und dann gehört das Leben uns.«

Liebend gern würde er mehr solche wunderschönen Abende mit ihr verbringen. Das sagte er nicht nur so dahin, und vor allem machte er sich zunehmend Sorgen um seine Moiken. So sah doch keine glückliche Frau aus, die in acht Wochen heiratete.

»Es ist nur die anstrengende Saison …«, gab sie zurück und schaute hinauf in den sternenklaren Himmel, wo es funkelte und glitzerte, als hätte die Nacht ihr prächtigstes Kleid übergestreift, um diesem seltenen gemeinsamen Abend zum Abschluss noch den würdigen Glanz zu verleihen.

Wieder die Saison als Entschuldigung, dachte Adam. Diesen Satz hatte er in den vergangenen Monaten mehrmals von ihr gehört, nämlich immer, wenn er sie gefragt hatte, weshalb sie so bedrückt war.

Zwar erlebte man sie auch lachend und scherzend, doch auf ihn wirkte es immer so, als sei ihr Herz nicht dabei, und so selten er sie angetroffen hatte, weil er praktisch auf der Dammbaustelle lebte, so oft hatte er das Gefühl gehabt, dass seine Moiken nur körperlich anwesend war, Herz und Seele aber an einem anderen Ort Zuflucht gesucht hatten – und er ahnte auch, wo.

Deshalb war er nicht länger bereit, sich mit dieser Ausrede abspeisen zu lassen. Er wollte wissen, was wirklich los war. Denn er wollte keine Frau heiraten, die im Grunde ihres Herzens nicht von der Liebe zu einem anderen Mann loskam. So etwas brachte nur Leid und Unglück in die Ehe, und das wollte er verhindern – nicht zuletzt Moiken zuliebe.

Sie gingen die Promenade entlang, Moiken hatte sich bei ihm untergehakt und sah in den Sternenhimmel. »Heute ist die Nacht der Sternschnuppen, hast du das gewusst?«, fragte sie leise.

Nein, dachte er, solche und andere Ereignisse gingen leider an ihm vorüber, während er in seiner Baracke über Materiallisten, Einsatzplänen, Baufortschrittsberichten und Kostenrechnungen brütete oder auf der Baustelle unterwegs war, wo Tag und Nacht gearbeitet wurde.

Auf die Sternschnuppen wollte er nicht eingehen, denn nach Romantik war ihm nicht zumute, solange er keine Klarheit besaß.

»Ist es der Abschied von Boy, den du doch nicht so leicht verkraftest?«

»Mhm«, machte sie.

Kein Widerspruch, also war er auf der richtigen Spur. Das schmerzte ihn einerseits, andererseits war es dann dringend an der Zeit, mit ihr darüber zu reden.

»Du weißt, dass du mir alles anvertrauen kannst, was dich bedrückt?«, fragte er. »Auch, wenn es um Boy geht – gerade dann. Ich möchte nämlich, dass du an meiner Seite glücklich wirst – und ich möchte auch glücklich sein.«

»Es tut mir leid«, sagte sie, ihre Stimme brach. Sie wischte sich über die Augen.

Ihm wurde ganz elend zumute. Das hatte er nun davon, der Wahrheit auf den Grund gehen zu wollen. »Was tut dir leid?«, forschte er nach und hegte dabei die geringe Hoffnung, dass sie nicht das Heiratsversprechen meinte.

»Dass ich dir Kummer mache. Ja, du hast recht, es ist wegen Boy.«

Es war, als ob das Meer unvermittelt zu tosen begonnen hätte. Als ob eine Welle krachend über ihm zusammengeschlagen wäre, er konnte nicht mehr klar sehen, nicht mehr denken, er fühlte sich, als ob er keinen Boden mehr unter den Füßen hätte.

Eines wurde ihm jedoch schlagartig bewusst: Seine Felle schwammen davon.

»Moiken, wenn das so ist, warum schiebst du die anstrengende Saison vor?« Seine Stimme klang lauter als beabsichtigt, und aus Verzweiflung wurde er leider auch ungehalten. »Warum redest du nicht mit mir? Ich habe dich oft genug gefragt!«

»Weil ich das mit mir selbst ausmachen muss«, entgegnete sie leise, und der Wind trug ihre Worte mit sich fort.

Er verspürte das dringende Bedürfnis, Moiken festzuhalten. Er blieb stehen und griff nach ihrem Arm. Am liebsten hätte er sie gerüttelt. »Nein«, sagte er entschieden. »Das ist eine Sache, die auch mich etwas angeht. Wie stellst du dir eine Ehe mit mir vor, wenn du einen anderen Mann liebst? Sieh mich bitte an, Moiken. Du hast denselben Fehler schon einmal gemacht, als du Theodor geheiratet hast. Im Gegensatz zu mir hat er jedoch die Augen davor verschlossen, weil es ihm in der Hauptsache um die Zeugung eines Nachfahren ging, dessen Mutter du sein solltest.«

»Das mit Boy …«, begann Moiken zögerlich, und nun sah sie ihm direkt in die Augen, »ist eine Liebe, wie es sie nur einmal im Leben gibt – und ein Leben lang ist sie ein Traum geblieben. Ein Traum, der uns am wahren Leben gehindert hat. Verstehst du? Boy und ich, wir haben uns zum Aufwachen gezwungen, dazu, der Realität ins Auge zu blicken, und wir haben uns voneinander verabschiedet. Das schmerzt sehr, auch heute noch, da bin ich ganz ehrlich zu dir, und es wird noch eine Zeit dauern, bis ich das hinter mir lassen kann, aber das hat nichts mit den Gefühlen zu tun, die ich für dich empfinde. Du hast mich vom ersten Moment an fasziniert, als du damals das Dünencafé betreten hast, du bist ein wunderbarer Mensch, hast ein sehr gutes Gespür für mich, noch dazu bist du mein Lebensretter, und ich habe mich für dich entschieden, weil ich glaube, dass wir miteinander glücklich werden.« Sie lächelte, endlich wieder. »Am Freitag kann ich mein Kleid von der Schneiderin abholen, und ich freue mich schon sehr darauf.«

Unendlich erleichtert wollte er die Frau seines Herzens in seine Arme nehmen und sie küssen, als sie unvermittelt rief: »Da, eine Sternschnuppe.« Ihr Arm schnellte in Richtung Meer, und er folgte ihrem Fingerzeig.

»Schnell, wünsch dir was!«, rief er. Er selbst musste nicht lange überlegen, um seine Bitte mit geschlossenen Augen ans Universum zu schicken.

»Und?«, fragte er, »hast du dir etwas gewünscht? Aber nicht verraten!«, fügte er schnell hinzu.

»Ja«, antwortete sie und gab ihm einen Kuss, der ihm alles sagte.

»Du siehst so wunder-, wunderschön aus«, rief Frieda verzückt, als sie ihre Mutter im Hochzeitskleid zu Gesicht bekam, das die Schneiderin vorhin gebracht hatte.

Moiken drehte sich vor dem Standspiegel in ihrem Schlafzimmer hin und her. Das Kleid war ein Traum aus beigefarbenem Seidensatin, fast bodenlang, und saß wie angegossen.

Dem Anlass ihrer dritten Hochzeit entsprechend wollte sie nicht in Weiß heiraten, ebenso hatte sie auf aufwendige Spitzenvolants verzichtet, und den Schleier ersetzte ein moderner, farblich passender Hut.

Doch gerade die Schlichtheit des Kleids, das lediglich am v-förmigen Ausschnitt und an den breit auslaufenden Ärmeln mit Perlen und Glasstiften bestickt war, machte die Besonderheit aus, und es war genau das Kleid, in dem sie sich wohlfühlte, so ganz anders als bei der Hochzeit mit Peter in der Seefahrerkirche, die wie von einem Nebel verschleiert in ihrem Gedächtnis lag.

Sie konnte sich nur noch an den Einzug in die Keitumer Kirche erinnern, die vielen Menschen, die Blicke, und an ihre Sorge, bloß nicht vor lauter Nervosität das Jawort zu verpassen.

Ihre zweite Trauung hatte sie bewusst im kleinen Rahmen vollzogen, Theodor war damit einverstanden gewesen, dass die Silvesterfeier zugleich das Hochzeitsfest sein sollte. Hätte sie damals schon gewusst, dass er sie mit dieser Gräfin von Schöneck betrügen würde …

Hoffentlich war diese dritte Ehe mit Adam vom Glück gesegnet. Seitdem sie in aller Offenheit mit ihm über ihren Abschiedsschmerz gesprochen hatte, ging es ihr besser. Nein, jetzt bitte nicht wieder an Boy denken, bitte nicht, mahnte sie sich selbst.

»Du bist so in dich gekehrt, Mutter, ist alles in Ordnung?«

Sie schrak aus ihren Erinnerungen hoch. »Ja«, sagte sie schnell. »Es ist alles bestens.«

»Also bekomme ich einen Stiefvater?«, fragte Frieda, und ihre Augen leuchteten hoffnungsvoll auf.

»Ja natürlich, es hat doch nie jemand das Gegenteil behauptet?«

»Doch, Emma hat das gesagt.«

»Was hat sie gesagt?«, schoss es aus Moiken heraus.

Frieda saß im Schneidersitz auf dem neuen Doppelbett, das bald zum Ehebett werden würde. Ihr war nun sichtlich unbehaglich zumute, sie löste den Schneidersitz auf, schlang ihre Arme um die angewinkelten Beine und lugte über den Rand ihrer Knie. »Sie hat …«, begann Frieda, doch dann brach sie ab.

Ohnehin konnte sich Moiken ziemlich gut denken, was Emma gesagt hatte, da musste sie Frieda nicht in die Rolle einer Petze zwingen.

»Schon gut«, sagte sie deshalb. »Ich will es gar nicht genau wissen, und du darfst deiner Schwester bitte nicht jedes Wort glauben.«

»Ich weiß …«, sagte Frieda, und sie schlug den Blick nieder. »Sie hasst Adam. Aber ich mag ihn gern.« Sie sah auf und strahlte. Dabei entspannte sie sich wieder und wechselte zurück in den Schneidersitz. »Schlaft ihr dann auch wie ein richtiges Ehepaar zusammen in diesem Bett?«

»Ja«, lächelte sie. »Deshalb haben wir es gekauft.« Das Bett, in dem sie mit Theodor geschlafen hatte und in dem er sie mit der von Schöneck betrogen hatte, war längst zu Feuerholz geworden, und sie hatte es damals durch ein Einzelbett ersetzt.

Nach elf Jahren das Bett wieder mit einem Mann zu teilen, war eine schöne und zugleich ungewohnte Vorstellung, wobei Adam sicherlich noch die kommenden zwei Jahre eher auf der Baustelle leben würde.

Die Arbeiten dort gingen sehr gut voran, Adam war guter Dinge, in gut drei Wochen, direkt nach der Hochzeitsreise, das Richtfest seines Jahrhundertbauwerks feiern zu können, den großen Moment, wenn die Arbeiter vom Festland und von der Insel her aufeinandertrafen und der Damm im Rohbau geschlossen wurde.

Umso schöner und überraschender war es gewesen, dass Adam ihr diese einwöchige Hochzeitsreise nach England versprochen hatte, in der sie Zeit zu zweit genießen konnten.

Am Tag nach der Trauung, am zweiten Oktober, sollte es direkt losgehen, und sie konnte es kaum erwarten, endlich dieses Land zu sehen, von dem sie schon so viel gehört hatte.

»Ich mag Adam wirklich gern«, wiederholte Frieda, und da merkte Moiken erst, dass sie schon wieder in Gedanken versunken gewesen war.

»Das freut mich sehr«, entgegnete sie jetzt. »Und du willst wirklich nicht mit nach England? London muss eine unglaublich tolle Stadt sein, und die Landschaft an der Küste ist wunderschön.«

»Ich habe doch Schule«, sagte Frieda ungeduldig, »außerdem ist es eure Hochzeitsreise, und du weißt ganz genau, dass ich nicht gern reise und lieber in der Strandvilla bleiben will. Es reicht mir, wenn du mir alles erzählst, wenn ihr wieder zurück seid. Überhaupt machen mir große Städte Angst.«

»Ich weiß. Ich wollte ja nur sichergehen, denn das mit der Schule hätten wir vielleicht regeln können. Und ich weiß auch, dass du in der Strandvilla gut aufgehoben bist. Nur lass dich bitte nicht von deiner großen Schwester zu irgendwelchen Dummheiten anstiften. Der Friseurbesuch ohne Absprache mit mir hat gereicht.«

»Das tut mir immer noch leid«, sagte Frieda schuldbewusst, doch zugleich fügte sie keck hinzu: »Aber du musst zugeben, die kurzen Haare stehen mir besser als die ollen Zöpfe.«

»Das stimmt«, gab Moiken zu. »Ich mache mir nur Sorgen, dass Emma einen schlechten Einfluss auf dich haben könnte, während ich weg bin, da bin ich ganz ehrlich.«

»Mach dir keine Gedanken, ich bin elf Jahre alt und weiß, was ich darf und was nicht.«

»Hoffentlich«, seufzte Moiken. »Deine Schwester ist leider nicht das beste Vorbild. In ihren Augen sind Regeln dazu da, dass man sie bricht.«

»Ich bin nicht so wie Emma«, beruhigte Frieda sie weiter. »Ich kann mir auch nicht vorstellen, später mal ohne Mann zu leben, so wie sie. Ich will heiraten und Kinder haben. Und ich weiß auch schon, wen.«

»Ach«, gab Moiken schmunzelnd zurück, doch sofort bemühte sie sich um Ernsthaftigkeit. »Darf ich raten?«

»Ja!«, rief Frieda begeistert. »Aber nur einmal!« Sie streckte ihren Rücken durch und brachte dadurch Spannung in ihren Körper.

»Hm, du hast doch den Sommer über diesem hübschen Jungen aus deiner Klasse beigebracht, wie man bessere Aufsätze schreibt. Wie hieß er noch gleich? Er ist der jüngste Spross aus dem Hotel zum Deutschen Kaiser.«

»Richtig, das war Henrik Hast. Aber den meine ich doch gar nicht! Der ist langweilig. Ich will mal unseren Matthis heiraten!«

Also doch, dachte Moiken und benötigte ein paar Sekunden, um sich zu fangen. »Hast du ihm das denn schon gesagt?«, fragte sie vorsichtig.

»Nein, ich habe mich noch nicht getraut«, antwortete Frieda, und ihre Wangen färbten sich rot. »Soll ich denn?«, setzte sie aufgeregt hinzu.

»Lieber nicht«, entgegnete Moiken und bemühte sich um einen ruhigen Ton, um der Sache keine große Bedeutung beizumessen. Das war die Schwärmerei eines jungen Mädchens, das fast noch ein Kind war. »Das behalte mal besser für dich. Als Frau geht man mit so etwas nicht hausieren, verstehst du, meine Kleine?«

»Ich bin nicht mehr klein!«, protestierte Frieda prompt.

»Natürlich nicht«, beschwichtigte sie ihre Tochter, »aber Matthis ist neun Jahre älter als du und …«

»Mein Vater war auch viel älter als du!«, hakte Frieda berechtigterweise ein.

»Das stimmt. Aber ich war auch schon älter, als ich ihn geheiratet habe.«

»Dann warte ich eben so lange«, entgegnete Frieda und machte eine entschiedene Miene.

Beinahe hätte sie über den süßen Anblick lachen müssen, aber sie blieb ernst. Da schien sich ihre Tochter tatsächlich etwas in den Kopf gesetzt zu haben, dachte Moiken. Da brauchte es vielleicht doch deutlichere Worte. Besser jetzt als später.

»Du weißt«, begann sie, »dass du eines Tages mit deiner Schwester zusammen die Strandvilla erben wirst …«

»Ja, das weiß ich. Wobei ich glaube, dass Emma keine Lust auf das Hotel hat. Aber ich kann mir vorstellen, deine Arbeit eines Tages zu übernehmen. Aber erst, wenn du ganz, ganz alt bist, jetzt darfst du noch nicht sterben.«

»Keine Sorge«, beruhigte sie ihr Mädchen. »Das ist bestimmt noch lange hin. Aber es freut mich sehr, die Strandvilla dann in sehr guten Händen zu wissen. Allerdings …« Sie machte eine kurze Pause, überlegte, ob es richtig war, Frieda jetzt schon mit gewissen gesellschaftlichen Regeln vertraut zu machen, und sie entschied sich dafür. »Als Erbin des besten Hotels am Platze kannst du nicht den Portier heiraten.«

»Nicht?«, fragte Frieda und machte große Augen.

»Nein«, gab sie entschieden zurück.

»Oh«, war alles, was Frieda entgegnete. Danach schwieg sie.

KAPITEL 25

Sylt, am 15. September 1925 um 3.30 Uhr in der Nacht

Ein Donnerschlag riss sie aus dem Schlaf, und Moiken drehte sich seufzend in ihrem Bett um. Gewitter waren selten über der Insel, erst recht im September, doch wenn sie kamen, war es mit einem Grummeln am Himmel nicht getan.

Kaum zu Ende gedacht, donnerte es erneut. Das Unwetter musste direkt über der Strandvilla sein – merkwürdig nur, dass es nicht regnete.

Mit diesem Gedanken wurde Moiken wacher, und erst jetzt wurde ihr klar, was sie wirklich hörte. Da donnerte jemand an die Tür zu ihren Privaträumen.

Jetzt saß sie kerzengerade im Bett, für ein paar Sekunden wie gelähmt vor Schreck, dann sprang sie auf und lief durch ihr Büro zur Tür, schwankend, als wäre sie betrunken.

Was war nur passiert? Hoffentlich nichts mit Frieda, denn heute war sie wieder lange bei Wilma und Leopold in der Dachkammer gewesen, weil sie von den alten Geschichten der beiden nicht genug bekommen konnte, und war schließlich auf dem Sofa eingeschlafen.

War es eine fatale Entscheidung gewesen, sie nicht zu wecken? War Frieda aufgewacht und schlaftrunken die steile Stiege hinuntergefallen, weil sie zu ihrer Mutter gewollt hatte? Ihr blieb der Atem weg. Nicht auszudenken!

Oder Emma, war etwas mit Emma? Klopfte Matthis? Einer der Gäste? Jemand vom Personal? Oder doch ein Unfall, Adam auf der Baustelle? Jetzt schlug ihr das Herz bis zum Hals. Nicht weiterdenken, befahl sie sich. Es war klar, dass etwas Schlimmes vorgefallen sein musste.

Da wurde ihr bewusst, dass sie sich noch nicht bemerkbar gemacht hatte.

»Ich öffne!«, rief sie. Sie war im Nachtkleid und auf nackten Füßen. In der Eile hatte sie sogar vergessen, das Licht anzumachen, doch seit dem Krieg fand sie sich auch sehr gut in der Dunkelheit zurecht.

Sie riss die Tür auf, und da stand Adam vor ihr, die Faust erhoben und bereit, sich ein nächstes Mal lautstark bemerkbar zu machen.

»Um Gottes willen, was ist passiert?«, rief sie.

»Zieh dich an und mach dich bereit für die Hochzeit«, raunte er.

»Was?« Sie glaubte, nicht richtig gehört zu haben. Sie verschränkte die Arme vor ihrem Körper, so als könne sie sich dadurch vor seinen Blicken auf ihr Nachtgewand schützen. Es war ihr sehr unangenehm, dass er sie so sah, nicht mal einen Morgenmantel hatte sie sich übergezogen.

»Was denn für eine Hochzeit?«

»Unsere natürlich!« Lachend schob er sich an ihr vorbei ins Büro, machte das Licht an und strahlte übers ganze Gesicht. »Es ist so weit, dank des stabilen Wetters sind wir schneller vorangekommen als gedacht, im Schnitt dreiundfünfzig Meter pro Tag«, sprudelte es aus ihm heraus, während sie immer noch um Fassung rang und gegen das Licht anblinzelte.

»Stell dir vor, Moiken, beflügelt vom nahen Ziel haben sich die Arbeiter heute Nacht dreifach ins Zeug gelegt. In ungefähr zwei Stunden kann der Damm geschlossen werden. Moiken, es ist so weit! Du machst ein Gesicht, als wärst du noch gar nicht wach. Verstehst du? Es ist geschafft! Wir haben es geschafft! Ich habe es geschafft! Ein Meilenstein in der Vollendung eines Jahrhundertbauwerks. Also, was könnte da näherliegen, als dieses Datum zum wichtigsten Tag unseres gemeinsamen Lebens zu erklären?«

»Wie bitte? Du willst doch nicht etwa jetzt, heute Nacht heiraten? Weißt du überhaupt, was du mir für einen Schreck eingejagt hast?« Sie ging zu ihrem Schreibtisch und ließ sich dort auf den Stuhl fallen. Dass sie sich eben noch ihren Morgenmantel holen wollte, war ihr jetzt gleichgültig »Das geht mir zu schnell. Überhaupt bin ich noch nicht mal richtig bei mir.«

»Das merke ich. Ich gebe zu, dass ich dich mit meinem Vorschlag überfalle, und erschrecken wollte ich dich erst recht nicht, das tut mir sehr leid. Ich weiß, ich bin ganz aufgekratzt, aber ist das verwunderlich?« Aufgeregt zog er seine Kreise um den Schreibtisch. »Bitte zögere nicht länger. Du bist doch sonst so spontan.«

»Aber nicht, wenn es um meine Hochzeit geht! Mein schönes Kleid, die zarten Schuhe, wie soll ich damit auf die Baustelle? Und dann auch noch mitten in der Nacht? Ohne unsere Gäste und meine Töchter? Nein, das habe ich mir anders vorgestellt«, entgegnete sie entschieden.

Adam ließ sich in seiner Euphorie nicht bremsen. »Bitte, zieh dich an und mach dich hübsch. Leopold und Wilma habe ich schon geweckt, selbst die alten Herrschaften finden das famos, Leopold holt den Sekt, und Wilma ist gleich in die Küche gelaufen, um einen kleinen Imbiss einzupacken, Frieda ist wach und begeistert, Emma werde ich auch noch wecken, Matthis ist schon im Stall und spannt die Pferde vor die Kutsche, und sobald du fertig bist, fahren wir standesgemäß alle zusammen nach Morsum. Wenn die Sonne aufgeht, sehen wir dabei zu, wie der letzte Spatenstich getan wird, und dann werden wir unter dem Applaus der Arbeiter heiraten.«

»Adam, wie stellst du dir das denn vor?«

»Wundervoll!«

Sie schüttelte den Kopf. Die Vorstellung, inmitten der Arbeiter auf einem windigen Damm – auf einer Baustelle – zu heiraten, war alles andere als nach ihrem Geschmack.

Da fiel ihr ein letztes Argument ein, das er in seinem Überschwang bestimmt nicht bedacht hatte. »Wer soll uns überhaupt trauen? Unser Pastor wird dir eine ganz andere Predigt halten, wenn du ihn jetzt aus dem Bett holst.«

»Ich habe mit dem Dammbaupastor gesprochen, er wird uns trauen. Er erwartet uns schon.«

»Du lässt mir also gar keine Wahl?«

Erstmals blieb Adam stehen und senkte den Kopf. »Ich dachte, du würdest dich freuen. In die Kirche wolltest du doch sowieso nicht. Und ja, es ist jetzt alles sehr spontan, ich weiß – eigentlich wollte ich zunächst nur, dass du das Jahrhundertereignis miterlebst, so wie ich es dir versprochen habe, aber als ich vorhin den Dammbaupastor geweckt habe, damit er wie vereinbart den Segen auf das Werk sprechen kann, da kam mir der Gedanke, dass es keinen passenderen Augenblick für unsere Hochzeit gibt.«

In seinen Augen, dachte Moiken und schwieg, verloren in einer Gefühlswelt, die keinen klaren Gedanken mehr zuließ.

»Der Pastor fand das auch großartig. Moiken bitte, die Zeit drängt. Wir dürfen doch den historischen Moment nicht verpassen. Warum zögerst du noch? Alle warten auf dich. Frieda ist auch schon ganz aufgeregt. Bitte, Moiken, gib dir einen Ruck. Du wirst sehen, es wird unvergesslich schön werden. Oder willst du mich etwa nicht heiraten?«

An der Stelle, wo sich die Spundwände getroffen hatten, steckte die blau-weiß-rote Landesflagge im Damm, und davon ausgehend reihten sich etwa fünfzig Männer auf, die unmittelbar vor der Trauung den historischen Moment verfolgt hatten, wie Adam den letzten Spatenstich vorgenommen hatte.

Die Schaufel hatte Adam zur Trauung nicht aus der Hand gelegt, denn den Segensworten des Pastors auf das Bauwerk folgte unmittelbar die Traurede.

Als sie die Ehe mit einem Kuss besiegelten, ließ Moiken sich unter dem Applaus der Arbeiter ihre Enttäuschung nicht anmerken. Eine Trauung zwischen Gleisbett und Schaufel – sie hatte sich alles so anders vorgestellt.

Zur Krönung hatte sich Emma zunächst geweigert, der spontanen Trauung beizuwohnen, hatte sich dann aber doch überreden lassen, aus dem Bett zu steigen, als sie hörte, dass ein historisches Ereignis anstand, und sich ihre Kamera geschnappt.

Vom historischen Dammschluss hatte Emma zahlreiche Aufnahmen gemacht, was Adam geduldet hatte, von ihnen als Hochzeitspaar machte sie kein einziges Foto, und tatsächlich brachte Moiken sogar Verständnis für ihre Tochter auf.

Frieda hingegen strahlte mit der aufgehenden Sonne um die Wette, sie jauchzte, als die Männer unter Vivat-Rufen ihre Mützen in die Luft warfen, die prompt von einer Windböe erfasst und durcheinandergewirbelt wurden.

Daraufhin brach Chaos unter den Arbeitern aus, die sich beeilten, ihre Mützen auf dem schmalen Damm einzusammeln, bevor sie im Meer landeten.

»Wie schön, dich lächeln zu sehen«, hörte sie Adams Stimme neben sich.

Sie wandte den Kopf zu ihrem frisch angetrauten Gatten, der sie mit einem bewundernden Blick bedachte und weitersprach: »Ich bin so glücklich, dich nun meine Frau nennen zu dürfen. Du siehst wunderschön aus in deinem Kleid, es funkelt und glitzert in der Morgensonne, und wenn du sehen könntest, wie dein Haar leuchtet und deine Augen erst … danke, dass du dir einen Ruck gegeben hast. Ich werde alles tun, damit du glücklich bist. Bitte verzeih mir den überstürzten Aufbruch zur Hochzeit, und ich hoffe, dir gefällt meine spontane Planänderung nun doch.«

»Ich muss zugeben, ich fühle mich immer noch überrumpelt.«

»Das tut mit leid. Dir ist hoffentlich nicht kalt in deinem Kleid?«, fragte er besorgt und legte den Arm um sie.

»Nein, zum Glück ist es nicht so kalt wie befürchtet, nur wenn eine Böe kommt, fröstle ich ein wenig.«

»Das wird besser, je weiter der Morgen voranschreitet.« Wie zur Bestätigung nahm die Sonne an Wärme zu und tauchte den Damm und das Wattenmeer in kräftige Farben. »Ohnehin wird dir gleich noch wärmer werden«, fügte Adam hinzu.

»Warum?«, entgegnete sie verständnislos.

»Aufstellen zum Spalier!«, rief er seinen Männern fröhlich zu, »wir brechen jetzt zur Hochzeitsreise auf!«

Moiken verstand gar nichts mehr. »Hochzeitsreise? Wir sollen jetzt und sofort ohne Koffer nach England aufbrechen?«

»Nein, natürlich nicht nach England!«, lachte Adam. »Wir werden die ersten Menschen sein, die über den Damm aufs Festland gehen. Weißt du noch, das habe ich dir damals versprochen.« Er wandte sich an seine Männer und rief: »Eine historische Wanderung! Wer möchte, darf uns folgen.«

»Wanderung?«, echote sie ungläubig. »Nicht mit meinem Schuhwerk.« Schon der Weg bis hierher war äußerst mühsam gewesen, und sie hatte bei jedem Schritt aufpassen müssen, nicht falsch aufzutreten. »Wenn ich mir blutige Füße hole oder gar umknicke, kann ich, wenn wir unsere richtige Hochzeitsreise antreten, keinen Schritt mehr gehen, und das möchtest du doch auch nicht.«

»Hochzeitsreise, ja …«, sagte Adam, als sei ihm da gerade wieder etwas eingefallen. »Die müssen wir verschieben.«

»Aber warum das denn?« Vor Enttäuschung blieb ihr ziemlich undamenhaft der Mund offen stehen.

»Warum?« Adam sah sie an, als hätte sie ihn gefragt, warum es Ebbe und Flut gibt. »Ich bin jetzt auf der Baustelle unabkömmlich. Die Schließung des Damms ist eine Zäsur, die Arbeiter müssen neu eingeteilt, sämtliche Pläne neu geschrieben und das Material organisiert werden, anschließend muss ich den großen Gleisbau überwachen. Auf diesem Holpergleis verkehrt bislang nur die Materialbahn. Aber das wird im Ausbau die lebenswichtige Ader, durch die bald das Blut dieser Nabelschnur fließt. Verstehst du? Da kann ich nicht weg.«

»Gut, dann möchte ich jetzt nach Hause.« Ihre Enttäuschung kannte keine Grenzen.

»Und ich den Damm beschreiten in diesem historischen Augenblick.«

»Dann sind wir uns wohl nicht einig«, sagte Moiken und funkelte den Mann an, dem zuliebe sie gerade mitten in der Nacht in aller Eile ihr Hochzeitskleid angezogen und die Haare eigenhändig zu einer passablen Hochsteckfrisur zurechtgemacht hatte, die der Wind längst zu seinem Opfer erklärt hatte.

»Allerdings«, bestätigte Adam. »Wir sind uns nicht einig. Wenn du nicht mitkommen möchtest, finde ich das sehr bedauerlich, aber ich akzeptiere es. Aber du wirst verstehen, dass ich auf diesen historischen Gang nicht verzichten werde.« Er machte eine kurze Pause. »Moiken, willst du es dir nicht überlegen?«, bat er jetzt fast flehentlich. »Warte, ich habe eine Idee. Männer, wer von euch trägt Schuhgröße achtunddreißig und borgt meiner Frau Stiefel und Strümpfe aus?«

»Hier, hier, hier!«, schallte es augenblicklich und vielstimmig zurück.

Angeekelt von der Vorstellung, in verschwitzte Socken und muffige Stiefel zu steigen, wandte sie sich wortlos ab.

Das war endgültig zu viel verlangt.

»Wie schade, dass sich unsere Wege schon so kurz nach der Hochzeit trennen«, hörte sie Adam sagen.

Moiken fuhr herum und wollte etwas entgegnen, doch da hatte er sich schon in Bewegung gesetzt.

Fassungslos sah sie ihm hinterher. Ja, ihre Wege trennten sich, und wenn er so weitermachte, nicht nur symbolisch, dachte Moiken und nahm ihre jüngere Tochter an die Hand, um mit ihr den Rückweg anzutreten.

»Bekomme ich jetzt doch keinen Stiefvater?«, fragte Frieda verunsichert und sah sie mit großen Augen an.

KAPITEL 26

Sylt, am 1. Oktober 1925

Pünktlich zum Saisonende fegte der erste Herbststurm über die Insel, als wollte er auch den letzten Sommerfrischlern deutlich machen, dass die Zeit zur Abreise gekommen war.

Der Wind rüttelte an den Fensterläden des Pavillons, in dem Moiken damit beschäftigt war, verbliebene Waren auszuräumen und alles wintersicher zu machen. Für die wenigen Gäste, die zur Winterkur blieben, lohnte sich der Betrieb nicht. Dafür hatte sie ihr Dünencafé über die Sommermonate hinweg endlich auf solide Beine gestellt, ihr Gästebuch, die gerahmten Papiere an den Wänden ringsum, hatten sich gut gefüllt.

Endlich, endlich lief ihr Dünencafé, das Durchhalten hatte sich gelohnt, und entgegen allen Unkenrufen war sie auch von Henriette nicht enttäuscht worden, ganz im Gegenteil, sie hatte als treue und fleißige Angestellte maßgeblich zum diesjährigen Erfolg beigetragen. Da hatte Boy mit seiner Warnung falschgelegen.

Was für eine ereignisreiche Saison, die vor zwei Wochen in einer turbulenten, um nicht zu sagen, misslungenen Hochzeit ihren vorläufigen Höhepunkt gefunden hatte.

Die geplante Hochzeitsfeier im Dünencafé war ebenso ausgefallen wie die Hochzeitsnacht, weil sie Adam zuletzt vor zwei Wochen gesehen hatte, als sich ihre Wege auf dem Damm trennten.

Schwankend zwischen Zorn und Sorge hatte sie die Hochzeitsnacht allein verbracht, und als sie am nächsten Vormittag immer noch nichts von ihm gehört hatte, war sie nach Morsum gefahren, wo sie ihn in seiner Baracke am Schreibtisch angetroffen hatte.

Das Gespräch mit ihm klang ihr noch in den Ohren, als wäre es vorhin gewesen.

»Ich habe gestern Abend auf dich gewartet«, hatte sie in ruhigem Ton begonnen und zunächst mit Adams Rücken gesprochen.

»Ich habe dir doch gesagt, dass ich ab sofort sehr viel zu tun habe und unabkömmlich bin«, entgegnete er ebenso ruhig.

»Adam, ich habe mir unsere Hochzeit und alles danach so anders vorgestellt.«

»Ich auch, das kannst du mir glauben. Dein Gesicht während der Trauung, als ob du an einem Grab stündest, und dann hast du mich vor allen bloßgestellt, weil du nicht an meiner Seite geblieben bist.«

»Bloßgestellt? Du hast Unmögliches von mir verlangt. Erst hast du mich mitten in der Nacht aus dem Bett geholt, ich habe mich dir zuliebe auf diese Baustellen-Hochzeit eingelassen – dir zuliebe, verstehst du? Aber dann war Schluss.«

»Das habe ich gemerkt. Ich musste allein über den Damm gehen …«

»Weil du es so gewollt hast, Adam. Du hättest die Wahl gehabt.«

»Du hattest ebenfalls die Wahl, man hat dir andere Schuhe angeboten. Und jetzt lass mich bitte arbeiten. Ich bin enttäuscht von dir.«

»Gleichfalls. Immerhin in dem Punkt sind wir uns einig«, hatte sie zornig entgegnet und den Mann, der ihr ein glückliches Leben versprochen hatte, keines Blickes mehr gewürdigt. Stattdessen hatte sie die bittere Erkenntnis mit nach Westerland genommen, dass gemeinsames Glück vom Standpunkt des Betrachters abhing und sie nur einen Tag nach der Hochzeit meilenweit voneinander entfernt waren.

Das einzige Zeichen, das er seitdem gesetzt hatte, war die vereinbarte Überweisung auf das Konto der Strandvilla. Glaubte er wirklich, dass es ihr darum ging? Oder wollte er sich damit von weiteren Verpflichtungen freikaufen und sein Gewissen erleichtern? Die schlimmste aller Möglichkeiten wäre, dass er es tatsächlich auf ihren Besitz abgesehen und sie allein deshalb geheiratet hatte ... aber das konnte und wollte sie nicht für wahr halten.

In der offiziellen Version war Adam auf der Dammbaustelle unabkömmlich, wofür natürlich jeder Außenstehende Verständnis hatte, der nicht hinter ihre lächelnde Fassade sehen konnte. Es gab nur einen, der diese Mauer mit einem Blick zum Einsturz bringen könnte, doch der war weit weg in Berlin.

Wie oft hatte sie in den vergangenen zwei Wochen an ihn gedacht...

Als es an der Tür des Pavillons klopfte, starrte sie ungläubig zum Eingang, doch dann schaltete sich ihre Vernunft ein. Boy würde nie sein gegebenes Versprechen brechen und auf Sylt auftauchen, jedenfalls nicht ohne triftigen Grund.

Möglicherweise war Adam zur Vernunft gekommen und suchte nun doch das Gespräch mit ihr. Wie sollte sie darauf reagieren?

Die Frage erübrigte sich, denn herein kam Emma.

»Was machst du denn hier?«, fragte Moiken überrascht.

»Ich kann auch wieder gehen«, entgegnete ihre große Tochter und blieb in der offenen Tür stehen. Der Wind nutzte sofort seine Chance, mit einer kräftigen Böe Sand hereinzuwehen, den sie mühsam hinausgefegt hatte.

»Komm rein, schnell, ich habe gerade sauber gemacht, sonst muss ich noch mal von vorn anfangen.«

»Wenn das der einzige Grund ist, weshalb ich ...«

»Emma«, seufzte Moiken, »deine schnippische Art ertrage ich jetzt nicht. Wenn du dich mit mir unterhalten möchtest, dann nimm gern Platz. Meine Tür steht für dich offen, das weißt du.« Bewusst hatte sie das Wort ›immer‹ weggelassen. Der Bruch, der durch ihre Beziehung gegangen war, seitdem sie wegen des Telegramms fast ihr Leben auf dem Eis gelassen hätte, war für sie so unüberwindlich wie eine breite und tiefe Eisspalte.

Daran hatte auch Emmas Bitte um Verzeihung nichts geändert, so sehr ihr das auch selbst leidtat. Denn natürlich wäre auch sie um ein besseres Verhältnis zu ihrer Tochter froh, mit dem es ja noch nie zum Besten bestellt war. Vielleicht half am Ende nur die Zeit, so wie bei Henriette.

Endlich kam Emma herein und nahm sich einen blauen Stuhl aus der Ecke, in die sie schon sämtliche Tische und Stühle gestapelt hatte. Erst jetzt bemerkte Moiken, dass Emma einen kleinen Koffer bei sich hatte.

»Wie geht es dir?«, fragte Emma, als sie sich setzte.

Vor Überraschung musste Moiken erst mal nachdenken. Erstens, warum ihre Tochter das wissen wollte, obwohl es sie sonst nie interessierte, und zweitens, was sie darauf antworten sollte. Wahrscheinlich jedoch hatte ihre Tochter diese Floskel schlicht als Gesprächsanfang genutzt, also gab es dafür auch eine einfache Antwort.

»Ganz gut, und dir?«

»Nicht so gut, wenn ich ehrlich bin. Ich muss mal für ein paar Wochen runter von der Insel. In einer Stunde fahre ich ab. Letzte Gelegenheit. Bis Hamburg komme ich heute Nachmittag noch. Der nächste Zug nach Berlin fährt erst morgen, aber ich muss heute schon weg hier. Vielleicht bleibe ich auch den Winter über in Berlin, mal sehen. Ich brauche auf jeden Fall ein bisschen Abstand. Aber du hast mir noch keine Antwort gegeben.«

»Doch, habe ich.«

»Aber keine ehrliche Antwort. Ich sehe doch, dass es dir nicht gut geht.«

»Dann muss ich ja nicht viel sagen.« Sie gab sich weiter damit beschäftigt, das Porzellan in Zeitungspapier einzuschlagen.

»Nein, eigentlich nicht. Und deshalb bin ich der Meinung, dass dir ein bisschen Abstand auch ganz guttun würde.«

»Und weshalb brauchst du Abstand?«, fragte Moiken, um von sich abzulenken.

Emma hob die Augenbrauen. »Willst du die Wahrheit hören, oder soll ich dich auch mit einer Floskel abspeisen?«

»Die Wahrheit, bitte«, seufzte Moiken.

»Nun gut«, sagte Emma und holte tief Luft, »aber sag hinterher nicht, dass du es nicht hören wolltest. Ich war gestern Abend wieder auf der Dammbaustelle, um die katastrophalen Arbeitsbedingungen dort zu dokumentieren. In letzter Zeit habe ich mich dir und Bernhard zuliebe zurückgehalten, aber es ist schlimmer als zuvor. Seitdem Adam seinem Zeitplan um vierzehn Tage voraus ist, seit er gesehen hat, was seine Männer zu leisten imstande sind, als sie das Ziel des Dammschlusses vor Augen hatten, treibt er sie noch mehr an.«

»Das ist sein gutes Recht – und was hat das mit dir zu tun?«

Emma sprang von ihrem Stuhl auf. »Sehr viel! Er ist mir gegenüber handgreiflich geworden!«

»Nicht wahr!«, schoss es aus Moiken heraus. »Doch nicht Adam.«

Ihre Tochter verschränkte die Arme vor der Brust. »O doch. Er hat mich von hinten gepackt, mir die Kamera entrissen, sie in die Flut geworfen, und mich wollte er zu Fischfutter machen.«

»Ganz ehrlich, Emma, er hat dir wiederholt untersagt, solche Fotos zu machen – da wundert es mich leider nicht, dass er jetzt die Geduld verloren hat. Und er hat dir genau das angedroht, deine Kamera ins Meer zu werfen, solltest du dich noch einmal seinem Verbot widersetzen.«

»Die Geduld verloren, nennst du das?« Emma wurde lauter. »Er wollte mich auch ins Meer werfen! Ich konnte mich gerade noch losreißen.«

»Jetzt übertreibst du aber …«

Unvermittelt sank Emma zurück auf ihren Stuhl und wurde ganz ruhig. Es dauerte einige Atemzüge, bis sie sagte: »Nein, leider nicht. Er hat geschrien: ›Dich soll die Flut mitnehmen wie einst meinen Damm‹.«

»Das war doch nur eine leere Drohung – aber du solltest ihn in der Sache jetzt endlich ernst nehmen und sein Verbot beachten.«

»Das war keine leere Drohung«, sagte Emma und wurde dabei ungewöhnlich leise. »Er wollte mich umbringen, und wenn ich mich nicht in letzter Sekunde losgerissen hätte …«

»Hör auf damit, solche schlimmen Sachen zu behaupten. Du hast ihn bis aufs Messer gereizt, aber er würde dir nie etwas antun.«

»Dieser Mann hat dich tatsächlich geblendet«, stellte Emma fest und schüttelte traurig den Kopf. »Schade, dass du deiner Tochter nicht glaubst. Dieser Mann kann zum Tier werden, er ist zu allem fähig, ich habe es erlebt, und die Angst sitzt mir noch in den Knochen. Ich konnte die ganze Nacht nicht schlafen, und im Morgengrauen stand mein Entschluss fest, dass ich erst einmal Abstand brauche. Aber er soll sich nicht einbilden, dass ich aufgegeben habe. Ich werde zurückkommen, und dann wird er mich erst richtig kennenlernen.«

»Emma, das führt doch zu nichts … allerdings gebe ich dir recht, es wäre gut, wenn du jetzt erst mal auf Abstand gehst.«

»Und du?«, fragte Emma zurück.

»Was meinst du damit?«, fragte sie, obwohl sie sich das schon denken konnte.

»Runter von der Insel, in Ruhe nachdenken, dich erholen zum Beispiel …«

»Das klingt theoretisch gut …«

»Dann komm mit nach Berlin.«

»Unmöglich!«, schoss es aus ihr heraus, und ihr Atem ging schneller.

»Ja, leider«, entgegnete Emma mit gesenktem Kopf. »Aber du musst hier mal raus.«

Sie senkte den Blick auf die Teller, die sie noch nicht eingepackt hatte. »Eigentlich würde ich morgen auf Hochzeitsreise gehen, ich hatte mich sehr auf England gefreut«, entgegnete sie leise.

»Dann fahr doch allein«, sagte Emma, als wäre es das Selbstverständlichste auf der Welt.

»Das sagst du so einfach …«

Emma spannte ihre Arme zu einer erklärenden Geste auf. »Weil es so einfach ist. Die Zeiten sind anders geworden, nur ist das bei dir noch nicht richtig angekommen. Du hast Geld und kannst als Frau auch allein reisen, ohne schief angesehen zu werden.«

»Ich weiß nicht, ob Adam damit einverstanden wäre …«

»Das glaube ich jetzt nicht!«, rief Emma. »Wenn du dir darüber ernsthaft Gedanken machst, dann ist dir wirklich nicht zu helfen.«

Moiken kniff die Lippen zusammen, und plötzlich gab es nichts Wichtigeres, als weiter das Geschirr in Zeitungspapier einzuschlagen.

»Mutter …«, mahnte Emma sie nach einigen Tellern.

Sie hielt inne und seufzte. »Du hast recht, ich sollte darüber nachdenken, für eine Woche nach England zu fahren.«

»Nicht nachdenken – tun«, sagte Emma nachdrücklich.

Moiken wollte etwas erwidern, doch ein erneutes Klopfen an der Tür hielt sie davon ab.

Erst hatte er darüber nachgedacht umzukehren, als er die Stimme dieser unseligen Göre aus dem Pavillon gehört hatte, denn er hatte mit Moiken allein sprechen wollen. Doch nun wollte er zu gern wissen, was sie ihrer Mutter erzählt hatte.

Leider hatte er nur den letzten Satz gehört, und deshalb interessierte es ihn brennend, was Moiken tun und worüber sie nicht nachdenken sollte. Wozu wollte dieses Biest Moiken anstiften?

Endlich machte seine Frau ihm die Tür auf. »Adam!«

»Störe ich?«, fragte er höflich, obwohl er die Antwort kannte.

»Nein, natürlich nicht. Komm rein.« Er wusste, dass Moiken das Gegenteil meinte, doch er nahm sie beim Wort und betrat den Pavillon.

Emma hatte sich hinter der Theke verschanzt und gab sich dort auffällig beschäftigt. Hoffentlich hatte er diesem Weibsstück endlich genug Respekt eingeflößt.

»Schön, dich nach so langer Zeit mal wieder zu sehen«, sagte Moiken und wollte seine Aufmerksamkeit offenkundig von ihrer Tochter weglenken, so wie sie sich postierte. »Was führt dich zu mir?«

Tatsächlich war die Auseinandersetzung mit Emma der Grund für seinen Besuch, denn er hatte schon befürchtet, dass sie zu ihrer Mutter rennen würde – und damit recht behalten.

Vermutlich hatte diese Göre versucht, sich als kleines, unschuldiges Ding darzustellen und ihn in den schwärzesten Farben zu malen. Das konnte er nicht auf sich sitzen lassen.

Zudem wollte er Moiken ins Gewissen reden, dass sie ihrer Tochter dringend die notwendigen Grenzen aufzeigen musste, denn wenn dieses hinterhältige Biest tatsächlich mit ihren falschen Behauptungen an die Presse ging, war das Rufmord, mit Folgen für den Dammbau, die nicht auszudenken waren.

Allerdings konnte er jetzt nicht gleich mit der Tür ins Haus fallen, denn in Gegenwart von Emma würde das eskalieren, und er wollte erst herausfinden, wozu diese Brandstifterin, die nicht die Chuzpe besaß, ihn anzusehen, und stattdessen lautstark mit dem Geschirr klapperte, ihre Mutter hatte überreden wollen.

In das nervige Klötern hinein sagte er freundlich: »Ich wollte sehen, wie es meiner Frau geht«, doch dann konnte er sich aus seiner Enttäuschung heraus eine spitze Bemerkung nicht verkneifen. »Denn leider findest du ja seit zwei Wochen nicht den Weg nach Morsum.«

»Willst du die Schuld schon wieder auf mich abwälzen? Ich war zuletzt bei *dir.*« Er hörte an Moikens Stimme, wie es in ihr brodelte, doch dem äußerlichen Anschein nach glich sie einem erloschenen Vulkan. Natürlich war ihm bewusst, dass er sie zuletzt weggeschickt hatte, eben weil er so enttäuscht von ihr gewesen war.

»Was heißt denn schon *wieder*?«, seufzte er. »In deinen Augen bin ich in letzter Zeit an allem schuld.«

Wie zu erwarten, schwieg sie. Für ihn war es nun mal die schönste aller Möglichkeiten gewesen, den historischen Moment zu nutzen, um auf dem Damm zu heiraten. Sicherlich, die Idee hätte ihm etwas früher kommen können, aber das war doch kein Grund, ihm die ganze Hochzeit zu verübeln und sich zur Strafe so zu zieren, die angebotenen Schuhe zu verweigern, dass er am Ende allein zum Festland gehen musste, obwohl er auch diesen ergreifenden Moment so gern mit ihr geteilt hätte. So hatte er ihn kaum genießen können, weil er ständig in Gedanken bei Moiken gewesen war.

Es wäre ihm doch auch lieber, wenn sich dieser unglückliche Start in die Ehe ungeschehen machen ließe, auf jeden Fall war es an der Zeit, das Beste daraus zu machen, denn er liebte seine Moiken. Umgekehrt durfte sie ihm nicht plötzlich Vorwürfe machen, weil der Dammbau für ihn an erster Stelle stand. Sie hatte gewusst, worauf sie sich einließ, und dieses Projekt hatte doch ein absehbares Ende. Dann würde sie stolz auf ihn sein. Wie viele Männer konnten von sich behaupten, ein Jahrhundertbauwerk geschaffen zu haben?

Es war tatsächlich Moiken, die einen Vorstoß machte. »Wir sind jedenfalls unterschiedlicher Ansicht über die Geschehnisse in letzter Zeit«, hob sie an, und er freute sich, dass sie das Wort ergriffen hatte, doch im nächsten Augenblick erhielt er einen Dämpfer.

»Ich habe mich deshalb dazu entschieden, die Reise nach England allein anzutreten. Es ist ja alles gebucht und wäre schade um das Geld. Außerdem tut es mir bestimmt gut, mal ein wenig Abstand zu den Dingen zu bekommen, um sie neu betrachten zu können. Ich nehme an, du bist damit einverstanden.«

»Ja«, sagte er reflexartig, weil er so überrascht von ihrem Ansinnen war. Doch wie käme er auch dazu, ihr die Tage in England zu verwehren. Es war sicherlich gut, wenn sie in einer fremden Umgebung neue Eindrücke gewann und erholt wieder auf die Insel zurückkehrte. Darüber könnte auch der unglückliche Start in die Ehe verblassen, so hoffte er es zumindest.

»Gut, dann hätten wir das geklärt«, sagte sie. »Allerdings steht noch etwas im Raum, worauf ich eine Antwort möchte. Ich wüsste gern von dir, wie die Auseinandersetzung mit meiner Tochter gestern abgelaufen ist.«

Da war der Eimer mit kaltem Wasser.

Hinter der Theke war es schlagartig still, Emma war so erstarrt wie gestern, als er sie bei ihrem verbotenen Tun erwischt hatte.

Nun waren sie also doch beim Thema, aber das sollte ihm recht sein. Allerdings nicht wie bei einem Verhör, in dem er der Angeklagte war. »Deine Tochter …«, er sah Emma absichtlich nicht an, und am liebsten hätte er sie ganz anders tituliert, »hat sich zum wiederholten Male dem Fotografierverbot auf der Baustelle widersetzt. Da war es mein gutes Recht, durchzugreifen und ihre Kamera ins Meer zu werfen, denn das hatte ich ihr angekündigt. Du warst dabei.«

»Das stimmt. Damit musste sie rechnen, aber mir geht es darum, was danach passiert ist. Was hast du zu ihr gesagt?«

Also doch ein Verhör, dachte er genervt. Da hatte er sein eigenes Leben für diese Frau auf dem Eis riskiert, und jetzt das. Unfassbar. Aber es war nicht der richtige Moment, sich dem zu widersetzen, denn er hatte sich nichts vorzuwerfen. »Dass ich Fischfutter aus ihr mache, wenn ich sie noch einmal erwische.«

»Hörst du? Er gibt es zu!«, rief Emma aus ihrer Ecke. »Da hast du es, Mutter! Und danach hat er mich gepackt und wollte mich vom Damm werfen, damit ich in der Flut umkomme.«

»Das ist doch nicht wahr«, rief er.

»Das ist wahr!«, schrie Emma, dass es in seinen Ohren gellte.

»Hast du meine Tochter angefasst?«, fragte Moiken, und ihre Miene verfinsterte sich. »Sag mir die Wahrheit.«

»Ja, ich habe sie angefasst, aber ich …«

»Er gibt alles zu!«, rief Emma.

Er fühlte sich, als ob dieses Weib, diese Hinterhältigkeit in Person, eine Zündschnur in ihm angesteckt hätte. Eine äußerst kurze Zündschnur.

»Ich gebe gar nichts zu.« Seine Stimme klang wie ein Donnergrollen, und er machte zwei langsame Schritte auf Emma zu. »Schluss mit deinen Lügen, sofort. Deinetwegen, wegen deines verdammten Telegramms habe ich mein Leben riskiert, um deine Mutter zu retten, schon vergessen?«

Kaum hatte er es ausgesprochen, stellte sich ihm seine Frau in den Weg. »Ich sage, Schluss!«, rief sie. »So kann es nicht weitergehen!«

»In der Tat«, bestätigte er und zwang sich zur Ruhe. »Welchen Vorschlag hast du also?«

»Emma wird noch heute nach Berlin fahren, sie hat ihren Koffer bereits gepackt.«

Das war die schönste Nachricht des Tages, dachte Adam, und am liebsten hätte er gejubelt. Doch dann schoss ihm ein Gedanke ein, der seine gute Laune vergiftete, als ob ihn ein Pfeil getroffen hätte.

Er lächelte bittersüß. »Fast wäre ich so dumm gewesen, dir deine Geschichte mit der Reise nach England abzunehmen, Moiken, aber jetzt hast du dich selbst verraten. Du wolltest mich tatsächlich hintergehen!« Er war fassungslos.

»Das stimmt nicht. Emma, sag es ihm! Ich will nicht nach Berlin.«

Er glaubte ihr kein Wort mehr. Wie hatte er so blind sein können? Es war doch alles offensichtlich. Warum hatte Moiken wohl in den vergangenen zwei Wochen nicht den Weg zu ihm gefunden? In Gedanken war sie mit Sicherheit die ganze Zeit wieder bei ihrem Boy gewesen, und nun wollte sie vor lauter Enttäuschung in seine Arme flüchten. Bestimmt wartete er schon auf sie.

Eine nie gekannte Eifersucht erfasste ihn. Eine unbändige Angst, seine Moiken zu verlieren. »Du fährst tatsächlich nicht nach Berlin«, sagte er und griff dabei nach ihrem Arm. »Du fährst nirgendwohin.«

»Lass mich los!«, rief Moiken und wand sich.

»Damit du deinem Boy in die Arme laufen kannst? Niemals!« Sein Griff wurde stärker. Er musste sie festhalten. Unter allen Umständen.

»Mutter!«, rief Emma schrill. »Reiß dich los!«

Plötzlich kam Bewegung in Moiken, sie wand sich mit aller Kraft, zog und zerrte und warf sich schließlich mit ihrem ganzen Gewicht nach hinten, um sich von ihm zu befreien.

Dabei entglitt sie ihm tatsächlich, sie taumelte rückwärts und krachte in die Tische und Stühle, die sie in der Ecke gestapelt hatte.

Er wollte zu ihr eilen, doch sie hatte sich bereits aufgerappelt.

Prüfend fasste sie sich an den Hinterkopf.

An ihrer Hand war Blut.

»Moiken!«, rief er bestürzt und machte einen Schritt auf sie zu.

»Fass mich nicht an«, keuchte sie. »Emma, schnell. Raus hier. Wehe, du folgst uns, Adam. Ich schreie ganz Westerland zusammen!«

KAPITEL 27

Berlin, am 4. Oktober 1925

Berlin. Was für eine andere Welt! Was für eine Stadt!

Da waren Männer auf Stelzen und dazwischen welche, die bis zum Hals in überdimensionalen Pappkartons steckten. Ungerührt spazierten sie über die viel befahrene Kreuzung Am Knie und trugen Werbung für Kaffee und Rasierwasser zur Schau.

Ein paar Meter weiter wäre fast ein Unglück geschehen, doch die Frau riss ihren unachtsamen Mann gerade noch rechtzeitig am Arm zurück. Der schwarze Opel fuhr hupend vorbei, ihm nachfolgend eine Blechlawine aus lärmenden Fahrzeugen.

Viel schlimmer als bei ihrem letzten kurzen Aufenthalt in Winter vor fast zwei Jahren, dachte Moiken, und ging ihrerseits tapfer weiter, allerdings auf dem Gehweg entlang der zahlreichen Geschäfte.

Natürlich hätte sie sich eine Droschke bestellen können, um zum Treffen mit Emma zu gelangen, aber das hätten ihre Nerven als Beifahrerin nicht überlebt. Straßenbahn oder Bus waren auch keine Option, da ihre Tochter sie vor Taschendieben in dem dichten Gedränge gewarnt hatte. U-Bahn fahren traute sie sich nicht, obwohl die Haltestelle Knie direkt vor ihrer Nase war, aber in den Untergrund brachten sie keine zehn Pferde. Ohnehin ging sie am liebsten zu Fuß – nur nicht unbedingt durch Berlin.

Da das Kino jedoch genau zwischen ihrer Charlottenburger Pension und der Wohnung von Boy und Emma lag, blieb ihr keine andere Wahl, als allein dorthin zu gehen. Aber es waren ja nur knapp zwanzig Minuten Fußweg, hatte ihr die Wirtin versprochen.

Die freundliche ältere Dame hatte am Bahnhof mit einem Schild für ein Zimmer mit fließend warmem Wasser und eigener Toilette zu einem günstigen Preis geworben – mehr brauchte sie nicht, und da sie nicht lange suchen, sondern schnell ankommen wollte, hatte sie sofort zugegriffen.

Ein untersetzter Mann mit Handkoffer versuchte, sich mit tippelnden und fast tänzerisch anmutenden Ausfallschritten einen sicheren Weg über vier Fahrspuren plus zwei Schienensträngen hinweg auf die andere Straßenseite zu bahnen, was ziemlich grotesk wirkte.

Er musste allem aus dem Weg springen, was ihm in die Quere kam: Erst einem offenen Doppeldeckerbus, dann einer Straßenbahn, danach Automobilen, Fahrrädern, Motorrädern und Pferdekutschen – alle in einem nahezu unübersehbaren Gewühl, aus dem jeder in seine passende Ausfahrt in eine der sternförmig abgehenden Straßen gelangen wollte.

So viel Verkehr, dachte Moiken verzweifelt. Hupende Fahrzeuge, Sirenen, Baustellen an allen Ecken, das Rattern und Kreischen der Straßenbahn, unerschöpfliche Lärmquellen, die nie versiegten, Tag und Nacht nicht, und so kam auch sie nicht zur Ruhe.

Seit drei Tagen war sie in dieser Stadt, und am liebsten hätte sie sich nur in ihrem kleinen Pensionszimmer unter der Bettdecke verkrochen, weil der Geräuschpegel unerträglich war – und aus Angst vor Adam. Seit sie die Eifersucht in seinen Augen gesehen hatte, traute sie ihm alles zu.

Sein Angriff hatte ihr einen solchen Schock versetzt – als körperliche Folge hatte sie nur eine kleine Platzwunde davongetragen, die schnell versorgt gewesen war und an die jetzt nur noch eine Kruste erinnerte. Aber ihre Seele hatte schlimmere Verletzungen davongetragen.

Von ihrem Ehemann hatte sie seit dem erschreckenden Moment im Dünencafé nichts mehr gesehen oder gehört. Er war ihr nicht in die Strandvilla nachgegangen, wo sie eilends ihre Sachen gepackt hatte, auch bei der Abfahrt am Bahnhof hatte er sie nicht abgepasst.

Sie wusste jedoch, der Zeiger lief, und es war nur eine Frage der Zeit, bis er seine Eifersucht nicht mehr im Zaum halten konnte und es auf eine Begegnung mit ihr anlegte.

Frieda konnte ihr auch keine Auskunft geben, ob ihr Stiefvater auf der Dammbaustelle war. In der Strandvilla hatte er sich jedenfalls nicht blicken lassen.

Mit Frieda hatte sie heute gleich nach der Schule telefoniert, ihre Welt war in Ordnung, denn sie glaubte, die Platzwunde ihrer Mutter rühre von einem unglücklichen Sturz her, wie er leider jedem mal passieren konnte. Den überstürzten Aufbruch hatte sie ihr als spontanen Entschluss verkauft, ein paar Tage mit Emma in Berlin ausspannen zu wollen, wogegen Frieda nichts einzuwenden hatte – im Gegenteil, sie hatte ihr gute Erholung gewünscht und nur darum gebeten, eine Karte aus Berlin zu schicken.

Kurz hatte sie mit dem Gedanken gespielt, Frieda nach Berlin mitzunehmen, aber das wäre nicht zum Wohle ihrer Tochter gewesen. Ihre Elfjährige war in der Strandvilla besser aufgehoben als in dieser Millionenmetropole, die ihr in der Tat nur Angst eingejagt hätte.

War Adam schon auf dem Weg nach Berlin? Oder war er längst angekommen und ihr auf den Fersen? Letzteres hatte sie im Gefühl, doch Emma meinte, das wäre bloße Hysterie und sie solle nicht glauben, dass Adam ihretwegen den Dammbau verlassen habe. Und wenn schon, dann würde er sie in dieser großen Stadt nicht finden.

Da war sie anderer Meinung, seit sie ihn so eifersüchtig und besitzergreifend erlebt hatte, und tatsächlich vermutete sie ihn bald hinter jeder Straßenecke, schon zwei Mal hatte sie geglaubt, ihn erkannt zu haben, und dabei war ihr fast das Herz stehen geblieben. Beide Male waren es jedoch Männer gewesen, die Adam lediglich geähnelt hatten.

Vielleicht hatte Emma recht, dachte Moiken im Weitergehen. Womöglich war es lediglich ihre eigene Angst, die sie verfolgte. Doch so sehr sie sich das auch einzureden versuchte, ihr Bauchgefühl sagte ihr etwas anderes.

Prompt erschrak sie, als ein Mann mit dunklen Haaren direkt vor ihr aus einem Hauseingang trat, doch es war nicht Adam. Er hatte ein geschnürtes Bündel auf den Rücken geschultert und ging, ohne nach rechts und links zu sehen, seines Wegs, wie eine Blechfigur, die man aufgezogen hatte.

Vermutlich war er einer der vielen Schlafgänger, die nachts in einer der Fabriken arbeiteten und tagsüber für ein paar Stunden das Bett in einer Wohnung mieteten, dessen Besitzer es seinerseits während dieser Zeit nicht benötigte.

Boy hatte in den schlechten Jahren nach dem Krieg auch mit dem Gedanken gespielt, seine Matratze nachts zu vermieten – was noch mehr Geld brachte, weil großer Bedarf herrschte –, während er sich die Nächte in der Dunkelkammer um die Ohren schlug. Doch Emma zuliebe hatte er darauf verzichtet, wie sie im Nachhinein erfahren hatte.

Boy, dachte sie, und jede Faser ihres Körpers zog sich schmerzhaft zusammen. Sie war ihm so nah, und doch war er so weit weg – und das sollte auch so bleiben, dachte sie tapfer, nach diesem unerwünschten Anflug von Sentimentalität.

Emma hatte ihr schon auf der Fahrt versprechen müssen, Boy nichts von ihrer Anwesenheit in Berlin zu erzählen. Unter keinen Umständen wollte sie ihr gegebenes Versprechen brechen oder ihn dazu verleiten.

Schon gar nicht unter den Umständen, die sie nach Berlin geführt hatten, denn gleichwie, ihr Ehemann sollte nicht in die Position kommen, ihr ein Fehlverhalten vorwerfen zu können – und Emma schien tatsächlich Wort zu halten.

Ihre Tochter war bislang jeden Tag in die Charlottenburger Pension zu Besuch gekommen, hatte sie aufzumuntern versucht, ihr Mut zugesprochen, und heute hatte ihr Emma überraschend zwei Kinokarten unter die Nase gehalten.

Am liebsten hätte sie die Einladung in den UFA-Palast abgesagt, aber die Karten waren teuer gewesen, und ein wenig neugierig war sie ja doch, wie Deutschlands größtes Kino von innen aussah.

Außerdem hatte Emma ja recht, dachte Moiken innerlich seufzend, in ihrem Zimmer konnte sie auch nicht ewig hocken und schwere Gedanken wälzen. Da war so ein Kinoabend eine gute Ablenkung – aber noch viel lieber würde sie schon morgen nach Hause fahren.

Doch da wartete neben Frieda vermutlich auch ihr Ehemann … falls er vor Eifersucht nicht des Wartens überdrüssig geworden war.

An der nächsten Straßenkreuzung stand ein Paar, das sich verliebt in die Augen schaute. Die blonde Frau trug ein wunderschönes perlmuttfarbenes Kostüm, dessen Rocksaum bereits über den Knien endete. Ein farblich passender Hut mit einem goldenen Satinband und elegantem Aufschlag machte ihre Erscheinung perfekt.

Überhaupt, wenn sie sich so umsah, wirkte sie mit ihrem langen, hochgeschlossenen Kleid aus Kaisertagen wie eine Zeitreisende aus einer vergangenen Epoche, daran änderte auch das schöne Bordeauxrot nichts.

Auf Sylt war die neue Mode bislang nur unter den Badegästen angekommen, die meisten Insulaner trugen, was ihr Kleiderschrank seit Jahrzehnten hergab.

War sie überhaupt noch auf dem richtigen Weg? Zur Kontrolle zog sie den Faltplan hervor, den ihr die Pensionswirtin mitgegeben hatte, und verglich ihren Standort mit dem Straßengewirr auf der Karte, die aufgrund ihres Maßstabs die Orientierung nicht gerade leicht machte.

Vertieft in die Karte hörte sie unvermittelt die brüllenden Stimmen zweier Männer.

Erschrocken schaute sie auf. Unweit von ihr, bei der Litfaßsäule, die mit einem großen Plakat für den Film ›Menschen untereinander‹ warb, den sie sich gleich im Kino ansehen wollten, waren zwei Männer offenbar in Streit geraten.

Eine Milieustudie, für die es keinen Film brauchte, dachte Moiken. Binnen Sekunden hatte sich um die Kontrahenten eine Menschentraube versammelt.

Über die Köpfe der Schaulustigen hinweg erkannte sie nur die Haarschopfe der beiden Streithähne. Der eine Mann war blond, der andere dunkelhaarig. Es durchfuhr sie siedend heiß. Wenn das Boy und Adam waren, wenn die beiden herausbekommen hatten, dass sie auf dem Weg ins Kino war …

Nein, was für ein Unsinn! Oder doch nicht? Sie zwang sich dazu, näher zu gehen.

Die Erleichterung folgte auf dem Fuße. Wieder Fehlalarm.

Es waren zwei ihr unbekannte Männer, die da aufeinander losgegangen waren, und den Grund dafür erkannte sie jetzt auch.

Das hellbraune Pferd des einen war vor der Kutsche zu Boden gegangen, vermutlich vor Schreck auf dem glatten Asphalt ausgerutscht. Hilflos hing es im Geschirr, kam nicht mehr von selbst auf die Beine – und der Besitzer beschuldigte seinen Kontrahenten, den Radfahrer, zu scharf den Weg gekreuzt zu haben, während sich die Umstehenden mit vereinten Kräften um das Tier kümmerten, bis es wieder stand.

Erleichtert setzte Moiken ihren Weg fort und schüttelte über sich selbst den Kopf, weil die Fantasie so mit ihr durchgegangen war.

Das war wohl der Moment, in dem sie sich Emmas Worte zu Herzen nehmen sollte, um sich nicht länger von ihrer Angst leiten zu lassen. Was sollte ihr schon passieren?

Kaum zu Ende gedacht, fuhr eine Kutsche vorbei, die einen Sarg geladen hatte. Hoffentlich war das kein schlechtes Omen.

Nur weiter, dachte Moiken, auch wenn sie noch immer nicht wusste, ob sie auf dem richtigen Weg war, denn das hatte sie der Karte noch nicht entnehmen können.

Vor den unzähligen Geschäften herrschte reger Publikumsverkehr, aber vor einem nahe gelegenen Schaufenster hatte sich ein kleiner Menschenauflauf gebildet, und einen von ihnen würde sie nach dem Weg fragen, das war sicherer, als ihn von der kleinen Karte abzulesen.

Hinter dem Schaufenster war ein Bett aufgebaut, das sich mittels einer mechanischen Drehvorrichtung vom schicken Sofa mit Armlehne in ein Bett mit Matratze verwandelte, auf der das Bettzeug kompakt festgezurrt war.

Wie praktisch, dachte Moiken spontan, das wäre eine feine Sache für die kleinen Zimmer ihrer Bediensteten, um es ihnen wohnlicher zu gestalten. Das wäre doch eine schöne Idee für den Bonus am Jahresende, überlegte sie weiter. Da würde zwar eine ordentliche Summe zusammenkommen, über die sie in Abhängigkeit vom tatsächlichen Gewinn in diesem wirklich guten Jahr aber wohl erstmals verfügen könnte.

Allerdings nicht mehr allein. Über solche Gewinnverteilungen würde sie sich mit Adam abstimmen müssen.

Wenn das bis dahin überhaupt noch notwendig war, dachte sie bitter. Wenn es zu einer Scheidung käme, könnte sie ihn nicht auszahlen. Umgekehrt wäre er aufgrund seines hohen Prämien-Erfolgsgehalts am Dammbau dazu durchaus in der Lage.

Hätte sie nur auf Emma gehört, dachte Moiken, zornig auf sich selbst und ihre kurzsichtige Fehlentscheidung, mit der sie die Strandvilla auf finanziell solide Beine zu stellen gedacht hatte, getroffen auf einem Höhenflug ins gemeinsame Leben, der sich jetzt so schnell dem Abgrund näherte, als hätte man einem Flugzeug die Flügel gekappt.

Hätte sie diesen Ehevertrag doch nur nie unterschrieben.

Solche Selbstvorwürfe brachten sie jedoch nicht weiter, jedenfalls nicht weiter als bis zu der Erkenntnis, dass sie sich in eine Abhängigkeit begeben hatte, in der sie mit einem Lächeln die weiteren

Schikanen ihres Ehemanns ertragen musste – wenn sie die Strandvilla und ihr Dünencafé behalten wollte.

Die Passanten waren so von dem Bett im Schaufenster fasziniert, dass sie nicht ansprechbar waren. Gleich daneben lehnte jedoch am Eingang eines Spezialladens, der sich mit Zauberei und optischen Täuschungen beschäftigte, ein Kriegsversehrter, dem ein Arm fehlte.

Den betreffenden Hemdsärmel hatte er in den Hosenbund gesteckt, mit der anderen Hand rauchte er eine Zigarette und beobachtete sie aufmerksam.

Zu seinen Füßen lag seine graue Kappe, in der sich lediglich drei kupferne Reichspfennige befanden. Davon konnte er sich gerade mal eine Schrippe kaufen. Kurz entschlossen kramte sie eine silberne Reichsmark aus ihrer Handtasche, und er machte große Augen.

»So viel?«

»Nehmen Sie es an. Ich gebe es Ihnen gern. Es reicht für ein Viertelpfund Butter.«

»Danke.«

»Würden Sie mir bitte noch eine Frage beantworten. Bin ich hier richtig auf dem Weg in die Hardenbergstraße? Ich möchte zum UFA-Palast.«

Der Mann klemmte seine Zigarette zwischen die Lippen und nuschelte: »Jenau richtich. Immerzu jeradeaus und da vorne jehnse links, dann rechts und schon sind Se da.« Dazu streckte er seine Hand aus und formte sie auffordernd zu einer Schale. »Ick muss ja ooch Brot zur Butter ham, nich wahr, hübschet Froilein?«

»Unverschämt!«, rief sie aus und machte auf dem Absatz kehrt. Als sie sich an der nächsten Kreuzung voller Empörung noch einmal nach dem Mann umdrehte, hatte er sich gerade gebückt, um seine Mütze aufzuheben – mit der angeblich fehlenden Hand, die er offenbar hinter dem Rücken versteckt hatte.

Sollte er doch mit dem Geld glücklich werden, dachte Moiken erbittert, die eine Reichsmark war keine Auseinandersetzung wert, und erst recht nicht den Ärger.

Das größere Problem war, ob ihr dieser Betrüger überhaupt die richtige Richtung gewiesen hatte. Am Ende würde er ihr noch an der nächsten Ecke auflauern und die Tasche entreißen, denn die Gegend veränderte sich.

Hinter der Kreuzung, an der sie nach links gehen sollte, waren plötzlich keine Geschäfte mehr; der Straßenzug wirkte für Berliner Verhältnisse wie ausgestorben.

In ihrer Handtasche hatte sie einige Scheine stecken, um sich mit Emma im Kino zu verpflegen und um vielleicht hernach noch auf ein, zwei Getränke in eine ruhige, gepflegte Bar zu gehen, wenn ihr der Sinn danach stand, außerdem war noch Geld für die Droschke auf dem Rückweg eingeplant, denn nachts würde sie ganz bestimmt nicht durch Berlin laufen. Dann hieß es Augen zu und durch als Beifahrerin.

Nervös presste sie ihre Handtasche an sich, sah sich in der ungewöhnlich verlassenen Straße mehrmals um und beschleunigte ihren Schritt.

An der nächsten Straßenecke wollte sie verunsichert den Faltplan zurate ziehen, als sie unvermittelt mit dem wahren Elend der Stadt konfrontiert wurde. Versteckt in der Gasse, und doch nur einen Häuserblock von der noblen Geschäftswelt entfernt, suchte eine Mutter mit ihren beiden kleinen Kindern im Müll nach Verwertbarem.

Die junge Mutter setzte sich sichtlich erschöpft auf die Stufen des nächstgelegenen Hauseingangs und rieb sich mit ihrer dreckigen Schürze die Tränen aus dem Gesicht.

Sofort sprangen ihre beiden in Lumpen gekleideten Mädchen herbei, vielleicht drei und fünf Jahre alt, fröhlich, als seien sie mitten im Spiel.

Wie Kletteraffen hängten sich die beiden Kinder an ihre Mutter, herzten und küssten sie, doch die erschöpfte Frau reagierte nicht auf den übermütigen Trost ihrer Töchter, weil sie offenbar so sehr in ihrem Kummer gefangen war.

Der Anblick war herzzerreißend, und selbst wenn sie das Leid dieser Mutter nicht für immer beheben konnte, dachte Moiken, aber mit ein paar Münzen war es bestimmt für eine Weile zu lindern, und im Gegensatz zu dem Betrüger, dem sie vorhin aufgesessen war, war ihr Geld bei dieser armen Frau mit Sicherheit an der richtigen Stelle.

»Guten Tag«, sprach sie die junge Frau freundlich an, deren dunkelblonde Haare sorgsam zusammengesteckt waren, was im Gegensatz zu ihrer insgesamt schmutzigen Erscheinung stand.

Die junge Frau, die kaum fünfundzwanzig Jahre alt sein mochte, zuckte erschrocken zurück und nahm ihre beiden kleinen Mädchen fest in den Arm. »Nehmen Sie mir nicht meine Kinder weg! Sie sind alles, was ich noch habe.«

»Keine Sorge, keine Sorge«, versicherte Moiken schnell. »Ich bin nicht von der Fürsorge, ich bin aus Zufall hier gelandet, weil ich mich wohl verlaufen habe.«

»Wo möchten Sie denn hin?«, fragte die Frau, noch immer argwöhnisch, doch ein wenig ließ ihre äußerliche Anspannung schon nach.

»In den UFA-Palast.«

»Da hätte es einen besseren Weg gegeben, aber nun gehen Sie die Gasse einfach weiter, am Ende links, und dann sehen Sie schon die Haltestelle Bahnhof Zoo, direkt dahinter liegt das Kino. Sie kommen nicht aus Berlin?«

Die junge Frau wurde ja direkt gesprächig, dachte Moiken überrascht. Aber höchstwahrscheinlich hatte es schon länger niemanden gegeben, der mit ihr redete.

»Nein, ich bin nur zu Besuch hier. Ich lebe auf der Insel Sylt.«

»Oh, von der Insel habe ich schon viel gehört. Es fahren wohl viele zur Sommerfrische dorthin, es soll dort sehr schön sein.«

»Ja, das ist es«, entgegnete Moiken versonnen. »Zu mir kommen viele Gäste aus Berlin, ich führe dort ein Hotel.«

»Ein Hotel?« Die junge Frau bekam große Augen. »So ein richtiges großes Hotel?«

Moiken lächelte. »Nun ja, längst nicht so groß wie das Adlon, aber dafür liegt meine Strandvilla direkt man Meer.«

»Wie heißt du denn?«, fragte das ältere der beiden Mädchen unvermittelt. Es zog dabei sein Näschen kraus, was Moiken sofort an Frieda erinnerte.

»Du musst *Sie* zu der Dame sagen!«, warf ihre Mutter sofort ein.

»Wie heißt du Sie denn?«, wiederholte das Mädchen brav.

»Mein Name ist Moiken, und wie heißt du?«, fragte sie und verkniff sich ein Lachen.

»Helena, und das ist meine Schwester Lene.«

»Das sind aber schöne Namen.«

»Mein Name ist Margarete«, stellte sich die Mutter vor. »Aber alle nennen mich Grete.«

»Die Gossen-Grete«, setzte Helena hinzu, was ihrer Mutter sichtlich unangenehm war.

»Kindermund tut immer Wahrheit kund«, fügte Grete traurig hinzu.

»Sie kommen aber auch nicht aus Berlin, oder?«, fragte Moiken, um von der Bemerkung des Kindes abzulenken. »Zumindest höre ich kein Berlinerisch.«

»Nun geht mal wieder spielen, ihr beiden, solange ich mich noch mit der Frau unterhalte«, forderte die Mutter ihre Kinder auf.

Die Mädchen sprangen sofort vom Schoß ihrer Mutter und beschäftigten sich mit einem gutmütig aussehenden großen Hund, der einen Hauseingang weiter lag, jedoch nicht spielen, sondern nur gekrault werden wollte.

»Möchten Sie wirklich wissen, woher ich komme? Sie haben es doch bestimmt eilig.«

»So viel Zeit habe ich. Es ist ja nicht mehr weit zum Kino. Ich würde gern wissen, wie es gekommen ist, dass Sie mit Ihren Kindern in solchen Zuständen leben. Sie machen nicht den Eindruck, als seien Sie in der Gosse aufgewachsen.«

Grete nickte, und ihr trauriger Blick ging in die Ferne. »Ich habe früher in Hamburg gelebt, bin dort in behüteten Verhältnissen aufgewachsen, habe früh geheiratet und Kinder bekommen, wie das eben so ist«, setzte sie mit einem Seufzer hinzu. »Aber mein Mann ist der Trunksucht verfallen, wissen Sie, und ich bin deshalb im Frühjahr mit meinen Kindern vor ihm nach Berlin geflohen. Ich wollte meinen Kindern ein besseres Zuhause bieten.« Ihr schossen die Tränen in die Augen. »Stattdessen sind wir hier gelandet. Denn kaum waren wir in der Stadt angekommen, ist mir mein gesamtes Erspartes von einem Taschendieb gestohlen worden. Geblieben sind mir nur ein bisschen Kleidung, der Leiterwagen und unser Hund Wilhelm.« Sie deutete auf einen großen Mischlingshund, der von den beiden Mädchen gekrault wurde. Er hatte den Kopf auf dem Boden abgelegt, allerdings beobachtete er sie genau. »Er beschützt uns, aber der Taschendieb war zu geschickt.«

»Wilhelm ist ein ungewöhnlicher Name für einen Hund.«

»Mir gefällt er, weil er mich an die schöne alte Kaiserzeit erinnert, in der ich Kind sein durfte. Aber auch der Kaiser musste ja am Ende fliehen und konnte sein Volk nicht mehr beschützen.«

»Sie leben also jetzt mit Ihren Kindern auf der Straße?«

»In einem Bretterverschlag dort im Hinterhof. War ursprünglich mal für Brennholz gedacht, wird aber nicht mehr genutzt. Dort duldet man uns. Aber ich weiß nicht, was ich im Winter machen soll. Ohne Geld keine Wohnung und ohne Wohnung keine Arbeit und ohne Arbeit keine Wohnung. Jedenfalls als Gossen-Grete keine

Arbeit, mit der ich mir eine Wohnung leisten könnte. Nun ja, es sei denn, ich würde meinen Körper verkaufen.«

Auf diese schreckliche Vorstellung ging Moiken nicht weiter ein. Dieser Frau musste doch anders zu helfen sein.

»Was haben Sie denn gelernt?«

»Köchin.«

»Die werden doch überall gesucht.«

Grete hob die Arme zu einer ratlosen Geste. »Ich weiß. Aber ich habe es noch in keinem Lokal über die Türschwelle geschafft, um mich überhaupt zu bewerben. Überall werde ich sofort verjagt.«

Moiken öffnete ihre Handtasche. Ihr Entschluss war gefallen. Sie zählte das Geld für die Droschke ab, das sie zurückbehalten wollte, und reichte der erstaunten Grete die übrigen Scheine.

»Für mich?«, fragte sie fassungslos und den Tränen nahe. »Aber das kann ich doch nicht annehmen.«

»Sie müssen es annehmen. Nicht zuletzt Ihren Kindern zuliebe. Kaufen Sie sich davon ein ordentliches Kleid aus zweiter Hand, ein Stück Kernseife und Nahrung für sich und Ihre Kinder.«

»Tausend Dank!«, rief Grete. »Sie sind ja ein Engel. Tauchen hier plötzlich in der Straße auf, als ob der Himmel Sie geschickt hätte. Sie müssen ein Engel sein!«

»Nein, ich bin keiner«, entgegnete Moiken lächelnd. »Aber ich bin eine Frau, die schon mehrfach ums Überleben gekämpft hat, und es gab immer Menschen, die mir die Hand gereicht haben. Deshalb kann ich jetzt auch ein Stück vom Glück weitergeben.«

Ja, so war es doch, dachte Moiken. So schlimm die Umstände mit Adam auch waren, im Gegensatz zu dieser Frau lebte sie im Paradies. »In der Strandvilla werden übrigens auch immer Köchinnen gesucht.«

»Ist das ein Angebot?«, fragte Grete und hob ihre schmalen Augenbrauen.

»Eine Einladung. Falls Sie in Berlin keine gute Anstellung oder keine vernünftige Bleibe mit Ihren Mädchen und dem Hund finden, dann sind Sie jederzeit zur Probearbeit in der Strandvilla eingeladen. In meinen Arbeitsverträgen sind auf Wunsch Kost und Logis im Hause enthalten.«

»Aber das wäre ja …« Grete rang nach Worten. »Zu schön, um wahr zu sein. Sie müssen doch vom Himmel gekommen sein.«

Auf der Kreuzung vor dem UFA-Palast, im Spalier von Bahnhof Zoo und der Kaiser-Wilhelm-Gedächtniskirche, regelte ein Schutzmann den Verkehr, was auch dringend notwendig war, da die Fahrer der Doppeldeckerbusse an das Recht des Stärkeren glaubten.

In der breiten Allee vor dem Kino setzten diese hupend ihren Wunsch nach einem Parkplatz durch und stritten sich mit den Automobilfahrern, die schneller in eine Lücke huschen wollten.

Außerdem kamen gerade zwei Straßenbahnen an, aus denen Menschen zum Eingang des lang gestreckten Gebäudes strömten, das in seinem neoromanischen Stil einem monumentalen Bahnhof glich. Lediglich die großen Filmplakate deuteten auf die Nutzung als Kino hin.

›Vor dem Kino‹ hatte Emma als Treffpunkt genannt, doch das hätte sie besser präzisieren sollen. Vor dem Eingang hatte sich eine große Menschenmenge versammelt, sodass kein Durchkommen war.

Am liebsten hätte Moiken auf dem Absatz kehrtgemacht, doch Emma wartete sicher schon auf sie. Bloß wo?

Zu der Seite hin, wo sich der Besucherstrom etwas auflockerte, sorgte außerdem ein Zauberer, der die Wartezeit vor dem Kino gewinnbringend nutzen wollte, mit seinen Kunststücken für einen weiteren Menschenauflauf. Die nächste freie Ecke nutzte ein Zeitungsverkäufer und pries mit lauten Rufen die Abendzeitung an.

Hilflos drehte sich Moiken um ihre eigene Achse.

Die Sehnsucht nach Sylt, nach ihrer ruhigen Insel, wo man selbst in der Hochsaison einen Menschenauflauf nur auf der Promenade zu befürchten hatte, überschwemmte sie. Und was, wenn Adam ihr hier irgendwo auflauerte? Möglichkeiten gab es genug. Verflucht, wenn sie nur diese Angst endlich loswerden würde.

Wobei, wenn sie ehrlich war, hatte er sie nicht tätlich angegriffen. Er hatte sie festgehalten in seiner Eifersucht, ja, aber sie hatte sich von ihm losgerissen, und dabei war das Unglück passiert. Und ja, sie hatte ihn sehr zornig erlebt, aber musste sie deshalb eine solche Angst vor ihm entwickeln, von der sie sich einschränken ließ?

Wer war sie denn, dass sie sich von ihm wie ein Schaf vom bösen Wolf über die Weide treiben ließ?

Unvermittelt entdeckte sie ihre winkende Tochter, die sich direkt vor dem angrenzenden Café Wilhelmshallen postiert hatte.

Wann war sie zuletzt so erleichtert gewesen, ihre große Tochter zu sehen? Dafür hatte es leider nicht viele Anlässe gegeben. Wobei sie Emma in ihrer Kleidung nicht erkannt hätte, wenn sie nicht gewunken hätte.

»Puh, ich dachte schon, ich würde dich nie finden«, sagte sie, als sie bei ihrer Tochter angekommen war, die anstelle eines Kleids eine schmal geschnittene Hose, Bluse, Weste – und dazu eine Krawatte trug.

»So habe ich dich ja noch nie gesehen!«, entfuhr es ihr. »Ich hätte dich fast nicht erkannt.«

»Sieht top aus, oder?« Emma drehte sich einmal um ihre eigene Achse, warf sich in Pose und setzte einen zu ihrem Bubikopf passenden, keck-verschwörerischen Blick auf.

»Hm, ja«, gab Moiken zögerlich zu, denn tatsächlich passte dieser männliche Stil besser zu ihrer Tochter als jedes Kleid. Es war nur so … ungewohnt.

»Ich weiß, was du sagen willst. Auf Sylt kann ich so was nicht tragen, es sei denn, ich will zum Inselgespräch werden. In Berlin ist das möglich, man wird nicht mal schief angesehen. Diejenigen, denen es nicht gefällt, schauen einfach weg. Leben und leben lassen. Dafür liebe ich diese Stadt.«

»Und ich fühle mich hier so unwohl wie noch nie«, gab Moiken zu, und es fühlte sich an wie ein Geständnis.

»Das liegt an deiner Anspannung«, entgegnete Emma gut gelaunt. »Jetzt genießen wir gleich den Film, und danach gehen wir noch schön in den Wilhelmshallen was trinken – ganz gepflegt, so wie du es dir vorgestellt hast.«

»Ich habe leider kein Geld mehr.« Damit war das zweite Geständnis heraus.

»Nichts mehr? Mutter, ich habe dich extra vor den Taschendieben gewarnt!«

»Es war kein Dieb, ich habe es einer mittellosen Frau gegeben.«

Emma lachte auf und warf den Kopf in den Nacken. »So viel Geld? Nette Ausrede, nur weil du nicht zugeben willst, dass du unachtsam gewesen bist.«

»Es ist die Wahrheit. Geld für die Droschke habe ich zurückbehalten. Aber du glaubst mir ja ohnehin nicht. Apropos. Kann ich dir glauben, dass du dein Versprechen gehalten hast?«

»Ich schwöre dir, ich habe Boy nichts davon gesagt, dass du in Berlin bist. Er denkt, ich bin mit einer Freundin unterwegs, der ich die Stadt zeige und mit der ich heute Abend ins Kino gehe. In Ordnung?«

Ja, dachte Moiken, es war gut so – aber wann endlich fühlte es sich richtig an?

»Mutter? Denk jetzt nicht an ihn.«

»Nein, nein«, log sie.

Zum Glück wurden jetzt endlich die Pforten des Kinos geöffnet, und sie fanden schneller als gedacht den Weg in den Saal. Wobei Saal gar kein Ausdruck war für diesen gigantischen rechteckigen Raum, in dem die Sitze hufeisenförmig angeordnet waren und der wie in einer Oper mit zweigeschossigen Logen beidseits der Bühne ausgestattet war.

Es dauerte einige Zeit, bis sie ihre Sitzplätze gefunden hatten. Dort angekommen, nahm Moiken überwältigt Platz und blickte auf die große Bühnenwand, die mit edlen Fayenceplatten verkleidet war.

»Was für ein Saal, unglaublich!«, flüsterte sie ehrfürchtig. »Und so groß. Da hast du wirklich nicht zu viel versprochen, Emma, das ist schon sehr beeindruckend.«

»Kein Wunder bei zweitausendeinhundertfünfundsechzig Sitzplätzen.«

»Jetzt übertreibst du aber! Meine Pensionswirtin hat etwas von eintausendsiebenhundert Plätzen gesagt.«

»Dann ist die Frau der Zeit hinterher. Im Januar hat der Gloria-Palast am Kurfürstendamm mit eintausendzweihundert Sitzen an der Kinofront mobil gemacht im Kampf um das größte Kino Deutschlands. Das war natürlich eine Ansage, also hat man den Zoo-Palast gleich mal um gut vierhundert Plätze erweitert.«

»Wenn Frieda das jetzt sehen könnte … da wäre sie bestimmt auch beeindruckt.« Plötzlich wurde die Sehnsucht nach ihrer jüngeren Tochter übermächtig.

»Sie wollte aber nicht mit nach Berlin«, gab Emma unduldsam zurück.

»Ich weiß, aber ich vermisse Frieda. Und die Insel. Ich komme hier nicht zur Ruhe. Emma … ich …« Sie holte tief Luft. »Ich nehme morgen den Zug zurück nach Sylt.« Damit war das dritte Geständnis heraus.

Eine Entscheidung, mit der sie heute den ganzen Tag schwanger gegangen war. Und kaum war es ausgesprochen, fühlte sie sich schlagartig besser, ganz gleich, was sie zurück auf Sylt an Schwierigkeiten erwartete.

»Ist es wegen Adam?«, fragte Emma lauernd.

Moiken vermied den Blick zur Seite und schaute vor zur Leinwand, auf der sich leider noch nichts rührte. »Nun ja, ich werde schon mit ihm reden müssen. So können wir ja nicht weitermachen.«

»Genau, so könnt ihr nicht weitermachen«, seufzte Emma. »Aber anstatt dass du die Hosen anziehst, wirst du dich von ihm einlullen lassen. Ich kenne dich doch.«

»Was heißt einlullen?«, gab sie vorwurfsvoll zurück, und doch wusste sie, dass ihre Tochter damit nicht unrecht hatte. Aber sie würde es anders darstellen: »Ich werde Kompromisse machen müssen, wenn ich die Strandvilla behalten will.«

»Kompromisse mit einem Mann, der mir derart gedroht hat?«, fuhr Emma auf.

»Pssst!«, kam es prompt als erbostes Zischen aus der Hinterreihe.

Moiken kam der Aufforderung nach, da sie ohnehin nicht wusste, was sie ihrer Tochter entgegnen sollte. Denn so ganz wurde sie das Gefühl nicht los, dass Emma deutlich übertrieb.

»Nun gut, du willst also zurück nach Sylt«, flüsterte Emma. »Reisende soll man nicht aufhalten, sagt man. Aber glaub nur nicht, dass du ohne mich nach Sylt zurückfährst. Ich bleibe an deiner Seite und werde deinen feinen Ehemann, der sich die Hände in Unschuld wäscht, ganz genau im Auge behalten. Er wird weder dir noch mir etwas antun, das schwöre ich dir, aber sein wahres Gesicht wird er zeigen, das ist so sicher wie das Amen in der Kirche.«

»He, Sie da!«, tönte es aus der Reihe hinter ihnen. »Können Sie jetzt endlich mal leise sein!«

8. Buch

KAPITEL 28

Sylt, am 23. August 1926

»Ich bin wieder wach.«

»Meine Güte, hast du mich erschreckt«, rief Emma, als ihr Halbbruder gegen halb fünf aus dem Hinterzimmer ins Atelier kam. Sie war gerade dabei, die Fotos zu sichten, die sie im Auftrag des Bekleidungsgeschäfts Hauser in der Friedrichstraße, Ecke Neue Straße, gemacht hatte. »Nun sieh dir die Bescherung an, vor Schreck ist mir der Stapel aus der Hand gefallen.«

»Ich helfe dir beim Aufsammeln«, sagte er müde.

»Nein, setz dich, du siehst nicht danach aus, als ob dein Kreislauf das verträgt.«

Wegen seiner Kreislaufbeschwerden und der starken Kopfschmerzen hatte sich Bernhard dringend hinlegen müssen, um für die Nachtschicht auf dem Damm wieder fit zu sein. Den Eindruck machte er jedoch nicht.

Er trug zwar bereits seine Watstiefel aus Gummi, die bis zur Hüfte reichten und über Schlaufen am Gürtel seiner kurzen Hose befestigt waren, allerdings war er ziemlich bleich im Gesicht. Sein aus der Form geratener Zopf, aus dem sich zahlreiche Strähnen gelöst hatten, trug nicht gerade zu einem besseren Eindruck bei.

»Mir geht's besser«, sagte er wider Erwarten, aber in müdem Ton. »Ich mache mich gleich auf den Weg zur Baustelle.«

»Du bist ziemlich blass …«, hob sie an, während sie die Fotos von Damen und Herren in Badebekleidung, in Konfektionskleidung, in Manufakturwaren und sogar leicht bekleidet in Damen- und Herrenwäsche vom Boden einsammelte, die für den neuen Katalog gedacht waren.

»Darüber musst gerade *du* dich nicht wundern, Emma. Ich habe seit vorgestern kaum ein Auge zugetan, obwohl ich auf dem Dammbau freihatte und ich mich hätte erholen können – aber das haben dein verdammtes Foto in der Zeitung und der Artikel dazu verhindert. Ehrlich, Emma, wie konntest du nur? Du hattest mir versprochen, die Füße stillzuhalten!«

Nicht genug, dachte Emma, dass sie für ihren Halbbruder heute Nachmittag das Atelier geführt und dabei drei neue Aufträge für ihn an Land gezogen hatte und nun auch noch die Fotos von vorne sortieren musste - jetzt musste sie sich erneut gegen seine Vorhaltungen wehren.

»Fängst du wieder davon an? Kein Wunder, dass du nicht zur Ruhe kommst. Bernhard, ich habe es dir nie versprochen! Das bildest du dir ein. Noch mal – ich hatte dir damals die Fotos ausgehändigt, so wie du es wolltest. Von mehr war nicht die Rede. Außerdem habe ich das aktuell in der Zeitung erschienene Foto bei deinem Onkel in der Dunkelkammer entwickelt, du bist also raus aus der Nummer und musst von Adam keine Repressalien befürchten.«

»Doch, das tue ich! Weil er glauben wird, dass ich ihm in den Rücken gefallen bin. Emma, wenn ich deinetwegen meine Arbeit beim Dammbau verliere …«

»Das ist Unsinn! Und selbst wenn, dann hat es vielleicht auch sein Gutes. Sieh dich doch mal selbst an, Bernhard, du bist am Rand deiner Kräfte, du wirkst richtig krank.«

Er ging nun doch neben ihr auf die Knie und half ihr demonstrativ beim Aufsammeln. »Ich bin aber nicht krank! Und ich brauche diese Arbeit beim Dammbau.«

Sie hielt inne. »Deshalb halte ich bestimmt nicht meinen Mund über die Zustände auf der Baustelle. Es gibt auch woanders Arbeit, bei der du nicht so malochen musst. Außerdem waren heute drei Kunden mit Aufträgen in deinem Atelier, es läuft nicht schlecht.«

Bernhard reichte ihr einige Fotos von leicht bekleideten Damen, ohne näher hinzusehen. »Was nutzen mir drei Aufträge? Ich bekomme nirgendwo zusätzliche Arbeit, bei der ich so viel verdiene, dass ich nicht nur mich versorgen und das Atelier halten, sondern endlich auch eine Familie gründen und Frau und Kinder ernähren kann.«

Emma hob die Augenbrauen. »Familie gründen? Das sind ja ganz neue Töne von dir?«

»Glaubst du, nur weil ich nicht über Frau und Kinder spreche, wünsche ich sie mir nicht?«

Sie zuckte mit den Schultern und betrachtete das Foto einer herben Schönheit in einem figurbetonten Badeanzug mit tiefem Rückenausschnitt und geometrischem Muster, wie er in diesem Frühjahr erstmals im Berliner Sportpalast beim Ball der Bälle gezeigt worden war und beim konservativen Publikum Entsetzen ausgelöst hatte. »Ehrlich gesagt hatte ich die Vermutung, dass du vielleicht den Männern zugetan bist, so wie ich den Frauen.«

Jetzt war es an Bernhard, erstaunt zu sein. »Ach, das ist mir jetzt neu.«

»Ich gehe damit ja auch nicht hausieren. Jedenfalls habe ich noch keine Frau in deinem Arm gesehen, und du gehst immerhin stark auf die dreißig zu. Gefällt dir der Mann hier zum Beispiel?« Sie zeigte ihm das Foto eines Models mit schwarz gewelltem Haar in einem schicken Herrenbadeanzug, der figurbetont bis knapp zu den Oberschenkeln reichte und dafür viel vom breiten Oberkörper zeigte, da er über der Brust sehr schmal geschnitten war und mit dünnen Trägern über die Schultern führte.

»Nein, er gefällt mir nicht, und die Mode finde ich auch furchtbar. Ich habe bisher keine Frau mit nach Hause gebracht, weil es die Eine und nicht irgendeine sein soll.«

»Auch in der Hinsicht bist du also wie unser Vater. Ich hoffe nur, dir ist in der Liebe mal mehr Glück beschieden. Jedenfalls musst du nicht auf dem Damm schuften, du kannst dir auch mit anderer Arbeit einen soliden finanziellen Grundstock schaffen, um eine Familie zu gründen. Wenn es anders wäre, müssten schließlich alle Männer dieser Insel auf dem Dammbau bei diesem Schinderhannes buckeln.«

Kaum hatte sie ausgesprochen, erhob sich Bernhard ruckartig aus den Knien. »Puh!«, stöhnte er dabei.

»Dein Kreislauf? Das wird die Hitze sein. Das ist aber auch unerträglich heute!«

»Nein, Emma, das bist du. Du machst mich fertig mit deinem Querulantentum. Nur damit endlich ein Foto von dir unter deinem Namen in der Zeitung erschienen ist, hast du nicht davor zurückgeschreckt, Gerüchte über Missstände in die Welt zu setzen.«

»Das sind keine Gerüchte!« Energisch sortierte sie die Herren in der jeweiligen Bekleidungsrubrik hinter die Damen. »Nur weil es in deiner Arbeitsgruppe vielleicht halbwegs in Ordnung ist, ist es das noch lange nicht auf dem gesamten Dammbau. Du musst nur mal bei den Steinsetzern vorbeischauen. Siebzig Kilo schleppen, den ganzen Tag, bei der Hitze, das ist mörderisch! Mach doch die Augen auf!«

Bernhard seufzte. »Ich habe die Augen offen. Wie hat deine Mutter überhaupt auf den Zeitungsartikel reagiert?«

»Mit Schweigen. Sie ignoriert mich.«

»Das wundert dich hoffentlich nicht. Du hast es tatsächlich fertiggebracht, deiner Mutter große Probleme zu machen. Wie läuft es zwischen Adam und deiner Mutter?«

»So, wie ich es befürchtet habe«, entgegnete sie weiter knapp, denn darüber wollte sie nicht reden. »Heute Nachmittag waren übrigens drei Kunden im Laden, ich sagte es bereits. Willst du gar nicht wissen, um welche Aufträge es geht?«

»Später. Was heißt, so, wie du befürchtet hast?«, hakte Bernhard nach.

Sie seufzte und erhob sich ebenfalls, wofür sie von ihrem Kreislauf eine Freifahrt im Karussell spendiert bekam. Diese unerträgliche Hitze über Tage hinweg war man als Insulaner nicht gewohnt, aber zum Glück wurde sie sich mit ihrem Kreislauf schnell wieder einig, und die Fahrt war beendet. »Insgesamt tut meine Mutter so, als ob nichts gewesen wäre.«

»Hast du etwas anderes erwartet?«

»Ja, dass sie sich endlich von diesem Mistkerl trennt! Wie kann man mit so einem Ausbeuter zusammen sein, erst recht, nachdem er sie körperlich angegriffen hat.«

»Das waren unglückliche Umstände, wie ich hörte.«

Sie knallte die Fotos auf den nächstbesten Tisch. Für das Sortieren hatte sie jetzt keinen Sinn mehr. »Dieser Mann ist gemeingefährlich. Vergiss nicht, was Adam mir antun wollte!«

»Das sei dahingestellt. Er hat dir gedroht, aus gutem Grund, deine Kamera versenkt, aber dir nichts angetan. Tatsache ist – selbst wenn deine Mutter wollte –, eine Trennung ist nicht so einfach wegen der Strandvilla.«

»Genau das sagt sie mir auch jedes Mal, wenn ich sie darauf anspreche. Und sie will nicht wahrhaben, dass diese Heirat reine Berechnung von diesem erfolgsbesessenen Egoisten war, um sich die Strandvilla unter den Nagel zu reißen. Nach dem Dammbau hat er genug Geld, um meine Mutter auszuzahlen. Sie umgekehrt aber nicht. Der geht über Leichen, das sage ich dir! Und nicht nur dir. Ich werde in der Öffentlichkeit kein Blatt mehr vor den Mund nehmen. Der Zeitungsartikel ist erst der Anfang.«

»Emma …« Weiter kam Bernhard nicht. Er fasste sich an die Brust und machte dabei ein panisches Gesicht.

»Bernhard, was ist los?« Mit zwei Schritten war sie bei ihm. »Hast du Schmerzen?«

»Nein, schon gut. Ich hab mich vor zwei Tagen bei einer ungeschickten Bewegung verdreht und mir dabei einen Brustwirbel geklemmt. Das nimmt mir noch ab und zu die Luft, aber es ist insgesamt schon viel besser. Alles gut wieder. Ich muss jetzt zur Schicht.«

»Bernhard …« Sie gab ihrer Stimme einen eindringlichen Unterton. »Wenn man was am Brustwirbel hat, ist man nicht so bleich. Du musst dich dringend ausruhen.«

»Ausruhen? Das kommt gar nicht infrage.« Bernhard wandte sich zum Gehen.

»O doch, wenn du nach Morsum reitest, dann nur, um dich bei Adam krankzumelden. Versprochen?«

Bernhard hielt inne und drehte sich zu ihr um. »In Ordnung«, sagte er leise.

»Wie gut, dass du so schnell zur Vernunft kommst. Oder hast du die Finger hinterm Rücken gekreuzt? Bernhard, du siehst wirklich nicht gut aus, nimm bitte ernst, was ich sage. Geh zu Adam, rede mit ihm, er wird sehen, dass du krank bist, und dich nach Hause schicken.«

»Versprochen.«

»Gut. Und wenn dieser Schinderhannes kein Erbarmen kennt und dich trotzdem schuften lässt, hole ich dich persönlich von der Baustelle, das ist dir hoffentlich klar.«

»Aua!« Kaum dass er den Schmerzensschrei ausgestoßen und sich abermals an die Brust gefasst hatte, verzog Bernhard den Mund zu einem Lächeln. »Alles gut, es ist nur der Wirbel.«

»Gar nichts ist gut«, entgegnete sie entschieden. »Das macht mir Angst. Das ist nicht dein Wirbel, das ist dein Herz. Ich laufe jetzt ins Miramar rüber und verständige Dr. Nicolas. Er muss sofort kommen. Verdammt, warum hast du in diesem Atelier noch keinen Telefonanschluss?«

»Eben weil das Miramar gegenüberliegt und ich mir den Anschluss nicht leisten kann. Ich kann mir gar nichts leisten, deshalb arbeite ich ja auf dem Damm! Nun mach bitte keinen Aufstand wegen eines geklemmten Brustwirbels. Dr. Nicolas wird dich auslachen, und ich muss jetzt zur Schicht. Ich bin schon viel zu spät dran.«

Sie hielt ihren Halbbruder am Arm fest, sodass er nicht zur Tür hinauskonnte. »Du wartest hier und rührst dich nicht von der Stelle. Hast du mich verstanden? Ich mache mir große Sorgen um dich.«

Bernhard nickte und setzte sich ergeben auf einen Stuhl.

Sie rannte hinüber ins Miramar, aber Dr. Nicolas war nicht erreichbar.

Als sie keine fünf Minuten später ins Atelier zurückkehrte, war Bernhard nicht mehr da und sein Pferd mit ihm verschwunden.

Es gab nur eine Person, die ihr helfen könnte, dachte Emma und rannte die Promenade entlang, denn allein würde sie sich nicht auf die Dammbaustelle wagen.

Wenn es zu einer Auseinandersetzung mit Adam käme, traute sie ihm alles zu, erst recht nach dem Zeitungsbericht.

Gemeinsam mit Henriette musste sie Bernhard dort wegholen, denn er würde trotz seines Versprechens nicht bei diesem Despoten vorstellig werden, dessen war sie sich sicher. Er hatte zu viel Angst davor, gekündigt zu werden, er würde arbeiten und auf dem Damm zusammenbrechen, weil sein Herz das nicht mehr mitmachte – so schätzte sie die Lage jedenfalls ein.

Oder machte sie sich übertriebene Sorgen? Auf jeden Fall musste sie mit Bernhards Mutter reden.

Henriette müsste noch mit Aufräumarbeiten im Dünencafé beschäftigt sein, das gerade um fünf Uhr seine Pforten geschlossen hatte. Als junges Mädchen, dachte Emma, hatte sie immer einen Bogen um Bernhards Mutter gemacht, was im Grunde nicht schwierig gewesen war, da ihr Halbbruder ja bei seinem Vater aufgewachsen war.

Dass Henriette sich nicht um ihren Sohn gekümmert hatte, hatte sie allein schon unsympathisch gemacht, hinzu kamen ihre flammend roten Haare und ihre raue Stimme, die sie an eine Hexe erinnerten. Ihr gruseliger Möwenbazar mit ausgestopften Tieren und Fellen hatte sein Übriges getan.

Außerdem war da noch die offen zur Schau getragene Rivalität zwischen Henriette und ihrer Mutter, deren Gründe sie bis heute nicht kannte, doch immerhin schien sich dieses Verhältnis verbessert zu haben.

All das musste sie jetzt beiseiteschieben, denn sie brauchte Henriettes Hilfe. Schon von Weitem hörte Emma Musik aus dem Pavillon dringen, aber nicht wie gewöhnlich irgendwelche lieblich dahinplätschernden Kaffeehausmelodien, sondern schwungvolle, stakkatoartige Klavierakkorde, die den Sprechgesang einer derben weiblichen Stimme mit Berliner Mundart begleiteten, die wohl als Markenzeichen das R so stark rollte, dass es wie das Fauchen eines Tigers klang.

Als Emma endlich auf der Terrasse ankam, verstand sie auch den Text, und zwar so klar und deutlich, wie sie es noch nie aus einem Grammofon gehört hatte. Das war merkwürdig.

Es klang fast, als ob sich die Sängerin im Pavillon befände. Ob sie womöglich bei einer Probe oder etwa bei einem Auftritt störte, überlegte Emma.

Sie lugte durch die offen stehende Tür.

Es war nur Henriette zu sehen, wie sie neben einem seltsamen Holzkasten ohne Trichter stand, auf dem sich eine Platte drehte, und kräftig mitsang:

»Es weht durch die ganze Historie
Ein Zug der Emanzipation
Vom Menschen bis zur Infusorie
Überall will das Weib auf den Thron

Von den Amazonen bis zur Berliner Range
Braust ein Ruf wie Donnerhall daher:
»Wat die Männer können, können wir schon lange
Und vielleicht 'ne janze Ecke mehr.«

»Henriette!«, rief sie in die Musik hinein und betrat den Pavillon.

»Emma, was für ein seltener Besuch! Deine Mutter ist nicht hier, die sitzt über der Buchhaltung in der Strandvilla, aber bevor du wieder gehst – das musst du dir anhören! Das Stück wird dir gefallen. Es ist grandios!«, rief sie gegen die Musik an. »Warte, jetzt kommt der Refrain!

Raus mit'n Männern aus'm Reichstag
Und raus mit'n Männern aus'm Landtag
Und raus mit'n Männern aus'm Herrenhaus
Wir machen draus
Ein Frauenhaus
Raus mit'n Männern aus'm Dasein
Und raus mit'n Männern aus'm Hiersein
Und raus mit'n Männern aus'm Dortsein
Sie müssten längst schon fort sein
Ja, raus mit'n Männern aus'm Bau
Und rin in die Dinger mit der Frau!«

»Was ist denn das für ein starkes Lied? Top!«, rief Emma überrascht und vergaß dabei für einen Augenblick den Grund ihres Kommens.

»Das Lied ist von Claire Waldoff. Hast du sie schon mal bei einem Auftritt in Berlin erlebt? ›Raus mit den Männern‹ heißt das Stück. Warte, die nächste Strophe ist auch gut.«

Fasziniert beobachtete Emma die selbstbewusste Henriette, wie sie im Duett mit Claire Waldoff sang, als stünde sie auf der Bühne einer verruchten Kneipe, die sie mit ihrer Reibeisenstimme beherrschte.

Ihr Bild von Bernhards Mutter hatte sich im Laufe der vielen Jahre insofern gewandelt, als dass sie gern mal einen Blick hinter die Fassade dieser Frau geworfen hätte, die durchaus eine gewisse Faszination auf sie ausübte.

»Die Männer hab'n alle Berufe
Sind Schutzmann und sind Philosoph
Sie klettern von Stufe zu Stufe
In der Küche steh'n wir und sind doof
Sie bekommen Orden, wir bekommen Schwielen
Liebe Kinder, es ist eine Schmach!
Ja, sie trau'n sich jar, die Politik zu spielen
Aber – na, sie ist ja ooch danach.

Ist das nicht ein herrlicher Seitenhieb auf unsere Politik?«, lachte Henriette, als das Lied nach dem letzten Refrain verstummte und der Apparat sich wie von Zauberhand selbst ausschaltete.

»Ja, da staunst du Bauklötze, was?«, fügte sie hinzu. »Ein elektrisches Grammofon, der neueste Schrei, hat deine Mutter gekauft. Die Platte gehört natürlich mir«, setzte sie mit einem Auflachen hinzu und fuhr im selben Atemzug fort: »Kein Kurbeln wie beim Grammofon, naturgetreue Tonwiedergabe, elektrischer Antrieb, gleichmäßige Plattengeschwindigkeit, und der Clou: Auf der letzten Tonrille wird der Strom automatisch ausgeschaltet, am Ende des Stücks fällt also das lästige Aufspringen und Hinrennen zum Grammofon weg. Grandios, oder? Man muss auch nicht mehr den Teller vor dem Aufsetzen der Nadel anlaufen lassen, das geschieht in Ruhelage.«

»Henriette … ich …«

»Schon gut, ich hör ja schon auf mit dem Technikkram. Du musst bestimmt dringend zu deiner Mutter, weil sie dich zu einer Standpauke einbestellt hat, stehst ja hier wie auf glühenden Kohlen. Da hast du dich was getraut mit dem Artikel! Respekt! Warte, dieses Lied musst du noch anhören, wenn du die Sängerin tatsächlich noch nicht kennst, so viel Zeit muss sein. Das Stück heißt: Ach, wie ich die Lena liebe. Darin singt Claire Waldoff ganz offen von Frauenliebe, ich könnt sie dafür knutschen. Hoffentlich treffe ich sie eines Tages mal persönlich. Sie ist nicht nur der leuchtende Stern im Nachtleben, ich hab gelesen, dass sie in Berlin regelmäßig zu so einem kulturell-politischen Salon zum Gedankenaustausch unter Lesben einlädt und schon seit zehn Jahren offiziell mit ihrer Lebensgefährtin zusammenlebt. Die traut sich was.«

»Henriette, ich muss ganz dringend mit dir reden«, platzte Emma heraus, um endlich zu Wort zu kommen.

»Ach Schätzchen, ich weiß doch längst, dass du den Frauen zugetan bist, das musst du mir nicht sagen. So was erkenne ich ohne Worte. Oder sagen wir besser: Wir Frauen erkennen uns untereinander, da reicht ein Blick. Das lernst du auch noch.«

»Aber ich … nein …«, stotterte sie und brachte vor Überraschung keinen Ton mehr heraus, erst recht nicht einen zusammenhängenden Satz, worum es ihr eigentlich ging.

»Emma, du musst dich nicht schämen, dieses Gefühl leg mal ganz schnell beiseite. Darunter habe ich jahrzehntelang gelitten, bis ich mich endlich davon frei machen konnte.«

»Henriette, ich bin hier, weil … es geht um deinen Sohn. Bernhard geht es gar nicht gut. Glaube ich …«, fügte sie unsicher hinzu.

»Was ist los?«, fragte Henriette alarmiert und ließ die Platte in ihrer Hand über dem elektrischen Grammofon schweben.

»Ich glaube, sein Herz macht ihm Probleme. Er will es aber nicht zugeben und schützt einen verklemmten Brustwirbel vor. Das ist schon ein paar Tage her, sagt er, aber er hatte anfallsartige Schmerzen in der Brust, als ich vorhin mit ihm gesprochen habe. Das passt doch nicht. Dazu ist er furchtbar blass und hat es mit dem Kreislauf, außerdem starke Kopfschmerzen … ich weiß nicht, ob es wirklich sein Herz ist, vielleicht mache ich mir auch zu viele Sorgen – aber so kann er doch nicht arbeiten.«

»Natürlich nicht! Er braucht einen Arzt.« Jetzt legte Henriette die Platte beiseite und klappte den Holzdeckel über den neuartigen Apparat. »Meine Mutter ist mit vierzig Jahren an einem Herzschlag gestorben. Mitten auf der Arbeit zusammengebrochen.«

»Große Güte!«, erschrak Emma. Dann war ihr Verdacht doch nicht weit hergeholt. »Den Arzt habe ich angerufen, aber er war nicht erreichbar, und in der Zeit ist Bernhard entgegen unserer Absprache losgeritten, um seine Schicht pünktlich anzutreten. Was machen wir denn jetzt?«

»In dem Zustand wird Adam ihn doch hoffentlich nicht arbeiten lassen?«, fragte Henriette besorgt.

»Dieser verfluchte …«, Emma fiel auf die Schnelle kein passender Ausdruck ein, »kümmert sich einen Dreck um seine Leute! Er hockt den ganzen Tag über irgendwelchen Aufzeichnungen in seiner Baracke und macht Inspektionen nur nach Lust und Laune. Ich habe Bernhard das Versprechen abgerungen, dass er bei Adam vorstellig wird, bevor er seine Arbeit antritt, aber …«

»Mein Sohn?« Henriette brachte ein schiefes Lachen hervor. »Niemals. Er ist das lebendige Pflichtbewusstsein. Wir müssen so schnell wie möglich nach Morsum. Aber die Droschken stehen am Hotel zum Deutschen Kaiser, da müssten wir durch die ganze Stadt …«

»Mir fällt nur eine Möglichkeit ein, wie wir schnell zur Dammbaustelle kommen …«, entgegnete Emma kleinlaut. »Aber ich fürchte, ich kann meine Mutter nicht darum bitten. Du wirst sie überzeugen müssen.«

KAPITEL 29

Morsum, zur selben Stunde am 23. August 1926

Resigniert nahm Adam am späten Nachmittag in seiner Baracke das Schreiben zur Hand, das er leider nicht wie die Zeitung in den Papierkorb schmettern konnte, da es sich um einen Brief der Kommunistischen Partei handelte.

Die darin gesammelten Vorwürfe hatten ihm eine schlaflose Nacht verursacht, jedoch ganz bestimmt nicht, weil ihm die Gegenargumente zu diesen haarsträubenden Anschuldigungen fehlten. Vielmehr würde man jedes seiner Worte auf die Goldwaage legen, denn zugleich hatte man ihm angedroht, mögliche rechtliche Schritte zu prüfen, und gegebenenfalls ziehe man die Einleitung eines Verfahrens in Betracht, so hatte die letzte Zeile gelautet.

Wer auch immer die Herren Pieck, Skellerup und Bartels zu diesem Schreiben angestachelt hatte, es musste jemand sein, der ganz sichergehen wollte, dass der Damm nicht gebaut wurde, und der ihm persönlich nicht mal den Dreck unterm Fingernagel gönnte.

Da fielen ihm auf Anhieb ein paar Namen ein, und einer stand ihm in großen Buchstaben vor Augen, so groß wie die Schlagzeile, die vorgestern über dem Foto in der Zeitung geprangt hatte: Unmenschliche Arbeitsbedingungen beim Dammbau!

Wohlgemerkt mit einem Ausrufezeichen versehen, nicht etwa mit einem Fragezeichen.

Also musste seine Antwort wohlüberlegt sein, aber über die Hitze des Tages hinweg wäre es unmöglich gewesen, in seiner Baracke einen klaren Gedanken zu fassen. Deshalb wollte er jetzt vor Beginn der 18-Uhr-Schicht zu den Vorwürfen Stellung nehmen, damit der

Brief per Eilboten aufs Festland gebracht werden konnte und es am Ende nicht noch hieße, er habe sich seine Verteidigung erst lange überlegen müssen.

Er spannte einen Papierbogen in seine Continental-Schreibmaschine und hieb in seiner Wut kräftig auf die Tasten.

Nach der üblichen Anrede hielt er kurz inne, atmete tief durch, wechselte die Zeile und tippte weiter:

> Die beim Neubauamt Dammbau Sylt beschäftigten Arbeiter haben den ihnen nach dem Reichstarif für das Baugewerbe zustehenden Lohn stets voll erhalten. Ein Zusatzlohn von drei RM täglich ist den Arbeitern niemals von einem der bauleitenden Beamten versprochen worden, schon gar nicht von meiner Person.
>
> Die Arbeitsbedingungen sind nicht ›unmenschlich‹, außerdem sind während der gesamten Bauzeit bisher keine Beschwerden der Arbeiter hierüber eingegangen.
>
> Unfälle haben sich nur in einem Umfange ereignet, wie sie bei solch großen Bauten unvermeidlich sind. Zu Spitzenzeiten sind täglich rund eintausendfünfhundert Mann im Einsatz, dennoch ist weder im Eigenbetriebe der Bauverwaltung noch bei der Firma Holzmann A.G. noch bei der Firma Peter Fix, Duisburg, ein tödlicher Unfall vorgekommen. Für die gesundheitliche Versorgung der Arbeiter ist ein Arzt auf der Baustelle angestellt, für das seelische Wohlergehen sorgt der Dammbaupastor.
>
> Der Achtstundentag ist im Sommer im Einvernehmen mit der Arbeiterschaft in der Tat nicht eingehalten worden, da die Mehrheit der Arbeiter über die Sommermonate eine längere Arbeitszeit wünschte, da im Winter, wegen der Ungunst der Witterung, oft eine Schicht ausfallen muss und die Männer unfreiwillig weniger verdienen.

> Hinzu kommen die Monate, in denen der Weiterbau am Damm vom Reichsverkehrsministerium untersagt worden war und die Arbeiter ohne Lohn und Brot standen.

Diesen Seitenhieb in Richtung Politik konnte er sich am Ende nicht verkneifen. Er las seine bisher geschriebenen Zeilen noch einmal durch und überlegte, wie sein Schlusswort lauten sollte, da klopfte es an seiner Baracke.

Wer wollte denn ausgerechnet jetzt etwas von ihm?

»Bernhard!«, rief er aus, als sein bester Mann plötzlich vor ihm stand. »Deine Schicht beginnt doch erst in einer halben Stunde. Geht es dir nicht gut? Du siehst so bleich aus.«

»Alles in Ordnung«, entgegnete Bernhard. »Ich bin nur ein wenig von der Hitze erschöpft. Ich schlafe außerdem ziemlich schlecht, aber das ist ja kein Wunder.«

»Ja, das geht uns zurzeit allen so … aber so bleich habe ich dich noch nie gesehen. Ist wirklich alles in Ordnung?«

»Der Ritt hierher war anstrengend, nicht nur wegen der Hitze, meine Rückenschmerzen haben sich wieder gemeldet, die ich in den vergangenen Tagen hatte, weil ich mich an irgendetwas verhoben habe.«

»Willst du dich krankmelden? Oder möchtest du lieber den Dammbau-Arzt konsultieren? Womöglich ist es etwas Ernsthaftes?«

»Nein, nein. Ganz bestimmt nicht. Die Schmerzen sind ja schon fast weg gewesen, nur jetzt beim Ritt wieder aufgeflammt. Aber das bessert sich gleich wieder. Ich brauche keinen Arzt.«

Er hob die Augenbrauen. »Nun gut, wie du meinst. Aber wenn du nicht krank bist, was führt dich dann zu mir?«

Bernhard senkte den Kopf und schwieg. Dabei trat er von einem Bein auf das andere.

»Ist es wegen des Artikels in der Zeitung?«

Bei dem Stichwort hob Bernhard ruckartig den Kopf, so als habe man ihn am Kinn hochgerissen, und es sprudelte aus ihm heraus: »Bitte, werter Herr von Baudissin, Sie müssen mir glauben, dass ich damit nichts zu tun habe! Ich habe meiner Halbschwester mehrfach ins Gewissen geredet, dass sie keine Fotos an die Zeitung geben soll. Lange hat sie mir diesen Gefallen getan, doch am Ende ließ sie sich nicht aufhalten. Sie hat ohne mein Wissen gehandelt, das müssen Sie mir glauben! Die Fotos hat sie nicht in meinem Atelier, sondern bei meinem Onkel in der Dunkelkammer entwickelt. Bitte denken Sie nicht schlecht von mir, das ist alles Lug und Trug, was in der Zeitung steht. Ich bin sehr zufrieden mit den Arbeitsbedingungen. Es ist harte Arbeit, das weiß jeder, aber es gibt keinen Grund zur Klage. Und ich möchte meine Arbeit nicht verlieren …«

Das war es also, was seinem besten Mann solche Sorgen machte, dachte Adam voller Mitgefühl. Machte die Angst ihn so blass?

Prüfend sah er Bernhard an.

»Bitte, Herr von Baudissin, was soll ich tun, damit Sie mir glauben? Bitte feuern Sie mich nicht, ich brauche das Geld.« Bernhard geriet in seiner Verzweiflung sogar außer Atem.

»Alles in Ordnung, alles in Ordnung«, sagte er schnell, um den armen Mann zu beruhigen. »Ich glaube dir jedes Wort, Bernhard, und ich hatte nicht eine Sekunde im Sinn, dir zu kündigen. Ich wusste zwar nicht, wie sich die Sache mit dem Foto verhält, aber ich war mir sicher, dass du damit nichts zu tun hast.«

»Dem Himmel sei Dank!«, entfuhr es Bernhard mit einem tiefen Seufzer, und sogleich musste er wieder Luft holen. Er rang regelrecht nach Atem.

»Nun beruhige dich. Du bist ja ganz kurzatmig«, bemerkte er sorgenvoll.

»Das ist nur … die Aufregung. Gleich … geht's mir … besser, bin jetzt … unendlich erleichtert«, japste Bernhard.

»Also ich weiß nicht. Du bist doch sehr bleich. Das gefällt mir gar nicht. Bitte geh vor deiner Schicht zum Dammbau-Arzt. Bestell ihm einen schönen Gruß von mir. Er soll dich gründlich untersuchen. Vielleicht ist es besser, wenn du dir freinimmst.«

»Das kommt gar nicht infrage!«, protestierte Bernhard in einem Atemzug und holte sofort wieder tief Luft. »Ich werde mit ganzer Kraft arbeiten. Sie werden sich gleich davon überzeugen können, wenn Sie zur Inspektion des Baufortschritts kommen. Ich brauche nur … ein bisschen frische Luft!«

»Nun gut«, seufzte Adam, denn ihm saß noch die Fertigstellung des Schreibens im Nacken. »Mein bester Mann ist mit allen guten Worten nicht zu überzeugen und erst recht nicht zu bremsen. Wohlan, also frisch ans Werk!«

»Seht euch das an!«, rief Emma zornig aus, als sie sich mit dem Automobil der Baustelle näherten. Erst verstand Moiken nicht, was ihre Tochter meinte, doch dann erkannte sie den Grund.

Von Weitem war Bernhard zu erkennen, der offenbar gerade Adams Baracke verlassen hatte und nun mit einer Schaufel in der Hand in Richtung Damm ging.

»Er war tatsächlich bei ihm, und dieser verfluchte Unmensch schickt ihn zum Schuften. Ich fasse es nicht!«, polterte Emma weiter. »Und du, Mutter, willst du Adam immer noch in Schutz nehmen? Oder glaubst du mir jetzt, dass ich den Artikel zu Recht in die Zeitung habe setzen lassen? Deinem Ehemann, du verzeihst mir, werde ich jetzt ordentlich die Meinung geigen. Es reicht!«

»Langsam, langsam«, bremste Moiken ihre Tochter. »Wir reden erst mal mit Bernhard, bevor wir zu Adam gehen.« Sie parkte jenseits der Baracke, stellte den Motor aus und ließ Henriette von der Hinterbank aussteigen. »Ich will mir erst selbst einen Eindruck von Bernhards

Gesundheitszustand verschaffen, ehe ich meinen Ehemann beschuldige, das siehst du doch auch so, nicht wahr Henriette?«

»Wir müssen Bernhard dort wegholen, ehe er zusammenklappt«, fuhr Emma dazwischen.

»Genau darum bin ich hier«, entgegnete Henriette. »Und wenn es meinem Sohn wirklich schlecht geht, dann nehme ich ihn mit, und dein Ehemann bekommt auch was zu hören, das kann ich dir versprechen.«

Moiken seufzte. »Immerhin sind wir uns einig, dass wir erst mal mit Bernhard reden. Sehen wir zu, dass wir ihn einholen.«

»Nein!«, schrie Emma, und Moiken verstand die Welt nicht mehr. Ihrer Tochter konnte man aber auch wirklich gar nichts recht machen.

Da erst erkannte sie den Grund für Emmas Schrei.

Bernhard war auf dem Damm zusammengebrochen.

»Mein Sohn!«, schrie Henriette, und an ihrer Verzweiflung hörte man, dass ihr Bernhard keineswegs gleichgültig war.

Alle drei rannten sie los.

Henriette erreichte ihren Sohn als Erste und drehte ihn auf den Rücken.

Da ahnte es Moiken schon.

Seine Augen waren offen, die Lippen bläulich, und seine Gesichtszüge wirkten seltsam entspannt.

Emma sah sich hektisch um, ob irgendwo Hilfe zu bekommen war. »Zu Hilfe!«, schrie sie, »hierher!«

»Die Männer sind zu weit weg, die hören uns nicht zwischen dem Lärm ihrer Arbeitsgeräte.« Moiken ging neben Bernhard in die Knie. »Wir müssen ihm selbst helfen.« Sie prüfte seine Atmung … keine mehr vorhanden. Jetzt bewährte sich hoffentlich, was sie von Dr. Nicolas bei Kriegsbeginn für den Fall der Fälle gelernt hatte, doch bislang hatte sie das nur in der Theorie geübt, und auch das war schon lange her.

»Was machst du da?«, rief Emma. »Nicht so fest, du brichst ihm ja die Rippen!«

»Und wenn schon«, keuchte sie. »Ich versuche, ihm das Leben zu retten.«

Ihre Tochter begann zu weinen. »Bernhard, bitte, komm zurück! Du darfst noch nicht gehen! Komm zurück!«

Moiken versuchte es, eine gefühlte Ewigkeit lang, und als ihre Kräfte schwanden, übernahm Henriette. Emma war zu nichts in der Lage, außer an Bernhard zu rütteln und ihn anzuflehen, nicht zu sterben.

Also löste Moiken Henriette wieder ab, als die nicht mehr konnte. Es war einfach nicht denkbar, dass Bernhard sterben musste, sein Leben musste doch zu retten sein.

Doch irgendwann musste sich Moiken eingestehen, dass es aussichtslos war.

Sie ließ sich auf ihre Fersen zurücksinken, vor Erschöpfung war sie nicht mal mehr in der Lage zu weinen. Sprechen konnte sie erst recht nicht.

Als Henriette und Emma sie fragend ansahen, schüttelte sie langsam den Kopf, sehr langsam, denn innerlich weigerte sie sich gegen diese Bewegung, gegen dieses Zeichen, dass Bernhard für immer gegangen war.

Es dauerte, bis sich die Wahrheit in ihrem Verstand ausbreitete. Soeben hatte ein wundervoller Mensch die Erde verlassen, viel zu früh – und es gab jemanden, der sich dafür verantworten musste.

Als hätte man ihn gerufen, kam Adam den Damm entlang.

Zunächst gemessenen Schrittes, doch dann begriff er wohl, dass sie keine Demonstration oder ein Picknick auf seinem Bauwerk abhielten, sondern etwas vorgefallen sein musste. Keuchend blieb Adam vor ihnen stehen. »Um Gottes willen, was ist mit ihm?«

»Bernhard ist tot«, schrie Emma zum ersten Mal die schmerzliche Wahrheit heraus. »Tot, tot, tot! Und du bist schuld. Du und dein verdammter Dammbau, wo du deine Männer knechtest, bis sie tot umfallen. Bernhard ist tot! Es ging ihm verdammt schlecht heute, aber das war dir gleichgültig, du hast ihn zur Arbeit geschickt, damit er sich sein eigenes Grab schaufelt.«

Adam erhob die Hände zu einer abwehrenden Geste und wich einen Schritt zurück. »Stopp, stopp, stopp! Ich habe ihn gefragt, ob er sich nicht lieber krankmelden möchte, ich habe ihn sogar zum Dammbau-Arzt geschickt, aber da wollte er nicht hin. Natürlich habe ich gesehen, dass es ihm schlecht geht!«

»Davon ist kein einziges, gottverdammtes Wort wahr, du Heuchler!«, fauchte Emma.

Innerlich voller Aufruhr, hatte Moiken größte Mühe, ihre widersprüchlichen Gefühle im Zaum zu halten. Sagte ihr Ehemann die Wahrheit? Sie zwang sich zur Ruhe, wobei ihre Stimme bebte, als sie fragte: »Adam, warum hast du Bernhard zur Arbeit geschickt, obwohl er dir mitgeteilt hat, wie schlecht es ihm geht?«

Adam machte einen großen Schritt nach vorn, als sei ihm jemand in den Rücken gesprungen. »Glaubst du mir etwa nicht?« Entsetzen verzerrte sein Gesicht. Er spannte die Arme zu einer erklärenden Geste auf. »Das hat er nicht! Im Gegenteil, er hat behauptet, es sei alles nicht so schlimm, und mir harmlose Erklärungen geliefert.«

»Mit denen du dich nur zu gern hast abspeisen lassen, damit er schuften kann«, giftete Emma weiter.

Henriette kniete unverändert neben ihrem Sohn, hielt seine Hand und sagte kein Wort.

»Im Gegenteil«, wehrte sich Adam, »ich habe ihn mehrfach darauf angesprochen und ihm deutlich nahegelegt, heute freizunehmen. Das wollte er nicht.«

»Du elender Lügner!«, schrie Emma außer sich. »Ich habe ihm das Versprechen abgenommen, sich bei dir krankzumelden. Weshalb sollte er dich sonst in der Baracke aufgesucht haben?«

»Das kann ich dir sagen!«, rief Adam nun seinerseits am Rande der Beherrschung. »Dein Foto und der miese Artikel in der Zeitung haben ihn krank gemacht!«

»Ich fasse es nicht! Jetzt willst du elender Ausbeuter die Schuld auf mich abwälzen?«

»Verschwinde, du Mörder meines Sohnes«, zischte Henriette unvermittelt, »bevor ich mich vergesse und hier noch ein Toter liegt!«

»Ja, hau ab!«, schrie Emma, »und komm mir nie wieder unter die Augen. Ansonsten kann ich ebenfalls für nichts garantieren.«

»Moiken?«, fragte Adam entsetzt. »Hast du gehört – das waren offene Morddrohungen. Dafür werde ich die beiden anklagen, und du bist meine Zeugin.«

Bis zu ihrer Antwort brauchte sie nur wenige Sekunden, denn während des Wortgefechts hatte sie bereits nachgedacht. »Deine Zeugin? Ich weiß von nichts«, entgegnete sie unnatürlich ruhig. Es kostete sie immense Kraft, so gefasst zu reagieren. »Doch, Adam, eines weiß ich, und das ganz sicher: Du wirst dich für den Tod von Bernhard verantworten müssen – und zwar vor Gericht – dafür, dass unter deinen unmenschlichen Arbeitsbedingungen ein junger Mann sein Leben gelassen hat. Dort wirst du mich als Zeugin erleben, und glaub mir, ich werde kein gutes Wort mehr für dich übrighaben! Bernhards Tod bleibt nicht ungesühnt, dafür wirst du bezahlen müssen.«

Adam lachte bitter auf. »Wenn das so ist, dann reich doch gleich die Scheidung mit ein, dann können wir das in einem Aufwasch erledigen. Was schaust du so kariert aus der Wäsche? Ach ja, das geht ja gar nicht so einfach«, fügte er mit zynisch erhobener Stimme hinzu, »dann würde mir ja die Hälfte der Strandvilla und deines geliebten Dünencafés gehören. Ach, was rede ich denn von der Hälfte. Auszahlen kannst du mich ja nicht. Aber du hast schon recht. Irgendwann muss jeder für seine Taten bezahlen. Also, überleg dir gut, ob du deine Stimme wirklich gegen deinen Ehemann, gegen einen Unschuldigen, erheben willst.«

9. Buch

KAPITEL 30

Sylt, im Mai 1927

Der Mai machte die Bäume wieder grün, aber das Lied kam ihr nicht über die Lippen.

Der große Kastanienbaum vor der Westerländer Dorfkirche trug bereits sein üppiges Blätterkleid, die Rosen an der Kirchmauer trieben ihre Knospen aus, von den Gräbern waren die trostlosen Tannenzweige verschwunden, endlich wieder bunte Farbtupfer darauf. Wenigstens das.

Seit es wärmer geworden war und der Wonnemonat die Insel mit strahlendem Sonnenschein verwöhnte, machte Moiken sich jeden zweiten Tag am frühen Abend auf den Weg in den Osten der Stadt, wo Bernhard seine letzte Ruhestätte gefunden hatte, um die Blumen auf seinem Grab zu gießen.

Vom Trubel in der Friedrichstraße nahm sie selten etwas wahr, auf dem fünfzehnminütigen Spaziergang wurde Bernhard jedes Mal vor ihren Augen lebendig, sie lachte und scherzte in Gedanken mit ihm, bis sie oftmals von jemandem angesprochen wurde, den zu grüßen sie verpasst hatte.

Spätestens am Ende der Friedrichstraße, beim Blick über den großen, noch unbefestigten Vorplatz des neuen Bahnhofs, überkamen sie quälende Fragen, die mit dem fatalen Moment im Dünencafé zusammenhingen, als sie Bernhard die Arbeit auf dem Dammbau vermittelt hatte.

Wenn sie damals anders gehandelt, ihm doch eine Stelle in der Strandvilla verschafft hätte … oder am Ende, wenn sie sich ein paar Minuten schneller von Henriette hätte überzeugen lassen, nach Morsum zu fahren …

Solche Selbstvorwürfe begleiteten sie oft durch den Kirchenweg bis zum Friedhof.

Bernhard hatte seine letzte Ruhe gleich rechts vom Eingang an der von Moos und Efeu überwucherten Kirchenmauer gefunden, neben seinem Grab eine Bank, auf der sie meist länger sitzen blieb.

Doch heute saß dort bereits jemand.

»Boy!«, rief sie aus, und erst in der nächsten Sekunde dachte sie darüber nach, ob es nicht besser gewesen wäre, leise kehrtzumachen und in einer halben Stunde wiederzukommen. Doch für diese Überlegung war es jetzt zu spät.

Zwar wusste sie von seiner Anwesenheit auf der Insel, denn er hatte den Prozess gegen Adam als Zuhörer im Gerichtssaal verfolgt, doch er war ihr aus dem Weg gegangen, und nun traf sie ihn ausgerechnet hier.

Gestern war die Urteilsverkündung gewesen: Freispruch für Adam in allen Anklagepunkten.

Überrascht hob Boy den Kopf. Seit dem Tod seines Sohnes schien er um Jahre gealtert zu sein. Seine Haare waren insbesondere am Ansatz mehr weißgrau als blond, die Lachfältchen um seine Augen waren zu tiefen Kerben erstarrt, sie zeugten nur noch von der fröhlichen Zeit, in der sie entstanden waren. »Moiken …«, sagte er leise. »Was machst du hier?«

»Ich gieße jeden zweiten Tag die Blumen«, sagte sie, weil ihr nichts Besseres einfiel. Das letzte Gespräch mit ihm war zwei Jahre her, als sie sich am Lister Ellenbogen voneinander verabschiedet hatten.

Vergangenes Jahr, auf der Beerdigung von Bernhard, hatte sie Boy am Grab seines Sohnes kondoliert, und er hatte ihr gedankt, weil sie versucht hatte, Bernhard das Leben zu retten, doch zu weiteren Worten waren sie beide nicht fähig gewesen.

Beim obligatorischen Leichenschmaus hatte von Boy jede Spur gefehlt, und er war nach Berlin abgereist, ohne dass es zu einer weiteren Begegnung gekommen war.

»Ich habe sie schon gegossen«, sagte Boy und richtete den Blick erst auf die Blumen und dann auf den Grabstein, einen großen Findling aus dem Watt, vom Meer gerundet und geformt, einmalig in seiner Art.

Sein anschließendes Schweigen sagte ihr, dass es doch besser wäre, zu einem anderen Zeitpunkt wiederzukommen.

Gerade als sie sich zum Gehen umgewandt hatte, hörte sie ihn sagen: »Warum hast von deinem Zeugnisverweigerungsrecht Gebrauch gemacht?«

Sie blieb stehen und senkte den Kopf.

»Emma meinte«, hob Boy erneut hinter ihrem Rücken an, »du hättest vorigen Sommer ganz anders geklungen, als Bernhard dir tot zu Füßen lag.«

Nun drehte sie sich zu ihm um. »Das stimmt«, gab sie unumwunden zu. »Da war ich wütend und verzweifelt.«

»Ach, davon scheinst du dich ja gut erholt zu haben.«

»Das ist nicht wahr!«, fuhr sie auf. »Ich träume so oft davon, wie ich versucht habe, Bernhard das Leben zu retten. Verdammt, in meinem Traum gelingt es mir jedes Mal, er steht auf, lacht und umarmt mich ganz fest. Aber …« Sie brach ab, weil ihr die Stimme versagte.

»Was aber?«, hakte Boy nach.

»Dein Vorwurf ist unfair. Es war mein gutes Recht, als Ehefrau von Adam die Aussage zu verweigern, und ich hatte mehrere gute Gründe dafür, meinst du nicht auch? Das Gericht hat Emmas Anschuldigungen nicht geglaubt, weil stichhaltige Beweise fehlten. Selbst ihre Fotos haben die Herren Geschworenen nicht weiter beeindruckt, sie konnten auf ihnen keine unmenschlichen Arbeitsbedingungen erkennen und stützten sich darauf, dass es nie eine Beschwerde eines Arbeiters gegeben hatte.«

»Ja, warum wohl nicht?«, fuhr Boy auf.

»Das ist Spekulation. Der Richter ist jedenfalls zu der Überzeugung gelangt, dass der Tod deines Sohnes ein tragisches Unglück war. Im Zweifel für den Angeklagten. Und selbst wenn, so wie du glaubst, dieses Gespräch zwischen deinem Sohn und meinem Ehemann ganz anders stattgefunden hat, nämlich, dass Adam ihn gezwungen hat, an die Arbeit zu gehen, so hätte meine Stimme am Richterspruch nichts geändert, weil auch ich keine Beweise vorzubringen gehabt hätte, die Adam zum Schuldigen gemacht hätten.«

»Deshalb hast du lieber gleich den Mund gehalten«, sagte Boy voller Bitterkeit. »Ich hätte nie gedacht, dass du so eine Opportunistin bist.«

Bei diesem Vorwurf fühlte Moiken Wut in sich aufsteigen. »Als Ehefrau war es klug, in diesem aussichtslosen Fall von meinem Zeugnisverweigerungsrecht Gebrauch zu machen. Was hätte ich davon gehabt, Adams Zorn auf mich zu ziehen? Noch mal – ich hätte nichts beweisbar Belastendes gegen ihn vorbringen können, meine Aussage hätte am Urteilsspruch nichts geändert.«

»Du wolltest vor allem verhindern, dass Adam die Scheidung einreicht. Denn in dem Fall könntest du dich nicht nur von der Ehe, sondern vor allem von der Strandvilla und deinem Dünencafé verabschieden.«

»Ganz richtig«, fauchte sie, weil er einen wunden Punkt traf. »Das musst du mir nicht erklären. Und wenn es dir hilft, dann nenn mich opportunistisch. Das macht Bernhard aber auch nicht mehr lebendig!«

Boy schwieg getroffen. Er starrte auf das Grab seines Sohnes. »Viel zu früh«, murmelte er. »Er hatte doch noch sein ganzes Leben vor sich.«

Es gab keinen schlimmeren Schmerz, als sein eigenes Kind zu Grabe tragen zu müssen, dachte Moiken, und ihr stiegen die Tränen in die Augen.

Liebend gern hätte sie den Arm um Boy gelegt, doch sie wusste, er würde ihre Zuwendung ablehnen. Aber vielleicht würden sie in den kommenden Tagen noch einmal miteinander reden können. Oder einfach schweigend die Trauer teilen, denn Worte gab es für diesen Verlust ohnehin nicht.

»Wie lange bleibst du noch auf der Insel?«, fragte sie vorsichtig.

»Ich fahre irgendwann in den nächsten Tagen zurück nach Berlin, ich weiß noch nicht, wann ich es schaffe, mich von diesem Ort loszureißen, wo sein Grab ist. Hier bin ich ihm nah.«

Sie nickte, obwohl er nicht zu ihr hinsah. »In einer Woche soll der Damm feierlich eröffnet werden …«, begann sie.

»Glaub mir, bis dahin bin ich weg. Aber ich werde zurückkehren. Allerdings nicht über den Damm, den werde ich mein Leben lang nicht überqueren, das schwöre ich dir. Lieber nehme ich den großen Umweg in Kauf, über Hamburg mit dem Schiff nach Hörnum. Noch gibt es diese Alternative, und ich werde sie auch nur einmal nutzen. Mit Sack und Pack. Ich habe meine Pläne geändert, Moiken, mein ganzes Leben hat sich in einer Weise geändert, wie ich es nie für möglich gehalten hätte. Deshalb kehre ich zurück auf die Insel, zu meinen Wurzeln, in mein Fotoatelier, wo ich meinem Sohn nah sein und ihn jeden Tag an seinem Grab besuchen kann, bis ich eines Tages selbst hier begraben liege.«

Vor Überraschung fehlten ihr die Worte. Nachvollziehen konnte sie seinen Wunsch bis in die tiefsten Fasern ihres Herzens.

Leise sprach er weiter: »In Berlin hält mich nichts mehr. Unsere Tochter wird die Wohnung und das Atelier dort übernehmen, ich habe bereits mit Emma gesprochen. Sie kann es nicht ertragen, Adam an deiner Seite zu sehen, was ich gut verstehen kann. Außerdem fühlt sie sich in der Metropole wohler als in diesem kleinen Kosmos, der auch mir damals zu eng geworden war. Seitdem ich nach Berlin gezogen war, habe ich meinen Sohn selten gesehen, aber das war nicht schlimm. Schließlich war er ein erwachsener Mensch, und wir wussten immer umeinander. Im Krieg habe ich darum gebetet, ihn wiedersehen zu dürfen, dieser Wunsch wurde mir erfüllt, aber nun weiß ich, ich werde meinen Sohn nie wieder in die Arme schließen können. Diese Endgültigkeit ist unerträglich.«

Sie schluckte und konnte nichts entgegnen, weil ihre Kehle wie zugeschnürt war. Doch es schien, als hätte Boy ihre Anwesenheit ohnehin ausgeblendet.

»Was ist schon das kleine Leben meines Sohnes gegen die Vollendung eines Jahrhundertbauwerks?«, murmelte er. »Wo solche Unsummen an Reichsmitteln versenkt werden, sollte man das Volk nicht gegen sich aufbringen, da vertuscht man lieber menschenunwürdige Arbeitsbedingungen. Hauptsache, das Werk ist gelungen – koste es, was es wolle, und wenn es sein muss, auch ein Menschenleben!«

»Boy!«, hob sie etwas lauter an, doch er nahm sie nicht wahr.

»Die Richter hatten keinen Arsch in der Hose«, sagte er, den Blick unverändert auf den Grabstein geheftet, »vielleicht hat Adam die Geschworenen sogar bestochen, Geld hat er ja genug.«

»Boy …«, wiederholte sie eindringlich. »Das Urteil ist rechtskräftig. Du musst deinen Frieden damit schließen.«

Jetzt schien es, als sei er aus einer Trance erwacht. Er schaute sie mit klarem, durchdringendem Blick an. »Ich werde meinen Frieden finden, keine Sorge, Moiken. Aber nicht mit diesem Urteil. Du bist mit einem Mörder verheiratet, das ist dir hoffentlich klar.«

»Unser Plan steht?«

»Ja, einem von uns dreien wird es gelingen, diesen Mörder zur Strecke zu bringen, nachdem es das Gericht nicht getan hat. Da hat er sich ja fein rausgeredet, und die Geschworenen haben ihm auch noch geglaubt. Unfassbar.«

»Jetzt sind wir dran, und wir haben genau drei Gelegenheiten, um Bernhards Tod zu sühnen.«

»Der Ablauf ist jedem klar?«

»Auf die Minute! Seit Sarajevo haben die Stadtvertreter nichts dazugelernt. Dem öffentlichen Programm ist minutiös zu entnehmen, wo sich unser Herr Reichspräsident aufhält und somit in seinem Gefolge auch Adam zu finden ist.«

»Plan A startet also um 11.10 Uhr, wenn der erste Zug Einfahrt in den Westerländer Bahnhof hält. Sieht mein Presseausweis gut aus?«

AUSWEIS

Der Inhaber dieses Ausweises ist berechtigt,
zur Eröffnungsfeierlichkeit am 1. Juni 1927
den für die Presse vorgesehenen Raum
auf dem Bahnhofsvorplatz und während
des Festzugs den Kurhausgarten in
Westerland zu betreten.

Altona, im Mai 1927
Die Reichsbahndirektion

»Täuschend echt! Wie hast du den Stempel so gut hinbekommen?«

»Tja, in mir schlummern mehr Talente, als ihr glaubt. Ich bin vorbereitet. Hut mit breiter Krempe, gut klebenden Oberlippenbart und Brille habe ich organisiert, eine Waffe habe ich seit dem Krieg nicht mehr in der Hand gehabt, aber es gibt Dinge, die verlernt man nie. In diesem Fall zum Glück. Jetzt weiß ich wenigstens, wozu dieser verdammte Krieg gut gewesen ist, in dem ich mein Bein gelassen habe.«

»Sollten wir nicht doch abwarten, bis Adam an der Seite des Reichspräsidenten im offenen Opel-Luxus-Kabriolett zum Kurhaus chauffiert wird, und ihn aus der Distanz erschießen?«

»Wir machen nicht den Fehler von Sarajevo. Was ist, wenn unsere Stadtverordneten die Route der geplanten Stadtrundfahrt kurzfristig ändern, oder sie fällt wegen Regens ganz aus? Nein, das ist mir zu unsicher. Wir müssen schon mit genug Eventualitäten rechnen.«

»Gut, falls du aus irgendwelchen Gründen nicht zur Tat schreiten kannst, bin ich für das Mittagessen im Kurhaus ab zwölf Uhr fünfzehn vorbereitet. Meine Servierschürze ist gebügelt, die Perücke sitzt. Bisschen ungewohnt, die Verkleidung, aber das Messer werde ich treffsicher durch seine Kehle führen können, wenn ich an seinem Tisch vorbeikomme. Macht euch keine Sorgen. Ich werde auch bestimmt pünktlich aus Morsum zurück sein, wo der Zug um zehn Uhr fünfzig einen kurzen Halt macht. Aber ich habe ein bestimmtes Foto im Sinn, das kein anderer machen wird, und das könnte der Startschuss für meinen Erfolg als Fotografin sein. Dann wäre dieser verfluchte Damm am Ende doch noch für etwas gut.«

»Das verstehe ich. Im Kurhaus musst du dir deines Fluchtwegs allerdings vollkommen sicher sein, denk daran, dort sitzen immerhin zweihundertfünfzig geladene Gäste.«

»Das wird schon, ich bediene am Tisch des Reichspräsidenten, von dort ist es ein Katzensprung zum Hinterausgang. Nach der Saalbesichtigung und der Zuteilung der Tische habe ich unter der Hand für den Tausch sehr gut bezahlt, das war es mir allemal wert. Die junge Frau war gar nicht scharf auf den Tisch mit den hohen Herren, das Geld hat sie mehr gelockt, und durch mich verdient sie jetzt mehr als an fünf solchen Tagen. Keine Sorge, ich habe meine Perücke bei der Saalbesichtigung getragen. Alles top.«

»Gut, aber du darfst keinerlei Risiko eingehen, ansonsten überlass Adam lieber mir, wenn der Festzug um vierzehn Uhr dreißig vor dem Kurhaus beginnt.«

»Das Problem wird sein, dass zum Festumzug ganz Westerland anwesend ist. Es werden rund siebentausend Zuschauer erwartet.«

»Jetzt werden keine Bedenken mehr in die Welt gesetzt. Wir sind gut vorbereitet, haben alles durchdacht und nicht umsonst bei den Proben für den Festumzug zugesehen.«

»So ist es. Meine Verkleidung ist fertig, ich sehe aus wie alle anderen in meiner Gruppe, die Waffe ist geladen, und nach Vollzug wird man hinter der nächsten Ecke nur meine Kostümierung finden. Schade, die Männerkluft gefällt mir.«

»Und du bist wirklich treffsicher?«

»Du glaubst, nur weil ich meinem Geschlecht nach eine Frau bin, dass ich nicht mit einer Knarre umgehen kann? Wenn du einen Beweis benötigst, kann ich dir gern im Friedrichshain den Baum mit den Einschusslöchern zeigen. Genau auf Herzhöhe. Ich verspreche euch, es wird ein denkwürdiger Tag werden – nur nicht so, wie Adam von Baudissin ihn sich vorstellt. Er wird die Abendglocken nicht mehr hören.«

Als Moiken das Foyer betrat, winkte Matthis mit einem Brief. »Ist eben per Kurier aus Altona angekommen. Eigentlich wollte er gleich eine Antwort mitnehmen, aber ich habe ihm gesagt, dass Sie nicht im Hause sind.«

»Aus Altona?«, fragte Moiken stirnrunzelnd. »Ach, von der Reichsbahndirektion?«, fügte sie hinzu, nachdem sie den Absender gelesen hatte. »Was wollen die denn von *mir?* Das ist doch bestimmt für Adam.«

»Das habe ich dem Kurier auch gesagt, aber er meinte, die Post geht ausdrücklich an Ihre Adresse.«

»Da bin ich ja gespannt.« Moiken zog eine schön verzierte Karte aus dem Kuvert, eine Drucksache, auf der ihr Name handschriftlich eingetragen worden war.

Der Präsident
der Reichsbahndirektion Altona zugleich
im Namen des Generaldirektors der Deutschen
Reichsbahn-Gesellschaft beehrt sich

Herrn
Moiken von Lengenfeldt

für den 1. Juni d. Js.
zur Feier der Eröffnung der neuen
Reichsbahnstrecke zur Fahrt mit dem
ersten Sonderzug über den Sylter Damm
ergebenst einzuladen.
Um umgehende Antwort auf umliegender
Karte wird gebeten. Es wird angemessene
Kleidung erwartet (schwarzer Anzug).
Der Herr Reichspräsident trägt
dunklen Rock und Zylinder.

»Nicht zu fassen«, sagte Moiken.

»Was ist denn los?«, fragte Matthis alarmiert.

»Nichts.« Mit einem Ruck zerriss sie die Einladung samt der Antwortkarte. »Ich sage nur ›Herr Moiken von Lengenfeldt‹. Im Sonderzug ist die Mitfahrt außerdem laut Vordruck nur für Herren vorgesehen, und ich besitze leider keinen Anzug.«

»So war das bestimmt nicht gemeint. Es ist doch sehr freundlich von der Reichsbahndirektion, Ihnen eine Einladung zukommen zu lassen.«

»Unsinn, erstens freue ich mich nicht darüber, weil ich immer an Bernhard denken müsste, und zweitens ist diese Einladung doch nur der Form halber an mich ergangen. Außerdem glaube ich kaum, dass Adam gesteigerten Wert auf meine Anwesenheit legen würde, und mir reicht es ehrlich gesagt auch, beim Mittagessen im Kurhaus am Tisch mit dem Reichspräsidenten die glückliche Ehegattin des Dammbaumeisters spielen zu müssen.«

»Es tut mir so leid, dass Sie in Ihrer Ehe so unglücklich sind.«

Emotionslos hob Moiken die Schultern. »Ach, das kann man so auch nicht sagen. Ich weiß gar nicht, wann ich meinen Mann zuletzt gesehen habe – und das ist auch gut so. Meine Ehe existiert nur noch auf dem Papier, und das ist das eigentliche Problem.«

»Ich weiß«, erwiderte Matthis geknickt.

Im Zweifel für den Angeklagten – wieder gingen ihr die Worte des Richters durch den Kopf. Ja, im Zweifel war sie. Täglich nagte die Ungewissheit an ihr, ob Adam das Leben von Bernhard auf dem Gewissen hatte oder ob er tatsächlich unschuldig war. Am Ende musste sie ihr Gefühl darüber entscheiden lassen, was die Wahrheit war, doch dazu war sie momentan nicht in der Lage.

Vom Portal her war plötzlich lautes Rufen zu hören.

»Mutter, Mutter, Mutter!« Die Schulmappe unterm Arm, stürmte Frieda durchs Foyer auf sie zu.

Bitte keine schlechte Nachricht, flehte Moiken innerlich, denn aus der aufgeregten Stimme ihrer dreizehnjährigen Tochter war nicht herauszuhören, was sie erwartete.

Doch als Frieda vor ihr zum Stehen kam, lief ein Strahlen über ihr Gesicht. Es gab also doch noch schöne Dinge auf der Welt, dachte Moiken und nahm ihre Tochter in den Arm.

»Stell dir vor, ich darf eine Brautjungfer in Sylter Tracht sein! Die Tracht bekomme ich zur Verfügung gestellt, aber ich brauche ganz dringend ein geflochtenes Strohkörbchen mit Henkel! Das muss ich morgen mitbringen, wenn wir proben. Ich bin so aufgeregt! So viele Menschen werden mich sehen!«

»Aber wer heiratet denn?«, fragte Moiken erstaunt.

»Doch keine echte Hochzeit!«, lachte Frieda. »Ich rede vom Festumzug bei der Eröffnungsfeier des Damms. Heute war ein Mann in der Schule, um Kinder auszuwählen, die zwischen den vielen Erwachsenen etwas darstellen dürfen. Ich bin neben Mia Andresen eines der Blumenmädchen, stell dir das vor! Er braucht für diesen Part besonders zuverlässige und schon etwas ältere Mädchen, hat er gesagt, weil sie dem Hochzeitspaar ja vorangehen, und damit der Festumzug nicht ins Stocken gerät, muss innerhalb der Gruppe alles wie am Schnürchen klappen.«

»Das freut mich aber!«

»Ja, und weil alle Kinder eine Rolle beim Umzug übernehmen wollten, so viele aber nicht gebraucht werden, mussten wir noch einen Wissenstest bestehen. Er hat uns Ereignisse genannt, die zur Sylter Geschichte gehören und die er auf dem Festumzug darstellen möchte, und nur, wer sie zeitlich in der richtigen Reihenfolge aufschreiben konnte, durfte in eine der Gruppen, wo Kinder gebraucht werden.«

»Und du wusstest alles richtig?«

»Alles! Stell dir mal vor, es gibt insgesamt dreiunddreißig Gruppen, das wird ein riesiger Umzug! Er fängt mit Sagengestalten an, mit dem Zwergenkönig Finn, dann kommen Nekkepenn und seine Frau Ran, danach die Römer und Wikinger in toller Verkleidung und mit echten Schwertern, es folgen Wallensteinische Dragoner, die Seeschlacht bei List 1644, Walfischfänger, der Freiheitskämpfer Uwe Jens Lornsen, die ersten Sommerfrischler, die Eisbootmänner und noch viele mehr, die ich jetzt gar nicht aufzählen kann. Am Ende dürfen sich die Vereine präsentieren, und es werden unsere Traditionen auf der Insel gezeigt. Da stelle ich mit dem Brautpaar die Hochzeit in Sylter Tracht dar. Du wirst mich gut sehen können. Uns folgen dann nur noch die Dammbauarbeiter, die am Schluss des Zugs bejubelt werden sollen.«

Bejubelt, dachte Moiken bitter. Ja, man konnte die Männer dazu beglückwünschen, dass sie den Dammbau überlebt hatten.

»Der Mann hat gesagt, es werden siebentausend Zuschauer erwartet«, fügte Frieda hinzu. »So viele Menschen auf einmal kann ich mir gar nicht vorstellen. Ich soll dir übrigens recht herzliche Grüße von dem Mann ausrichten. Er lässt fragen, ob noch ein Zimmer in der Strandvilla frei wäre.«

»Ach, und wie heißt der Herr?«, fragte sie erstaunt.

»Wilhelm Lohmann – glaube ich. Er ist jedenfalls Schauspieler und Regisseur in Hamburg und wurde mit der Gestaltung des Festakts beauftragt. Er ist schon seit einer Woche für die Proben mit den Erwachsenen auf der Insel, aber in dem Quartier, das ihm die Kurverwaltung zur Verfügung gestellt hat, gefällt es ihm nicht, und er muss ja noch zwei Wochen bleiben. Er wollte auf jeden Fall heute noch vorbeischauen. Dich soll ich vorab auch von ihm grüßen, Matthis. Ohne dich wäre er heute einen Kopf kürzer, hat er gesagt. Was meint er damit?«

»Wilhelm Frohmann – unser alter Offizier!«, entfuhr es Matthis. »Das war ein Abenteuer! Für ihn habe ich auf jeden Fall noch ein Zimmer, und wenn ich meine eigene Kammer räumen muss!«

Jetzt fiel es auch Moiken wieder ein, womit der Name in Zusammenhang stand. »Den Hinterausgang muss er diesmal aber nicht nehmen, um gleich vorne zum Portal wieder reinzuspazieren«, bemerkte sie, und ein Lächeln lief über ihr Gesicht, als sie sich daran erinnerte, wie Matthis den ehemaligen Offizier vor den Revolutionären gerettet hatte, als das Hotel durchsucht worden war. Fast zehn Jahre waren seitdem vergangen, so vieles war in dieser Zeit passiert, und doch erschien es ihr, als ob es gestern gewesen wäre. »Wie schön zu erfahren, dass es ihm gut geht.«

KAPITEL 31

Sylt, am 1. Juni 1927

Als der durchdringende Pfiff des ersten D-Zugs ertönte, kam Bewegung in die wartende Menge am Bahnhof von Westerland. Die Lok war mit einem Kranz aus weißen Blumen geschmückt, die sich den Schornstein hinauf in einer Girlande wanden.

Der böige Wind griff sich die Rauchschwaden und trug sie hinauf zu den dunklen Wolken, die mit Regen drohten, was überhaupt nicht zu diesem Tag passte, zumindest nicht in den Augen ihrer Tochter Frieda, die wiederholt mit sorgenvollem Blick in den Himmel sah, weil sie Angst hatte, der Festumzug könnte buchstäblich ins Wasser fallen.

Für Moiken passte der Himmel zu ihren zwiespältigen Gefühlen. Einerseits war da die Freude über die Eröffnung des Damms, über den mehr Gäste anrollen würden, andererseits gab es da die Schatten auf ihrer Seele, den Kummer und die Tränen, weil Bernhard sein Leben dafür gelassen hatte.

Der Zug rollte langsam auf das neue, beeindruckend große Bahnhofsgebäude zu, das dem Anlass entsprechend ebenfalls hübsch geschmückt war und dem Moment seiner Einweihung entgegensah.

Jubel und Applaus brandeten auf, ein paar forsche junge Männer sprangen auf die Lok auf, winkten mit ihren Mützen und ließen sich mitfeiern, einige rannten über den staubigen Boden neben dem Zug her, besonders die Kinder machten daraus ein Wettrennen.

So etwas würde ihrer besonnenen Frieda im Traum nicht einfallen, dachte Moiken, wobei sie mit ihren dreizehn Jahren leider oft schon viel zu erwachsen und reif wirkte, so ein kleines bisschen

Übermut könnte ihr manchmal nicht schaden. Es musste ja nicht gleich so ausarten wie bei ihrer großen Schwester.

Wo Emma abgeblieben war, entzog sich ihrer Kenntnis. Jedenfalls mit Sicherheit nicht dort, wo alle Fotografen brav im Pressebereich warteten, um Fotos zu schießen, die von denen der Konkurrenz nicht zu unterscheiden waren.

Gut möglich, dass Emma nach Morsum geritten war, wo der Zug am kleinen Bahnhof einen kurzen Aufenthalt haben sollte. Der erste Halt auf der Insel, bei dem keiner der Honoratioren aussteigen sollte, also war das für die Fotojäger uninteressant.

Allerdings war bekannt, dass der Reichspräsident die Patenschaft für die Tochter des Morsumer Pastors übernommen hatte, zumindest auf dem Papier, und nun hatte der Pastor jedem Kirchgänger erzählt, Hindenburg habe ihm schriftlich zugesagt, dass sein zweijähriges Töchterlein ihrem Paten, seiner Ehrenwerten Exzellenz, bei diesem Halt in Gegenwart der Mutter einen Blumenstrauß durch das Zugfenster überreichen dürfe.

Das machte natürlich die Runde, doch anscheinend glaubte keiner so richtig daran, und wirklich interessant fand das auch niemand, schließlich spielte die Musik in Westerland.

Aber zu Emma würde es passen, genau dort eine Aufnahme zu machen, wo alle anderen Fotografen nicht waren. Bestimmt spekulierte sie auf dieses außergewöhnliche Foto; ein kleines Kind auf dem Arm seiner Mutter, das dem Reichspräsidenten am Zugfenster Blumen entgegenstreckte.

Gut möglich, dass sich die Zeitungen um solch eine rührende Aufnahme mit dem Generalfeldmarschall a. D. rissen, möglicherweise sogar die internationalen Blätter, die alle ihren Blick auf das Jahrhundertbauwerk richteten – womöglich hatte Emma da genau den richtigen Riecher, und das Foto ginge am Ende noch um die Welt.

Nach einem weiteren lang gezogenen Pfiff kam der Zug vor dem Bahnhofsgebäude zum Stehen, das wie vom Himmel gefallen am südöstlichen Rand der Stadt erbaut worden war.

Aus dem Zug stiegen zunächst ein paar schwarz gekleidete Herren aus, die offenkundig für den Schutz des Reichspräsidenten abgestellt waren, denn sie drängten die Menge in einen großen Halbkreis zurück.

Nun stieg Reichspräsident Hindenburg aus dem Salonwagen. Er war ein Hüne, eine beeindruckende, fast schon majestätische Erscheinung.

Gemessenen Schrittes ging er sogleich auf den Bahnhof zu, um ihn wie geplant zu durchqueren, damit auf dem gegenüberliegenden Bahnhofsvorplatz die Begrüßung stattfinden konnte.

Zu seinem Gefolge gehörten rund zehn wichtige Herren, vermutlich obere Reichsbahnangehörige, denen sie gleich beim Mittagessen begegnen würde, dachte Moiken wenig erfreut. Ihnen folgten Bürgermeister Kapp und die Stadtverordneten, und als Letzter verließ Adam den Zug.

Ihre Blicke trafen sich wie die zweier Fremder, leer und ohne Worte. Im nächsten Moment veränderte sich jedoch Adams Miene, als sei ein Vorhang gefallen, und er zeigte sein Bedauern.

Er beugte sich zu einem der Männer, die den Reichspräsidenten abschirmten, und sagte etwas zu ihm.

Kurz darauf erfuhr Moiken von dem Mann, was Adams Anliegen war. Sie sollte ihm mit Frieda und wenigen ausgewählten Personen durch den Bahnhof folgen, so müssten sie sich nicht durch die Menge quälen, die um das Gebäude herumgeleitet wurde, und er würde ihnen Plätze mit bester Sicht auf den Reichspräsidenten in der Nähe der Presse zuteilen.

Als ob es ihr darauf ankäme, dachte Moiken. Glaubte Adam tatsächlich, er könne ihr mit solchen Bonbons die Einweihung versüßen und damit für bessere Stimmung bei ihr sorgen? Da hatte er sich aber geschnitten.

Frieda hingegen reagierte begeistert. Für sie war das ein ebenso großartiges Ereignis wie für ihren Stiefvater, der für sie auf einem unumstößlich hohen Sockel stand, denn zu Bernhard hatte sie keine Beziehung gehabt, ihn höchstens mal auf der Straße gegrüßt. Deshalb war sein Tod für sie, wie für Adam, zwar ein tragisches Unglück, aber nichts weiter.

»Mutter, worauf wartest du? Lass uns hinterhergehen!« Frieda war bereits ein paar Schritte vorangegangen.

»Wie du möchtest«, stimmte sie verhalten zu, denn es gab keinen Grund, ihrer Tochter die Freude zu verwehren.

Also gingen sie auf das neue Gebäude am Kopf der dreihundert Meter langen Bahnsteige zu, das in keinem Vergleich zu den beiden alten Bahnhöfen der Inselbahn im Süden und Nordosten von Westerland zu sehen war, obwohl auch diese nicht gerade klein waren, aber längst nicht so schick und modern.

Sie betraten die prächtige Empfangshalle mit einer ungewöhnlich hohen, aufwendig getäfelten Decke. Überall glänzte und schimmerte es, die Wände waren halbhoch mit Siegersdorfer Fliesen in goldbraunem Farbton getäfelt, wie Adam betonte, und er zeigte jetzt auf die zahlreichen großen Fenster, hoch eingelassen wie in einer Kirche, mit kleinen, bunten Glasmalereien, die viel Licht hereinließen, obwohl regenschwarze Wolken am Himmel hingen.

Zusätzlich sorgte eine große Hängelampe mit hübsch geschliffenen Gläsern für genügend Beleuchtung, die sogar ausgeschaltet ein echter Hingucker war.

Sie gingen weiter über den eleganten Parkettfußboden an der Fahrkartenausgabe und dem Büro des Bahnhofsvorstehers im Ostflügel vorbei. Dort befand sich ein großer Gepäckraum, der durch einen Seiteneingang von außen für Hoteldiener zugänglich war.

Im Westflügel war ein schickes Restaurant eingerichtet worden, daneben ein geräumiger Wartesaal mit getäfelten Wandregalen, ein Friseursalon, und schließlich waren da noch die Aborte, die zu einem Besuch einluden, selbst wenn man kein dringendes Bedürfnis verspürte. Über jedem Eingang war in erhabenen Buchstaben mit geschmackvoller Schrift der Zweck des Raums angegeben.

Adams Stimme hallte durch die Empfangshalle, als er den Herren erklärte, das Gebäude sei wegen des weichen Untergrunds auf Pfählen gegründet worden, Gleiches gelte für den Wasserturm und die Lokschuppen. »Allerdings reicht dieses Gebäude sagenhafte fünfundzwanzig Meter tief in die Erde, unter uns befinden sich die Wirtschaftsräume, die maschinell vollkommen neuzeitlich ausgestattet sind und zudem über fließend warmes Wasser verfügen. Als weitere Besonderheit ist im Untergeschoss eine Zentralheizung eingebaut, die im Winter für eine behagliche Wartezeit sorgen wird. Sämtliche Uhren sind übrigens elektrisch geregelt. Unter dem Pfannendach wohnt der Oberbahnhofsvorsteher mit seiner Familie, außerdem gibt es Zimmer für die Bahnhofsmitarbeiter und Schlafräume für das Zugpersonal. An der schleswig-holsteinischen Westküste gibt es keinen größeren und vor allen Dingen keinen moderneren Bahnhof als jenen, in welchem sich die werten Herren gerade befinden.«

»Aber es gibt keinen Stollwerck-Automaten mit Schokolade wie im Ostbahnhof«, bemerkte Frieda leise in Richtung ihrer Mutter, doch die Akustik der Halle trug ihre Worte ans Ohr des Reichspräsidenten, dessen bis zu den Wangen geschwungener weißer Oberlippenbart belustigt zuckte.

»Wer bist du denn, kleines Mädchen?«, fragte er freundlich und hob seine wulstigen Augenbrauen.

»Ich heiße Frieda von Lengenfeldt und bin dreizehn Jahre alt«, sagte sie wie aus der Pistole geschossen und ohne erkennbare Verlegenheit. Es fehlte nicht viel, dass sie ihn darüber belehrt hätte, kein kleines Mädchen mehr zu sein, doch das verhinderte zum Glück ihr Respekt.

Stattdessen zeigte sie auf Adam und bemerkte voller Stolz: »Und das ist mein Stiefvater. Er will mich adoptieren, dann heiße ich auch von Baudissin, wie meine Mutter.«

»Man zeigt nicht mit nacktem Finger auf angezogene Leute«, mahnte der Reichspräsident prompt und machte dazu ein strenges Gesicht.

Erschrocken zog Frieda ihre Hand zurück und versteckte sie hinter dem Rücken. Ihre Wangen liefen hochrot an. »Ich bitte um Verzeihung, Herr Reichspräsident.«

»Angenommen«, sagte Paul von Hindenburg und verkniff sich sichtlich ein Schmunzeln. »Und du hast ganz recht, das ist ein großes Versäumnis von deinem Vater – kein Schokoladen-Automat im neuen Bahnhof, da bin ich ganz deiner Meinung«, fügte der Reichspräsident jetzt wieder in vollem Ernst hinzu. »Ich werde mich persönlich bei der Deutschen Automatengesellschaft dafür einsetzen, dass hier ein Stollwerck-Automat aufgestellt wird, und bei deinem Vater werde ich mich für eine Erhöhung deines Taschengelds starkmachen. Aber ich fürchte, bei ihm wirst du dich auch noch für den Fingerzeig auf ihn entschuldigen müssen, sonst habe ich schlechte Karten.«

»Entschuldigung, Vater«, sagte Frieda unumwunden.

Es gab Moiken einen Stich, als Frieda das Wort Vater so selbstverständlich aussprach und sie sich bei diesem Mann entschuldigte.

Natürlich war der Fingerzeig nicht in Ordnung gewesen, doch was war das schon gegen den Tod eines Menschen, den er womöglich zu verantworten hatte?

Frieda sah das natürlich nicht so. Ja, sie redete Adam seit der Hochzeit mit Vater an, nur wenn sie über ihn sprach, war es ihr Stiefvater, doch in jeglicher Hinsicht war sie sehr glücklich, ihn zu haben, obwohl sie ihn seither nicht oft zu Gesicht bekommen hatte. Aber das spielte für sie keine Rolle, wichtig war für sie, eine vollständige Familie zu haben.

Dieses Glück würde sie ihrer Tochter nehmen, falls sie Adam verließe, und auch deshalb brachte sie es nicht übers Herz, eine Trennung in die Wege zu leiten. Bislang war sie gut zurechtgekommen, da sie Adam kaum begegnet war – nur wie sollte das werden, jetzt, nachdem der Dammbau beendet war?

Adam lächelte Frieda an. »Über eine Erhöhung deines Taschengelds lässt sich reden, wenn die Feierlichkeiten morgen abgeschlossen sind. Dann habe ich überhaupt viel Zeit für dich, und wir bestellen den Schokoladen-Automaten, klingt das gut?«

Frieda nickte voller Begeisterung.

»Na siehst du, das haben wir gut hinbekommen«, sagte von Hindenburg und zwinkerte Frieda zu. Danach wandte er sich an Moiken. »Demnach sind Sie die bezaubernde Mutter des Kindes und die Gattin unseres werten Herrn Baumeisters. Meine Verehrung, gnädige Frau.«

Sie reichte ihm die Hand, doch er verwandelte die Begrüßung nach alter Schule in einen formvollendeten Handkuss.

»Wie bedauerlich«, setzte er hinzu, »dass Sie uns nicht auf der ersten Fahrt über den Damm begleitet haben – wie ich hörte, hatte man Ihnen eine Einladung zukommen lassen.«

Sie fühlte sich ertappt, wobei sie dafür keinen Grund haben müsste. Ganz im Gegenteil, aber das wollte keiner der hohen Herren hören. »Ich hatte leider anderweitige Verpflichtungen in meinem Hotel. Die Strandvilla ist derzeit komplett ausgebucht.«

»Aber natürlich!«, rief er. »Es sind ja sehr viele Gäste zu diesem Großereignis auf die Insel gekommen. Wenn mich nicht meine Pflicht in Berlin rufen würde, hätte ich selbstverständlich in Ihrem viel gerühmten Hotel logiert, aber ich muss leider noch heute nach Abschluss des Festakts mit dem ersten Sonderzug wieder abreisen. Wir sehen uns aber gleich beim Mittagsdiner im Kurhaus, nehme ich an?«

»Selbstverständlich«, entgegnete sie knapp und rang sich ein Lächeln ab.

»Und mich sehen Sie beim Festumzug als Brautjungfer in Tracht, Herr Reichspräsident!«, mischte sich Frieda ein, und zum Glück quittierte es von Hindenburg mit einem Lächeln.

Angst im Umgang mit hohen Staatsdienern konnte man ihrer Tochter jedenfalls nicht nachsagen, dachte Moiken, was ihr als zukünftige Hotelerbin nur zum Vorteil gereichen konnte.

»Aus dir wird mal noch was, mein Mädchen«, bemerkte der Reichspräsident, und Frieda wuchs in diesem Moment bestimmt um geschätzte zehn Zentimeter.

»Wenn ich den Herrn Reichspräsidenten sodann auf den Bahnhofsvorplatz bitten dürfte?«, hob Adam an, um die Zeremonie wieder in die vorgesehenen Bahnen zu lenken.

Im Gänsemarsch traten sie durch den Windfang und die doppelten Flügeltüren ins Freie, wo sich unterdessen eine Menschenmenge versammelt hatte, so weit das Auge reichte.

Bei dem Anblick wurde Moiken ganz anders zumute, weil sie sich so auf dem Präsentierteller im Gefolge der Herren fühlte, am liebsten würde sie sich gleich irgendwo im Publikum verdrücken, doch da spürte sie Adams Hand an ihrer Schulter.

Er schob sie sanft in Richtung der Absperrung für die Presse, und so blieb sie mit Frieda zwischen Adam und den Fotografen stehen, während sich die wichtigen Herren in einer Reihe auf der anderen Seite von Adam aufbauten.

Im Gegensatz zu Frieda fühlte Moiken sich äußerst unwohl auf ihrer Position, die Adam ihr in der ersten Reihe, ganz nahe bei ihm, zugedacht hatte.

Versperrte sie nicht einem der Fotografen die Sicht? Das wäre auch vor Frieda ein triftige Begründung, sich woanders hinzustellen. Sie drehte sich zu den Fotografen, doch die hatten sich alle so postiert, dass sie mit ihren Kameras beste Sicht hatten.

Bis auf einen, der mit Brille, Hut und Bart direkt hinter ihr stand, sich jetzt ruckartig abwandte und seine fluchenden Kollegen energisch beiseiteschob, um sich einen anderen Platz zu suchen.

Irritiert sah Moiken dem Mann hinterher. Der Blick in sein Gesicht war zu kurz gewesen, Brille und Bart irritierten sie, aber die Art, wie er sich bewegte, war unverkennbar.

Dieses leichte Hinken … sie hätte schwören können, dass sie gerade eben Boy vor sich gehabt hatte.

So weit war es nun schon mit ihr gekommen. Boy war in Berlin, und er würde sich wohl eher sein unversehrtes Bein ausreißen, als den Eröffnungsfeierlichkeiten beizuwohnen und diese auch noch fotografisch zu begleiten.

Mittlerweile war der Mann in der Menge seiner ebenfalls huttragenden Kollegen verschwunden, die sich wie auf Kommando ihre Kameras vor die Gesichter hielten, als Adam ans Mikrofon trat.

»Hochverehrter Herr Reichspräsident! Liebe Insulaner und Badegäste!

Im Auftrage unseres Bürgermeisters Kapp, der Stadtverordneten und der am Dammbau tätigen Arbeiter heiße ich, Adam von Baudissin, unseren Herrn Reichspräsidenten sowie den Reichsverkehrsminister und verdiente Herren der Reichsbahn in meiner Eigenschaft als Dammbaumeister herzlich willkommen. Ein herzliches Willkommen auch an jene, die aus dem Kreis, der Provinz und dem ganzen Reiche angereist sind, um das Werk zu feiern, das den Beginn einer neuen Epoche darstellt. Westerland hat heute sein Festkleid angelegt, die gesamte Insel feiert. Nach Jahren des Hoffens und Bangens ist nun endlich der Zeitpunkt gekommen, dieses Wunderwerk seinem Zwecke zu übergeben. Wir stehen hier an der Vollendung eines Kulturwerks, das die deutsche Technik und Arbeitskraft sichtbar macht und der jungen Republik Deutschland zu Weltruhm verhelfen wird. Es ist mir eine Ehre, dieses Werk heute in Gegenwart unseres Reichspräsidenten und der Reichsregierung dem Verkehr zu übergeben. Zum Heil und zum Segen des deutschen Vaterlands. Unser deutsches Vaterland, es lebe hoch!«

»Hoch, hoch, hoch!«, schallte es ihm aus der Menge entgegen, und die Hüte flogen.

»Das war es schon?«, fragte Frieda enttäuscht, als auf einen Wink hin der offene Wagen für den Reichspräsidenten von der Seite her vorfuhr, wo sich die Menge zu einem Spalier teilte.

»Als Staatsmann muss man sich rarmachen, sonst gilt man nichts beim Volke«, erklärte sie ihrer Tochter achselzuckend und war ihrerseits unendlich erleichtert, dass dieser Programmpunkt so zügig abgehakt worden war. »Du hast ja nun den Herrn Reichspräsidenten immerhin ganz aus der Nähe gesehen und sogar mit ihm gesprochen.«

»Das muss ich morgen gleich allen in der Schule erzählen, das werde ich bestimmt mein Leben lang nicht vergessen! Gleich sieht er mich auch noch beim Festumzug!«

Moiken war in Gedanken woanders und schaute sich noch einmal in der Gruppe der Fotografen um, die jetzt in Bewegung geriet, um die Abfahrt des Reichspräsidenten zu dokumentieren.

Doch sie entdeckte den Mann nicht wieder. Also hatte sie sich doch getäuscht, und das Humpeln des Fotografen war nichts weiter als das Stolpern über die Beine seiner Kollegen gewesen. Außerdem hatte der Mann keine blonden Haare mit Zopf gehabt. Wohl eher eine Glatze, denn von seiner Frisur war unter dem Hut nichts zu erkennen gewesen.

»Mutter?«, fragte Frieda. »Bringst du mich noch zur Schule, damit ich mich umziehen kann, oder gehst du direkt zum Kurhaus?«

Sie richtete einen zweifelnden Blick hinauf zu der bedrohlichen Wolkenkulisse. »Ich glaube, ich gehe direkt dorthin. Das sieht nach einem starken Regenguss aus. Hoffen wir, dass alles gut ausgeht.«

Mit Widerwillen hakte sie sich bei Adam ein, der ihr den Arm anbot, um sie unter den Kronleuchtern des Kurhaussaals hindurch zu ihrem festlich geschmückten runden Tisch zu geleiten, gleich links von der Bühne.

Sie grüßte freundlich nach rechts und links, denn alles, was Rang und Namen auf der Insel hatte, war geladen. Hoteliers, Geschäftsinhaber, Würdenträger, die sie im Vorbeigehen jedoch kaum wahrnahm.

Einer machte ihr ein Kompliment für ihr elegantes dunkelblaues Kleid, das sie wahllos aus dem Schrank gegriffen hatte. Vielleicht war es Herr Wünschmann vom gleichnamigen Hotel gewesen, vielleicht auch Herr Alwart vom Kaufhaus H.B. Jensen – einerlei, sie war in Gedanken bei einem Fluchtplan, denn unweit ihres Tisches, gleich neben der Bühne, hatte sie eine Tür erspäht.

Wie schön wäre es, einfach durch diese hindurch von dieser Festlichkeit zu verschwinden, weg von Adam, an dessen Seite sie sich so unwohl fühlte. Doch so einfach war das leider nicht, ohne einen Eklat zu provozieren, der letztlich auch ihrem Ruf schaden würde.

»Sind Sie nicht Moiken?«, hörte sie eine Bedienung sagen, an der sie gerade achtlos vorbeigegangen war. Vor Verwunderung über die Anrede blieb sie stehen.

Es dauerte ein paar Sekunden, aber dann erkannte sie, wen sie vor sich hatte. »Grete! Das ist ja eine Überraschung!«

»Die Damen kennen sich?«, fragte Adam, und ihm war anzusehen, dass er nicht erfreut darüber war, auf dem Weg zum Tisch des Reichspräsidenten so aufgehalten zu werden.

Aber das war Moiken einerlei, so groß war ihre Freude über das Wiedersehen mit Grete, die in ihrem hübschen Servierkostüm wie verwandelt aussah und nichts mehr mit der Gossen-Grete gemein hatte. »Ja, wir kennen uns aus Berlin«, teilte sie Adam knapp mit und wandte sich dann wieder an Grete. »Wie kommen Sie hierher?

Ich hatte immer gehofft, Sie würden vielleicht eines Tages vor der Strandvilla stehen. Ich musste oft an Sie denken.«

»Ich auch an Sie! Sie wissen gar nicht, wie sehr Sie mir geholfen haben. Ich habe direkt eine gute Stelle als Köchin in einem kleinen Hotel bekommen, dort hat es mir sehr gut gefallen, und dann dachte ich, ich komme Sie mal besuchen, nicht zuletzt, um mich noch einmal bei Ihnen zu bedanken. Allerdings bin ich unerwartet im Adlon engagiert worden. Ich hatte mich dort zwar beworben, aber ohne große Hoffnung. Weit gefehlt, man hat mich eingestellt, zwar nicht als Köchin, aber als Servierdame zu einem sehr guten Lohn. So konnte ich mir mit den Kindern nach unserer ersten Bleibe, die schön, aber klein war, sogar eine Zweiraumwohnung leisten. Endlich haben die Kinder ein Zimmer für sich. Wilhelm genießt es auch, er legt sich immer aufs Sofa, ich kann so viel schimpfen, wie ich will.«

»Eine Schande«, ließ sich Adam unerwartet vernehmen, »wenn ein Mann seine Frau zum Arbeiten schickt und selbst faul herumliegt!«

Grete kicherte.

»Wilhelm ist ein Hund«, klärte Moiken ihren Ehemann unter Lachen auf.

»Wir sollten jetzt zu Tisch gehen«, sagte Adam mit säuerlicher Miene.

»Ach, ich habe dir meinen Ehemann noch gar nicht vorgestellt«, sagte Moiken leichthin und ließ sich weder von seinem Drängen noch von seiner Laune beeinflussen. »Adam von Baudissin. Er ist der Dammbauingenieur.«

»Oh!«, machte Grete und versank in einen tiefen Knicks. Auf einmal war sie ganz aufgeregt, sie vergaß sogar, sich vorzustellen. Allerdings machte Adam auch keine Anstalten, ihr die Hand zu reichen. Stattdessen grüßte er in alle Richtungen und nahm Glückwünsche entgegen.

Dafür hatte Grete ihre Sprache wiedergefunden, nachdem Adam ihr keine weitere Beachtung schenkte. »Fast hätte ich an Ihrem Tisch bedient, aber ich habe dann doch lieber getauscht. Vor den hohen Herren habe ich doch ziemlich Respekt, um solche Tische streite ich mich auch im Adlon nicht.«

»Und wie kommen Sie überhaupt hierher?«, hakte Moiken nach.

»Nun, als ich den Tisch eines Gasts im Adlon abräumte, lag dort die Zeitung noch aufgeschlagen. Darin wurde auf einer ganzen Seite die Eröffnung des Dammbaus mit Festprogramm bekannt gegeben, und im Anschluss daran fand sich eine Annonce des Kurhaussaals, dass man dringend Servierdamen suche.«

»Ach!«, sagte Moiken. »Bei uns haben sie auch angefragt, aber wir sind wie alle Hotels ausgebucht, da konnten wir kein Personal abstellen.«

»Und darum bin ich jetzt hier«, entgegnete Grete lächelnd. »Mit Kindern und Hund. Wir sind in einer netten Pension in der Damenbadstraße untergekommen und bleiben noch ein paar Tage.«

»Dann kommen Sie doch morgen mal zur Kaffeestunde bei mir vorbei. Alle zusammen. Ich würde mich freuen!«

»Suchen Sie denn immer noch eine Köchin?«

»Nein, die habe ich längst gefunden.«

»Oh, wie schade.« Grete fiel vor Enttäuschung das Lächeln aus dem Gesicht.

»Die habe ich längst gefunden«, wiederholte Moiken, und dieses Mal lachte sie dabei. »Damals in Berlin, aber die Dame hatte seither leider nicht den Weg nach Sylt gefunden.«

»Aber jetzt bin ich da!« Grete strahlte übers ganze Gesicht.

»Dann bis morgen, ich freue mich.«

»Können wir jetzt endlich zu unserem Tisch gehen?«, forderte Adam mit unverhohlener Ungeduld. »Wir halten alles auf.«

»Selbstverständlich«, entgegnete sie kühl und setzte wieder ihre unberührte Miene auf, mit der sie zuvor durch den Saal gegangen war.

Die hohen Herren hatten bereits Platz genommen und waren in rege Gespräche vertieft, doch als sie sich mit Adam näherte, brachen die Herren ihre Unterhaltung ab und erhoben sich augenblicklich.

»Welch eine Freude, Sie wiederzusehen, gnädige Frau!«, rief Paul von Hindenburg, »darf ich Sie an meine Seite bitten?«

Adam zog mit einer eleganten Bewegung den ihr zugedachten Stuhl nach hinten und sagte: »Darf ich dir die übrigen Herren vorstellen: Neben unserem verehrten Herrn Reichspräsidenten unser geschätzter Reichsbahndirektionspräsident Dr. Schneider, daneben die Reichsbahnoberräte Hampke und Schondorff, es folgen Herr Oberregierungs- und Oberbaurat Dinkgreve von der Regierung Schleswig, Reichsbahndirektor Kümmel, im Anschluss die Herren Regierungsbaumeister Weinoldt und Mügge vom Neubauamt Dammbau Sylt sowie Reichsbahnrat Lay und schließlich, aber nicht zuletzt unser allseits geschätzter Reichsverkehrsminister Koch – ich muss mich ja nicht vorstellen«, ergänzte er mit einem schiefen Grinsen.

Doch, dachte Moiken, so fremd, wie ihr Adam geworden war, wäre das bald angebracht. Sie rang sich ebenfalls ein Lächeln ab.

Sie setzte sich in kerzengerader Haltung, so als hätte man sie gezwungen, am Rand eines Haifischbeckens Platz zu nehmen.

Selbstverständlich hatte keiner dieser Herren im Sinn, sie anzugreifen, doch sie traute jedem von ihnen zu, für den persönlichen Erfolg über Leichen zu gehen. Zudem heftete sich diese gesamte Gruppe das Gelingen des Jahrhundertbauwerks wie einen Orden an die stolzgeschwellte Brust, dass es einfach nur abstoßend war.

Von links wurde ihr ungefragt Wein eingeschenkt, und sie sah sich überrascht zu der Bedienung um, die auffallend schwarze Haare hatte und in diesem Moment vom Tisch wegeilte, obwohl Adams Glas noch leer war.

Wahrscheinlich musste die Bedienung eine neue Flasche holen, dachte Moiken und überlegte kurz, ihr Glas mit Adam zu tauschen.

Jedoch unterließ sie diesen nicht notwendigen Kontakt zu ihm, da er diesen als eine Geste der Zugewandtheit deuten könnte.

Etwas Alkohol war in ihrer Lage vielleicht auch nicht so verkehrt.

Eifrig liefen die Bedienungen in kniekurzen schwarzen Kleidern mit weißen Schürzen umher und brachten köstlich aussehende Kanapees zu den Tischen.

Allerdings verspürte Moiken keinen Hunger und griff nur der Höflichkeit halber nach einem Krabbenschnittchen. Das ihr von Adam angebotene Scheibchen mit Kaviar lehnte sie mit einer kurzen Geste ab, ohne das Wort an ihn zu richten.

Ihm hatte man noch immer keinen Wein eingeschenkt, doch als Moiken schon glaubte, die Bedienung habe ihn vergessen, kehrte diese mit der Weinflasche zurück.

Dabei hielt das Fräulein den Kopf stark gesenkt, schließlich hatte es allen Grund, sich zu schämen, weil sie ihren Tisch vernachlässigt hatte. Das wäre Grete bestimmt nicht passiert.

Wahrscheinlich hätte Adam das Versäumnis gar nicht weiter bemerkt, er war viel zu sehr abgelenkt, wenn nicht die Bedienung in diesem Moment vor Nervosität beim Einschenken sein Glas umgekippt hätte.

»Oh, Verzeihung!«, entfuhr es ihr, und sie bemühte sich, gesenkten Hauptes und mit fahrigen Bewegungen den Schaden wiedergutzumachen.

»Schon gut, schon gut«, sagte Adam und nahm ihr die Serviette ab, um sich vor dem Übereifer des Fräuleins zu schützen. »Es ist nichts weiter passiert. Aber bringen Sie uns doch bitte eine Runde Champagner zu den Kanapees.«

Dankbar, auf diese glimpfliche Weise vom Tisch entlassen worden zu sein, eilte die Bedienung davon.

Verwundert schaute Moiken dem Fräulein hinterher, dem es kaum zu verdenken war, dass es am Tisch des Reichspräsidenten nervös geworden war, aber man hätte wohl besser eine erfahrenere Bedienung an dieser wichtigen Stelle einsetzen sollen.

Weit mehr als diese Fehlbesetzung irritierte Moiken jedoch, dass die Stimme der Bedienung ähnlich wie die von Emma geklungen hatte und die Statur ebenfalls übereinstimmte.

Mit geschlossenen Augen hätte sie geschworen, ihre große Tochter vor sich zu haben, was natürlich Unsinn war, denn Emma war mit der Kamera verwachsen und würde sich niemals als Bedienung engagieren lassen. Dazu hatte sie kein Talent – und insofern wieder große Ähnlichkeit mit dem ihnen zugeteilten Fräulein.

Merkwürdig, dass sie vorhin geglaubt hatte, Boy vor sich gehabt zu haben, und jetzt Emma, obwohl beides nicht sein konnte. Ganz offenkundig waren ihre Nerven überreizt, was ja auch kein Wunder war.

Oder täuschte sie sich doch nicht?

In ihrer Tischrunde meldete sich unvermittelt der Herr zu Wort, der ihr als Reichsbahndirektionspräsident Dr. Schneider vorgestellt worden war und einer grauen Eminenz bislang alle Ehre gemacht hatte, doch nun kündigte er an, die Begrüßungsrede halten zu wollen. Daraufhin begab er sich auch schon zur Bühne, die mit roten Samtvorhängen ausgekleidet war.

Alle Augen richteten sich auf ihn, Stille breitete sich im Saal aus, und als auch das letzte Klimpern an den Tischen verstummt war, hob er zu seiner Rede an.

»Hochverehrter Herr Reichspräsident, sehr verehrte Damen und Herren, die deutsche Reichsbahn schätzt sich glücklich, heute einen großen Kreis angesehener Gäste und Freunde hier versammelt zu sehen, die den großen Tag festlich begehen wollen. Unser Dank gebührt in erster Linie unserem verehrten Herrn Reichspräsidenten, der durch sein Erscheinen dem Fest die richtige Weihe gibt.«

Nun ja, dachte Moiken, sie selbst wäre die Letzte, die Adam einen Dank aussprechen würde, doch aus dem Munde des Reichsbahndirektionspräsidenten hätte sie das schon an erster Stelle erwartet, denn Hindenburg war zwar das Staatsoberhaupt, mit dem Dammbau hatte er jedoch am wenigsten zu tun gehabt, und an der kurzen Entgleisung von Adams Gesichtszügen erkannte sie, dass er genauso dachte.

Er tat so, als wäre nichts gewesen, so war eben die Politik.

»Unser Dank gilt außerdem den anwesenden Vertretern der Reichs- und Staatsministerien, die diesem besonderen Ereignis beiwohnen. Meine Damen und Herren, alljährlich eröffnen wir als Deutsche Reichsbahn eine Vielzahl von Eisenbahnlinien, doch diese Strecke, die wir heute dem Verkehr übergeben haben, verläuft erstmals über ein Gelände, das einst dem Meere angehörte. Drei Millionen Kubikmeter Sand und 120 000 Tonnen Steine wurden in der vier Jahre andauernden Bauzeit zu einem Wunderwerk mit 50 Meter Fußbreite und elf Meter Kronenbreite glücklich zusammengefügt. Der in so schwerer Zeit im Kampf gegen das Meer entstandene Damm und sein im Unglück erprobter, stets unerschütterlicher Pate sollen uns daran erinnern, dass wir zum Schutz und Trutz brüderlich zusammenhalten müssen.«

Brüderlich zusammenhalten, dachte Moiken, was für ein Hohn, nachdem die Herren Adam hatten fallen lassen wie eine heiße Kartoffel – jetzt wollten sie in Anbetracht des gelungenen Jahrhundertbauwerks alle wieder seine Brüder sein. Unfassbar!

Adams Lächeln tat das keinen Abbruch, im Gegenteil, beim Stichwort ›Pate‹ hatte es sich zu einem Strahlen übers ganze Gesicht ausgebreitet, und er wuchs förmlich auf seinem Stuhl. Jetzt kam Bewegung in ihn, er legte seine Hände an die Tischkante, bereit zum Aufstehen.

Natürlich, dachte Moiken, der Damm hatte ja noch keinen Namen, der Reichsbahndirektionspräsident hatte eine besondere Ehre für Adam vorgesehen und ihn deshalb in seiner Rede noch nicht erwähnt.

Adam von Baudissin-Damm, das klang zwar etwas sperrig, dachte Moiken, aber Hauptsache, Adam war am Ziel seiner Träume, alles andere wäre ihm gleichgültig. Aber vielleicht sollte man sich besser für Baudissin-Damm entscheiden, das war eingängiger und würde sich sicher schnell bei den Leuten einprägen.

»Wie dieser Damm, so hat auch das deutsche Volk schwere Stürme über sich ergehen lassen müssen. Doch auch das deutsche Volk hat immer seinen schützenden Damm gehabt, verkörpert in der Person unseres allverehrten Herrn Reichspräsidenten Paul von Hindenburg.«

Erst glaubte Moiken, nicht richtig gehört zu haben, und Adam schien genauso irritiert zu sein, wohin der Redner nun steuerte. Allerdings zog Adam den vor Erstaunen geöffneten Mund zu einem jovialen Lächeln auseinander, als der Reichsbahndirektionspräsident seine Rede fortsetzte.

»Unser allverehrter Herr Reichspräsident hat im Krieg die deutschen Lande mit seinem Schwert frei gehalten vor feindlicher Zerstörung.«

Nun ja, dachte Moiken, das mochte für Sylt zutreffen, aber sicher nicht für die deutschen Lande. Das war ja wohl eine maßlose Übertreibung.

»Unser Reichspräsident blieb unerschütterlich in Zeiten des Aufruhrs und der Wirrsal, unbekümmert seiner Pflicht nachgehend im Dienste des Vaterlands, und als das deutsche Volk ihn zum Reichspräsidenten wählte, war er es, der immer wieder darauf hinwies, dass nur die Einigkeit der Deutschen einen Schutzdamm bilden kann gegen fremde Anmaßung und innere Wirren. Und darum, meine Damen und Herren, bitte erheben Sie sich.« Er musste geraume Zeit warten, bis nach dem Stühlerücken wieder Ruhe im Saal eingekehrt war.

»Meine Damen und Herren, der große Augenblick ist gekommen, das Kind erhält seinen Namen, bitte erheben Sie Ihr Glas. Hiermit gebe ich offiziell bekannt: Der Damm heiße ab sofort Hindenburgdamm!«

Es klirrte an ihrer Seite.

Adam war von seinem Stuhl gefallen und am Boden vornübergesunken.

»Adam!«, entfuhr es ihr als spitzer Schrei.

Es kam Unruhe in die Gäste, aufgeschreckt von dem Klirren und ihrem Aufschrei ahnten wohl manche Furchtbares.

Aus irgendeiner Ecke kam Dr. Nicolas herbeigelaufen. »Platz machen!«, rief er den Gästen zu, die sich neugierig erhoben hatten und ihm den Weg versperrten.

In diesem Augenblick erhob sich Adam und beeilte sich laut zu sagen: »Alles in Ordnung, mir ist nur mein Glas runtergefallen. Es ist nichts weiter passiert.«

Ein Aufatmen ging durch die Gäste.

Auch Moiken musste zugeben, dass sie sich ziemlich erschreckt hatte, und nun stellte sie fest, dass an Adams Zeigefinger das Blut nur so herunterlief.

»Du blutest stark«, machte sie Adam aufmerksam.

»Nicht so schlimm, nicht so schlimm«, sagte er und griff nach einer Serviette. Er machte Anstalten, sich wieder hinzusetzen, doch da griff der Arzt nach seiner Hand.

»Nicht so schlimm?«, fragte Dr. Nicolas und warf einen fachmännischen Blick auf die Wunde. »Das muss umgehend genäht werden. Bitte entschuldigen Sie, aber ich werde Ihnen den Patienten entführen müssen. Das köstliche Mittagsdiner wird er leider verpassen … ich im Übrigen auch, also bewahren Sie uns gern etwas auf. Zum Festumzug werden wir aber pünktlich zur Stelle sein, wenn nichts Unvorhergesehenes dazwischenkommt.«

Moiken warf ihm einen fragenden Blick zu.

Dr. Nicolas grinste schelmisch. »Ich pflege ohne Betäubung zu nähen, das hat im Krieg auch keinem geschadet.«

Die Fanfarenbläser kündigten den Festumzug an. Mit der blau-weiß-roten Fahne ritt der Herold dem Festzug voran, in seinem Gefolge weitere Fahnenschwinger zu Pferde.

Moiken konnte es kaum erwarten, ihre Tochter zu sehen, im Augenblick freute sie sich jedoch am meisten darüber, endlich ihrer Pflicht entbunden zu sein, als weibliche Dekoration an Adams Seite zu stehen.

Er hatte mit den hohen Herren gegenüber, auf der Treppe vor dem Kurhaus, Aufstellung genommen, im Gefolge des Reichspräsidenten in erster Reihe, jedoch mit deutlichem Abstand zu den Herren. Insbesondere dem Reichsbahndirektionspräsidenten zeigte er die kalte Schulter und machte aus seinem Groll keinen Hehl.

Sein Finger war verbunden, und offenkundig hatte Dr. Nicolas ihn dazu verdonnert, die Hand nicht hängen zu lassen, denn er hielt diese mit Unterstützung des anderen Arms vor die Brust, sodass seine Haltung auf den ersten Blick wirkte, als sei er mit überkreuzten Armen gefesselt worden.

Während des Mittagsdiners hatte es einen kräftigen Regenschauer gegeben, danach hatte die Sonne vom Himmel gelacht, doch jetzt war die nächste bedrohliche Wolkenfront von Westen her im Anmarsch.

Typisches Inselwetter eben, ein schneller Wechsel von Regen und Sonne, am heutigen Tag jedoch nicht zu gebrauchen, und leider trieb die aufkommende steife Brise aus West die dunklen Wolken schnell näher.

»Hoffentlich hält das Wetter«, sagte Julius neben ihr im Rollstuhl. Sie hatten sich gleich gegenüber dem Kurhaus, am Rand des Parks, die besten Plätze in erster Reihe gesichert. »Es wäre doch zu schade, wenn es regnet.«

»Der Umzug wird schon nicht ins Wasser fallen«, sagte sie. »Da drüben steht übrigens dein Sohn«, wies sie Julius hin, nachdem sie Carl an der Ecke des kleinen Parks in einem Pulk von Journalisten entdeckt hatte, die ihn alle zugleich bestürmten, um zur Präsentation ihrer Fotos einen der ersten Termine zu ergattern.

»Sehr schön«, stellte Julius fest, »die sollen ihn nur weiter bedrängen. So kommt er nicht näher an mich ran, um mir die Laune zu verderben. Solche Gerüchte in die Welt zu setzen, das hätte er als Zeitungsmacher nicht unterstützen dürfen.« Seitdem sein Sohn Carl im vergangenen Jahr den Artikel gegen Adam in die Zeitung gebracht hatte, hatte sich ihr Verhältnis deutlich abgekühlt, und die Sache war bis heute nicht verziehen.

»Wer weiß, vielleicht hatten Emma und Carl doch nicht so unrecht mit den Zuständen auf dem Dammbau …«, murmelte sie.

»Was für ein Unsinn!«, fuhr Julius auf. »Adam ist in allen Anklagepunkten freigesprochen worden. Das Gericht hat entschieden.«

»Natürlich, das Gericht hat entschieden«, sagte Moiken und versuchte, neuerliche Zweifel an der Unschuld Adams im Keim zu ersticken. Es war nur so unbegreiflich, dass Bernhard so früh sterben musste und keiner dafür verantwortlich sein sollte …

»Kommen wir zu spät, gnädige Frau?«, hörte sie unvermittelt eine keuchende, ihr wohlbekannte Stimme hinter sich sagen und drehte sich um.

»Leopold, Wilma! Wie schön, Sie beide zu sehen. Ach, und Matthis, Sie sind ja auch da. Kommen Sie zu uns, noch können wir in der ersten Reihe ein bisschen zusammenrücken. Der Festumzug fängt gerade an.«

»Matthis wollte uns unbedingt den Luxus gönnen, uns mit dem Automobil vorzufahren, aber in der Strandstraße war kein Durchkommen.«

»Wir mussten ganz hintenrum«, ergänzte Matthis, »und schließlich in der Herrenbadstraße parken. Da ist auch alles voll mit Automobilen, unglaublich! Da wären wir zu Fuß tatsächlich schneller gewesen.«

»Meinen alten Knochen genügt es, wenn ich hier stehen muss«, entgegnete Wilma, doch sie lächelte tapfer. »Ist unsere Frieda denn schon in Sicht?«

»Nein, das dauert noch, aber der Festumzug ist nur auf zwanzig Minuten geplant.«

»Hoffentlich hält das Wetter noch so lange«, unkte nun auch Matthis. »Das sieht ja nach einer Sintflut aus.«

Es war bezeichnend, dass alle sich um das Wetter scherten, aber keiner nach Adams offenkundiger Verletzung fragte, die er ihnen direkt gegenüber zur Schau stellte. Und es wunderte sich auch niemand, weshalb sie nach dem Mittagsdiner nicht an seiner Seite geblieben war.

Nun ging es los mit dem Festumzug. Die Menge klatschte begeistert.

Der Gruppe um den Herold, in dem sie sofort den Lehrer Roeloffs erkannte, folgten die ersten Sagengestalten, deren Verkleidung so aufwendig war, dass es ein Rätsel blieb, welche Person darin steckte.

Voran hüpfte eine lachende Gestalt im Narrenkostüm, die den Eulenspiegel von Sylt darstellte, Pua Moders aus Rantum, nachfolgend der Zwergenkönig Fin, König Bröns und die Riesen auf Stelzen sowie der mit echten Algen behangene Meeresgott Ecke Neckepenn und seine runzelige Frau Ran, die allesamt in den Erzählungen von C. P. Hansen lebendig geworden waren.

Das Buch des leider längst verstorbenen Sylter Chronisten fehlte in keinem Haushalt, und vor ihrem geistigen Auge sah Moiken sich wieder an Friedas Bett sitzen, als sie ihrer kleinen Tochter Abend für Abend die Sagen vorlesen musste, obwohl Frieda die Geschichten längst auswendig kannte.

Nun hatte sie die Römer und Wikinger verpasst, weil sie so in Gedanken versunken gewesen war, und schon ging es weiter in der Historie mit dem Christentum, das durch ein großes Modell der

Keitumer Kirche symbolisiert auf einem Pferdewagen vorbeigezogen wurde.

Was für ein unglaublicher Aufwand für einen Festumzug, der nur zwanzig Minuten dauern sollte – da es die knapp bemessene Zeit des Reichspräsidenten nicht länger erlaubte, wie man ihr erklärt hatte.

Dessen Gesichtsausdruck nach zu urteilen herrschte schon seit sieben Tagen Regenwetter, und Moiken unterstellte ihm, gedanklich bereits im Zug zu sitzen. Auch Adam hatte selbstredend keine Freude an der Veranstaltung.

Die Zuschauer hingegen reagierten mit Ahs und Ohs auf die perfekten Kostüme der Wallensteiner Dragoner, die im Dreißigjährigen Krieg auf Sylt gelandet waren, und dann gab es großen Applaus für den Nachbau eines Schiffs der schwedisch-holländischen Flotte, das mit zwölf Mann Besatzung vorbeirollte.

Ihm folgten zwanzig wild gewordene Frauen in alter Sylter Tracht. Mit ihrem Kriegsgeheul symbolisierten sie den historischen Moment, als die resoluten Insulanerinnen die feindliche Flotte, die sich über das Lister Tief der Insel genähert hatte, in die Flucht getrieben hatten. Seither behauptete man, wenn eine Sylterin in den Himmel käme, würden sogar die Engel Reißaus nehmen.

Regungslos ließ Adam diese lebendigen Bilder an sich vorüberziehen. Selbst als die ersten Regentropfen fielen, reagierte er nicht auf den Regenschirm, der ihm von einem Bediensteten angeboten wurde.

Natürlich hatte er wie jeder Insulaner längst gelernt, dass Regenschirme auf diesem windumtosten Knust höchstens der Belustigung dienten, allerdings hätte er das Angebot ja mit einer freundlichen Geste ablehnen können. Doch es schien, als sei aus ihm eine Statue geworden.

Der Regen wurde stärker, während der nächste Sylter Held unverdrossen seines Wegs ging, der Verfassungskämpfer Uwe Jens Lornsen, der sich für die Vereinigung von Schleswig und Holstein eingesetzt hatte und nach dem der höchste Berg der Insel, eine Düne von zweiundfünfzig Meter Höhe, benannt war, die jedem Bergsteiger nur ein müdes Lächeln entlockte.

Doch die Aussicht von dort oben war ebenso grandios wie die nachfolgende Darstellung der ersten Sommerfrischler, die ab 1855 auf die Insel gekommen waren. Sie gaben sich seekrank und taten so, als ob sie über Bord spuckten. In der Kutsche, die tatsächlich noch aus diesen Anfängen erhalten war, saßen hübsch zurechtgemachte Damen, die sich vor Schmerzen den Rücken hielten, weil die Strecke vom Ankunftshafen Munkmarsch bis zum Hotel in Westerland einer Buckelpiste alle Ehre machte.

Sehr gelungen war auch die Verkörperung der beiden Gründer des Nordseebads Dr. Ross und Wulf Manne Decker. Letzterer wurde von seinem über siebzigjährigen Sohn als Ebenbild perfekt ins Szene gesetzt.

Leider lichteten sich die Reihen der Zuschauer stark unter dem Regenschauer, zuletzt bis auf wenige, die ebenfalls auf Angehörige warteten, die bei ihrem großen Auftritt bewundert werden wollten.

Wie schade für Frieda, dachte Moiken, und sie konnte sich gut vorstellen, wie ihre Tochter sich jetzt fühlte. Hoffentlich wurde der Umzug nicht vorzeitig aufgelöst.

Noch harrte der Reichspräsident aus, doch lange dauerte es vermutlich nicht mehr, bis das Gefühl von nasser Kleidung auf der Haut über seinen Anstand siegte.

Allerdings war ein Ende in Sicht, denn der Umzug näherte sich mit der Darstellung des Deutsch-Dänischen Krieges der Gegenwart. Mit Luftgewehrschüssen machten deutsche und dänische Soldaten auf sich aufmerksam.

Das war aber eine ziemlich gewagte Umsetzung, dachte Moiken entsetzt, denn bei so manchem weckte das bestimmt böse Erinnerungen an den Weltkrieg, dessen Ende noch keine zehn Jahre her war.

Genau aus diesem Grund hielt wohl einer der Soldaten sein Gewehr geschultert. Seine Mütze hatte er als Schutz vor dem Regen tief ins Gesicht gezogen, im Nacken lugten rote Haarspitzen hervor.

Flammend rot wie bei Henriette, dachte Moiken spontan. So eine Haarfarbe hatte sie bislang noch bei keinem anderen Menschen gesehen. Der Soldat könnte ihr Bruder sein – wenn sie einen hätte.

Also wirklich, wenn sie es nicht besser wüsste, dass Henriette sich im Dünencafé auf den Ansturm vorbereitete, den sie eigentlich anstelle des Regens nach dem Festumzug erwartet hatten – dann hätte sie behauptet, dass Henriette in der Uniform steckte.

Die Soldaten zogen vorüber, die Schüsse verhallten, und dahinter präsentierte sich die Deutsche Gesellschaft zur Rettung Schiffbrüchiger mit ihrem Ruderrettungsboot, wohl als einzige Gruppe, zu der das Wetter passte.

Der anerkennende Applaus fiel leider sehr dünn aus, da der Himmel seine Schleusen öffnete. Auch die Hartgesottenen verließen nun das Spalier, und in diesem Augenblick kam Frieda in Sicht.

Was für eine Sünde, ging es Moiken durch den Kopf, der Anblick des klatschnassen Brautpaars mit den Brautjungfern in der wunderschönen Tracht und Frieda, die tapfer ihre Blumen streute.

»Mutter, Opa Julius! Hier! Seht her! Leopold! Wilma! Matthis!«, rief Frieda entgegen der Etikette, aber das war unter diesen Umständen gleichgültig.

Moiken winkte ihr mit beiden Armen zurück und reckte die Daumen in die Höhe. Vor Rührung verdrückte sie ein paar Tränchen, und ihr Mutterherz drohte vor Stolz zu platzen.

»Vater!«, rief Frieda, nachdem sie sich zur Seite der hohen Herren gewandt hatte.

»Vater!«, wiederholte sie laut, weil Adam nicht reagierte, obwohl es deutlich durch den Regen drang. »Vater, hier!«

Jeder Ruf versetzte Moiken einen Stich, und zugleich bedauerte sie ihre Tochter, weil sie vergeblich versuchen würde, Adams Aufmerksamkeit zu erlangen. Wahrscheinlich würde ihn nicht mal die Explosion einer Bombe aus seiner Lethargie wecken.

»Vater!«

Entgegen aller Erwartung hob er plötzlich die Hand und winkte.

Genau in diesem Moment erklang irgendwo ein Schuss in der Nähe.

Merkwürdig, dachte Moiken, die Kriegsdarsteller waren doch längst weitergezogen.

Da hörte sie Friedas spitzen Schrei, und ihr blieb das Herz stehen.

Ihre Tochter war angeschossen worden.

Nein, erkannte sie einen Wimpernschlag später am Tumult unter den hohen Herren, es musste ein Attentat auf den Reichspräsidenten verübt worden sein.

Da erst sah sie Adam auf dem nassen Erdboden liegen.

Für einige Sekunden war sie wie erstarrt, es waren Sekunden, die sie in dem Durcheinander benötigte, um zu begreifen, dass ihr Ehemann schwer verletzt worden war, vielleicht sogar im Sterben lag.

Jener Mann, den ihre Tochter als Stiefvater lieb gewonnen, mit dem sie sich einst eine schöne Zukunft erhofft hatte – und dem sie nicht mehr in die Augen sehen konnte, weil sie nicht wusste, ob er für Bernhards Tod verantwortlich war.

Als sie sah, dass Frieda von der Braut unter einen schützenden Baum im Park gezogen worden war, Matthis sich sofort um Frieda kümmerte, Wilma hinzukam, ihr den Kopf streichelte und ihrer Tochter dadurch zugleich die Sicht auf das schreckliche Geschehen versperrte, beschloss Moiken, erst mal nach Adam zu sehen.

Ihre Knie waren butterweich, fast wäre sie selbst noch die Treppe hinuntergestürzt, als sie zu ihrem Ehemann eilte, wo Dr. Nicolas zeitgleich eintraf. Er riss dem Verletzten das Hemd auf, dass die Knöpfe in alle Richtungen flogen.

»Nur ein Bauchschuss«, stellte er sachlich fest, während sie sich beim Anblick des vielen Bluts einer Ohnmacht nahe fühlte.

Um sie herum hatte sich eine Menschentraube gebildet, doch ihre aufgeregten Stimmen nahm sie nur aus der Entfernung wahr.

Wer hatte geschossen? Aus welcher Richtung? Sollte die Kugel dem Reichspräsidenten gelten? Das waren Fragen, die auch sie sich stellte, und sie hatte keine Antworten darauf.

Doch. Eine hatte sie. Wenn der Schuss tatsächlich Adam treffen sollte, dann gab es nicht viele Möglichkeiten, wer als Täter infrage kam. Oder besser gesagt, als Täterin. Dafür hatte sie jedoch keinerlei Beweise, außer den flammend roten Haarspitzen eines Soldaten.

Etwas deutlicher drang die Stimme von Dr. Nicolas zu ihr vor. »Einen Krankentransport, schnell. Eine Notoperation dürfte sein Leben retten. Es besteht Hoffnung!«

Hoffnung, dachte Moiken bitter. Ja, sie musste Hoffnung haben. Nur worauf?

Darauf, dass am Ende alles gut sein würde.

Und solange es noch nicht gut war, war es noch nicht das Ende.

Nachwort

Kriege, Bündnisse, Friedensschlüsse, das alles an der Schultafel mit wirren Pfeilen illustriert – so habe ich Geschichte im Unterricht gelernt. Aber wie hat das Volk diese Zeiten erlebt, was haben die Menschen empfunden, welche Auswirkungen hatte die große Politik auf ihren Alltag?

Auf diese Fragen habe ich als Schülerin nie Antworten erhalten. Deshalb habe ich mir diese später selbst gesucht. Was ich dabei unter anderem in Tagebüchern, Aufzeichnungen und Briefen gefunden habe, soll nicht in Vergessenheit geraten. Das ist der Motor, der mich antreibt, Geschichte(n) zu erzählen, unterhaltsam und begreifbar, denn nur, wenn wir unsere Vergangenheit kennen, können wir Fehler in der Zukunft vermeiden und hoffentlich dafür sorgen, dass sich so manche Geschehnisse nicht in ähnlicher Form wiederholen.

War das früher tatsächlich so? Gab es das wirklich auf Sylt? Diese und ähnliche Fragen haben Sie sich vielleicht während des Lesens gestellt, und deshalb möchte ich hier ausführen, wie es sich in diesem Roman mit Dichtung und Wahrheit verhält.

Kurz gesagt: Für mich zeichnet sich ein historischer Roman durch historische Korrektheit aus, und ich liebe es, dafür auch die kleinsten Details zu recherchieren. Dennoch ist es eben auch ein Roman, bei dem ich mir als Autorin gewisse Freiheiten nehmen darf.

Zum Beispiel bei der Romanfigur Adam von Baudissin, den ich kurzerhand zum leitenden Dammbauingenieur erklärt habe. Er wollte den Job unbedingt haben, und nachdem ich genug Wissen über dieses Jahrhundertbauwerk angehäuft hatte, bekam er meine

Zusage. Als Autorin (und somit als Chefin) glaubt man ja, die Fäden in der Hand zu halten, doch Adam hat bald ohne Rücksprache mit mir seine eigenen Entscheidungen getroffen. Ich habe ihn gewähren lassen, denn die historisch verbrieften Ingenieure wollten schon gleich gar nicht nach meiner Pfeife tanzen.

Seinen Namen hat Adam übrigens von der historischen Person Graf Adelbert von Baudissin entlehnt, der das wundervoll illustrierte Buch »Schleswig-Holstein Meerumschlungen« verfasste. Seinem Reisebericht habe ich meine Idee zu dieser Sylt-Saga zu verdanken. Denn er hielt darin fest: »*Ein eigenthümlicheres Café mag es kaum auf Erden geben. […] Es herrschte eine clair obscur, eine Ruhe und Stille in dem kleinen Häuschen […] Ich ließ mich nieder und bat die Wirthin, die mit ihrer Tochter ganz allein der Wirtschaft vorstand, mich durch eine Tasse Kaffee zu erfrischen.*« Bei meinen weiteren Recherchen stieß ich auf eine Postkarte aus dem Jahr 1904, auf der besagter hölzerne, achteckige Pavillon am Ende der Promenade abgebildet ist. Und schon hatte ich, wie meine Moiken, den Traum, darin das Dünencafé zu eröffnen.

Moiken und ihre Kinder Emma und Frieda leben nur in der Welt des Romans, jedoch sehen wir durch ihre Augen die historischen Ereignisse nach dem Ersten Weltkrieg auf Sylt und in Berlin, den schwierigen Weg vom Kaiserreich zur Weimarer Republik, die goldenen Jahre in Berlin (wobei diese längst nicht für alle so golden waren, aber dazu später mehr), und wir erleben die Entstehung eines Jahrhundertbauwerks – ein Damm, der Sylt mit dem Festland verbindet. Diese Nabelschnur sollte nicht nur der besseren Versorgung der Insulaner dienen, sondern auch aufgrund der vereinfachten Anreise mehr Gäste auf die Insel locken.

Die Anreise nach Sylt war sehr beschwerlich, wie historische Reiseberichte eindrucksvoll belegen, so ist auch die abenteuerliche Anreise durch das Grenzland zum dänisch gewordenen Hafenstädtchen Hoyer verbrieft.

Auch der Kapitän bei der Sylter Dampfschifffahrtsgesellschaft, Carl Nicolai Christiansen, kurz Käpt'n Corl, war den Sommerfrischlern wohlbekannt, denn das Sylter Original war stets zu Scherzen aufgelegt und liebte Seemannsgarn. Ein paar seiner Sprüche durfte er auch im Roman loswerden, allerdings war er nicht bei dem Sturm am 1. August 1923 an Bord des Raddampfers Freya.

Die Eröffnung des Hindenburgdamms setzte seiner fünfundzwanzig Jahre währenden Ära als Kapitän ein Ende, und so ernannte er sich kurzerhand zum Strandkapitän in Diensten der Kurverwaltung und begann seine launigen Gästeführungen. Ihm zu Ehren wurde die Damenbadstraße in Käpt'n-Christiansen-Straße umbenannt.

Aber was ist schon eine Gästeführung gegen einen Rundflug, den die Sommerfrischler im Rahmen des ›Schaufliegens‹ bereits ab 1911 über Sylt unternehmen konnten – rund zehn Jahre, nachdem sich das erste Motorflugzeug in die Luft erhoben hatte, unglaublich! Allerdings befand sich der Start noch auf einem Acker nördlich von Westerland, doch bereits 1920 wurde der Verkehrsflughafen Sylt an seinem heutigen Standort eröffnet und im Dritten Reich groß ausgebaut.

Das neuartige Flugzeug Fokker F. V. gab es tatsächlich wie von mir beschrieben, doch es blieb bei dem 1922 erbauten Prototyp, der zwar 1923 in Berlin von der Deruluft getestet wurde, aber wegen zu hoher Geräuschbelastung für die Passagiere aufgrund von Vibrationen im Kabineninneren nie in Serie ging.

Das fand ich sehr bedauerlich, und deshalb habe ich Moiken in diesem für seine Zeit außergewöhnlich ausgestatteten Flugzeug nach Sylt fliegen lassen – ich hoffe, Sie konnten den Flug wenigstens ein bisschen genießen. Immerhin sind wir sicher auf der Insel gelandet.

Der erste Teil meiner Sylt-Saga »Die Strandvilla« erschien genau zum Lockdown – kaum war der Roman in den Buchhandlungen angekommen, wurden die Geschäfte geschlossen. Doch nicht nur das. Sylt wurde abgeriegelt, die Gäste mussten binnen drei Tagen abreisen, nur mit Erstwohnsitz durfte man sich noch auf der Insel aufhalten.

Zu diesem Personenkreis zähle ich seit 2008, nachdem ich meine Herzensinsel mit zwei Koffern in der Hand zu meiner neuen Heimat erklärt habe. Die Insel im Lockdown wie leer gefegt zu erleben, kilometerweit keiner Menschenseele zu begegnen, das war beeindruckend schön und gespenstisch zugleich. Vor allem jedoch war es für mich ein gruseliges Lehrstück dafür, wie schnell sich Geschichte wiederholen kann.

Am 1. August 1914 brach der Erste Weltkrieg aus, der Mobilmachungsbefehl platzte an diesem sonnigen Nachmittag auf Sylt mitten in die Badefreuden hinein, die Sommerfrischler mussten binnen drei Tagen abreisen, danach wurde die Insel zur Festung erklärt. So viel zu den geschichtlichen Fakten und einem Kapitel in »Die Strandvilla«.

Und kaum war mein Roman im März 2020 erschienen, erlebe ich genau das – alle Personen ohne Erstwohnsitz auf Sylt müssen die Insel kurzerhand verlassen. Beim Gedanken daran bekomme ich noch heute Gänsehaut. Umso schöner jedoch, dass wir jederzeit in Gedanken reisen können.

In der Strandvilla wohnen nur die Gäste, die Teil des Romans sind, aber selbstverständlich können Sie dort auch einen Aufenthalt buchen – dafür müssen Sie nicht mal den Koffer packen. Das ist doch auch ein Vorteil – gerade in diesen Zeiten.

»Das Dünencafé« führt Sie in die Jahre zwischen 1918 und 1927. Diese spannungsgeladenen und konfliktreichen Jahre der politischen und wirtschaftlichen Neuordnung nach dem Krieg gipfeln 1923 in der Hyperinflation. Erst müssen die Kurgäste beim Kaffeetrinken im Tausenderbereich rechnen und angesichts der galoppierenden Inflation plötzlich Milliarden für eine Zeitung ausgeben. Da war an Sommerfrische auf Sylt nicht mehr zu denken.

Mitten im Sommer, als die Gäste ihre Koffer mit Geldscheinen anstelle von Kleidung vollpacken müssen, sieht sich die Westerländer Badeverwaltung gezwungen, die Saison für beendet zu erklären. Für die Insulaner, die nach den Kriegsjahren längst auf einen wirtschaftlichen Aufschwung gehofft hatten, eine Katastrophe.

Diese Katastrophe kann man sich auch in Zahlen vor Augen führen: Im letzten Jahr vor dem Ersten Weltkrieg kamen 32 304 Badegäste nach Sylt, da war der Konkurrenzkampf schon spürbar – in der ersten Saison 1919 fanden dann lediglich 14 202 Urlaubswillige den Weg auf die Insel, viel zu wenige im Verhältnis zu der sagenhaften Zahl von rund zweihundert Hotels, Pensionen und Privatquartieren.

Um 1920 lebten ziemlich genau 3000 Einwohner in Westerland (heute sind es rund 9000, auf ganz Sylt insgesamt rund 18 000 Einwohner), vier historische Westerländer Persönlichkeiten haben Sie bereits im ersten Teil der Sylt-Saga »Die Strandvilla« kennengelernt, falls Sie nicht zuerst im Dünencafé gemütlich Platz genommen haben: Julius Meyer, Modje Köhler, Dr. Nicolas sowie Henriette Grondziel.

Julius Meyer ist im Roman der väterliche Freund von Moiken. Im wahren Leben führte er eine Buch- und Papierhandlung nebst wohlassortierter Leihbücherei in der Friedrichstraße 26. Sein Haus ist, äußerlich kaum verändert, aus dieser Zeit erhalten. Er musste den Ersten Weltkrieg nicht mehr miterleben, doch da ich, wie so viele Leser, ›meinen‹ Julius so sehr ins Herz geschlossen habe, sollte er noch länger auf seinem Lieblingsplatz im Dünencafé sitzen dürfen. Ich hoffe, das war auch in Ihrem Sinne.

Sein Sohn Carl Meyer ist ebenfalls eine historische Figur, die Sie in diesem Buch neu kennengelernt haben. Sein Denken und Handeln beruhen jedoch allein auf meiner Vorstellung. Wenn Sie sehen möchten, wo sich Carl Meyers Druckerei befand, so gehen Sie in Westerland in die Friedrichstraße 27, zum »Haus Gutenberg«, das Carl 1895 als Arbeits- und Wohnhaus erbauen ließ.

Heute befindet sich in dem historischen, gut wiedererkennbaren Haus unter anderem eine Buchhandlung, es dreht sich dort also immer noch alles um das gedruckte Wort. Carl Meyer schwamm auf der Erfolgswelle, er rief die Sylter Zeitung ins Leben, außerdem gingen sämtliche Sylter Druckerzeugnisse – vom Reiseführer über Postkarten und Bildbände bis hin zur Speisekarte – durch seine Hände. Privat meinte es das Schicksal leider nicht gut mit ihm, Carls Ehefrau starb tatsächlich bereits im jungen Alter von einunddreißig Jahren.

Man könnte glauben, die Person der kinderlosen Modje Köhler, die mit einem Kinderwagen voller Waren durch die Straßen zog, sei meine Erfindung. So eine kuriose Frau nebst ihrem Laden für Südfrüchte, Konserven und Schokolade, den die kaisertreue Marie Köhler, wie sie mit bürgerlichem Namen hieß, mit Fotografien Kaiser Wilhelms II. tapezierte, kann es doch im wahren Leben gar nicht gegeben haben. O doch. Leider entspricht auch der Spottvers, den die Kinder ihr hinterherriefen, der Wahrheit.

Da ist es tröstlich, dass Marie Köhler ihre letzten fünf Lebensjahre bei der Familie Lorenzen in der Munkmarscher Chaussee verbringen durfte, wo »das allen Syltern und in Kurgastkreisen weitbekannte Fräulein«, wie es im Nachruf heißt, am 29. Oktober 1931 mit vierundachtzig Jahren verstarb.

Mit Sicherheit kannte sie den Sanitätsrat und Badearzt Dr. Paul Hinrich Justus Nicolas, wie er mit vollem Namen hieß. Er praktizierte seit 1885 auf Sylt, in seinem ersten Jahr als Landschaftsarzt, und nachdem der Badearzt Dr. Marcus 1886 gestorben war, trat er dessen Nachfolge an, bis er nach dem Tod von Dr. Lahusen zum Badedirektionsarzt aufstieg. Seine Praxis lag in der Puttkamerstraße (der heutigen Dr.-Nicolas-Straße), zwischen dem Badebureau Ecke Strandstraße und dem Warmbadehaus, Sprechstunde war von neun bis elf und von 17 bis 18 Uhr. Er starb mit nur dreiundsechzig Jahren am 30. Oktober 1919 und wurde auf dem Keitumer Friedhof begraben. Da ich ihm ein längeres Leben gewünscht hätte, habe ich mir die Freiheit genommen, ihn im Roman noch weiter bei Hausbesuchen seine Patienten behandeln zu lassen – zumindest hat er es versucht.

Im Trocadero versuchte Moiken, das Tanzbein zu schwingen. Eine Sektflasche gab es in dem 1920 von Charlotte und Maximilian Haggenmiller in der Strandstraße 6 eröffneten Trocadero – dem ›Lido von Sylt‹ – tatsächlich bei dem beschriebenen Tanzspiel zu gewinnen. Es war als ›First-class-Tanzlokal‹ bekannt, wo zum Gesellschaftsabend am Dienstag und Donnerstag Smoking-Zwang herrschte.

Stets um Mitternacht erschien der berühmte Geiger Barnabás von Gézcy, zugleich der Kapellmeister des ›Troc‹, auf der Bühne und spielte auf seiner Guarneri-Violine Edvard Grieg. Und wenn dabei auch nur ein Wort gesprochen wurde, so verließ der ›Paganini des Fünf-Uhr-Tees‹ die Bühne, wie sich ein Zeitzeuge erinnerte.

Im Laufe der Jahrzehnte setzte viel Prominenz ihre Sohlen aufs Parkett: Marlene Dietrich und Josephine Baker, Helmut Zacharias und Caterina Valente, Hans Albers und Max Schmeling, Professor Sauerbruch und Richard Tauber – diese Liste ließe sich noch lange fortsetzen. Erst 1958 endete mit der Schließung des Trocadero eine Ära.

Valeska Gert habe ich im Trocadero auftreten lassen. Sie lebte in Berlin und war bereits in den 1920er-Jahren als exzentrische Schauspielerin, Tänzerin und Pantomimin bekannt. Grell und bunt, extrem und laut, unangepasst und direkt – das beschreibt die eigentlich Unbeschreibliche, die am 11. Januar 1892 als Gertrud Valeska Samosch in Berlin geboren und bereits in den 1920er-Jahren berühmt war. »Die Schönste war sie nicht, aber mal die Größte ihrer Zeit«, bemerkt ihr eigener Verlag über sie.

Viele Sylter erinnern sich noch an Valeska Gert, denn die ›Katze von Kampen‹ eröffnete am 2. Juli 1951 ihr kurioses Nachtlokal im

Wuldeweg, ihren bald legendären Ziegenstall, wo die Gäste, inklusive der Prominenz, zwischen grellbunten und heugefüllten Futterkrippen und Kartoffelsäcken auf Melkschemeln saßen – wohlgemerkt bei Sekt und Champagner, denn das Bier war laut der handgeschriebenen Karte »nur selten vorhanden«, und dann auch nur zum Preis von zehn Mark, da die Gert das Bierpublikum nicht mochte.

Auch störte sich keiner an ihrem Spruch: »Gäste sind wie Ziegen – sie werden gemolken und meckern.« Eine Nachbildung des Ziegenstalls ist seit 2012 im Sylt Museum in Keitum zu bestaunen, samt vielen originalen Ausstellungsstücken rund um Valeska Gert.

Hingegen wünscht man sich aus heutiger Sicht, dass Henriette Grondziels Ladengeschäft in der Strandstraße 13, Ecke Neue Straße, nur im Roman existierte, doch sie führte ihren »Möwen-Bazar« in der Tat als »einziges Spezialgeschäft der Sylter Möwenindustrie«, in dem sie außerdem »Seehundswaren in unübertroffener Auswahl« anbot. Im Roman habe ich deshalb die Möglichkeit genutzt, ihr wenig Kundschaft zuzuschreiben, weshalb sie sich ein zweites Standbein als Bedienung im Dünencafé suchen muss. Ob das wohl gut ausgeht?

Boy Lassen hat da starke Bedenken. Deshalb will er seine große Liebe Moiken unbedingt vor ihr warnen, doch er hat zudem seine ganz eigenen Probleme. Sein Leben in Berlin ist nicht so rosig, wie er sich das vorgestellt hat. Man spricht zwar immer von den »Goldenen Zwanzigern«, doch das ist leider eine einseitige und noch dazu verklärte Betrachtungsweise.

Ohne Zweifel, das Ende des Ersten Weltkrieges wirkt auf die Menschen wie eine Entfesselung. Die Röcke der Damen werden kürzer, die Frauen treten erstmals an die Wahlurne und werden sich ihrer Rechte bewusst. Fort mit den alten Kaiserzöpfen, es herrscht Aufbruchsstimmung, das Leben soll wieder ein Fest werden. Die

Amüsiertempel haben Hochkonjunktur, alles, was leicht, lustvoll und unbegrenzt erscheint, gehört zum neuen Lebensgefühl.

Hier jedoch kommt das Aber: Ein Krieg lässt sich zwar mit einem Federstrich auf dem Papier beenden, und ebenso groß war der Wunsch jedes Einzelnen, den Krieg von einem Tag auf den anderen aus dem Leben zu streichen. Die Realität sah jedoch ganz anders aus. Von Kriegsende bis zur Inflation vergingen nur vier Jahre, danach folgte das Aufatmen, was jedoch nicht mehr als ein kurzes Luftholen war, ehe die Menschen 1929 in die Wirtschaftskrise stürzten, die Hitler den Weg an die Macht ebnete.

Wer möchte da noch von einem goldenen Jahrzehnt sprechen? Es herrschen Arbeitslosigkeit, Hunger und Krankheit. Kriegsversehrte prägen das Straßenbild und demonstrieren für ihre finanziellen Rechte, während sie als Versager bespuckt werden – nach sozialer Anerkennung wagt erst gar keiner zu rufen. Schließlich haben die Männer Deutschland nicht zum Sieg verholfen, so die Volksmeinung, als Versager sollen sie aus dem Gesellschaftsbild verschwinden, außerdem erinnern diese ›Krüppel‹ an die Schrecken des Krieges, die keiner mehr sehen will.

Die Zwanzigerjahre sind eine Zeit voller Extreme und Gegensätze, wie eine Achterbahnfahrt, auf der jeder das Erbe des Weltkrieges als Rucksack mit sich trägt – mal schwerer, mal leichter. Auf der Fahrt will jeder vergessen, das haben alle gemeinsam. Beseelt von diesem Wunsch wird die Zukunft rosarot gemalt und im Rückblick mit Gold übergossen. Nicht zuletzt streuen uns viele Bücher und Filme über die Zwanzigerjahre bis heute jede Menge Glitzer in die Augen. Denn das Schöne ist im Gegensatz zu Leid und Elend wesentlich populärer.

Boy Lassen zeigt uns das Berlin der Zwanzigerjahre mit all seinen Schattenseiten, er lebt und liebt jedoch – so wie Moiken, Emma und Frieda, Wilma, Leopold und Matthis – nur in der Welt des Romans.

Sein Sohn Bernhard Lassen hingegen ist eine historische Person, sein Fotoatelier befand sich am oberen Ende der Friedrichstraße in Westerland. Bernhard Lassen genoss seine Ausbildung bei dem berühmten Paul Ebe Nickelsen, dem Fotograf der ersten Stunde auf Sylt. Da der Markt um die auf Fotopapier gebannten Erinnerungen hart umkämpft war, musste ich ihn leider auf die Dammbaustelle schicken, wo er mit den bis zu eintausendfünfhundert Männern harte Arbeit verrichtet hat.

Tatsächlich musste sich das Neubauamt Dammbau Sylt 1926 gegen den Vorwurf der unmenschlichen Zustände auf der Baustelle wehren und entkräftet diesen in einem Brief, den ich Adam von Baudissin in die Schreibmaschine tippen ließ, denn im Roman leitet er stellvertretend für fünf Wasserbauingenieure, die federführend an dem Projekt beteiligt waren, die Geschicke auf der Baustelle.

Die Argumente der Dammbaugegner sind überliefert, die Briefe an das Reichsverkehrsministerium und das Dammbauamt Husum sind ebenso erhalten, und tatsächlich brach am 30. August 1923 die verheerende Sommer-Sturmflut über den Damm herein, die alle Anfänge zunichtemachte, selbst schweres, schwimmendes Gerät trieb bis nach Dänemark ab. Der Weiterbau wurde untersagt, doch im Frühjahr 1924 erfolgte der zweite Startschuss mit veränderten Plänen.

Adam von Baudissin hatte recht, als er schrieb, es gäbe keine Toten auf der Baustelle zu beklagen – zu diesem Zeitpunkt nämlich tatsächlich noch nicht. Gemäß den erhaltenen Aufzeichnungen des Morsumer Dammbaupastors Johler, an dessen Stelle im Buch ein fiktiver Pastor tritt, erlitt jedoch im Sommer 1926 ein Arbeiter, so wie Bernhard Lassen im Roman, einen Herzschlag wegen Überarbeitung.

Die Wirklichkeit ist allerdings noch schlimmer. Im gleichen Jahr gab es zwei weitere tödliche Unfälle beim Dammbau. Einer ereignete sich beim Umstürzen eines Bauzuges, ein anderer Arbeiter wurde überfahren. Mündlichen Überlieferungen zufolge soll der ins Watt gestürzte Lorenzug samt Baulok nicht zu bergen gewesen sein, weshalb er noch heute dort vergraben liegt, ebenso wie das Bein, das ein Arbeiter verlor, als er von einem Bauzug überrollt wurde, wobei der Mann das Unglück überlebt hatte.

Ob es sich bei diesen Erzählungen um Seemannsgarn handelt, oder ob tatsächlich der Aberglaube eine Rolle spielte, dass im Bauwerk vergrabene Opfergaben dem Damm Glück bringen sollen, ist bis heute nicht geklärt.

Auch die Einweihungsfeier am 1. Juni 1927 wurde von einem tragischen Unfall überschattet, als ein Streckenläufer vom Nachmittags-Sonderzug D 146 Richtung Hamburg kurz hinter der Blockstelle auf dem Damm erfasst wurde. Die Sylter Zeitung berichtet im Nachgang ungeschönt von diesem Unfall und spart auch nicht mit dem Detail, dass man die Überreste des Verunglückten erst kurz vor Klanxbüll gefunden habe.

Dieses furchtbare Ereignis habe ich Ihnen erspart, denn bis zu diesem Zeitpunkt verläuft der Festakt wie von mir beschrieben. Die Begrüßungszeremonien, sämtliche Reden und den Ablauf des Festumzugs habe ich recherchiert, wobei ich insbesondere die gehaltenen Reden gekürzt und zusammengefasst im Roman wiedergegeben habe – ich vermute, Sie sind mir dankbar dafür.

Nach diesem ausführlichen Einblick auf die Dammbaustelle werden Sie auf jeden Fall verstehen, warum das Gebiet zwischen Tinnum und Keitum, wo tonnenweise Kies als Baumaterial ausgehoben wurde und eine Senke zurückgeblieben ist, den bis heute gebräuchlichen Namen Mörderkuhle trägt.

Dafür ist so manchen, damals wie heute, nicht verständlich, weshalb der Damm ausgerechnet nach unserem Reichspräsidenten benannt wurde, der die Insel übrigens genau einmal besucht hat … nämlich am Tag der Einweihung des Jahrhundertbauwerks, das doch eher den Namen eines seiner verantwortlichen Erbauer tragen müsste. Dann hieße der Hindenburgdamm heute nämlich Pfeiffer-Damm oder Hansen-Damm. Auch von der heutigen Warte aus gesehen ist die Namensgebung umstritten, und es flammen immer wieder Diskussionen um eine Umbenennung auf (ganz abgesehen von dem Wunsch, dieses Schienen-Nadelöhr in eine jederzeit befahrbare Straße umzubauen), da es Hindenburg war, der Hitler zum Reichskanzler ernannte.

Das Foto, auf dem ein Sylter Mädchen auf dem Arm seiner Mutter dem Reichspräsidenten Hindenburg einen Strauß mit Moosröschen entgegenstreckt, gibt es übrigens wirklich, denn dem Morsumer (Dammbau-)Pastor Hans Johler war es gelungen, den Reichspräsidenten in einem Brief, der uns erhalten ist, davon zu überzeugen, die Patenschaft für seine Tochter Karin zu übernehmen. Und so durfte sie ihrem Paten, nachdem er mit dem ersten offiziellen Zug über den Damm gerollt war, in Morsum den Strauß durchs Zugfenster überreichen. Das Foto ist bis zum heutigen Tage bekannt. Der Sohn des Mädchens, Ekkehard Lauritzen, pflegt ein sehr umfangreiches dokumentarisches Archiv, unter anderem zum Dammbau, unter www.lauritzen-hamburg.de

Was das Schicksal, oder besser gesagt, was die Autorin für Adam vorsieht, werden Sie in Band 3 der Sylt-Saga erfahren. Ich habe da schon einen Plan, denn ich muss die Geschichte(n) um die Strandvilla und das Dünencafé weitererzählen. Schließlich hofft Moiken auf ein gutes Ende, und ich gebe ihr recht: Solange es noch nicht gut ist, ist es noch nicht das Ende.

Den Federn, die Flügel verleihen …

Ich danke:

Natalja Schmidt, weil sie auch in stürmischen Zeiten das Ruder sicher in der Hand hält, den Aufenthalt in der Strandvilla und im Dünencafé ebenso liebt wie ich und eine dritte Urlaubreise ohne Koffer bereits fest bei mir gebucht hat. Ich bin sehr glücklich darüber, dass ich Moikens Geschichte weitererzählen darf und die Sylt-Saga bei Droemer Knaur ein wunderbares Zuhause gefunden hat.

Catherine Beck für das umsichtige Lektorat. Ich weiß nicht, wie viele Tassen Kaffee sie während ihres Aufenthalts im Dünencafé getrunken hat, aber sie war sehr zufrieden mit den Abläufen dort und hatte nur kleinere Dinge zu beanstanden. Als Lektorin, Innenarchitektin, Hoteltesterin und Gourmetkritikerin in Person weiß ich sie sehr zu schätzen!

Monika Zemene, die als Korrektorin von mir einen Orden verliehen erhält. Sie hat einen Röntgenblick für Fehler und ist ein wandelnder Duden – unglaublich, aber wahr! Zudem danke ich von Herzen allen im Knaur-Team, die ihren wichtigen Teil dazu beigetragen haben, damit dieses Buch den Weg in den Buchhandel gefunden hat.

Dr. Marco Fiorini-Hamilton. Als bester Freund ist er immer für mich da, auch wenn er Tausende Kilometer entfernt ist. Und ganz gleich, wo er sich gerade aufhält, als Mediziner schaut er auch gern in der Strandvilla vorbei und kuriert dort sämtliche Wehwehchen. Kein Wunder, hat Dr. Nicolas nichts mehr zu tun. Wenn ich ihn rufe, ist er sofort zur Stelle und scheut auch nicht davor zurück, das OP-Besteck in die Hand zu nehmen. Dass er den Finger dabei zielsicher in die Wunde legt – damit muss ich leben. Zum Trost gibt's keine Gummibärchen, dafür Schreibklausurmengen an Schweizer Schoki.

Thommy & Sarah, die mich als Testleser vom ersten Buch an begleiten – und sie machen mich immer wieder sprachlos. Auch in diesem Manuskript haben sie selbst kleinste Fehler zielsicher gefunden. Freunde, die einem Fehler vor Augen halten, sind unverzichtbar. Was für ein Glück, dass ich sie gefühlt schon ein ganzes Leben lang kenne und zu meinen Freunden zählen darf.

Tania Langmaack, die mit dem traditionsreichen Café Wien auf Sylt ein echtes, unvergleichliches Paradies besitzt, das jede Sünde wert ist. Aber Achtung, wer einmal dort etwas genascht hat, ob Kuchen, Torten, Pralinen, handgemachte Schoki und Pralinen oder herzhafte Köstlichkeiten, der ist nicht auf Ewigkeit verbannt, sondern kommt immer wieder. Sagen Sie nicht, ich hätte Sie nicht gewarnt. Mit ihrer Fachkenntnis hat sie dafür gesorgt, dass sich auch alle Gäste im Dünencafé wohlfühlen – sollte es dennoch Beschwerden geben, die gehen an mich.

Edith Pockberger aus Wien, die Sylt so sehr liebt wie ich ihre Heimatstadt. Deshalb habe ich mit meinem Portier Leopold den geliebten Wiener Charme nach Sylt geholt, und sie hat ihm das Wienerische in den Mund gelegt – denn die Autorin kann bloß schwäbisch schwätza.

Meiner Mutter, die mich gern korrigiert. Aber sie darf das, selbst wenn ich dabei manchmal rot sehe. Nein, nicht im übertragenen

Sinne. Nur im Manuskript. Und hier darf ich mich endlich mal ungestraft wiederholen: Danke, danke, danke! Ohne sie hätte meine Lektorin viel mehr Arbeit, und nicht nur darum ist und bleibt sie die beste Mutter auf der ganzen Welt. Daran gibt's nichts zu korrigieren.

Knud, der mein Fels in der Brandung ist. Mehr Worte braucht es dafür nicht. Doch. Eine Frage muss ich noch stellen: Habe ich dir heute schon gesagt, dass ich dich liebe?

Meinen Lesern, die sich in der Strandvilla schon wie zu Hause fühlen und einem erneuten Aufenthalt dort entgegengefiebert haben. Ich freue mich, dass Sie bis zu diesen letzten Zeilen gemütlich im Dünencafé sitzen geblieben sind. Es sei denn, Sie haben die Angewohnheit, das Ende zuerst zu lesen – dann heiße ich Sie an dieser Stelle traditionell herzlich willkommen. Nehmen Sie Platz, es ist noch Kuchen da. Und wer weiß, vielleicht gewinne ich Sie ja als Stammgast.

Schoko-Düne

Für zwei Schalen mit Ø 10 cm (2 bis 4 Portionen)
Das Rezept ist an die moderne Küche angepasst, Moiken hatte etwas mehr Mühe bei der Zubereitung.

ZUTATEN

Für den Biskuit:
- 100 g Mehl
- 2 TL Backpulver
- 50 g Speisestärke
- 1 Prise Salz
- 4 Eier
- 130 g Zucker
- 1 Pck. Vanillezucker

Für die Füllung:
- 15 g echter Kakao zum Backen
- 300 g körniger Frischkäse
- 250 g Schlagsahne
- 50 g Puderzucker
- 30 g Zucker
- 40 ml Wasser
- nach Belieben kandierte Früchte, geraspelte Schokolade und ggf. etwas Rum oder Brandy

Für die Dekoration:
- nach Belieben Kakao, Puderzucker, Aprikosenmarmelade oder kandierte Früchte

ZUBEREITUNG

1. Backofen auf Ober-/Unterhitze 200 °C oder Heißluft 180 °C vorheizen. Eier mit dem Rührgerät schaumig schlagen, Zucker und Vanillezucker unter Rühren langsam hinzufügen, zwei Minuten weiterrühren, dann das gesiebte Mehl, vermischt mit Backpulver und Speisestärke und der Prise Salz nach und nach auf niedriger Stufe einrühren.
2. Backblech leicht fetten, mit Backpapier auskleiden und den Teig darauf glatt streichen. 10 Minuten auf der mittleren Schiene backen. Die gebackene Biskuitplatte mit dem Backpapier auf ein frisches Backpapier stürzen und erkalten lassen. Dann erst das Backpapier vorsichtig vom Boden abziehen.
3. Zwei gefrierfähige Schalen mit Ø 10 cm wählen und damit vier Kreise aus dem Biskuitboden ausstechen. (Möglich ist natürlich auch, eine Schale mit Ø 20 cm zu nehmen und zum Verzehr Tortenstücke herauszuschneiden). Zwei Biskuitböden beiseitelegen, die anderen beiden wie für eine Torte in jeweils sechs Stücke schneiden, so lassen sich die Schalen leichter auskleiden. Die Dreiecke in die Schalen legen, darauf achten, dass keine Lücken entstehen.

Für die Füllung:

1. Wasser, Kakao und Zucker in einen Topf geben und unter Rühren erhitzen, leicht köcheln lassen. Bei der Zubereitung mit Alkohol die Hälfte des Wassers durch Rum oder Brandy ersetzen. Abkühlen lassen und dabei ab und zu umrühren.
2. Die Schlagsahne steif schlagen, anschließend den Puderzucker unterheben und dann vorsichtig mit dem körnigen

Frischkäse vermengen. Die abgekühlte(!) Schokocreme mit zwei Esslöffeln der fertigen Sahne-Frischkäse-Masse vermischen. (Wer es schokoladiger mag, bereitet die doppelte Menge Schokoladencreme zu und vermischt sie mit einem weiteren Teil der Sahne-Frischkäse-Creme). Der übrige Teil der Sahne-Frischkäse-Creme kann nun nach Belieben mit kandierten Früchten oder geraspelter Schokolade verfeinert oder natur belassen werden.

3. Nun zuerst die fertige Schokocreme in die beiden vorbereiteten Formen einfüllen und glatt streichen. Für eine halbe Stunde in den Gefrierschrank stellen. Die Sahne-Frischkäse-Masse so lange in den Kühlschrank stellen. Die Wartezeit ist eine gute Gelegenheit, um in der Küche etwas Klarschiff zu machen. Auf die angefrorene Schokoschicht den Rest der Sahne-Frischkäse-Masse verteilen und jeweils mit einem der beiseitegelegten Kreise aus Biskuitboden abdecken.
4. Die Schalen für etwa 3 Stunden ins Gefrierfach stellen. Dann herausnehmen und auf zwei Servierunterlagen stürzen, ggf. mit einem Messer vorsichtig von den Rändern der Formen lösen.
5. Nun nach Belieben Kakaopulver darüberstreuen und mit kandierten Früchten verzieren. Oder den Sylt-Umriss als Schablone vorbereiten und beim Bestäuben verwenden. Anstelle des Kakaos kann auch Puderzucker verwendet werden. Um den Biskuit wie Moiken zu aprikotieren, Aprikosenkonfitüre durch ein Sieb streichen und aufkochen, dann die Halbkugel damit bestreichen. Die Schoko-Düne schmeckt halbgefroren serviert am besten.

Guten Appetit!